KB096294

멀베이니 가족

WE
WERE
THE
MULVANEYS

WE WERE THE MULVANEYS

by Joyce Carol Oates

Copyright © 1996 by Ontario Reviews, Inc.

Korean Translation Copyright © 2008 by Changbi Publishers, Inc.

All rights reserved.

This Korean edition was published by arrangement with John Hawkins &
Associates, Inc. through EYA(Eric Yang Agency).

이 한국어판의 판권은 EYA(에릭양 에이전시)를 통해
John Hawkins & Associates, Inc.와 독점 계약한 (주)창비에 있습니다.
저작권법에 의해 보호를 받는 저작물이므로 무단 전재와 복제를 금합니다.

멀베이니 가족

WE
WERE
THE
MULVANEYS

조이스 캐럴 오츠

민승남 옮김

장편소설

창비

차 례

나는 사랑하는 풀이 되고자 나를 낮추어 흙으로 가니,
나를 다시 원한다면 그대의 신발 밑에서 찾으라.

그대는 내가 누구이며 어떤 의미인지 알기 어려우리,
그럼에도 나는 그대에게 건강이 되어
그대의 피를 거르고 보강해주리.

처음에 못 만나더라도 낙심하지 말라.
한 곳에 없으면 다른 곳에서 찾으라,
나는 어딘가 멈추어 그대를 기다리리니.

　　　　　　　　　　　−월트 휘트먼 「나의 노래」 중에서

1부

가족사진

동화 속의 집

우리는 멀베이니 가족이었다. 우리를 기억하는가?

우리가 대가족이었다고 생각하는 사람들이 많지만, 사실 우리 가족은 아버지 마이클 존 멀베이니 씨니어, 어머니 코린, 큰형 마이크 주니어, 작은형 패트릭, 누나 매리앤, 그리고 나 저드, 이렇게 여섯명뿐이었다.

1955년 여름부터 부모님이 농장을 팔아야만 했던 1980년 봄까지 우리 멀베이니 가족은 온타리오 호수에서 남쪽으로 110킬로미터쯤 떨어진 뉴욕 주 북부 셔토쿼 밸리의 소도시 마운트 이프리엄에서 북동쪽으로 11킬로미터 지점의 하이포인트 로드에 위치한 하이포인트 농장에서 살았다.

하이포인트 농장은 셔토쿼 밸리의 명소로 장차 역사적 기념물로 지정될 예정이었고 '멀베이니' 또한 유명한 이름이었다.

사람들은 오랫동안 우리를 부러워했고, 나중에는 우리를 동정했다.

사람들은 오랫동안 우리에게 감탄했고, 나중에는 이렇게 생각했다. 잘됐어! 그들은 그런 일을 당해도 싸지.

"너무 노골적이구나, 저드!" 어머니는 불편해하며 두 손을 쥐어짜면서 그렇게 나무랄 것이다. 하지만 나는 진실을 말해야 한다고 믿는다. 아픈 진실이라 해도. 아니, 아픈 진실이라면 더욱더.

나는 어린시절 내내 우리 멀베이니 가족의 아기였다. 그런 가족의 아기는 자신이 요란한 기적을 울리며 달리는 긴 기차의 맨 마지막 칸과 같은 존재임을 안다. 가족들이 나를 그런 존재로서 사랑했기에, 그들의 조그만 관심에도 나는 타는 듯 강렬한 빛에 눈이 멀고 멍해졌으며, 그 빛이 순식간에 사라지면 나는 다시 어둠 속에 남겨졌다. 나는 내가 누구인지, 진짜 이름이 하나인지 여럿인지도 알기 어려웠다. 가족들이 나를 부르는 모든 이름에는 애정이 담겨 있었고, 놀리는 이름도 많았다. '딤플'(보조개) '프리티 보이' '싸우어푸스'(심통이), 그리고 내가 제일 좋아하는 이름인 '레인저'(방랑자). 나는 오랫동안 '아기'로 불렸다. '저드'는 엄격함과 절제를 연상시키는 이름이었고(우리 멀베이니 가의 아이들은 벌은커녕 꾸지람도 거의 모르고 자랐지만), 세례명인 '저드슨 앤드루'는 너무도 강한 위엄과 포부를 담고 있어서 도무지 내 이름이라는 느낌이 들지 않고 할로윈 가면처럼 남의 걸 빌린 것만 같았다.

다른 사람들은 몰라도 나 자신은 '아기' 저드가 하마터면 존재하지 않을 수도 있었다는 생각을 했었다. 태어나지 못할 뻔했다는 뜻이다. 기차가 막 역에서 빠져나가려고 할 때 맨 마지막 칸이 용케 달려가 붙은 것이다. 내가 태어났을 때 어머니 코린 멀베이니가 너무 나이가 많았기 때문은 아니다. 당시 어머니는 겨우 서른세살이었고, 요즘 기준으로 보면 결코 '노산'은 아니었다. 나는 1963년에 태어났는데, 아버지는 그해에 대해 엄숙히 고개를 저으며 비탄에 잠긴 눈빛으로 "미국인들의 역사가 둘로 찢긴 해"(1963년은 J. F. 케네디가 암살당한 해이다—옮긴이)라고 말하곤 했다. 내 문제는 내가 멀베이니 가족에 너무 늦게 합류했다는 점이었다. 저드가 없이도 멀베이니 가족은 완전한 형태로 존재했던 것이다!

나는 아무리 애써도 가족들의 행복했던 시간과 비밀과 농담을, 그들의 추억을 따라잡기는 불가능하다는 좌절감에서 벗어나기 어려웠다. 추억 없는 가족이 무슨 의미가 있으랴! 부엌에 있는 온갖 잡동사니를 보관하는 서랍처럼(우리 집에선 '쓰레기 서랍'이라고 불렀는데 어울리는 이름이었다) 뒤죽박죽이면서도 소중한 추억. 나의 핸디캡은 내가 태어났을 때 큰형 마이크가 이미 열살이었다는 사실에 있음을 나는 서서히 깨달아갔다. 아이들에게 십년은 한 세대나 마찬가지인 것이다. 아기 어딨니? 아기 누가 챙겼니? 그 고함소리에 누구든 나와 가장 가까이 있던 사람이 나를 안아들면 가족 외출이 시작되었다. 그러면 개들도 따라나서고 싶어서 내 흉내를 내며 요란하게 짖어댔는데, 동물들은 인간의 과장된 모습일 때가 많고 감정을 노골적으로 드러내는 만큼 나보다 과장된 행동을 보였다. 아기 누가 챙겼니? 아기 잊지 마!

나는 어머니의 뚱뚱한 앨범들 속의 사진을 들여다보며 가족들의 추억 속으로 비집고 들어가려고 안간힘을 썼고, 개, 고양이, 말, 심지어 부모님이 내가 태어나기 전에 몰던 크고 요란하고 쎅시한 50년대 모델의 승용차와 픽업트럭까지 그 대상에 포함되었다. 맞아, 나도 기억나! 나도 분명히 거기 있었어! 마이크 형이 처음 키웠던 모래색 얼룩무늬가 있는 밤색 조랑말 크래커잭. 우리의 사냥개 폭시의 강아지 시절. 아버지가 트랙터를 도랑에 처박았던 일. 어머니가 닭과 개를 위협하는 이상한 개들을 옥수수를 던져 쫓아냈는데 나중에 알고 보니 그것이 사실은 검은 곰과 새끼 두 마리였던 일. 아버지가 농장에서 독립기념일 야외파티를 열며 반쯤 오리라 예상하고 백오십명을 초대했는데 그 손님들이 다 오고 초대하지 않은 사람들까지 몇명 더 왔던 일. 평판이 그다지 좋지 못한 아버지 친구 하나가 마쎄너 공항에서 카나리아색 파이퍼컵 경비행기를 몰고 하이포인트 농장으로 날아왔던 일(어머니는 그때 그 비행기가 목초지에 '거의 추락하다시피 했다'고 냉담하게 말하곤 했다). 그때, 그러니까 1960년 7월에 찍은 기념사진 속의 아기는 매리앤 누나임이 분명했지만 나는 스스로 이렇게 믿을 수 있었다. 맞아, 나도 거기 있었어. 기억나. 정말이야!

가족들이 그 사고를 두고두고 회고하면서 나중에 아버지의 친구 윌리 파크스가 아버지를 경비행기에 태워주었을 때

두 사람이 바람과 얼마나 힘겨운 싸움을 벌였는지 이야기할 때는 내가 그 자리에 있었음을 확신할 수 있었다. 그때 내가 얼마나 흥분했는지, 마이크 형, 패트릭 형, 매리앤 누나, 나, 그리고 물론 어머니까지 우리 모두 경비행기가 바람 속에서 몸서리치며 하늘로 높이높이 올라가 점점 작아지더니 마침 내 새매만해져서는 돌풍 한줄기에도 추락할 것만 같았던 그 위태로운 모습을 지켜보며 얼마나 가슴을 졸였는지 기억이 나니까. 어머니는 소리내어 기도했다. "하느님, 제발 저 미친 두 인간들을 무사히 살아돌아오게 해주소서. 그러면 다시는 어떤 일에도 불평하지 않겠습니다. 약속드립니다! 아멘."

나는 지금도 내가 그 자리에 있었음을 맹세할 수 있다.

멀베이니는 자신들에게 일어나는 모든 일을 소중히 여기는 가족이었고 소중한 것은 모두 기억에 남기에 가족 모두가 역사를 지니고 있었다.

아마도 그래서 많은 사람들의 부러움을 산 듯하다. 1976년의 사건으로 우리의 모든 것이 산산조각나고 영영 돌이킬 수 없게 되기 전까지는.

우리 멀베이니 가족은 서로를 위해 목숨도 바칠 수 있었지만, 그래도 서로에게 비밀은 있었다. 그건 지금도 마찬가지다.

지금 이 글을 쓰고 있는 나는 어른이다. 서른살의 저드 멀베이니. 나는 발행부수 25,600부에 주 2회 간행되는 『셔토쿼 폴즈 저널』의 편집장이다. 나는 열여섯살 때부터 신문사에 몸담았으며, 내 일을 사랑하고 꽤 심취해 있기도 하지만 세속적인 의미의 야심 같은 건 없다. 나는 우리 신문의 발행인이며 내 친구이기도 한 노신사의 신임을 받으면서 '유익하고 고상하고 진실을 말하는 신문'을 만들고 있으며 앞으로도 계속해서 그렇게 할 것이다. 대도시로 가서 돈을 더 많이 버는 일을 하는 것에는 별로 관심이 없다. 나는 선정적인 것과 논쟁거리를 추구하는 기자가 아니다. 그보다는 진실을 말하는 걸 추구하며 늘 위선에서 자유롭고 싶다.

나는 차분하고 온건한 성격의 소유자이며 대체로 놀라우리만큼 예의가 바르다. 사람들은 나를 만나본 후 어머니 코린 멀베이니에게 이렇게 속삭인다. "정말 훌륭한 청년이에요!" 장성해서 멀리 떠난 자식을 둔 어머니 나이 또래의 여자들이라면 이렇게 말한다. "저런 아들을 두다니 복이 많으시네요!" 사실 나도 어머니가 복이 많다고 생각하지만 그건 나를 아들로 두어서만이 아니라 형들과 누나를 자식으로 두어서이며, 우리는 어머니가 우리를 사랑하는 것만큼이나 어머니를 사랑한다.

어머니는 당신의 두 아들이 극히 심각한 범죄행위에 연루되었음을 알지 못하며, 나는 어머니가 그 일에 대해 영영 알지 못하기를 바란다. 솔직하게 말하자면 나는 뉴욕 주에서 장기복역형을 선고받을 만한 두 가지 일급중죄의 공범자이며 살인행위의 사전, 사후 종범이 되기 직전까지 갔었다. 그리고 만일 실제로 살인이 저질러졌더라도 필시 뉘우치지 않았을 것이다. 살인을 저지를 뻔한 당사자인 작은형 패트릭도 절대 뉘우치지 않았을 것이다. 법정에서 형을 선고받을 때 판사가 마지막으로 자기변론을 할 기회를 주었다면 패트릭 형은 판사의 눈을 똑바로 보면서 이렇게 말했을 것이다. "재판장님, 저는 제 행위를 인정하며 후회하지 않습니다."

나는 상상 속에서 패트릭 형이 그렇게 말하는 것을 숱하게 들었다. 또한 잠과 깨어남 사이의 모호한 의식상태에서 (아직까지 거의 밝혀지지 않은 그 미묘하고 유동적이고 신비스러운 영역에서) 실제로 형이 체포되어 재판정에서 살인, 납치, 자동차 절도 등 수많은 범죄행위에 대해 유죄선고를 받은 후 판사 앞에 서서 그렇게 말하는 장면도 무수히 목격했다. 그런 때면 나는 억지로 잠에서 깨어났고, 그러면 환한 햇살처럼 안도감이 밀려들었다. 그런 일은 일어나지 않았어!

하지만 이 기록은 고백서가 아니다. 절대로. 나는 이 기록을 가족 앨범처럼 여긴다. 우리 어머니가 간직한 앨범과는 종류가 다른, 절대적인 진실을 말하는 앨범. 그 누구의 어머니도 간직하지 않는 앨범. 하지만 만일 누군가가 한 가족의 자녀로서 그런 앨범을 기억과 추측과 그리움 속에서 간직해왔다면, 그것을 기록으로 옮기는 것은 그의 일생의 과업, 위대하고 유일한 평생의 과업이 될 수도 있다.

아까 우리 가족이 여섯명이라고 했는데 그건 잘못된 표현이다. 여섯은 너무도 적다. 실제로 하이포인트 농장은 분주하고 번잡했으며, 어린아이에겐 낯익은 얼굴과 낯선 얼굴들이 부단히 들고 나는 연극무대처럼 혼란스러운 곳이었다. 친구, 친척, 손님, 아버지의 거래처 사람, 고용인…… 날마다, 아니 거의 매시간마다 무슨 일이 벌어졌다. 우리 부모님은 두 분 다 사교적이고 인기도 많아서 잠시도 조용한 고독을 견디지 못했다. 게다가 우리는 농장에 살고 있었다. 농장엔 말과 젖소, 염소, 양, 닭, 뿔닭, 거위, 반쯤 길들인 청둥오리들이 있었다. 이른 새벽 수탉들이 울어대는 마당은 어찌나 소란스러운지! 그런 소리들과 함께 자라난 덕에 나는 야생 새들(주로 우리집 근처의 아름드리 떡갈나무에 둥지를 틀고 사는 어치들)의 울음소리를 아침의 일부로, 내 영혼의 일부로 믿게 되었다.

셔토쿼 밸리의 이웃 농장들과는 달리 하이포인트 농장은 더이상 '진짜' 농장이 아니었다. 아버지의 수입은 마운트 이프리엄에 있는 멀베이니 지붕회사에서 나왔다. 구릉지일망정 비옥한 300에이커의 땅이 원래 농장이었지만 우리 부모님이 농장을 구입했을 때는 겨우 23에이커 정도밖에 남아 있지 않았고, 아버지는 그중 15에이커를 큰조아재비, 밀, 콩, 자주개자리, 옥수수를 재배하는 이웃 농부들에게 임대했다. 하지만 우리에겐 사랑하는 가축들이 있었다. 물론 개도 있었는데 개는 네 마리 이하인 때가 드물었다. 고양이(고양이!)도 있었다. 늘 선택된 수의 고양이만이 집 안에 들여졌고 헛간에 사는 고양이의 수는 들쑥날쑥했다. 내 가장 이른 기억들은 나보다 개성이 강한 동물들에 관한 것이다. 말은 개와는 달리 매우 분명하면서도 종종 예측이 불가능한 성격을 지녔고, 고양이는 사실상 무엇이든 될 수 있다. 아버지는 우스개 삼아 이 집 서열 1위는 신경질적이고 저만 아는 아름다운 페르시아고양이 스노우볼이고 서열 2위는 물론 어머니이며 그다음은 창피해서 따지고 싶지도 않다고 투덜거리곤 했다.

아버지가 그러면서 시무룩한 얼굴을 하면 어머니는 애정 어린 말투로 놀리곤 했다. "맞아! 우리 모두 가엾은 컬리를 불쌍히 여겨야 해. 가장 대접도 못 받고 사니 말이야!"

하이포인트 농장에서 이름을 가질 정도로 분명한 개성을 지닌 동물들의 수를 세면 얼마나 되었을까? 스물? 스물다섯? 서른? 그 이상? 물론 그 수는 항상 바뀌었다. 새로 강아지와 새끼고양이가 태어났으니까. 새끼 양과 염소가 태어났으니까. 망아지가 태어나는 일은 드물었지만 여러 날 밤낮으로 걱정하며 지켜본 끝에(주로 어머니가 그 역할을 맡았고, 이따금 출산을 앞둔 말과 함께 마구간에서 자기도 했다) 망아지가 태어나면 그건 대단한 경사였다. 내가 태어나기 전에는 카나리아 여러 마리가 우리집을 거쳐갔는데, 어머니가 부엌에서 키운 카나리아가 너무 불어나서 문제가 되었던 일이 두고두고 가족들 사이에서 이야깃거리가 되기도 했다. 아버지의 표현을 빌리자면 '카나리아 대유행'이 절정에 달했을 무렵에는 부엌에서 큰 새장 세 개에 총 열다섯 마리의 카나리아가 지저귀고 짹짹대고 이따금 날카로운 비명까지 내지르며 아버지 말대로 '쉴새없이 똥을 싸댔다'고 한다. 내가 아주 어렸을 때 아버지가 어린 염소 한 마리를 데려온 적도 있었다. 다리가 금방이라도 툭 부러질 듯 가냘픈 잿빛 염소였는데 주인인 이웃 농부가 총으로 쏘아 죽이려고 해서 데려왔다고 했다. "나와서 염소돌이 봐라!" 아버지가 우리에게 외쳤다. 한번은 어머니와 마이크 형이 이글턴 코너스에 있는 사료가게에 갔다가 불타는 듯한 붉은 깃털과 황금색 눈을 하고 거들먹거리며 걷는 커다란 밴텀닭 한 마리를 사왔다. "모두들 나와서 캡틴 마블(미국의 슈퍼히어로로 만화 주인공—옮긴이)을 만나보렴!" 어머니가 외쳤다. 나의 첫 강아지는 불도그 리틀 부츠였고 나는 리틀 부츠와 형제처럼 자랐다.

하이포인트 농장의 멀베이니 가족으로 살던 시절을 생각하면 볼썽사납게 뻗어나간 밀림 같은 농장의 모습이 먼저 떠오르고, 하루도 성할 날이 없는 철조망 울타리가(농장에서는 울타리를 계속 손질해주어야만 한다) 잡목만 무성한 구릉진 땅으로 아득히 이어진 그 가장자리가 마치 꿈속처럼 흐릿하게 보인다. 우리 가족에게 촛점을 맞추는 건 꿈에 촛점을 맞추어 되살리는 것만큼 어려운 일이다.

꿈은 너무도 생생하고 현실 같아서 잊히지 않다가도 마음먹고 자세히 들여다보려고 하면 어느새 연기처럼 희미해지기 시작한다.

차를 몰고 하이포인트 농장으로 달려가보자!

내가 그곳으로 안내하겠다. 남북 직선축상에 있는 로체스터와 유빌, 마운트 이프리엄을 연결하는 이차선 혹은 삼차선 시골 고속도로인 58번 도로, 이름하여 유빌 파이크를 타고 달리다가 레바논 교차로를 지나 유빌 강을 따라 13킬로미터를 달린 후 마운트 이프리엄(1976년 기준 인구 19,500명)의 새로 생긴 조립식 다리를 건넌다. 계속 가면 머리디언 스트리트로 들어서고 강가의 낡은 붉은 벽돌 건물(여성용 핸드백, 스웨터, 양말을 만드는 공장이다)을 지난다. 폐쇄된 것처럼 음울한 분위기를 풍기는 공장이지만 사실은 어느정도는 돌아가고 있다. 정면에 연철 울타리가 있는 웅장하면서도 흉물스러운 그리스 복고풍 건물 마운트 이프리엄 공공도서관을 지나 우회전해서 쎄니커 스트리트로 접어든다. 마운트 이프리엄 경찰본부를 지난다. 해외참전 향군회관, 비밀공제조합 건물을 지난다. 대부분의 키 큰 느릅나무 고목들이 베어진 광장에서 우회전하여 피프스 스트리트로 들어선 다음 트리니티 성공회 교회에서 우회전한다.

아니, 잠깐. 이 경로는 마운트 이프리엄 '다운타운'을 피해서 가는 지름길이다(고작 세 블록 정도밖에 안되지만 길이 낡고 좁아 교통체증이 일어날 수 있다). 멀리 싸우스 메인 스트리트 끝으로 돌아서 우회전, 좌회전을 하면 소규모 회사와 창고 들이 있는 지역에 닿는다. 거기에 멀베이니 지붕회사가 있다. 아담한 단층 치장벽토 건물로 최근에 멋진 암녹색 칠을 하고 흰색으로 테두리를 둘렀으며, 지붕에는 그보다 약간 짙은 녹색의 아스팔트와 폴리에스테르 재질로 된 최신식 지붕널을 얹었다.

아버지는 멀베이니 지붕회사를 무척이나 자랑스러워했

다. 아버지는 회사를 위해 몸 바쳐 일했으며, 제품도 훌륭하지만 사장의 인간적인 매력에 반해 거래를 맺는다는 평을 듣기 위해 노력했다.

이제 피프스 스트리트로 돌아가 세 블록을 간다. 왼쪽으로 우리 멀베이니 집안의 자녀들 모두가 다닌 마운트 이프리엄 고교(공장 같은 외관에 비가 새는 평평한 지붕을 이고 있으며 싸구려 벽돌로 지어 60년대 초에 세워졌는데도 벌써 노후의 징후들이 나타나고 있다)와 학교 운동장이 있고 모퉁이에는 마운트 이프리엄 야구장이 있다. 야구장은 특별한 건 없고 외야 관람석 몇석과 잡초만 무성한 내야, 회전초처럼 바람에 날아다니는 쓰레기뿐이다. 그리고 로즈&처비 식당, 석탄재를 깐 주차장을 갖춘 포 코너스 술집이 있다. 디포 스트리트를 지나고 철도를 지난다. 긴 언덕을 내려가 드러먼드 장갑회사를 지난다. 1976년 현재 조업중이지만 파산을 향해 치닫는 중이다(드러먼드 씨와 아버지가 아는 사이여서 우리는 식사시간에 아버지에게 그 가엾은 남자의 딱한 사정에 대해 듣곤 했다). 태버내클 사도교회를 지나 갈림길에서 오른쪽 길로 접어든다. 태버내클 사도교회는 어머니가 이 지역에서 초기에 다녔던 교회 중 하나지만 내가 태어나기 전의 일이다. 처량한 콘크리트블록 건물에 영화관처럼 대형 간판이 걸려 있고 밝은 분홍색 글씨로 모두 기뻐하라. 예수께서 부활하셨도다!라고 씌어 있다. 철로를 건너 서토쿼&버펄로 화물야적장을 지난다. 그러면 지상 15미터 높이의 배수탑이 보이는데 난 늘 그것이 '거미 다리' 같다고 생각했다.

거기 빗물에 씻겨 흐릿해진 흰 글씨로 '마운트 이프리엄'이라고 씌어 있다. (필시 배수탑에는 형광색으로 쓴 낙서와 이름, 그라피티도 있을 것이다. "마운트 이프리엄 고등학교 76년 졸업반" 같은 것 말이다. 배수탑에서 낙서를 없애려는 지방공무원들과 그것이 자기들 소유라는 표시를 하고 싶어하는 고교생들 사이의 싸움은 여전히 계속되고 있다.)

이제 119번 도로 해거츠빌 로드로 접어든다. 속도가 빠른 주(州) 고속도로다. 왼쪽으로 걸프 주유소, 오른쪽으로 이스트게이트 쇼핑쎈터가 있고 1970년대 초에 이 도로를 따라 새로 들어선 웬디스, 맥도널드, 켄터키프라이드치킨 같은 패스트푸드 식당들도 보인다. 스포어 목재, 헨드릭 자동차도 보인다. 주인들이 아버지 친구들이라 친근한 이름이다. 그들은 아버지처럼 마운트 이프리엄 상공회의소, 비밀공제조합, 마운트 이프리엄 컨트리클럽 회원들이다. 앞에 있는 신호등이 시 경계다. 그 너머로 왼편에 컨트리클럽 레인이 있는데 그 길은 복잡한 고속도로에서 몇 킬로미터 벗어난 부유층의 '고급' 주거지로 이어진다. 마운트 이프리엄 컨트리클럽 자체는 고속도로에서 보이지 않지만 구릉진 초록의 골프코스와 깨진 유리알처럼 반짝이는 인공호수가 손가락처럼 튀어나온 부분은 보인다. 오른편에도 비슷한 고급 주택단지 힐싸이드 이스테이츠가 있다. 이제 시를 벗어났고 제한속도는 시속 90킬로미터이지만 누구나 그보다 빨리 달린다. 대형트럭, 쎄미트럭, 픽업트럭 들. 도로가 점점 오르막이 되면서 작은 농장과 넓은 들판을 몇번 지난다. 철로가 고

속도로 가까이에서 나란히 몇 킬로미터를 달리다가 단단한 바위를 뚫어 만든 듯한 터널 속으로 들어간다. 드문드문 서 있는 오두막 같은 집들과 처량한 모습의 트레일러촌을 지나면 오른쪽으로 갈라지는 좁은 아스팔트 포장길이 나오는데, 이것이 바로 하이포인트 로드다.

이제 우리는 서토쿼 산맥 기슭에 와 있다. 저 멀리 나무로 덮인 산비탈들이 마치 둥둥 떠다니는 듯 보인다. 캐터랙트 산은 최고 높이가 해발 700미터이고 회백색으로 덮인 봉우리는 50킬로미터 밖에 있지만 맑은 날에는 눈으로 볼 수 있다. 매리앤 누나는 이렇게 말하곤 했다. 꼭 손처럼 생기지 않았어? 우리에게 손을 흔들고 있는 것 같아. 겨울이면 이 지역은 툰드라처럼 눈이 많이 내려 두껍게 쌓인다. 부러진 옥수숫대가 주름장식을 이룬, 몇 킬로미터를 뻗어 있는 눈부시게 새하얀 산언덕들이 눈에 선해 나도 모르게 몸이 움츠러든다. 새매들이 머리 위에서 나른하게 나선을 그리며 맴돈다. 날개가 큰 매들은 눈이 얼마나 매서운지 옥수숫대 사이를 쏜살같이 달려가는 작은 쥐를 단박에 포착하고는 로켓처럼 날아가 순식간에 발로 먹이를 채서 다시 날아오른다. 날씨가 따뜻해지면 거의 모든 들판이 경작된다. 구릉진 목초지에는 군데군데 작고 구불구불한 하천과 개울이 흐른다. 홀스타인 종 젖소 떼가 풀을 뜯고 이따금 말과 양도 보인다. 이제 시골로 깊숙이 들어온 것이며 여전히 오르막길이다. 이글턴 코너스 교차로를 지난다. 땅딸막한 작은 건물에 우체국과 잡화점이 함께 있고, 농기구점, 주유소, 흰 미늘벽의 감리교회도 보인다. 이제 하이포인트 로드의 성격이 바뀐다. 아스팔트는 자갈과 흙으로 바뀌고 거의가 일차선이며 갓길도 없고 오른쪽에는 깊은 도랑이 있다. 도로는 뉴욕 주 이 지역에서 흔히 볼 수 있는, 태곳적 빙하 이동으로 생겨난 괴상한 모양의(마치 몇 킬로미터 길이의 거대한 갈고리발톱처럼 생긴) 산등성이 가장자리를 달린다. 도로 옆으로는 올더 크리크라는 하천이 거세게 흐르는데, 강처럼 수심이 깊고 물살이 빠르며 위험하다. 계속 오르막길이고 도로가 굽으면서 가파른 언덕길이 나타나니 기어를 2단으로 바꾸는 것이 좋다. 도로가 평탄해지면 오른쪽으로 페닝 농장이 보이는데, 거기가—마침내!—멀베이니 소유지의 경계선이다. 페닝의 집은 이 지역의 전형적인 농가로 경제적인 아스팔트 벽에 서서히 썩어가는 냄새를 풍기는 널빤지 지붕을 얹었다. 헛간은 보수상태가 집보다 나으며 역시 전형적인 모습이다. 로이드 페닝은 아버지의 주요 소작인으로 거의 해마다 12에이커의 땅을 빌려 귀리와 옥수수를 심는다. 1킬로미터쯤 더 가면 폐교가 된 '셔토쿼 군(郡) 9학군' 학교 건물을 개조한 집에 이른다. 여러 가족이 그 집을 거쳐갔는데 1976년에는 지머먼 가족이 살았다.

1킬로미터쯤 더 가면 왼편으로 크고 멋진 검은색 우편함이 보이는데, 옆면에 앞발을 쳐든 은빛 말이 있고 빨간 립스틱 색깔 글씨로 멀베이니라고 써어 있다. 우편함 건너편에는 나무와 관목에 거의 가려진 진입로와 어머니가 손수 자랑스럽게 만든 표지판이 있다.

자갈을 깐 진입로에는 키 크고 늙은 가문비나무들이 줄
지어 서 있다. 떡갈나무 다섯 그루가 집을 둘러싸고 있는데
그야말로 거목이어서 제일 큰 나무는 집 크기의 세 배는 된
다. 삼층집인데도 말이다. 여름에는 초목이 우거져서 진입
로에서 집을 보려면 위로 올려다보아야 한다. 대단한 집 아
닌가! 겨울이면 라벤더색 집이 동화 속 마법의 집처럼 공중
에 둥둥 떠 있는 듯하다. 그리고 앞마당에 있는 고풍스러운
썰매는 마치 말이 방금 전에 승객을 쓸쓸히 홀로 남겨두고
총총히 떠나버린 것처럼 보인다. 아버지의 헌옷을 입고 있
는, 부드러운 유머가 엿보이는 허수아비를 말이다.

동화 속의 집이 떠오르지 않는가? 그곳엔 분명 동화 속
주인공들이 살고 있으리라.

하이포인트 농장은 우리 부모님이 구입하여 부분적으로
복구하기 오래전부터 이 지역의 상징적인 건물이었다. 가장
최근에는 독일 태생인 어느 괴짜 농장주의 은둔처였다가
1951년 그가 사망하면서 멀리 떨어진 도시에 사는 그의 젊
은 먼 친척들에게 상속되었는데, 그들은 농장에 별 관심이
없었고 이따금 여름 별장이나 주말사냥 별장으로만 사용했
다. 내가 열세살이던 1976년쯤에 하이포인트 농장은 번영기

를 구가하고 있었고 로체스터나 버펄로 같은 먼 지역에서 사진가들이 '역사적인' 집과 부속건물들, 목초지에서 풀을 뜯는 말들, 고풍스러운 썰매, 앞마당을 가로질러 구불구불 흐르는 '색다른' 실개천을 사진에 담기 위해 찾아오는 것이 드문 일이 아니었다. 하이포인트 농장은 해마다 지역 상인들과 『마운트 이프리엄 페트리어트 레저』 신문, 서(西)뉴욕 역사협회가 만드는 달력들에도 실렸다.

신문사의 내 사무실 벽에도 역사협회에서 나온 1975년 달력이 걸려 있는데, 늘 '하이포인트 농장의 호박철!' 사진이 실린 10월이 펼쳐져 있다. 광택 나는 사진 속에는 아버지의 낡은 빨간색 격자무늬 재킷과 불룩하게 주름 잡힌 카키색 바지를 입고 귀를 덮는 방한모를 쓴 채 썰매를 타고 있는 허수아비가 다양한 크기의 형광 오렌지색 호박들에 둘러싸여 있고, 땅바닥에는 무게가 30킬로그램 이상은 나가 보이는 거대한 기형 호박이 있다. 허수아비 뒤로는 수많은 창이 달리고 가파른 지붕을 인 라벤더색 자연석 농가가 보인다.

나는 달력의 그 장을 코팅해놓았다. 안 그랬다면 이미 오래전에 색이 바래고 너덜너덜해졌을 것이다.

우리집은 일곱 개의 침실, 베란다, 포치, 이상하게 생긴 작은 탑들, 높은 자연석 굴뚝 세 개가 무질서하게 이어진 낡은 농가였다. 아버지는 우리집이 하나의 '스타일'이 아니라 미국 건축의 역사가 담긴 여러 '스타일들'로 이루어져 있다고 했다. 1930년 이래 최소 여섯명의 건축가가 집의 개축, 확장, 철거 작업을 한 증거가 있다. 물론 아버지는 건물 외장을 최고 수준으로 유지했으며 특히 지붕에는 아름다운 진보라색 최고급 슬레이트를 덮고 이음매 없는 알루미늄 홈통을 설치했다. 집의 오래된 중앙부는 자연석과 치장벽토로 지어졌고 나중에 지어진 부분은 나무로 되어 있다. 내가 아주 어렸을 때—그러니까 60년대 중반이었을 것이다—아버지는 멀베이니 지붕회사 직원 둘과 마이크 주니어와 패트릭 형을 데리고 나무로 된 부분을 암회색에서 라벤더색으로 새로 칠하고 덧문들은 싱싱한 가지를 연상시키는 짙은 자주색으로 단장했다. 커다란 현관문은 크림색으로 칠했다. (낡고 건조한 목재를 칠하는 데 칠십 리터의 유성페인트와 여러 주의 작업기간이 필요했다. 얼마나 멋진 팀워크였는지! 나도 형들처럼 커서 함께 붓으로 칠을 하고 사다리를 올라가 돕고 싶은 마음이 얼마나 간절했는지 모른다. 어쩌면 나는 상상 속에서 그들과 한 팀이었다고 믿었는지도 모른다.)

그 집이 역사적 가치를 지니는 것은 남부 흑인 노예들이 북부로 도피할 수 있도록 도운 '언더그라운드 레일로드' 조직의 아지트였기 때문이기도 하다. 1850년 미국 역사상 가장 수치스러운 법안 중 하나인 도망노예법이 통과되면서 '언더그라운드 레일로드'의 비밀활동이 시작되었다. 어머니는 셔토쿼 군 역사협회 기록보관소에서 이 비밀조직의 활동에 관한 자료를 발견하고 전율했으며 그에 관한 글을 『마운트 이프리엄 페트리어트 레저』지에 여러 편 기고하기도 했다. '역사적인 집에 사는 것'에 매혹되고 순진한 자부심에 가득 차서! 어머니는 남쪽으로 24킬로미터쯤 떨어진 곳의 작은 농장에서 태어났는데 그곳의 삶은 일, 일, 일뿐이고 똑같은 계절이 영원히 반복되었으며 우리가 '역사'라고 부를 만한 사건이라곤 없었던 것이다.

어머니가 진지하게 골동품에 관심을 갖게 된 건 내가 학교에 들어간 뒤부터였다. 어머니는 형편껏 구입한 지난 시대의 물품들로 집 안을 채웠고, 나아가서는 골동품을 사고파는 일을 해보겠다는 생각을 품었다. 그래서 물건들을 사들이고 집 바로 뒤의 작은 헛간을 개조해서 가게를 차리고 지역 골동품 잡지 한두 곳에 광고도 내고 간판도 만들어 허수아비 썰매 옆에 세웠다.

> 하이포인트 골동품
> 특별한 가격·특별한 제품

손님들이 많이 찾아오는 건 아니었다. 하이포인트 농장은 시내에서 너무 멀 뿐만 아니라 찾기도 여간 힘들지 않으니까. 일요일에 차를 몰고 지나가던 사람들이 언덕 꼭대기의 라벤더색 석조건물에 이끌려 들르기도 했지만 대부분의 손님들은 어머니처럼 골동품을 거래하는 이들이었다. 게다가 어머니는 정이 들어 애지중지하는 물건을 손님이 사고 싶어하면 고통스러운 얼굴로 웅얼웅얼 어색한 변명을 했다. "오, 정말 죄송해요! 다른 손님이 맡아놓으셨는데 깜빡 잊었어요." 그러면서 죄책감을 숨기지 못해 얼굴을 붉히고 손을 쥐어짰다.

아버지는 어머니를 이렇게 평가했다. "네 엄마는 사업가로는 젬병이지. 가망 없는 아마추어야."

어머니는 셔토쿼 밸리 지역의 경매장과 벼룩시장, 차고쎄일, 자선바자회장을 찾아다녔고 쓰레기장을 뒤지고 다니는 것도 서슴지 않았는데, 아버지는 어머니가 본인이 반한 물건들만 들여오고 자연히 그 물건들과 사랑에 빠져 낯선 이에게 팔아넘기는 걸 견디지 못한다며 가차없이 놀려댔다.

진리가 무엇이냐? 본디오 빌라도가 예수에게 던진 질문이다.

이에 대한 예수의 대답은 알쏭달쏭하기만 하다. 무릇 진리에 속한 자는 내 소리를 듣느니라.

한때 나는 그 대화를 이해한다고 생각했지만 이제 그렇지 않다.

멀베이니 가족의 이야기를 밝힘에 있어서 나는 이 가족의 막내아들이긴 하지만 중립적인 관찰자로서, 그게 불가능하다면 최소한 나의 감정이 세월의 강에 씻겨내려가서 '진실'을 말할 수 있기를 바란다. 여기 기록된 모든 일은 실제로 일어났으며 나의 임무는 그것이 어떻게, 왜 일어났는지를 밝히는 것이다. '왜', 즉 어떤 일의 이유는 멀리서 보면 받아들이기 어렵거나 불가해하게 느껴질 수도 있지만, 그림 형제의 동화 속 이야기처럼 아버지가 사랑하는 자식을 추방한 일이라고 해도 안에서 보면 받아들이기 어렵거나 불가해할 것이 없다. 나는 최대한 많은 '사실'을 담을 것이며 나머지는 추측이지만 상상에 따른 것이지 날조된 것은 아니다. 내가 직접 체험하지 못했거나 가슴으로가 아니면 알 수 없는 일에 대해서는 많은 부분 나의 기억과 가족들의 대화에 토대를 두고 있다.

아버지의 말투는 너무도 직선적이어서 우리를 당혹스럽게 하곤 했는데, 곧바로 응답해야만 하고 감히 시선을 돌릴 수도 없었기 때문이다. 아버지가 그런 말투로 버릇처럼 했던 말이 있다. "우리 멀베이니 가족은 가슴으로 뭉쳤다."

암사슴

속삭이는 듯한 은밀한 살랑거림. 저드. 저드. 저드.

열한살 때의 일로 기억한다. 나는 밤중에 사슴 소리에 잠이 깨어 목초지 연못까지 갔다. 나를 깨운 건 창밖의 사슴 발굽 소리가 아니라(나는 사슴 발굽 소리가 어떤 건지도 몰랐다) 높이 자란 마른 풀들의 살랑거림이었다. 저드. 오, 저드!

어머니는 나를 이렇게 놀리곤 했다. 저드는 잠을 얼마나 깊이 자는지 아기 때는 엄마 아빠가 몇분 간격으로 들여다보며 숨을 쉬는지 확인했다니까!

그 말이 맞다. 나는 열세살 무렵까지 누가 업어가도 모를 정도로 깊이 잠을 잤다. 깊고깊은 우물의 맨 밑바닥까지 내려가서.

왜 그랬을까? 하이포인트 농장의 평일 아침은 6시 이후에 시작된 적이 없었다. 6시만 되면 어머니가 아래층에서 계단

위에 대고 외쳤다. "얘들아, 기상! 어서 일어나!" 그러면서 휘파람을 불거나 냄비를 두드렸다. 아침식사 전에도, 방과 후에도 농장일을 거들어야 했는데 아침에 외양간에 가서 젖으로 퉁퉁 붓고 때가 낀 젖소들의 젖통을 씻은 뒤 일일이 착유기를 끼워 육중한 젖통들을 모두 비우고 착유기에 모인 우유를 통에 붓는 일까지 마치려면 족히 한 시간은 걸렸다. 방과 후에도 4시 30분부터 6시 정도까지 일해야 했지만 주로 말들을 보살피는 일이었고 나는 말들을 사랑했다. 그다음엔 저녁을 먹었는데 우리집에선 그것도 격렬한 일이었다. 멀베이니 가족에서 가장 막내인 나 같은 꼬마에겐 식당에서 버텨내는 것만도 페더급 권투경기 12회전 내내 발돋움을 하고 서 있는 것만큼이나 에너지와 끈기를 고갈시키는 일이었다. 구경꾼들의 눈에는 그게 쉬운 일처럼 보일지 몰라도 사실은 절대 그렇지 않다. 저녁식사 후의 한 시간 정도 되는 숙제시간도 만만치 않았다. (어머니는 내가 90점대 후반의 점수를 맞아야 하는데 그렇지 못한 것에 대해 걱정하며 패트릭 형이나 매리앤 누나에게 내 숙제를 감독하게 했던 것이다.) 그다음엔 우리 가족이 좀더 흥분하는 텔레비전 시청시간으로 '가치있고 교육적인' 프로그램만 볼 수 있었으며, 부모님은 공영방송의 역사나 과학, 인물 관련 다큐멘터리를 선호했다. 우리는 시청중이나 후에 그것에 관해 토론하기도 했다. 우리 멀베이니는 대화가 있는 가족이었다. 그래서 밤 10시쯤 이층 침실로 비틀거리며 올라갈 때면 마치 돌덩이가 깊고 검은 물속으로 천천히 가라앉는 것 같은 중력의 힘이 느껴졌다. 어떤 때는 잠옷을 입다 말고 침대에 모로 쓰러져 잠들었고 그러면 리틀 부츠가 행복하게 내 옆에서 웅크리고 잤다. 화장실 변기에 앉은 채 잠이 들기도 했다. "오, 저드! 세상에! 애야, 일어나렴!" 그런 때면 내가 깜빡 잊고 잠그지 않은 문을 밀어젖히며 어머니가 외쳤다.

하이포인트 농장엔 사생활이라곤 없었다.

식구 여섯에 개와 고양이, 문턱이 닳도록 찾아오는 손님들, 자고 가는 손님들까지 우글거렸으니(우리 부모님은 '손님에게 극진한' 분들이었고 매리앤 누나도 노상 친구들을 불러다 재웠으며 '많을수록 즐겁다'는 것이 어머니의 믿음이었다) 사생활은 아예 기대할 수조차 없었다.

패트릭 형은 그런 가족들 틈에서 스스로 고독을 선언한 인물이었다. 그는 열두 살 나이에 헨리 데이비드 소로우의 『월든』을 읽었으며 종종 혼자 숲속의 올더 크리크 하천에서 야영을 했다(개 한두 마리를 데려가긴 했지만 말이다). 패트릭 형의 방에는 늘 개나 고양이가 있었고 가끔 살짝 들여다보면(동생이 형에게 갖는 맹목적인 동경에서 우러난 행동이었다) 그가 이불을 몸에 감은 채 가슴에 묵직한 털북숭이 형체를 올려놓고 함께 가볍게 코를 골며 자는 모습을 볼 수 있었다.

어렸을 때 나는 정말 깊이 잤다. 그 당시엔 모든 것이 너무도 강렬해서 거의 고통스러울 지경이었다. 말하자면 그때 나는 모든 것에 지나친 행복과 흥분을 느꼈다. 나는 침대에 쓰러지면 뇌 속의 스위치가 꺼지고 완전히 먹통이 되었다.

그리고 만일 밤중에 갑자기 나를 깨우는 것이 있을 때면(놀랍게도 그것이 바람이었던 적은 없었다. 하이포인트 농장에는 바람 잘 날이 없어서 늘 떡갈나무 가지의 삐걱거림과 창문의 덜컹거림과 처마 밑이나 굴뚝 속의 윙윙거림이 끊이지 않았지만 우리는 그 소리들을 들은 적이 없었고 오히려 바람이 잠잠해지면 슬그머니 불안감이 들 정도였다) 누군가 내 얼굴에 손전등 불빛을 비춘 것 같은 느낌이었다. 나는 눈을 번쩍 떴고 심장이 쿵쿵거리고 온몸에 진땀이 흐르는 채 침대에 누워 있었다. 내가 누구인지, 어디에 있는지도 모르는 찰나의 공포가 엄습했다.

그러다 내 이름이, 내 진짜 이름이 떠올랐다. 저드슨 앤드루 멀베이니. 아버지는 '아일랜드 카운티 킬데어의 지주'였던 '부유한 괴짜' 친척의 이름을 땄다고 넌지시 말했지만 나는 그것이 농담이었다고 생각한다. 아버지는 아일랜드에 아는 친척이 없었고 이 나라에도 스스로 친척으로 인정하는 사람이 없었으니까. 어쨌거나 어린 소년에겐 얼마나 어울리지 않는 이름인가! 위엄과 부의 냄새를 물씬 풍기는 이름이라니! 나는 그 이름을 듣기만 해도 아버지의 새 코트가 떠올랐다. 어머니가 유빌에서 가장 좋은 백화점에서 3월에 할인가로 사서 아버지에게 크리스마스 선물로 준 낙타털 코트. 아직 말라깽이 레인저가 입기엔 너무 크지만 언젠가는 몸에 맞을 그 코트. 아버지의 고급 승마부츠와(이것도 바겐쎄일로 장만한 것이다) 안에 털을 댄 가죽장갑도 떠올랐다. 아버지의 포드 픽업트럭과 어머니의 뷰익 스테이션왜건, 마이크 형의 빨간 립스틱 색깔 올즈 커틀러스, 랭글러 지프, 존 디어 트랙터를 비롯한 농기구들, 내가 어른이 되면 몰 수 있게 될 그 모든 차량도 떠올랐다. '저드슨 앤드루 멀베이니'란 이름은 그런 모든 것을 연상시켰다.

나는 흥분으로 몸을 떨며 창가에 서서 사슴들을 내려다보고 있었다. 예닐곱 마리가— 여덟 마린가?— 조심스럽게 한 줄로 서서 우리집 마당을 통과하고 있었다. 흰꼬리사슴이었는데 울타리 너머로 6미터쯤 뻗어 있는 목초지 연못을 향해 가는 듯했다. 낮이면 그곳에서 우리의 많지 않은 젖소들이 물을 마시고 풀을 뜯고 굼뜬 발로 서서 졸면서 천천히 거대한 젖통을 채웠다. 젖소들은 마치 검은색과 흰색 혼응지(펄프에 아교를 섞어 만든 종이— 옮긴이)로 만든 형상들처럼 거의 움직임이 없었고 어쩌다 한번씩 파리를 쫓느라 꼬리를 휘둘러 살아 있음을 나타낼 뿐이었다.

새벽 3시 25분이었다. 식구 중에 나 혼자만 깨어 있다는 생각에 묘한 전율이 일었다.

우리 소유지의 숲에는 사슴이 많이 살았지만 개들 때문에 이렇게 집 가까이로 지나가는 건 드문 일이었다. (물론 우리집 개들은 절대 밤에 풀어놓지 않았기에 일부 이웃 개들이나 작은 무리를 이룬 반(半)야생 개들처럼 말썽을 일으키진 않았다. 어머니는 사람들이 애완동물을 방치하는 것에 분개하며 이렇게 말했다. "동물들도 사람이나 마찬가진데." 개들 먹이는 걸 아까워하는 인색한 농부들도 있어서 그런 집 개들은 먹이를 찾아 사방을 뒤지고 다녔다.) 멀베이니의 개들은 잘 먹고 철저히 길들여졌으며 사냥 훈련은 받지 않고 소유지를 '지키는' 임무에 충실했다.

나는 사슴들을 따라가고 싶었다! 나는 맨발로 방을 나가서 계단으로 향하며 생각했다. 내가 어디 있는지 아무도 몰라. 레인저는 투명인간이야. 리틀 부츠는 내 침대에서 곤히 잠이 들어 내가 나가는 것도 몰랐다.

아래층 어딘가에서 자고 있을 개 트로이도 내 기척을 듣지 못한 모양이었다.

우리 멀베이니 가족의 집 계단에 있는 물건들을 살펴보면 우리 가족이 어떤지 쉽게 알 수 있다. 우리집 같은 오래된 농가의 계단은 이상하리만큼 가팔라서 거의 수직에 가까우며 폭도 좁다. 그런데도 아래쪽 계단 가장자리에는 늘 물건들이 어질러져 있었다. 우리집의 모든 곳이 그렇듯 온갖 잡동사니가 쌓여 있었는데 '잠깐' 둔다는 것이 몇주 동안이나 치우지 않고, 심지어 거기 둔 것조차 까맣게 잊고 방치된 것이었다. 아버지와 어머니의 뜯지 않은 우편물들(가끔은 청구서까지 섞여 있었다). L. L. 빈 의류 카탈로그, 버피스 씨앗 카탈로그, 팜&홈 써플라이즈 회보. 『팜 라이프』『타임』『뉴스위크』『컨슈머 리포트』『이밴절리스트: 크리스천 패밀리 위클리』 따위의 묵은 호들. 헌 교과서들. 장갑이나 장화 한 짝. 말빗과 솔, 압정, 나사, 떨어진 단추들. 계단 몇단은 아예 비공식적인 분실물보관소가 되어 예를 들어 거실 바닥에서 단추를 발견하면 자연스럽게 그 계단에 갖다놓았다가 깜빡 잊곤 했다. 그러면 그 단추는 계단에 몇주, 몇개월씩 방치되었다. 한동안은 계단에 일등상 두 개가 있었는데 패트릭 형이 뉴욕 주 품평회에 4H활동 작품을 출품해서 받은 것이었다. 마이크 형이 아무렇게나 벗어던진, 스파게티 쏘스로 얼룩진 넥타이도 있었다. 몇주 동안 계단에 잡동사니가 쌓여 발 디딜 틈조차 없어지면 어머니는 일시정지를 선언하고 누구든 가까이 있는 사람에게 치우게 했다. 하지만 다시 며칠이 지나면, 아니 몇시간만 지나도 잡동사니가 쌓이기 시작했다. 아버지는 그걸 열역학 제4법칙이라고 칭했다. "하이포인트 농장의 물체들은 질서에 저항하는 성질을 지녔다."

나는 맨 아래 계단에서 잠시 멈추어 주위를 살폈다. 내가 듣지 못하는 삐걱거리고 덜컹대는 바람소리를 빼면 집 전체가 고요했다.

나는 발꿈치를 들고 살금살금 거실을 지나 조심스럽게 문을 밀어 열고(삐걱 소리가 났다!) 살금살금 부엌을 지나면서 카나리아가 깨서 소란을 떨지 않기를 빌었다. 뒷문 현관홀 쪽에 작은 화장실이 있고 그 건너편에 마이크 형의 방이 있었는데 물론 문이 닫혀 있었다. (맏이인 마이크 형은 특별한 존재로 수년간 특권을 누려왔다. 그는 우리처럼 이층을 쓰지 않고 일층의 큰 방 하나를 차지하고 있었으며 방이 뒷문 근처에 있어서 사실상 자신만의 출입구와 사생활을 갖고 있었다. 이제 스무살이 된 그는 멀베이니 지붕회사에서 아버지를 돕고 있었고 어른 대접을 받고 싶어했으며, 밤늦게까지 외출하는 때가 많았고 심지어 주말에도 그랬다. 지금도, 이 새벽에도 집에 있는지 알 수가 없었다.) 뒷문은 잠겨 있지 않았다. 나는 너무 쉽다는 생각에 미소를 깨물며 문고리를 돌려 문을 열고 아무도 모르게 집을 빠져나갔다.

레인저는 막내지만 우리 가족을 놀라게 할 거야. 두고 보라고.

달빛이 쏘는 듯 강렬했다. 예상치 못한 일이었다. 구름 조각들이 마치 살아 있는 생물처럼 달의 얼굴 위로 흘러갔다. 달빛에 눈이 부셔 눈이 아플 정도였다.

밤하늘의 모든 별이 깜빡이며 고동치고 있었다. 그것들 역시 살아 있는 듯했다. 별이 너무 많았다! 나는 현기증이 나고 혼란스러웠다. 패트릭 형이 자기 손으로 조립해서 만든 망원경으로 내게 열심히 가르쳐준 별자리 중에서 알아볼 수 있는 건 큰곰자리, 작은곰자리, 오리온자리뿐이었다. 안드로메다는 어디 있지? 열심히 올려다보자 하늘이 움직이며 헤엄치는 듯했다. 바람이 별들을 진동하게 만드는 듯했다.

굳게 다진 진입로의 흙이 발바닥에 닿는 감촉이 놀랍도록 차갑고 단단했다. 나는 여름에 될 수 있는 한 많이 맨발로 뛰어다닌 덕에 발바닥이 단련되어 있었다. 방에 있을 때는 쌀쌀할 것 같지 않았는데, 지금은 바람에 잠옷 바지가 펄럭이고 이마 위의 머리카락이 흩날리면서 추위에 떨고 있었다. 게다가 달빛이 너무 환해서 눈이 아팠다.

건초창고 지붕 꼭대기에 수탉 풍향계가 있었다. 풍향계는 바람에 삐걱이며 북북동을 가리키는 듯했다. 벌써 10월이었다. 이제 곧 찾아올 한겨울의 추위와 눈의 냄새가 풍겼다.

마구간에서 말 한 마리가 울음소리를 냈다. 그러자 다른 말이 응답했다. 그 기묘하고 유려한 소리. 또다른 말도 나섰다! 이 시각에 안 자고 뭣들 하는 걸까? 말들이 내 기척을 들었거나 냄새를 맡았을 리는 없었다. 내 말 클로버는 내가 마구간으로 갈 때마다 내 모습을 보기도 전에 신기하게도(아마도 발소리나 냄새로) 나를 알아보지만 말이다.

어떤 물체가 나를 번개처럼 지나쳐서 풀숲으로 사라졌다. 헛간에 사는 고양이들 중 한 마리일까? 아니면 너구리? 겁을 먹은 건 아닌데도 가슴이 요란하게 쿵쾅거렸다. 밤이 너무도 살아 있었다.

나는 밖에 나온 걸 부모님에게 들킬까봐 조금 걱정이 되었다. 금방이라도 불이 켜지고 집 근처 진입로가 환해지면서 아버지가 소리를 지를 것만 같았다. "거기 누구냐?" 개들이 짖어대고.

하지만 아니었다. 잠자코 기다려보았지만 아무 일도 일어나지 않았다.

나는 마치 투명인간이 된 듯했다.

밤에 보는 집은 낮보다 크게 느껴졌다. 주변의 떡갈나무 거목들에 가려 어렴풋이 모습을 드러낸 단단한 덩어리가 산처럼 거대해 보였다. 헛간들 역시 컴컴하고 육중하고 커 보였는데, 달 위를 흘러가는 구름 조각 때문에 양철지붕 위로 마치 빛이 잔물결을 일으키며 흐르는 듯했다. 지평선은 없고 검은 나무들이 빽빽한 산등성이들이 우묵한 그릇의 테두리 같았으며, 나는 그 그릇의 한가운데에 있었다. 산들은 낮에만 보였다. 지금은 나무들의 선만 보일 뿐이었다. 밤이면 흰 칠을 한 울타리가 마치 물속의 물체처럼 희미하게 빛났지만 칠을 하지 않은 울타리와 철조망은 보이지 않았다. 헛간 마당에는 건초더미와 거름더미가 있었지만 미리 그 정체를 알고 있지 않았더라면 무엇인지 알 수 없을 터였다. 오지 벽돌로 지은 저장탑이 달빛을 받아 빛났다. 헛간들, 닭장, 기계 보관 창고들(낡고 고장나고 녹슨 기계가 많았다), 차고, 간이차고들, 그 모든 것이 밤에는 조용하고 신비했다. 진입로 저편에 와인쌥 종 사과나무를 주로 심은 과수원이 있었는데 어둠 속에서 나무들이 한 덩어리가 되어 있었고 잎사귀들이 바람에 떨렸다. 난 혹시 죽은 걸까? 유령일까? 여기 아예 존재하지도 않는 걸까?

하지만 나는 돌아서지 않고 계속 사슴들을 따라갔다. 이제 딸기밭을 지나고 있었다(딸기밭은 매리앤 누나가 맡았고 나는 여름에 거름 주고 잡초 뽑는 일만 했다). 우리 모두, 그러니까 패트릭 형과 매리앤 누나와 내가 모두 나서서 일을 거드는 어머니의 텃밭에는 사탕옥수수, 버터호두호박, 그리고 보통 호박 대여섯 개가 아직 남아 있었고 벌써 서리가 한두 차례 내려 금잔화는 시들어가고 있었다. 어머니는 가을에 꽃이 시들어가는 모습을 보면서 이렇게 안타까움을 표현했다. "너무 우울해서 울고 싶어지는구나." 울타리를 따라 늘어선 해바라기는 대부분 얼굴이 너덜너덜해진 채 고개를 꺾고 마치 취객처럼 바람에 흔들리고 있었다. 새가 씨를 다 파먹어 만신창이에 눈까지 먼 모습이어서 그 곁을 지나가는 기분이 이상했다. 해바라기가 마치 사람 같았다!

사슴을 볼 수 없었지만 나는 계속 나아갔다. 곳곳에 물웅덩이가 거울처럼 반짝였다. 밤에는 냄새가 더 강해지기 때문에 짙은 진흙 냄새, 젖은 채 썩어가는 낙엽 냄새, 거름 냄새까지 맡을 수 있었다.

추위에 발이 감각을 잃어 돌이나 뾰족한 가시에 긁히고 찢겨도 느낄 수가 없었다. 나는 겁이 났지만 그래도 행복했다! 지금은 저드가 아닌 존재. 미지의 존재.

나는 살금살금 연못으로 갔다. 이쪽 끝은 수심이 1미터 정도밖에 되지 않았다. 연못물은 올더 크리크와 연결된 구불구불한 개울에서 끌어온 것이었다. 연못은 몇년마다 침전물, 나무 부스러기, 동물 배설물로 꽉 차서 아버지가 불도저를 빌려다 준설작업을 했다.

암사슴 한 마리가 연못가에서 물을 마시고 있었다! 나는 5미터쯤 떨어진 풀밭에 쪼그리고 앉아서 지켜보았다. 암사슴의 길게 뻗은 가느다란 목이 보였다. 주둥이는 물에 닿아 있었다. 암사슴은 달빛에 색깔이 모두 빠져버린 듯했고, 암사슴이 물을 마시는 근처의 수면에 잔물결이 일었다. 다른 사슴들은 어디로 갔을까? 한 마리만 남은 건 보기 드문 일이었다. 나머지 사슴들은 계속 걸어서 숲으로 들어간 게 분명했다. 암사슴이 고개를 번쩍 들더니 도망칠 자세를 취했다. 귀를 씰룩거리는 것으로 보아 무슨 소리를 들은 모양이었다. 어쩌면 내 냄새를 맡은 것인지도 몰랐다. 암사슴의 눈은 말처럼 불거지고 검고 반짝거렸다. 가느다란 다리가 긴장으로 떨렸다.

나는 야생동물을 사랑했다. 나는 그들을 사냥할 수가 없었다. 그들은 하이포인트 농장의 동물들처럼 이름을 갖고 있지 않았다. 그래서 이름을 부를 수도, 알아볼 수도 없었다. 낮에는 눈에 띄기가 무섭게 사라졌다. 우리의 눈이 잘못 보았음을 증명하기라도 하는 것처럼. 그들은 나타나고 사라지는 능력을 지니고 있었다. 그들은 원래 그렇게 태어났다. 아담이 육지와 바다 생물들의 이름을 짓고 그들을 지배하도록 하느님이 허락했다는 창세기 내용과는 달랐다. 그렇지가 않았다.

다음달은 서토쿼 밸리의 사슴 사냥철이라 새벽부터 해질 녘까지 숲과 들판에서 울려퍼지는 염병할 사냥꾼들의 총소리를 듣고 길가와 우리 소유지에 주차된 그들의 픽업트럭을 보게 될 터였다. 그건 '사냥꾼들의 권리' 보호를 위해 군에서 정한 법이었다. 아버지가 우리 소유지에 사냥꾼들이 들어오는 걸 막으려고 해마다 '사냥 및 낚시 금지'라고 쓴 밝은 주황색 표지를 50미터 간격으로 붙여놓아도 사냥꾼들은 자기들이 원하는 것들을 취해갔다. 우리는 겨우내 집 근처에서 사슴을 거의 볼 수 없었고 수사슴은 씨가 마른 듯했다. 수사슴은 '뿔' 때문에 죽임을 당해 가지진 멋진 뿔이 달린 머리가 박제되었다. 살아 있는 눈이 달렸던 자리를 추한 유리 눈이 대신했다. 어머니는 죽은 사슴들의 시체가 사냥꾼들의 차에 걸쳐져 있는 모습을 보고 분노의 눈물을 보였고 가끔 사냥꾼들에게 용감하게(어쩌면 무모하게) 따지기도 했다. 어머니는 놀이삼아 생명을 죽이는 건 비양심적이라고 말했다. 어머니도 남자들 모두가 사냥을 하는 랜썸빌의 농장 출신이었지만 자신은(여자들은) 그것을 견딜 수 없었노라고 했다. 아버지도 한때, 오래전에 사냥을 했었지만 이제는 아니었다. 울프스 헤드 호수 지역에서 친구들과 사냥을 했던 것과 관련된 나쁜 기억이(나는 자세한 내용은 모르지만) 있다고 했다. 이제 아버지는 '사업상'의 이유로 서토쿼 스포츠맨 클럽에 들어 있긴 했지만 사냥이나 낚시는 하지 않았다. 아버지는 자신은 '중립적'인 입장이라며 이 지역에서 사람들이 사슴의 천적인 늑대와 코요테를 몰아내는 바람에 생태계의 불균형이 일어났고 사슴 수가 지나치게 증가하여 먹을 것이 부족해진 사슴들이 농작물에 피해를 입히게(우리 농작물도) 되었다고 했다. 하지만 아버지는 원칙적으로 사냥에 반대한다고 했다. 동물이 동물을 사냥하는 건 자연스러운 일이지만 인간은 자연보다 우월한 존재이기 때문이라는 것이었다. 인간은 자연이 아닌 하느님의 형상으로 만들어졌으니까. 아버지는 그러면서도 마이크 형이 열다섯살 때 '사격 연습용'으로 22구경 소총을 사고 싶어했을 때 심하게 반대하지 않았으며 여러 해 동안 손도 대지 않은 묵은 총들을 버리지 않고 갖고 있었다.

암사슴이 연못 너머로 내 쪽을 보고 있었다. 앞다리를 굽히고 고개를 숙인 자세였다.

다음 순간 나는 암사슴이 듣고 있었음이 분명한 그 소리를 들었다. 초원 위를 가볍게 달려오는 발소리였다. 나는 개들의 헐떡거리는 숨소리를 들은 다음에야 그것들의 모습을 볼 수 있었다. 개 떼였다! 암사슴이 홱 돌아서서 펄쩍 뛰더니 끝이 흰 꼬리를 조난신호기처럼 치켜들고 달리기 시작했다. 사슴들은 왜 살기 위해 도망치면서 꼬리를 치켜드는 걸까? 적에게 어둠 속에서 희미하게 빛나는 신호라도 보내는 것일까? 개들이 연못으로 뛰어들어 첨벙거리며 연못을 건너갔다. 목에서 굵직한 으르렁거림이 들렸으나 아직 짖지는 않고 있었다. 내가 있는 걸 아는지 모르는지 내색도 없었고 내겐 관심조차 없이 오로지 암사슴에게만 집중해 있었다. 대여섯 마리쯤 되는 개들은 귀를 뒤로 붙이고 목털을 세운 채 맹렬한 추격전을 벌이고 있었다. 그중 한두 마리는 이웃집 개인 것 같았다. 나는 공포로 토할 것 같은 기분을 느끼며 소리를 질러댔지만 개들은 이미 저만치 가버린 뒤였다. 공포에 찬 도망과 추적의 소리가 점점 희미해졌다. 나는 비틀거리며 연못에 빠졌고 무언가에 발을 찔렸다. 나는 반쯤 울먹이며 헐떡거렸다. 나는 그곳에서 벌어진 일을 믿을 수 없었다. 너무도 순식간에 벌어진 일이었다.

총이 있었다면.

우리는 이따금 암사슴이나 새끼사슴의 시체를 숲이나 옥수수밭, 심지어 집 가까이에 있는 과수원에서 발견했다. 한번은 뜯어먹히다 만 암사슴 시체가 어머니의 골동품 썰매 근처에서 발견되기도 했다. 목이나 배가 공격당해 찢겨 있었다. 그리고 대개 뜯어먹히다 만 상태였다.

총이 있었다면. 뒷방의 잠긴 창고나 캐비닛 속에 들어 있을 아버지의 총들. 브라우닝 산탄총 한 자루와 소총 두 자루.

마이크 형의 소총도 있었다. 마이크 형은 금세 사격연습에 흥미를 잃었고 패트릭 형은 원래 총을 싫어했으며 나는 아직 아버지에게 산탄총이나 소총 쏘는 법을 배우지 못했고 총을 만지는 것도 금지되어 있었다(확신할 순 없지만 총을 만지게 해달라고 말한 적도 없었다). 그런데도 총을 쏠 수 있을 것 같았다.

조준을 해서 방아쇠를 당기고 죽일 수 있을 것 같았다.

나는 울면서 집을 향해 달렸다.

무력한 어린 꼬마! 열한살배기! 베이비페이스, 딤플!

밤에 돌아다니는 레인저. 눈물을 닦으며 콧물을 흘리는.

나는 일층 화장실에서 후들후들 떨며 뜨거운 물을 틀었다. 나는 암사슴에게 일어난 일을, 개들이 암사슴에게 했을 일을 — 실제로 보거나 듣진 못했으니까 — 생각하지 않으려고 애썼다. 암사슴이 도망치지 못했다면(나는 도망치지 못했으리라 생각했다) 숲에서 일어났을 일. 하지만 그건 모르는 일이었다. 그런 때 어머니가 미소 띤 얼굴로 보듬어주며 하는 말이 있었다. 그 생각은 하지 마. 엄마가 다 알아서 해줄 테니까. 엄마가 못하면 아빠가 해주실 거야. 약속하마!

온수 수도관이 고음의 비명을 지르는 바람에 나는 부모님이 깰까봐 더럭 겁이 났다. 저드, 너 일층에서 뭐 하는 거냐? 새벽 4시가 다 됐는데? 꾸중이라기보다는 당황한 음성에 가까운 아버지 목소리가 귀에 들리는 듯했다.

염병할 발에, 오른발에 작지만 깊은 상처가 생겨 피가 흐

르고 있었다. 양발이 다 긁힌 자국투성이였다. 도대체 신발은
왜 안 신은 거냐? 나는 대답할 말이 없었다. 나는 변기 뚜껑을
내리고 변기에 앉아 발바닥을 살펴보았다. 핏자국과 흙이
묻어 있었다. 손에 비누를 칠해서 발을 닦는데 목구멍에서
질식할 때처럼 억, 억, 억 하는 소리가 났다. 집에 들어오면
서 핏자국을 남겼으리란 생각이 퍼뜩 떠올랐다! 확실했다.
뒷문 현관홀에. 누가 보기 전에 닦아야 했다.

어머니가 6시에 휘파람을 불며, 혼자 노래를 부르며 일층
으로 내려오기 전에.

나는 약장에 있는 반창고를 꺼내 발에 붙였다. 파상풍! 파
상풍에 걸리면 어쩌지? 어머니는 늘 우리에게 맨발로 다니
지 말라고 주의를 주었다. 그러니 마지막으로 맞은 파상풍
주사의 효력이 떨어져서 피가 썩어 천천히 끔찍한 죽음을
맞게 된다고 해도 자업자득이었다.

그 생각은 하지 마. 숲속에서 무슨 일이 일어나고 있는지.
아무 일도 없거나 이미 끝났는지도 모르지. 사실 네가 태어
나기 전에도 무수히 많이 벌어진 일이고.

밖에서 마이크 형이 차를 몰고 와서 주차를 했다. 최대한
조용히. 형은 주차등만 켠 채 천천히 진입로를 올라왔다. 차
에서 내리면서도 문을 살짝 닫았다.

나는 제때 빠져나가지 못했고, 형이 문간에서 눈을 깜짝
이며 나를 보고 있었다. 마이크 형은 시뻘건 얼굴에 눈에는
약하게 핏발이 서고 입에서 맥주 냄새가 풍겼다. 입 주위와

목에 블랙베리색 얼룩이 묻어 있었다. 여자 립스틱이었다. 달금한 땀내와 향수 냄새도 났다. 뮐(노새) 멀베이니, 거리에서 여자들의 눈길을 끄는 미남자. 우리 중에서 아버지를 가장 많이 닮았으며 아버지의 미소를, 한쪽으로 약간 기울어지고 놀림과 비난과 애정을 함께 담은 미소를 그대로 빼닮은 아들. 마이크 형은 아침에 면도를 한 후 하루 가까이 지나벌써 턱이 거뭇거뭇했다. 새로 산 스웨이드 재킷은 단추를 채우지 않았고 그 속에 입은 금색 벨루어 셔츠도 단추 몇개를 풀어서 V자 모양에 곱슬곱슬하고 무성한 붉은 갈색 털이 보였다. 몸에 꼭 맞는 진바지의 사타구니 부분에서 구릿빛 지퍼가 반짝였고 나도 모르게 시선이 그리로 떨어졌다.

마이크 형이 놀란 얼굴로 물었다. "이봐, 꼬맹이, 도대체 무슨 일이야? 다쳤니?" 바닥에 피가 얼룩진 자국이 남아 있었고 피로 물든 화장지도 숨길 수가 없었다.

나는 형에게 밖에 나갔다 왔다고 말해야만 했다. 그냥 둘러보러. "그냥 장난삼아서."

마이크 형은 못마땅한 듯 고개를 저었다. "이 밤중에 밖에 나갔었다고? 발까지 다치고? 너 미쳤냐?"

우리 큰형은 나를 사랑했다. 멀베이니 가의 맏이 마이키 주니어와 막내 레인저. 우리 둘 사이엔 늘 남다른 유대감이 있었다.

약간 취한 마이크 형은 기분 좋게 술을 마신 아버지처럼 너그럽고 재미있고 따뜻했다. 아무도 거스르는 사람이 없는데다 아량을 베풀어야 할 위치에 있는 그는 웅크리고 앉아

내 발을 살폈다. "네가 괴상한 멍청이 인디언처럼 맨발로 나돌아다닌 걸 부모님이 아시면 벼락이 떨어질걸. 엄마가 그 빌어먹을 파상풍을 얼마나 걱정하시는지 알지." 형은 '파상풍'을 여성의 떨리는 억양으로 발음하여 그 병을 농담거리로 여기고 있음을 나타냈다. 절대 걸리고 싶지 않은 무시무시한 병이긴 하지만.

물론 마이크 형은 나에 대해 부모님에게 이르지 않을 것이고 나 또한 어머니에게 형이 몇시에 들어왔는지 말하지 않을 터였다.

마이크 형은 트림을 억누르며 내 겨드랑이를 잡고 빨래 뭉치처럼 안아서 변기에서 내려놓았다. 그는 변기 뚜껑을 열고 바지 지퍼를 내린 뒤 오줌을 갈겼는데 제가 마시는 연못물에 오줌을 누는 젖소처럼 자각이라곤 전혀 없어 보였다. 형은 웃으며 말했다. "진짜 피곤하다." 그러곤 뺨에 바람을 넣어 부풀리고 눈알을 굴리며 덧붙였다. "가서 자야겠다."

형은 졸려서 손도 안 씻고 지퍼도 안 올려 성기가 덜렁거리는 채 비틀비틀 현관홀을 가로질러 자기 방으로 갔다. 옷장만한 작은 화장실에 거품이 부글거리는 형의 뜨거운 오줌 냄새가 꽉 차서 나는 얼른 변기 물을 내렸고, 잠든 집 안에 배수관이 요동치는 소리가 울리는 바람에 움찔했다.

나는 몸이 떨리고 속이 뒤틀렸다. 생각하지 마! 그만. 나는 종이타월에 물을 적셔 현관홀 바닥의 핏자국을 닦아냈다. 리놀륨 바닥은 묵은 때가 끼어 그리 깨끗하지 못했고 양탄자도 너무 더러워서 아무도 핏자국을 발견하지 못할 것 같왔다. 야옹 하는 소리가 들려서 보니 스노우볼이 내 다리를 밀어대고 있었다. 내가 뭘 하고 있는지 궁금하기도 하고 먹을 걸 달라는 뜻이기도 한 듯했지만 그냥 한번 쓰다듬어주고 보낸 뒤 절룩거리며 이층으로 올라갔다. 내 방문이 반쯤 열려 있었다! 익숙한 어둠과 냄새를 품은 내 방에서 침대로 기어올라가 고양이 특유의 가르랑거리는 소리를 내며 자고 있는 E. T.와 아무 움직임 없이 쌔근쌔근 숨소리만 내고 있는 리틀 부츠 곁에 누웠다. 동물들은 잠귀가 밝다더니. 내가 나간 건 형밖에 모르고 형은 일러바치기는커녕 아마 기억도 못할 거야.

바람이 강해져 있었다. 잎사귀들이 바람에 날려 내 방 창문에 부딪혔다. 새벽 4시 5분이었다. 위치가 바뀐 달이 촛불을 비춘 계란처럼 구름 속에서 빛나고 있었다.

1976년 밸런타인데이

그때 일어난 일이 무엇이었는지 아무도 알 수 없었다. 심지어 그 일을 당한 매리앤 멀베이니도 마찬가지였다.

어머니 코린 멀베이니는 눈치를 챘어야만 했다. 아니면 이상한 낌새라도 느꼈어야 했다. 쌴스크리트어 학자가 고문서를 들여다보는 끈기와 날카로움과 헌신으로 남편과 자녀들의 얼굴에서 그들의 마음을 읽어낼 수 있다고 자부하던 그녀였으니까.

그런데 코린은 그러지 못했다. 처음에는. 그녀는 딸의 행동에 혼동을 일으켰던 것이다(속은 건 절대 아니라고 믿었다). 매리앤의 상냥함과 순수함에. 진실함에.

그 전화는 일요일 오후 중간쯤에 예기치 않게 걸려왔고 다행히 코린은 집에 있어서 전화를 받을 수 있었다. 골동품 창고에서 '천연' 히커리 나무로 만든(델라웨어 밸리, 1890~

1900년경) 안락의자의 화려한 매력을 힘닿는 데까지 복원하려 애쓰고 있었던 것이다. 어느 저택의 경매에서 35달러에 산 의자였는데 어찌나 심하게 손상되었는지 코린은 그걸 처음 보았을 때 눈물을 흘릴 뻔했다. 사람들이 아름다운 물건을 어찌나 함부로 사용하는지! 코린은 자주 그렇게 탄식했다. 코린의 골동품 창고에는 그런 물건들이 가득했고 대부분 복원이나 간단한 수리를 기다리고 있었다. 코린은 자신이 그것들을 구해냈다고 여겼지만 그것들을 어떻게 처리할 것인지에 대해서는 분명한 생각을 지니고 있지 못했다. 그것들에 가격표를 달아 다시 파는 건 옳은 일 같지 않았다. 그녀는 남편 마이클 씨니어의 가차없는 비판처럼 유능한 사업가가 못되었고 체계가 없었으며, 어정쩡하게 시간만 보내고 있기는 쉬운 일이었다. 겨울철 몇개월은 골동품 창고로 쓰는 헛간이 지독하게 추워서 손님이 오기를 기대할 수 없었고 코린 자신도 겨우 작업을 하고 있었다. 콧구멍에서 가느다란 김이 되어 나오는 그녀의 숨결이 마치 생각이 천천히 빠져나오는 것 같았다. 손이 곱아서 점점 움직임이 굼떠졌다. 남편 마이클이 설치해준 이동식 난로 세 대가 실내를 따뜻하게 하려고 선홍색으로 달아오른 채 열심히 웅웅대며 진동하고 있었지만 어쩌면 그건 애초에 불가능한 일이었는지도 모른다. 화창한 겨울날 차가운 태양이 거미줄투성이에 단열처리도 안된 창으로 햇살을 비추자 골동품 창고 안은 끝도 없이 뻗어나간 광대한 우주처럼 보였다. 그 뻗어나간 길을 따라가보고 싶지도, 아니 생각하고 싶지도 않은 우주. 하지만 그

한가운데에 하느님이, 꺼지지 않는 위대한 태양이 존재할 것이었다.

그건 다 코린의 혼자 생각이었다. 혼자 있을 때만 할 수 있는 생각.

그때 전화벨이 울렸고, 수화기 너머로 들려오는 매리앤의 목소리는 지극히 정상적이었다. 시내에서 11킬로미터나 떨어진 시골에서 네 아이를 키우다 보면 아이들 때문에 학교로, 아이들 친구 집으로, 어디든 아이들이 부르는 곳으로 차를 몰고 달려가야 할 때가 얼마나 많은지. 수화기 너머에서 매리앤이 말했다. "엄마? 죄송하지만 누가 저 좀 데리러 와줄 수 있어요?" 마침 안락의자 다리에서 떨어진 썩은 나무껍질 조각을 붙이는 작업을 하고 있던 참이라 수화기를 턱과 어깨 사이에 끼운 불편한 자세로 전화를 받은 코린은 딸의 목소리에서 괴로움이나 걱정, 혹은 억제된 히스테리의 기미를 감지하지 못했다.

간밤의 댄스파티에서 매리앤의 파트너였던(오스틴 와이드먼을 매리앤 멀베이니의 '남자친구'라고 부르고 싶진 않으니까) 남학생이 파티가 끝난 후 친구 트리샤 러포트의 집에서 잔 매리앤을 집까지 태워다주기로 되어 있었던 걸 코린이 깜빡 잊은 건 사실이었다. 아니면 오스틴의 아버지인 치과의사 닥터 와이드먼이 태워다주기로 했던가? 코린은 오스틴에게 차가 있는지조차 잊었던 게 사실이었다(오스틴은 차가 없었다). 코린은 자식들에 대해 법석을 떨지 않는 엄마임을 긍지로 삼고 있었는데, 그건 멀베이니 가 자녀들이 유명할 정도로 자립심이 강하고 자기 일은 스스로 할 줄 알아서이기도 했지만(코린의 친구들 중에서 자식을 키우는 엄마들은 모두 그녀를 부러워했다) 코린 자신이 그런 성격이 아니기 때문이기도 했다. 그녀는 스스로를 배려하지 않도록 배우고 자랐으며 그게 옳다고 여겼다. 그녀는 늘 숨이 턱 끝에 차서 날아다니듯 바삐 움직였고 외모에 무신경했다. 그녀의 친구들은 그녀를 좋아하고 사랑하기까지 했지만 그녀를 보며 고개를 젓곤 했다. 코린 멀베이니는 자세히 뜯어보면 매력적일뿐더러 미인에 가까웠다. 첫인상만 보고 고개를 돌려버리지 않는다면 말이다. (첫인상만 보고 판단하는 사람들은 어김없이 상처라도 받은 듯한 태도로 이렇게 묻곤 했다. 마이클 멀베이니 씨니어 같은 미남이 어떻게 저런 여자와 결혼한 거지?) 코린은 꺽다리에 몸은 보기 싫을 정도로 마르고 흐늘거렸으며 주근깨투성이에 나이가 마흔이 넘었는데도 말괄량이 소녀 같았다. 말처럼 길쭉하고 마른 얼굴을 자주 붉혔고 당근 색깔 머리칼은 어쩌나 곱슬곱슬한지 그녀는 말빗으로도 빗기가 어렵다고 웃으며 투덜댔다. 그녀는 시내에 나갈 때도 집에서 입는 멜빵 달린 작업복 바지와 싸구려 고무장화, 지나치게 큰 파카(남편 것인지 아들들 것인지 모를) 차림을 고수했다. 또한 흥분을 잘하는 쾌활한 성격이라 그녀가 슈퍼마켓이나 은행에서 말울음 같은 웃음소리를 내면 모두 그녀를 돌아봤다. 그녀는 섬뜩할 정도로 새파란 속눈썹 없는 눈을 지나치게 크게 뜨고 쳐다보는 경향이 있었으며 그녀의 외모에서 가장 두드러진 부분인 그 눈은 자녀들을 당혹스럽게 했다. 공공장소에서 요란하게 말을 하는 것이나 휘파람을 부는 것도 그랬다. 그리고 가끔이긴 했지만 하느님에 대한 얘기도 너무 당혹스러웠다. (패트릭은 그걸 '하느님의 용솟음'이라고 불렀다. 그러면 코린은 하느님이 우리 주변 어디에나 계시지 않느냐고, 우리 안에도 계시지 않느냐고 따졌다. 예수 그리스도께서 우리를 구원하시고자 세상에 오신 게 아니니? 그건 우리 얼굴에 코가 있는 것처럼 분명한 사실이야.)

그래도 매리앤만은 어머니를 당혹스러워하지 않았다. 상냥하고 착한 매리앤. 버튼(단추). 치커디(박새). 만인의 사랑을 받는 존재. 매리앤은 자식을 끔찍이 사랑하는 부모의 가슴을 찢어놓는 사춘기의 가혹한 냉소주의로 어머니를―아니, 그 누구도―비판한 적이 없었다.

매리앤의 목소리는 낮고 흐르는 듯 감미로웠으며 미안함을 담고 있었다. 그녀는 트리샤 러포트의 집에서 자고 거기서 전화를 건 것이었다. 간밤에 마운트 이프리엄 고등학교에서 밸런타인데이 댄스파티가 있었고 매리앤 멀베이니는 3학년생 중 유일하게 왕과 여왕의 '수행단'에 뽑혔다. 그건 대단한 명예였으나 매리앤은 당연하게 받아들였다. 그녀는 그런 행사들, 그러니까 춤, 파티, 풋볼이나 야구경기가 있는 날 으레 그랬듯이 시내에서 잤다. 시내에는 그녀의 친구들이 많았고 모두들 그녀를 환영했다. 그보다 드물긴 했지만 매리앤의 친구들도 하이포인트 농장에 와서 하룻밤 자거나 주말을 보냈다. 코린은 거울에 비친 햇살의 온기를 쬐듯 딸의 인기를 즐겼다. 고교시절에 초라하고 자의식이 강한 농장집 딸이었던 그녀는 운이 좋아야 친구가 한두명 있을 정도였기에 그런 딸을 둔 것이 새록새록 경이로울 뿐이었다.

마이클 씨니어는 그렇지 않다고 했다. 당신은 끝내주는 미인이고 당신 자신도 그걸 알고 있소. 게다가 당신은 나이가 들수록 더 아름다워지고 있소. 내가 왜 당신과 사랑에 빠졌겠소?

바로 그게 불가사의였다. 코린이 결코 풀 수 없는 수수께끼였다. 지난 이십삼년 동안 하루도 빠짐없이 생각해봤지만.

매리앤이 미안해하고 있었다. 다른 사람을 성가시게 하는 것에 대해 필요 이상으로 미안해하는 건 코린이 고쳐줘야 할 딸의 버릇이었다. "트리샤 아빠가 태워다주시겠다고 했지만 길이 얼마나 미끄러운지 엄마도 아시잖아요. 너무 멀기도 하고. 그분께 폐를 끼치고 싶지 않아요." 코린이 말했다. "버튼, 애야, 네 오빠 하나를 보내마." "그래도 돼요? 제 말은……" "문제없어." 코린은 시골사람의 느린 말투로 말했다. "……문제없어." (이 말은 멀베이니 가의 아들들 중 하나가 텔레비전 프로그램에 나온 걸 따라하다가 가족 모두가 따라하는 가족의 암호가 되었다.) 코린은 매리앤에게 트리샤의 엄마 릴리언 러포트에게 안부를 전해달라고 말했다. 릴리언과 코린은 여러 해 전부터 절친하게 지내는 사이로 둘 다 학부모회의 오랜 회원이고 여성 유권자연맹에서 활동하고 있었으며 마운트 이프리엄 종합병원 여성 보조단체에 속해 있었다. 코린은 전화를 끊으려다가 뒤늦게 생각나서 물었다. "참, 파티는 어땠어? 파트너랑…… 이름이 뭐였더라? 재미있었고? 드레스는 어땠니?"

하지만 매리앤은 이미 전화를 끊은 뒤였다.

🦋

나중에 코린은 당혹감에 젖어 이 대화를 떠올리게 된다. 너무도 사무적이고 뭐랄까…… 익숙한, 너무도 정상적이었던 대화.

물론 매리앤은 거짓말을 하지 않았다. 진실을 숨기는 것은, 아무리 추한 진실이라 할지라도 거짓말과는 다르다. 매리앤은 원래 고의적인 거짓말을 못했다. 이따금 그녀에게서 속임수라고 부를 수 있는 것의 기미가 발견된다면 그건 그녀가 누군가를 보호하고 있다는 표시라고 보면 되었다. 물론 어렸을 때 그녀가 그렇게 보호한 대상은 대개 오빠들이었다. 십대 때 대단한 말썽쟁이였던 마이키 주니어와(코린은 한숨지으며 이렇게 농담을 하곤 했다. "우리 '뮬'은 처음엔 기쁨 덩어리였는데 이젠 놀라움 덩어리가 됐구나!") 수줍으면서도 욱하는 성질이 있는 패트릭 말이다. 패트릭은 유치원 때부터 마음에도 없는 말을—진정 마음에 없는 말을—불쑥 내뱉는 버릇이 있었고, 가족한테 그러는 것도 곤란한데 학교 친구들, 심지어 선생님들에게까지 그랬다. 특히 기억에 남는 당혹스러운 경우가 있었는데, 그가 열살이 넘지 않았을 때 킬번 복음교회에서 주일학교 선생님에게 날카롭고 영리한 이런 질문을 던진 것이었다. "어떻게 알아요? 하느님이 말씀해주셨나요?"(코린은 자칭 '교파를 초월한 개신교도'로 유독 외딴 시골교회를 좋아해서 아이들을 열심히 교회에 끌고 다녔으며 아이들도 기쁘게 따라다녔다. 물론 마이클 씨니어는 그런 열성적인 신앙생활에 참여하지 않고 스스로를 '영원히 교회를 떠난 가톨릭'이라고 불렀으며, 그에게 종교는 그 정도로 족했다.)

멀베이니 가의 아이들 중에서 특히 매리앤은 타고난 기독교인이었다. 코린은 자식들을 당혹스럽게 만드는 요란한 태도로 이렇게 말하기를 좋아했다. "예수 그리스도께선 내가 어린 소녀였을 때 내 마음에 들어오셨지만 버튼의 마음속엔 태어날 때부터 계셨지."

그러면 매리앤은 얼굴을 붉히며 무의식적으로 어머니처럼 손을 파닥거리곤 했다. "엄마는, 말도 참!"

코린은 몸을 꼿꼿이 세웠다. 집안의 어머니요 하이포인트 농장의 주인으로서. "그럼! 내 말은 다 진실이지."

코린 멀베이니의 지독한 허영심. 진실에 대한 긍지.

코린은 매리앤이 두세살짜리 아기였을 때조차 거짓말을 하지 못하는 것이 놀랍기만 했다. 오빠들과는 달라도 너무 달랐다. 물론 다른 집 아이들과도 달랐다. 다른 아이들은 본능적으로 큰 아이들을 흉내내어 사소한 거짓말을 하고 '순수'와 '무지'를 가장했지만 매리앤만은 절대 그러지 않았다.

게다가 너무도 아름다웠다! 얼굴에서 광채가 났다. 광채가 난다는 말보다 적절한 표현이 없었다. 코린의 영역인 부억 게시판은 온통 매리앤의 사진으로 장식되어 있었다. 몇 년 전 올버니에서 열린 주 품평회에 자두 크기의 과즙이 많은 딸기를 출품해서 이등상을 받는 모습, 작년에 또 딸기와 바느질 작품으로 일등상 두 개를 받는 모습, 셔토쿼 기독청년 총회에서 간부 임명장을 받는 모습, 1972년에 수상 경력이 있는 시카고 전국 4H 총회에 참석한 모습. 하지만 대부분의 사진은 마운트 이프리엄 고교 치어리더의 복장인 밤색 모직 점퍼스커트와 흰색 긴팔 면 블라우스를 입은 모습이었다. 지난밤에도 마이클은 새 드레스를 입은 매리앤을 여섯 장의 폴라로이드 사진에 담았다. 새 드레스는 매리앤이 버터릭 잡지에 실린 옷본을 보고 만든 것으로 크림색 쌔틴과 딸기색 시폰으로 되어 있으며 몸통에는 주름이 잡히고 가리비 모양 치맛단이 가느다란 발목까지 떨어졌다. 하지만 그 폴라로이드 사진들은 게시판에 붙을 것이 아직 추려지지 않은 채 창틀에 놓여 있었다.

코린 자신은 바느질을 배우지 못했다. 아니, 꼭 그렇다고 할 순 없었다. 그녀의 어머니는 그녀에게 바느질을 가르치려고 조바심을 냈으니까. 코린의 어머니는 코린의 열성을 부주의함으로 착각했다. 아니, 열성도 일종의 부주의함이라고 할 수 있을까? 코린이 바늘로 잘하는 건 수선뿐이었고 그녀는 수선하는 걸 무척 좋아했다. 찢어진 진바지나 닳아서 해진 양말 뒤꿈치를 수선하는 데 완벽한 바느질 솜씨는 필요치 않았다.

매리앤은 얼마나 아름다운지! 코린은 주위에 아무도 없

을 때면 딸의 사진을 하염없이 들여다보곤 했다. 매리앤은 열일곱살인데도 아주 앳되어 보였고, 엄마의 주근깨를 닮지 않아 티 없이 희고 깨끗한 피부와 이지적인 느낌을 주는 깊고 탱글탱글한 푸른 눈, 브러시로 힘차게 빗으면 탄력있게 튀어오르며 윤기가 자르르 흐르는 검은 고수머리를 지니고 있었다. 매리앤은 지금도 가끔 엄마가 빗질을 할 수 있도록 머리를 맡겼다. 코린은 딸이 자신보다 훨씬 훌륭하다는 은밀한 믿음을 품고 있었으며 그건 신이 그녀에게 내준 하나의 수수께끼였다. 나는 그런 딸의 어머니 자격이 있는 사람이 되어야 한다. 안 그런가?

물론 코린은 아들들도 사랑했다. 매리앤만큼, 아니 거의 매리앤만큼. 아들들을 사랑하는 건 조금 더 힘겨운 도전이었다. 거친 급류 속에서 카누를 타고 똑바로 가는 것과 같다고나 할까. 아들들은 그녀를 가만히 두지 않았다.

오래전, 사랑하는 아들 마이키 주니어 하나만을 둔 젊은 부부였던 시절에 코린과 마이클은 한 가지 맹세를 했다. 아이를 더 낳으면(그들은 진정으로 더 많은 아이를 원했다) 절대 한 아이를 다른 아이들보다 더 사랑하거나 덜 사랑하지 말자고. 마이클이 합리적으로 말했다. "우린 어떤 자식이라도 모두 다 사랑하고도 남을 만큼 넘치는 사랑이 있으니까. 맞지?"

코린은 말없이 남편을 껴안고 키스했다. 물론 맞는 말이었다.

그녀는 얼마나 열성적이고 헌신적이고 온통 아이 생각에

만 사로잡혀 사는 젊은 엄마였던가! 그녀의 푸른 눈은 네온 등처럼 빛났고 심장은 확고하고 결연하게 뛰고 있었다. 그녀는 자신이 하느님의 무한한 사랑을 받고 있기에 무한한 사랑을 베풀 수 있음을 알고 있었다.

하지만 마이클은 할 말이 더 있었다. 그는 흥분해서 이야기를 늘어놓았고 그것은 아내인 코린조차 좀처럼 보지 못한 모습이었다. 그는 피츠버그의 아들 넷, 딸 셋인 아일랜드계 가톨릭 대가족 출신이었으며 제강소에서 일했던 그의 부친은 술고래에다 젊어서부터 아내에게 군림했고 교활하게 마이클과 다른 형제들이 서로 경쟁하도록 부추겼다. 마이클은 자라는 내내 부친의 인정을—'사랑'을—받기 위해 형제들과 경쟁해야만 했다. 열여덟살이 되자 그는 더이상 견딜 수가 없었다. 그는 부친과 싸우고 하고 싶은 말을 다 한 뒤 가출했다. 그리고 부친은 자신의 인생에서 마이클을 영원히 축출하는 것으로 복수했다. 그는 다시는 마이클과 말을 하지 않았고 전화통화조차 하지 않았으며 가족들에게도 마이클을 만나거나 통화하거나 편지에 답장하는 걸 금지했다.

"가족 중에서 형제 둘만 연락이 닿고 있지. 어머니와 누이들은—그토록 가까웠던 누이 메어리언마저—나를 죽은 사람 취급했어." 마이클이 쓰디쓴 어조로 말했다.

"오, 마이클." 마이클은 어깨를 으쓱하며 얼굴을 찌푸리고 소년처럼 용감하게 아무렇지도 않은 듯한 표정을 지었지만 코린은 그의 얼굴에서 결코 지울 수 없는 깊은 상처를 보았다. "당신…… 가족들을 그리워하는군요." 그것은 너무도 약한 표현이었기에 코린은 말끝을 흐렸다.

물론 그녀는 마이클이 가족과 관계가 소원하다는 걸 진작부터 알고 있었다. 멀베이니 집안 사람들은 아무도 결혼식에 오지 않았으니까. 하지만 자세한 사정을 듣기는 처음이었다. 그녀는 그토록 슬픈 이야기를 들어본 적이 없었다.

마이클이 조용히 말했다. "그 망할 노인네가 나를 그리워하는 그 이상도, 그 이하도 아니지."

소방울 소리

    패트릭이, 영리하고 의심 많은 핀치(꼬집거나 비꼰다는 뜻—옮긴이)가 어머니의 속임수에 걸려들었다!

    어머니가 뒷베란다에서 조롱박 모양의 황동 '골동품'(어머니 말로는) 소방울을 울리면서 패트릭을 집으로 불러들여 자진해서—'자진해서'—매리앤을 데리러 가도록 유인하고 있었다.

    패트릭은 바보처럼 집으로 달려갔다. 하이포인트 농장에서 소방울 소리는 누구 놀러 나가고 싶은 사람? 뜻밖의 선물을 받을 사람?을 뜻하는 암호였다. 아이들이 어렸을 때 아버지나 어머니는 여름 저녁이면 자주 소방울을 울려 방울소리가 들리는 가까운 곳에 있는 아이들에게 즉흥적인 외출을 알렸다. 대개는 119번 도로에 있는 아이스크림 가게 데어리 퀸에 가거나 울프스 헤드 호수에 가서 수영도 하고 저녁도 먹었다. 119번 도로에 자동차극장이 있던 때에는 소방울 소리가 영화를—두 편 동시상영 영화를—의미하기도 했었다. 어떤 경우든 소방울 소리는 외출! 혹은 뜻밖의 선물!의 신호였다. 심부름이 아닌.

패트릭은 눈치를 챘어야만 했다. 열여덟살이나 된, 이제 부모의 기분과 변덕에 의존하는 어린애가 아닌 자신이 부모 대신 일요일 오후에 운전대를 잡을 가능성이 높다는 것을. 게다가 2월 중순에 데어리 퀸에 아이스크림을 먹으러 가거나 울프스 헤드 호수에 수영을 하러 갈 리도 만무했다. 그런데도 쿵쿵거리며 종종걸음으로 따라오는 개 씰키와 함께 얼어붙은 물가를 따라 걷고 있던 그는 멀리서 소방울 소리가 들려오자 어린시절의 모험에 대한 기대로 심장 고동이 빨라졌다.

가족 중에서 패트릭만 혼자 떨어져 있는 걸 좋아했다. 그는 혼자여도 외로움을 느끼지 않았다. 동물 한두 마리만 함께 있으면 족했다. 그는 이미 자신에게 할당된 마구간 일을 마친 뒤였다. 마구간을 청소하고 말들의 털을 빗겨주고 먹이를 주고 물도 주었다(말 한 마리당 물을 하루에 최소 일곱 양동이씩 먹었다!). 그런 다음 하이포인트 농장 위쪽 언덕지대로 몇 킬로미터쯤 들어간 지점에 위치한 올더 크리크 물가를 따라 걷고 있었다. 그는 눈과 바람의 합작품인 먼 풍경에 홀렸을 수도 있었지만 사실 그의 마음은 이런저런 상념에 시달리고 있었다. 상념이 마치 초소형 혜성처럼 요란하게 불타올랐다. 그는 과학잡지에서 '왜 자연의 법칙들은 수학적인가?'라는 제목의 기사를 읽었는데 그것 때문에 몹시 혼란스러웠다. 어떻게 자연의 법칙들이 수학적일 수 있지? 수학적이기만 할 수 있지? 그는 최근의 진화적 발견들과 북아프리카에서의 호모싸피엔스의 기원에 관한 새 이론들에 대해서도 읽었다. 그것들은 수학과 무슨 관련이 있지? 패트릭은 고뇌에 차서 소리내어 말했다. "이해할 수가 없어."

순수한 자만심을 지닌 열여덟살의 패트릭 멀베이니는 자신을 실험과학자, 생물학자로 생각하고 있었다. 그는 코넬대학에서 '생명과학'을 공부할 수 있는 꽤 이름난 장학금도 받았다. 대학을 다니지 않은 아버지는 코넬이 '미국의 명문대 중 하나'라고 자랑했으며, 맞는 말이긴 했지만 패트릭은 당혹스러웠다. 패트릭은 박사학위까지 받고 분자생물학 분야의 독창적인 연구에 헌신할 작정이었다. 학교에서 그의 과학 성적은 늘 A플러스였고 입체기하학과 미적분학 역시 A플러스였지만 고등수학에서는 한계를 느꼈고 타고난 소질도 없음을 알고 있었다. 자연의 법칙들이 본질적으로 수학적이며 지칠 줄 모르는 관찰과 데이터, 실험을 통해 접근할 수 있는 것이 아닐지도 모른다는 생각에 그는 당혹감을 느끼며 공황상태에 빠졌다. 그건 부당했다! 불공평했다! 그게 맞기는 한 걸까? 과학은 부단히 씌어지고, 수정되고, 부연되고, 편집되는 진행형의 학문이며 수학은 순수하고 역사를 초월한다. 오늘날 과학의 많은 부분이 미래에 오류로 밝혀질 것이지만 수학은 그렇지 않다. 정말 그럴까? 어떻게 그럴 수 있지? 수학이 삶에 대해 무엇을 말할 수 있지? 가장 단순한 단세포적 삶?

수학이 지구가 존재해온 수백만년의 세월 동안 일어난 신비한 진화상의 분기들을 어떻게 설명할 수 있겠는가? 패트릭은 소리내어 웅얼거렸다. "그들도 다 알지는 못해."

땅에 쌓여 있던 고운 눈가루가 바람이 불자 그의 얼굴로 날아왔다. 머리 위의 하늘은 맑았다. 도자기 같은 단단한 겨울의 푸르름.

패트릭은 계속 걸으며 미소를 지었다. 자신이 열네살 때 장난삼아 부엌 게시판에 붙여놓은 (어머니의 표현을 빌리자면) '절묘하게 아름다운 수채화들'이 생각나서였다. 찬란한 빛을 발하는 태양과 달과 혜성처럼 보이는 신비한 그림들이었다. 패트릭은 며칠 동안 가족들을 궁금하게 만든 뒤에야 그 정체를 밝혔는데, 그것은 개의 침을 확대한 슬라이드였다.

그때 가족들의 표정이란!

패트릭은 배꼽을 쥐고 웃어댔다. 가족들 모두, 심지어 마이크까지 도저히 믿을 수 없다는 듯 혐오감에 찬 표정으로 그를 쳐다보았다. 그가 가족들을, 신성한 신뢰를 배반하기라도 한 것처럼. 개들을 배반하기라도 한 것처럼! 패트릭은 미생물이 득실거리는(사람의 것과 크게 다르지 않은) 개의 침이 왜 '절묘하게 아름다운' 존재였다가 이제 그렇지 않게 된 것인지 알고 싶어했다. 그러자 어머니가 성이 나서 말했다. 패트릭, 그런 거 따지지 말고 어서 저것들이나 떼라.

패트릭은 그 생각을 하며 소리내어 웃었다. 그러자 조금 전의 불안감에서 벗어날 수 있었다. "그들은 아무것도 몰라!" 그는 생각에 잠긴 자신의 목소리를 들었다.

그들이란 멀베이니 가족뿐 아니라 대부분의 인간들을 일컫는 것이었다.

소방울 소리를 들은 패트릭은 산책을 멈추고 옆에서 할딱대는 썰키와 함께 2킬로미터가량을 재게 걸어 집으로 돌아갔다. 하지만 이번엔 속임수가 기다리고 있었다. "P. J., 성가시게 해서 미안한데 버튼이 트리샤네 집으로 태우러 와달라는구나. 네가 가줄 수 있겠니?" 어머니는 자식들이 거부할 수 없는, 뻔뻔스러울 정도로 착취적인 미소를 지으며 미안함을 표현했다. 코린 멀베이니는 능률 그 자체인 자신의 진정한 본성과 반대되는 무력하고 당황한 모습을 연기하고—어쩌면 자신도 그렇다고 착각하고—있었다. 난 가구를 손보는 중이라 작업을 중단할 수가 없어서 그러니 이해해주기 바란다. 네가 맡은 일을 다 해놓고(그것도 완벽하게) 자기 시간을 즐기고 있는데 방해해서 미안하다만 버튼을 위한 일이지 않느냐. "뷰익을 몰고 가렴. 픽업은 아버지가 몰고 나갔으니까. 자, 받아." 그녀는 지저분한 작업복 바지의 깊은 주머니 속을 더듬어 스테이션왜건 열쇠를 꺼내 지나치게 쾌활한 동작으로 패트릭에게 던졌고 패트릭은 사춘기의 냉소성을 최대한 끌어모은 눈길로 어머니를 바라보았다. 그는 안경을 콧등 위로 밀어올리며 말했다. "고맙기도 하네요. 일요일에 차를 몰고 마운트 이프리엄에 다녀온다, 바로 제가 원하던 거죠."

왕복 22킬로미터. 아니, 트리샤 러포트의 집은 마운트 이

66

프리엄 저쪽 끝자락에 있으므로 24킬로미터에 가까웠다. 일주일에 닷새를 대개는 스쿨버스로 오가는 길이었다.

그렇게 그는 마운트 이프리엄으로 차를 몰고 가서 여동생을 태웠고, 뭔가 잘못되었음을 알아챌 수도 있었다. 매리앤의 미소가 평소보다 애매하고, 어쩐지 시선을 피하는 것 같고, 수다스럽고 감정이 넘치던 본래 모습이 아님을, 패트릭의 우월한 정신으로 보면 짜증스러울 때가 많은 평소의 소녀다움에서 살짝 벗어나 있음을 느낄 수도 있었다. 하지만 솔직히 그는 매리앤이 댄스파티와 '파트너'와 트리샤, 쑤지, 보니, 메리쎄 같은 친구들에 대해 장황하게 떠들어대는 소리를 — 체육관의 파티 장식이 얼마나 '환상적이었는지', 밴드는 얼마나 '근사했는지', 모두들 얼마나 '멋지고 잊을 수 없는' 시간을 보냈는지, 그리고 밸런타인데이 여왕의 수행단으로서 자신이 얼마나 '명예로웠는지' — 듣지 않아도 되는 것에 안도하고 있었다. 4학년인 패트릭은 반 친구들의 광적이고 열병과도 같은 변화무쌍한 사교생활에 눈곱만큼의 관심도(하다못해 인류학적 관심조차) 없었다. 아마도 코린은 아들의 그런 무관심에 실망을 느꼈겠지만, 그는 간밤에 밸런타인데이 댄스파티가 열린다는 사실도 모르고 있다가 매리앤이 새 드레스를 갖고 법석을 떨고 아버지가 늘 그랬던 것처럼 폴라로이드 사진을 찍고 매리앤의 '파트너'가 나타나서야 알게 되었다. 매리앤의 파트너 오스틴 와이드먼은 검은 양복을 입었는데 그 모습이 마치 장의사처럼 보였다. 입이 반쯤 벌어져 바보스러워 보이는 불쌍한 얼굴에 늘 찌푸린 표정으로 손을 초조하게 움직이는 이 수줍은 소년은 사실 패트릭과 같은 학년이었으며 패트릭과 친구가 될 수 있을 정도로 지적 능력이 뛰어났지만 둘은 친구가 아니었다. 패트릭은 오스틴의 모습에 아무런 느낌도 없이 본체만체하며 차갑게 미소지었다. 왜? 그게 패트릭의 방식이니까.

매리앤이 어머니에게 불만을 터뜨린 적이 있었다. 패트릭 오빠는 왜 그렇게 불친절해요? 왜 그렇게 무례해요? 제 친구들한테요. 제 친구들은 오빠를 좋아하는데. 그러자 패트릭이 듣는 데서 코린이 달래듯 말했다. 그게 패트릭의 방식이니까 그래. 그 말은 패트릭의 자존심에 날개를 달아주었다.

그렇게 패트릭은 자신보다 한살 어리고 학교에서도 한 학년 낮지만 중요한 문제들에서는 몇광년은 떨어진 곳에 있는 여동생에게 크게 주의를 기울이지 않았다. 그는 매리앤에게 댄스파틴지 뭔지는 어땠는지 건성으로 물었고 매리앤은 애매하게, 그러나 심상치 않은 기색은 전혀 없이 뭐라고 웅얼거리고는 미안한 듯 조금 웃으며 어머니 코린과 흡사한 손짓으로 이마를 만지면서 덧붙였다. "……좀 피곤해."

패트릭은 웃었다. 그래서?라는 의미를 담은 시큰둥한 웃음이었다. 그는 매리앤의 옷이 든 가방을 뷰익 뒷좌석으로 던졌고, 가방이 뒤집어지면서 바닥으로 미끄러져 떨어졌지만 이상하게도 매리앤은 그걸 못 봤는지 몸을 돌려 가방을 좌석에 올려놓지 않았다. 가방에는 매리앤의 새 드레스와 구두, 화장품이 들어 있었다. 패트릭은 그 가방에 관심이 없었다.

왜 말하지 않았니? 왜, 차에 타자마자, 우리 둘만 있게 되자마자 말하지 않았어?

패트릭은 나중에 그 일에 대해 생각하게 되지만, 당시엔 그러지 않았다.

트리샤네 집 진입로로 들어갔을 때 동생이 미리 나와 기다리고 있었던 것에 대해서도 깊이 생각하지 않았다(자신의 뛰어난 관찰력에 대한 긍지가 대단한 그가 말이다). 매리앤은 추위 속에서 기다리고 있었다. 옷가방과 핸드백을 발치에 두고서. 멋진 청색 모직 코트를 입고서. 가만히 기다리고 있었다.

사실 패트릭은 안도감을 느꼈다. 매리앤의 단짝친구 트리샤가 함께 나와 있지 않아서. 트리샤와 인사를 나누지 않아도 되어서.

그는 뒤도 돌아보지 않고 바로 진입로를 후진해서 빠져나갔기에 누군가 안에서 반쯤 내린 블라인드 틈새로 내다보고 있었다고 해도 알지 못했을 터였다. 매리앤은 안전띠를 매느라 부산을 떨면서, 뒷좌석에서 금지된 앞좌석으로 오고 싶어 안달이 나 그녀를 향해 어색한 자세로 끈덕지게 고개를 들이미는 씰키의 머리를 만져주었지만 씰키가 자신의 얼굴을 핥는 건 허락하지 않았다. "안돼, 씰키! 앉아." 씰키는 마이크의 개였지만 이제는 주인의 관심 밖에 있었다.

나중에 어머니는 이렇게 말하곤 했다. 난 너와 매리앤이 아주 친한 줄 알았다. 아버지나 나한테는 숨기는 것도 너희끼리는 말하는 줄 알았어.

패트릭은 사실 매리앤이 왜 태우러 와달라고 했는지 물을 생각조차 하지 못했다. 왜 '파트너' 오스틴 와이드먼이 태워다주지 않았는지. 그게 '파트너'의 의무가 아닌가? 매리앤은 시내의 친구 집에서 잘 때가 많았고 그때마다 거의 항상 데이트 상대가 아니면 다른 사람이 매리앤을 집까지 태워다주곤 했다. 매리앤 멀베이니는 너무도 인기가 많아서 그녀에게 호의를 베풀고 싶어하는 사람이 줄을 서 있었다.

패트릭은 오스틴 와이드먼에 대해서도 묻지 않았다. 매리앤이 오스틴과 함께 파티에 간 건 웃기는 일이었다. 치과의사의 아들, 잘사는 집, 신앙심이 두터운 책벌레. 매리앤은 양심의 소리에 귀기울인 다음에야―그리고 물론 예수님의 조언을 구한 다음에야―오스틴의 파트너 제안을 받아들였으며, 그녀는 열일곱살 소녀가 소년을 '좋아하는' 방식으로 오스틴을 좋아하진 않았으나 그를 '존중하는' 마음을 갖고 있었다. 게다가 오스틴은 몇주, 어쩌면 몇달 전에 파트너 신청을 했다. 사실 그 불쌍한 얼간이는 그녀에게 편지까지 보냈다! (매리앤은 그 편지를 어머니에게만 보여주었고 조롱할 것이 분명한 남자 식구들에겐 보여주지 않았다.) 교활하고 필사적인 오스틴은 3학년생이자 그에게 관심조차 보인 적이 없는 매리앤 멀베이니에게 다른 승산 높은 경쟁자들보다 훨씬 앞서 과감히 승부를 건 것이었다. 매리앤은 너무도 마음이 무르고 다른 사람에게 상처를 주는 걸 몹시 두려워했기에 그의 신청을 받아들였다.

매리앤은 작년에도 그런 짓을 할 뻔했다. 상대는 휠체어를 타고 다니는 지미 홀러런이었다. 아이들이 뒤에서 귀뚜라미 홀러런이라고 잔인하게 놀리는 지미는 오랜 세월 낭포성 섬유증(체내 점액의 과생산으로 폐와 췌장 등 신체기관에 이상을 초래하는 유전성 질환—옮긴이)을 앓아왔으며 사실 매리앤의 반 부반장이었다. 매리앤과는 기독청년회를 통해 친해졌고 그 역시 댄스파티 몇개월 전에 파트너 신청을 해왔다. 그 문제에 대해서는 어머니조차 의문을 제기했다. "오, 버튼, 그건 좀…… 동정처럼 보이지 않을까?" 그러자 매리앤은 마음이 상해서 대꾸했다. "전 지미를 좋아해요. 저는 지미와 함께 댄스파티에 가고 싶어요."

도저히 말이 통하지 않는 착함이었다.

'버튼' 멀베이니는 너무도 마음씨가 곱고 너무도 진실하고 너무도 예쁘고 너무도—뭐라고 표현해야 정확할까?—마치 영혼이 얼굴에서 광채를 발하듯 은은한 빛이 나서 그녀를 비웃을 순 있을지라도 그녀를 사랑하지 않을 수는 없었다.

그러니까 오빠로서.

패트릭은 고등학교 스포츠와 대부분의 클럽과 기타 활동, 그리고 갖가지 허울을 쓴 인기 경쟁을 경멸했지만 마운트 이프리엄 고교에서의 '버튼' 멀베이니의 존재만큼은 무시하기가 어려웠다. (1972년 졸업생인 형 마이크—'뮬'—'넘버 4'—멀베이니의 하늘을 찌를 듯했던 인기의 후유증을 좀처럼 무시할 수 없었던 것과 마찬가지라고 그는 이를 갈며 생각했다.)

그건 질투가 아니었다. 펀치는 질투 같은 걸 할 인물이 아니니까.

사실 여동생이 지난해에 마운트 이프리엄 고교에서 누린 인기는 그를 당혹스럽게 했다. 그는 스포츠 경기에 앞선 행사에서 매리앤이 다른 치어리더들과 함께 모여 있는 걸 보고 있기가 무척이나 어색했다. 날씬한 몸에 딱 맞는 갈색 모직 점퍼스커트 차림의 여덟명의 치어리더들은 하나같이 작고 완벽한 가슴과 날씬한 배와 엉덩이, 허벅지, 그리고 쭉 뻗은 다리를 갖고 있었다. 그들은 무용수처럼 민첩하고 체조선수처럼 유연했다. 그리고 다들 정말로 예뻤다. 그들은 눈부시게 흰 면 블라우스를 입고 눈부시게 흰 모직 양말을 신었으며 모두 똑같이 눈부시게 흰 미소를 자랑했다. 너무도 기분 좋은 미소! 치어리더들은 학교 풋볼팀과 야구팀, 수영팀을 응원했다. 남자선수들. 패트릭이 속으로 경멸하는 녀석들. 주위에서 수백명의 얼간이들이 마치 한 마리의 거대한 야수처럼 소리지르고 박수치고 휘파람을 불고 발을 굴러대고 있는 가운데 패트릭은 자신의 미로와도 같은 정신세계의 깊숙한 구석을 보듯 험악한 눈길로 강당의 한 귀퉁이를 응시했다.

둘! 넷! 여섯! 여덟!
우리가 응원하는 건 누구?
마운트 이프리엄 램스!!!

너무 유치했다. 말로 표현할 수 없을 정도로 경멸스러웠다.

하지만 마이클 씨니어와 코린에겐 그런 말이 통할 리 없었다. 그들은 '버튼' 멀베이니의 자랑스러운 부모니까. 사년이라는 영광스러운 기간 동안 '뮬' 멀베이니의 자랑스러운 부모였던 것처럼.

패트릭은 자신이 어느날 학교 화장실에서 매리앤의 이름을 발견하게 될까봐 얼마나 두려워하고 있는지 부모님에게 말한 적이 없었다. 그는 화장실에서 외설적인 낙서나 음란한 그림, 누군지 알 것 같은 여학생들의 이니셜이나 이름을 발견하면 주위에 아무도 없을 때는 혐오감을 억누르지 못하며 문질러 지웠고 가끔은 펠트펜으로 안 보이게 덧칠하기도 했다. 그는 남학생들의 더러운 마음을, 그들의 사춘기 소년다운 유머를 몹시도 경멸했다. 심지어 괜찮은 녀석들조차, 웬만큼 지적 능력을 갖춘 친구들마저 남자끼리만 있으면 놀라울 정도로 상스러웠다. 왜 그런지 패트릭은 알 수가 없었다. 그들은 입만 열었다 하면 '똥' '씹' '동성애자' '똥구멍' '좆 빠는 새끼'였다. 패트릭 자신은 너무도 순수했기에 그처럼 지적이지 못한 금기어의 남발을 견딜 수가 없었다.

패트릭이 부모님께 말하지 못한 또 하나의 사실은 매리앤이 높은 인기에도 불구하고 '모범적이고 신앙심 깊은' 여학생 중 하나로 취급된다는 것이었다. 물론 그들은 처녀였다. 몸뿐만 아니라 머리도 처녀였다. 그들에게는, 그들의 신앙심과 단정함에는 약간 우스꽝스러운 데가 있었다. 매리앤이 과학선생에게 하느님이 왜 기생충을 만들었는지 물었다는 이야기도 돌았다. 학교 식당에서도 매리앤은 요란한 웃음소리와 시끄럽게 떠드는 소리와 데시벨 높은 익살이 어우러진 북새통 속에서 포크를 들기 전에 고개를 숙이고 감사기도를 웅얼거리는 신앙심 깊은 여학생 중 하나였다. 이런 눈에 띄는 신앙인들은 거의 여학생이었고 남학생은 몇명 되지 않았는데 귀뚜라미 지미 홀러론도 그중 하나였다. 그들은 다른 학생들의 시선 따위는 아랑곳하지 않았다. 아니, 어쩌면 아예 의식하지 못했는지도 모른다.

대화를 나눌 때도 매리앤은 꼭 어머니처럼 마치 예수가 옆방에 있는 것 같은 태도로 말했다.

지난가을에는 인기있는 풋볼 선수 하나가 경기중에 다쳐서 뇌진탕으로 입원한 적이 있었는데, 그때 매리앤 멀베이니도 운동장에서 밤새 열렬한 철야기도를 올린 치어리더 중 하나였다. 부상당한 선수는 마운트 이프리엄 종합병원 중환자실로 들어갔으나 이튿날 철야기도가 끝난 오전 8시 즈음 의사가 '고비는 넘겼다'는 진단을 내렸다.

매리앤 멀베이니를 비롯한 마운트 이프리엄의 '모범적이고 신앙심 깊은' 여학생들에게 냉소나 비웃음을 보낼 수는 있었다. 그러나 그들은 그런 비웃음을 알지 못하는 듯했고 설령 안다 하더라도 신경쓰지 않는 듯했다.

왜 나한테 말하지 않았니? 아무것도.

그날 너를 차에 태워오는 동안 어떻게 너의 마음을, 너의 고통을 전혀 모르게 할 수 있었니?

오후 5시쯤 되자 하늘에 황혼의 줄무늬가 그려졌다. 하늘 높이 흐르는 구름 사이가 진보라색으로 물들어 있었다. 패트릭은 눈보라가 치던 며칠 전에 버려진 도로변의 눈 덮인 자동차들을 보고 겁먹지 않으려고 애썼다. 해거츠빌 로드는 운전하기에 불편이 없었지만 하이포인트 로드는 대충 닦아 놓은 일차선 도로였다. 그는 아까 그 길을 운전해서 나왔으니 그 길로 돌아갈 수 있을 것이었다. 그리고 아침에 다시 학교에도 갈 수 있을 것이었다. 보기만 해도 지긋지긋한 염병할 스쿨버스.

패트릭은 매리앤에게 그런 말을 했지만 매리앤은 분홍색 앙고라 장갑을 낀 손을 무릎 위에서 꼭 맞잡고 앉은 채 들었는지 못 들었는지 아무 대꾸도 없었다. 잔뜩 긴장해서 굳어 있는 게 느껴졌다. 오빠의 운전에 겁을 먹고 있는 것일까? 육중한 차가 미끄러지는 것에? 바람에 날려다니는 가루눈 아래 단단히 다져진 눈은 쌔틴처럼 매끄러웠다. 위험했다.

쌔틴 드레스. 크림색 바탕에 딸기색 시폰 장식을 댄 매리앤의 밸런타인데이 드레스. 4학년 영어 담당 글러버 선생님이 수줍게 큐피드에 대해, '낭만인 사랑' 에로스에 대해 이야기했었다. 누구 '에로스'의 뜻이 무엇인지 아는 사람?

페닝 농장 너머 커브길에서 식은땀 나는 몇초 동안 스테이션왜건의 뒷바퀴가 공회전을 했다. 패트릭은 재빨리 기어를 바꾸고 브레이크를 밟아댔다. 그는 이럴 때는 본능이 시키는 반대방향으로 운전대를 돌려 미끄러지는 방향으로 움직여야 한다는 걸 알고 있었다. 자동차는 금세 그의 통제력 안으로 들어왔다. 그는 매리앤이 대시보드에 부딪히지 않도록 팔을 뻗어 막았으나 그 정도의 충격은 없었던데다 매리앤은 안전띠를 매고 있었다. 그런데도 매리앤은 바짝 굳어서는 이상한 자세로 몸을 구부린 채 벙어리장갑 낀 손을 무릎 위에서 굳게 맞잡고 있었다. 그녀의 창백한 입술이 천천히 움직이고 있었다. 기도를 하는 건가? 패트릭은 양가죽 재킷 속에서 갑자기 진땀이 솟는 걸 느꼈다.

"매리앤? 괜찮니?"

"아, 응."

"놀라게 했으면 미안."

왜 그 얘기를 하지 않은 거니? 왜 단 한마디도.

내가 같이 오염되는 걸 원치 않아서 그랬던 거니?

몇 킬로미터를 운전해온 패트릭은 솔직히 이제 슬그머니 짜증도 나고 여동생의 침묵에 기분도 상했다. 게다가 소리 없이 기도 따위를 하고 있다니! 그건 모욕이었다.

되는대로 대충 닦아놓은 하이포인트 로드는 태곳적 빙하의 찰흔이 남아 있는 산등성이를 따라 구불구불 이어져 있었다. 북동쪽에서, 북부 온타리오의 눈 많은 광활한 툰드라로부터 끊임없이 바람이 불어왔다. 그 바람은 종종 스쿨버스를 흔들었던 것처럼 스테이션왜건을 흔들고 있었다. 바람이 마치 조롱하고 야유하는 것 같다고 패트릭은 생각했다. 보이지 않는 기류가 생명줄을 쥐고 흔들고 있었다.

그는 고등학교 1학년 때가 생각났다. 남학생 탈의실에서 남학생들이 누이 얘기를 하고 있었다. 남학생 하나가 말하고 나머지는 열심히 듣고 있었을 것이다. 패트릭은 거기 끼지 않았다. 그는 늘 남학생들 패거리에 끼지 않고 조금 떨어진 곳에서 남의 시선을 의식하며 재빨리 옷을 갈아입곤 했다. 사춘기에 막 들어선 그 시기에는 금지된 말의 속삭임이나 깃털의 간질임, 갑자기 코끝을 스치는 달콤한 향기, 도발적인 옷자락 스치는 소리에 ─ 그리고 여학생들의 겨드랑이(!), 콧구멍(!), 사타구니의 축축한 붉은 입술(!)을 생각하기만 해도 ─ 고통스러울 정도로 성적 흥분을 느꼈다. 그는 혐오감과 수치심으로 숨어버렸다. 그때만 해도 열등한 존재들을 멸시하는 오만한 핀치 스타일을 갖기 전이었던 것이다.

패트릭 멀베이니가 천재라고? 무슨 소리! 그의 아이큐는 겨우 151이었다. 그는 2학년 때 다른 우수한 학생 여섯명과 함께 종합 테스트를 받았다. 원래 결과를 알려주지 않게 되어 있었지만 패트릭은 어떻게 알게 되었다. 아마 자랑스러움을 주체하지 못한 어머니가 알려주었을 것이다.

그는 천재가 아니었지만 소문은 그렇게 퍼졌다. 한쪽 눈이 멀었다는 소문이 퍼진 것처럼. 패트릭이 신경썼느냐고? 물론 신경쓰지 않았다. 말하자면 패트릭은 마운트 이프리엄 고교에서 학생들이 좋아하고 인기있는(!) 존재라기보다는 존경과 두려움의 대상이었다.

그의 영웅들은 갈릴레오, 뉴턴, 찰스 다윈이었다. 퀴리 부부, 알베르트 아인슈타인이었다. 그가 정기구독하는 과학잡지 『싸이언티픽 아메리칸』에서 탐독한 과학자들이었다. 그런 과학자들이 인기에 눈곱만큼이라도 신경쓰는 걸 상상이나 할 수 있겠는가!

하지만 그의 비밀을 모든 사람이 알고 있는 듯한 건 당황스러웠다. 실제로 그는 한쪽 눈을 실명한 상태였다. 거의.

그가 고등학교에 들어갔을 때 어머니가 체육선생에게 그 사실을 고백한 게 분명했다. 어머니는 말하지 않겠다고 약속했지만 어머니가 분명했다. 물론 성한 눈마저 다치지 않게 하려는 의도였을 것이다. 패트릭은 어머니의 애원이 귀에 들리는 듯했고 체육선생 앞에서 어머니가 손을 쥐어짜는 모습이 눈에 선했다. 패트릭은 마구간에서 그의 애마 프린스를 돌보다 사고를 당했다. 두살 먹은 젊은 다혈질의 거세마 프린스는 온순하면서도 무척 예민해서 햇살을 받은 건초더미를 가로질러 날아가는 새의 날갯짓과 그림자 같은 아무것도 아닌 것에 소스라치게 놀라 당시 45킬로그램 정도밖에 안되던 열두살 소년 패트릭을 벽에 내동댕이쳤고, 패트릭은 나무망치 같은 끔찍한 말발굽에 짓밟히며 비명을 내질렀다. 그 사고로 패트릭은 왼쪽 팔이 부러지고 왼쪽 눈이 잔뜩 부어 감겼으며 망막이 떨어져나가 로체스터에서 응급수술을 받았다. 그 사고에 대해 패트릭은 혐오감과 불신으로 인해 거의 기억이 남아 있지 않았다. 그는 멀베이니 가족 중에서 유일하게 안경을 써야 한다는 사실에 자존심에 상처를 입은 지 오래였다.

패트릭은 운전을 하면서 왼쪽 눈을 감고 오른쪽 눈으로 앞쪽의 눈 덮인 도로를, 이울어가는 눈의 반사광을, 계곡의 바위투성이 비탈을 바라보았다. 익숙한 풍경일 텐데도 늘 그 생소함에, 그 위협과 약속의 결합에 흠칫 놀라곤 했다. 그는 세상이 저기 있고 자신은 보는 것의 기적에 사로잡혀 여기 있다는 것이 얼마나 황홀하고 매력적인지에 대해 누구에게도, 심지어 매리앤에게조차 설명할 수 없었다. 그는 여기 존재하는 걸 당연시할 수 없는 것처럼 저기 세상이 있는 것 또한 당연시할 수 없었다. 오른쪽 눈의 시력 또한 마찬가지였다. 눈은 관찰과 인식의 도구이니까. 그런 이유로 그는 자신의 현미경을 사랑했다. 그가 손수 만든 현미경. 그리고 그가 좋아하는 책과 잡지, 컬러잉크로 쓴 인쇄체 글씨와 꼼꼼한 그림들이 든 실험노트들. 고도계/기압계/'조명' 기능이 있는 육중한 검은색 스포츠용 손목시계. 패트릭은 그 시계를 밤이고 낮이고 자나깨나 차고 다녔으며 샤워할 때만 벗었는데 사실 (매리앤이 L. L. 빈 카탈로그에서 고른 가족들의 생일선물인) 그 시계는 당연히 방수 기능도 있었다. 또 그가 손수 조립해서 만든 단파 라디오도 있었다. 불면의 밤에 애디론댁은 물론 노바스코샤, 머나먼 캐나다 로키산맥의 일기예보까지 열심히 전해주는 라디오.

인간은 믿을 수 없지만 그런 도구들과 지식은 신뢰할 수 있다. 그건 거창한 비밀도 아니고 엄연한 사실이다.

패트릭은 어머니의 뷰익 스테이션왜건을 몰고 하이포인트 로드의 마지막 구간을 조심스럽게 달리고 있었다. 그는 자신이 이곳 셔토쿼 밸리에서 자라면서 무엇인지도 모르는 채 보아온 사방의 지평선이 두 공간을 연결하는 경첩이라는 생각을 하고 있었다. 이곳에서는 보이지 않는 유빌 강으로 뚝 떨어지는, '땅'이라는 부적절한 호칭으로 불리는 유한한 공간과 '하늘'이라는 부적절한 호칭으로 불리는 머리 위의 무한한 공간. 그 각각의 공간은 미지의 것이었다. 패트릭은 수백만년 전의 빙하벌판에 대해 상상해보려고 애썼다. 그 시대는 '플라이스토세'(신생대 제4기의 첫 시기로 빙하기와 간빙기가 되풀이되었다—옮긴이)라는 신비한 이름으로 불렸으며 그 이름은 패트릭이 혼자 있을 때 경건하게 소리내어 말해보는 단어 중 하나였다.

플라이스토세. 몇 킬로미터 높이의 빙하산이 녹아내리면서 지나는 길에 있는 모든 것을 마멸시켰다.

패트릭은 마음의 상처를 받았고 그게 얼굴에 그대로 드러나 보였다. 매리앤이 관심있게 봤다면.

바퀴 자국이 많은 눈 덮인 진입로로 들어서자 패트릭은 집에 도착했음을 알리기 위해 스테이션왜건의 속도를 높여 돌진했다. 그리고 코린이 일하고 있는 골동품 창고 앞에 요란하게 차를 주차했다. 매리앤이 "고마워"라고 인사를 했는지도 모르지만 그녀의 목소리는 너무 작았고 패트릭은 백열등처럼 빠른 무언의 분노에 휩싸여 이미 차에서 내린 뒤였다. 씰키도 우스꽝스러운 동작으로 뒷좌석에서 총알처럼 튀어나가 며칠 갇혀 있기라도 했던 듯 눈밭을 뛰어다니며 귀를 떨면서 오줌을 뿌렸다. 매리앤은 옷가방을 들고 뒷문 쪽으로 가다가 플라스틱 손잡이가 손에서 미끄러졌고, 패트릭이 망설이다 도와주려고 하자 얼른 말했다. "아냐! 괜찮아. 됐어." 그녀의 목소리가 떨렸고 눈물로 흐려진 푸른 눈에 공포가 어려 있었음을 패트릭은 나중에 상기하게 된다. 매리 앤은 그에게 미소를 보냈지만 어딘가 석연치 않은 미소였다. 그녀의 키 크고 조급한 오빠는 젊은 말처럼 유연하고 잔뜩 긴장해 있었다. "맘대로 해." 패트릭이 대꾸했다. 그는 다시금 미묘하게, 그러나 틀림없이 거절당한 것처럼 어깨를 으쓱하고 돌아서서는 문을 쾅 닫고 들어가 이층의 자기 방으로, 책들이 있는 곳으로 향했다.

괜찮아. 됐어. 괜찮아.

가족의 암호

하이포인트 농장에서는 많은 것이 암호화되어 있었다. 호칭이 그중 하나인데, 그때그때의 기분과 상황, 언외의 뜻에 따라 달라져 자칫 헷갈릴 수도 있었다.

예를 들어 마이클 씨니어는 대개는 아버지로 불렸지만 가끔 '컬리'(곱슬머리)나 '캡틴'으로 불리기도 했다. '그라우치'(일곱 난장이 중의 투덜이)나 '그루초'(희극배우 그루초 막스의)라고도, '빅 베어'(큰 곰) '치키' '슈거케이크'라고도 불렸지만 그렇게 부를 수 있는 사람은 어머니뿐이었다. 큰형은 대개는 그냥 마이크였지만 가끔 '마이크 주니어'나 '마이키 주니어' '빅 가이' '뮬' '넘버 4'(마운트 이프리엄 고교에서 삼년 동안 풋볼 풀백으로 활약하면서 썼던 등번호)로도 통했다. 패트릭은 주로 'P. J.'(패트릭 조지프의 머리글자)나 '핀치'였다. 매리앤은 대개 '버튼'이나 '치커디'였다.

그리고 나는 앞에서도 말했다시피 별명이 여러 개였지만 주로 '아기' '딤플' '레인저'로 불렸다.

어머니는 아버지만이 부를 수 있는 특별한 애칭 '달링' '허니러브' '스위트하트' '슈거케이크'를 제외하면 그냥 엄마라고 불렸다. 이따금 '휘슬'(휘파람)이라고도 불렸는데 가족끼리 있을 때만 그렇게 불렸다.

어떤 때 어떤 호칭을 쓸 것인지는 정교한 저울질과 재치를 요하는 문제였다. 특히 어머니의 경우 어떤 때는 휘슬이라는 호칭에 화를 냈지만 어떤 때는 그렇게 불리는 것을 반기면서 가장 깊은 영혼이 드러나기라도 한 것처럼 눈알을 굴리고 얼굴을 붉히며 웃었다.

왜 휘슬이냐고? 그건 어머니가 혼자 있을 때면 휘파람을 부는 습관이 있기 때문이었다. 어머니의 휘파람은 엿듣는 우리의 귀에 행복하고 전염성이 강한 소리로 들렸다. 부엌에서, 골동품 창고에서, 동물들을 돌보며, 긴긴 여름과 가을 채소밭에서 어머니는 휘파람을 불었다. 어머니의 휘파람 소리는 남자가 내는 소리처럼 크고 분명했으나 기분에 따라 피리소리처럼 유려하고 아름답게 변하기도 했다. 매료되어 귀기울이게 되는 그 소리. 마치 어머니가 자신도 모르는 채 우리에게 말을 하고 있는 듯한 기분이 들었다. 젖소를 칸막이 기둥에 매며, 진흙과 똥이 튄 말의 털을 솔로 빗으며, 제가 낳은 알을 숨기려는 성난 닭과 싸우며, 특히 이른 아침 카나리아 페더스와 둘만 깨어 있을 때 어머니는 휘파람을 불었다. 「우리 아버지들의 신앙」「공화국 전송가」「별들이 왜

빛나는지 말해주오」 「나는 화이트크리스마스를 꿈꿔요」 (일
년 내내 입에 달고 살아서 아버지를 짜증나게 만들었다) 「나
는 영원히 비눗방울을 불 거야」 「당신을 보게 될 거예요」
「상심의 호텔」 「사냥개」 「푸른 스웨이드 구두」 (어머니는 엘
비스가 젊은이들에게 훌륭한 도덕적 본보기가 못된다고 못
마땅해하면서도 그의 노래를 불렀다). 집에 있을 때면 어머
니와 페더스가 함께 휘파람을 불었다. 제 영역 안이나 근처
에서 휘파람 소리가 들리면 신바람을 내며 반응하는 것이
수컷 카나리아의 본성이기 때문이다. 물론 휘파람은 가축들
과 대화하는 빠르고 편리한 방법이었다. 말들은 그래요? 먹
을 시간이에요?라고 말하듯 기민하게 귀를 쫑긋 세우고 꼬리
를 획획 치면서 히히힝 울어댔고 젖소들과 염소들, 심지어
양들까지 주의를 집중하며 눈을 끔벅거렸다. 두 손가락을
능숙하게 입에 넣고 날카로운 휘파람 소리를 내면 농장의
개, 고양이, 닭 들이 먹이를 주는 장소인 간이주차장에서 마
치 그림 형제의 낡은 동화책에 나오는 거위 아줌마처럼 웃
으며 아낌없이 먹이를 주는 어머니에게 모여들었다.

아버지도 휘파람을 불었다. 소리죽여 기분 좋게 콧노래
도 불렀다. 하지만 아버지에게는 음악성이나 그것의 결여를
암시하는 별명은 없었다.

우리 가족은 가끔 동물들을 통해 서로에게 말을 하기도
했다. 물론 내가 태어나기 전부터 쓰이던 대화 방식이었다.
아주 어렸을 때 카펫 위를 열심히 기다가 아버지와 어머니
가 개에게 나를 칭찬하는 말을 들은 기억이 난다. "폭시, 봐

라! 아기가 너만큼 빠르구나."

그런 화법은 간단한 요구를 전달하는 재치있고 장난스러운 방법이었다. "씰키, 컬리에게 가서 저녁을 일찍 먹을 건지 아니면 늦게 먹을 건지, 옥수수 껍질은 언제 벗길 건지 물어봐줄래?" 또 목소리를 높여 "스노우볼, 저드 좀 이리 나와서 거들라고 전해주겠니?" 또한 이 화법은 가벼운 질책의 방법으로도 애용되었다. "머핀, 누구한테 ─ 마이크나 패트릭, 저드를 가리켰고 때로는 아버지일 수도 있었다 ─ 냉장고 문은 도대체 언제 닫을 건지 물어봐줄래?" 그런 식으로 말하는 사람은 대개 어머니나 아버지였다. 우리도 흉내낼 때가 있었지만 왠지 썩 자연스럽지가 못했다. 한번은 두 형이 진입로에서 말을 타다가 무슨 이유에선지 마이크 형이 패트릭 형에게 화가 난 적이 있었다. 패트릭 형이 꼿꼿한 자세로 타고 있던 말이 꼬리를 휘날리며 앞장서서 출발하자 마이크 형이 뒤에서 외쳤다. "야, 프린스, 네 주인한테 말 엉덩이라고 전해라!" 그러나 프린스와 그 주인은 그 조롱을 싹 무시하고 달아나버렸다.

그런 대화는 거의 집 안에서 이루어졌다. 그리고 이제 생각해보니 대부분 부엌에서였다. 부엌은 우리 가정의 중심이고 우리는 서로를 찾아 중력에 이끌리듯 자연스럽게 부엌으로 모였다. 부엌에는 늘 라디오가 켜져 있고 어머니가 즐겨 듣는 유빌 방송에 채널이 고정되어 있었다. 늘 개나 고양이가 쓰다듬어주거나 먹을 것을 주기를 바라며 우리 발치를 맴돌았고 페더스가 창문 옆 멋진 황동 새장 안에 상주했다.

멀베이니 가족의 애완동물 중에서 대화의 중개자로 애용된 동물은 고양이 머핀이었는데, 온순함과 참을성을 지닌 사랑스러운 머핀은 사람들이 말할 때 잠시도 딴전을 피우지 않아 꼭 우리 말을 알아듣는 것 같았기 때문이다. 머핀은 테니스 경기 관중처럼 말하는 사람을 따라 눈을 돌리는 재미있는 모습을 보여주었다. 머핀의 황갈색 눈은 공감과 관심을 나타내는 것이었다. 머핀은 고양이가 아니라 고양이 탈을 쓴 인간이며 동물의 몸을 하고 있지만 어떤 인간보다 마음씨가 착하다는 아버지의 주장이 아주 허무맹랑하게 들리지는 않을 정도였다. "머핀, 너와 나는 서로를 이해하지, 안 그러니?" 아버지는 몸을 구부려 고양이를 쓰다듬으며, 고양이 밥그릇에 간식용으로 건조사료를 부어주며 그렇게 말하곤 했다. 사실 고양이에게 끼니 외의 간식을 주는 건 아버지가 식사시간 외에 냉장고를 뒤져 주전부리를 하는 것처럼 어머니의 다이어트 규칙에 어긋나는 행동이었다. "우리 둘은 비만형이니까, 응?" 아버지는 나이가 들면서 체격이 더 건장해졌으며 근육질의 몸이 더 붙고 배가 허리띠 위로 밀려나왔지만 결코 뚱보는 아니었고 심지어 통통하다는 표현도 어울리지 않았는데, 그건 온몸이 물렁한 데라곤 없이 딴딴한 근육질뿐이었기 때문이다. 머핀은 새끼 때 버려졌다가 하이포인트 로드 근처의 쓰레기 매립지에서 굶어죽기 직전에 형제인 빅 탐과 함께 구조되어 멀베이니 가족과 함께 살게 되었는데 처음엔 멀베이니 가족의 막내의 손바닥 안에 들어갈 정도로 몸집이 작았지만 눈 깜짝할 사이에 부드럽고 묵직한 어른으로 자라 몸무게가 10킬로그램 가까이 나가는 거세된 수고양이가 되었다. 머핀은 결코 아름다운 동물은 못되었지만 늘 홈잡을 데 없이 깨끗한 비단결 같은 흰 털에 어린아이가 그린 듯 비뚜름한 오렌지색, 검은색, 회색, 갈색 얼룩무늬가 있었다. 머리통은 양배추처럼 둥글고 꼬리에는 너구리처럼 고리 모양 무늬가 있었다. 머핀은 처음부터 매리앤 누나의 고양이였지만 우리 모두 녀석을 사랑했다. 아버지는 애정 표현이 거칠어서 식탁에 앉아 커피를 마시며 전화통화를 하다가 그 덩치 큰 고양이를 홱 잡아당겨 무릎에 앉히곤 했다. 머핀을 통해 아들들에게 교묘하게 의사를 전달하는 건 아버지의 습관이었다. "머핀, 내가 한 가지 도저히 모를 일이 있는데 혹시 네가 속 시원히 대답해줄 수 있겠니? 내가 닷새 전에 펑크난 트랙터 타이어를 교체하라고 분명히 일렀는데 왜 그 빌어먹을 타이어가 그대로 있는 거냐?" 그런 말은 대개 농장일을 소홀히 하는 마이크 형을 겨냥한 것이었다. 그러면 마이크 형은 미소를 지으며 머핀에게 이렇게 대답했다. "머핀, 내가 밀린 일이 있어서 그렇다고 아버지께 설명해드려라. 빌어먹을 마구간 청소가 아직 덜 끝났거든. 죄송합니다! 라고 말씀드려."

그런 대화에는 반드시 지켜야 할 규칙, 즉 교묘한 완곡어법이라는 법칙이 있었다. 그것이 깨지면 따귀를 맞은 것과 같은 충격이 따랐다. 그때 매리앤 누나는 그림자처럼 조용히 부엌으로 들어왔기에 나는 처음엔 누나가 부엌에 있는 줄도 모르고 있었다. 밸런타인데이 다음날, 그러니까 매리앤 누나가 트리샤 러포트의 집에서 자고 돌아온 일요일 초저녁이었으니 그 일이 벌어지고 이십사 시간도 되지 않은 때였고, 가족 모두 아무런 눈치도 채지 못했던 불확실성의 시기였다. 나는 부엌 구석에서 묵은 잡지와 신문, 우편주문 카탈로그 따위를 치우는 일을—그것도 내게 맡겨진 일 중 하나였다—서둘러 마무리짓던 참이었고 어머니는 식탁을 장식할 작은 나무들을 다듬으며 소리죽여 휘파람을 불고 있었다. 나는 어머니의 밝고 들뜬 목소리를 들었다. "페더스! 어떤 사람이 오늘 아침에 교회를 안 갔다는 소식을 들었는데 이게 무슨 일이니?" 잠시 찔끔 놀라는 듯한 침묵이 흘렀고 고개를 돌린 나는 매리앤 누나가 들어와 있는 걸 보았다. 누나는 나를 등지고 서 있었다. 진바지와 헐렁한 스웨터 차림이었다. 머리는 아무렇게나 모아서 뒤로 묶고 있었다. 누나는 들릴락 말락 한 소리로 말했다. "저는…… 저는, 저 불쌍한 새를 평생 새장에 가둬놓는 건 잔인하다고 생각해요. 우리 같은 이기적인 인간들의 즐거움을 위해서. 그건 죄라고 생각해요."

어머니는 너무 놀라서 손에서 가위를 떨어뜨렸다. 가위는 쨍강 소리를 내며 바닥에 떨어졌다.

다른 자식도 아니고 매리앤 누나가 그런 가혹한 말을 했기 때문만이 아니라 누나가 완곡어법의 규칙을 깼기 때문이기도 했다. 어머니나 아버지가 동물을 통해서 말을 걸면 우리도 늘 똑같은 방식으로 대답했다. 그런데 갑자기 매리앤 누나가 그걸 깬 것이다.

어머니는 고결성을 도전받기라도 한 것처럼 꼿꼿이 일어서서 방어적으로 말했다. "얘, 버튼! 그게 무슨 소리니? 페더스는 새장에서 자라게 되어 있는 카나리아야. 그건 페더스의 부모도, 그 부모도, 그 조상들도 마찬가지였고! 페더스는 새장에서 자라도록 태어나지 않았더라면 아예 생명 자체를 얻지 못했을 거야. 사실 새장 안에서 태어났고. 그러니까 새장은 페더스의 삶이라고도 할 수 있지. 게다가 저건 아름다운 19세기 황동 새장이야. **골동품**이라고." 어머니의 목소리는 아버지와 정치적인 논쟁을 벌일 때처럼 상처와 분노로 떨렸고, 경건한 단어 **골동품**을 말할 때는 톤이 한층 올라갔다.

매리앤 누나가 거의 들리지 않는 소리로 대답했다. "엄마, 그래도 새장이에요."

그러곤 격노의 한숨 또는 억눌린 흐느낌을 토해내며 돌아서서 나를 본 척도 않고 어머니가 더 따지기 전에 황급히 부엌에서 나가버렸다. 어머니와 나는 매리앤 누나가 더듬거리며 부엌문을 밀고 거실을 지나 사라지는 뒷모습을 놀란 눈으로 쳐다보고 있었다.

매리앤 누나, 그날 그렇게 규칙을 깬 것 때문에 우리 가족의 암호가 영원히 깨져버렸다는 거 알아?

더러운 여자애

마이크 멀베이니 주니어는 마운트 이프리엄 고교 4학년이었고 풋볼팀에 속해 있었으며, 그의 친구 몇명이 그 여자애와 관계가 있었으나 그는 그렇지 않았다. 물론 '뮬'은 그 일에 대해 모두 들었다. 하지만 그는 연루되지 않았다.

그런 여자애한테 뭘 기대하겠어. 걔 엄마랑 언니들을 봐. 생활보호대상자에 미친 피가 흐르고 있지.

마운트 이프리엄 고교 풋볼 선수들이 씨즌 마지막 경기가 끝난 후 했던 일. 풋볼 선수 서너명과 전년도 졸업생 몇명. 물론 그들은 모두 마이크 멀베이니의 친구들이었으나 마이크 멀베이니는 그날 밤 그 패거리에 끼지 않았다.

지진아한테 술을 먹여서 그 짓을 했대. 그 짓 말이야.

야, 그 여자애 지진아 아냐. 누가 그래?

덩컨 가족은 다 그렇대. 엄마는 알코올중독자에 인디언 혈통이래. 쎄니커 인디언 보호구역에서 왔대.

내가 들은 건 그게 아닌데. 난 그들이 흑인이라고 들었어.

그게 그거지 뭐. 거기 사는 사람들이 다 그렇지. 그 뭐냐, 트레일러 골목……

트레일러촌. 해거츠빌 로드에 있는.

뮬은 그 사건에 대해 모두 알고 있었다. 아니, 어쩌면 조금만 알고 있었는지도 모른다. 남학생들은 허풍이 심하니까. 그들은 모두 취해 있었다. 그리고 마운트 이프리엄 공동묘지에서 일어난 일이라 흥분 상태였다. 떠도는 말을 다 믿을 순 없는 법이다. 델라 레이 덩컨은 온갖 종류의 남자들과 데이트를 했고 이십대, 아니 그보다 더 나이 든 남자들과도 어울렸다. 아니, 그건 그녀가 아니라 그녀의 언니였는지도 모른다. 아기가 있는 언니. 타르처럼 새까만 아기. 아니, 그 아기는 죽었지. 심장에 구멍이 있어서 죽은 거 아닌가?

우리는 월요일 아침에 그 소식을 듣기 시작했다. 처음엔 스쿨버스에서, 그다음엔 학교에서. 정확한 건 아무도 몰랐다. 어린 학생들은 아무도 몰랐다. 형이나 오빠는 동생에게 말해주지 않으려 했고 언니나 누나는 아는지 모르는지 얼굴을 찌푸리며 시선을 외면했다. 모종의 사건이 벌어졌다는 흥미진진한 가망성과 누군가 곤란에 빠질 거라는 더욱더 흥미진진한 가망성이 존재했다. 그러니까 델라 레이 덩컨은 모종의 사건을 겪었거나 앞으로 곤란에 빠질 것이거나 아니면 둘 다일 것이었다.

델라 레이는 스쿨버스를 타는 큰 여학생 중 하나였다. 열다섯살인데 아직 중학교 3학년이었다. 그녀의 사촌인 거구에 언청이 입을 한 남학생처럼 특수반은 아니었다. 어떤 아이들은 델라 레이가 중학교 2학년 때 특수반으로 학교에 다니기 시작했다고 믿었지만 어쨌거나 지금 그녀는 중학교 3학년 정규반이었다.

델라 레이는 더러운 여자애라고들 했다. 그건 그냥 알 수 있는 일이었다. 더러운 여자애들이 몇명 있었고 델라 레이 덩컨도 그중 하나였다. 어떤 아이들은 델라 레이가 더러운 여자애인 것이 피부와 옷이 더럽기 때문이라고 생각했다. 그녀의 피부는 마치 꼬질꼬질한 나무 같았다. 그녀는 땅딸막하고 가슴이 컸으며, 얼굴은 불도그 같았다. 커다란 눈은 두꺼운 눈꺼풀에 덮여 있고 두툼한 윗입술에 뱀처럼 보이는 흉터가 있었다. 못생긴 걸 빼면 그런대로 봐줄 만한 얼굴이었다. 그리고 성질을 잘 내는 걸 빼면 수줍은 성격이었다. 그녀는 겨우내 남자용 진바지와 카키색 재킷을 입고 다녔고 장작 연기 냄새와 겨드랑이 냄새를 풍겼다. 환기가 되지 않는 트레일러 냄새도 났다. 기름기가 끼고 모자처럼 머리통에 딱 붙은 뻣뻣한 머리칼은 우리가 생각하는 정상적인 머리칼 같지가 않았다. 검은색이긴 한데 검은색으로 보이지 않고 먼지가 얇은 막처럼 덮여 있는 듯했다.

델라 레이는 월요일 아침 트레일러촌의 다른 아이들과 함께 스쿨버스를 기다리고 있지 않았다. 화요일도, 수요일도 마찬가지였다. 그러다 목요일에 다시 모습을 보였다. 여전히 불도그 같은 얼굴과 꼬질꼬질한 피부, 눈꺼풀이 부은 눈을 하고 있었다. 그리고 손을 닦는 용도로 썼던 것 같은 후드 달린 완두콩 색 재킷을 입고 있었다. 델라 레이는 우리가 보이지도 않는 것 같은 눈빛을 하고 뒷자리로 가서는 인디언의 피가 섞였다고도 흑인의 피가 섞였다고도, 그 둘 다라고도 하는 여학생 옆에 앉았다.

고등학생들 사이에선 말이 돌았지만 모두들 은밀히 속삭이거나 낄낄거렸다. 남학생들은 화장실이나 탈의실에서 고개를 숙이고 놀라움과 음란한 히죽거림으로 얼굴이 구겨진 채 쑥덕거렸다. 그러다 와아 웃음이 터지거나 믿을 수 없다는 탄성이 새어나왔다. 얼마나 많이? 얼마나 오래? 언제? 물론 여학생들은 아무것도 몰랐다. 특히 모범생들은 아무것도 몰랐다. 어떤 일들은 그것에 대해 아는 것 자체만으로도 오염될 수 있기에 그들은 알고 싶어하지도 않았다. 델라 레이 덩컨의 자세한 사정을 모른다고 해도 그녀처럼 고통받는 이들을 도와달라고 예수 그리스도께 진실하고 열띤 기도를 올리는 건 얼마든지 가능하니까.

어쩌면 자세한 사정을 모르는 게 낫지 않을까? 그러면 연민과 관대한 마음을 가질 수 있으니까. 혐오감에 움츠러들지 않을 테니까.

그 일년쯤 전에 델라 레이 덩컨의 오빠가 베트남에서 전사했다는 소식이 전해졌다. 결국 그의 이름은 마운트 이프리엄 출신의 다른 '희생자들'의 이름과 함께 우체국 앞의 화강암 기념비에 새겨졌다.

그의 이름은 드와이트 데이비드 덩컨이었다. 그는 미 육군 일등병으로 복무하다가 스무살의 나이에 전사했으며, 고등학교를 중퇴하고 멀베이니 지붕회사에서 일한 적이 있었다. 그의 사진이 『마운트 이프리엄 페트리어트 레저』 1면에 실리자 아버지는 이렇게 탄식했다. "개자식! 드와이트 덩컨! 불쌍한 녀석."

우리는 아버지 주위로 몰려들어 사진을 보고 기사를 읽었다. 우리는 드와이트 데이비드 덩컨을 몰랐으나 아버지가 그를 알고 그토록 분개하는 것을 보자 마치 그가 우리집에, 부엌에 들어온 것 같았다. 심지어 개들도 불안하고 걱정스럽게 이리저리 돌아다녔다. 덩컨 일등병은 건장하고 피부가 가무잡잡한 청년으로 델라 레이처럼 두꺼운 눈꺼풀과 인디언 같은 직모를 갖고 있었다. 사진 속의 그는 정복 차림에 모자를 멋지게 뒤로 젖혀쓰고 입에는 담배를 비스듬히 물고 있었다. 아버지는 그가 착하고 성실한 청년이었고 매우 조용했으며 아주 똑똑한 건 아니었지만 지시를 내리면 질문을 하지 않고도 일처리를 잘했고 불평을 몰랐다고 말했다. "부디 마이키 주니어는 징집되지 말아야 할 텐데." 아버지가 한숨지으며 말했다. 그러곤 잠시 사이를 두었다가 전쟁 얘기만 나오면 늘 하는 말을 덧붙였다. "그래도 전쟁은 필요한 거야."

그건 기름통에 불붙인 성냥을 던지는 것이나 마찬가지였다.

어머니가 말했다. "전쟁이 왜 필요한데요?"

아버지가 말했다. "여보, 그 얘긴 이미 끝났잖소."

어머니가 말했다. "그래요. 그런데도 당신은 생각을 안 바꿨군요!"

아버지는 우리에게 눈을 찡긋하며 차분히 대꾸했다. "생각을 안 바꾼 건 당신이지."

이때쯤이면 어머니는 고뇌로 이글거리는 눈을 하고 팔을 휘두르며 서성거렸다. 만일 고양이들이 부엌에 있었다면 귀를 뒤로 젖히고 밖으로 달려나갔을 터였다. 개들 중에서 가장 예민한 리틀 부츠가 있었다면 발톱으로 리놀륨 바닥을 긁는 소리를 내며 이리 뛰고 저리 뛰면서 풍선처럼 크고 선명한 주인 부부의 얼굴을 올려다보고 낑낑거렸을 터였다. 친척들 앞이나 기도모임, 학부모회, 슈퍼마켓에서 전쟁에 관해 더듬거리며 즉흥연설을 하곤 했던 어머니는 좌절의 흐느낌을 억지로 삼키며 베트남 전쟁은 중단되어야 한다고, 양쪽이 살상을 중단해야 한다고, 그게 얼마나 끔찍하고 비극적인 일이냐고 말했다. 나라를 분열시키고! 아버지와 아들 사이를 갈라놓고! 1850년대에 도망노예법이라는 잔인하고 비인간적이고 무지한 법으로 인해 나라가 분열되고 남북전쟁이 터져 사십만에 가까운 희생자가 난 것과 같은 일이에요. 이 개명된 시대에 우리의 지도자들은 과거 역사를 통해 배워야 하지 않을까요? "처음엔 케네디, 그다음엔 존슨, 그리고 이제 닉슨까지! 우리가 구원받기 위해 필요한 건 진정한 기독교적 지도자예요. 너무 늦어버리기 전에." 어머니가 외쳤다.

"그래, 하지만 전쟁이 필요하다는 사실에는 변함이 없지." 아버지가 말했다.

"아니, 아니, 그렇지 않아요! 당신 말이 틀려요!"

"왜냐하면 공산주의자들을 막아야 하니까, 암." 아버지가 말했다. 그는 조용히, 완고하게 말했다. 그의 잘생긴 넓적한 얼굴이 반짝거렸고 기름을 바른 곱슬머리도 천장 불빛을 받아 대팻밥 색깔로 반짝거렸다. 그는 키는 크지 않았지만 체격이 다부지고 당당했으며 무게가 있었다. 그래서 가슴을 세게 떠밀어도 꿈쩍도 않고 서 있을 것 같았다. "그들은 나찌 같으니까. 어쩌면 그보다 더 나쁠지도 모르고. 이천만 명의 남자와 여자, 아이들이 스딸린과 그 부하들 손에 죽었소! 그보다 많은 사람들이 '마오 주석'과 그 부하들 손에 죽었고! 그 개자식들을 몰아내기 전까지는 전쟁을 중단할 수 없소. 내 아들들 중 하나가 군복을 입고 나가 싸워야만 한다고 해도……"

"뭐라고요! 지금 무슨 말을 하고 있는 거예요?"

"아니, 물론 그런 일이 있어선 절대 안되겠지만 두 아들이……"

"두 아들! 마이클 멀베이니, 당신 미쳤어요?"

"……그래도 전쟁은 필요하지, 암."

그러다가는 어머니가 밖으로 뛰쳐나가 (어머니 표현을 빌리자면) 말 못하는 짐승들에게서 위안을 받으러 마구간으로 가거나, 아버지가 밖으로 뛰쳐나가 담배를 피우거나, 리틀 부츠가 지나치게 흥분하여 어머니와 아버지 둘 다 나서서 진정시켜야 하거나, 페더스가 날카롭게 울어대서 우리 가족의 손 중에서 제일 작은 손보다도 작은 몸뚱이를 지닌 존재가 그런 소동을 일으킬 수 있는 것에 놀라 모두들 새장 쪽으로 고개를 돌리거나 했다.

멀베이니 가의 아들들 중에서는 마이크 주니어가 애국자였고(졸업을 앞두고 '절대' 군에 징집되지 않았으면 좋겠다고 고백하긴 했지만) 패트릭은 물론 반체제주의자였다. 비록 당시는 껑충한 키에 갈라진 목소리의 열네살 소년이었지만 패트릭은 반전운동을 벌이는 베리건 신부 형제(대니얼 벨건과 필립 베리건 형제. 미국 자유주의 가톨릭을 상징하는 사제들로 반전운동과 평화운동에 헌신했다—옮긴이)를 지지했으며 불가피한 경우 양심적 병역거부자로서 캐나다로 도망치겠다고까지 했다. 아버지는 험악한 표정으로 그렇게 될지는—절대 그렇게 되지 않기를 바라지만—두고 볼 문제라고 대꾸했다. 어머니는 손을 쥐어짜며 그것 보라고, 그것 보라고, 전쟁이 미국의 가정을 분열시키고 있다고 말했다. 패트릭은 격분해서 습관처럼 안경을 부러뜨릴 기세로 거칠게 콧등 위로 밀어올리면서 자신은 평화주의자라고 선언했다. 자신은 소로우의 『시민 불복종』을 읽고 있다면서 자신은 인간의 피는 고사하고 동물의 피도 흘리게 할 수 없으며 한낱 세속적인 정치권력이 그걸 바꿀 수는 없다고 주장했다.

그런데 이상하게도 마이크와 패트릭은 전쟁 문제로 싸우는 법이 없었다. 패트릭은 형과의 대립을 피했고(사실 마이크는 패트릭보다 몸무게가 10킬로그램 이상 더 나갔다) 마이크는 패트릭이 어떤 열변을 토하든 그저 재미있어하는 것 같았다. 마이크는 원래 추상적인 문제를 두고 논쟁을 벌이는 성격이 아니었다(그는 그걸 '헛소리'라고 불렀다). 그는 근육질의 어깨를 으쓱하며 그저 웃어넘겼는데, 그건 젠장, 더불어 잘 살아야지를 의미하는 아버지의 버릇이었다. 이 경우엔 더불어 잘 싸워야지였다. 그는 진정한 팀플레이어의 철학을 지니고 있었다. 그건 무조건 동료들이 하는 일에 동참하고 동료들의 사기를 떨어뜨리지 않는 것이었다.

매리앤은 어머니처럼 얼굴이 빨개졌지만 천성적으로 집안의 평화유지자였기에 자신은 전쟁이 (어떤 전쟁이든) 싫으며 베트남 전쟁이 어서 끝나기를, 그리고 모든 전쟁이 영원히 끝나기를 기도한다고 말했다. 그래서 아무도 다시는 누구에게도 화를 내지 않았으면 좋겠다고 했다.

여덟살의 저드는 자신의 의견을 말하지 않았다. 그는 나중에 크면 공군에 들어가 폭격기 조종사가 되고 싶었다.

일등병 드와이트 데이비드 덩컨의 사진은 『마운트 이프리엄 페트리어트 레저』지에서 조심스럽게 오려져서 부엌 게시판에 붙었고 그곳에서 몇개월 동안 아무도 원망하지 않는 미소를 보내다가 마침내 새로 오린 기사와 폴라로이드 사진과 어머니의 가족달력, 버피스 씨앗 카탈로그의 화려한 페이지로 덮였다.

1971~72 씨즌 마운트 이프리엄 풋볼팀 풀백이었던 마이크 '뮬' 멀베이니는 그날 밤 같은 팀 선수 몇명과 같이 있었

으나 그 짓을 한 패거리에는 끼지 않았다.

그 짓이 정확히 무엇이었든 그들은 그 짓을 했다. 델라 레이 덩컨과 함께. 혹은 델라 레이 덩컨에게.

소문으로 떠도는 허황된 얘기들을 반이라도 믿을 수 있다면! 남학생들이 얼마나 허풍이 심한지 알지 않는가.

게다가 그 자리에 있지도 않았던 남학생들이 퍼뜨린 소문이니.

경기가 끝나고 성대한 축하파티가 벌어진 그날 밤 마이크는 차를 갖고 있지 않았다. 그는 프랭키 크리그너, 브록 존슨 등의 친구들과 함께 있었다. 그들은 프랭키 아버지의 캐딜락에 끼여 탔고 그중 몇명은 맥주, 보드카, 그리고 누군가의 아버지의 와일드 터키 위스키를 돌려 마시고 있었던 게 사실이었다. 달리는 차 안에서 술을 마셨으니 법을 위반했다고도 할 수 있지만 그건 어디까지나 엄밀한 의미에서였다. 진짜 취한 사람은 아무도 없었다. 최소한 뮬 멀베이니는 취하지 않았다. 많이 취한 건 아니었다. 운전대를 잡은 프랭키도 마찬가지였다.

뮬은 가끔 난폭해질 때도 있었고 풋볼 경기장에서는 거친 선수였지만(코치가 괜히 '뮬'이라는 별명을 붙여주었겠는가?) 아주 괜찮은 애라는 평을 얻고 있었다. 그는 비열하지 않았다. 물론 어깨로 상대의 명치를 정통으로 쳐서 상대가 만화 속 인물처럼 공중으로 붕 떴다가 엉덩방아를 찧게 만들었지만—졸지에 기습을 당한 상대는 엉덩방아를 찧은 뒤에야 사태파악을 할 수 있었다—그건 다른 선수들처럼 상대를 다치게 하기 위해서가 아니라 강한 인상을 주기 위해서 였다. 그러면 상대도 그게 장난이 아님을 깨닫고 그를 얕보지 못했다. 그리고 다음번에는 될 수 있으면 그를 피했다.

마이크는 그런 다음 상대가 일어나도록 도와주고 상대의 어깨를 꽉 잡으며 잘했어! 멋진 시도였어!라고 말해주는 선수였다.

그는 사실 팀에서 가장 인기가 높았다. 그리고 제일 미남이었다.

그는 점잖을 뿐 아니라 더 깊이 알고 보면 신앙인이기도 했다. 그의 어머니 코린 멀베이니는 독실한 기독교 신자였으며 당시엔 싸우스레바논 연합감리교회에 다니고 있었다. 뮬은 나이가 들면서 어머니와 동생들과 함께 교회에 가는 횟수가 점점 줄었으나 여전히 신앙의 영향을 받고 있었다. 남들이 너에게 해주기를 바라는 대로 남들에게 하라는 가르침을 가슴 깊이 명심하고 있었다. 그래서 그는 슬슬 겁이 나기 시작했다. 심각하게 겁이 난 건 아니고 조금 그랬다. 미지근해진 뮬슨 맥주를 보드까와 위스키에 섞어 마셔도 도움이 되지 않았다. 그들은 매킨타이어네 집에서(골프장에 위치한 근사한 목장풍의 집이었다) 대대적인 파티를 벌인 후 차 몇 대에 나눠 타고 10킬로미터를 달려 늦게까지 문이 열려 있고 '여자들'도 있을 가능성이 있는 근사한 카운티 라인 술집으로 갔지만 헛걸음만 치고 말았다. 그런데 매킨타이어가 델라 레이 덩컨을 차에 태웠다는 얘기가 돌았다. 그 불쌍한 계집애는 멍청한데다 술에 취하기까지 해서 매킨타이어가

자기를 '좋아하고' 진지하게 '사귀고' 싶어하는 걸로 착각한다고 했다. 그들은 제이미 클링어의 밴에 타고 있었고, 119번 도로를 따라 남쪽으로 강까지 내려갔다가 다시 마운트 이프리엄으로 돌아왔다. 메인 스트리트는 (새벽 2시가 넘은 시각이라) 모두 잠들어 있었다. 머제스틱 영화관도 체커보드 식당도. 그러곤 이러쿼이에서 공동묘지로 들어갔다. 프랭키 크리그너가 모는 차도 그 뒤를 따라갔다. 하지만 공동묘지 안으로 들어가진 않고 그 주위를 맴돌았다. 뮬 멀베이니가 말했다. "가서 확인해봐야 하는 거 아냐? 애들이 걔를 다치게 할 수도 있잖아." 그랬다가 친구들을 옹호하는 말도 했다. "젠장, 델라 레이, 그 멍청한 계집애, 완전히 통에 든 물고기 잡기지 뭐." 다른 친구들은 의견이 갈렸다. 어쩌면 그럴 수도, 아닐 수도 있었다. 델라 레이가 친구들과 그 짓을 하고 있다고 생각하니 왠지 짜릿한 흥분이 느껴졌다. 어디까지나 짐작일 뿐이지만. 하지만 그들은 직접 가서 확인하고 싶진 않았다. 델라 레이는 더러운 여자고 잔뜩 취했으며 그들은 그것에 대해 생각하고 싶지 않았다. 뮬은 뜨거운 수도꼭지를 튼 것처럼 피가 성기로 몰리는 걸 느꼈다.

그래서 그들이 무슨 짓을 했냐 하면, 사실 아무 짓도 하지 않았다.

공동묘지가 어울리지! 남학생들이 손으로 입을 막고 키득거리며 말했다.

우! 공동묘지가 딱이지! 그 말을 들은 여학생들은 당황하며 막연한 곤혹감을 느꼈다.

그건 아껴뒀다 공동묘지에서 해야지! 옳소! 남학생들은 서로 손가락으로 브이 자를 만들어 흔들며 미친 듯이 웃어댔다. 가끔은 선생님들의 코앞에서 그러기도 했으며 여자 선생님일 경우에는 더 즐거워했다.

여학생들은 그 일에 대해 전혀 몰랐다. 적어도 모범적인 여학생들은. 그래서 아무것도 모르는 여학생이 남학생들의 덫에 걸려 "공동묘지? 왜?"라고 묻기라도 하면 한바탕 난리가 났다.

델라 레이 덩컨이 속한 중학교 과정 여학생들은 더 몰랐다. 가장 똑똑한 여학생들, 간부들, 가장 인기 많은 여학생들—매리앤 멀베이니, 쑤지 퀴글리, 트리샤 러포트, 보니 셔먼 패거리—은 치어리더에 학급 간부에(매리앤 멀베이니는 서기였다) 연극부, 프랑스어부, 깃펜과 두루마리 문학회, 학교 합창단에 속해 있었다. 그들은 우등생이었다. 그들은 기독청년회 활동에도 적극적이었다. 그들은 착한 여학생이었기에 스스로 속물적이지 않다고 믿었으며 델라 레이 덩컨이나 다른 '트레일러촌' 아이들 같은 눈에 안 띄는 딱한 실패자들에게 경쟁적으로 친절하게 잘 대해주었다. 그들의 미소는 학교 복도에 마구 뿌려지는 금화와 같았고 그들의 안녕! 잘 지냈니!는 봄새들의 지저귐과 같았다.

크리스마스 연휴가 끝나고 1월에 다시 학교에 나가기 시작한 뒤에야 매리앤 멀베이니는 여학생 탈의실 모퉁이를 돌다가 불편하게도 델라 레이 덩컨을 보게 되었다. 델라 레이는 자신의 라커 문을 열어놓은 채 그 앞 벤치에 웅크리고 앉아 있었다. 바닥을 응시하면서. 델라 레이의 얼굴은 부어 있었고 어른 여자처럼 비참한 표정을 하고 있었다. 그녀의 입술이 움직이고 있는 것처럼 보였다. 기름진 머리칼은 뻣뻣하게 말려 있었다. 체육수업이 십분 전에 시작되었고 델라 레이는 출석부에 결석으로 표시되었는데도 전혀 서두르는 기색 없이 무기력에 빠져 웅크리고 있었다. 자신의 차림새에 몹시 신경을 쓰는 매리앤은 당황스러운 눈길로 반쯤 벗은 상태의 델라 레이를 바라보았다. 헐렁한 체육복 반바지가 엉덩이 위로 부풀어 있었고 해지고 꼬질꼬질한 잿빛 브라는(가슴은 얼마나 큰지!) 옷핀으로 고정되어 있었다. 얼룩덜룩한 피부는 기름기로 번들거렸고 옷에서는 금방이라도 파우더 냄새와 뒤섞인 땀냄새가 퍼져나올 것만 같았다.

매리앤은 열네살의 나이에 균형잡힌 사회성을 지니고 있었지만 수줍은 소녀였다. 신체적으로 수줍음을 타서 탈의실에서 다른 여학생들과 함께 옷을 갈아입을 때 편했던 적이 없었고 공동 샤워실에서는 더욱 그랬다. 교회에서 애플비 목사님이 붉게 상기된 얼굴로 약간 혀짤배기소리를 내며 우리 모두를 유혹하는 육신의 죄에 대한 열변을 토했지만 매리앤은 거의 유혹을 느끼지 않았다. 집에서도 속옷만 입고 있는 모습을 어머니가 슬쩍 보기만 해도 당혹감에 고통스러워했다.

델라 레이도 그녀를 보았기에 조용히 모습을 감추기엔 이미 늦고 말았다. 매리앤의 예쁜 얼굴이 의례적인 눈부신 미소로 환히 빛났다. "안녕, 델라 레이!" 백인의 특권인 경쾌한 쏘프라노 음이었다. 두 소녀의 눈이 마주쳤다. 델라 레이의 검은 시선은 칼날처럼 날카로웠고, 매리앤은 얼굴이 확 달아오르고 심장이 요동치는 걸 느꼈다. 날아가다 총에 맞은 새처럼. 다친 새가 순전히 타성의 힘으로 앞으로 나아가듯 그녀는 간신히 자세를 흐트러뜨리지 않을 수 있었다. 매리앤은 자신의 라커에서 티슈 통을 가져가려고 탈의실에 돌아온 것이었지만 델라 레이 앞에서 한순간도 더 머물 수가 없었다. 그녀가 여전히 미소를 잃지 않은 채, 억지 미소에 얼굴 근육이 아파오는 걸 느끼며 도망치듯 나가는 동안 델라 레이 덩컨은 노골적인 증오의 눈빛으로 그녀를 노려보았다.

나한테 왜 그러지? 내가 너한테 뭘 어쨌기에? 네가 무슨 일을 당했는지는 모르지만…… 그게 어째서 내 탓이지?

매리앤은 뺨이라도 맞은 듯—그녀, 매리앤 멀베이니가!—얼이 빠진 채로 배구 경기가 막 시작된 강당으로 돌아갔다. 체육 담당 델츠 선생이 매리앤에게 델라 레이 덩컨을 보았는지 물었고 매리앤은 고개를 끄덕였다. 서른살가량의 작달막하지만 강인한 백금발의 처녀 델츠 선생은 자신이 총애하는 학생 중 하나인 매리앤을 조심스러운 비밀을 담은 눈길로 바라보았다. "그런 애들은 문제를 더 많이 일으키지…… 그런 종류의 여학생은. 슬픈 일이야." 그건 진짜 말이라기보다는 생각이 웅얼거림이 되어 입 밖으로 나온 것이었다. 매리앤은 흰 끈을 완벽하게 묶은 자신의 새하얀 운동

화와 흰색 골지 모직양말을 내려다보고 있었다. 그녀는 할
말이 떠오르지 않았다.

그날 델라 레이는 끝내 체육수업에 나타나지 않았고, 혹
그녀를 보고 싶어하는 친구가 있었는지는 몰라도 그녀에 대
한 얘기는 한마디도 나오지 않았다.

하느님의 뜻

좋아! 믿기 싫으면 믿지 마. 나는 무슨 일이 일어났는지 알고 진실을 아니까. 그리고 하느님의 의도는 너희가 믿든 안 믿든 변하지 않으니까.

그러면 우리는 웃으며 항의했다. 오, 엄마.

1938년 12월, 크리스마스와 새해 사이의 어느날이었다. 코린은 일곱살이었다. 그녀의 어머니 이다 하우스먼이 회색 차체에 녹이 여드름처럼 덮여 마치 침몰된 잠수함 같은 1931년형 구닥다리 다지 승용차에 코린 하나만 태우고 운전을 하고 있었다. 랜썸빌에 갔다가 집으로 돌아오는 길의 중간쯤이었고 6킬로미터가량을 더 달려야 했는데 폭풍우가 몰아쳐 비와 진눈깨비가 내리더니 이내 진눈깨비와 눈으로 변하는 것이었다. 셔토쿼 밸리 산언저리 위의 하늘은 무시무시한 검푸른 색을 띤 채 막 잠이 들기 시작할 때 스쳐지나가는 뒤틀린 얼굴들 같은 소용돌이치는 구름들로 덮여 있었고, 지평선의 이글거리는 붉은 눈 태양은 대장장이의 풀무질에 마지막 불꽃을 태우는 대장간의 석탄 같아 보였다(코린의 할아버지 하우스먼은 농부이자 대장장이였다). 쉬익! 쉬익! 쉬익! 풀무의 거친 숨소리 같은 이상한 소리가 귀를 때렸다. 바람이 발버둥치는 차를 도로에서 떼어내려고 빨아들이는 소리였다.

하우스먼 부인은 남편의 뜻을 거역하고(하우스먼 씨는 차 유지비와 기름값을 몹시 아꼈으며 장 보러 가는 것 같은 실용적인 목적 이외의 시내 '나들이'를 찬성하지 않았다) 랜썸빌에 사는 언니의 병문안을 위해 포장상태가 엉망인 시골길에 차를 몰고 나섰다가 돌아오는 길이었고 갑자기 거센 눈보라가 몰아치자 공황상태에 빠졌다. 코린의 어머니는 근원을 알 수 없는 '신경증'(동요)에 취약한 인물이었는데, 비상사태에 처하면 어떤 때는 완벽한 통제력을 발휘하기도 하고(코린의 열두살 먹은 오빠가 탈곡기 사고로 손가락 몇개를 잃었을 때도 그랬다) 아니면 지금처럼 완전히 무너져서 혼자 중얼거리고 신음하고 소리내어 기도하고 고개를 저어댔다. 아, 도저히 집까지 못 갈 것 같아. 눈에 갇히면 눈을 치울 수 없을 거야(사실은 그런 때 쓰려고 차 트렁크에 눈 치우는 삽을 싣고 다녔다). 아, 내가 왜 언니 집에 갔던 걸까, 왜, 왜! 그녀의 눈에 이슬이 맺혀 반짝이기 시작했고 그녀는 빠르게 눈을 깜박였다. 코린은 운전석 쪽 앞유리의 뿌얀 김을

장갑 낀 손으로 닦아내는 임무를 맡고 있었는데, 김은 닦는
즉시 다시 끼었고 눈과 얼음조각이 바깥 유리에 달라붙었으
며 하우스먼 부인은 그게 코린의 탓인 양 울면서 어린 딸을
꾸짖었다.

코린은 자신을 겁쟁이 어린애가 아닌 큰 아이로 여겼고
쉽게 울지도 않았다. 하지만 바람이 무시무시한 기세로 차
를 흔들어대며 빨아들이고 있었다! 게다가 눈발이 소용돌이
치며 그들을 향해 터널처럼 달려들었고 차를 돌리는 건 불
가능했기에 그 터널 속으로 들어갈 수밖에 없었다. 얼음으
로 덮인 와이퍼가 점점 느려지고 있었다. 어머니는 안 보여,
코린, 깨끗이 잘 닦으라고 했잖아! 하고 외쳐댔다. 코린은 운전
대 너머로 몸을 기울여 미친 듯이 유리창을 닦았다. 하지만
바깥의 얼음은 어쩌란 말인가? 하우스먼 부인은 시속 15킬
로미터로밖에 달릴 수가 없었다. 소용돌이치는 흰 눈발 때
문에 보이지도 않는 개천 위로 놓인 널빤지 다리에 몹시 미
끄럽고 가파른 경사로가 있었는데, 그곳에서 자동차 타이어
가 스노우체인을 감은 상태인데도 공회전을 하며 미끄러지
기 시작했다. 차가 뒤로 미끄러지자 하우스먼 부인이 급히
가속페달을 밟았지만 차는 계속 미끄러지더니 엔진이 픽 소
리를 내며 멈춰버렸다. 차가 기울어지면서 경사로에서 추락
하자 하우스먼 부인은 비명을 질렀고 차는 뒤집힌 채 도로
옆의 3.5미터 깊이 배수도랑으로 곤두박질쳤다. 이때를 코
린은 평생 가장 진저리나는 순간으로 기억한다. 하우스먼
부인이 절규했다. 하느님, 도와주세요! 하느님, 제 아기와 저를

도와주세요. 저희를 죽게 내버려두지 마세요!

하느님이 그 소리를 듣고 은총을 베풀었는지 천만다행으로 배수도랑은 밑바닥까지 꽁꽁 얼어 있었다. 전복된 차는 천천히 멈췄고 바람소리와 악의에 찬 생명체 같은 눈보라의 쉭쉭거리는 소리 외엔 정적만이 감돌았다. 어머니의 입에서 피가 흐르고, 어머니의 단 하나뿐인 좋은 모자인 종 모양의 검은색 모직 모자가 비딱하게 내려와 한 눈을 가리고, 반짝이는 붉은 열매가 달린 호랑가시나무 가지 장식도 비뚤어져 있는 걸 코린은 보았다. 나중에 하우스먼 부인은 운전대에 부딪힌 앞니 두 개가 흔들리는 걸 알게 되지만 지금은 그런 걸 느낄 경황이 없었다. 그녀는 남자처럼 투덜대고 헐떡대면서 운전석 문을 억지로 열고 얼어붙을 듯 차가운 눈 속으로 힘겹게 기어나갔다. 묵직한 치마가 위로 밀려올라가서 살집 많은 창백한 허벅지와 두꺼운 베이지색 그물 스타킹이 드러났다. 코린은 어머니의 그런 모습을 처음 보았다. 코린! 엄마 손 잡아! 얼른! 하우스먼 부인이 외쳤다. 코린은 공포 속에서도 어머니의 장갑 낀 손을 꼭 잡고 원숭이처럼 민첩하게 차를 빠져나갔다. 울부짖는 눈보라의 기세가 어찌나 맹렬한지 지척에 있는 어머니의 모습도 잘 보이지 않았다.

모녀는 엎드린 채 엉금엉금 도로로 기어올라갔으나 눈이 잔뜩 쌓여 도로는 형체를 알아보기도 힘들었다. 그들의 얼굴에 얼음이 실개천을 이루기 시작했고 속눈썹에 눈송이가 내려앉아 마치 흔들리는 거미줄 같아 보였다. 추위를 넘어선 추위에 느낌조차 사라져 손가락과 발가락이 감각을 잃어가고 얼어붙은 얼굴은 도자기처럼 부서질 것만 같았다. 하우스먼 부인은 코린에게 고너 농장이 근처에 있으니—아닌가?—그리로 가자고 외쳤지만 어느 방향인지 갈피를 잡지 못하는 듯했다. 그녀는 방향을 택해 다리를 건너다가 갑자기 우뚝 멈추더니 코린의 손을 꽉 잡고 돌아섰다. 그녀는 목에 두르고 있던 모직 목도리를 풀어 코린이 동상에 걸리지 않도록 머리를 감싸주었다. 무서워 마! 무서워 마! 엄마가 지켜줄 테니까.

몇 킬로미터를 바람에 맞서 고개를 숙인 채 터벅터벅 걸은 듯했다. 그런데도 멀리 가지 못했다. 혹시 같은 자리를 맴돌고 있었던 걸까? 하우스먼 부인은 하천의 어느 쪽을 걷고 있었는지 기억이 나지 않았고 도로의 정확한 위치조차 가늠할 수 없었다. 바람소리 위로 허공에서 높은 울림소리가 들렸다. 너무 길게 끌어서 무슨 소린지 알아들을 수 없는 목소리 같기도 했고 고압전선 소리 같기도 했다. 하지만 랜섬빌 로드에 고압전선 같은 건 없었다. 셔토쿼 밸리 오지까지 전기가 들어오기 전의 일이니까. 코린, 포기하지 마! 엄마랑 같이 있어! 하우스먼 부인이 애원했다. 그녀는 감정을 드러내는 어머니가 아니었고 따뜻한 어머니는 더욱 아니었다. 그녀는 코린 위로 자식을 넷인가 다섯을 낳았지만 그중 둘만 살아남았고 유산('사고'라는 애매한 명칭으로 불렸으며 다른 '부인병'과 분명히 구분되지도 않았다)도 숱하게 경험했다. 하지만 지금 맹렬한 눈보라 속에서 그녀는 코린에게 뜨거운 사랑을, 뜨거운 사랑을 보여주고 있었다. 그녀는 코린을 꽉 껴안고 꾸짖었다 애원했다 하며 딸의 얼굴에 필사적으로 뜨거운 입김을 불어주었다. 코린은 너무 졸려서 자꾸 눈이 감기려고 했다. 두툼한 모직 레깅스 속의 무릎이 마치 물처럼 뼈가 없는 것 같았다. 코린은 이제 무섭지도 춥지도 않았으며 그저 포근한 눈밭에 누워 무거운 머리를 팔 위에 얹고 잠들고만, 잠들고만 싶었다. 하지만 어머니가 자꾸 흔들어대며 뺨을 때렸다. 어머니의 부어오른 입술 위의 피가 얼음이 되어 반짝거렸다. 하우스먼 부인은 기도했다. 하느님 도와주세요! 하느님 도와주세요! 다시는 저 차를, 아니 어떤 차도 운전하지 않겠다고 맹세합니다, 하느님.

그때, 죽어가던 태양이 지독한 바람에 시달리다가 더이상 버티지 못하고 땅으로 미끄러지기라도 한 듯 기괴한 붉은빛이 타올랐다. 그 빛은 무수한 파편들로 부서져 마치 작은 개똥벌레들이 붉은빛을 발하며 날아가는 듯했다. 실제로 그 파편들은 개똥벌레였다! 하우스먼 부인은 눈앞에서 펼쳐지는 도저히 믿을 수 없는 광경을 멍하니 바라보았다. 코린, 봐라! 하느님의 기적이다! 모녀는 개똥벌레들이 이끄는 방향으로(나중에 하우스먼 부인은 자신이 가려던 방향과 완전히 달랐다고 맹세했다) 비틀거리며 걸었고 그렇게 목숨을 구했다. 그로부터 오분도 지나지 않아 눈보라 속에서 거무스름한 형체가 나타났던 것이다. 학교였다! 코린이 다니던 교실이 하나뿐인 학교로 크리스마스 연휴 동안 휴교에 들어간 상태였다. 하우스먼 부인은 학교로 가는 길을 어떻게 찾게 되었는지 궁금해할 겨를도 없었다. 그녀는 반대방향을 향해 가고 있지 않았던가? 그런데 개똥벌레들이 몇 미터 앞에서 깜빡깜빡 희미한 빛을 발하고 춤을 추면서 그들을 이끌었다. 개똥벌레들은 하느님의 음성임이 분명한, 인간의 귀에는 너무도 순수하게 들리는 기이한 멜로디의 고음을 냈다 (그렇게 들렸다). 학교에 도착하자 하우스먼 부인은 언 손으로 서툴게 큰 돌멩이를 던져 유리창을 깼고 모녀는 깨진 유리창을 통해 안으로 들어갔다. 몸이 얼어서 감각을 잃은데다 비쭉비쭉한 유리 사이를 정신없이 통과해서 옷이 찢겼지만 마침내 안전한 실내에 들어왔기에 그들은 헉헉거리며 안도의 흐느낌을 토해냈다. 학교 안은 얼어붙을 듯 춥고 동굴처럼 캄캄했지만 하우스먼 부인이 난로를 찾아내고 코린이 선생님이 성냥을 두는 양철통을 발견해 하우스먼 부인이 뻣뻣해진 떨리는 손으로 불을 지폈다. 그렇게 해서 그들은 구원되었다.

그들은 그로부터 이십사 시간 가까이 지난 뒤에야 제설차를 동반하고 랜썸빌 로드를 따라 달려온 보안관 구조팀에 구조되었지만, 하우스먼 부인은 바로 그 순간부터 자신들은 주님의 품 안에 있었다고 주장했다.

그날 그 길을 달리던 운이 나쁜 이웃 사람은 픽업트럭이 고장나서 내려서 걷다가 얼어 죽고 말았다. 군(郡) 고속도로에서는 젊은 부부가 차를 버리고 용감히 눈보라 속으로 나섰다가 길을 잃고 바람을 피해 관개수로로 기어들어갔는데, 남편이 아내 위로 누워 아내의 목숨을 구하고 자신도 겨우 살아남긴 했지만 두 다리가 얼어 무릎 아래를 절단해야만 했다. 서토쿼 밸리 지역에서 많은 가축이 눈보라에 갇혀 밖에서 얼어 죽었다. 사람들 말로는 캐나다기러기들이 하늘을 날다가 총에 맞은 듯 얼음덩이가 되어 떨어졌다고 했다. 랜썸빌, 밀퍼드, 서토쿼 폴즈, 마운트 이프리엄 같은 도시 지역에서도 사상자가 나왔다. 유빌 강은 꽁꽁 얼어붙어 4월 하순까지 얼음이 풀리지 않았다. 눈은 봄이 되고도 한참 후까지 수개월을 내렸고 알갱이가 기이할 정도로 단단했으며 혀에 닿으면 아리고 쓴 맛을 남겼다. 무수한 야생동물의 시체들이 그 눈에 덮여 있다가 해빙기에 이르러서야 모습을 드러냈다. 그러나 하우스먼 부인과 코린은 재난을 면했으며 그후로 그들의 가슴속에 하느님의 영이 영원히 자리하게 되었다.

그래서 내가 개똥벌레를 그렇게 좋아하는 거지. 어머니와 내 목숨을 구해줬으니까. 코린은 일곱살 먹은 어린 소녀처럼 눈을 반짝이며 그렇게 말하곤 했다.

❧

그러면 우리 중 일부는 웃음을 터뜨리며 말했다. 엄마도 참!

어머니는 털을 잘못 쓰다듬으면 바로 성깔을 부리는 고양이처럼 발끈했다. "'엄마도 참' 같은 소리 마! 그날이 삼십팔년 전이 아니라 바로 지난주였던 것처럼 생생히 기억나니까. 그럼, 난 지금 너희를 보고 있는 것처럼 분명히 그 개똥벌레들을 봤어."

아버지, 마이키 주니어, 패트릭 형은 웃음을 참으려고 애썼다. 외할머니와 일곱살의 어머니가 랜썸빌 로드에서 거센 눈보라에 갇혀 길을 잃은 이야기는 멀베이니 가족의 이야기 보따리 속에 든 가장 오래되고 어머니가 가장 좋아하는 이야기 중 하나였지만 우리는(물론 늘 어머니 편을 드는 매리앤 누나를 빼고) 나이가 들면서 그 이야기의 정확성을 의심하게 되었다.

가장 당황스러운 건 어머니가 친하지도 않은 사람들에게—이를테면 중학교 3학년 때 내게 수학을 가르친 콜 선생이나 슈퍼마켓에서 우연히 마주친 아주머니나 우리집에서 자게 된 우리 친구들에게—그 이야기를 들려주며 하느님께선 우리 모두를 지켜보고 계신다고, '하느님의 뜻'을 알게 된 후로 자신의 인생은 완전히 바뀌었다고 말할 때였다.

어머니가 '하느님의 뜻'이란 말을 할 때면 마치 꼭대기에 십자가가 달린 거대한 검은 대리석 기둥과 영원히 빠져들 것 같은 광활하고 깊은 푸른 하늘이 눈앞에 펼쳐진 듯했다.

그러면 참다못한 아버지는 손으로 입을 가리고 얼굴 반쪽이 찌그러질 정도로 윙크를 하며 장모님 이다 하우스먼이 다시는 어떤 차도 운전하지 않게 된 건 확실히 하느님의 뜻이라고 말했다. "그건 하느님의 축복이지, 암!"

두꺼운 안경을 낀 깡마르고 까다롭고 불평 많은 노파가 된 외할머니의 모습만을 알고 있는 우리에겐 외할머니가 운전을 했다는 것 자체가 몹시 재미있었다.

하지만 어머니는 조금도 물러서지 않았다. 어머니는 완

강하고 능변이었다. 어머니는 상처받은, 그러나 위엄을 잃지 않은 목소리로 외할머니는 옛날 시골 여인이었다고, 독일에서 태어나 한살도 되지 않은 나이에 미국으로 이민을 왔으며 양식있는 루터파 교인으로 쉽게 종교적 환상에 빠지지 않는다고, 그런 사람들이 스스로 인정하는 참된 진실을 접하게 되면 평생 그 진실을 믿는다고 말했다. 어머니는 어떤 일은 스스로 겪어보아야만 알 수 있다고 주장했다. 남극대륙이나 달 탐험가처럼 일단 그곳에 발을 디뎌보면 그 존재를 의심하지 않게 된다는 것이었다. 출산도 그런 일 중 하나이며 단 한번만 겪어보면 의심할 수 없다고 했다. "그걸 겪었으면 알고 겪어보지 못했으면 모르는 거지." 어머니는 행복이 충만한 미소를 지으며 이글거리는 푸른 시선으로 우리를 차례로 응시했다. 우리가 — 심지어 아버지마저 — 몸을 옴죽거리기 시작할 때까지.

왜냐하면 그것이 어머니의 으뜸패였기 때문이다. 코린 멀베이니는 어머니였기에 신비하고 절대적인 권위를 지녔다. 가장은 아버지였지만 실권은 어머니에게 있었다. 거름 얼룩이 진 멜빵 달린 작업복 차림의 어머니. 날씨가 따뜻할 때는 마운트 이프리엄 고교 티셔츠와 카키색 반바지에 손으로 짠 아버지의 헌 스웨터를 입고 소매를 팔꿈치 위까지 걷어올리고 스스로 전투화라고 부르는 반장화나 면양말 위에 히피 스타일의 가죽샌들을 신는 어머니. 부스스한 머리칼이 햇빛을 받아 당근 색깔로 빛나는 어머니. 미소를 짓다가 기분 좋게 놀리는 표정이 되거나 입술을 오므리며 '언짢은' 얼굴로 변하고, 듣기만 해도 함께 웃고 싶은 말울음 같은 웃음소리를 내는 어머니. 그래, 난 우습고 어리석은 평범한 여자고 텔레비전에 나오는 전형적인 엄마지만, 그래도 하느님의 손길을 느꼈던 건 분명한 사실이야.

마이크 주니어가(아버지와 제일 흡사한 맏아들이) 감히 어머니를 놀리기도 했다. "그럼 도넛은요?—도넛은 헛간에 사는 고양이 중 하나였다—새끼가 서른 마리나 되는데 어떤 권위가 있죠?"

그러면 어머니는 탁구를 치듯 빠르게 응수했다. 어머니는 강써브를 받아넘길 능력이 있었다. "제 새끼들에 대한 권위가 있지."

그 말에 우리 모두 웃음을 터뜨렸고 어머니도 함께 웃었다. 그래도 코린 멀베이니가 우리의 어머니라는 사실엔 변함이 없었다.

우리 중에서 눈보라와 개똥벌레 이야기에 가장 회의적인 건 늘 패트릭 형이었다. (우리 중 가장 똑똑한 패트릭 형이 그 이야기를 믿고픈 마음이 너무도 컸기 때문은 아닐까?) 패트릭 형은 식탁에(우리는 대개 부엌에서 모였으니까) 팔꿈치를 올리고 아랫입술을 내민 특유의 자세로—학교 논쟁클럽에서의 전투자세였다—따졌다. "엄마! 제발요! 이성적으로 따져보자고요. 12월의 눈보라 속에 '개똥벌레'가 어떻게 있어요? 제-발요."

그러면 어머니는 볼을 붉히면서 대꾸했다. "소크라테스 씨, 그럼 그것들은 뭐였나요? 난 거기 있었고 분명히 봤어.

그리고 난 개똥벌레를 알아볼 수 있어."

"그것들이 뭐였는지 제가 어떻게 알아요? 아마 환각이었겠죠." 패트릭 형이 대항했다.

"우리 둘이 환각을 봤다고? 두 사람이 동시에 똑같은 '환각'을 봤다고?" 어머니는 화가 나서 패트릭 형을 향해 식탁 너머로 몸을 기울였다.

그러자 패트릭 형이 거만하게 응수했다. "집단 히스테리 현상이라는 것도 있어요. 강한 암시와 소망의 힘이죠. 인간의 정신은…… 정말 기이하죠."

"네 '정신'이나 그렇지! 내 정신은 정상이야."

어머니는 웃고 있었지만 눈에 불꽃이 이는 것으로 보아 격분한 상태가 분명했다.

그래도 패트릭 형은 물러서지 않았다. 이쯤 되면 마이크 형이 식탁 아래서 발을 툭 차거나 매리앤 누나가 옆구리를 찌르며 "편치!" 하고 놀렸지만 패트릭 형은 멈출 수가 없었다. 흥분한 듯한 그의 괴로운 눈빛에는—특히 다친 눈— 무언가 경이로운 것이 있었다. "좋아요, 엄마. 하지만 하느님은 왜 그런 지독한 눈보라를 보내 엄마와 외할머니를 죽음 직전까지 몰아넣었다가 '개똥벌레'를 보내 구해줬을까요? 그게 말이 돼요?" 패트릭 형의 안경알이 사춘기의 긴급함으로 번득였다. 그의 목소리가 전파방해를 받은 라디오 소리처럼 갈라졌다. 합리성을 원하는 미국의 십대가 여기 있었다. "그리고 그날 그 눈보라 속에서 죽은 다른 사람들은 어쩌고요? 하느님은 왜 그들은 버리고 엄마와 외할머니만

구한 거죠? 엄마와 외할머니가 뭐가 그렇게 특별해서요?"

그건 패트릭 형의 으뜸패였다. 그는 승리의 미소를 흘리며 으뜸패를 식탁에 내려놓았다.

이제 어머니의 얼굴은 위험할 정도로 붉어져서 얼룩덜룩한 모습이 되었다. 무더운 여름날 푹푹 찌는 마구간에서 일하다 보면 자신도 의식하지 못하는 사이에 그렇게 되는 것과 비슷한 모습이었다. 어머니의 손은 다친 새처럼 퍼덕였고 말도 더듬거렸다. 우리 모두, 심지어 아버지마저 어머니가 어떤 대답으로 패트릭 형과 우리의 의심을 영원히 잠재울 것인지 궁금해하며 열심히 지켜보았다. 염병할 핀치! 나는 패트릭 형의 잘난 체하는 입을 갈겨주고 싶었다. 일요일 저녁식사(우리는 일요일 저녁이면 어머니와 매리앤 누나가 냉장고에 남아 있는 맛난 재료를 모두 넣고 끓인, 매번 독특하고 맛이 다른 '특별 냄비요리'를 먹었다) 후의 즐거운 기분을 망치고 가족들을 불안감에 휩싸이게 만들다니. 각자의 자리에서 음식 찌꺼기를 게걸스럽게 먹고 있던 개와 고양이들도 불안해하고 있었다. 주둥이를 밥그릇에 박은 채 몸을 움찔거리는 그들의 동물적인 불안감은 탐욕스러운 식욕처럼도 보였다. 그리고 이때쯤이면 페더스가 이른 저녁의 졸음에서 깨어 포크로 유리를 긁는 듯한 날카로운 소리로 꾸짖고 지저귀고 노래했다. 패트릭 형은 자신이 일으킨 그런 동요를 감지하지 못한 채 셔츠 속의 앙상한 등뼈가 드러나도록 몸을 앞으로 더 기울인 자세로 깔끔한 존 레넌 안경을 콧등 위로 밀어올리고 이마를 찌푸리며 어머니를 응시했다.

마치 자신의 방 스티로폼 판에 핀으로 꽂혀 있는 가엾고 슬픈 '야행성' 나방들을 보는 듯한 눈길이었다.

어머니는 어깨를 쭉 펴고 고개를 뒤로 젖혔다. 그녀는 아무리 옷차림이 초라하고 머리가 부스스해도 차분히, 위엄있게 말했다. 언제나 위엄을 지켜라. 그것이 캡틴 멀베이니가 자신의 군대에 내린 명령이었다. "패트릭, 나는 하느님께서 믿으라고 하시는 것을 믿는다. 내가 하느님께 그때 그렇게 하신 동기를 설명해달라고 요구할 뜻이 없는 건 너희가 내게 왜 내가 너희를 사랑하는지 묻지 않기를 바라는 것과 같다." 어머니는 말을 끊고 눈을 문질렀다. 우리의 심장이 메트로놈처럼 뛰었다. "내가 1938년에 죽음을 면할 수 있었던 건 하느님의 뜻이었고……" 어머니는 다시 말을 끊고 격하게 숨을 들이쉬었다. 가족을 한 사람씩 응시하는 어머니의 눈빛은 무한하고 광적인 사랑의 광채로 빛났으며 그런 순간이면 나는 나의 어머니라는 이 여인이 마치 몸부림치는 야생의 새를 손으로 잡아 쓰다듬듯 내 갈비뼈 사이로 손을 집어넣어 심장을 쥔 것처럼 심장이 오그라들었다. "……너희들, 마이키, 패트릭, 매리앤, 그리고 저드가 태어날 수 있게 하기 위해서였지."

그러면 우리는 한숨을 지으며 그런 사실에 행복감을 느꼈다. 핀치조차 입술을 깨물며 이마를 더 찌푸렸다. 그건 말이 되니까. 그것이 우리의 진실이었다. 아버지도 빙긋 웃으며 고개를 끄덕여 동의의 뜻을 나타냈다.

아무렴, 하느님의 뜻이지.

딸기와 크림

그 일요일 오후, 매리앤은 이층 자기 방에서 옷가방을 열어 쌔틴 드레스를 제외한 모든 물건을 꺼내고 있었다. 그녀는 무감각하고 맹목적이면서도 효율적인 동작으로 작업을 끝낸 후 옷가방의 지퍼를 닫아 날카로운 경사를 이룬 처마 밑 옷장 맨 안쪽 구석에 걸었다.

언제나 위엄을 지켜라.

매리앤은 평생을 하이포인트 농장의 이 낡고 큰 집에서 살아왔다. 그런데 익숙한 시곗바늘 소리가 신경에 거슬리기 시작했다.

우리는 시계란 '시간'을 나타내는 것이라고 생각한다. 단일한 '시간'이 존재하며 집에 걸리거나 놓인 시계들은(멀베이니 가족이 손목에 차고 있는 손목시계들도) 부지런히 똑딱똑딱 움직이며 그 시간을 나타낼 것이라 여긴다. 그리하여 어느 방에 있든 벽이나 탁자, 벽난로 선반 위를 흘깃 보기만 하면 정확한 시간을 알 수 있으리라 믿는다.

하지만 실상은 그렇지가 않았다. 코린 멀베이니가 미국 '골동품' 시계들을 수집해놓은 하이포인트 농장에선 사정이 달랐다.

심지어 수집해놓은 것도 아니었다. "그 빌어먹을 물건들이 쌓여 있다는 표현이 더 어울리지." 마이클 멀베이니 씨니어의 불평이었다.

그래서 하이포인트 농장에서는 '시간'이 아니라 '시간들'이었다. 서로 다르고 혼란스러우며 호전적인 시계들 수만큼의 '시간들'. 손으로 칠한 1850년대 '밴조우' 모양 시계가 현관홀에서 음악적으로 6시를 알릴 때 일층 층계참에 있는 1889년제 '개량된 고딕 양식' 괘종시계는 1시 15분을 알리기 위해 목청을 가다듬었다. 응접실 벽난로 선반의 1890년대 셔토쿼 밸리제 '첨탑' 모양 추시계와 1850년대 네덜란드 풍의 호두나무 추시계도 하나가 9시를 치려 할 때 다른 하나는 거만하게 11시 반을 알렸다. 거실에 있는 조잡한 모양의 1850년대 시계는 꼭대기에 녹슨 황동 독수리 장식이 붙어 있고 8일에 한번씩 태엽을 감아주는 방식이었는데 매시 정각과 30분, 15분을 재즈 리듬으로 알렸다. 식당에는 금송으로 만든 1870년대 벽난로 선반용 시계와(유리 케이스에 강 풍경이 그려져 있었는데 심하게 색깔이 바랜 상태였다) 마호가니로 정교하게 조각해서 만든 셔토쿼 밸리제 할머니 시

계(일명 할아버지 시계라고 불리는 대형 괘종시계보다 약간 작은 괘
종시계—옮긴이)가 있었다. 이 할머니 시계는 세기말의 작품
으로 천상의 종소리를 냈다. 그밖에도 집 안 곳곳에 코린의
골동품 시계가 수없이 많았으며 그 모두가 보물이고 헐값에
잘 산 특별한 물건이었다. 그리하여 라디오, 텔레비전, 테이
프, 레코드판, 목청 높인 사람 목소리, 개 짖는 소리 같은 다
른 소리가 크지 않을 때면 집 안을 돌아다니다 똑딱거리는
시곗소리의 최면에 걸릴 것 같았다.

물론 이미 오래전에 똑딱거림을 완전히 멈춰버린 시계들
도 있었으며 그중에는 가장 아름다운 시계도 있었다. 그 시
계들의 추는 여러 해째 움직이지 않고 있었고 검은 숫자를
가리키는 가느다란 검은 바늘은 영원히 신비한 운명의 순간
에 갇혀 있었다.

그것들을 보면 시간이 '정지했다'고 생각할 수도 있으나 그렇
지는 않다.

매리앤은 하이포인트 농장의 시계들을 사랑했다. 그녀는
다른 집들도 다 그럴 것이라고, 많은 시계들이 저마다의 시
간을 가고 있으리라고 생각했다. 제 맘대로 정각을, 30분을,
15분을 알리면서. 하이포인트 농장에 놀러 온 친구들이 "진
짜 시간은 어떻게 알아?"라고 물으면 매리앤은 웃으며 대답
했다. "아, 진짜 시간은 부엌에 있어. 아빠 전자시계." 그녀
는 친구들을 넓은 부엌으로 데려가 벽난로 위에 놓인 둥근
얼굴의 제너럴 일렉트릭 전자시계를 보여주었다. 햇님 모양
의 그 시계는 바늘과 숫자가 뚱뚱하고 검었으며 이빨 가는

소리처럼 귀에 거슬리는 작은 소음을 냈다. 아버지의 포커 모임 친구들이 아버지에게 마흔다섯번째 생일선물로 준 시계였다. 지역 사업가와 상인으로 이루어진 그 모임은 악의 없이 서로를 놀리는 분위기가 지배적이었다. 마이클 멀베이니 씨시어는 지각을 잘하기로 악명이 높았고 그가 매우 중요시하는 포커 모임에까지 늦었기에 시계 선물은 의미심장한 것이었다.

어쨌거나 그 시계가 가리키는 시간이 하이포인트 농장의 '진짜' 시간이었다.

물론 어머니가 즐겨 지적하는 것처럼 전기가 나가면 말짱 소용이 없었지만.

이층 매리앤의 방에도 어머니의 시계가 몇개 더 있었는데 그중 하나만 드문드문 '시간이 맞았다'. 도자기로 만든 크림색의 작은 벽난로 선반용 시계로 자잘한 장미봉오리 화환 무늬가 있고 금색 추와 가냘픈 바늘이 달려 있으며 종소리는 감미로운 새 울음소리 같았다. 어머니는 그것이 세기말의 진짜 골동품이라고 주장했다. 하지만 시간을 믿을 수가 없었다. 그래서 매리앤은 플라스틱 문자반에 녹색 야광 바늘과 숫자가 있는 태엽 감는 알람시계를 갖고 있었다. 그녀는 일주일에 닷새를 아침 6시에 알람을 맞춰놓았지만 알람소리가 없이도 저절로 잠을 깨게 된 것이 벌써 몇해째였다. 칠흑처럼 캄캄한 겨울에도 마찬가지였다.

매리앤은 갑자기 시계를 집어들었다. 베개 밑에 묻어 그 태평한 똑딱 소리를 없애버릴 작정이었다. 하지만 물론 그녀는 그렇게 하지 않았다. 그런다고 무엇이 해결되겠는가?

　그리고 그녀의 손목시계, 아름다운 손목시계도 있었다. 조그맣고 파란 숫자들이 붙어 있고 배터리로 움직이는 쎄이코의 화이트골드 시계로 부모님이 열여섯번째 생일선물로 준 것이었다. 그녀는 집에 오자마자 즉시 손목시계를 풀어놓았다. 크리스털 유리에 금이 간 걸 짐작으로 알았지만 자세히 들여다보진 않았다.

　머리카락처럼 미세한 금이 간 크리스털 유리 위를 무의식중에 엄지손가락으로 쓸어본 게 몇번이었던가. 그런데도 눈으로 확인해본 적은 없었다. 혹시 시곗바늘까지 멈췄다고 해도 그녀는 사실을 확인하고 싶지 않았다.

　매리앤은 원래 사고하고 계산하고 몰래 일을 꾸미는 것에 익숙하지 못했다. 몰래 일을 꾸미려면 하나하나의 단계를 신중하게 계획해야만 하는데 패트릭에겐 그것이 흥미로운 도전이겠지만 매리앤에겐 복잡하고 어렵기만 했고, 도중에 일종의 전파장애가 일어났다. 말하자면 이런 식이었다. 마운트 이프리엄은 손바닥만한 도시라 시계를 샀던 버체트 보석상에 들고 갈 경우 버체트 씨가 우연히 아버지나 어머니를 만나 그 얘기를 할 수도 있었다. 지나가는 말로 가볍게 그 얘기를 꺼낼 수 있었다. 그리고 만일 손목시계를 차고 다니지 않으면 날카로운 눈을 가진 아버지가 단박에 알아챌 터였다. 다른 지방, 이를테면 이스트게이트에 시계수리점이 있긴 하지만 거기까지 어떻게 간단 말인가? 매리앤은 고민을 하다 보니 지친 기분이 들었다. 어쩌면 아무 문제도 없는 것처럼 그냥 계속 차고 다니는 게 가장 현명한 방법인지도 몰랐다. 어차피 자세히 살펴보지 않으면 아무 문제도 발견할 수 없으니까.

패트릭은 눈치를 챌 것이다. 이미 눈치를 챘는지도 모른다. 매리앤은 보이지 않는 것을 보는 그의 능력이 두려웠다. 그의 두뇌는 계산기처럼 빠르고 정확했다. 그가 어젯밤 파티에 대해 자세히 묻지 않은 건 이미 알고 있기 때문이리라. 그는 매리앤에 대한 혐오감에 딱딱하게 군 것이다. 오스틴 와이드먼에 대해서도 한마디도 하지 않았다. 왜 '파트너'가 태워다주지 않은 거니? 정상적인 상황에서라면 패트릭은 그렇게 놀렸겠지만 정상적인 상황이 아니었다.

차에서 내려 그녀가 눈 위에 옷가방을 떨어뜨렸을 때 그가 칼날처럼 날카로운 시선을 던졌다. 그녀는 수치심을 느끼며 재빨리 웅얼거렸다. 괜찮아. 됐어. 괜찮아. 그러자 그는 두말없이 집으로 들어가버렸다.

매리앤, 너도 원한다는 거 알잖아. 아니면 왜 따라왔겠어?
널 해칠 사람 없으니까 제발 좀!
나한테는 수작 같은 거 안 통해.

그리고 이상한 점이 하나 있었다. 자신의 방에 들어서자 하루 전에 나갔을 때와 똑같은 그 공간이 돌이킬 수 없을 정도로 변해 있었다. 그녀는 자신이 너무도 오랜 시간 동안, 너무도 멀리 떠나 있었음을 느꼈다. 이제 돌아올 수 없을 정도로. 무감각하게 방으로 들어가 문을 닫으면서도 그런 기분이 들었다.

"머핀! 안녕."

그녀가 가장 좋아하는 뚱뚱한 흰 얼룩고양이 머핀이 그녀의 침대 위 베개의 오목한 곳에 누워 졸고 있다가 부스스 일어나 눈을 깜짝거리며 쳐다보았다.

너무도 오래, 멀리 떠나 있었다.

매리앤은 옷가방의 지퍼를 열어 세면도구와 심하게 얼룩진 크림색 쌔틴 구두, 둘둘 말아놓은 속옷, 찢어진 옅은 베이지색 스타킹을 꺼내 세면도구만 빼고 전부 쓰레기통 밑바닥에 쑤셔넣었다(그 흰색 고리버들 쓰레기통은 버리기 쉽도록 안에 비닐봉지가 대여 있고 매리앤 자신이 평소처럼 며칠 후에 바깥 쓰레기통에 쏟아버릴 것이기에 가족 누구도 그녀가 무엇을 버리는지 보지 못할 것이고 의심을 살 리도 없었다).

매리앤은 쌔틴과 시폰으로 된 구겨진 드레스는 옷가방에서 꺼내지 않았다. 그것에는 눈길도 주지 않고 만지지도 않았다. 그녀는 재빨리 가방 지퍼를 닫아 옷장 깊숙한 곳에 걸었다. 그런 다음 옷걸이의 옷들을 재배열했다. 꼭 옷가방을 숨기기 위한 것은 아니고 다만 옷장 문을 열었을 때 그것이 바로 눈에 띄지 않도록 하기 위해서였다.

눈에서 멀어지면 마음도 멀어진다! 코린이 쾌활하게 말하는 속담 중 하나였다. 비꼬는 말투는 전혀 없었다. 비꼬는 건 코린의 천성과 거리가 멀었다.

옷장 속에는 흰색 면 치어리더 블라우스 세 벌이 철사 옷걸이에 걸려 있었다. 긴소매에 이중 단추 커프스가 달린 블라우스였다. 여학생으로선 최고의 영예이며 선망의 대상이라 할 수 있는 마운트 이프리엄 고교 치어리더가 되면 각자 블라우스와 갈색 모직 점퍼스커트를 사서 얼룩 하나 없이 깨끗하게 입고 다녀야 했다. 물론 점퍼스커트는 드라이클리닝을 했지만 매리앤은 블라우스는 손수 빨아서 풀을 먹여 멋지게 다림질까지 했다. 흰색의 친근하고 편안하고 좋은 냄새를 들이마시면서.

매리앤은 몸을 숙이고 눈을 감은 채 그 냄새를 들이마셨다.

치어리더 의상을 입은 네가 마음에 들었어. 지난 금요일에. 넌 아마 나를 못 봤을 거야. 하지만 난 거기 있었지.

코린은 너무도 즐거웠다! 텔레비전 속의 어머니처럼. 그녀는 자신에게, 가족들에게, 친척들에게, 친구들에게, 처음 만난 사람들에게까지 자신이 주부 역할을 얼마나 사랑하는지 떠들어댔다. 자식들이라면 사족을 못 쓰는 평범한 미국의 주부. 그녀는 다림질 같은 집안일을 마음속 깊이 즐겼다. "마음을 차분히 가라앉히고 진정시켜줘요. 안 그래요?" 그러나 그녀는 다림질 중에 전화벨 소리, 개나 고양이 혹은 아이가 부르는 소리, 밖에서 벌어지고 있는 일에 끌려 다리미판을 떠났다가 끔찍한 탄내에 화들짝 놀라 달려오곤 했다. "진짜 주부는 우리 딸이죠. 버튼은 다림질을 좋아해요."

그건 완벽하게는 아니지만 거의 맞는 말이었다. 매리앤은 이미 열살인가 열한살의 어린 나이에 처음으로 아버지의 손수건을 다리며 뿌듯한 기분을 느꼈고, 그다음엔 기술이 그리 많이 필요치 않은 아버지의 남방을, 그리고 마지막으로 기술이 많이 필요한 정장 셔츠를 다렸다. 그리고 물론 자신의 흰 면 블라우스도 다렸다. 바느질과 마찬가지로 다림질도 자기성찰이나 숙고, 기도를 할 수 있는 명상의 시간을 주었다.

매리앤은 친구들에게 그런 얘기를 할 생각은 없었다. 다들 웃어댈 테니까. 그들은 애정 어린 태도로 놀릴 터였다. 어머, 버튼! 매리앤 못지않게 착한 트리샤조차.

그는 마운트 이프리엄에는 진지한 이야기를 나눌 상대가 없다고 했다. 그녀밖에는.

하느님이 존재하는 걸까? 하느님이 우리한테, 우리가 죽든 살든 신경이나 쓰는 걸까?

그녀는 그가 언제 그 말을 했는지 기억이 나지 않았다. 크라우스의 집 파티에서 떠나기 전이었는지 아니면 그뒤 팩스턴의 집에서였는지. '오렌지주스' 칵테일 전이었는지 후였는지. 그녀의 입안을 감싸던 시고 자극적이면서도 달콤한 맛.

가끔 한밤중에 잠이 깨, 알아……? 그럼 너무 무서워서 막 미친 듯이 소리를 지르고 싶어져…… 하느님, 왜 나를 이렇게 힘들게 하는 겁니까? 의도가 뭡니까?

그의 진지한, 젖어 있는, 눈꺼풀이 두꺼운 눈. 어떤 여학생들은 그의 눈이 아름답다고 생각했지만 매리앤은 그의 눈을 빤히 들여다보지 못했다. 그의 빨라진 숨결, 달콤한 술냄새. 그의 창백한 피부의 열기. 그녀에게서 그녀답지 않은 소녀의 새된 킥킥거림이 새어나왔다. 밤의 어둠 속 어딘가에서, 집 사이나 남학생의 차 안이나 차 사이에서, 흔들리는 흐릿한 전조등 불빛 속에서 하이힐과 단추를 채우지 않은 코트 차림으로 취해서 비틀거리는 이름 모를 얼굴 없는 여자애의 웃음소리 같았다.

오, 재커리, 하느님께 그런 식으로 말하다니!

매리앤은 옷장 문을 거칠게 닫았다.

고양이가 갈망에 젖어 그녀의 발목을 몸으로 밀고 있었다. 고양이는 느끼는 모양이었다. 아니, 알고 있는지도 몰랐다. 그녀가 얼마나 오래, 얼마나 멀리 떠나 있었는지를. 그녀의 돌아옴이 얼마나 모험적인 것인지를. 그리고 일시적인 것임을.

매리앤은 무릎을 꿇고 앉아 고양이를 껴안았다. 너무도 크고 건장한 고양이! 빅 탐의 형제인 고양이는 빅 탐보다 더 무겁고 부드러웠다. 양배추처럼 동그란 머리. 브러시 모처럼 길고 빳빳한 흰 콧수염이 떨리고 있었다. 목구멍에서 울리는 그르렁거림은 정전기처럼 지직거리는 소리를 냈다. 새끼였을 때는 매리앤이 책상에 앉아 숙제를 하거나 침대에 누워 전화통화를 하거나 책을 읽거나 아래층에서 텔레비전을 보는 동안 그녀의 무릎에서 자곤 했다. 매리앤을 갈망하는 가느다란 야옹 소리로 그녀를 부르며 강아지처럼 그녀 뒤를 졸졸 따라다녔었다.

매리앤은 고양이를 쓰다듬고 귀를 긁어주고 눈을 들여다

보았다. 사랑이 담긴, 심판하지 않는 눈이었다. 아무것도 모르는. 저 기이한, 조금 섬뜩하기까지 한 검은 동공.

"머핀, 난 괜찮아! 더 자."

매리앤은 화장실로 갔다. 거의 삼십분마다 한번씩 화장실에 들락거리고 있었다. 방광이 화끈거리고 찌릿찌릿 아팠다. 그러면서도 마치 구름이 낀 듯한 마비가 느껴졌다. 그녀는 문을 잠그고 변기로 향했다. 낡고 얼룩진 흰 도기 변기. 하이포인트 농장의 배관은 코린의 표현을 빌리자면 '리모델링'이 필요했으며 특히 화장실들이 그랬다. 하지만 바닥에는 아버지가 벽돌의 결과 색깔을 살린 멋진 팥죽색 비닐타일을 깔아놓았고 씨어스에서 산 '황동' 수도꼭지가 달린 겨자색 세면대도 아직 새것이었다. 그리고 벽에는 하이포인트 농장의 대부분의 공간처럼 가족들 사진이 액자에 걸려 있었다. 말이나 자전거에 타거나 개, 고양이, 친구들, 친척들과 함께 찍은 사진들. 건장한 마이키 주니어가 고교 졸업 가운을 입고 검지손가락으로 모자를 빙글빙글 돌리며 카메라 앞에서 익살을 부리고 있었고, 고등학교 1학년 때의 말라깽이 패트릭이 울프스 헤드 호수 다이빙대에서 뛰어내리며 뒤로 공중제비를(어쩌면 2회전 공중제비였는지도 모른다) 도는 장면을 포착한 사진도 있었다. 버튼도 있었다. 그녀를 사랑하는 카메라를 향해 미소짓고 있었다. 자신을 사랑하는 카메라를 향해 무수히 미소지었던 버튼. 그러나 매리앤은 움찔하며 진바지와 팬티를 내리고 마비된 몸을 변기에 얹으면서 자신의 사진을 찾아보지 않았다.

"아! 아……"

가끔, 자주는 아니고 가끔 그녀는 방광이 움직일 때의 통증으로 신음소리를 냈다. 참을 수 없는 순간적인 고통에 악문 잇새로 저절로 신음이 터져나왔다. "오 하느님! 오 예수님!" 두려움에 힘이 들어갔는지 다리가 부들부들 떨렸다. 통증은 마치 칼로 쑤시듯 빠르고 날카로웠다.

넌 당한 게 아냐. 너도 원했잖아. 그만 울어.

나한테 수작 부리지 마, 알았지?

나는 네 수작에 넘어갈 사람이 아냐.

처음엔 오줌이 나오지 않았다. 다시 힘을 주자 조금씩 찔끔찔끔 나왔는데 양은 적었지만 사타구니가 타는 듯 얼얼했다. 그녀는 보고 싶지 않은 것을 보게 될까봐 감히 아래를 내려다볼 용기가 나지 않았다. 이미 트리샤네 집에서, 뜨거운 물을 콸콸 틀어놓은 욕조 안에서 흐릿하게 언뜻언뜻 보았던 것이다.

통증이 가라앉고 다시 구름이 낀 듯한 마비가 찾아왔다.

그녀는 변기의 물을 내리면서 가느다란 벌레 같은 피를 보았다.

그럼 그 모든 게 월경 때문이었다.

당연히 월경이었다.

초경을 맞았을 때 어머니는 따뜻하고 자애롭게, 당황하지 않으려고 결심한 음성으로 말했다. 월경이란다.

그건 매달 반복되는 일이었고 매리앤은 그런 반복적인

일에 잘 대응했다. 대부분의 멀베이니 가족과 개와 고양이와 말과 가축들처럼. 한번 한 일은 다시 할 수 있다. 또 하고 또 할 수 있다. 별로 생각할 것도 없이.

그런데도 매리앤은 생리혈을 본 순간 가벼운 공황상태에 빠져 손이 떨리고 기절할 것 같았다. 열세살 여름에 맞았던 초경이 생각났다. 어머니의 친절과 염려에도 불구하고 얼마나 겁에 질렸었던지.

난 괜찮아. 내 몸은 내가 돌볼 거야. 그녀의 경대 서랍에는 '얇고 흡수력이 뛰어난 생리대'와 몸에 꼭 맞는 생리용 나일론 팬티들이 들어 있었다. 그녀는 자신이 몇시간 동안 생리통을 앓았음을 깨달았다. 처음엔 무시해버리려 했지만 결국 그럴 수 없게 된, 명치가 단단하게 뭉친 듯한 느낌. 그리고 두통이 몰려오고 있었다. 펜치로 관자놀이를 조이는 듯 머리가 울리는 두통.

그건 매달 반복되는 일이었다. 반복되는 일에는 얼마든지 대처할 수 있다. 내일 5교시 체육시간은 수영수업이니 선생님께 말씀드리고 빠져야겠지. 방과 후에는 응원 연습이 있지만 생리통과 두통이 계속 심하면 참석하지 않을 수도 있다. 체육시간이나 응원 연습 때면 늘 당황스럽게 어깨를 으쓱하며 월경 기간이라고 설명하고 빠지는 여학생이 있었고 어떤 때는 여러 명이 그러기도 했다.

남자친구가 있는 여학생 중에는 자기 남자친구에게 지금 월경중이라고 말하거나 넌지시 암시하는 아이들도 있었지만 매리앤은 그런 솔직함과 친밀함을 상상조차 할 수 없었다.

그녀는 어떤 남학생과도 그렇게까지 가까웠던 적이 없었으
며 친구 중에 남학생이야 셀 수 없이 많았지만 특별함과 소
유욕을 의미하는 남자친구를 사귄 적은 거의 없었다. 비밀을
나누는 건 남자친구는 물론 오빠들에게도, 그토록 좋아하는
패트릭 오빠에게조차 한 적이 없었다.

매리앤은 그런 생각만 해도 볼이 달아올랐다. 그녀의 몸
은 그녀만의 사적인 자아였다. 그녀는 어머니 코린에게만
비밀을 털어놓았고 그것도 다는 아니었다.

매리앤은 아스피린 두 알을 더 꺼내 땀으로 축축한 손바
닥 위에 올려놓고 세면대 수도꼭지의 물을 받아 꿀꺽 삼켰
다. 약장에는 코린과 마이클 씨니어의 묵은 처방약이 많았
고 몇해씩 된 것도 있었다. 그중에는 아버지가 몇개월 전 치
아 신경치료를 받은 후 먹기 시작한 진통제 코데인도 있었
다. 아버지는 넌더리를 내며 말했었다. "머리가 멍한 것보
다 끔찍한 건 없다니까."

그건 아니라고 매리앤은 생각했다. 그것보다 끔찍한 것
도 많다고.

그래도 그녀는 아스피린만 먹었다. 그녀의 통증은 매달
반복되는 것이었기에 지금까지 써온 방법대로 대처할 작정
이었다.

매리앤은 고양이 달력의 2월 15일에 표시를 했다.

매리앤은 어렸을 때 '단추처럼 귀여운 아이'라고 불리던
말괄량이였다. 그녀는 이층 창문 밖으로 기어나가 발꿈치를

들고 뒷문 포치의 경사진 아스팔트 지붕 위를 가로질러 뛰어가서 마당에 있는 뮬과 P. J.에게 장난스럽게 손을 흔들었다. 오빠들은 웃통을 벗고 햇볕에 그을린 상체를 드러낸 채 일하고 있었다. 뮬은 요란한 잔디깎기 기계를 밀고 P. J.는 부스러기를 긁어모으는 중이었다. 지붕에 누가 있는지 봐! 야, 내려와, 매리앤! 조심해! 그때 그들의 표정이란!

멀베이니 가에서는 지붕에 올라가는 것이 엄격히 금지되어 있었는데 지붕은 엄숙한 동시에 위험한 곳이기 때문이었다. 지붕은 아버지의 삶이었고 아버지 자신도 그렇게 말했다. 하지만 열살의 버튼은 티셔츠와 반바지 차림으로 동경의 대상인 오빠들처럼 뽐내고 있었다.

그건 좋은 기억이었다. 문득 떠오른 기억. 한 아이가 흥분과 긴장감에 몸을 떨며 창문 밖으로 기어나갔고, 그 기억은 여름의 강렬한 햇살 속에서 끝났다. 그녀는 오빠들의 외침을 무시하고 인디언 정찰병처럼 손차양을 하고 서서 북동쪽 산을 바라보았다. 나무로 덮인 산언덕에서 햇살과 그림자의 띠가 너무도 빠르게 변하고 있어서 마치 산이 살아서 움직이는 듯했다.

그리고 캐터랙트 산은 버튼에게만 손을 흔들고 있는 듯했다.

여기야. 여길 봐. 눈을 들어 여길 봐.

빵 굽는 냄새가 진동하고 따뜻한 조명이 밝혀진 부엌에서 코린은 조리대에 기대서서 친구와 전화로 수다를 떨고 있었다. 그녀는 푸른 눈을 들어 매리앤의 얼굴을 보고 얼른 미소를 지었다. 라디오에서 구슬픈 컨트리 록이 흘러나오고 있었고 페더스가 같은 수컷 카나리아와 경쟁이라도 벌이듯 독이 잔뜩 올라 더 요란한 소리로 노래를 불러댔지만 코린은 그 소란이 아무렇지도 않은 듯했다. 그녀는 매리앤이 뒷문 현관홀 옷걸이에 걸린 파카를 집는 걸 보고는 손으로 수화기를 가리고 놀란 목소리로 물었다. "얘야, 어디 가니?"

"몰리오 보러요."

"몰리오? 지금?"

코린의 목소리에는 놀라움과 애원이 담겨 있었다. 우리 일요일 저녁에는 함께 특별 냄비요리를 준비하는 거 아니니? 버튼과 엄마가 함께 하는 일 중 하나잖아.

바깥은 몹시 추웠다. 오후보다 십도 가까이 기온이 떨어져 있었다. 매서운 바람에 눈물이 고였다. 낮도 아니고 어둡지도 않은 슬레이트 빛깔의 시간이었다. 붉은 줄무늬가 그려진 서쪽 하늘은 잘게 부서진 굴 껍데기 같았지만 땅에서는 그림자들이 마치 살아 있는 물체처럼 눈 덮인 대지의 윤곽 위로 솟아오르는 걸 볼 수 있었다(매리앤은 가끔씩 자신의 침실 창문 밖으로 그 모습을 지켜보았다). 마이클 씨니어가 깐 아름다운 슬레이트 지붕 색깔과 같은 푸르스름한 자주색 시간이었다.

결국엔 돈을 들인 만큼 뽑게 돼 있지. 아버지의 말이었다. 품질은 거저 얻는 게 아니다.

부엌에서 간신히 빠져나온 매리앤은 심장이 쿵쿵거렸다.

엄마와 함께 저녁 준비를 하다 보면 엄마의 눈을 피할 수가 없다. 저녁 식탁에서는 가족들의 눈을 피할 수 없다.

그래도 코린 같은 엄마를 둔 건 참으로 행운이었다. 매리 앤의 친구들은 너무도 재미있는 멀베이니 씨와 멀베이니 부인을 보며 놀라워했다. 너희 부모님은 친구 같아, 그렇지? 놀라워. 트리샤 엄마 같았으면 벌써 딸 방으로 들어와 꼬치꼬치 캐물었을 것이다. 댄스파티는 어땠니? 파트너는 어땠어? 파티가 더 있었던 거니? 어젯밤에 많이 못 잤니? 그래 보이는구나. 다른 집 엄마였다면 파티에 입고 갔던 드레스를 다시 보고 싶어했을 것이다. 너무도 특별한 드레스. 그리고 쌔틴 구두도. 그것들을 다시 보며 추억에 젖고 싶어했을 것이다. 검사도 하고.

마구간을 향해 눈 쌓인 마당을 가로질러 걸어가는데 헛간에 사는 고양이 한 마리가—꼬리가 뭉툭한 오렌지색 고양이였다—장작더미에서 튀어나와 그녀에게 다가왔다. 녀석은 그녀의 다리를 몸으로 밀며 희망에 찬 야옹 소리를 냈다. "안녕, 프레클스!" 매리앤이 말했다. 그녀는 고양이의 뼈만 앙상한 머리를 쓰다듬어주려고 몸을 숙였으나 무슨 이유에선지 녀석은 그녀의 손길을 원하는 게 분명한데도 빠르게 꼬리를 흔들며 몸을 뺐다. 금세라도 그녀를 할퀴거나 물기세였다. "좋아, 그럼 가." 매리앤이 말했다.

차가운 공기는 얼마나 맑고 좋은지. 깨끗하고 냄새도 없고. 추운 한겨울이 되면 하이포인트 농장의 풍성한 냄새들이 모두 사라졌다.

수작 부리지 마. 나한텐 안 통해.

기억해둬!

매리앤은 트리샤네 집에서 목욕을 두 번 했다. 처음 한 건
새벽 4시 반쯤이었는데 또렷이 기억나지 않았고 두번째는
아침 9시 반이었는데 트리샤는 아직 자고 있었다. 자는 척하
고 있었거나. 침대 옆 시계의 조용한 똑딱 소리. 몇시간이나
그 소리를 들으며 남의 집 침대에서 이불을 뒤집어쓰고 꼼
짝도 않고 누워 있었다. 새벽이 가까워지자 집 안 어딘가에
서 배수관 소리가 들리더니 다시 조용해졌고 한참 후에 첫
교회종이 울렸다. 매리앤은 그 공허한 종소리가 머써 애버
뉴에 있는 쎄인트앤 성당에서 들려오는 것이리라 생각했다.
아침 9시경에 트리샤의 어머니 러포트 부인이 트리샤의 방
문을 조용히 두드리며 조그만 목소리로 물었다. "얘들아, 누
구 나랑 같이 교회 갈 사람?" 트리샤는 꼼짝도 않고 누운 채
신음소리만 냈고 매리앤은 죽은 듯이 누워 아무 대답도 하
지 않았다.

나중에 트리샤가 팩스턴의 집에서의 파티가 끝난 후 어
떻게 됐는지 물었다. 거기서 어디로 갔으며 누가 데려다주
었는지. 매리앤은 친구의 눈에서 걱정과 두려움을 보았다.
나한테 말하지 마! 제발! 그래서 버튼 특유의 환한 미소를 지으
며 고개를 저었다. 너무 복잡하고 정신이 없어서 기억이 나
지 않는다는 듯.

그건 사실이기도 했다. 매리앤은 기억이 나지 않았다.

어지럽고 몽롱한 시야와 그녀 자신이 아닌, 그녀가 아는 사람도 아닌 어떤 여자애밖에는. 캑캑대면서 산(酸)처럼 얼얼한 토물을 턱 밑으로 질질 흘리며 크림색 쌔틴과 딸기색 시폰으로 된 찢어진 드레스를 입고 달리는! 달리는! 어린애의 가위질처럼 서툴게 움직이는 다리.

❦

몰리오가 있는 마구간에? 이 시간에? 왜?

안전하고 잘 아는 장소. 말들의 기묘한 쿵쿵 소리와 히히힝 소리를 빼면 오직 정적만이 감도는 곳.

매리앤은 지금 집에서 엄마가 패트릭과 의논을 하고 있는 건 아닐까 생각했다. 혹시 매리앤한테 무슨 일이⋯⋯?

저드도 아까 이상한 눈길로 봤었다.

이제 겨우 열세살이지만 분명 이상한 눈길이었다.

매리앤은 솔을 집어들고 몰리오의 옆구리와 거칠고 버석버석한 갈기를 민첩하고 리듬감 있게 빗었다. 그러곤 곡식과 당밀을 몰리오의 열성적인 젖은 입에 갖다댔다. 몰리오는 졸음이 싹 달아나서 쾌감에 몸을 떨며, 씩씩거리며, 발을 구르며, 꼬리를 흔들며, 탐욕스럽게 쿵쿵대며 매리앤의 손바닥 위의 사료를 먹었고 매리앤은 혀를 차면서 몰리오에게 작은 소리로 말을 걸었다. 손바닥으로 말을 먹일 때의 그 오싹하고 격렬한 느낌! 매리앤은 어렸을 때 말 혀의 감촉에 즐거운 비명을 지르곤 했다. 그녀는 말의 축축하고 요란한 숨과 그 거대한 몸집에 흐르는 상상을 초월하는 강력한 생명력을 사랑했다. 말은 너무도 크다. 말은 너무도 튼튼하다. 말은 덩치 때문에 얕볼 수 없다.

매리앤은 강한 말 냄새를 좋아했고 그건 유년기의 냄새였다. 어른들의 세심한 보호 아래 마구간을 찾던 시절. 어릴 적엔 혼자 마구간을 돌아다니는 것이 금지되어 있었다. 아주 엄격히! 처음 아버지에게 안겨 마구간에 들어와 지푸라기가 뿌려진 바닥에 조심스럽게 놓였을 때 마구간 안을 걸어다니며(제대로 걷지도 못하던 때였지만) 칸막이 안에서 이상하리만치 긴 머리를 밖으로 내밀고 툭 불거진 커다란 눈을 끔벅거리며 자신을 쳐다보는 말들을 보면서 참을 수 없는 흥분을 느꼈던 기억이 났다. 그녀는 언제나 마구간의 지푸라기와 똥, 사료, 말의 열기가 내는 달금한 악취가 좋았다. 그녀를 알아보는 말들의 눈빛. 난 널 알아. 널 사랑해. 먹이를 줘!

동물을 행복하게 해주기는 너무도 쉬웠다. 동물에게 옳은 일을 하기는 너무도 쉬웠다.

몰리오는 아홉살로 젊은 나이가 아니었다. 호흡기 감염증을 앓고 있었고 무릎에도 문제가 있었다. 멀베이니 가의 말들이 모두 그랬던 것처럼. (아버지는 이렇게 말했다. "말은 인간에게 알려진 동물 중에 가장 예민하지. 너무 늦어버릴 때까지 말을 안하는 게 문제지만.") 몰리오는 셔토쿼 밸리의 기준으로도 아름다운 말은 못되었지만 착하고 온순했다. 좁은 가슴에 다리는 마치 축소해서 그린 것처럼 짧았고 무릎은 툭 불거져 있었다. 윤기 흐르는 적색 털에 코에는 깃발처럼 생긴 흰 얼룩무늬가 있었고 네 발에도 흰 양말을 신은 듯한 불규칙한 얼룩무늬가 있었다. 열두번째 생일선물로 받은 버튼의 말이었다. 첫 말에 대한 사랑만큼 각별한 것도 없지만 그 사랑은 잊기가 너무도 쉽다. 그것은 자신에 대한 사랑과 같다. 나이가 들면서 벗어나게 되는 자아.

매리앤은 몰리오의 갈기에 얼굴을 묻고 미안하다고, 정말 미안하다고 속삭였다. 개학한 후로 그녀는 몰리오에게 무관심했으며 지난여름에는 여남은 번밖에 타지 않았다. 몇해 전의 뜨거운 말 사랑은 식은 지 오래였다.

매리앤의 말 사랑은 따로 승마를 배우고 비싼 서러브레드 종 말을 사서 유빌 근처의 승마학교에 맡기는 일부 여학생들에 비하면 그리 극성스러운 편은 아니었다. 그나마 그 불길도 열세살에서 열다섯살 사이에 가장 뜨겁게 불타올랐다가 다른 흥밋거리들이 생겨나고 매리앤 멀베이니의 '인기'에, 복잡하고 매력적인 외향성 삶에 마음을 빼앗기면서 차츰 꺼져갔다. 게다가 승마 경주에 나가는 건 그녀에게도, 멀베이니 가족 누구에게도 맞지 않았다. (패트릭의 경우는 말에 대한 열정이 최고조에 이르렀던 열다섯살 때 대단히 능숙하고 전도유망한 기수였지만 말이다.) 아버지는 말과 함께 누릴 수 있는 '멋진 행복'은 하이포인트 농장 식구들처럼 아마추어로 승마를 즐기는 것이라고 말했다. "내가 말하는 건 진짜 아마추어지."

아버지는 다른 사람들과 겨루는 건 사업만으로도 충분하

다고 말했다. 가끔 골프나 스쿼시, 테니스, 포커로 겨룰 수도 있지만 심각해선 안되고 우정을 위해, 놀이로 해야만 한다는 것이었다. 미국에서 평범한 사업가 노릇을 하는 것만으로도 충분히 괴롭고 힘들다며.

물론 그는 친구들이나 사업 관계자들이나 마운트 이프리엄 컨트리클럽 동료 회원들 중에서 '말을 좋아하는' 사람들(보즈웰, 머써, 스포어 같은 이들)을 존경했지만 자신의 딸이 승마수업을 받고 우스꽝스러울 정도로 격식을 갖춘 승마대회에 나가는 건 반대했다. 그건 계급의 과시이며 광신과 망상으로 이어지니까. 사랑하는 사람을 이용해서는 안되는 것처럼 사랑하는 동물에게도 재주를 부리도록 시켜서는 안된다. 게다가 비용도 우라지게 비쌌다.

멀베이니 가는 사실 '부자'였다. 적어도 근동에선 그렇게 알려져 있었다(코린의 옷차림과 할인매장만 찾는 습관에도 불구하고). 하이포인트 농장은 찬사의 대상이었으며 마이클 멀베이니 씨니어는 새 차를 몰고 세련된 옷을 입고(그의 옷은 할인매장에서 사지 않았다) 기부도 척척 하고 매년 독립기념일에 하이포인트 농장 목초지에서 셔토쿼 군 자원소방대 연례 야유회를 여는 등으로 부를 과시했다. 하지만 속으로는 돈에 쪼들렸다. 아무리 임대를 많이 놓아도 하이포인트 같은 농장을 유지하는 비용이 만만치가 않았고 '씀씀이가 큰' 가족을 부양하는 것도 보통 일이 아니었다(사실 가족 중에 가장 씀씀이가 큰 건 마이클 씨니어 자신이었지만). 그는 이제 큰 아이들이 승마에 시들해졌으니 말을 한두 마리 — 어쩌면 세 마리까지 — 팔아야겠다고 이따금 으름장을 놓았는데 물론 가족 모두가 반대했고 마구간에 거의 발길도 하지 않게 된 마이크 주니어까지 반기를 들었다. 그리고 어머니는 히스테리에 가까운 반응을 보였다. 그건 처형과도 같아요! 우리 가족 중 하나를 파는 것과 같아요!

그건 그랬다.

옆 칸에서 패트릭의 거세마 프린스가 매리앤의 주의를 끌기 위해 이리저리 몸을 부딪치고 히히힝 푸르르 소리를 내며 소란을 피웠다. 클로버와 레드도 제 존재를 알리려고 야단이었다. 우리도 있어요! 먹이를 줘요! 패트릭과 저드가 그날 끼니를 두 번 다 챙겨주었지만 매리앤의 등장으로 일과가 엉망이 되었고(그들 스스로 원한 바이지만) 매리앤은 그들을 실망시키기엔 마음이 너무 약했다. 그녀는 어렸을 때 스스로 정해놓은 원칙이 있었다. 다른 동물들이 보는 앞에서 한 동물을 쓰다듬거나 먹이를 주었다면 다른 동물들도 다 똑같이 해준다는 것이었다. 예수도 동물들과 함께 살았다면 그렇게 했을 터였다.

예수라면 어떻게 했을까? 나는 자신에게 그렇게 묻지. 나는 애쓰고 애쓰지만 다른 사람들과 함께 있으면 좋은 의도들이 다 꺾여버려. 친구들과 함께 있으면 말이야. 매리앤, 너 같은 사람과 함께 있을 때 나타나는 진짜 내가 있고 또다른 내가 있는 것 같아. 멍청하고 진짜 쪼다 같은 나 말이야. 그게 수치스러워.

그가 눈을 들어 수줍게 그녀를 보았다. 무거운 눈꺼풀, 좁다란 콧대, 이마로 흘러내린 곧은 머리칼. 그의 피부는 마치 옛날 사진처럼 거칠게 보였다. 그는 그녀 아래쪽 계단에 축 늘어져 있었는데 어깨를 잔뜩 웅크리고 있어서 매리앤은 패트릭을 쿡 찌르며 등 좀 펴라고, 어깨 좀 들라고 하던 것처럼 그를 쿡 찌르고 싶었다. 음악이 벽을 넘어 쾅쾅거리며 고동쳤다. 심장박동이 빨라지고 진땀이 날 정도로 요란했다. 그는 술을 마셨지만 취하진 않았고 — 취했나? — 오히려 전에 없이 솔직하고 진지하게 말하고 있는 듯했다. 아, 진심으로 한 말이었을까? 한마디라도? 아니면 그저 그녀를 속이고 조종하기 위한 것이었을까?

그녀는 믿을 수가 없었다!

지난 십칠년 동안, 어쩌면 그 이상 가슴에 예수 그리스도를 품고 살아온 매리앤 멀베이니로선 믿을 수 없는 일이었다.

마구간을 나서는 그녀에게 한 가지 생각이 눈발처럼 덧없고 가볍게 스쳐지나갔다. 나는 지금 작별인사를 하고 있는 걸까?

이제 하늘은 자갈 깔린 길처럼 군데군데 갈라져 있었고 서쪽에서는 소멸 직전의 멍든 석양빛이 신비하게 타오르고 있었다. 골동품 창고 앞 창문에서 빛이 깜박이는 걸 보고 매리앤은 순간적으로 코린이 안에 있을지 모른다는 불안을 느꼈지만 자세히 보니 반사된 빛이었다.

매리앤은 추위에 뻣뻣해진 손으로 골동품 창고의 걸쇠를 벗기고 안으로 들어갔다. 천장 등을 켜면서 식구들의 눈에 띄지 않기를 바랐다. 코린이 급히 재킷을 걸치고 달려오지 않기를.

매리앤은 코린의 '골동품' 중 하나인 액자에 든 복제화가(벽걸이였던가?) 생각나서 온 것이었다. 그건 분명 꿈이 아니라 생생한 기억이었다. 그녀는 갑자기 그 그림을 꼭 찾아야만 할 것 같았다.

하지만 이 어지러운 잡동사니 속에서 어떻게 찾는단 말인가?

매리앤은 한동안 어머니의 가게에 발걸음을 하지 않았다. 새로 들인 물건들이 있는 듯 보였고 코린이 비틀리고 옹이진 나뭇가지로 만들어진 고문기계처럼 생긴 괴상한 안락의자를 손보고 있는 중인 듯했으며, 작업대 위에 셰이커 스타일(18세기 말~19세기 초에 뉴욕 주에 거주하던 셰이커 교도들의 단순하고 실용적인 가구 양식—옮긴이)의 흔들의자가 놓여 있었다. 하지만 매리앤은 아무것도 확신할 수 없었다.

페인트 용제, 니스, 가구 광택제, 유성 페인트(코린은 창고 내부를 밝은 청록색으로 칠하고 있었는데 아직 작업을 끝마치지 못한 상태였다), 생쥐 똥, 먼지 냄새. 옛날 물건들, 과거의 편안한 냄새. 여기 있으면 너무 행복해요. 여긴 너무도 평온하고 차분하니까요. 코린은 어린애처럼 반짝이는 눈으로 그렇게 외치면서 거미줄을 치우고 천장에서 떨어지는 물방울을 피해가며 손님들이 잡동사니 사이로 걸어갈 수 있도록 길을 만들곤 했다. 멀베이니 가의 아이들, 특히 엄마를 돕는 데 열심인 매리앤은 이따금 코린의 망상에 말려들긴 했지만 옛날 물건들에 대한 어머니의 무조건적인 열정은 갖고 있지 않았다. 코린은 그것들의 모습과 느낌과 냄새와 중요성에, 그것들이 오래되었고 이전 주인에게 버림받았다는 사실에 끝없이 매료되었다.

마이클 씨니어는 하이포인트 골동품들에 대해 특유의 유머러스한 견해를 갖고 있었다. 그에게 코린의 골동품들은 근본적으로 고물이었다. 그중 일부는 '괜찮은 고물'이고 일부는 '나쁘지 않은 고물'이었지만 대부분은 어느 집 다락방이나 지하실, 혹은 쓰레기 하치장에서 흔히 볼 수 있는 '그냥 고물'이었다. 그에겐 오래되고 버림받은 것의 신비 따윈 통하지 않았다. "내 사업에서는 고객에게 최신 상품과 써비스를 제공하지 않으면 퇴출이지." 그의 말이었다.

매리앤은 골동품 창고가 코린에겐 가정생활의 지속적인 긴장과 광란적인 분위기로부터의 피난처이리라 생각했다. 특히 매리앤과 오빠들이 어렸을 때는. 집이나 골동품 창고나 폭풍이 휩쓸고 지나간 듯한 난장판인 건 마찬가지였지만 그래도 골동품 창고는 조용하기는 했다.

녹이 잔뜩 슨 정원용 연철 가구, '복고풍 고딕 양식' 쏘파, '복고풍 로코코 양식'의 정교한 주철세공 의자, 버드나무 쏘파와 침대 머리판. 세기말의 '자연주의 스타일'에 따라 옹이진 나뭇가지를 껍질도 안 벗기고 쓴 버드나무 가구는 국산 버드나무와 수입 등나무와 니스를 두껍게 입힌 묵은 나무가 어찌나 약해 보이는지 누가 앉으면 산산이 부서질 것만 같았다. 낡아빠진 날개형 단풍나무 식탁과 골풀 방석 단풍나무 의자 쎄트도 있었고 먼지를 잔뜩 뒤집어쓴 램프 갓, 누렇게 변한 상아 조각 램프, 금박 스텐실을 입힌 '도리아식 기둥', 그리고 심지어 잉글리시 브랙퍼스트 티 색깔의 건반이 달린 망가진 하프시코드까지 있었다. 래커 칠이 된 표면, 꼬질꼬질한 직물 표면, 얼룩진 거울 표면. 도자기, 대리석, 돌, 콘크리트. 항아리, 개, 말, 그리고 흰 페인트칠을 한 '흑인'이 보이지 않는 말고삐를 향해 손가락 없는 손을 내밀고 있는 섬뜩한 조형물. 1905년, 1911년, 1923년의 우편엽서들을 구두상자 속에 모아놓은 진열대도 있었는데 이름 모를 사람들이 손으로 휘갈겨쓴 엽서 속의 글씨들은 흐릿해서 알아볼 수 없는 것도 많았다. 셔토쿼 밸리의 풍경을 담은, 수채화 분위기를 내기 위해 사진 위에 낭만적인 파스텔 색채를 덧칠한 그 싸구려 엽서는 열두 장에 1달러라는 헐값에 팔리고 있었다(팔리기만 한다면 말이다). 매리앤은 충동적으로 아무 엽서나 한 장 뺐는데 멍에를 멘 노새들과 마부를 태운 운하 바지선이 있는 해질녘 풍경이 그려져 있고 '뉴욕 유빌의 이리 바지 운하, 1915년'이라는 제목이 붙어 있었다. 뒷면에는 잘 보이지 않는 푸른 잉크로 씌어진 여성적이고 화려한 글씨체의 사연이 있었다. 안녕 로즈! 내가 죽은 모양이라고 생각하겠지. 죽지 않고 잘 살아 있어. 다들 어떻게 지내? 아직도 그 집에 살고 있어? 소식 좀 줘. 여긴 로스와 할머니만 빼면 아무 문제 없어. 여전하지. 가족 모두와 아기에게 사랑한다고 전해줘. 너의 언니, 에드너. 날짜는 7월 16일 금요일 오후로 되어 있었다. 매리앤은 황급히 엽서를 도로 구두상자에 넣었다. 옛날 엽서들을 읽기 시작하면 한 시간은 정신없이 빠져들기 때문이다.

매리앤은 엽서 몇장을 몰래 훔쳐다가 자신의 방에 보관하고 있었다. 너무 싸게 팔리는 것이 수치스럽게 느껴졌다. 그토록 사실적이고 유일하고 대체 불가능한 기록들인데. 코린도 그것들이 귀중하다는 데 동의했지만, 그렇다면 골동품 창고의 모든 물건이 귀중하지 않은가? 바로 그것이 골동품의 가치가 아닌가?

얼룩지고 뒤틀린 헌책—제임스 페니모어 쿠퍼의 『개척자』, 윈스턴 처칠의 『현대 연대기』, 햄린 갈런드의 『중부 변경의 아들』 『어린이를 위한 시의 정원』, 그리고 『리더스 다이제스트』 몇권과 『1949 정보 플리즈 연감』—무더기 뒤로 매리앤이 찾던 그림이 석유냄새 나는 더러운 누비이불에 가려져 있었다. 작자 미상의 옛날 그림을 복제한 것으로 제목은 '순례자'였다. 낭만적인 분위기의 어슴푸레한 산과 호수를 배경으로 하늘에 있는 예수의 얼굴에서 빛이 뻗어나와 반짝이는 호수 옆 양들이 풀을 뜯는 초원에 무릎을 꿇고 있는 흰 옷 입은 여자를 비추고 있었다. 그림 속의 여자는 맨발이었고 바위투성이의 땅을 걸어온 듯했다. 그녀의 옆얼굴이 땋아내린 빛바랜 금빛 머리와 얌전히 머리를 가린 숄에 조금 가려져 있었다. 제목 밑의 설명이 매리앤을 전율하게 했다. 나를 위하여 자기 목숨을 잃는 자는 그것을 얻으리라.

코린은 「순례자」를 몇해 전 벼룩시장에서 사왔고 가격을 몇차례 눈에 띄게 — 25달러에서 19.98달러로, 지금은 12.50 달러로 — 내렸는데도 여태 팔지 못하고 있었다. (코린은 그런 가격들을 어떻게 결정하는 걸까? 마이클 씨니어 말대로 그녀는 구매의욕을 꺾어놓을 수 있을 만큼 적절히 높은 가격을 유지하는 절대적인 본능을 지닌 듯했다.) 매리앤은 패트릭이 그 복제화를 보고 엄마, 너무 진부해요!라고 말했던 기억이 났고 자신도 그 말에 동의하지 않을 수 없었다. 정말이지 감상적이고 시시한 그림이었고 주일학교 성경카드 중에서도 최악의 것과 맞먹었다. 예수가 풍선처럼 하늘에 떠 있고 순례자의 주위에 모인 양들은 당황스러울 정도로 인간과 닮은 얼굴을 한 목각인형 같았다. 그런데도 매리앤은 그 그림이 해독해야 할 수수께끼처럼 매력적으로 다가왔다. 그녀는 몇번이나 코린에게 그 순례자가 누구이며 어디서 왔는지 물었다. 왜 혼자예요? 소녀처럼 앳돼 보이는데. 저 여자가 죽으려고 해서 예수님이 구름 속에서 미소를 보내고 계신 건가요? 하지만 그림 속 여자는 다치거나 지친 것처럼 보이지 않았고 고개를 숙이고 손을 모아 기도를 올리는 겸손한 자세를 취하고 있었지만 어딘지 긍지가 엿보였다. 예수의 빛이 자신의 어둠을 환히 밝혀주고 있는 것도 모른 채 예수에게 기도를 올리고 있는 게 분명했다.

코린도 「순례자」에 매료되었다. 그녀는 그 그림이 독일 민화를 토대로 그려졌으리라 생각했지만 근거는 대지 못했다. 그리고 제목 밑의 설명도 정확하지 않았다. 나를 위하여 자기 목숨을 잃는 여자는 그것을 얻으리라라고 해야 정확했다.

매리앤은 먼지 낀 액자 유리를 손으로 쓸어보았다. 그녀는 그림 옆에 쪼그리고 앉아 눈물로 흐려진 시선으로 그림을 뚫어지게 바라보았다. 가슴속에서 고통처럼 날카로운 행복감이 밀려드는 게 느껴졌다.

매리앤은 오랫동안 「순례자」를 보지 않았고 그 존재조차 거의 잊고 있었다. 그런데 지난밤 트리샤 러포트의 욕조에 멍하니 누워 몸을 담그고 있을 때 그 그림이 떠올랐다. 무게도 중요성도 없는 온갖 생각이 빠르게, 물 흐르듯 스쳐지나갔다. 예수님 도와주세요. 예수님 도와주세요. 달리는 차창 밖으로 스쳐지나가는 풍경들처럼 깊이도 색채도 결여된 생각들. 녹초가 되어 잠에 빠져들 때 주마등처럼 스쳐가는 낯선 얼굴들, 일그러지고 기괴한 얼굴 같은 생각들. 그러다 축 늘어져 있는 여자애의 알몸 위로, 매리앤이 눈길도 주지 않는 그 몸 위로, 김이 피어오르는 물속에서 「순례자」가 떠올랐다. 그 그림은 잠시 허공에 떠 있다가 무감각과 망각 속으로, 의식의 공간 속에 파놓은 구멍 속으로 사라져갔다.

넘치는 말들! 숱한 끼어들기! 웃음! 저드는 식탁 밑의 리틀 부츠에게 쏘시지 조각을 주다가 아버지에게 꾸지람을 들었다. 어머니도 아버지의 편잔을 들었다. 여보, 제발 오분마다 벌떡 일어나지 않을 수 없겠소? 그리고 식사중에 오븐이 계속

이백도에 맞춰져 있어서 멕시코식 닭고기 새우 쏘시지 냄비
요리가 타기 시작했다. 매리앤은 마치 아무 일도 없었던 듯
평소와 다름없이 엄마를 도와 저녁식사를 준비했다. 그러니
어쩌면 아무 일도 없었던 것인지도 모른다. 식탁에는 특대
냄비요리 말고도 빠르마 치즈와 딜을 넣어 그릴에 구운 빵,
황설탕을 뿌려 구운 버터호두호박, 엄마의 특제 오일 식초
드레씽을 얹은 특대 쌜러드, 바닐라 아이스크림을 곁들인
사과 계피 파이가 있었다. 하이포인트 농장의 이 넓고 아늑
한 부엌에서 얼마나 많은 저녁식사가 있었던가! 영원히 기
억 속에 남을, 날마다 독특하고 신비했던 식사시간.

매리앤은 몽롱한 상태로 미소짓고 고개를 끄덕이고 음식
을 씹고 삼키면서 한 시간 동안의 저녁식사를 마쳤다. 평소
만큼 수다스럽고 많이 웃고 행복하진 못했지만 아무도 눈치
채지 못했으리라(엄마만 빼고?). 마이키 주니어는 트루디
헨드릭이라는 여자를 만나러 나갔고(둘이 심각한 사이가 되
어가는 걸까? 어머니가 걱정스러워했다) 나머지 식구들은
모두 자리를 지키고 있었다. 그리고 모두 배가 고팠다.

너도 원한다는 거 알잖아. 아니면 왜 따라왔겠어?

널 해칠 사람 없으니까 제발 좀 진정해.

말들이 매리앤의 머리를 감싸고 색종이 가루처럼 휘날렸
다. 그녀는 듣는 척했지만 듣고 있지 않았다. 가족들이 이상
한 눈길로 훔쳐볼까? 아니면 아무 눈치도 못 챘을까? 여름에
처마 밑에서 나는 말벌 소리 같은 웅웅거림이 귓가에 맴돌
았다. 그리고 음부에서 배어나오는 아픔. (질이란 말은 떠올

리지 말자. 자궁, 클리토리스 같은 더러운 말은.) 매리앤은 어머니의 수고를 덜어주기 위해 벌떡 일어나 데운 냄비를 다시 식탁으로 가져오고 빵 바구니를 새로 채워 아버지에게 건넸다. 무염 마가린과 육중하고 반짝이는 '스웨덴 식' 샐러드 접시와 함께. 어머니는 자신과 교회 친구들이 다가오는 대선 후보로 밀 작정인 지미 카터를 열띠게 칭찬하고 있었다. "진정한 기독교인이고 지성과 힘을 겸비한 인물이지." 아버지는 자식들에게 눈을 찡긋하며 작게 중얼거렸다. "보기 드문 결합이지, 엉?" 하지만 어머니는 식사시간에는 싸우지 않는다는 원칙을 지키기 위해 못 들은 체했다. 다음엔 빙판길과 월요일 아침 일기예보(눈보라가 치고 체감온도가 영하 삼십도 아래로 떨어진다고 했다) 얘기가 나왔다. 다가오는 치과 약속과(패트릭과 저드가 신음소리를 냈다) 동물병원 약속(이가 부실해진 불쌍한 씰키를 위한 것이었다) 얘기도 나왔다. 아버지가 지난 월요일에 있었던 쎄인트매슈 병원 신축공사 입찰에 대한 얘기를 꺼냈는데 자신이 알기론 멀베이니 지붕회사를 비롯해 이 지역의 일곱 개 업체가 입찰에 참여했으며 곧, 아마도 금주중에 결정이 날 거라고 했다. 아버지는 희망과 불안감을 감추려고 건장한 어깨를 으쓱해 보이며 씩 웃었다. "왜 그런 말도 있잖아. '무소식이 희소식이다.' 맞지?" 그러자 어머니가 얼뜨기 소녀처럼 머리를 쑥 내밀고 말울음 같은 웃음소리를 내며 끼어들었다. "교수대의 사형수들은 이렇게 말하지. '무(無)올가미가 좋은 올가미다'(No noose is good noose, 'news'와 'noose'의 발음이 비슷한 것을 이용해 말장난을 한 것임 — 옮긴이)."

"오, 엄마!" 모두 입을 모아 외쳤다.

매리앤만 조용히 앉아 애매한 미소를 머금고 있었다. 아까 페더스에 대한 말로 어머니의 기분을 상하게 했다는 걸 알기 때문이었다. 하지만 그때 어떤 대화가 오갔는지 기억이 나지 않았다.

패트릭이 시간여행에 대한 토론을 시작하려 했지만 아버지가 냉소를 지으며 그러잖아도 쓸데없이 가격만 비싼 여행지들이 너무 많아 탈인데 시간을 돌아가고 앞서가는 여행까지 나올 필요가 뭐가 있느냐고 말했다. 어머니도 알지도 못하는 곳으로 뚝 떨어지는 건 불안해서 싫다고 했다. "나는 '아는' 것밖에 못 다루니까." 패트릭이 골을 내며 우리 가족은 뭘 진지하게 받아들이는 법이 없다고 했고 아버지는 사실 식사시간이 아닌 때는 모든 걸 진지하게 받아들인다고 대꾸했다. 그러면서 오후에 클럽 탈의실에서 들은 웃기는 얘기를 했고("똑같이 생긴 스컹크 두 마리가 있었는데, 하나는 공화당원이었고 다른 하나는 민주당원이었지. 둘이 술집에서 만났는데……") 모두 웃거나 웃음 섞인 신음소리를 냈다. 매리앤도 샐러드 접시를 돌리고 할로윈데이에 썼던 밝은 호박 그림이 있는 종이 냅킨을 깐 빵 바구니에 빵을 다시 채우느라 바쁜 중에도 미소를 지었다. 패트릭이 무미건조하게 말했다. "웃을 수 있는 종은 호모싸피엔스뿐일까? 웃음의 진화적 잇점은 뭘까? 누구 아는 사람 있어요?"

어머니가 생각에 잠긴 목소리로 말했다. "웃음은 자신에게서 벗어날 수 있는 한 방법이지. 자신을, 우리 인간의 결점과 허식을 웃어넘기는 거야." 아버지의 의견은 이랬다. "흠, 웃음은 김을 빼주는 거지. 긴장을 풀고." 저드도 한마디했다. "웃음은 저절로 나오는 거야. 억지로는 안 나오고." 패트릭이 말했다. "하지만 왜? 웃음이란 게 왜 나오는 거지? 그 의미가 뭐지?" 어머니가 한숨지으며 패트릭의 팔에 손을 올리고 대답했다. "그건 말이다 핀치, 네가 그걸 물어야만 한다면 절대 알 수 없을 거다." 그러자 패트릭은 당황해서 얼굴을 붉혔고 모두들 그를 보고 웃었다.

조리대에서 빵을 더 자르고 있는 매리앤만 빼고 모두. 매리앤은 미소만 지으며 자기 자리로 돌아갔다. 식구들이 무슨 얘기를 하고 있었던 걸까?

내가 벌써 떠난 것만 같아. 몸만 남아 있고.

매리앤은 패트릭이 자신에게 곁눈질을 하는 걸 보았다. 그러나 말은 한마디도 걸어오지 않았다.

벽에는 코르크 게시판이 붙어 있었다. 컬러사진과 스크랩 기사, 상장, 아버지가 상공회의소에서 받은 '훈장', 말린 야생화, 씨앗 카탈로그에 인쇄된 토마토, 금어초, 참매발톱꽃의 화려한 사진 따위로 장식된 게시판. 겉으로 보이는 것들 아래로 묵은 것들이 있었고 그 속에 더 묵은 것들이 있었다. 마치 고고학의 지층처럼. 거기에 멀베이니 가의 최근 역사가 있었다. 어머니가 꾸미는 그 게시판은 늘 그 자리를 지키고 있었으며, 그 중앙에 커다란 달력이 있고 달력 위에 인쇄체 글씨로 ★★★작업 일정표★★★라고 씌어 있었다. 부모님은 하이포인트 농장이 신병훈련소처럼 운영되어야 하며 안 그러면 혼란이 홍수처럼 모든 걸 쓸어가버릴 것이라고 믿었다. 그래서 코린은 매달 쏠로몬 왕 못지않은 현명함을 발휘하여 정성껏 작업 일정표를 만들었다. 집안일, 주방일, 쓰레기 치우기, 온갖 야외·계절 관련 일, 말 돌보기, 소 돌보기, 헛간 일, 애완동물 돌보기, 그리고 분류가 불가능한 '기타' 일이 있었다. (이 기타 일이 가장 예측 불가능하다는 데 멀베이니 가의 자녀들은 의견을 같이했다. 기타 일에는 어머니를 도와 지하실 청소를 하거나, 골동품 창고에서 쌘드페이퍼로 가구 표면을 문지르고 갈라진 틈을 메우고 페인트칠을 하거나, 하루 날을 잡아 오후 동안 모든 개와 고양이의 목에 벼룩 퇴치 목걸이를 다는 일이 포함되었다.) 다른 달과 마찬가지로 1976년 2월 역시 코린 멀베이니의 중립적인 눈에는 바둑판처럼 규칙적인 흰 네모 칸들의 배열로 보였으며(마치 시간이 엄밀한 분할의 대상이기라도 한 것처럼) 그녀의 꼼꼼한 인쇄체 글씨가 그 칸들을 지배했다. 코린은 지독한 공정성으로 유명했으며 아버지 말대로 누구도 가장 힘든 일에서 면제해주지 않았다. 심지어 자신과 남편조차.

물론 가끔 우리는 서로 거래도 하고 어머니 허락 없이 일을 바꿔서 하기도 했다. 어쨌거나 제때 일을 마쳐놓기만 하면 아무 문제도 없었다. 하지만 만일 ★★★작업 일정표★★★가 제대로 지켜지지 않으면 아버지 말대로 벼락을 맞았다.

그래도 그건 마음 편안한 일이 아닐까? 언제라도 게시판을 확인해보면 당일뿐 아니라 월말까지 자신이 맡은 임무가 어떤 것인지 정확히 알 수 있으니까.

늘 그렇듯 게시판에서 가장 눈에 띄는 건 새로 붙인 폴라로이드 사진들이었다. 예쁜 파티 드레스를 입은 버튼. 그녀의 불운한 '파트너' 오스틴 와이드먼이 아버지 차를 몰고 데리러 오기 전에 찍은 사진들. 딸기와 크림이로구나! 아버지가 사진을 찍으며 놀렸다. 하지만 물론 그는 자랑스러워했다. 어떻게 자랑스럽지 않을 수 있겠는가. 그리고 어머니도 자랑스러워했다. 교만은 패망의 선봉이다. 어머니는 아랫입술을 깨물며 성경구절을 중얼거렸지만, 아! 자랑스러움을 억누르기가 너무 힘들었다. 매리앤은 군 품평회에 출품할 4H활동 작품으로 그 아름다운 드레스를 만들었는데 사실 품평회는 6월에나 있었다. 물론 매리앤도 너무 아름다웠다. 날씬한 몸, 봉긋한 가슴, 반짝이는 눈동자, 최상품 마호가니 색깔의 윤기 흐르는 흑갈색 머리칼. 매리앤과 코린이 서로 허리를 껴안고 사진사인 아버지를 향해 미소짓고 있는 사진도 있었다. 헐렁한 고래를 구하자 스웨터와 진바지 차림의 코린은 놀랍도록 젊고 장난스러워 보였다. 환한 플래시 불빛에 얼굴의 주근깨가 선명히 드러나고 눈동자가 푸른 네온등처럼 빛났다. 그녀는 웃는 도중에 찍혔지만 그 두 눈에 분명 자랑스러움이 서려 있었다. 이것이 내가 세상에 주는 선물이지. 나의 아름다운 딸. 하느님, 감사합니다.

식사가 끝나고 후식을 먹고 있었다. 이야기는 빙 돌아서 다시 아버지에게로 넘어가 오후에 그가 이긴(혹은 거의 이긴) 스쿼시 게임이 화제에 올랐다. 매리앤은 다른 가족들과 함께 이야기를 경청하며 웃었다. 마음이 자꾸 다른 곳으로 흘러가려고 해서 강풍 속에서 미친 듯 펄럭이는 연처럼 꽉 붙들고 있어야 했지만. 종일 버튼에게 걸려오는 전화가 없었다. 한 통도. 코린은 분명 그 사실을 눈치챘으리라.

아버지는 놀라울 정도로 훌륭한 모습을 보이고 있었다. 사과파이를 조금만 먹고 더 먹기를 자제했으며 근사한 저녁 식사를 준비해준 어머니와 매리앤에게 고마움을 표했다. 그는 하이포인트 농장 식탁에 자주 이름이 오르는 자신의 친구 벤 브로이어에 대한 이야기를 이어갔다. 지방 변호사인 브로이어 씨는 셔토쿼 선거구 출신의 민주당 주 상원의원 해럴드 스타우드와 사업 동료이자 가까운 친구 사이였으며 해럴드 스타우드로 말할 것 같으면 마이클 멀베이니 씨니어가 무척 존경하고 선거 유세를 돕기도 했던 인물이었다. 아버지가 미소 띤 얼굴로 말했다. "벤과 나는 쌍둥이처럼 막상막하의 게임을 벌였지. 거의. 하지만 난 강공으로 나가면 벤을 이길 수 있어. 이기는 건 기본적으로 의지의 작용이니까. 막상막하의 게임에서는 말이야. 하지만 난 항상 강공으로 나가진 않지. 벤이 한두 게임 이기면 자기 실력으로 이겼다고 생각하도록 말이야. 훌륭한 균형을 유지하는 게 더 중요하니까."

패트릭이 학생용 철사테 안경을 콧등 위로 밀어올리며 호기심 가득한 눈으로 아버지를 응시했다. "뭐보다 더 중요한데요?" 그가 물었다.

"이기는 것보다."

"'훌륭한 균형'은 무엇에서의 균형을 말하는 거죠?"

"그야 당연히 우정에서지."

"무슨 뜻인지 모르겠어요." 패트릭의 약간 도발적인 태도와 차분한 시선이 그렇지 않다는 뜻을 나타냈다. 그의 눈동자에 황갈색 빛이 감돌았다.

아버지가 유쾌하게 말했다. "나한테는 벤 브로이어라는 소중한 사람과의 우정이 게임에서 이기는 것보다 훨씬 중요하다는 거지."

"아버지, 그건 위선 아닌가요?"

아버지의 얼굴에 불쾌한 표정이 스쳤다. 아버지는 어머니 그릇에서 사과파이를 덜던 중이었는데—아버지가 자꾸 갈망 어린 눈길로 흘낏거리는 걸 보고 어머니가 아버지 쪽으로 자신의 그릇을 밀어주었던 것이다—아버지다운 참을성 있는 미소를 띠고 패트릭을 보며 대꾸했다. "아들아, 그건 건전한 사업 감각이란다. 바로 그거지."

저녁식사 후에 코린이 올라와서 문을 두드릴 위험이 있었다. 물론 문을 잠글 수는 없었다. 하이포인트 농장에서는 침실 문을 잠그는 것이 가족의 규칙에 위배되는 일이니까.

사실 멀베이니 가의 자녀들 방에는 잠금장치가 없었다. 잠금장치가 왜 필요한가?

하느님 도와주세요. 예수님 저를 불쌍히 여기소서.

매리앤은 식사중에 약간의 구역질을 느꼈으나 아무도 눈

치채지 못했다. 매리앤은 구역질을 이겨냈다. 아주 차분히 앉아서 구역질이 가라앉기를 기다렸다. 아버지 말대로 의지의 작용이었다.

그래도 구역질은 여전히 남아 몸 전체로 퍼졌다. 여름마다 제때 제거해주지 않으면 동물들이 물을 마시는 연못 수면을 뒤덮어버리는 두툼한 녹조류처럼. 패트릭은 그걸 햇빛의 작용으로 증식되는 미생물이라고 설명했다. 극단적인 방법을 써야 그것들을 제거할 수 있었다.

구역질은 여전히 남아 있었고 입안 깊숙한 곳에서 얼얼한 노란 담즙의 맛이 느껴졌다. 산(酸) 같은. 지독한. 보드까가 올라오는 것이었다. 보드까와 오렌지주스. 매리앤은 그게 무엇인지 정확히 몰랐다. 재커리가 만들어와서 순한 것이라고 권했고 그녀는 전혀 눈치를 채지 못했다. 그때는 얼마나 행복하고 우쭐해 있었던가! 얼마나 쉽게 웃었던가! 넌 정말 아름다워, 매리앤. 그가 그녀를 바라보며 말했고 그녀는 그 말이 진실임을 알았다.

예수님 저를 불쌍히 여기시고 용서하소서. 제발 무사하게 해주소서.

그날 오후 집에 돌아오자마자 매리앤은 아스피린 두 알을 먹었다. 그리고 저녁식사 시간을 견뎌내기 위해 두 알을 더 먹었다. 아랫배의 통증이, 음부의 기분나쁜 출혈이 덜해진 듯했다. 살갗이 뜨겁고 이마가 펄펄 끓었다. 만일 어머니가 이상한 낌새를 채면 평소처럼 시선을 떨구고 당황한 목소리로 월경이라고 웅얼거릴 작정이었다. 이번 달엔 며칠

빨리 시작되었다고.

드레스를 만지거나 냄새 맡지 않고 어떻게 확인할 수 있을까.

왼쪽 어깨끈이 주름을 잡은 몸통에서 떨어졌지만 다른 손상은 없었기에 쉽게 수선할 수 있었다. 수선이 까다로운 곳은 끝부분부터 위로 비스듬히 길게 찢겨 너덜너덜해진 치마 부분이었다. 섬세한 천이 내지르던 비명이, 마치 신경이 살에서 뜯겨나가는 듯하던 그 소리가 귓전에 쟁쟁했다. 널 해칠 사람 없으니까 제발 좀 진정해. 트리샤네 집 화장실 세면대에서 미지근한 물에 세숫비누로 가볍게 문질러 빤 부분에 아직 얼룩이 남아 있었다. 피와 토물 얼룩. 마르면 심하게 쭈글쭈글해지리라. 하지만 물론 그녀는 다시 빨아볼 작정이었다. 낙담하지 않고.

매리앤은 병균이라도 옮을 듯 엄지와 검지로 살짝 드레스를 들어 침대 위에 뒤집어놓았다.

오, 하느님.

치마 앞쪽에 흩뿌려진 핏자국은 주근깨처럼 엷었지만 뒤쪽 핏자국은 더 진했다. 15에서 18센티미터 정도 길이의 얼룩 대여섯 개가 불쾌한 누르스름한 색조로 변한 채 선명하게 남아 있었다. 팬티에 묻은 생리혈처럼. 매리앤은 생리혈을 손으로 박박 문질러서 다 없애고 팬티를 옷장 속에서 말린 후에 빨래통에 넣곤 했다. 어머니가 세탁을 하면서 볼까봐 부끄러워서. 부끄러워서! 물론 코린은 그것에 대해 한마디도 하지 않을 것이지만. 그녀는 너무도 배려 깊고 다정한 엄마니까. 버튼, 부끄러워할 것 없단다. 코린은 딸의 민감함에 곤혹스러워하며 그렇게 달랬지만 그래도 매리앤은 부끄러워했다. 생리혈 얼룩이 남아 있는 팬티들은 버릴 정도로 창피하진 않았지만 입고 다니기엔 그랬다. 특히 체육수업이 있는 날에는. 그래서 그런 팬티들은 매리앤의 속옷 서랍 뒤쪽에 하나씩 쌓여갔다. 어쩔 수 없는 상황에서만 입으려고.

야, 너도 원한다는 거 알잖아. 아니면 왜 따라왔겠어?

널 해칠 사람 없으니까 제발 좀 진정해!

댄스파티에서 그녀는 밸런타인 왕과 여왕, 그리고 여왕의 '시녀들'과 함께, 시녀의 일원으로 사진을 찍었다. 그중에서 4학년생이 아닌 사람은 매리앤 멀베이니뿐이었다. 밴드 자리에서 포즈를 취했다. 온통 들떠서, 환한 미소를 지으며. 밴드는 너무도 요란했다! 미끄러지듯 흐르는 트롬본 소리, 귀가 멍멍한 씸벌즈와 드럼 소리. 밸런타인 왕이, 농구 스타인 키 크고 얼굴이 붉은 금발 남학생이 매리앤의 입에 키스했다. 위스키와 맥주 냄새가 났다. 교내에서는 음주가 금지되어 있었지만. 색종이 가루가 그녀의 머리칼에 걸렸다. 밴드는 「나의 불길을 당겨주오」를 연주하고 있었다. 매리앤은 재커리 런트라는 4학년 남학생과 춤을 췄고 그다음엔 역시 4학년생이며 아버지의 절친한 친구 브로이어 씨의 아들인 맷 브로이어와 춤을 추었다. 그녀는 흥분에 취해 파트너가 누구였는지 생각도 나지 않았다. 그러다 오스틴 와이드먼의 턱이 길고 시무룩한 얼굴이 눈에 띄자 행복하게 손을 흔들었다.

친구들이 드레스 구경도 하고 저녁도 먹으러 하이포인트 농장에 놀러왔었다. 어머니는 매리앤의 친구들을 좋아했다. 우리 매리앤은 행운아야, 저렇게 착하고 좋은 친구들이 있으니! 어머니의 말이었다. 어머니의 소녀시절은 농부의 딸로서 죽도록 일, 일, 일만 하는 쓸쓸한 나날이었다. 그런 식의 삶은 이제 과거의 유물이 되었다. 등유램프, 옥외변소, 스노우체인과 함께.

매리앤은 자기 방에서 트리샤, 쑤지, 메리써, 보니를 위해 드레스를 입어 보였다. 그들은 모두 마운트 이프리엄의 부잣집 딸들이었으며, 얼굴도 예쁘고 '모범적이고 신앙심 깊은' 학생들이었다. 쑤지와 메리써는 매리앤과 같은 치어리더였다. 보니는 학급 비서였다. 트리샤는 내년에 학교신문 편집자가 될 예정이었다. 물론 그들 모두 댄스파티에 함께 갈 '파트너'가 있었고 그들의 '파트너'는 과거에 데이트를 했던 괜찮은 남학생들이었다. 그들은 오스틴 와이드먼을 파트너로 정한 매리앤을 놀려댔고 오스틴 와이드먼이 세상에서 가장 웃기는 이름이라도 되는 듯 '오스-틴 와이드-먼'이라고 네 마디로 끊어서 우스꽝스럽게 발음했다. 그중 가장 과감한 쑤지는 노골적으로 버튼이 저 드레스를 오스-틴 와이드-먼에게 낭비하다니 이 얼마나 수치스러운 일이냐고 말했다. 그러자 모두 웃음을 터뜨렸고 매리앤도 얼굴이 새빨개지면서도 함께 웃었다. 그녀는 허리와 엉덩이 둘레에 딸기색 시폰 장식이 달리고 몸통에는 고운 주름이 잡히고 가늘고 우아한 어깨끈이 달린(물론 드레스를 입을 땐 끈 없는 브래지어를 할 터였다!) 하늘하늘한 쎄틴 드레스를 입고 껑충거리며 뛰어다녔다. 그녀는 패션모델의 쎅시하고 거만한 포즈를 흉내내며 골반을 앞으로 쑥 내밀고 양팔을 머리 위로 들었지만 금방 당황해서 그대로 얼어붙고 말았다.

매리앤, 널 해칠 사람 없어.

"매리앤 멀베이니." 근사해.

너 때문에 돌겠어, 알아?

전교생이 밸런타인 왕과 여왕을 뽑는 투표에 참여해 금요일 오전에 교내방송을 통해 각 교실에 여덟명의 결선 진출자가 발표되었는데 매리앤 멀베이니가 3학년생 중 유일하게 명단에 들어 있었다. 친구들이 꺄악 비명을 지르며 그녀를 안고 키스를 퍼부었다. 매리앤은 멍하고 혼란스럽고 조금 겁도 났다. 누가 그녀를 뽑아주었을까? 왜 뽑아주었을까? 그건 몇주 동안 쉬지 않고 연습해서 치어리더에 뽑히거나 몇명이 각축전을 벌인 끝에 학급비서로 선출되는 것과는 달랐다. 그건 예기치 않게 하늘에서 뚝 떨어진 은총이었다. 그건 학교의 유명인사가 되는 것이었다.

그게 죄일까? 그런 행복감이? 그런 허영심이?

매리앤은 나중에 화장실 세면대에서 다시 드레스를 빨 작정이었다. 모두가 잠자리에 들 때까지 기다려야 했다. 그리고 아주 조용히, 살그머니 움직여야 했다. 만일 엄마가 듣는다면. 엄마가 문을 두드린다면. 엄마가 버튼? 하고 속삭여 부른다면……

그녀는 재빨리 드레스를 티셔츠 크기로 접었다. 침대 위에 펼쳐놓은 바느질 도구 가운데 실패 하나가 바닥에 떨어져 굴러가자 머핀이 벌떡 일어나 쫓아갔다. 머핀은 방 저편에서 매리앤을 지켜보고 있던 참이었다. 드레스가 아직 축축했지만 매리앤은 옷장 속 높은 선반 위의 여름옷들 밑에 그대로 집어넣었다. 그리고 옷가방의 지퍼를 닫아 옷장 구석에 걸었다. 눈에 보이지 않게.

다행히 코린은 트리샤 엄마와 달랐다. 딸의 방에서 어슬렁거리지 않았다. 러포트 부인의 그 눈빛, 그 긴장된 목소리.

전 괜찮아요. 정말이에요!

좀 피곤한 것 같아요. 머리도 아프고.

트리샤와 러포트 부인이 주고받던 눈빛. 물론 그들은 매리앤에 대한 얘기를 하고 있었다. 간밤에 오랜 시간을 나가 있었으니까. 트리샤를 비롯한 다른 친구들과 함께 돌아오지 않았으니까. 어디에 갔었지?

정말 기억이 안 나. 난 죄를 지었지만 기억이 안 나.

가랑이 사이에서 생리대로 피가 새어나왔다. 아랫배가 아팠다. 그 통증이 마음의 위안이 되었다. 생리통이니까. 정상적인 거니까. 이번 달에는 며칠 빠르지만 놀랄 건 없어. 잠자리에 들기 전에 아스피린을 두 알 더 먹어야지. 생각을 다른 데로 돌리자.

잠자리에 들기엔 너무 일렀다. 일요일 하루종일 그녀에겐 전화 한 통 오지 않았다.

매리앤은 책상에 앉았다. 기하학 책을 폈다. 글자와 숫자들이 춤을 추었다. 그녀는 문제를 읽고 또 읽었다. 심지어 읽는 중에 벌써 앞의 걸 잊어버렸다. 고양이가 카펫 위의 크림색 실패를 계속 건드리자 참다못한 매리앤이 나무랐다. "머핀! 그만!"

마운트 이프리엄 고교에 떠도는 소문 중에는 잔인하고 부당한 것도 있었다. 이를테면 선생님들이 '모범적이고 신앙심 깊은' 여학생이나 '인기 많은' 여학생, '괜찮은' 여학생, 얼굴이 예쁜 여학생의 점수를 교묘하게 올려준다는 것이었다. 매리앤은 절대 그렇지 않다고 생각했다. 그녀는 열심히 공부했고 성실했으며 양심적이었다. 물론 그녀가 어려워하는 수학이나 과학 문제를 풀 때 친구들이 기꺼이 도와주는 건 사실이었다. 같은 반 남학생들과 상급반 남학생들도. 하지만 패트릭은 잘 도와주지 않았다. 그런 걸 못마땅하게 여겼다.

패트릭 생각이 나자 매리앤은 두려움에 몸이 떨렸다. 그녀는 패트릭이 알고 있음을 확신했다. 집으로 돌아오는 차 안에서 패트릭은 얼굴을 찌푸리고 이상한 눈길을 보냈었다. 아직 모른다 해도 내일 아침 조회시간이 끝나면 분명 알게 될 터였다. 아니면 아무도 감히 그에게 말을 하지 못할까? 그래도 일부러 들으란 듯 빈정거릴 게 뻔했다. 멀베이니네! 자기들이 대단히 잘난 줄 알지!

트리샤네 집에서 두 번 목욕을 했고 오후에 집에 와서 세 번째 목욕을 했으며 이제 밤 10시가 되어 네번째 목욕을 하기 위해 불편하고 무감각한 몸을 조심스럽게 욕조 속에 담갔다. 물이 너무 뜨거워 절로 비명이 새어나왔다. 화장실 안에 김이 뿌옇게 끼어 거의 앞이 보이지 않았다. 도기로 만든 크고 육중한 구식 고양이발 욕조는 군데군데 이가 빠져 있었다. 어릴 적에 매리앤은 욕조 물에 빠진 적이 있었는데, 물의 부력 때문에 발과 다리가 떠오르면서 몸이 뒤집어지자 약간 겁을 먹으면서도 킥킥거렸었다. 어머니는 이 욕조에서 매리앤을 목욕시켰고 늘 물을 너무 많이 받지 않도록, 물이 너무 뜨거워지지 않도록 조심했다. 오른쪽 수도꼭지에서는 델 듯이 뜨거운 물이, 왼쪽에서는 차가운 물이 나왔다. 오른쪽 수도꼭지에 시험삼아 발을 갖다대보고 싶거나 하지는 않았다.

네가 원하거나 요구하지 않은 일은 일어나지 않았어.

그러니까 입 다물어. 알겠어?

그는 그녀를 거칠게 흔들어댔다. 울음 좀 그치라고. 꺽꺽대고 토하지 좀 말라고. 차에서 풍기는 토물 냄새에 화가 치민 것이었다.

뜨거운 물줄기와 차가운 물줄기가 욕조 속에서 한데 뒤엉켜 합쳐졌다. 요란한 물소리에 다른 모든 소리가 묻혔다. 이상하게 가슴이 뛰었다. 교실의 요란한 스피커 소리로 자신의 이름을—자신의 이름을!—듣던 그날 아침처럼. 그녀는 죽은 소녀의 것처럼 둥둥 떠 있는 창백한 우윳빛 팔다리를 보고 싶지 않아 눈을 감았다. 물에 뜬 멍든 젖가슴도. 허벅지 안쪽의 흉측한 자줏빛 멍들도. 특히 가느다란 덩굴손 같은 피는 절대 보고 싶지 않았다.

예수님 저를 불쌍히 여기소서. 예수님 제발 무사하게 해주소서.

언제나 위엄을 지켜라. 너희는 멀베이니 가족이고 남들과 다른 기준으로 평가될 것이다.

그 혹한의 2월 일요일 늦은 밤 매리앤은 한 가지 깨달음을 얻었다. 자신의 고통을 하느님에게 바치는 예물로 여길 수 있다는. 자신의 굴욕을 하느님의 선물로 여길 수 있다는. 그녀는 예수 그리스도는 우리에게 감당할 수 없는 고통은 결코 주지 않는다는 걸 알고 있었다. 십자가에 못 박힌 그의 고통도 감당할 만한 것이었고 그는 죽지 않았으니까.

그러자 빈 채널에 맞춰진 텔레비전 화면처럼 다시 그녀 앞에 완전한 허공이 열렸다.

비밀

 가족들이 말해주지 않는 비밀은 몰래 귀기울여 들어야 한다. 하지만 그 비밀은 가정의 소음에 묻히고 만다.

 저드슨 앤드루 멀베이니는 멀베이니 가 자녀 중 막내였기에, 나는 베이비페이스, 딤플, 레인저였기에 좋은 소식이든 나쁜 소식이든 언제나 가장 늦게 알게 되었다. 그리고 분명 내가 영원히 알아내지 못한 많은 일이 있었을 것이다.

 매리앤 누나 문제가 있기 훨씬 전부터의 얘기다. 내가 앞머리는 소가 핥은 듯 위로 곧추서고 눈과 귀밖에 안 보이는 어린 꼬마였을 때, 내 모습을 만화로 그린다면 툭 튀어나온 왕방울 눈과 흔들리는 안테나를 가진 파리로 나타낼 수 있었을 것이다. 나는 여러 해 동안 나이에 비해 몸집이 작고 조용한 아이였기에 학교에서나 아니면 집에 어머니와 둘만 있거나 어머니, 매리앤 누나, 나 이렇게 셋이 있을 때 그걸 만회하고 싶어 가끔 잘난 체를 하며 요란하게 떠들어대곤 했다. 지금도 그 생각을 하면 쥐구멍을 찾고 싶어진다. 어쩌면 지금도 무의식적으로 그렇게 행동하고 있는지도 모른다. 고등학교 때까지 나의 영웅이었던 마이키 주니어를 흉내내면서.

비밀은 나를 흥분시켰다. 레인저가 들으면 안되는 비밀 얘기!

잘 들리지 않는 곳에서 이루어지는 부모님의 대화를 나는 얼마나 많이 엿들었던가! 소리를 낮춘 은밀한 음성으로 주로 아버지가 얘기하고 어머니는 속삭이듯 대꾸하기만 했다. 오, 그래요! 이따금 어머니가 어머나, 세상에! 하고 속삭이면 나의 가슴은 주먹처럼 오그라들었다. 무슨 일이지? 농담 안하나? 웃음을 터뜨리진 않나? 엄마 아빠가 안 웃어? 지금도 그 기억을 떠올리면 불안감이 엄습한다.

부모님은 이층 침실에서 문을 살짝 열어놓은 채로 이야기할 때가 있었지만 나는 엿듣기가 두려웠다. 들킬까봐 두려웠다. 아니면 부엌에서 스토브 환풍기를 요란하게 틀어놓고 얘기했는데 나는 부모님이 자신들의 목소리가 들리지 않도록 일부러 환풍기를 틀어놓은 것이라고 여겼다. 아니면 헛간이나 진입로처럼 집에서 충분히 떨어진 곳에서 만나(우연히? 그럴 것 같진 않았다) 얘기하고 또 얘기했다. 어떤 때는 한 시간 동안이나 얘기했다. 심각한 어른들의 대화. 한번은 뒷문 포치에 웅크리고 앉아 난간 너머로 부모님의 모습을 훔쳐보고 있는데 패트릭 형이 뒤에서 살그머니 다가와 합류한 적도 있었다. 무덥고 바람이 센 여름날 오후였고 부모님은 진입로에 세워진 아버지의 포드 픽업트럭 옆에 서서 오랫동안 얘기를 나누고 있었다. 어머니는 거름 얼룩이 진 진 바지와 지저분한 티셔츠 차림으로 브래지어 끈을 드러낸 채 머리엔 누더기 밀짚모자를 쓰고 볕에 그을린 얼굴엔 흰 낚시머 크림(햇볕으로 인한 가벼운 화상 등에 쓰이는 치료제 상표―옮긴이)을 잔뜩 바르고 있었으며, 아버지는 여름 외출복인 반팔 남방에 느슨하게 넥타이를 매고 말쑥한 카키색 바지에 꽈배기 허리띠를 하고 있었다. 아버지는 버릇처럼 자동차 열쇠를 짤랑거리고(마운트 이프리엄에서 막 돌아온 것일까? 아니면 도로 차를 몰고 나가려는 참일까?) 속사포처럼 빠르게 말하며 고개를 끄덕였다. 미소를 띤 것도, 그렇다고 험악한 것도 아닌 표정이 패트릭 형과 나에겐 무척이나 낯설어 보였다. 그건 시내나 텔레비전에서 볼 수 있는 어른 남자가 다른 어른 남자나 어른 여자에게 말하는 모습이었고, 아이나 어린 사람에게 말하는 것과는 사뭇 달라 마치 전혀 다른 언어를 쓰기라도 하는 것 같았다. 아버지는 당시 기준으로는 미남이었고 황소처럼(우리는 아버지를 그렇게 놀렸다) 두꺼운 목과 튼튼한 몸통, 몸에 비해 다소 짧은 다리를 갖고 있었다. 그래서 늘 다른 사람보다 많은 공간을 차지했으며 말과 몸짓에도―심지어 스스로 확신이 없을 때조차―권위가 있었다. 비위를 거스르고 싶지 않은 상대, 기분을 맞춰주고 싶은 상대였다. 필시 아버지는 어머니와 돈 얘기를 하고 있을 터였다. 그런 은밀한 대화의 주제는 대개 돈 문제였고 또는 역시 돈으로 귀결되는 차량, 기계, 가사도구를 수리하거나 교체하는 문제("이 빌어먹을 농장엔 죄다 고장나는 것들뿐이야!" 아버지가 그렇게 푸념하면 어머니는 "다는 아니죠, 멀베이니 씨! 당신이나 그렇죠"라고 대꾸했다. 돌이켜 보면 그리 우스운 말도 아니었건만 우연히 그 말을 들으면 누구나 영락없이 폭소를 터뜨렸다), 그리고 부모님을 가장 낙담하게 만드는 자녀 문제도 있었다. 그날 나는 P. J.에게 목소리를 낮추어 아빠 엄마가 무슨 얘기를 하고 있는 것 같은지 물었고 P. J.는 어깨를 으쓱하며 대꾸했다. "쎅스."

나는 그때 아홉살이었다. '쎅스'가 뭔지 알기에도, 열네살 아이인 P. J.가 그것에 대해 어떤 생각을 갖고 있는지 알기에도 너무 어렸다. 나는 놀란 눈으로 형을 바라보았다. "응?"

"베이비페이스, 모든 게 쎅스의 문제라는 걸 모르냐? 쎅스는 생물체의 근본적인 자연법칙이고 우리를 존속시켜주는 것이지."

P. J.는 가족 중에서 책을 가장 많이 읽었고 혼자 처박혀서 과학책이나 잡지, 아니면 '연구과제'를 붙들고 있는 시간이 많았다. 중학교 3학년 때 생물학을 발견한 그는 19세기에 살았던 찰스 다윈이라는 사람이 '해답'을 쥐고 있다고 믿었다. P. J.의 입에서 나오는 말의 절반은 수수께끼 같았고 진지하게 말하는 것인지 비꼬는 것인지 알 수가 없었다.

내가 물었다. "우리를 존속시켜? 어떻게?"

P. J.가 내 머리 위를 보면서 거만하게 대꾸했다. "어떻게 인지는 나도 몰라. 그게 쎅스라는 것만 알 뿐이지. 남자 여자가 다툰다면 그건 돈이나 일 같은 것 때문이 아냐. 쎅스 문

제지."

그 말은 내게 감명깊게 다가왔지만 동시에 두렵기도 했다.

아까도 말했다시피 펀치가 진지하게 말하는 것인지, 심지어 진실을 말하는 것인지조차 알 수 없었기 때문이다.

하지만 몇해 전에, 그러니까 내가 세살쯤이었을 때 그런일이 있긴 했다. 아직 너무 어렸던 나는 밤에 자다가 악몽을 꾸었는지 아니면 바람에 뭐가 날아와 집에 부딪히는 소리때문이었는지 놀라 잠에서 깨어 옆방인 부모님 방으로 예고도 없이 갑자기 뛰어들었다. 침대 옆 등이 켜져 있었고 나는바로 침대로 뛰어들어 부모님 사이로 파고들었는데 내 공포에만 골몰해서 격렬한 성교(물론 당시엔 그게 뭔지도 몰랐지만)중이었던 부모님을 놀라고 성가시고 당황하게 만들었음을 전혀 알지 못했다. 나는 그저 그 혼란스럽던 상황만을 기억할 뿐이다. 침대 스프링의 삐걱거림, 아버지의 외침("뭐야……!"라고 했던 것 같다), 어머니가 재빨리 아버지를 밀쳐냈던 것, 땀에 젖은 아버지의, 곱슬거리는 털로 덮인 벗은등과 어깨, 엉덩이, 털북숭이 근육질 다리, 부모님이 달리기라도 하고 있었던 듯 거칠게 숨을 몰아쉬었던 것. 내가 낑낑거리며 맹목적으로 파고들자 어머니는 숨을 고르며 씨트로벗은 젖가슴을 가리고 물었다. "저드! 저드, 아가…… 왜, 왜그러니?" 아버지는 우리 옆에 벌렁 누워 팔을 들어 눈을 가리고 조그맣게 욕지거리를 했다. 나는 무섭다고, 혼자 자기싫다고 발버둥쳤고 당연히 어머니는 나를 달래주었다. 조금혼을 냈는지도 모르지만 어머니의 팔은 따스했고 어머니 몸에서는 근사한 이스트 냄새가 났다. 어머니가 내 머리 위로 아버지에게 속삭였다. "난 당신이 문 잠근 줄 알았어요." 그러자 아버지가 "당신이 잠갔다고 했잖소"라고 대답했고, 어머니가 "저드가 겁을 먹었어요. 마이클, 앤 아직 아기예요"라고 했고, 아버지가 "알았소! 잘 자요! 난 이만 잘 테니까"라고 대꾸했다. 어머니가 다정한 말을 속삭여 내 울음을 그치게 했고 우리는 함께 키득거렸다. 어머니가 불을 껐고, 곧우리 모두 따뜻하고 땀에 젖은 한 덩어리로 뒤엉킨 채 잠이들었다. 나는 몇해가 지나서야 부모님의 은밀한 사생활을 방해했음을 깨달았지만 당황해봐야 이미 늦은 때였다.

곰곰 생각해보면 그런 일이 한 번뿐은 아니었던 듯하다. 그럴 때마다 부모님은 감정을 가라앉히고 나를 받아들였다. 아직 아기니까.

(코린과 마이클 멀베이니는 너무도 낭만적이었다! 우리가 자라는 내내 그랬고 모든 것이 달라진 그 시점까지 그랬다. 마이크 형은 부모님이 갓 결혼한 신혼부부처럼 애정표현을 하는 걸 당황스럽게 여기면서도 한편으로 재미있어하며 웃어넘겼다. P. J.는 부엌으로 들어가다가 부모님이 키스를 하고 있거나 라디오 음악에 맞추어 — 맞는 음악이거나아니거나 — 즉흥적으로 춤을 추고 있으면 완전히 당황해서 부루퉁하니 발길을 돌려 나와버렸다. 부모님은 가끔 그렇게 꿈꾸듯 전율하는 폭스트롯이나 그보다 빠르고 자유로운 지터버그를 추었고 가엾은 페더스는 새장 안에서 요란하게 울어댔다. 공공장소에서 만나도 마찬가지였다. 겨우 몇시간

떨어져 있었으면서도, 심지어 학교에서 열리는 금요일 밤의 풋볼 경기에서 백여명의 사람들이 한꺼번에 움직이는 가운데서도 아버지는 어머니에게 환한 미소를 지으며 "안녕, 여보!" 하고 인사를 건네며 어머니의 손에 부드럽게 입을 맞췄고, 그러면 매리앤 누나조차 질색하며 당혹감을 감추지 못했다. 한번은 어머니의 친구가 남편과 그런 사이를 유지하는 비결이 무엇인지 묻자 어머니는 목소리를 낮추어 이렇게 대답했다. "오, 그 남자는 내 남편이 아냐. 지금 둘이 어떻게 해보려는 중이지.")

비밀! 어릴 적에는 세상이 온통 비밀들로 수놓여 있으며 심지어 세상이 그것들을 통해 서로 결합되어 있는 듯한 기분이 들 때가 있다. 하지만 비밀들의 정체는 알 수가 없다. 애들 말대로 확실히는. 우연히 비밀을 발견하는 것은 마치 벽인 줄 알고 밀었던 것이 사실은 문이어서 쓱 열리는 것과도 같다. 문이 열리면 안을 들여다보게 되며 용감하고 무모한 아이라면 위험을 무릅쓰고 안에 들어가보기까지 할 것이다.

비밀에 관련된 또 하나의 기억이 떠오른다. 마이크 주니어가 고교 4학년일 때였는데 당시 그는 풋볼팀의 스타 선수로 지역신문에 자주 사진이 실리고 '뮬' 멀베이니란 이름이 군 내에서 제법 유명했었다. 아버지가 거실에서 문을 닫아놓고(우리집 거실 문은 닫혀 있는 법이 없어서 나는 그 방에 아예 문이 없는 줄 알고 살았음을 밝혀두어야겠다) 마이크 형과 P. J.를 데리고 얘기하고 있었다. 아래층에 내려갔다가 우연히 거실에서 새어나오는 소리를 들은 나는 평소엔 유쾌하고 익살스럽던 아버지의 목소리가 낮고 진지하고 흥분으로 떨리고 있는 것에서 레인저가 들어선 안될 비밀임을 직감했고 순간 호기심이 동했다. 나는 문가에 웅크리고 서서 귀를 기울였다. 아버지가 이렇게 말하고 있었다. "……난 그 여학생이 누군지는 관심 없다. 그 아이에 대한 사람들의 평판이 어떻고 그 아이가 자신을 어떻게 생각하는지도. 내 아들은 절대 그런 일에 연루돼선 안된다. 혹시 너희가 보는 데서 누가 여자를 거칠게 다루면 너희가 나서서 그 여자를 보호해라. 설령 그게 친구들을 등지는 일이 된다 해도, '친구들' 따윈 신경쓸 것 없다. 알겠니?" 아버지의 음성이 높아졌다. 아버지의 이마에 주름이 잡히고 턱에 힘이 들어가고 눈에서 불꽃이 이는 모습이 눈에 선했다. 그런 때 아버지의 눈에선 진짜 불꽃이 일었다! 그 눈길을 받으면 얼굴에 비비탄을 맞은 것처럼 따가웠다.

지금 생각해보면 아버지가 그토록 격노해서 얘기했던 그 일은 델라 레이 덩컨 사건이었음이 분명하다. 마운트 이프리엄 고교 풋볼팀 램스가 셔토쿼 군 고교 선수권대회에서 우승한 뒤 선수들 절반이 술에 취한 여학생과 '관계를 가졌다'는 소문이 시내에 파다했던 것이다.

이윽고 마이크 형이 애원하는 목소리로 말했다. "그렇지만 전 걔들이랑 같이 안 있었어요! 저, 전 나중에야 알았다고요." 그러자 아버지가 의심을 품고 물었다. "오 그래? 얼마나 나중에?" 마이크 형이 대답했다. "자, 잘 모르겠어요."
"한 시간? 오분?" "아버지도 참, 아니에요. 다음날일 거예
요." 마이크 형의 목소리는 약하고 겁에 질려 있었다. 나는
형이 거짓말을 하고 있는지도 모른다고 생각했다. 아니면
아버지가 하도 겁을 줘서 감정을 추스르지 못한 것인지도 모
른다. 나는 큰형인 뮬이 아버지에게 마치 열살 먹은 나처럼
말하고 있는 것에 매료되었다. 우리는 영원히 자라지 않는 걸
까? 하는 생각이 들었다. 이상하게도 그것이 위안이 되었다.

아버지와 마이크 형은 잠시 더 얘기를 나눴고, 이윽고 아
버지가 화가 누그러져서 말했다. "좋다, 마이키. 하지만 만
일 네가 그 일에 연루된 것으로 밝혀지면, 그때 네가 알고만
있었다고 해도 가만두지 않겠다. 알았지?" 마이크 형이 웅
얼웅얼 대답했다. "예, 아버지." 다행스러워하는 목소리였
다! 그동안 P. J.는 내내 놀라고 당혹스러운 마음으로 그 자
리에 함께 앉아 있었던 모양이었다. 그는 당시 겨우 열다섯
살이었고 나이에 비해 소위 '사회적 성숙도'란 것도 떨어졌
지만 아버지는 그에게도—당장 소용에 닿지는 않을지라
도—그런 교육이 필요하다고 판단했던 것이다.

아버지가 마무리를 지었다. "됐다, 얘들아! 오늘은 이 정
도로 충분해. 질문 있나?" 마이크 형과 P. J.는 없다고 웅얼
거렸다. "이 아비가 너희를 사랑한다는 거 알지, 응? 그것만
알고 있어라."

나는 아버지가 나오는 기척을 듣고 황급히 모퉁이에 숨
었다가 아버지가 사라지자 다시 까치걸음으로 문가로 갔다.

그곳에 두 형이 같은 사건의 목격자라도 되는 듯한 표정으로 서 있었다. 그들은 나를 보지 못했지만 그렇다고 내가 일부러 몸을 숨긴 것도 아니었다. 마이크 형은 눈을 문지르며 엄숙하면서도 흥분된 모습으로 고개를 저었다. "……아버지한테는 거짓말을 못하겠어. 진짜 이상하다니까. 거짓말을 하려고 해도 먹히질 않아. 아버지가 아는 것 같아서. 내 생각을 다 읽는 것 같다니까. 아버진 항상 내가 말하는 것보다, 내가 아는 것보다 더 많이 안다니까."

P. J.는 안경을 벗어서 셔츠 자락으로 닦고 있었다. 그가 짜증스럽게 말했다. "난 알지도 못하는 일인데! 왜 나까지 혼나야 하는 거야?"

마이크 형이 말했다. "넌 혼난 게 아냐. 뭣 땜에 혼나? 나도 혼난 게 아니고. 안 그래? 혼날 일이 없는데."

P. J.가 말했다. "걔들은 형 친구들이야. 내 친구들이 아니라. 난 걔들이 무슨 짓을 했는지도 모른다고."

"그건 나도 마찬가지야."

"아, 그러시겠지."

"그렇다니까." 마이크 형은 양손으로 머리칼을 쓸어올리며 서성거리고 있었다. 뒤에서 보니 아버지를 조금 닮은 것 같았다. 그가 슬픈 목소리로 말했다. "항상 말하는 것보다 아는 게 많다는 건 웃기는 일이야. 사람들이 다 그렇잖아. 우리가 말하는 건 항상 우리가 아는 것보다 적잖아."

"도대체 그게 무슨 뜻이야?"

"말한 그대로지! 만일 내가 '나는 친구들과 나갔고 우리는 X 지점에서 Y 지점으로, Y 지점에서 Z 지점으로 갔다'고 말한다면, 난 진실을 말하는 거지만 내가 알고 있는 것보다 적게 말하는 거라 이거야."

P. J.는 혼란스러운 표정이었다. 평소의 입장이 뒤바뀌어 마이크 형이 P. J. 식으로 말하고 P. J.는 불리한 듣는 입장에 놓인 것 같았다. "그렇지만…… 왜?"

마이크 형이 흥분해서 말했다. "왜냐면 어떤 말을 하는 건 어떤 한 가지 사실만을 밝히는 거니까. 예를 들어 '내 이름은 마이크 멀베이니다'라고 말한다면 나는 자신에 대해 알고 있는 것보다 훨씬 적게 말하는 거니까. 맞지? 내가 누군지 말하는 건 불가능해. 어디서부터 시작해서 어디서 끝내야겠어? 그래서 그냥 이름만 말하는 거지."

P. J.가 말했다. "우리가 하는 말은 다 그렇지, 안 그래? 우리는 아는 만큼 다 말하는 법이 없어."

"맞아! 그러니까 우리는 거짓말을 하는 거야. 거의 모든 말이 거짓말이고 우리도 어쩔 수가 없어."

"그래. 하지만 어떤 말은 다른 말보다 더 거짓말이지."

마이크 형은 그 말은 듣지 않은 듯했다. 그는 서성거림을 멈추고 문가를 바라보고 있었지만 나를 보고 있진 않았다. 그의 얼굴은 땀으로 번들거렸지만 그는 방금 무언가를 깨닫기라도 한 듯 갑자기 미소를 지었다. "괴상한 일이야. 내겐 새로운 발견이라고 할 수 있지. 그러니까 난 평생 많은 진실을 말하지 않을 거고 심지어 진실이 뭔지도 모르고 살 거란 뜻이잖아. 그리고 확실히 난 아버지가 이미 알고 있지 않은 것에 대해서는 아버지께 말할 수 없을 거야."

P. J.가 코웃음을 쳤다.

나중에 나는 골동품 창고에 있는 어머니에게 무슨 일이
냐고, 아빠가 형들에게 무슨 얘기를 한 거냐고 물었고 어머
니는 전혀 모른다고 대답했다. "아빠한테 직접 여쭤보지 그
러니, 레인저?"

나는 대신 매리앤 누나에게 물었다. 매리앤 누나는 모른
다고 재빨리 대답했다.

아무것도.

드러나는 비밀

"코린! 안녕하세요."

심부름으로 정신없이 뛰어다녀야 하는 수요일 아침, 의사 사모님 베순 부인이 미소 띤 얼굴로 손을 흔들며 다가오고 있었다. 마운트 이프리엄 우체국에서였다. 베순 부인은 코린의 친구는 아니었다.

계속 움직이는 거야. 속도를 줄이지 말고. 그럼 피할 수 있어. 코린은 스스로에게 그렇게 말하며 베순 부인을 향해 애매한 미소를 지으며 한 손을 들어 보였다. 반갑다는 뜻인지 아니면 황급한 작별인사인지 알 수 없었다.

리디어 베순은 멀베이니 가족이 삼년 전부터 속해 있는 마운트 이프리엄 컨트리클럽의 핵심인물 중 한 사람으로 늘 완벽한 차림을 고수했으며 코린은 그렇게 매력적이고 잘난 여자들을 보면 그들의 존재 자체가 자신을 비난하는 듯한 기분이 들었다. 리디어는 평일 아침에도 코린처럼 모직 바지와 꼬질꼬질한 파카를 걸치지 않고 적갈색으로 물들인 아름답고 부드러운 '인조' 토끼털 재킷과 방금 전에 광을 낸 듯 반짝거리는 비싼 가죽부츠 차림으로 다녔다. 머리는 미용실에서 염색한 세련된 짧은 금발이었고 화장은 흠잡을 데가 없었으며 분홍 립스틱을 칠한 입술 양쪽으로 가느다란 웃음 주름들이 주인을 올려다볼 때 흥분으로 미세하게 떨리는 머핀의 수염처럼 뻗어 있었다. 리디어는 마운트 이프리엄에서 자주 눈에 띄는 인물이고 자선활동에 적극적이었으며 물론 코린이 속한 마운트 이프리엄 종합병원 여성 보조단체에도 열심히 나왔다. 그녀의 딸 프리씰러는 패트릭과 같은 반으로 침울한 미소를 지닌 화려한 여학생이었는데, 예쁘다는 건 코린도 인정했지만 코린은 그녀가 자신의 딸이 아닌 걸 하느님에게 감사했다.

안으로 열리는 우체국 문이 쉴새없이 움직이면서 손님들이 들어오는 탓에 코린은 탈출로가 막히고 말았다. 잠시 서서 리디어 베순과 수다를 떨 수밖에 없었다. 코린은 리디어가 선의를 지닌 좋은 여자란 건 알았지만 향수 냄새와 함께 풍기는 그녀의 자기도취적 분위기가 불쾌하고 거북했다.

"코린, 어떻게 지내요?"

"글쎄요, 늘 바쁘죠 뭐."

"바트가 클럽에서 마이클을 자주 본다고 하더군요. 특히 스쿼시장에서. 저도 가끔, 일주일에 한 번 정도 거기서 점심을 먹어요. 하지만 코린은 거기서 본 적이 없네요."

코린은 웅얼거리며 변명을 했다. 그녀가 마운트 이프리엄 컨트리클럽에 거의 발걸음을 하지 않는 건 사실이었다. 마이클이 연회비를 600달러씩이나 꼬박꼬박 갖다바치고 있는데도 말이다. 그녀는 포근한 날씨에 골프를 즐기는 사람도 아니고 테니스 코트에 갈 일도, 야외나 실내 수영장을 사용할 일도 없었다. 운동이 필요하면 산더미 같은 집안일과 농장일을 하면 되었다. 무엇보다 그녀는 한가로이 클럽에서 '점심'을 먹을 사람이 아니었으며 그럴 생각만 해도 웃음이 났다. 잔뜩 차려입고 나가서 리디어 베순 같은 사람들과 비싼 점심을 먹는 것! 그거야말로 결코 코린 멀베이니의 스타일이 아니었다. 그녀에겐 몇주에 한번씩 마이클의 강요로 토요일 저녁 클럽에서 부부동반으로 다른 한두 쌍의 부부와 식사를 하거나 아이들까지 모두 데리고 일요일 브런치 식사를 하는 것이 클럽 나들이의 전부였다. 그것마저 매번 마지못해 응했으며 하기 싫은 일을 억지로 하는 사춘기 아이처럼 입을 옷이 없다느니, 머리가 엉망이라느니, 그런 사람들과 할 얘기가 없다느니 불평을 늘어놓았다.

그러면 마이클이 나무랐다. 말도 안되는 소리 마오. 우리도 그런 사람들이오.

리디어 베순이 수다를 떨며 미소를 지었고, 코린은 그 미소가 너무 억지스러워서 불편했다. "프리씰러가 그러는데 매리앤이 댄스파티에서 정말 예뻤다더군요. 신문에 난 사진 봤는데……"

"아, 예." 코린은 얼굴이 화끈거렸다. 딸은 곧 자신이나 마찬가지였기에 그녀는 그런 찬사에 몸 둘 바를 몰랐다.

"사진은 찍어뒀겠죠?"

"아, 예."

"그리고⋯⋯" 리디어는 조금 난처한 듯 숨을 죽였다. "가족들은 어때요?"

"저희 가족요?" 코린은 아무 생각도 나지 않았다. "글쎄요, 제가 알기론 잘 있는데요."

이 얼마나 어색한 대면인가. 코린은 한 팔에 묵직한 식료품 봉지를 끼고 다른 팔에는 도서관에서 빌린 책들이 가득한 커다란 손가방을 든 채 균형을 유지하며 초라하게 서 있었다. 파카 모자가 뒤로 미끄러져 머리를 기울이고 리디어 베순을 보아야 했으며 대화가 계속 이어진다면 모자를 아주 벗는 게 예의였다. 하지만 그녀는 어서 도망치고 싶었다! 리디어가 유방에서 종양을 제거한 지인 얘기를 꺼냈고 코린은 그렇다고, 그게 악성이 아니라니 플로런스는 운이 좋은 거라고 웅얼거리며 문 쪽으로 조금씩 움직였다. 그러다 손목시계를 흘낏 보고 조그맣게 비명을 질렀다. "오, 이런! 주차비!"

그렇게 코린은 다소 무례하게 도망쳐나왔다. 뒤에서 리디어 베순이 잘 가라고 외쳤으나 그녀는 손만 흔들고 돌아보지도 않았다.

이게 뭐하는 짓이란 말인가! 코린은 나일론 파카 속에 땀이 밴 걸 알아차렸다. 양쪽 손바닥에도 1달러짜리 동전만하게 땀이 나 있었다.

우린 그런 사람들이 아냐!

코린은 마운트 이프리엄 컨트리클럽과 관련된 모든 사람이, 모든 것이 불편했다. 그리고 그런 불편을 느낄 때마다 화가 치밀었다.

물론 그녀는 애초에 거기에 입회할 생각이 없었다. 전부 마이클 씨니어가 벌인 일이었다.

마이클은 이미 마운트 이프리엄 상공회의소에 소속되어 수년간 젊고 박력있고 활동적인 회원으로 활동하고 있었으며 박애주의 정신에 입각한(그리 충분하진 못할지라도) 비밀공제조합에도 속해 있었고 '사교적이고 사업적인' 필요에 따라 셔토쿼 스포츠맨 클럽에도 몸담고 있었다. 하지만 스스로 인정하고 싶어하는 것보다 더 오랜 세월(최소한 십오년 이상) 마운트 이프리엄 컨트리클럽 회원으로 받아들여지기를 간절히 염원하며 살아왔다. 마운트 이프리엄 컨트리클럽은 가장 '엄선된' ─ 가장 '권위있는' ─ 그리고 분명 가장 비싼 단체이며 마이클 멀베이니가 친구로 여기는(어쨌든 친분이 두터운 건 사실인) 보즈웰, 머써, 매킨타이어, 스포어, 런트, 프링글, 브로이어, 베순 같은 명망과 재력을 갖춘 이들이 속해 있었기 때문이다. 사실 셔토쿼 군에는 명문가가 그리 많지 않았고 마운트 이프리엄에는 더 적었으며 마이클 멀베이니는 그들을 잘 알고 있었다. 그들 역시 그를 알고 좋아했으니 그가 그들과 **동등**하다고 주장하는 건 과장이라고 볼 순 없었다. 마이클은 자신이 마운트 이프리엄 컨트리클럽 회원이 될 자격이 있다고 믿어 의심치 않았다. 그는 그곳에서 골프를 치고, 가족들을 일요일 브런치 뷔페에 데려가고, 골프 코스가 내려다보이는 우아한 아트리움(가운데 천장이 꼭대기까지 뚫린 건물의 중앙 홀—옮긴이) 식당에서 저녁을 먹고, 마음이 통하는 친구들과 포커를 하고, 자녀들이 테니스 치는 걸 지켜보고, 퇴근 후 잠시 들러 클럽 내의 양키 두들 술집에서 씨가를 피우며 한잔할 자격이 있었다. 그는 오로지 사업적인 목적을 위해서라고 주장했지만 코린은 그건 일부일 뿐이며 가장 큰 동기도 아님을 잘 알고 있었다.

그녀는 남편을 좀더 이해해주었어야 했다! 피츠버그의 노동자 계급 가톨릭 집안의 의절한 아들 마이클 멀베이니는 소도시에서일망정 '이름있고 존경과 사랑을 받는', 땅과 돈과 명망을 갖춘 미국의 사업가로 스스로를 재창조하고 있었다. 사춘기를 지나면서 고독한 삶을 살았던 그는 이제 엄연한 '가장'이었다. 그는 마운트 이프리엄 근동에서 갑부는 못 될지라도 '부유한 계급' '일종의 시골 지주'가 될 가능성은 있었다. 설령 그렇게 못될지라도 그런 사람들의 친구나 그들과 친분이 두터운 사이나 사회적으로 동등한 관계가 될 수는 있었다. 코린은 처음엔 서툴게 남편을 놀렸다. "여보, 우리만으론 충분치 않아요? 당신 가족과 동물들만으론? 하이포인트 농장과 그 융자금만으론?" 그러나 마이클은 인상만 쓰고 웃지 않았다. 1970년대 들어 해마다 3월 12일경에 컨트리클럽 회원 위원회가 투표로 선출할 신입회원 후보를 추천하면서 마이클 멀베이니를 간과할 때마다 그는 위로받을 기분이 아니었다.

그럴 때마다 코린은 속으로 안도하면서도 겉으로는 분개하는 척했다. "그 속물들! 거드름이나 피우는 이기적인 속물들! 뭘 신경써요? 우리가 당신을 사랑하는데."

마이클은 짜증스럽게 어깨를 으쓱하고 외면했다. 지금은 휘슬에게 키스를 받을 기분이 아니었다. 포옹도. 농담도. 다 귀찮았다.

코린은 남편이 작업복 차림으로 건초단을 끌거나 물양동이를 들고 마구간으로 들어가는 모습을 볼 수 있었다. 아들들을 데리고 뒤쪽 목초지에서 말들을 훈련시키기도 했다. 새벽같이 일어나 마구간을 청소하고 말들을 먹이고 목욕시키고 털을 빗겨주기도 했다(그건 아이들이 제일 싫어하는 고된 일이었다). 마이클은 그렇게 마구간에서 일로 마음을 달랬다. 저토록 상처받고 저토록 분노하다니. 코린은 충격에 젖었다. 마이클 멀베이니에겐 가족만으로 충분치 않다는 깨달음이 그녀의 심장을 꿰뚫었고 그녀를 무기력하고 혼란스럽게 했다.

그러다 1973년 3월, 클럽에서 전화가 걸려오고 이어 우스꽝스러울 정도로 거만한 등기편지가 날아들었다. 마이클 멀베이니를 받아들인다는.

(마이클의 후원자가 그의 오랜 친구이며 사업 협력자이며 비밀공제조합 동료회원인 모턴 프링글이란 사실은 비밀이 아니었다. 모트는 셔토쿼 퍼스트 은행 수석법률고문으로 멀베이니 지붕회사에 일을 맡겼다가 마이클에게 반해 그를 자신의 부자 친구들에게 추천했다. 나중에 마이클은 자신이

마운트 이프리엄 컨트리클럽에 만장일치로 받아들여진 것이 아님을 우연히 알게 된다. 모트 프링글에 대한 존경심과 실제로 마이클이 마운트 이프리엄에서 좋은 평판을 받고 있다는 사실 때문에 아무도 반대표를 던지진 않았지만 몇사람이 투표에 참여하지 않았다. 그들은 기권으로 기록되었다.)

코린은 남편이 컨트리클럽 회원으로 받아들여진 것이 기쁘지 않았고 드디어 뜻을 이루어 감격에 젖은 남편이 못마땅했다. 자존심을 어디다 팽개쳤단 말인가? 인격은? 어렵게 번 돈을 어떻게 그런 데('입회비'가 2,500달러에 연회비가 600달러였다!) 낭비하고 싶어할 수가 있지? 건강하고 활동적인 네 아이에게 드는 비용은 말할 것도 없고 하이포인트 농장 유지비도 무시무시했다. "우린 마운트 이프리엄 컨트리클럽에 들지 않고도 이십년 가까이 잘 살아왔어요. 그런데 왜 지금 거길 들어요? 누가 원하기나 한대요?" 코린이 따졌다.

하지만 마이클 멀베이니는 원했다.

민주당원이며 자유주의자이고 자신과 하느님 사이에 누가 끼어드는 걸 절대 용납하지 않는 개신교도인 코린은 클럽이 비미국적이고 비기독교적이고 비도덕적이라고 주장했다. "백인만 받으니까요! 남자만 받고! 여자들은 남편이나 남자 친척의 부속물로서만 들어갈 수 있죠!"

"그래서?" 마이클이 말했다.

"그래서라뇨? 이해 못하겠어요?"

"코린, 거긴 사적인 클럽이오. 클럽회관이 필요한 친구들끼리 모인 곳이란 말이오. 1925년에 처음 생겼을 때 회원이 겨우 열두명이었고 그들 모두가 친구 사이였소. 그러니 결국……"

"그만! 내 귀를 믿을 수가 없군요! 당신이, 마이클 멀베이니가 편협한 고집쟁이에 성차별주의자에 속물이라니."

"도대체, 코린…… 나도 여성 원예클럽이나 유권자 여성연맹에 못 드는데……"

"여성 유권자연맹이에요."

"나도 흑인 우애회나 로마가톨릭 우애공제회엔 들 수 없소. 유대인들만 들 수 있는 컨트리클럽, 이딸리아계 미국인만 드는 클럽도 있는데 대체 뭐가 문제라는 거요?"

"비미국적이에요. 그게 문제라고요!"

"아니, 미국적이지. 모든 단체와 사적인 클럽, 심지어 비밀 클럽까지도. 어떤 친구들을 원하는지 스스로 결정하는 거니까."

"'친구들'? 그건 곧 사람들을 배척하는 것이기도 해요. 그건 잔인하고 차별적이에요. 그들이 당신을 몇년 동안 기다리게 했는지 생각해봐요. 그동안 당신에게 얼마나 상처를 줬어요? 당신이 그렇게 애썼는데도……"

마이클이 열을 내며 말했다. "내 얘긴 꺼낼 것 없소! 우린 지금 원칙에 대한 얘기를 하고 있는 거니까. 기본적인 원칙 말이오. 친구들끼리 모일 수 있는."

"다른 사람들을 배제하고 자기들끼리만 모여서 자기계발을 하고, '사업'을 하고, 술을 마시고, 컨트리클럽에서 요란한 술파티를 벌인다는 얘기를 들었어요."

"코린, 술은 누구나 마시는 거요. 마시고 싶은 사람은 누구나. 우리 친구들도 마시고."

"당신 친구들이겠죠."

"당신 친구들이기도 하지! 술 마시는 건 컨트리클럽 사람들만의 특권이 아니오."

"마이클, 그 웃기는 클럽은 우리 가족 중 둘을 차별하고 있어요! 매리앤과 나는 '여자'라는 이유만으로 정문으로 들어가지도 못한다고요! 정문 옆에 있는 '가족 출입문'으로 들어가야 하죠. 그걸 알고나 있었어요?"

둘은 그렇게 입씨름을 벌였다. 몇날 며칠을. 일주일을. 싸움은 확 타올랐다가 수그러들었다. 그러나 방심할 수 없는 늪지의 불처럼 겉으론 꺼진 것처럼 보여도 사실은 땅속으로 숨은 것이었다. 코린은 골이 나서 빈정거렸다. 코린은 도덕적, 정신적 혼란에 빠져 있었다. 그녀는 자신이 옳다는 걸 알았다. 알고 있었다! 하지만 아이들도 그녀 편에 서려고 하지 않았다. 그리고 어느날 매리앤이 천진한 한마디 말로 그녀의 마음을 움직였다. "엄마, 아빠가 행복해지기를 바라지 않으세요? 우린 바라는데."

매리앤까지도 마운트 이프리엄 컨트리클럽에 들고 싶어했다. 아니, 매리앤이 특히 더 그랬는지도 모른다. 거기 들어 있는 친구들이 많았으니까.

그래서 깨끗이 승복할 줄 아는 코린은 마이클을 위해 축하 카드를 사서 아이들에게 서명을 시키고 개와 고양이 들

이름에 흐릿하게 번진 발도장까지 찍은 다음 괄호를 치고 마지못해 승복하긴 했지만 여전히 내 의견을 바꾸지는 않아요라는 경고를 담았다. 그리고 언제나 당신을 사랑하는 '휘슬'이라고 서명해서 샴페인 한 병과 함께 멀베이니 지붕회사로 보냈다.

그렇게 마이클 멀베이니는 1973년 5월의 어느 저녁 마운트 이프리엄 컨트리클럽에 입회했다. 그리고 즉시 열성적이고 활동적인 회원이 되어 클럽을 위한 일에 시간과 노력을 아끼지 않았으며 건물 유지보수, 배관, 홍보 관련 일에 유용한 조언을 내놓았다. 너희 아버진 선거에 출마라도 한 사람 같구나. 코린은 사교가로 변신한 남편에 대해 아이들에게 그렇게 빈정거렸다. 일요일 브런치 모임에서 닻 문양의 황동 단추가 달린 짙은 남색 블레이저 재킷에 밝은 격자무늬 넥타이 차림으로 아트리움 식당 안을 돌아다니며 새 친구들을 소개받고 악수를 나누고 너털웃음을 터뜨리고 그에게 반한 게 분명한 — 물론 다들 매우 순수한 감정이겠지만(당연히!) — 여자들과 시시덕거리고 있는 사교적인 마이클 멀베이니의 모습을 지켜보며 코린은 마운트 이프리엄 컨트리클럽이 남편을 기쁨으로 빛나게 하고 있음을, 하이포인트 농장은 그 아름다움에도 불구하고 남편을 그렇게 행복하게 해줄 수 없음을 한숨과 함께 인정했다.

난 그에게 실망한 것일까? 그래, 조금은.

코린도 멀리서 보이는 클럽의 모습에 감탄하는 건 사실이었다. 조각해놓은 듯한 완만한 구릉지에 펼쳐진 골프 코스가 한눈에 내려다보이는, 자연석과 새하얀 미늘벽으로 된 식민지풍 건물. 전나무 가로수가 줄지어 선 자갈 깔린 진입로. 그리고 그 입구의 험악한 표지판. 마운트 이프리엄 컨트리 클럽 회원 및 손님 외 출입금지. 물론 클럽에는 좋은 사람들이 수없이 많았다. 클럽 회원임을 떠나서 그녀가 잘 알고 매우 좋아하며 그녀를 좋아해주는 사람들. 다만 그녀는 클럽에 대한 편견을 극복할 수 없었다. 클럽 밖에서라면 얼마든지 존경할 수 있는 사람들도 무슨 이유에선지 클럽 안에서는 존경할 수 없었다. 예수 그리스도라면 그런 환경에서 어떻게 적응했을까? 그분도 해마다 회원 가입이 거부되었을까? 코린은 점차 클럽에 가는 횟수가 뜸해졌고 마이클이 억지로 끌고 갈 때만 마지못해 응했다. "엄마, 노력도 안하잖아요." 그녀의 영리한 자녀들이 항의했다. 하지만 왜 노력을 해야 하는가? 코린 멀베이니가 거짓된 모습을 보이면서까지 좋은 인상을 주려고 노력해야 할 대상이 누구란 말인가? 리디어 베순 같은 여자들이 그녀에게 살갑게 구는 건 사실이었지만 그건 필시(거의 확실히) 동정심 때문일 것이며, 그녀는 자신을 훑어보며 평가하는 그들의 눈길을 느낄 수 있었다. 아무리 다른 사람처럼 보이려고 애써봐야 코린 멀베이니는 촌스러운 농장 아낙일 뿐이며 멜빵 달린 작업복 바지나 진바지, 폴리에스테르 바지나 반바지가 어울렸지 파스텔 색조의 면 옷이나 리넨 치마, '세련된' 검정, 우스꽝스러운 굽과 요란한 끈이 달린 신발은 맞지 않았다. 그녀는 마운트 이프리엄 컨트리클럽에서 비참했다. 가족들에겐 그게 보이지 않는단 말인가? 마이클은 그녀가 '끝내주게 매력적인 여자'라고 주장하며 몇마디를 덧붙여서 그녀를 더욱 비참하게 만들었다. 당신도 머리를 짧게 해보지 그러오. 화장도 좀 하고. 하다못해 립스틱이라도. 더 많이 웃고. 새 옷도 좀 사입고. 매리앤은 이렇게 말했다. "엄마는 클럽의 엄마 또래 아주머니들만큼, 아니 그중에서 제일 멋져요." 가족들이 그 뻔한 거짓말에 폭소를 터뜨리자(코린이 제일 크게 웃었다) 매리앤은 얼굴을 붉히며 황급히 덧붙였다. "제 말은 엄마가 누구 못지않게 멋지다는 뜻이에요. 정말이에요."

웃음이 많은 멀베이니 가족은 그 말에 다시 야유 섞인 웃음을 터뜨렸다.

그런 생각에 혼자 쓴웃음을 짓고 있던 코린은 갑자기 리디어 베순이 ─ 또! ─ 앞에 나타나자 소스라치게 놀랐다. 코린은 보도에 우뚝 멈춰서서 그녀를 쳐다보았다. 뭐지? 도대체 의사 사모님 베순 부인이 나한테 원하는 게 뭐지? 적갈색 토끼털과 윤기 흐르는 멋진 금발과 눈부신 화장으로 남의 기를 죽이면서? 베순 부인은 코린이 금세라도 도망칠 기세임을 알고 불편한 미소를 지으며 말했다. "코린, 잠깐만요. 당신 딸에 대해 할 말이 있어요."

코린은 눈을 깜짝이며 리디어 베순을 바라보았다. 코린의 반짝이는 푸른 눈동자가 빛을 잃고 멍해졌다. 그녀는 앞에 선 여자가 낚아채기라도 할 것처럼 손가방을 꽉 움켜쥐고 있었다. "무, 무슨 일인데요?"

리디어 베순은 침을 꼴깍 삼키고 미안해하며 말했다. "글쎄요, 저도 잘은 몰라요. 프리씰러한테 들은 말이라…… 그, 그리고 우연히 학교 밖에서 매리앤을 봤어요. 수업시간에 요. 그래서 궁금해서…… 무슨 일 있나요?"

코린이 침착하게 물었다. "매리앤을 어디서 보셨나요?"

"쎄인트앤 성당에서요. 아시죠, 베이베리에 있는. 어제 오후에 볼일이 있어서 갔다가 봤어요. 그리고 오늘도 아침 11시경에 우연히 매리앤이 그리 들어가는 걸 봤어요." 리디어는 사춘기 딸을 둔 엄마들끼리 주고받는 미소를 보냈으나 그녀의 반짝이는 분홍빛 미소는 젖은 화장지처럼 분해되었다. 두 여자는 속마음이 그대로 드러난 곤혹스러운 눈길로 서로를 응시했다.

코린은 입술을 깨물며, 목소리가 떨려나오지 않도록 애쓰며 말했다. "그래요. 고마워요, 리디어. 정말 고마워요."

코린은 쎄인트앤 성당으로 차를 몰고 가며 차분히 생각했다. 이렇게 남을 통해 알게 되는구나.

아기들

기억은 흐려진다. 바로 그거다. 만일 기억이 흐려지지 않는다면 자신을 갈가리 찢는 그런 일을 되풀이하는 바보 같은 용기를 지닐 수가 없다.

Labor(labor는 '노동'과 '출산'이라는 뜻을 함께 지닌다—옮긴이)는 그것의 적절한 명칭이다. 그건 정말 노동이기 때문이다. 씨멘트 벽돌을 잔뜩 실은, 바퀴 세 개가 진창에 박혀 꼼짝하지 않는 마차를 언덕 위로 밀어올리는 것과 같다. 출산하는 암퇘지처럼 끙끙대고 땀을 흘리며 용을 쓴다. 날카로운 신음소리와 함께 마치 장갑처럼 몸을 훌러덩 까뒤집는 믿지 못할 근육의 뒤틀림이 일어난다. 그러다 갑자기—아무리 오래 산고를 치렀어도 그건 늘 갑작스럽다—아기가 터널을 빠져나와 눈을 뜰 수 없을 정도로 환한 빛 속으로 들어선다.

왔다, 여기 나왔다, 오! 여기! 내가! 나왔다!

남편 마이클 멀베이니가 큰 이빨을 갈면서 싱긋 웃었다. 그의 얼굴에 맺힌 땀방울이 반짝이는 투명한 벌레들 같았다. 그리고 그의 핏발 선 눈! 열여덟 시간이나 잠을 못 잤다. 힘줘! 힘줘! 히이이임! 그와 간호사가 미친 치어리더들처럼 외쳐댔다. 젊은 남편의 이마에 불거진 핏줄이 금세라도 터져버릴 듯 위태로웠다. 코린 사랑해, 사랑해 사랑해 사랑해, 내 사랑 내 사랑! 내 사랑! 힘줘!

그리고 갑자기 아기가 그녀의 몸에서 나와 장갑 낀 손으로 들어갔다. 아기! 그녀는 벌써 고통을 거의 잊었다. 그것이 출산이라는 고난과 야단법석의 매력이 아니던가. 꿈틀거리는, 빨갛고 미끌거리는 바다생명체 같은 아기가 물이 아닌 공기 속으로 들어올려졌다. 그런 폐의 힘은, 그런 우렁찬 울음소리는 어디서 나온 것일까? 아기가 자궁 속에서부터 그렇게 요란하게 울기 시작했던 거라면? 코린은 몽롱하고 멍한 상태에서 그런 생각을 하며 웃었다. 온통 까진 손마디로 입을 틀어막고 웃고 울었다. 오 하느님, 제가 자격이 있나요? 실수로 잘못 주신 건 아니신가요?

코린은 네 차례 출산을 했다. 그러나 횟수가 거듭된다고 더 현명해지지 않았다. 오히려 출산할 때마다 자신은 너무도 한 일이 없는데 그런 엄청난 결실을 거두는 것이 더욱 불합리하게 여겨졌다. 그녀와 마이클 멀베이니는 아기들을 맡겨도 될 만큼 그렇게 훌륭하고 강하고 똑똑하고 깊이가 있는 사람들일까?

1954년 3월 로체스터 병원에서 첫 출산을 하던 날, 도취감이 약기운처럼 그녀를 휘감았다. 그녀의 품에 안긴 빨갛고 미끌거리는 아기. 아들이었다. 아들! 마이클 주니어! (실제로 코린은 약에 취해 있었던 것일까? 그게 뭐더라…… 데메롤? 용감하고 힘이 넘쳤던 그녀가 의사에게 진정제는 사양한다고, 그런 건 필요 없다고 말했는데도 불안해하는 남편과 의사가 공모해서 몰래 진정제를 투여한 것은 아닐까? 분만이 길어질 것을 예상하고 산모의 비명이 적정 데시벨을 유지하도록 그렇게 한 게 아닐까?) 그리고 그곳에 그녀의 남편 마이클 멀베이니가 있었다. 만난 지 몇달 만에 결혼했고 자신의 목숨보다 더 사랑하는 남자. 코린은 그가 받아줄 것을 믿고 자신의 삶을 과감히 공중으로 던질 수 있었다. 그리고 그를 위해 발길질하며 우는 이 놀라운 아들을 낳았다.

코린은 끈적이는 침구에 누워 조그만 아기를 품에 안고 농담을 했다. 그녀와 남편은 늘 유머가 넘쳤고 간호사들을 웃기는 이인조 코미디언이었으니까. "마이클 멀베이니, 당신이 날 어떻게 만들었는지 봐요!"

그들은 법적으로 결혼한 부부였다. 그러나 코린은 전당포에서 결혼반지로 산 장식 없는 닳은 금반지를 몇달 전에 손가락에서 뺐다. 손가락이 너무 부어서 아예 뺄 수 없게 될까봐 두려워서였다. 산부인과 병동의 산모 중에 반지를 끼지 않은 산모는 그녀뿐이었다. 장난기가 동한 마이클은 그방에 있는 사람들이 다 들을 수 있도록 큰 소리로 대꾸했다.

"그럼 이제 자기와 결혼해야 되겠군, 응?"

그곳에 있던 사람들의 표정이란!

그렇게 코린은 처음으로 엄마가 되었다. 엄마가 된 감격과 흥분으로 약간 제정신이 아닌. 그녀는 의사에게 유식하게 '빨기 반사' '결속본능' 따위의 임상인류학적 현상에 대해 언급하여 권위를 세우고 싶었다(누구나 권위자들의 인정을 받고 싶어하지 않는가). 그녀는 잘 알지도 못하는 의사에게 똑똑한 인상을 주고 싶었다. 비록 프리도니아 주립대학 3학년 때 결혼을 위해 중퇴하긴 했지만 그래도 엄연히 대학을 다니지 않았던가. 그녀는 같은 병동에 있는 겨우 열일곱, 열여덟살 먹은—어린애에 불과한—미성숙한 산모들과는 달랐다. 그녀 코린 멀베이니는 스물세살이 다 된 성숙한 젊은 부인이었다.

그녀는 걸음을 옮기려는 의사의 소매를 붙잡았다. "선생님, 잠깐만요! 한 가지만요!" 그녀의 숨찬 목소리에 의사는 빙긋 웃었다. "예?" 그녀는 급히 더듬거리며 물었다. "서, 설마 하느님께서 실수하신 건 아니겠죠, 그렇죠? 하느님이 마음이 바뀌어서 우리 아기를 도로 데려가시는 건 아니겠죠?"

세번째로 태어난 외동딸 매리앤은 기적의 아기였다.

그런 아기는 한 번밖에 얻지 못한다. 그것도 운이 좋아야 한다. 대부분의 사람들은 그런 행운을 누리지 못한다(그러니 너무 뽐내선 안된다). 코린과 마이클 멀베이니는 딸이 태어났을 때 아직 이십대의 젊은 부모였지만 그걸 이해한 듯했다. 1959년 6월의 일이었다.

이미 그들에겐 두 아들이 있었다. 두 아들! 하지만 마이클 주니어와 패트릭 조지프가 태어난 그 순간부터 작고 늘어진 성기만큼이나 분명한 남성적 자아를 지닌 고집쟁이 울보 떼쟁이로 부모와 기싸움이라도 벌이듯 밤새 울어댔다면("안 아줘요! 배고파요! 거기 있는 거 다 알아요!") 매리앤은 순하고 착하고 우호적인 천사표 아기였다. 마이클 씨니어는 아기가 우리 편인 것 같다고 말했다. 매리앤은 병원에서 하이포인트 농장으로 데려온 지 2주도 안되어 밤에 일곱 시간을 내리 자서 피곤에 지친 엄마 아빠를 일곱 시간이나 푹 잘 수 있게 해주었다. 코린과 마이클은 서로를 보며 빙긋 웃었다. "왜 진작 이런 아기를 못 낳았던 거지?"

그렇다고 그들이 아들들을 사랑하지 않은 건 아니었다. 아들들도 사랑했지만 방식이 달랐다.

아들들은 요람에 있을 때부터 예측 불가능한 동물적 에너지가 넘쳤다. 젖이 가득한 코린의 묵직한 가슴을 할퀴고 멍들게 해놓고도 추파를 던지며 사랑을 요구했다. 그래도 날 사랑해줘요! 잠을 잘 때조차 요란했다. 특히 패트릭의 첫 6개월은 대단했다. 부딪히고 깨지고 부서지는 소리, 귀를 찢고 가슴을 찢는 울음소리가 끊이지 않았다. 목욕물 속에서 발길질을 하며 물을 튀기고 먹기를 거부하고 기저귀를 갈 때면 싫다고 얼굴이 시뻘게져서 해변에 올라온 상어새끼처럼 파닥거렸다.

맏이로 태어난 가장 큰 아기(체중 4.13킬로그램)인 마이키 주니어는 가장 먼 기억 속의 아기였다. 그는 마운트 이프리엄이 아닌 로체스터에서, '대도시'의 병원에서 태어났고 다른 아기들처럼 하이포인트 농장이 아니라 도심 근처의 거의 슬럼화된 동네에 있는 세든 복충아파트로 데려갔다. 돌이켜보면 도시의 거친 불빛과 자동차 소음, 잦은 싸이렌 소리, 한밤중에 들려오는 남자들의 단절되고 모호한 외침 속에 아기를 내던진 것 같았다. 가끔은 마이키가 자신들이 아닌 다른 사람들에게서 태어난 것 같은 기분도 들었다. 자신들이 진정으로 아이를 원하는지 아직 판단을 내리지 못한, 서로에 대한 열정으로 벌인 이 모든 일이 진지한 현실이라는 확신을 갖지 못한 서툴고 겁에 질린 젊은 부모에게서.

마이클 주니어, 마이키 주니어, 빅 가이, 장차 '물'과 '넘버 4'로 불릴 아이. 천생 사내아이. 태어날 때부터 섬뜩할 정도로 아빠(스물여섯살의 겁에 질린 젊은 아버지)를 빼닮은 아이. 들창코, 각진 턱, 가깝게 붙은 따스한 초콜릿색 눈, 대팻밥 같은 암적색 고수머리. 키스하면 설탕으로 변하는 호전적인 입. 마이키는 돌이 되기 전에 복충아파트 계단 난간 사이에 머리가 끼여 질겁한 아빠가 난간 하나를 제거해서 구해내야 했다. 땅벌을 손으로 잡았고(물론 쏘였다) 고양이에게 달려들었다가 오른쪽 눈 위를 긁혔으며 엄마에게 하도 매달려서 몸이 한쪽으로 기울고 만성적인 목 통증에 시달리게 했다. 처음 배운 말은 부모의 경고를 익살맞게 흉내낸 마이키! 아기! 안돼애애!였다. 이가 나면서부터는 굶주린 설치동물처럼 신문을 갉아먹고 아기침대 난간을 갉아대고 토스터 전선을 물어뜯었다. 토스터 전원을 빼놓은 것이 천만다행이었다. 아빠를 닮아 기계에 관심이 많아서 금세 라디오, 텔레비전, 세탁기 켜는 법을 익혔고 냉장고 플러그를 뽑아 음식을 상하게 만들고 아빠 재킷 주머니에서 동전을 꺼내 바닥에 굴리며 꺅꺅 소리를 질러댔다. 스토브나 오븐을 켜고 성냥개비를 그어 불을 붙이는 더 위험한 짓도 했다. 누가 찾아오면 엄마를 '보호하겠다고' 나서는 재롱도 피웠다. 그러다 시골로 이사가자(방이 많은 낡은 집과 부속건물들과 들과 숲은 활동적인 아이에겐 그야말로 낙원이었다) 부모의 감시망을 벗어나는 버릇이 생겨 놀이울에서 빠져나가 지칠 줄 모르는 호기심으로 개처럼 코를 킁킁거리며 여기저기 돌아다녔다. 그러면 코린은 "마이키! 마이키 어디 있니!" 하고 외치며 종종걸음을 쳤다. 두살 때는 코린이 정원에서 일하고 있는 사이에 사라져서 집안을 발칵 뒤집어놓은 뒤 구십 분 만에 발견되기도 했다. 마이키는 질식할 듯 덥고 캄캄한 건초창고 한구석에서 평화로이 잠들어 있었다. 코린은 마이키 주니어의 입맛이 포키 피그(루니툰 만화에 등장하는 돼지 캐릭터—옮긴이)만큼 까다롭다고 우스갯소리를 했다. 사실 마이키는 무쇠 위장이라도 가진 것처럼 문제가 있는 음식(예를 들자면 썩은 개밥 같은 것)도 먹은 후 바로 토하지 않으면 아무런 부작용 없이 소화했다. 마이키는 넘어지고 베이고 멍들고 벌레에 물리고 옻이 오르면서도 무럭무럭 잘 자랐다. 발작적으로 울어대다가도 언제 울었나 싶게 뚝 그쳤다.

양서류라도 되는 듯 세살 때 아빠 손을 잡고 울프스 헤드 호수의 얕은 물로 들어가기 전부터 이미 헤엄치는 법을 알고 있었던 것 같았다. 다섯살이 되자 누구의 도움도 없이 물에 뛰어들어 마이클 씨니어를 흉내내어 원숭이처럼 민첩하게 물살을 갈랐다(당시 마이클은 소년 같은 날씬한 몸을 갖고 있었고 튼튼한 근육질의 어깨와 팔과 다리로 어뢰처럼 맹렬한 속도로 헤엄쳤다). 쾌활하고 불평을 모르는 성격 좋은 아이. 하지만 "아이고! 감당을 못하겠어"라고 코린을 자주 탄식하게 만드는 아이.

그와는 대조적으로 마이키 주니어가 네살 때 태어난 패트릭은 짜증이 많고 신경질적인 아기였다. 팔을 허우적거리고 발길질을 하는 것이 나름의 표현방식인 아기. 코린과 마이클은 그 모습을 보며 기쁨에 차서 웃었다. 이상할 정도로 길고 가느다란 물갈퀴 같은 작은 발. 코린의 눈처럼 진지한 연푸른색 퉁방울눈. 계란 모양의 머리에서 문득 떠오른 미완성의 생각들처럼 한 뭉치씩 자란 연갈색 머리털. 높은 기준을 가진 아기라고 멀베이니 부부는 자랑했다. 사람을 긴장하게 만드는 아기. 손에 쥔 초시계가 쉬지 않고 똑딱거리듯 생각, 생각, 생각을 하는 아기. 그러면서도 가슴 녹이는 사랑스러움을 지닌 아기. 그것이 바로 패트릭, 꼬마 '핀치'였다. 11개월 때는 비틀거리며 서서 아기 모짜르트처럼 침착하게 높은 데시벨로 무슨 소린지 모를 말을 한참 지껄여서 부모를 놀라게 했다. 코린은 그저 기특하고 신기하기만 했다. 그 아이는 아빠만큼이나 고집스럽고 자기표현이 확실했고 '자신의' 방식을 강하게 주장했다. 그러다가도 또 금세 부드러워져서 그저 안기고 위로받고 싶어했다. 자신보다 훨씬 덩치 크고 힘이 센 마이키에게 패트릭이 두려움까지는 아니어도 기가 눌려 있긴 했을 것이다. 분명 그는 한동안 '엄마' '아빠' '마이키'라는 집안의 권위있는 인물들 틈에서 빛을 발하지 못했다. 패트릭은 아기였을 때부터 옳고 그름에 대한 본능적인 직감을 지녀서 싫은 사람 앞에서는 나쁜 냄새라도 맡은 것처럼 작고 진지한 얼굴을 찡그려서 부모를 당황하게 하는 일이 종종 있었다. 패트릭은 고개를 뒤로 젖히고 아랫입술을 내밀고 손가락질을 하며 못마땅한 표정으로 종알거렸다. "안 좋아, 안 좋아" 하고 잘라 말하는 듯했다. 그는 화장이 지나치거나 향수 냄새가 진한 여자, 고음의 콧소리로 말하는 이어킨 목사(이글턴 코너스의 제일 침례교회), 너무 강한 어조로 말하거나 요란하게 웃는 사람, 으스대는 사람, 하이포인트 농장에 지나치게 오래 머무는 사람을 싫어했다. 당시 아직 자신의 가치를 알기 전이었던 마이클 씨니어는 윌리 파크스나 '호' 홀리 같은 사람들과 어울렸는데, 윌리 파크스는 마씨너에서 작은 공항을 운영했고 울프스 헤드 호수에 술집을 갖고 있는 홀리는 검은 턱수염을 기르고 키는 땅딸막하며 쓴 냄새가 나는 질 나쁜 씨가를 피웠다. 패트릭은 특히 그들을 싫어했고 그런 감정을 노골적으로 드러냈다. "애가 나는 싫어하지 않아서 다행이야." 마이클 씨니어가 담담하게 말했다.

그러다 코린이 뜻밖에 세번째 임신을 했다. 세번째! 그것도 패트릭이 태어난 지 얼마 안되어서였다. 코린은 조금 얼떨떨한 상태에서 숨찬 목소리로 어린 아들들에게 말했다. 너희가 너무도 특별한 아이들이라 하느님께서 깜짝 선물을 보내실 거라고, 하느님께선 하이포인트 농장에 특별한 아기를 더 보내고 싶어하신다고. 마이키는 몹시 흥분했지만 패트릭은 너무 어려서 무슨 말인지 이해하지 못했다. 그러던 어느날 부모님이 작은 여자아기를 집으로 데려와 '여동생 매리앤'이라고 소개하자 패트릭은 눈이 휘둥그레져서 아랫입술을 쑥 내밀고 아기를 쳐다보더니 흥분해서 종알대기 시작했다.

나중에 커서 패트릭은 그날을 기억한다고 우겼다. 그는 여동생이 아기돼지인 줄 알았다고 했다.

그렇게 하이포인트 농장에 기적의 아기, 멀베이니 부부의 딸이 찾아왔다.

코린은 하느님께서 매리앤을 우리가 기대했던 것보다 조금 빨리 보내신 건(그렇다, 그들은 피임을 하고 있었다) 보통 아기들과 조금 다른 아기도 있음을 증명하기 위해서였다고 농담삼아 말했다.

그건 과장이 아니었다. 매리앤은 회청색 눈동자와 검은 고수머리, 도자기 인형 같은 아름다운 이목구비를 가진 아기였다. 아기가 너무 사랑스러워 코린은 아기침대에 매달려 하염없이 아기를 들여다보곤 했다. 미소와 함께 자고 깨는 아기. 엄마 젖도 잘 먹고 목욕도 잘하고, 그 꼬물거리는 작은 몸의 물기를 닦고 아기분을 바르고 기저귀를 채우고 옷을 입힐 때면 그 모든 것이 그저 놀랍고 기쁜 듯 목구멍과 혀로 소리를 내는 아기. 아, 인생은 즐거워요! 사랑해요! 매리앤은 잘 울지도 않고 어쩌다 한번씩 보채다가도 금세 그쳤다(보채기의 신기원을 이룩한 패트릭과는 달랐다). 누구라도(개나 고양이까지도) 시야에 들어오면 안아달라고, 일으켜달라고 작은 팔을 번쩍 들었다. 장성한 자녀를 둔 나이 든 여자들은 매리앤을 보기만 해도 소중한 기억이 되살아난 듯 울음을 터뜨려 코린을 당황시켰다.

그 시절. 코린과 마이클은 아직 어렸고 스스로 생각하기에도 머뭇거리고 겸손하고 더듬더듬 미숙하게 인생길을 개척해나가고 있었다. 당신들 멀베이니 부부는 참 복이 많아요! 그 말이 후렴구처럼 반복되었다(이즈음 마이클은 정력적으로 멀베이니 지붕회사를 이끌어 마운트 이프리엄에서 사업가로서의 능력을 입증하고 있었던 것이다). 그런 말을 들을 때마다 그들은(특히 코린은) 불편하고 미안하고 어렴풋이 죄책감까지 들었다. 그렇지만 우리에겐 과분해. 그들의 예쁜 아기 매리앤, 소중한 패트릭과 마이키. 그들은 마치 꿈속에서처럼 이미 사랑의 결실인 가족을 얻은 것이다.

코린은 밤에 곁에 누운 남편의 숨소리가 느리고 굵어지는 걸 들으며 늘 녹초 상태인 몸으로 잠을 청했지만 자꾸만 마음이, 지극히 평범한 물건을 찾기 위해 서랍을 뒤지듯 낮동안의 기억을 헤집어보며 내달리는(날아다니는) 걸 억제할 수가 없었다. 마치 어떤 단서라도 찾는 것처럼. 그리고 갑자기 잠이 깬 마이클이 웅얼거렸다. "그중에서도 말이야." 코

린의 걱정을 말로 표현하듯, 아버지와 어머니 사이에 생각
이 물줄기처럼 이어져 흐르고 있는 듯 앞뒤 설명도 없이 대
뜸 말했다. "저 아이에 대해 잘 모르겠어." 저만치 아기침대
에서 자고 있는 예쁜 딸 매리앤을 두고 하는 말이었다. 그러
면 코린은 즉시 물었다. "뭘 몰라요?" 코린은 마음이 불안할
수록 한밤중의 목소리가 더 쾌활하고 놀리는 투가 되었다.
마이클은 어둠 속에서 어깨를 으쓱하고는 대답했다. "젠장,
설명하기가 힘들어. 좀 미친 소리 같지만, 하느님께서 우리
에게 과한 걸 맡기신 것 같아. 우린 그렇게 훌륭하지도 강하
지도 못한데." 코린은 웃으면서 남편의 건장하고 따뜻한 가
슴 위로 팔을 뻗어 얇은 면 티셔츠 속의 빳빳한 털을 만지고
그의 품으로 파고들며 말했다. "마이클 멀베이니, 그게 무슨
소리예요! 하느님이 자신이 하는 일을 모르시겠어요? 당신
입에서 나온 가장 어리석은 소리네요." 어둠 속에서 그녀는
눈을 부릅뜨고 이를 드러냈다.

　　그럼 멀베이니 가 아이들에 대한 소개에서 '저드슨 앤드
루'는? 나 자신에 대해 말하는 걸 깜빡 잊을 뻔했다. 나 자신
은 빠뜨리고 넘어가기가 십상이다! 나는 '완벽하게 귀여운'
아기였다는 말을 들었지만 그건 눈에 띄는 특성도, 기억에
남을 만한 행동도 없었던 '완벽하게 평범한' 아기였다는 뜻
으로 해석될 수 있다. 깨어 있기를 좋아하고 형들과 누나를
강아지처럼 졸졸 따라다니던 아이. 우리 셋(아니, 넷)이 찍
은 사진들 속에서 건장한 고수머리 꼬마 소년 마이키 주니

어가 갓난아기인 나를 안고 카메라를 향해 눈부신 미소를 짓고 있었다. 우리 넷이 애완동물들과 함께, 혹은 포치 난간에 걸터앉아서, 혹은 조랑말을 타고 찍은 사진들(엄마나 아빠가 사진에 안 나오도록 뒤에 웅크리고 앉아 막내의 몸을 똑바로 잡아주고 있었다). 그중 내가 가장 좋아하는 사진은 뒷면에 어머니가 치커디와 아기 저드, 1964년 크리스마스라고 연필로 써놓은 것으로, 나는 하이포인트 농장을 떠날 때 그 사진을 훔쳤다. 나의 아름다운 다섯살 누나, 탄력 있는 긴 고수머리의 미소 천사가 초록색 놀이옷 차림의 좀 이상하게 생긴, 놀란 표정의 걸음마쟁이 나와 함께 반짝이는 크리스마스 선물 더미 사이에서 찍은 사진이었다.

매리앤 누나는 '작은 엄마'처럼 내게 우유도 먹이고 목욕도 시키고 옷도 입혀주었다. 어머니는 '작은 엄마'가 여러 면에서 '큰 엄마'만큼 유능하다고 자랑했다. 기저귀 가는 것이나 용변 훈련 시키는 것이나. 아기 저드는 아기 변기에 앉아 '잘 보이려고 용을 썼다'고 하는데 그게 정확히 무슨 뜻인지는 알고 싶지 않다. 넘쳐나는 가족 앨범 속에는 내 사진이 다른 아기들 사진보다 적지만 그건 나에 대한 관심이 적어서라기보다는(나는 어머니의 사랑을 듬뿍 받았음을 알고 있다) 아기 자체에 대한 관심이 시들해졌기 때문일 것이다. 어쨌거나 그 누가 우리 부모님을 비난할 수 있겠는가? 어머니는 나의 탄생을 알리기 위해 밝은색 잉크로 카드를 수십 장 써서 친지들에게 보냈다. 엽서에서 나는 길고 구불구불한 화물열차의 맨 마지막 칸으로 묘사되어 있었다.

저드슨 앤드류 멀베이니
1963년 7월 11일
3.3킬로그램
갈색 머리, 갈색 눈, 들창코
주 찬양, 멀베이니 열차의 마지막 칸이 도착했습니다!

상처받은 소녀

난 몰랐어. 하느님 도와주세요. 난 짐작도 못했어. 하지만 분명 내 탓도 있을 거야. 난 그 아이 엄마니까 내 탓도 있을 거야. 오 하느님, 전 이해하기를 바라고 기다리고 있습니다.

쎄인트앤 로마가톨릭 성당은 머써 애버뉴의 언덕 꼭대기에 흰 눈에 덮여 반짝이는 공동묘지를 등지고 서 있었다. 이곳은 코린이 단 한번도 발을 들여보지 않은 마운트 이프리엄의 몇 안되는 교회 중 하나였다. 그건 쎄인트앤 성당이 가톨릭 교회여서만은 아니고(철저한 개신교도인 코린은 사실 천주교에 대한 두려움 같은 걸 품고 있었다) 그녀와 마이클 씨니어를 결혼식이나 세례식, 장례식에 초대해줄 가까운 친구가 이 교회에 없기 때문이기도 했다.

코린은 혹시 매리앤이 쎄인트앤에 특별한 친구가 있는

건가 생각했다. 그래서 온 건가?

코린은 성당 앞에 급히 스테이션왜건을 주차하느라 바퀴 하나가 보도 위로 올라간 것도 알아차리지 못했다. 그녀의 남편이 보지 않은 게 천만다행이었다. 이 시간엔 미사가 없어서 성당 주차장이 거의 비어 있고 아무도 보는 사람이 없는 것도 천만다행이었다. 코린은 희망을 품었다. 그녀는 성당의 육중한 나무문이 필시 안으로 걸려 있으리란 생각에 마음이 가벼워졌다.

쎄인트앤 성당은 마운트 이프리엄 기준으로는 큰 규모였다. 검붉은 벽돌 건물은 비바람에 시달리고 낡았지만 위엄이 있었고 꼭대기에 종탑이 달려 있었다. 구슬픈 울음소리를 내는 산비둘기들이 건물 처마에서 퍼덕거리고 날아다니며 굳어진 눈물방울 같은 똥을 싸댔다. 쎄인트앤 성당은 마운트 이프리엄 북부의 부자 동네에 위치해 있어 멋진 가로수가 늘어선 거리마다 단독주택들이 1에이커는 되는 널찍널찍한 부지를 차지하고 있었다. 마운트 이프리엄 컨트리클럽 회원들이 많이 사는 동네였다. 코린은 무의식적으로 해묵은 당혹감이 고개를 드는 걸 억눌러야 했다. 마이클 씨니어의 웃음기 어린 나무람이 뇌리를 스쳤던 것이다. 이봐, 당신도 그런 사람 가운데 하나요.

코린은 조금은 절박하게 러포트 씨네 집이 여기서 한 블록 정도밖에 떨어져 있지 않음을 떠올렸다. 트리샤 러포트는 매리앤의 가장 친한 친구였다. 그게 관련이 있을까?

스테인드글라스 장미창이 보도를 내려다보고 있었다. 코

린은 스테인드글라스를, 특히 오래된 것들을 좋아했다. 솜씨 좋게 만든 스테인드글라스는 특히 건물 내부에서 햇살을 향해 바라보면 너무도 아름다웠다. 어쩌면 그것이 매리앤을 가톨릭 교회로 이끌었는지도 모른다. 볼거리들 때문에? 스테인드글라스, 성상들. 금 잎새로 장식된 제단들. 코린이 아이들을 데려가는 작고 어두침침한 목조 교회들은(현재 다니고 있는 곳은 싸우스레바논 그리스도 제일교회였다) 모든 것이 너무도 수수하고 간소하고 열심히 쓸고 닦은 인상을 주었다. 사춘기 아이들의 상상력을 사로잡을 만한 건 별로 없었다. 하지만 그게 중요할까?

그리스도는 우리 안에 있는 성령이시다. 눈으로 보이는 대상이 아니다.

코린은 육중한 문 한쪽을 조심스럽게 밀었고, 문이 천천히 열렸다. 그녀의 심장이 아프게 뛰었다. 어두운 현관으로 들어서자 달콤하면서도 고약한 냄새가 코를 찔렀다. 향냄새였다. 그리고 곰팡내가 암류처럼 흐르고 있었다. 너무 오래돼서 아무리 닦아도 깨끗해지지 않는 리놀륨 바닥 냄새도 났다. 이 모험에 대해 이야기하는 연습을 하듯, 듣는 이들을 웃길 수 있도록 가장 잘 묘사하는 연습을 하듯 코린은 속으로 생각했다. 왜 있잖아요, 우리 같은 사람들이 아니라 그런 사람들의 교회라는 걸 바로 알 수 있는 거!

코린은 문득 깨달았다. 그녀는 요 며칠 새에 딸에게 뭔가 문제가 생겼음을 이미 알고 있었다. 일요일부터. 그날 전화통화를 할 때부터. 엄마는 다 안다. 모를 수가 없다. 하지만 코린은 너무 바빴고 꼬치꼬치 캐묻지 않았다. 원칙적으로 자녀 문제에 지나치게 '간섭'하지 않는 걸 늘 자랑스럽게 여겨온 그녀가 아니던가. 난 아이들이 날 믿어주길 원해. 나를 친구처럼 여겨주기를.

잔인한 반대 생각이 빈정거렸다. 아니, 넌 무엇을 발견할지 두려워서 그러는 것일 뿐이야.

처음 찾는 교회는 가까이하기가 어렵다. 높은 천장과 화려한 실내장식을 지닌 쎄인트앤 성당 역시 코린을 반기지 않는 듯했다. 벽을 따라 자리한 예수 그리스도, 성모 마리아, 그리고 기타 성인들의 성상은 화려한 옷을 입은 등신대의 백인 모습을 하고 있었다. 이교도와 같은 숭배. 눈이 어떤 대상에 고정되면 그 대상의 본질을 혼동하게 된다. 성령은 내재한다. 안쪽 옆의 작은 제단에 밝혀진 봉헌 촛불들이 펄럭거리고 있었다. 한 노파가 그 제단 앞에 무릎을 꿇고 앉아 머리를 숙이고 손에는 묵주를 쥔 채 기도를 올리고 있었다. 정면의 넓은 통로 끝에 무대처럼 돌출한 중앙제단이 있었다. 금인지 금박인지로 반짝이는 제단은 장식이 많고 쎄틴 같은 제단보가 씌워져 있고 시들어가는 꽃들이 화병에 꽂혀 있었다. 그 위로 대형 십자가가 있고 예수 그리스도가, 가시관을 쓴 검은 머리 검은 턱수염 부드러운 눈동자의 구세주가 피를 흘리며 고통의 황홀경에 일그러진 얼굴로 매달려 있었다. 코린은 그 모습을 가만히 바라보았다. 새삼 십자고상의 경이와 공포가 그녀를 휘감았다.

예수님 저희를 용서하소서. 저희는 저희가 행하는 일을 알지 못합니다.

사실 쎄인트앤 성당은 비어 있지 않았다. 나무 좌석에 몇 사람이 흩어져 앉아 있었다. 오른쪽 끄트머리, 스테인드글라스를 통해 비스듬히 들어오는 옅은 호박색 빛 속에 매리앤이 앉아 있었다. 하늘색 파카 차림에 모자가 뒤로 벗겨져 있고 머리칼은 마구 헝클어져 있었다. 고개를 깊이 숙인 채 한 손을 눈가에 대고 있었으며 입술이 조용히 움직이고 있는 듯했다. 코린은 발뒤꿈치를 들고 소리없이 다가가 딸을 향해 몸을 굽혔다. "매리앤?" 그녀는 입가에 억지 미소를 띠며 속삭였다. "얘야……?"

마치 그녀가 딸의 귀에 대고 소리를 지른 것 같았다. 매리앤은 흠칫 놀라 뒤로 물러났다. 눈두덩이 부어 있었고 눈이 흐릿해서 처음엔 엄마를 알아보는 것 같지가 않았다.

"얘야, 나야."

매리앤이 일어섰고 그녀의 무릎에서 책이 바닥으로 요란하게 떨어졌다. 코린이 오래전에 크리스마스 선물로 사준 성경책이었다.

코린은 본능적으로 딸을 만지기 위해 손을 뻗었다. 그녀는 떨리는 손으로 매리앤의 이마 위에 헝클어진 머리칼을 쓸어주었다. 이제 코린의 심장은 지독하게 뛰고 있었다. 그녀는 알았다. 알았다. 하지만 뭘 안단 말이지? 그녀는 가련한 딸을, 가련하고 불행한 딸을 꼭 안아주고 싶었지만 그럴 수가 없었다. 다른 사람들이 보고 있었다. 그리고 매리앤도 십대의 교묘한 솜씨로 그녀를 피했다. 바닥의 성경책을 집고 의자 위의 장갑, 책가방, 지갑을 챙겼다. 마치 평소에 자주 그랬듯 엄마가 차를 몰고 태우러 오기를 기다리고 있었던 것 같은 모습이었다.

"자, 이제…… 갈까?" 코린이 속삭였다. 그녀는 애써 미소짓고 있는 자신의 얼굴이 우스꽝스럽게 행복한 표정을 하고 있으리라 생각했다.

절대 자식한테 애원하지 마라. 다른 건 몰라도 그건 안돼. 코린의 어머니가 오래전에 해준 충고였다.

이다 하우스먼이 자신의 딸에게 충동적으로 그런 말을 한 건 뜻밖의 이상한 일이었다.

그녀 이다 하우스먼이 자식에게 단 한번이라도 애원한 적이 있기나 했던가.

하지만 지금 코린은 딸의 흐리멍덩한 눈과 까칠한 피부와 헝클어진 머리칼에 놀라고 당황하면서도 희망을 품고 딸에게 애원하고 있었다. "얘야, 집으로 가야지? 응?"

집, 하이포인트 농장으로 가는 것. 그건 슬픔에 대한 코린의 치료법이었다.

코린은 거의 보이지도 않는 길을 따라 뷰익 스테이션왜건을 몰고 달렸다. 쾌활하고 초조한 목소리로 계속 떠들면서. 라디오에선 그녀가 즐겨 듣는 유빌 WYEW-FM 방송이 흘러나오고 있었다. 매리앤이나 자신을 자극하는 건 의미없는 짓이었기에 부드럽게 단순한 질문만 반복했다. 왜 그러니? 무슨 일 있었어? 왜 학교에 안 갔어? 무슨 일이야?

매리앤은 엄마가 낯선 사람이고 몸이 닿는 게 두렵기라도 한 것처럼 조수석에 뻣뻣이 앉은 채 엄마의 말을 거의 듣고 있지 않는 듯했다. 입술이 말라서 갈라져 있었고 늘 너무도 매끄럽고 생기 넘치던 피부가 슬픔으로 그늘져 있었다. 그리고 울어서 부은 눈. 울었던 게 분명했다. 그토록 아름답던 고수머리도 마구 헝클어지고 지저분해져 있었다. 아침에 왜 그걸 보지 못했던 것일까? 내 눈이 멀었단 말인가?

코린의 질문에 매리앤은 들릴락 말락 한 소리로 웅얼거렸다. 모르겠어요, 엄마라고 말하는 것 같았다.

코린은 좀더 대담하게 물었다. "지난 주말 일이니? 댄스파티? 파티에서 무슨 일 있었어? 아니면 파티 끝나고나."

매리앤은 고개를 저었지만 단호하게 저은 것이 아니라 정신을 차리려고 고개를 흔드는 것처럼 보였다. 그녀는 하늘색 파카 지퍼를 턱까지 올린 채 웅크리고 앉아 있었다. 몹시 지저분한 자동차 앞유리를 통해 걸러져들어온 겨울 빛에 매리앤은 아이처럼 작아 보였다. 그녀는 무릎 위에 놓인 소박한 검은색 인조가죽 성경을 두 손으로 꼭 움켜쥐고 있었다. 밝은 색깔의 주일학교 카드와 책갈피가 잔뜩 든 치커디의 성경책.

"혹시…… 싸웠니? 말다툼했어? 친구하고?" 코린이 끈질기게 물었다. "얘야, 엄마한텐 다 얘기해도 돼."

코린은 당혹스러워하며 어제 저녁 매리앤이 식구들과 함께 식탁에 앉지 않고 두통인지 생리통인지가 있다고 더듬거리며 핑계를 대고 코티지치즈와 으깬 바나나를 들고 자기 방으로 올라갔던 기억을 떠올렸다. 그걸 먹기나 했는지 어찌 알겠는가? 오늘 아침에도 원래 아침시간엔 불난 집처럼 어수선한 부엌으로 차시간에 늦기 직전에 뛰어들어와서 급히 아침을 먹었는지 아무것도 안 먹었는지 알 수가 없었다. 어제 아침은?

내 눈이 멀었단 말인가?

"패트릭도 아니? 네가 학교에 빠진 것하고, 뭔지는 몰라도 네 문제를?" 코린은 갑자기 아들에게 분노가 치밀었다. 일주일에 닷새를 여동생과 함께 스쿨버스를 타고 등교하는 패트릭은 여동생이 학교에 빠지는 걸 알았을 터였다. 학년은 달라도 알고 있어야 마땅했다. 핀치, 자기도취에 빠져 사는 망할 녀석!

매리앤이 대답을 했는지는 몰라도 코린은 듣지 못했다. 그녀는 철도 건널목을 향해 다가가다가 다른 차와 충돌하기 직전에 움찔하며 브레이크를 밟았고, 상대 차량 운전자가 짜증스럽게 경적을 울리자 그에게(아는 사람일까? 낯익은 픽업트럭이었다) 사죄의 미소를 지으며 손을 흔들었다. "오! 미안해, 애야." 그녀는 걱정스럽게 매리앤을 보았지만 매리앤은 옆으로 고개를 돌리고 멍하니 창밖을 내다보고 있었다. 상처받은 소녀. 모르는 사람처럼 낯설기만 한 아이.

매리앤이 코린을 향해 고개를 돌리고 아주 작은 신호라도 보냈다면 코린은 딸을 꼭 껴안아주었을 것이다.

그러나 코린은 계속 운전을 했고, 덜컹거리며 서토쿼와 버펄로를 잇는 철길을 건너 자신의 위치도 정확히 모르는 채 초라한 마운트 이프리엄 다운타운 변두리를 향해 달리면서 아무것도 아닌 일처럼 말했다. "리디어 베슨 말이야……너도 알지? 아까 우체국에서 우연히 만났는데, 네 얘기를 하는 거야, 성당에서 널 봤다고, 학교에 안 가고 왜 거기 있는 거냐고. 그래서 내가 말했지. '잘못 보셨을 거예요. 매리앤은 학교에 있어요. 그앤 하루도 결석한 적이 없는걸요.' 그랬더니 리디어 말이, '코린, 당신한테 알려줘야 할 것 같아서요. 내 딸 일이었다면 나도 알고 싶었을 테니까요.' 그래서 내가 그랬지……" 코린은 황망하고 다급하게 떠들어댔다. 쏟아지는 말을 멈출 수가 없는 듯, 매리앤의 침묵이 하나의 공간이고 메워질 수 있는 듯, 스테이션왜건 내부(뒷좌석은 아이들이 버린 쓰레기로 창피할 정도로 어질러진)를 채워야만 한다는 듯. 그녀는 자신이 어린 꼬마에게 얘기하듯 상처받은 목소리로 이렇게 말하는 것을 들었다. "매리앤, 엄만 얼마나 놀랐는지 몰라. 그렇게 사적인 문제를—내 말은, 그게 가족만 알고 있어야 할 사적인 문제란 거야, 안 그러니?—그런 일을 생판 모르는 사람에게 듣다니 말이야. 아, 물론 리디어 베슨이 생판 모르는 사람은 아니지만……"

그렇게 계속 숨차게 떠들어댔다. 혀가 떨리고 추위로 마비되었다. 강한 히터 바람이 정면으로 얼굴을 때리고 있는데도. 그녀는 더듬거리며 라디오 다이얼을 만졌다. 광고문구를 읽는 아나운서의 지나치게 요란하고 억지스레 흥분한 목소리가 정신사나워서였다(그 아나운서는 코린이 고등학교 때 알았던 테드 윈터그린으로 당시엔 소심하고 얼굴이 창백한 농장 아들이었다). 지저분한 육교 밑을 지나고 웅덩이투성이의 가파른 언덕길을 올라 블루문 까페를 지나쳤다. 마이클이 처음 사업을 시작했을 때 가끔 점심을 먹었던 곳으로, 마이클은 케첩을 뿌려 커다란 접시에 담겨 나오는 기름기 많고 짠 이곳의 해시 요리를 우스개 삼아 블루문 스페셜이라고 부르며 맛이 끝내준다고 코린에게 집에서 만들어보라고 농담을 했다. 구(舊) 시민회관의 파손된 뒷면이 눈에 들어왔다. 슬레이트 지붕을 인 이 갈색 사암 건물은 헐어서 군 기금으로 다시 지을 예정이었다(건축자가 마이클 멀베이니의 친구이자 사업 협력자여서 멀베이니 지붕회사도 참여하는 것으로 암묵적인 합의가 이루어져 있었다). 매매/임대 표지판이 우후죽순처럼 솟아 있었다. 노후된 건물이 너무 많았다. 세금 때문에 기증된 '역사적인' 대저택인 비밀공제조합 지부 건물마저 너덜너덜한 눈더미들 사이에서 초라한 모습으로 서 있었다.

코린은 싸우스 메인 스트리트와 평행한 뒷길로 들어섰다. 멀베이니 지붕회사 뒤를 지나쳤다(양철 색깔의 대형 트럭에서 배달된 물건을 내리고 있는 듯했다.) 코린은 나중에야 매리앤에게 아빠한테 갈까?라는 말을 할 생각조차 하지 않았음을 깨달았다.

피프스 스트리트로 접어들어 1940년대의 낡은 석조건물을 깔끔하게 새로 단장한 YM-YWCA 건물을 지났다. 코린은 전생처럼 까마득한 옛날 십대시절에 어쩌다 한번씩 시내 나들이를 하면 가끔 랜썸빌 YM-YWCA 건물 습기찬 수영장의 염소 냄새 나는 푸르스름한 물에서 수영을 하곤 했던 기억을 떠올렸다. 시골 농장 딸에게 그런 나들이는 랜썸빌 아이들의 그것과는 비교할 수 없는 가치를 지녔었다. 그녀에게 신의 선물처럼 짜릿한 기쁨을 주는 것이 랜썸빌 아이들에겐 당연한 일상일 뿐이었다. 심지어 따분하기조차 한. 고등학교를 졸업하는 것이나(가족 중 고등학교 졸업장을 받은 사람은 코린 하우스먼이 처음이었다) 주립대학을 다니겠다고 우기는 것도 마찬가지였다. 대학 진학은 얼마나 대담한 전진이었던가! 코린은 가슴 아리도록 감상적이고 당혹스러운 애정을 느끼며 소녀시절의 자신이 거리를 따라 급히 걸어가고 있는 모습을 보았다. 키 크고 보기 싫게 마른 소녀. 바람을 맞아 거칠어진 뺨, 빛나는 눈, 흥분으로 벅찬 가슴. 모든 것이 흥분의 대상이었다. 삶. 사랑. 사랑에 빠지는 것. 결혼해서 아기를 낳는 것.

당시 수줍고 자신없기만 했던 코린 하우스먼은 그런 일들이 자신에겐 절대 일어날 수 없으리라고 생각했었다.

매리앤이 손가방에서 똘똘 뭉친 휴지를 꺼내 몰래 코를 닦았다. 코린은 숙련된 엄마의 습관대로 내 가방에서 새 휴지를 꺼내 쓰라고 말하고 싶은 걸 꾹 참았다. 그녀는 걱정스러워하는 기색을 보이고 싶지 않아 이마를 찌푸린 채 미소를 보냈고, 그러면서도 내내 떠들어대고 있었다. 매리앤은 듣고 있기나 했을까?

"얘야? 제발 엄마 좀 봐. 왜 그러는 거야? 아프니? 감기니?" 코린은 희망을 품고 기다렸다. 새로 발견한 이 그럴싸

한 가능성에 그녀의 마음이 바삐 움직이기 시작했다. "요새 신종 감기 바이러스가 돈다던데. 패혈성 인두염까지. 패혈성 인두염은 위험해. 우리 오클리 선생님한테 가볼까?"

일반의인 닥터 오클리는 멀베이니 가족의 오랜 주치의이며 친절한 노신사였다. 닥터 오클리를 떠올리기만 해도 위안이 되었다.

매리앤이 재빨리 웅얼거렸다. "아뇨, 엄마."

"하지만 몸이 안 좋으면…… 얘야, 너 정말 안 좋아 보여. 너 같지가 않아."

"전 병원 가기 싫어요."

"하지만……" 코린은 물속 깊이 가라앉는 기분이었다. "……무슨 일이야?"

매리앤은 놀라울 정도로 완고한 태도로 고개를 젓고는 똘똘 뭉친 휴지로 코를 훔쳤다. "그, 그냥 학교에 가고 싶지 않았어요."

하지만 그건 너답지가 않아. 그건 내 매리앤답지가 않아. 그러나 코린은 대신 이렇게 말했다. "하지만 자꾸 숨기려고 하고, 하필 성당에 가서 숨고!" 농담으로 덧붙인 말이었지만 비참할 정도로 맥이 빠져 있었다. "아무래도 오클리 선생님한테 들렀다가 가야겠다. 그게 최선인 것 같아."

"엄마 안돼요, 제발." 매리앤의 창백한 얼굴에 급박한 공포가 어렸다. "그, 그냥 집에 가고 싶어요, 엄마. 집에 가면…… 괜찮아질 거예요."

"확실해?" 코린이 의심 섞인 목소리로 물었다.

"예, 엄마. 그럼요."

코린의 마음은 이 새로운 생각으로 다시 바삐 움직였다. 딸을 집에 데려가면 괜찮아진다. 그게 그렇게 간단한 일일까?

코린은 운전을 하면서 초조하게 콧노래를 부르고 있었다. 그녀는 자신이 콧노래를 부르고 있음을 의식하지 못하는 듯했다. 자꾸만 턱과 코를 만지고 있는 것도. 코가 간질거렸다. 머리 위의 시리도록 푸른 하늘에 얇은 구름이 거미줄처럼 걸려 있는 걸 보자 골동품 창고 한쪽 구석에 쌓아놓은 가구 뒤쪽, 팔이 닿지 않아 오랫동안 거미줄을 치우지 못한 곳이 생각났다. 해는 밝게 비쳤지만 아무런 온기도 주지 않았다. 라디오에서 곧 닥쳐올 '강추위'에 대한 진지하고 과학적인 예보가 흘러나오고 있었다. 캐나다에서 북동풍이 불어오고 기온은 영하 십이도가 될 것으로 예상되며 체감온도는 영하 삼십도까지 떨어질 것이라고 했다. 하지만 하이포인트 농장 멀베이니 가족의 집은 따뜻하고 포근할 것이다. 마이클이 거실의 커다란 자연석 벽난로에 불을 땔 테니까. 매리앤은 머핀을 무릎에 안고 쏘파에 웅크리고 앉아 책을 읽고, 트로이가 쏘파 앞 바닥에 몸을 쭉 뻗고 누울 것이다. 아니, 매리앤이 감기에 걸렸다면 이층 자기 방에 올라가 있는 것이 낫다. 플란넬 잠옷을 입고 갓 구운 토스트처럼 따뜻한 몸으로 예쁜 흰색 등나무 침대에 누울 것이다. 코린이 셔토쿼 폴즈 중고품 가게에서 발견한 퀼트 이불을 덮고서. 너무도 아름답고 멋진 이불! 수십 개의 정사각형, 직사각형, 타원형 조각을 이어붙인 무지개 색깔의 퀼트. 때가 심하게 타서 아무도 사지 않아 날카로운 눈을 지닌 코린 멀베이니가 나타나기 전까지는 자세히 살펴본 사람도 없었을 물건이었다. 매리앤이 그 열세번째 생일선물을 뜯어보고 놀라며 기뻐하던 모습은 영원히 잊을 수 없다. 엄마, 너무 아름다워요! 감사해요! 그러곤 엄마를 껴안고 키스하며 짓궂은 질문을 던졌다. 엄마가 손수 만든 거예요? 그 말에 가족 모두가, 엄마까지 웃었다.

그건 아름다운 기억이었다. 소중히 간직할 기억.

그렇다. 매리앤은 자기 방에서 머핀을 옆에 끼고 누워 휴식을 취할 것이다. 그리고 코린은 딸에게 따끈한 수프(닭고기 옥수수 수프? 너무도 진하고 맛있지), 버터롤, 커다란 잔에 담은 우유를 가져다줄 것이다. 매리앤은 이제 우유를 안 마셔서 칼슘을 충분히 섭취하지 못하고 있다고 코린은 확신했다. 그것도 문제가 되었는지 모른다. 비타민 결핍. 매리앤은 분명 몸을 너무 혹사했다. 학교 활동들 때문에! 치어리더 활동 하나만도 끔찍하게 시간을 많이 잡아먹는다. (코린의 마음은 다시 바삐 움직이며 하나의 이야기를, 일화를 지어내고 있었다. 전화로 친구들에게 며칠 동안 하게 될 이야기.) 아휴, 십대 여학생들이 어떤지 알지? 끊임없이 다이어트를 하잖아. 자의식에 사로잡혀 살고, 날씬한 걸 너무 중요하게 생각하지. 매리앤은 어려서부터 마른 몸은 아니었지만 체중 도표상으론 완전히 정상이야. 그런데도 몸을 혹사해서 저항력이 약해진 거야. 그래서 감기에 걸린 거고. 밸런타인데이 댄스파티에 3학년 중에서 유일하게 여왕 수행단으로 뽑힌 흥분도 한몫했지. 고등학교에서 유명인사 노릇을 한다는 게 어떤 건지 알잖아. 고된 일이지!

난 왜 그런 기미를 눈치채지 못했을까? 눈이 멀었던 걸까?

난 눈이 멀었을까?

그리고 매리앤의 파트너였던 와이드먼, 그 학생 이름이 뭐였더라? 어색하고 딱딱하지만 선의를 지닌 예의바른 남학생. 매리앤에게 애처로우면서도 한편으론 강압적이고 저돌적인 편지를 보냈었는데…… 매리앤을 사랑하는 걸까? 매리앤에게 감정적인 압박을 가하는 걸까? 매리앤은 그런 얘기를 입 밖에 낼 성격이 아니다. 그건 그 남학생의 신의를 배반하는 일이라고 여길 것이다. 하지만 그 남학생이 지금까지 매리앤을 좋아했던 다른 남학생들보다 훨씬 끈질기게 굴고 있다면 매리앤이 무척 괴로워할 것이다. 매리앤은 다른 사람에게 마음의 상처를 주는 걸 세상 무엇보다 두려워하니까. 하지만 어째서 패트릭은 그런 걸 전혀 모르는 것 같았을까?

코린은 '상황'에 대한 정보를 둘째아들에게 의존하고 있었다. 패트릭은 까다롭고 짜증이 많긴 하지만 오래전부터 그녀의 편이었다. 그는 자라면서 일종의 작은 어른으로서 어린애들과 어린애 같은 행동들에 둘러싸여 있었다(그렇다, 엄마 아빠도 어린애처럼 행동할 때가 많았다. 그건 사실이었다). 코린은 어느정도 규모의 모든 가정에는 나이에 관계없이 철이 든 구성원과 철이 없어서 천진난만하고 행복하게 살아가는 구성원이 존재하는 게 아닐까 생각했다. 후자의 마냥 행복한 삶은 전자의 관여에 의존한다. 하지만 그 관여가 이루어지지 않는다면?

코린은 마운트 이프리엄을 벗어나면서 속도를 높였다. 이제 친근하고 편안한 길이었다. 그녀는 집으로 돌아가는 길을 아는 말 같은 기분을 느꼈다. 이스트게이트 쇼핑쎈터(코린은 이곳에 들러 쇼핑을 할 예정이었지만 지금은 그럴 시간이 없었다), 패스트푸드 레스토랑, 주유소, 세차장을 지났다(가족들에게 뷰익 스테이션왜건을 세차하겠다고 약속했는데, 다음에 하지 뭐). 스포어 목재, 헨드릭 자동차, 하비 담장회사도 보였다. 그리고 컨트리클럽 레인과 힐싸이드 이스테이츠. 나무가 거의 없는 눈 덮인 대지에 세워진 비싼 집들이 판지로 만든 것처럼 보였다. 한때 멀베이니 가 친구의 소유였으나 이제 모르는 사람들이 세들어 살고 있는 낡고 황폐한 빅토리아식 농장 앞마당에 염가 판매!라고 써붙인 빨간 올즈 커틀러스 쎄단이 있었다. 마이크 주니어가 사서 몰고 다니는, 엄청난 할부금 때문에 아버지의 눈총을 받고 있는 것과 비슷한 구형 모델이었다. 다행히 119번 도로는 물기가 마르고 깨끗한 상태여서 금세 집에 도착할 수 있었다. 여기서부터는 제대로 숨을 쉴 수 있다! 눈 덮인 들판이 마치 툰드라처럼 몇 킬로미터에 걸쳐 펼쳐져 있고 꺾인 옥수숫대들이 그루터기만 남아 있었다. 코린은 사람은 어린시절의 풍경에서 결코 벗어날 수 없다고 생각했다. 우리는 오래된 유년의 기억을 가장 사랑하고 소중히 여긴다. 그녀는 자신과 마이클이 아이들에게 평생 간직할 수 있는 풍경을 제공해주었기를 바랐다. 마음의 위안과 평안을 주는.

만일 아이들이 셔토쿼 밸리를 떠난다면. 하지만 왜? 그들이 왜 여길 떠나지?

코린은 집에 가서 무슨 수프를 먹고 싶으냐고, 냉장고에 닭고기 옥수수 수프가 있는데 그건 두번째 끓일 때 더 맛있다고, 그건 어떻겠냐고 묻기 위해 미소 띤 얼굴로 딸에게 고개를 돌렸지만 딸의 얼굴은 공포에 질려 있었다. 뭐야? 왜 그래? 코린은 어리둥절한 상태에서 어떤 물체가—잿빛 털에 싸여 있었는데 속도 때문에 흐릿하게 보였다—언덕 정상에서 스테이션왜건을 향해 돌진하는 것을 보았다. 그리고 그녀가 브레이크를 밟을 생각을 하기도 전에 쿵 소리와 함께 차 앞바퀴가 그 물체를 덮쳤고, 옆에서 매리앤이 비명을 질러대기 시작했다.

연인들

두 사람은 1952년 여름 애디론댁 산맥의 스크룬 호수에서 만났다. 코린은 그곳 리조트 호텔에서 웨이트리스로 일하고 있었고 마이클은 여름 동안 고용된 건축 인부였다. 첫눈에 반한 사랑은 아니었지만 나중에 그들은 그렇다고 우겼다. 어쩌면 코린의 주장은 옳은지도 모른다. 그녀는 마이클 멀베이니를 처음 소개받는 자리에서 얼굴을 붉히며 말을 더듬었으니까. 그야 당연히 알았지! 내가 어떻게 모를 수 있었겠어! 마이클은 느슨하게 모여서 킥킥거리는 여종업원들의 무리 가운데 장차 배우자가 될 여인을 처음 본 순간에 대해 무수히 회고하며 그렇게 열띠게 주장하곤 했다(하지만 그 무리에는 당시 그가 '사귀는 중'이던 여자가 끼여 있었으며, 그곳에서 7월 1일부터 일하는 동안 그녀가 벌써 두번째 상대였다). 분명히 알았지! 한눈에, 머리칼만 보고도 알 수 있었지.

그때 그의 눈에 그녀가 들어오기나 했을까? 당근 빛깔의 부스스한 머리칼을 꼼꼼하고 단정하게 땋아 그림 형제의 동화책에 나오는 여자처럼 머리에 돌려감은 수줍고 어색한 아가씨. 그의 취향엔 키가 너무 컸다. 그의 키와 비슷한 175센티미터에 육박했으니까(키 작은 남자가 키 작은 여자를 좋아하는 건 당연하다). 코린 하우스먼은 스무살로 프리도니아 주립대 학생이었으나(학점은 4점 만점에 평균 3.7점이었다) 열다섯살이라고 해도 믿을 정도였다. 그것도 약아빠졌거나 자신만만한 열다섯살도 아니었다. 볼품없이 마른데다 손발이 길쭉하고 가슴은 실망스러울 정도로 작았으며 누가 장난으로 페인트 방울이라도 뿌린 듯—특히 얼굴과 팔뚝이—주근깨투성이였다. 농장집 딸이냐고 물어볼 필요도 없었다! 그녀의 미소는 이를 드러내기가 창피하기라도 한 듯(앞니 사이가 약간 벌어졌을 뿐인데) 느리고 수줍었으며 손가락과 눈꺼풀이 파들거리고 숨찬 웃음소리를 냈다. 마이클 멀베이니같이 검게 그을리고 성적으로 적극적인 젊은 미남이 너무 가까이 서 있거나 노골적으로 말하면 그녀의 호수처럼 반짝이는 푸른 눈은 어쩔 줄 몰라하며 자꾸 시선을 피했다.

난 당신이 두려웠어요! 어쩔 수가 없었어요.

이봐, 난 당신이 두려웠소. 농장의 젖 짜는 처녀!

마이클은 웃어젖혔다. 행복한 하이에나 같은 웃음. 그를 사랑할 수밖에 없었다. 가엾은 코린은 당근 빛깔 머리칼 뿌리까지 얼굴을 붉혔다.

사실 마이클 멀베이니는 장차 배우자가 될 여인과 처음 만났을 때 도나라는 여자에게 빠져 있었다. 그녀의 성씨는 바로 잊었지만 그녀와의 무모하고 짜릿한 모험들은 그렇지 않았다. 둘은 때와 장소를 가리지 않고 기회만 나면 사랑을 나눴으며 모르는 사람의 멋진 차 뒷좌석이나 호텔의 방금 빈 방, 인적 없는 해변 같은 위험한 장소들도 자주 그들의 섹스 장소가 되었다. 조신한 여자들은, 아니 그리 조신하지 못한 여자들도 남자에게 쉽게 몸을 허락하는 시대가 아니었지만 ('뉴욕 주 스피드 카의 중심지' 글렌스 폴즈 출신인) 도나는 두드러진 예외에 속했다. 그녀 역시 대학생으로 코넬 대학 간호학과 3학년이었다. 그녀는 술을 마시고 취기에 젖는 걸—'술에 취했다'는 말은 듣기에 좋지 않으므로—좋아했고 녹아내릴 정도로 요염했다. 그런 도나에게 홀딱 빠져 있던 마이클 멀베이니가 어떻게 수줍은 코린 하우스먼을 마음에 둘 수 있었겠으며 솔직히 그녀의 이름이나 기억할 수 있었겠는가? 도나의 유연한 엉덩이와 골반, 대담한 손길, 너무도 정열적인 놀라운 입은 가톨릭교에서 벗어난 청년의 방종한 성적 환상을 넘어섰고 마이클은 작업 도중(처음부터 그의 전문분야는 지붕이었으며 짧은 다리와 다부지고 날렵한 근육질의 몸, 태양 아래서 일하는 것에 대한 강한 인내력이 뚜렷한 장점으로 작용했다) 멍하니 앉아서 도나에 대해, 그녀와의 지난 밤과 다가올 밤에 대해 생각하기 일쑤였다. 그는 겨우 스물세살이었으며 부모형제 없이 홀로 살아온 지 오년째였다. 그러니까 '진짜' 삶을 살아온 것이었다. 그는 빠르고 믿음직한 인부였으나 그냥 인부로 남기엔 분명 너무 똑똑했으며 그보다 나이는 많아도 멍청한 다른 인부들보다 우선적으로 책임 있는 자리에 올라가는 건 당연한 일이었다. 게다가 그는 육체적으로도 정점에 이르러(그는 호수에서 수영을 하고 다이빙을 하며 젊음을 과시하기를 즐겼다) 네 시간이나 세 시간, 어떤 때는 두 시간이나 한 시간, 심지어 밤새 한숨도 안 자고 도나와 술과 사랑을 즐기고도 샤워를 하고 황급히 면도를 하고 옷을 입고 기나긴 하루 일과를 (아침 7시 30분까지 작업현장에 도착해야만 했다) 시작할 수 있었다.

마이클은 자신이 여자를, 특히 여대생을 성적인 사냥의 대상으로 이용하고 있음을 인정하지 않을 수 없었다. 그건 1950년대의 문제만이 아니라 마이클 멀베이니의 개인적인 문제이기도 했다. 그는 누이들에 대해 여기선 자세히 캐지 않을 이유로 원한을 품고 있었고 어머니에 대한 원한은 더 컸지만 그 이유 역시 그는 절대로 말하지 않을 것이므로 물을 필요도 없다. 하지만 여대생들에 대해선! 그는 몇년 동안의 독립적인 삶으로 당당한 어른이 된 자신에 비해 아직 어린애에 지나지 않는 남자 대학생들에 대해 비뚤어진 분노와 경멸을 느꼈으며 여대생들에 대해서도 마찬가지였다.

또한 그는 대학 졸업장 따위 없이도 당당히 성공하리라 결의를 다지고 있었다.

따라서 1952년 7월 마이클 멀베이니가 처음 코린 하우스먼을 만났을 때 그는 도나도, 다른 누구도 사랑하고 있지 않았다. 그는 (크리스털처럼 맑고 투명해서 돋보기에 투과시킨 듯한) 애디론댁의 태양빛 아래 온종일 지붕 판자에 망치질을 하고 타르 칠을 한 뒤에도 정열적이고 지칠 줄을 몰랐으며 작은 도시를 만들기에 충분한 씨를, 액체 씨를 뿜어내는 펌프와도 같았다. 그랬다, 애디론댁에서의 여름은 모든 것이 한시적이었다. 한시적인 것의 행복! 그에겐 딱 맞았다. 그가 조심해야 할 건 여자를 임신시키는 것뿐이었으며 그것만 빼면 즐길 수 있을 때 실컷 즐기다가 후회도 미련도 없이 떠나면 그만이었다. 노동절(미국에서는 9월의 첫째 월요일—옮긴이)이 지나면 그는 수백 킬로미터 떨어진 곳에 가 있을 터였다. 염병할 아버지란 작자가 집에서 내쫓고 문을 닫아버리지 않았던가! 그리고 그를 사랑한다고 믿었던 어머니와 누이들도, 특히 세살 어린 여동생 메어리언마저—두 형제만 빼고 전부—아버지의 명령대로 그를 죽은 사람 취급하지 않았던가! 그들은 믿을 수가 없어. 여자들은 믿을 수가 없어. 그는 그들을, 여자들을 원망했다.

염병할! 그는 그 생각만 하면 피가 거꾸로 솟았다! 그래서 되도록이면 그 생각을 하지 않았다. 적어도 맨정신일 때는. 그리고 취해 있을 때도 구십구 퍼센트는 쎅시한 여자들과 함께 있었으므로 그 생각을 할 겨를이 없었다.

그런데 우연히도 마이클의 여자 도나의 친구가 코린과 친구 사이였다(친구 사이였는지 그저 친분이 있는 정도였는지 정확히는 알 수 없었다. 여자들이 어떻게 그리도 빨리 절친한 사이가 될 수 있는지 마이클은— 대부분의 남자들은?— 도무지 이해할 수가 없었다). 도나가 마이클을 들볶다가 제정신이 아닌 상태까지 이르러 결국 둘이 헤어진 후 어느 이른 저녁에 호텔에서 일하는 키 큰 당근색 머리 아가씨(캐럴? 코라? 코린?)가 마이클이 묵고 있는 하숙집으로 찾아왔다. 그녀는 호텔에서 일하는 친구들을 대표해서 왔다며 당사자인 도나만 이 사실을 모른다고 했다. "도나는 너무 상처가 커요! 도나는 당신을 사랑해요."

마이클은 너무 놀라 한걸음 뒤로 물러섰다.

그가 더듬거리며 말했다. "아, 아니, 그렇지 않아요."

"아뇨, 사랑해요! 도나가 당신에 대해 하는 말을 당신도 들어야 해요."

"나에 대해 하는 말은 듣고 싶지 않아요. 이미 들었으니까."

"우린 도나가 자해라도 할까봐 두려워요. 도나는 간호사라 그런 걸 너무 잘 아니까요!"

마이클은 도나가 자살하는 상상을 하자 진땀이 났다. 호텔 여종업원들이 그에게 죄를 뒤집어씌우고 그는 경찰에 체포되어 신문에 실리는 것이다.

마이클은 마음을 다잡으며 말했다. "도나가 과장하고 있는 거예요. 당신도 그렇고. 도나는 자기가 나를 사랑한다고 착각하는지 몰라도 사실은 날 사랑하지 않아요. 사랑을 하기엔 너무 천박하니까."

"사랑을 하기엔 너무 천박하다고요! 말하는 것 좀 봐⋯⋯

권위자 나셨네요!"

코린은 글자 그대로 숨이 막혀 헐떡거렸고 양 볼은 연지를 급히 아무렇게나 바른 것처럼 붉어져 있었다. 분을 못 이겨 손가락과 눈꺼풀이 파들거렸다. 우스꽝스럽게 많은 머리가 그녀의 머리와 가녀린 목을 마치 실성한 아이가 쓴 왕관처럼 무겁게 누르고 있었고, 근무중이 아닌 평상복(싸구려 잡화점에서 산 민소매 티셔츠, 무릎 아래까지 내려오는 청색 면 반바지, 일본제 끈 샌들) 차림이라 키만 훌쩍 큰 아이처럼 보였다. 잔뜩 흥분하고 대담하고…… 그래, 위험한 아이. 이 여자 입에서 무슨 말이 나올지 알 수가 없으니까!

마이클은 그녀의 팔을, 그녀의 단단한 팔뚝을 억센 손으로 휘어잡고 헉헉대며 반항하는 그녀를 밖으로 이끌었다. 그는 차분히 앉아 맥주를 마시며 이 문제를 이성적인 인간답게 토론할 수 있는 호숫가 술집 중 한 곳으로 들어가고 싶었겠지만 그들은 공원을 거닐고 있었다. 가족 단위 소풍객들이 고기를 구워먹고 아이들이 뛰어다니고 소란스러운 오리 떼와 캐나다기러기들, 새끼들을 거느린 백조들에게 사람들이 빵 부스러기 같은 걸 던져주고 있는 호수 주위를. 자신도 모르는 사이에 운명이 결정될 때, 대개는 배경에 평범한 일상이 펼쳐져 있다. 스물세살의 마이클 멀베이니는 마음속 가장 깊숙한 곳에서는 진지하고 성적 쾌락만을 추구하지는 않는 청년이었기에, 어쩌면 겉모습처럼 청년이 아니라 이미 인생의 다음 단계가 시작되기를 조바심내며 기다리고 있는지도 몰랐기에 두 사람의 대화는 점점 더 진지해져갔다. 호수 주위를 세 바퀴인가 네 바퀴째 돌고 있을 무렵 물속에서 요란하게 울며 날개를 퍼덕거리는 커다란 흰 기러기가 그들의 주의를 끌었다. 나일론 낚싯줄에 다리와 발, 부리까지 엉켜 있었다. 코린은 "저것 좀 봐요! 가엾어라! 가서 도와줘야 해요!" 하고 외치고는 그런 긴급사태에 대비라도 되어 있었던 듯 주저없이 물이 허벅지까지 차고 쓰레기가 둥둥 떠다니는 짠물호수로 들어갔다. 거의 모르는 사이나 다름없는 마이클이 당연히 따라 들어올 것으로 여기고. 마이클은 에라 모르겠다 싶어 그녀를 따라갔다. 성가신 침입자들이 자신들의 영역 내로 들어오는 걸 본 기러기 수십 마리와 사나운 백조들이 시끄럽게 울어대며 날개를 퍼덕거렸다. 하지만 어쩔 수가 없지 않은가? 마이클은 욕지거리를 하며 비틀비틀 코린을 따라가 고통스러워하는 기러기를 붙잡았다. 기러기는 공포에 질린 눈으로 발광하는 풍차처럼 요란하게 날갯짓을 했고 마이클은 가까스로 녀석의 날개를 몸통에 붙여 움직이지 못하게 했다. 그러는 사이 마이클이 아는 어떤 여자보다 날래고 강한 코린이 민첩한 손길로 2미터 가까이 되는 낚싯줄을 풀었다. 그런 상황에서 결코 쉬운 일은 아니었다. 소동에 놀라 호수 가장자리에 모여든 작은 구경꾼 무리가 큰 소리로 응원을 보내다가 마침내 기러기가 낚싯줄에서 풀려나 반은 헤엄치고 반은 날아가는 수륙양용 비행기 같은 자세로 호수 저쪽 끝에 모여 성난 소리로 울어대며 날개를 치고 있는 동료들에게 가자 모두들 환호성과 박수를 터뜨렸다.

마이클이 툴툴거렸다. "망할 것, 고마워하지도 않는군!"

코린이 말했다. "고맙다는 인사는 내가 할게요, 마이클 멀베이니!"

그가 바라는 키스가 아니라 악수였다. 남자끼리 나누는 듯한 굳은 악수.

그렇게 시작되었고, 마이클은 그걸 사랑이라고 부르고 싶진 않았다. 적어도 그렇게 빨리는. 마이클은 나약하고 감상적으로 보이거나 실제로 그런 건 생각만 해도 당혹스러웠다. 우리가 어떻게 만났느냐고? 기러기 때문이었지, 맙소사! 그것도 호수 한가운데서! 농담이 아냐. 그는 이 특이하고 오지랖 넓고 새침한(처녀인) 농장 출신 아가씨가 소위 말하는 강한 개성을 지녔음을 인정하지 않을 수 없었다. 그가 일찍이 여자들에게서 본 적이 없는, 간호학과 학생 도나 같은 헤픈 여자들이나 그의 독실한 가톨릭 신자 누이들은 결코 지니지 못한 그 강한 개성도 나름대로 쎅시할 수 있었다. 그녀는 반대하고 저항할 줄 아는 여자였다. 뉴욕 랜썸빌 출신의 주근깨 투성이 농장 아가씨 코린은 쉬운 여자가 아니었다.

마이클 멀베이니는 두고두고 그 망할 놈의 기러기 사건에 대해 농담을 하고 코린을 놀려댔다. 과거를 그냥 흘려보내지 못하는 남자. 하지만 사실 그건 코린이 기러기를 구하러 간 것에, 대부분의 사람들처럼 못 본 척 외면하고 지나치지 못한 것에 감동했기 때문이었다. 그녀는 그 사건을 즉각적인 도덕적 개입을 요구하는 상황으로 인식했다. 그날 두번째로 샤워를 하고 깨끗이 다림질된 치노 바지와 남방, 새 캔버스화 차림이었던 마이클 멀베이니는 그 기러기를 쉽게—그리 쉽게는 아니고 죄책감을 느꼈을 수도 있지만—지나칠 수 있었을 것이다. 아마 그냥 지나쳤을 것이다(어쩌면 공원 경찰을 찾아가 알렸을지도 모른다). 그런 일련의 생각 끝에 그는 코린 하우스먼이 자신보다 도덕적으로 우월하다는 결론을 내렸다. 그는 여자는 남자보다 도덕적으로 우월해야만 한다고 생각했고 언젠가는 그런 사실이 자신에게 이득이 되리라 여겼다. 사람들이 부자를 사귀어두면 어떤 식으로든 도움이 될 거라고 기대하는 것처럼.

그렇게 해서 스물세살의 나이에 두둑한 보수를 받으며 스크룬 호수에서 여름 일을 하던, 결혼은 고사하고 코앞의 미래에 대해서도 아무 생각이 없던 마이클 멀베이니는 사랑에 빠졌다. 하, 난 그게 너무 쉬워서 안도했지. 조금도 아프지 않았으니까. 프리도니아 주립대에 같이 다니는 남학생과 약혼하려고 했었다는 코린의 고백이 그의 사랑을 더욱 부채질했다. 마이클은 발끈해서 말했다. "코린, 그에 대해 아무것도 말하지 마요! 이름조차도." 코린이 놀라서 대꾸했다. "하지만 마이클, 별로 말할 것도 없어요. 제리는 친절하고 조용하고 진지한 남자예요. 음악교육을 전공하고 있고 악기는……" 마이클이 괴로워하며 말허리를 잘랐다. "코린, 그만. 당신이 그 남자와…… 저어, 잔 것만 아니라면…… 난 그것만 알고 싶소." 코린이 상처받은 목소리로 말했다. "하지만 마이클, 당신도 과거에 여자들이 있었잖아요. 난 당신에게 여자들이 없었으리란 기대는 하지 않아요!" 마이클은 일어서서 머리칼을 쥐어뜯으며 서성이고 있었다. 그가 말했다. "코린, 당신 같은 훌륭한 여자는 남자들과 경우가 달라요. 날 믿어요!" 그러곤 문득 떠오른 말을 흥분한 목소리로 덧붙였다. "심판받지 않으려거든 남을 심판하지 말라." 마이클이 예수 그리스도의 말씀을 인용하자 코린은 엄숙해지면서 종교적 열정에 사로잡혔다. (그가 그녀를 속였던 걸까? 설령 그렇다 해도 그녀는 결코 알아채지 못할 것 같았다.) 코린은 마이클의 손을 잡으며 말했다. "어쨌든 난 제리를 사랑하지 않았어요. 이제 그걸 알겠어요. 오, 제발 말하게 해줘요! 마이클 멀베이니, 내가 그에게 느꼈던 건 당신에게 느끼는 감정에 대면 손톱만큼도 안돼요!" 마이클은 가슴이 벅차올랐다. 그는 기뻐하며 말했다. "티끌만큼이라고 해줘요. 티끌만큼이 맞으니까. 그게 훨씬 적지."

그래도 마이클은 그 문제를 관대하게 받아들이지 못했다. 꼼짝 않고 버티는 염소처럼 고집스러웠다. 둘이 약혼한 후 코린이 마지막으로 제리를 만나 그간의 사정을 설명하고 싶다고 하자 마이클은 완강하게 반대했다. 이미 그에게 편지로 알리고 전화통화도 했지 않은가! 어차피 가을학기에 프리도니아로 돌아가지 않을 텐데 그를 만나는 게 무슨 의미가 있는가? 그는 과거의 여자들과 완벽하게 끝냈으며 그들을 다시 만날 생각은 눈곱만큼도 없었다.

그래서 코린이 주저하며 제리를 선의와 우정의 표시로 결혼식에 초대하자고 제의했을 때(코린의 손님들만 조금 초대하여 랜썸빌 루터파 교회에서 조촐하게 결혼식을 올릴 예정이었다) 마이클은 즉시 반기를 들었다. 그는 코린을 숨이 막히도록 꽉 끌어안고 키스하며 말했다. "당신은 나, 마이클 멀베이니를 사랑해. 내가 당신에게 충분하고도 남는 남자임을 보여주겠소."

아무것도 잃은 게 없을까? 코린은 이십사년이 지난 후 오클리의 병원에서 옛 추억을 떠올리며 그런 의문에 젖었다. 그때의 젊은 연인의 열정적인 목소리가 귓전에 메아리쳤고, 그의 말을 영원히 그녀의 기억 속에 각인시킨, 그의 하숙방 벽에 진 거미줄 모양의 선명한 그림자와 창문 밖 라일락 나무의 윤곽이 눈에 선했다.

날 사랑해! 난 충분하고도 남으니까.

임박한 죽음

그녀는 남편이 모르기를 바랐을 것이다. 영원히. 일단 그
가 알게 되면, 그 가혹한 진실을 알게 되면 다시는 예전처럼
그녀를 볼 수 없게 될 테니까. 예전처럼 애정 가득한 태도로
농담처럼 이 모든 게 어떻게 생겨난 거지? 하고 신기해할 수 없
게 될 테니까. (이 모든 것이란 하이포인트 농장, 아이들, 동
물들, 그러니까 마이클 씨니어의 표현을 빌리자면 전체를 의
미했다. 융자금까지.) 그 전체를 생각하면 어김없이 우리 딸!
우리 소중한 아기!가 떠올라 무력감과 분노, 말할 수 없는 상
처에 서로의 눈치를 살피게 될 테니까.

그녀는 남편을 집에서, 따스한 불이 밝혀져 있고 패트릭
과 저드, 동물들이 모여드는 부엌이 아니라 골동품 창고에
서 기다렸다. 하이포인트 골동품점. 히터가 맹렬하게 돌아가

고 있었지만 지척에서나 겨우 열기를 느낄 수 있는 정도였고, 빨갛게 달아오른 열선이 마치 신경이 드러난 엑스레이 사진 같았다. 천장의 강렬한 조명에 추한 그림자들이 바닥에서 위를 향했다. 추위에 굳은 그녀의 손가락이 어설프게 움직이며 히커리 나무 안락의자에 니스 칠을 하고 있었다. 니스 냄새가 너무 독해서 눈물이 뺨 위로 연신 흘러내렸다.

부지런히 몸을 놀려라! 부지런히. 수세기 동안 농장일을 해온 하우스먼 가문의 금언이었다.

매리앤은 진정되고 차분해져서 이층 제 방에 있었다. 자고 있을지도 모른다. 매리앤은 괜찮다. 괜찮아질 것이다. 지(Head), 덕(Heart), 노(Hands), 체(Health), 미국 4H운동 표어, 지, 덕, 노, 체, 매리앤 멀베이니는 괜찮아질 것이다.

코린은 기도를 올릴 수가 없었다. 기도를 올리면 하느님을 책망하게 될 것 같아서? 예수님을 비난하게 될 것 같아서? 딸이 그런 일을 당한 것에 대해서? 딸이 그런 일을 당하도록 내버려둔 것에 대해서? 기도 대신 지, 덕, 노, 체가 꺼지지 않는 네온싸인 불빛처럼 반복되었다.

마이클의 귀가가 늦어지고 있었다. 마침내 7시 20분에 그의 차 전조등 불빛이 울퉁불퉁한 진입로를 올라왔을 때는 밖이 한밤중처럼 캄캄했다. 코린은 아까 닥터 오클리의 병원에서 그에게 전화를 걸었지만 그는 외출중이었다. 119번 도로에 위치한 새 쇼핑쎈터 내의 밸루라이트 약국 지붕공사 현장에─다섯명의 인부가 최신식 아스팔트 지붕을 올리고 있었다─나갔다고 비서가 말했다. 그때가 4시 30분이었다.

집에 돌아와서 다시 전화를 걸었지만 여전히 외출중이었다. 그는 아침에 코린에게 저녁시간에 늦을 거라고, 클럽 술집에서 친구들과 모임이 있다고 했다. 사업상의 모임이라고. 하지만 아무리 늦어도 7시까지는 들어올 거라고.

코린은 마운트 이프리엄 컨트리클럽으로 전화를 걸고 싶진 않았다. 그가 친구들 앞에서 그 소식을 듣고 당혹스러워하게 하고 싶진 않았다. 게다가 이제 한숨 돌리지 않았는가. 매리앤이 무사히 집에 돌아와서 이층 제 방에 있으니까. 사랑스러운 머핀이 가르랑거리며 퀼트 이불 위에서 매리앤의 품으로 파고들고.

북동쪽에서 불어오는 바람이 점점 더 거세지고 있었다. 고운 모래 같은 눈발이 휘몰아쳐 창문에서 가루처럼 반짝거렸다. 문간에 고급 낙타털 코트와 꿩 깃털이 꽂힌 근사한 중절모 차림의 마이클이 어리둥절하고 걱정스러운 표정을 하고 서 있었다. "여보, 도대체 여기서 뭐 하고 있는 거요? 무슨 일 있소?"

마이클의 뺨은 추위와 두세 잔의 술로 건강하게 상기되어 있었고 눈빛은 날카로웠다. 코린이 오싹함을 느끼며 다른 사람들은 못 보는 것까지 간파해내는 엑스레이 눈이라고 놀리곤 했던 그 눈.

코린은 니스 칠을 하던 붓이 손에서 미끄러져 떨어진 것도 모르고 있었다. 안락의자 주위에 신문지를 어지럽게 펼쳐놓고 그 위에 쪼그리고 앉아 있던 그녀는 일어서서 남편에게 미소를 보내려고 했지만 그만 울음을 터뜨리고 말았다. 절대 울지 말자고 다짐했는데.

"아니, 코린…… 무슨 일이오?"

남편이 다가오자 코린은 더듬더듬 남편의 손을 잡았다. 오래전 그녀가 곰 발바닥만하다고 놀렸던 그 손. 순간 문득 코린은 가족에게 나쁜 일이 있을 때마다(패트릭이 마구간에서 당한 끔찍한 사고가 최악이었지만 다른 일들도 있었다. 다른 일들도!) 어머니인 자신이 아버지인 마이클에게 그 소식을 전하는 임무를 맡아왔음을 깨달았다. 그녀가 어떻게 그런 능력을, 그런 잔인한 기술을 터득했는지는 수수께끼였다. 그녀는 부드럽게 말했다. "여보, 매리앤 문제예요. 매리앤에게 일이 생겼어요."

"매리앤? 뭔데? 지금 어디 있소?"

코린은 마이클을 진정시키기 위해 그의 손을 더 꼭 잡았다. 도저히 입이 떨어지지 않았으나 말을 해야만 했다.

"지금은 괜찮아요. 이층 제 방에 있어요. 그러니까, 지금은 위험하지도 않고 아프지도 않아요. 하지만 그애에게 일이 있었어요."

마이클 멀베이니의 얼굴이 하얗게 질리며 맥이 빠졌다. 그는 남자였기에 알았다.

열일곱살 딸의 아버지. 그는 알았다.

스테이션왜건 앞바퀴가 그 동물을 친 후 코린은 고속도로에서 급히 유턴을 해서 마운트 이프리엄을 향해 전속력으로 달려갈 수밖에 없었다. 금세 숨이 넘어갈 듯 껵껵거리며 발작적으로 흐느끼는 매리앤을 한시라도 빨리 병원에 데려가야 했다. 호흡곤란! 코린은 경황이 없어서 차에 치인 동물이 무엇이었는지 확인하지도 못했고 옆좌석에서 몸부림치며 울어대는 딸을 한 손으로 어루만지며 운전하느라 차선을 벗어나 비틀거리며 달렸다. 사고가 안 나길 천만다행이었다. 그녀는 경적을 울리며 꿈속을 헤매듯 마운트 이프리엄으로 내달렸다. 그녀는 딸을 구해야 한다는 급박한 마음에 정신없이 질주하다가 다른 차와 부딪치거나 행인을 치거나 매리앤과 함께 죽음을 맞을 수도 있었다. 하느님, 저희를 도와주세요. 저희를 보살펴주세요. 저희는 하느님의 은총 속에 있습니다.

아까 언덕길에서 친 건 무엇이었을까? 개? 하지만 개라고 하기엔 너무 작았고 생김새도 달랐다. 고양이? 고양이의 생김새도 아니었고 너구리에 더 가까웠다. 덩치도 크고 너구리처럼 어기적거리며 걸었다. 하지만 겨울에는, 특히 백주대낮에는 너구리를 보기가 어렵다.

시 경계선 바로 안쪽의 언덕진 캐써대거 스트리트에 닥터 오클리의 낡은 회색 지붕 병원이 있었다. 코린은 차를 주차한 뒤 흐느끼는 매리앤을 반은 걸리고 반은 안고 안으로 들어가 깜짝 놀라는 접수 간호사에게 즉시 진료를 받아야겠다고 말했다. 멀베이니 가족의 오랜 친구인 닥터 오클리는 당연히 바로 매리앤을 진료실로 데리고 들어갔다. 대기실에서 대여섯명의 환자들이 조용히 앉아 그 모습을 지켜보았다. (코린은 매리앤과 함께 진료실로 들어가느라 대기실에서 지켜보고 있는 이들을 자세히 볼 겨를은 없었지만 그중

한둘은 낯이 익었고 —학부모회에서 만났나?—분명 멀베이니 가족을 아는 사람들이었다. 그리하여 코린 멀베이니가 발작적으로 울어대는 딸을 데리고 닥터 오클리의 병원으로 뛰어들어온 사건은 마이클 멀베이니가 알게 되기도 전에 속닥속닥 입에서 입으로, 혹은 전화선을 통해 마치 방송 뉴스처럼 즉각 마운트 이프리엄 전체로 퍼져나갔다.)

저녁때 코린이 마이클에게 말한 대로, 매리앤은 닥터 오클리의 진료실에서 점차 진정되었다. 친근한 장소였고 닥터 오클리가 의자에 앉히고 휴지를 건네며 마음을 달래주었기 때문이다. 코린은 매리앤 곁에 가까이 앉아 딸의 손을 잡고 있었다. 매리앤의 얼굴은 번들거리는 눈물 자국으로 범벅이 되어 있었고 핏기라곤 없었으며 책상에 앉은 닥터 오클리나 코린을 제대로 쳐다보지도 못했다. 그녀는 들릴락 말락 한 조그만 소리로 "다쳤어요"라고 말했다.

"다쳤다고? 어떻게?" 닥터 오클리가 물었다.

얼마 전 댄스파티가 끝난 뒤에. 댄스파티가 끝난 뒤 아주 늦은 시각에. 새벽 3시쯤 됐을 것이다.

"매리앤, 어디서 그랬니?"

남학생의 차 안에서. 어딘지 잘 생각이 안 나는 주차장에서. 어떤 건물 뒤에 있는. 대형 쓰레기통이 줄지어 있는 곳. 그녀는 술을 마셔서 속이 안 좋았다. 그녀는 기억이 온통 뒤죽박죽이라고, 틀린 말을 하고 싶진 않다고 말했다.

"매리앤, 그 남학생이 누구였지? 그 학생이 너한테 어떻게 했지?" 닥터 오클리가 조용히 물었다.

매리앤은 처음엔 대답하지 않더니 들릴락 말락 한 소리로 그 남학생의 이름을 말하고 싶지 않다고 했다. 그런 일이 일어난 건 그의 책임만이 아니며 자신의 책임도 똑같이 크다고. 자신은 파티에서 술을 마셨으며 평생 그렇게 속이 안 좋았던 적이 없었다고. 자신은 술을 마시는 실수를 저질렀으며 친구들이 경고를 해줬던 것 같은데 분명하게 기억이 나지 않는다고. 그때 무슨 일이 있었는지 잘 기억나지 않으며 댄스파티 자체에 대한 기억도 내용이 잘 떠오르지 않는 꿈처럼 흐릿해졌다고. 분명 실제로 일어난 일이지만 기억할 수가 없다고. 자신은 틀린 말은 하고 싶지 않다고.

닥터 오클리가 얼굴을 찌푸리며 말했다. "하지만 매리앤, 무슨 일을 당했다고? 그러니까…… 다쳤다고?"

매리앤은 몸에서 그런 증거를, 상처를 발견했다고 천천히 말했다. 이름을 말하고 싶지 않은 그 남학생과 몸싸움을 벌였고 그가 그녀의 드레스를 찢었다. 때렸는지도 모른다. 얼어서 미끄러운 포장도로에서 하이힐을 신고 달리다가 미끄러져 넘어진 게 아니라면. 그의 차에서 도망치려다가. 너무 춥고 바람이 셌고 코트가 어디 있는지도 몰랐으며 속도 안 좋았다. 술에 취해본 적이 없어서 잘 모르겠지만 술에 취했던 것 같다. 오렌지주스로 만든 걸 마셨는데 친구들이 경고를 했지만 듣지 않았다. 들었는데 기억이 안 나는 건지도 모르겠고 누가 경고를 했는지도 모르겠다. 친구들이나 누구의 이름을 대서 연루시키고 싶지 않다. 다른 누구의 탓도 아니고 다 내 탓인 것 같으니까. 토할 것 같아서 그 남학생의 차에서 비틀거리며 내려서 도망치려고 했던 것 같다. 차 안에서 토하는 게 창피해서. 그가 트리샤네 집에 태워다주겠다고 했기 때문에 거기가 그 집 진입로인 줄 알았는데 분명 다른 곳이었고 어디였는지는 모르겠다. 나중에 그가 트리샤네 집까지 태워다줬다. 절대적인 확신을 갖고 말할 수 있는 게 없다. 그가 트리샤네 집에 태워다주겠다고 진짜로 말했는지 아니면 자신이 잘못 알아들었는지 모르겠다. 지난 며칠 동안 계속 기도하며 어떻게 할까 생각했는데 그냥 넘어가야 한다는 결론을 내렸다. 실수한 건 그 남학생이 아니라 나 자신이고 그를 죄인으로 모는 증언을 해선 안되니까. 매리앤은 다시 무력하게 울기 시작했다. 코린도 눈물을 흘리며 딸을 껴안았다. 닥터 오클리가 지켜보는 가운데 코린은 울고 또 울었다. 가슴이 갈가리 찢긴 것처럼. 매리앤은 어머니의 포옹을 거부하지도 그것에 답하지도 않고 딱딱한 자세로 잠자코 앉아 있다가 잠시 후 닥터 오클리를 보면서 침착하게 말했다. "이제 검사받을 준비가 된 것 같아요."

닥터 오클리의 간호사가 매리앤을 검사실로 데려갔다. 코린도 따라가려고 했지만 닥터 오클리가 그냥 여기서 기다리는 게 낫겠다고 만류해 진료실에 남았다. 너무도 길게 느껴지는 시간이 지난 후 닥터 오클리가 심각하고 동정 어린 표정으로 나타났다. "매리앤은 성적 학대를 당한 것 같군요."

코린은 고통에 차서 일어섰다. "오 하느님, 오 예수님, 그 아이가…… 강간을 당했다고요?" 닥터 오클리는 잠자코 있었다. 혀로 입술을 축이며. 그의 콧마루에 움푹 팬 자국을 만든 두꺼운 이중촛점 안경이 불투명한 빛을 반사했다. 그는 떨리는 손에 서류를 들고 자신이 쓴 글씨를 알아보기 힘들기라도 한 것처럼 이마를 찌푸렸다. "'강제적인 음경 삽입'의 증거가 있습니다. 처녀막이 파열됐고 질부와 골반부에 멍과 찢어진 상처가 있어요. 허벅지, 복부, 가슴에도 멍이 있고요. 폭행 후 며칠이 지났으니 분명히……" 너무도 점잖은 노신사인 닥터 오클리는 이 부분에서 말을 더듬었다. "……정액은 남아 있지 않을 겁니다. 하지만 얼룩 하나를 채취했으니 두고 봅시다."

"강간을 당했다고요? 매리앤이?"

"코린, 매리앤은 그렇게 말하고 있지 않아요. 알다시피 그런 말은 하지 않았어요."

"하지만 닥터 오클리, 그거잖아요! 강간."

닥터 오클리는 눈에 띄게 초조한 기색으로 손에 든 서류를 향해 얼굴을 찌푸린 채 고개를 저었다. 그의 공손하고 정중한 태도는 이따금 어색함으로 이어졌다. 그는 구식 일반의였고 그 자신이 최신 심리학으로 여기는 '심리치료'의 이전 세대에 속했다. 그가 조심스럽게 말했다. "진통제와 잠을 잘 수 있도록 도와주는 약을 처방했어요. 매리앤은 용감한 젊은 여성이니 당신과 마이클은 매리앤의 말에 귀기울이고……" 닥터 오클리는 말을 끊고 다시 세심하게 혀로 입술을 축였다. "……경솔한 행동은 하지 마세요."

이런 얘기를 코린은 마이클에게 최대한 차분하고 신중한

목소리로 전했다. 그녀는 그의 분노가, 여간해선 볼 수 없지만 불같이 뿜어져나오는 그의 노여움이 두려웠다. 그 개자식! 그 개자식을 죽여버리겠어! 그녀가 지난 몇시간 동안 예상했던 그의 반응이었다. 누군지 말해! 죽여버리겠어!

하지만 예상과는 다른 마이클의 반응에 코린은 더욱 겁이 났다. 마치 자신의 죽음이 임박했다는 소식이라도 듣는 것 같은 반응이었다. 그는 코린의 말허리를 끊지도 않고 아무 말도 하지 않았다. 그는 호흡곤란을 일으키며 코린의 양손을 꽉 잡았다. 얼굴이 돌연 잿빛이 되었고 믿을 수 없다는 듯 노인처럼 눈물을 글썽였다. 그는 몸의 균형을 잃고 비틀거리다가 엎어놓은 나무상자에 무겁게 주저앉았다. 장갑 한 짝이 코트 주머니에서 흘러내렸고, 멋진 여우 빛깔 중절모가 그의 발치에 굴러떨어졌다. 코린은 그가 심장마비나 뇌졸중을 일으킬지도 모른다는 두려움에(그는 혈압이 높았다. 오, 왜 그 생각을 못했더란 말인가!) 황급히 애원했다. "마이클, 여보, 괜찮아요. 매리앤은 괜찮아요. 그앤 아주 용감하니까요. 오클리 선생님이 매리앤에게 휴식이 필요하다고 했어요. 심하게 다친 건 아녜요. 정말이에요! 내 말은……" 그녀는 낙타털 코트에 감싸인 마이클의 팔을 어색하게 껴안으며 고통에 찬 얼굴을 그의 얼굴에 갖다댔다.

시선을 드니 패트릭이 모자도 쓰지 않은 채 문가에 서서 덜덜 떨며 그들을 바라보고 있었다. 패트릭이 소년다운 책망과 두려움에 떨리는 목소리로 물었다. "아버지? 엄마? 무슨 일이에요? 왜 여기 나와 계세요?"

모든 심장박동은!

우리집 진입로 초입의 개울가에서였다. 나는 자전거에
걸터앉아 물속을 들여다보고 있었다. 빠르게 흐르는 맑은
물, 얕은 수심, 이판암 바닥, 많은 낙엽들. 납빛 하늘에 빛이
거의 사라져서 내 얼굴은 보이지 않고 그 누구의 머리일 수
도 있는 검은 형상만 보였다. 나는 아이들이 하는 것처럼 자
신에게 최면을 걸었다. 외로운 아이들, 혹은 자신이 외롭다
는 걸 깨닫지 못하는 아이들이 하는 것처럼. 개울은 왼쪽에
서 오른쪽으로(동쪽에서 서쪽으로 비스듬하게) 흘렀고 나는
난간에(완전히 썩어버린 난간. 아빠에게 널빤지를 새로 대
야겠다고 말해야지. 함께 작업하면 될 거야) 기댄 채 꼼짝도
않고 서 있었다. 늘 그렇듯 물의 흐름이 점점 느려지면서 움
직이는 건 물이 아니라 내가 되었다. 으! 괴상하다! 겁이 나
고 사타구니가 근질거렸지만 난간 너머로 점점 더 멀리 몸

을 내밀고 물속을 들여다보았다. 나는 계속 움직이며 빨려들듯 앞으로 나아가 마치 공중으로 떠오르는 듯했고, 바로 그 순간 나의 심장박동을 느꼈다. 하나둘셋 하나둘셋! 모든 심장박동은 지나간다! 모든 심장박동은 지나간다! 나는 오싹한 기분을 느끼며 떨기 시작했다. 더이상 따뜻한 날씨가 아니라 이제 11월의 깊은 가을이었고 거의 모든 나무가 잎을 떨어뜨린 상태였다. 상록수와 물박달나무 몇이 아직 잎을 달고 있었지만 사실 노랗게 마른 잎들이 떨어지지 않고 있으면 (물박달나무처럼) 그 나무는 얼마쯤 죽은 것이었다. 땅에는 눈이 얇게 쌓여 있었는데 군데군데 갈라진 틈이 그림자처럼 검은 것이 마치 음화 필름 같았다. 모든 심장박동은 지나간다! 모든 심장박동은 지나간다! 나는 넋을 잃었다. 분노와 격한 고통으로 넋을 잃은 것처럼. 그럼 나도 죽는 거야? 나는 저드 멀베이니가 죽을 수 있다고 믿지 않았던 것이다. (농장에서는 죽음이 자연스러운 일상인데도 말이다. 농장에서는 많은 생명이 죽어가고 새 생명이 태어나 그 자리를 채운다. 자신이 죽은 생명의 자리를 채우고 있다는 것도 모른 채.) 그러니 나는 알고 있었다. 나는 바보가 아니니까. 그러면서도 사실은 모르고 있었다. 열한살인가 열두살이 되도록. 그렇게 개울 난간 너머로 몸을 기울인 채 최면에 걸리고 겁에 질려 있는데 갑자기 아버지와 마이크 형이 진흙 색깔 포드 픽업을 타고(진흙 색깔 차를 사면 시간을 절약할 수 있다는 게 아버지의 논리였다) 덜컹거리며 진입로를 질주해 올라왔다. 트럭 문짝에 보기 좋게 둥글둥글한 흰 글씨로 멀베이니 지붕

(716) 689-8329라고 씌어 있었다. 트럭이 너무 가까이 지나쳐서 자전거에 부딪칠까봐 나는 얼른 자전거를 옆으로 끌어당겼다. 마이크 형이 창문을 내리고 밖으로 몸을 내밀어 내 머리를 때리는 시늉을 했다. "야, 레인저 꼬맹이, 무슨 일이냐?" 운전석의 아버지가 웃었고 다음 순간 그들은 내 곁을 지나쳤다. 픽업이 전속력으로 진입로를 달려올라갔다. 나는 그들의 뒷모습을 물끄러미 바라보았다. 내겐 너무도 특별한 두 사람. 그 누구의 아버지와도 다른 나의 아버지와 나의 큰형 '뮬' 멀베이니. 순간 너무도 끔찍한 생각이 떠올랐다.

그들도 마찬가지다. 그들 모두. 모든 심장박동은 지나간다.

그 생각은 오랫동안, 어쩌면 영원히 내 마음에 머물렀다. 나는 사랑하는 사람들을 잃게 될 것이며 그들 또한 나를, 저드슨 앤드루 멀베이니를 잃게 될 거라는 생각. 그들은 그걸 전혀 모르고 있었다(그랬을까?). 그리고 말라깽이 꼬마에 하이포인트 농장 식구 중 막내인 나는 자신이 아는 걸 모르는 척해야만 했다.

폭행

하지만 모트 런트는 내 친구야.

견디기 힘들 정도로 거센 감정의 소용돌이 속에서 마이
클 멀베이니 씨니어의 머리에 처음 떠오른 생각이었다. 그
날 밤 그는 무모하고 필사적으로 빙판길을 질주하여 마운트
이프리엄으로, 아무런 예고도 없이 런트의 집으로 갔다(컨
트리클럽 근처 엘름우드 레인에 위치한 그 목장풍의 자연석
주택에 그는 손님으로 한두 번 가본 적이 있었다). 가벼운
눈발이 날리는 가운데 9시 반쯤 그곳에 도착하니 진입로에
서토퀴 군 보안관 차가 서 있었다. 보안관 대리이며 마이클
의 오랜 친구이기도 한 에디 해리스가 그를 기다리고 있었다.

마이클이 외투도 모자도 없이 포드 픽업에서 튀어나와
차 문도 닫지 않고 걸어오자 에디 해리스가 재빨리 순찰차
에서 내려 그를 맞았다. 에디가 당혹스러운 듯 머뭇거리며

말했다. "이보게, 마이클…… 잘 지냈나?"

"여기서 뭐 하는 건가?"

"코린이 전화를 했네. 자네가 여기로 올 거라고. 문제가 생긴 모양이군, 응?"

마이클은 현관문 안에 누가 있는 걸 보았다. 키가 큰 걸로 보아 모트 런트였다. 그는 흥분한 목소리로 말했다. "문제가 생긴 건 내가 아니라 저 개자식들이지." 그는 앞을 막아서는 에디를 밀어젖혔다. "저 개자식들하고 할 말이 좀 있어."

에디가 마이클의 팔을 붙잡으며 말했다. "잠깐만, 마이클……" 마이클은 거칠게 그의 손을 뿌리쳤다. "자네 대체 누구 편인가?"

현관문이 열리고 모트 런트가 떨리는 목소리로 외쳤다. "보안관, 난 그를 만나는 게 두렵지 않소. 지금 당장 오해를 풀 수 있을 거요."

마이클 멀베이니 씨니어는 계단을 뛰어올라가 모트 런트가 내민 손을 무시했다. 늘 만나면 지나칠 정도로 따뜻하게 인사를 나눠왔던 두 남자가 이토록 다른 상황에서 만나 서로를 견제하게 되다니! 마이클 멀베이니는 모트 런트보다 키는 3센티미터 정도 작았지만 체중은 10킬로그램이 넘게 더 나갔고 모든 면에서 훨씬 육체적이고 격정적이었다. 혈관에서 아드레날린이 들끓으며 격렬한 에너지가 솟구쳤고 축축한 얼굴에 흰 광채가 돌았다. 두 남자는 쉰을 바라보는 비슷한 또래였지만 모트 런트가 숱이 적어져가는 가느다란 잿빛 머리칼과 이중촛점 안경 때문에 더 늙고 자신없어 보였다. 그는 마이클이 얼굴에 주먹이라도 날릴까봐 두려운지 뒤로 움츠러들었다. 마이클이 외쳤다. "좋아! 당장! 당신 아들 어딨소? 내가 만나러 온 건 그 자식이니까."

모트 런트가 더듬거리며 대답했다. "재커리는 지, 지금 집에 없소."

"염병할, 집에 없다! 보면 알겠지."

두 남자는 오분에서 십분 정도 현관에 서서 종잡을 수 없는 대화를 나눴다. 보안관 대리는 대화에 끼어들진 않았지만 가까이에서 대기하며 귀기울여 듣고 있었다. 모트 런트는 경험 많은 투자상담가인데다 기질적으로 과도하리만큼 정중해서 목소리는 갈라졌을망정 이성적으로 차분하게 말하려고 애썼으나 마이클은 요란하게 떠들어대며 말에 조리가 없을 때도 있는 것으로 보아—나중에 그런 소문이 돌지만—술에 취한 듯했다. 모트는 지난 주말 댄스파티 후에 불미스러운 일이 있었다는 얘기를 자신도 들었고 '미성년자 음주'와 '몹시 거친 행동'이 있었다는 것도 들었으며, 아들에게 무슨 일이 있었는지 묻고 6주 외출금지에 차 사용을 금지하고 통행금지시간을 저녁 8시로 하는 벌을 내렸다고 했다. 마이클이 그의 말허리를 잘랐다. "당신의 염병할 아들이 지난 토요일 밤에 내 딸을 다치게 했어. 내 딸을 폭행했다고! 모트, 그것도 알고 있었소? 그 개자식이 그 말도 했소?"

모트가 항의했다. "제, 제발 내 아들을 그렇게 부르지는……"

마이클은 손나팔을 만들어 집 안에 대고 외쳤다. "듣고 있냐, 이 개자식아. 씨팔놈아! 당장 나오지 않으면 내가 갈 테다!"

"잠깐만, 마이클……."

"마이클!"

모트와 에디가 마이클을 말리려고 했지만 그는 격노해서 비틀거리며 그들을 밀쳐냈다. 그는 친구 에디에게 말했다. "자네! 법의 집행자라고 자부한다면 저 자식을 폭행죄로 잡 아가야지."

잠시 후 재커리 런트가 계단에 나타났다. 탈색한 청바지 와 록그룹 '그레이트풀 데드' 티셔츠 차림이었다. 찰랑거리 는 긴 머리가 눈을 가리고 있었다. 감히 마이클 멀베이니에 게 대적할 각오로 나왔는지는 모르겠지만, 마이클이 달려오 는 걸 보자 온몸에 힘이 쭉 빠지는 모양이었다. 마이클은 그 의 팔을 잡고 흔들며 소리쳤다. "개자식! 불량배 자식! 내 딸 한테 무슨 짓을 한 거야! 널 죽여버리겠어!"

모트 런트와 에디 해리스가 끼어들었다. 마이클은 두 사 람을 밀어내면서 모트의 뺨을 갈겨 안경을 날려버리고 몸싸 움 중에 재커리 런트가 미끄러져 넘어지려는 걸 거칠게 붙 잡고 안아 갈비뼈 몇개를 부러뜨린 다음 벽에 내던져 코뼈 를 부러뜨리고 코피를 터뜨렸다.

그 모든 것이 순식간에 벌어진 일이었다! 집 안 다른 한쪽 에서는 런트 부인이 미친 듯이 마운트 이프리엄 경찰서에 전화를 걸고 있었다.

그들이 말했다. 우리에게 말해.

그녀가 말했다. 제가 아는 것만 말할 수 있어요.

그들이 말했다. 우리에게 말해! 정의가 집행될 수 있도록.

그녀가 말했다. 저는 술을 마셨어요. 제 탓이에요. 기억이 안 나요. 제가 어떻게 그를 죄인으로 모는 증언을 할 수 있겠어요!

매리앤 멀베이니는 그 말을 얼마나 여러 번 되풀이했는지 모른다. 부모님에게. 그녀에게 그 일에 대해 물은 모든 사람에게. 마운트 이프리엄 경찰서에서 나온 경찰관 둘에게도. 마이클 멀베이니가 런트의 집에서 '파괴적이고 난폭한 행위'를 벌인 이튿날 아침 경찰관들이 하이포인트 농장으로 찾아와 부모의 입회하에 매리앤에 대한 조사를 벌인 것이다.

저는 술을 마셨어요. 기억하기가 너무 어려워요. 맹세는 못해요. 확신할 수도 없어요. 전 거짓 증언을 할 수는 없어요.

쎄인트앤 성당에서 홀로 많은 시간을 보낸 매리앤은 전에 없이 이상하리만큼 고집스러운 평온함을 보였다. 그녀는 그동안 복음서를 읽고 기도를 올렸다. 그리고 예수에게 마음을 열게 되었다. 그런 종교적 체험은 평생 처음이었다. 정말 처음이었다! 예수는 그녀에게 묵상을 통해 분노와 비난의 충동에 저항하도록 가르쳤다. 그리고 사실 그녀는 그날 밤 취해서 속이 메슥거리고 몸을 똑바로 가누기 힘들고 겁에 질려 제정신이 아니었기에 자신과 재커리 런트 사이에 무슨 일이 일어났는지 분명히 기억할 수도 없었다.

매리앤은 부모님이 조용히 지켜보는 가운데 마운트 이프리엄 경찰관들에게 그렇게 말했다.

(마이클 멀베이니는 간밤에 체포되었고 쌍방의 폭행죄 고소가 '임박'해 있었다.)

하지만 매리앤의 증언 말고 무엇으로 재커리 런트의 죄를 증명한단 말인가? 재커리의 친구들은 그의 편을 들 것임을 매리앤은 알고 있었다. 그것에 분개하진 않았지만 알고는 있었다. 그건 분명하고 필연적인 일이었으며, 그녀는 체스 게임에서 상대의 치명적인 수를 예견하면서도 손 놓고 당할 수밖에 없는 처지와도 같았다. (언젠가 패트릭이 매리앤에게 체스를 가르치려다 금방 포기한 적이 있었다. 그녀는 너무 착하고 비공격적이어서 교활한 편치의 적수가 되지 못했던 것이다.) 그녀는 조용히, 차분히 되풀이했다. 저는 술을 마셨고 설명할 수 없는 것이, 기억나지 않는 것이 너무 많아요.

제가 어떻게 그를 범인으로 몰 수 있겠어요. 제 잘못도 똑같이 큰데. 거짓 증언은 못해요.

마치 그것이 자신이 아는 사실을 가장 간단하게 간추린 요지라도 되는 것처럼 그 말만 되풀이했다. 그것이 그녀가 이해할 수 있는 전부인 것처럼. 마치 잔혹한 마법에서 깨어난 후 손에 쥔 건 여기저기 찢어지고 커다란 구멍이 나 너덜너덜한 썩은 그물뿐임을 알게 되지만 그것이 유일한 위안이고 희망이어서 자꾸만 자꾸만 자꾸만 그 썩은 그물을 던지고 떨리는 손으로 숨죽이며 끌어당겨 그 안에 어떤 진실이 담겼는지 확인하려는 것처럼. 저는 술을 마셨어요. 제 탓이에요. 기억이 안 나요. 제가 어떻게 그를 죄인으로 모는 증언을 할 수 있겠어요!

그녀는 자신이 재커리 런트를 성폭행 혐의로 고소하는 걸 포기하면 재커리 런트와 그의 아버지도 마이클 멀베이니를 폭행 혐의로 고소하지 않을 것임을 알고 있었다.

그래서 그렇게 되었고, 그랬어야만 했다. 그녀는 자신의 영혼을 깊숙이 들여다보았다.

지금껏 단 한번도 진정으로 영혼을 들여다본 적이 없었다. 그녀는 트리샤네 집에서 얼얼할 만큼 뜨거운 물에 들어앉아 상처받은 살을 문질렀던 것처럼 자신의 영혼을 문지르고 문지르고 또 문질렀다. 그건 분명 아프고 고통스러웠지만 만족감도 있었다. 심지어 억제된 기쁨까지도. 악한 자에게 맞서지 말라. 누가 네 오른쪽 뺨을 치거든 왼쪽 뺨도 돌려 대라.

예수의 목소리가 그토록 생생하게 들렸던 적은, 그토록 특별하게 그녀를 향했던 적은 없었다. 내가 너희에게 명한 모든 것을 지켜라. 보아라. 내가 세상 끝날까지 너희와 항상 함께 있으리라.

매리앤은 3월 첫째 월요일까지 학교에 나가지 않았다. 그때까지 그녀는 오래, 열심히 생각했다. 대부분의 시간을 자신의 방에서 혼자 보내며 스스로를 치유했다. 물론 학교 숙제는 빠짐없이 하고 있었다. 그녀는 근면했고 그것에 대해선 강박적이기까지 했다(코린이 거의 날마다 매리앤의 선생님들에게 전화를 걸었다). 매리앤은 하이포인트 농장 가족들의 생활의 근간을 이루는 ★★★작업 일정표★★★에 차질이 없도록 자신이 맡은 일은 거의 다 했다. 학교 숙제며 집안일이며, 마치 아무 문제도 없는 것처럼. 하기야 이제 그녀는 회복되었고 가장 심했던 멍들도 희미해져가고 있으니 아무 문제도 없었다.

너희를 저주하는 자를 위하여 축복하며 너희를 모욕하는 자를 위하여 기도하라.

런트 부자는 마이클 멀베이니 씨니어를 고소하지 않았고 매리앤 멀베이니는 재커리 런트를 고소하지 않았다. 그런 사실들이 마치 선명해졌다 희미해졌다 하는 라디오 소리처럼 자신과 무관하고 멀게 느껴졌다. 하느님의 나라는 너희 안에 있느니라. 그녀는 맨다리로 방바닥에 무릎을 꿇고 앉아 손을 굳게 모아쥐고 눈을 꼭 감고 눈물을 흘리며 기도했다. 예수님! 예수님! 예수님!

그건 처음부터 비밀스러운 일이었다. 그가 그녀에게 그런 짓을 한 뒤부터. 그녀 안으로 깊숙이 들어온 뒤부터. 손으로 붙잡고 찌르고 파헤치면서 이 개 같은 년! 더러운 년! 네가 원한 게 아니란 말 하지 마, 더러운 년! 하고 그녀를 시보레 코르벳 자동차 좌석에 밀어 쓰러뜨린 뒤부터. 새것 냄새가 나는 가죽 씨트, 차가운 천, 가까이 다가오는 그의 분노에 찬 창백한 얼굴. 그녀의 다리를, 허벅지를 강제로 벌리고 드레스를 찢고, 너무도 약하고 겁에 질려 저항도 하지 못하고, 안돼!라는 말도 하지 못하고…… 그리고 나중에 트리샤네 집에 데려다주자 부끄러움과 죄책감에 몰래 조용히 안으로 들어가 거품 이는 뜨거운 물속에서 몸을 문질러 닦으며 흐느끼고 중얼거리고 심지어 쿡쿡 웃기까지 했다. 소리가 새나가면 트리샤네 식구들이 깰까봐 입술을 깨물고. 비밀, 그리고 계시.

슬퍼하는 자는 복이 있나니 그들은 위로를 받을 것이다.

그녀는 그런 고통 속에서 솟아나는 기쁨에 대해 뭐라고 설명할 수가 없었다. 그녀는 흥분으로 잠을 이루지 못하고 침대에서 내려와 딱딱한 맨바닥에 무릎을 꿇고 침대 가장자리에 매달려 기도하고 또 기도했다. 하늘에서 차가운 눈으로 내려다보는 보름달이 마치 깜짝이지 않는 하느님의 눈 같았다. 그리고 바람, 하이포인트 농장에서, 계곡 위에서 쉬지 않고 부는 바람이 그녀의 심장을 휘감았다.

예수님! 살아 있게 해주셔서 감사합니다. 이렇게 살아 숨 쉬고 있는 것에 감사드립니다.

왜냐하면 재커리가 그녀를 목 졸라 죽였을 수도 있으니까. 그녀의 축 늘어진 몸을 차 밖으로 끌어내려 빙판길에 머리를 짓찧었을 수도 있으니까. 그랬을 가능성도, 무언의(그런 말을 하지 않았다면) 위협도 있지 않았던가?

매리앤은 그런 비밀들을, 그런 계시들을 마음에 품고 있었다. 고통으로 만신창이가 된 아버지에겐 감히 말하지 못했지만 어머니에겐 암시적으로 말할 수 있었다(어머니는 부르기라도 한 것처럼 황급히 달려왔다. 강한 유대로 이어진 모녀는 둘이 함께 무릎을 꿇고 앉아 울면서, 때로는 웃으면서, 어린 자매들처럼 손을 맞잡고 가장 단순한 기도를 올렸다. 하늘에 계신 우리 아버지여 이름이 거룩히 여김을 받으시오며. 얼굴이 눈물로 뒤범벅이 되고 뺨에 혈색이 돌아올 때까지 그렇게 기도를 올렸다). 그런 고통 속에도 편안함이 있다. 십자가에 매달렸던 예수님은 안다. 공개적인 망신과 굴욕. 그녀는 사람들이 자신에 대해 수군거리고 동정할 것임을 알았다. 학교에서, 마운트 이프리엄에서, 서토쿼 밸리 전역에서. 물론 재커리 런트가 친구들에게 자랑을 했을 것이고, 그가 입을 열지 않았더라도 매리앤 멀베이니의 아버지가 재커리의 집에 찾아가 난동을 부리다 경찰에 체포된 일에 대한 소문이 퍼졌을 터였다.

당신들 멀베이니네, 자기들이 대단한 줄 알지.

매리앤에게 안부전화를 걸어온 친구는 거의 없었다. 며칠씩 결석을 하고 있는데도. 남학생은 아무도 전화를 걸어오지 않았다. 5학년 때부터 제일 친한 트리샤도 전화가 없었다. 아니, 매리앤이 학교에 나가지 않은 지 2주째 되는 화요일에 트리샤가 전화를 했고 코린이 받았다. 하지만 몇시간 후 매리앤이 전화를 걸자 트리샤는 집에 없었다. 그리고 전화를 받는 러포트 부인의 목소리가 너무도 딱딱했다. 너무도 이상했다. 마치 매리앤이 누군지 잘 모르겠다는 듯. 매리앤이 조용히 말했다. "트리샤한테 이 일에 연루되게 해서 미안하다고 전해주세요." 깜짝 놀란 듯한 침묵이 흐른 뒤 러포트 부인이 대꾸했다. "연루? 내 딸이? 내 딸은 어디에도 연루되지 않았어. 네가 무슨 말을 하는 건지 통 모르겠구나."

그래서 그녀는 기도했고 점차 치유되었다. 멍과 찰과상도 거의 아물었다. 다시 닥터 오클리를 찾아갔을 때는 허벅지 안쪽의 동전만한 멍들만 남아 있었다. 재커리가 성난 손가락으로 쥐어뜯고 쑤셔대고 충혈된 성기를 자꾸 자꾸 자꾸 자꾸 밀어넣었던 곳도 아물었다. 출혈도 멎었다. 몇주 내로 정상적인 월경을 하게 될 것인지는 몰랐지만 지금은 그 생각을 하고 있지 않았다.

난 술을 마셨어. 내 탓이야. 그날 밤을 돌이킬 수 있다면 좋겠지만 그럴 수는 없어. 내가 어떻게 그에 대해 거짓 증언을 할 수 있겠어?

어느날 코린은 매리앤의 옷장 구석에 숨겨진 찢기고 더러워진 드레스를 없앴다. 그녀는 매리앤에게 드레스가 어디 있는지 물을 필요도 없었다. 바로 찾아낸 그 드레스를 자세히 살펴보고 싶지 않아서 둘둘 말아 다른 쓰레기와 함께 종이봉투에 쑤셔넣었다. 어머니의 눈에 물기가 반짝였으나 그녀는 울지 않았고 매리앤도 울지 않았다. 그리고 아무 말도 하지 않았다.

눈 덮인 하이포인트 농장의 환하고 눈부신 겨울 아침! 이 겨울이 매리앤이 이곳에서 보내는 마지막 겨울이 될 것이었고 그녀는 그걸 알고 있는 듯했다. 2월 마지막 주에 이틀 연속 스쿨버스가 다니지 못해서 패트릭과 저드는 학교에 가지 않고 집에 있었다. 지난 수년간 그래왔듯이 그들은 눈보라 치는 아침이면 군내 학교들이 휴교에 들어간다는 소식을 듣기 위해 흥분과 기대에 차서 WYEW-FM에 귀를 기울였다. 매리앤은 이층에 있었지만 P. J.와 저드가 휴교령이 내려졌다는 소식을 듣고 환호하는 소리가 들려왔다.

하지만 P. J.는 학교에 못 가고 눈과 침묵 속에서 집에 있는 걸 '격리'라고 부르며 썩 좋아하지 않았다.

겨울의 침묵. P. J.는 매리앤의 눈길을 피했다. 그의 젊은 얼굴이 충격과 연민, 혐오로 일그러져 있었다.

(패트릭과 저드는 얼마나 알까? 부모님이 그들에게 무슨 말이든 했을 것이다. 그리고 마이크는 성인이니까 알고 있다. 그는 처음부터, 코린이 매리앤을 닥터 오클리에게 데려갔던 날 저녁부터 알고 있었다.)

매리앤은 어머니의 성화에 못 이겨 다시 닥터 오클리를 찾아갔다. 진찰대에서 아픔에 대비해 마음을 단단히 먹고 눈을 꼭 감았다. 예수님! 예수님! 예수님! 이마의 머리선을 따라 땀이 송골송골 맺혔지만 아픔은 없었다. 예수께서 아픔을 물리치도록 도와주신 것이다. 진찰이 끝나고 옷을 입는데 자신의 손에 남의 손가락이 달려 있는 것처럼 손가락에 감각이 없어서 옷을 떨어뜨리고 말았다. 옆방에서 남자 목소리가 들렸다. "……상황을 감안하면 옳은 결정이었어요. 혹시 곤란한 일이 생길 수도……" 그녀는 더이상 듣지 않았다.

그리고 아빠, 마이클 멀베이니 씨니어가 있었다. 매리앤은 아빠에 대해서는 생각하지 않으려고 했다.

그날 밤 이후로는. 그날 밤 아빠는 그녀의 손을 꽉 잡았다. 너무 세게. 그리고 울었다. 아빠의 울음이 주는 충격! 그녀는 겁에 질렸고 가슴이 무너져내렸다. 그래서 그뒤로는 그 일에 대해 생각하지 않기로 맹세했다. 어차피 그 문제에 대해 그녀가 할 수 있는 일은 아무것도 없으니까. 그녀는 2월 14일 일요일 새벽에 일어난 일련의 사건을, 그때 자신이 어땠었는지조차 정확히 기억할 수 없었다. 마치 필름에 문제가 생긴 영화처럼 영상들이 흔들리며 지나갔지만 희미하고 혼란스럽고 촛점이 맞지 않았다. 그러니 재커리 런트를 죄인으로 모는 증언을 할 수는 없었다. 아빠의 바람대로 아빠를 따라갈(셔토쿼 폴즈에 있는 셔토쿼 군 지방검사 사무실이라고 했던가?) 수도 없었다.

못해요, 못해요. 전 도저히 못해요.

그래서 하이포인트 농장은 침묵의 가정이 되었다. 무시무시한 폭발이 일어난 직후처럼. 어머니가 부엌에서 라디오를 요란하게 틀어놓고 아들들이 텔레비전 볼륨을 높인 건 놀라운 일이 아니었다. 개들까지 사소한 자극에도 짖어댔다. 배밭에 날아든 까마귀 떼 울음소리나 헬리콥터가 계곡을 가로질러 신비한 초저녁 비행을 하면서 프로펠러로 타! 타! 타아! 허공을 가르는 소리에도.

매리앤은 지금껏 보지 못했던 마이클 존 멀베이니 씨니어를 발견하게 되었다. 그는 늘 아빠였으니까. 아니면 캡틴, 아니면 컬리('컬리'라고 불리지 않은 지는 몇년 되었다. 그렇게 불릴 나이는 지난 것이다). 그녀는 이제 마이클 존 멀베이니 씨니어를 볼 수 있었지만 똑바로 쳐다볼 수가 없었다. 그녀가 나타나기만 하면 그의 시선이 불안하게 이리저리 움직였다. 그가 서 있거나 앉아 있는 방으로 들어가면 그는 금세 자리를 떴다. 이마를 잔뜩 찌푸리고 딸을 보지 않으려고 눈동자를 이리저리 움직이면서.

그는 열흘 동안 십년은 늙은 듯했다. 계단을 오르는 무거운 발소리, 모퉁이를 돌면 거기 그가 있었다. 누구? 곰 같은 남자. 그는 어깨를 축 늘어뜨린 채 주먹으로 눈을 비비며 숨찬 말처럼 헐떡댔다. 흐늘흐늘한 밀가루 반죽 같은 얼굴.

아빠 정말 죄송해요.

아빠 제가 무슨 말을 하겠어요.

기억도 안 나고 증언도 할 수 없어요. 아빠 전 너무 수치스러워요.

그녀는 듣고 싶지 않았지만 가끔 (우연히 부모님 침실에 접한 화장실에서) 듣게 되었다. 분노와 회의에 찬 아빠의 목소리가 높아지고 조용히 애원하는 엄마 목소리도 들렸다.

부모님의 말다툼이 잠잠해지면 이제 끝났구나 싶었지만 연기가 모락모락 이는 늪지의 불처럼 갈등은 조용히 잠복해 있다가 다른 날 밤 곧 다시 분출했다. 말다툼은 그 자체가 말이지만 동시에 침묵의, 억눌린 말의 문제이기도 했다. 그러다 갑자기 마이클 씨니어가, 아빠가, 그녀의 아빠가 매리앤, 패트릭, 저드가 듣든 말든 문을 박차고 나와 몸서리치는 계단을 내려가 뒷문으로 나갔고 개 한두 마리가 그의 분노에 찬 발자취를 좇아 발톱으로 리놀륨 바닥을 긁으며 부엌을 가로질러 기어갔다. 잠시 후 포드 픽업의 시동을 거는 소리, 바퀴가 단단한 눈 위에서 공회전하는 소리가 들렸고, 아빠는 진입로를 절반쯤 내려가서야 전조등을 켰다.

그 빨간 꼬리등을, 매리앤은 침실 창문에서 바라보고 있었다. 침대에서 일어나 창가에 가 서서. 불빛은 물기로 흐릿해진 그녀의 시야에서 마치 빠른 속도로 멀어져가는 붉은 별들처럼(패트릭은 그걸 왜성이라고 불렀다) 점점 작아지다가 이윽고 사라졌다.

이상하게도 빛은 사라지면 아예 존재하지도 않았던 것처럼 느껴진다. 어둠이 그 자리를 채운다. 완전하게.

그 시기엔 어떤 날은 전화벨이 연달아 울려대다가(아버지에게 온 전화였는데 아버지는 서재에서 문을 닫아놓고 받았다) 아버지가 집에 없는 날은(그런 날이 더 많았지만) 한 번도 울리지 않았다. 어쩌다 전화벨이 울려도 코린이 뉴스 속보를 전하듯 쾌활한 목소리로 수화기에 대고 말했다. "잘

못 거셨습니다."

코린 멀베이니에게도, 그녀의 딸에게도 전화가 뜸했다. 그들의 인기는 바람처럼 사라져버린 것일까? 어머니는 자신의 친구들이 양손 엄지손가락으로 셀 수 있을 정도라고 농담을 했다.

하지만 어머니는 그 시기에 농담을 많이 하지는 않았다.

휘파람도 거의 불지 않았다. 가축들에게 먹이를 줄 때조차.

가끔은 얼굴을 찌푸린 채 눈뜬 장님처럼 멍하니 걷다가 폭시나 리틀 부츠, 트로이, 씰키가 희망으로 커다래진 눈으로 올려다보며 행복한 기대감에 꼬리를 치는 것을 그냥 지나치기도 했고, 가끔은 고양이 중 하나와(특히 그녀를 고양이 밥그릇 쪽으로 몰기 위해 그녀의 앞길을 막는 공격적인 습관이 있는 빅 탐과) 부딪히기도 했다. 자신의 눈높이에 있지 않은 그 동물들이 보이지도 않는 것처럼. "오, 너구나! 벌써 배고파? 방금 먹이 주지 않았니?" 그녀가 기계적으로 사료를 밥그릇에 부으면 개나 고양이는 어리둥절해하며 그녀를 올려다보았다.

물론 페더스는 찻주전자의 휘파람 소리나 창밖 모이통에서 새들이 지저귀는 소리에 자극받아 목청껏 노래를 부르기도 했지만 혼자였다. 높아졌다 낮아졌다 하며 지저귀는 쏘프라노가 멋들어졌지만 어쨌든 혼자만 불렀다.

어떤 날 아침에는 코린 멀베이니가 집에 없는 것 같기도 했다.

❀

   그들은 그녀에게 오스틴 와이드먼에 대해 자꾸 물었다. 그리고 그녀는 오스틴에 대해 너무도 부끄러웠다.

   재커리 런트에 대해서도.

   거짓 증언을 할 순 없어. 기억이 안 나니까. 돌이킬 수 있다면 좋겠지만 그럴 순 없어.

   그녀의 허영심을 이용한 것이다. 그녀의 긍지를. 오직 그녀만이, 그보다 나이도 어리고 모든 면에서 경험도 적은 매리앤 멀베이니만이 그를, 죄인 재커리 런트를, 검은 머리와 꿈꾸는 듯한 두꺼운 눈꺼풀을 가진 재커리를 예수 그리스도에게, 구세주에게 인도할 수 있다고. 매리앤, 너와 함께 있으면 진짜 내가 나타나는 것 같아. 평소의 야비하고 어리석은 멍청이가 아닌 진짜 내가.

   그는 바비 크라우스의 집 파티에서 그녀보다 한 계단 아래에 등이 부러진 뱀처럼 웅크리고 앉아 있었다. 그의 잘생긴 마른 얼굴, 창백한 피부, 강렬한 눈. 어른처럼 턱시도를 입은 남학생들을 보는 건 당황스러운 일이고 재커리 런트는 특히 더 그랬지만 어쨌거나 그는 매리앤보다 두살 위였다. 그는 나비넥타이를 풀어 주머니에 아무렇게나 찔러넣고 빳빳한 흰 칼라의 단추도 풀어헤치고 있었다. 맥주와 물을 타지 않은 보드까를 마시는 재커리 런트, 4학년 여학생들까지도 그를 곁눈질로 보면서 두려워했다. 그의 평판, 재크와 그의 패거리에 대한 소문들. 부잣집 아들들로 구성된 그 거친 패거리는 성적도 평균 이하고 학교 활동도 사실상 전무했지만 대부분 대학에 진학할 예정이었다. 그 대여섯명의 남학생들은 댄스파티 후의 바비 크라우스네 집 파티에 초대되지 않았지만 그들이 나타나자 바비는 우쭐해했다. 재크는 신형 시보레 코르벳을 몰고 왔고(그런데 댄스파티에 함께 왔던 그의 파트너가 보이지 않았다. 불쌍한 씬시어 슬로슨. 일찍 집에 데려다준 걸까?) 아이크 로드먼은 아버지의 캐딜락에 친구들을 태우고 왔다. 그들은 이미 취한 상태였고 파티를 즐길 준비가 되어 있었다. 재크는 즉시 매리앤 멀베이니에게 접근해서 그녀를 빤히 쳐다보았다. 그녀가 그 눈길을 느끼지 않을 수 없을 정도로. '버튼' 멀베이니가 다른 치어리더들과 함께 야구경기와 단합대회 응원을 하는 걸 미소도 짓지 않고 뚫어져라 응시했다. 그리고 얼마 지나지 않아서 두 사람이 뒷문 현관홀에서 진지한 대화를 나누고 있는 모습이 목격되었고, 그다음엔 이층으로 올라가는 계단으로 자리를 옮겨 딸기색 장식이 있는 아름다운 크림색 쌔틴 드레스를 입은 매리앤은 세번째 계단에, 재크는 그 아래 두번째 계단에 팔꿈치를 짚고 앉아 그녀를 올려다보았다. 마치 그녀를 (부은 듯 달아오른 그녀의 뺨과 그가 음료를 건네다 우연히 팔목으로 스친 주름진 드레스 속의 작지만 너무도 분명한 가슴을) 바라보는 것만으로도 구원을 받을 수 있는 것처럼. 구원을!

매리앤이 어떻게 어머니에게, 다른 사람들에게 그런 수치스러운 일을 고백할 수 있겠는가.

하지만 그녀는 그가 진심이라고 믿었다. 어떻게 믿지 않을 수 있겠는가? 가끔 한밤중에 미칠 듯한 공포에 잠이 깨. 매리앤, 우린 어차피 죽을 거면서 왜 이 세상에 태어난 걸까?

그가 그녀에게 자신이 만든 '오렌지주스 칵테일'을 마셔보라고 자꾸 권했는데 누군가는 그걸 너무도 맛있는 '스크루드라이버'라고 불렀다. 그녀는 그런 걸 마셔본 적이 없었지만 몇번 마셔본 샴페인보다 달콤했고 호기심에 홀짝거려본 아빠 엄마의 맥주보다 훨씬 달콤했다. 그리고 몇시간 동안 춤을 춰서 목이 마르기도 했다. 그녀는 너무도 어지럽고 행복했다! (잠깐, 거기가 바비 크라우스의 집이었나, 아니면 글렌 팩스턴의 집이었나? 글렌 팩스턴의 집으로 가지 않았었나? 그녀는 기억이 나지 않았다.) 오스틴 와이드먼이 12시 반에는 나가야 매리앤을 트리샤네 집에 데려다주고 자신의 통금시간인 새벽 1시까지(그들은 그를 비웃었다. 4학년 남학생이 새벽 1시가 통금시간이라니) 집에 돌아갈 수 있다고 우는소리를 하며 계속 문간에서 서성거렸다. 나비넥타이는 비뚤어지고 기나긴 밤이 시작될 때는 멋지고 깃털처럼 보송보송했던 진흙색 머리도 축 늘어져 있었으며 엄지손가락 자국으로 얼룩진 안경알 너머의 눈은 고통에 차 있었다. 재커리가 정중하게 자기가 매리앤을 트리샤(이미 파티장을 떠난) 집에 데려다주겠다고 하자 매리앤은 뭐라고 대답해야 할지 몰라 얼굴을 붉히며 말을 더듬거렸고 오스틴 와이드먼은 자신이 거부되었다는 깨달음에 배를 오지게 차인 것처럼 얼굴이 창백해졌다. 잘근잘근 씹은 듯한 입술, 아버지 것과 같은 검은색 플라스틱 안경테. 그는 정면에서 자세히 보면 잘생긴 소년이었지만 누가 오스틴 와이드먼을 자세히 보고 싶어하겠는가? 턱에 난 여드름 위에 바른 살색 연고가 땀으로 얼룩져 있었다. 그의 숨결에선 치과 충전재 같은 약품 냄새가 났다. 그는 자신이 매리앤 멀베이니를 사랑하고 있다고 믿었으나 용기가 없어서 그녀에게도, 그 누구에게도 말하지 못했다. 사랑 고백 대신 그녀에게 잘 보이려고 마치 성인 남자가 허풍을 떨듯 '장래 계획'에 대해 자랑을 늘어놓았다. 아버지처럼 치과의사가 되어 이곳 마운트 이프리엄에서 일할 것이며 병원 간판을 '치과전문의 T. 와이드먼 & A. 와이드먼, 가족치과'로 할 생각이라고 했다. 댄스파티에서 매리앤과 춤을 출 때 오스틴은 서툴고 어색했다. 진땀을 흘리며 경이에 찬 눈으로 매리앤을 바라보았고 자신이 신은 295밀리 싸이즈의 검은색 고급 수제구두가 매리앤의 어여쁜 230밀리 싸이즈 쌔틴 구두를 밟을까봐 두렵기라도 한 듯 그녀를 느슨하게 껴안고 스텝을 밟았지만 결국 그녀의 발을 밟고 말았다. 매리앤은 자신의 친구들과 웃고 떠들며 많은 시간을 보냈고 오스틴은 오빠처럼 미소 띤 얼굴로 그녀를 지켜보았다. 그리고 물론 매리앤은 저녁내 다른 남학생들과 춤을 추었다. 수많은 남학생들과.

매리앤! 네 도움이 필요해. 나를 도와줄 수 있는 사람은 너뿐이야.

그런 말을 하면서, 너무도 절박하게 애원하면서 그는 그녀의 무릎을 만졌다. 그저 자신의 말을 강조하기 위해서인 것처럼 그녀의 매끄러운 쌔틴 치마 위로 무릎을 살짝 만졌다. 그러자 매리앤은 가랑이 사이에서 풍선처럼 부푸는 흥분을 느꼈다. 그가 나에게 키스할까? 다음에 일어날 일은 그걸까? 하지만 그는 키스하지 않았다. 그녀의 얼굴에 어린 표정과 깜짝 놀란 눈을 보고 마음을 접었는지도 모른다. 그는 이제 팔꿈치를 그녀가 앉은 계단 위로 옮기고 그녀에게 가까이 몸을 기울여 조용히, 진지하게 말하고 있는 그녀를 올려다보았다. 그녀는 더이상 말도 못하고 숨조차 쉬지 못하며 마비된 채로 그를 바라보았다.

너뿐이야. 나를 도와줄 수 있는 사람은 너뿐이야.

그 직후(아니면 한참 후였나?) 매리앤은 꼴사납게 눈물이 흐를 정도로 심하게 웃고 있었다. 록 음악이, 믹 재거의 시끄러운 노랫소리가 귀를 멀게 했다. 너무 요란해서 들을 수가 없었다. 그들은 바비 크라우스의 집 오락실에 있었고 유리문을 열면 판석 깔린 테라스와 컨트리클럽 골프 코스가 내려다보이는 수영장이 나왔다. 매리앤은 화려한 4학년 치어리더 중 하나인 바비 크라우스와 가까운 친구는 아니었지만 몇번 그 수영장에서 논 적이 있었다. 이제 떠날 시간이었다. 다음 파티장으로. 어디? 전부 4학년들이라 매리앤은 잘 모르는 재크의 친구들이, 오줌통 와이드먼이 아버지의 오줌통 다지를 몰고 집으로 갔다면서 웃어댔다. 무슨 이유에선지 다지 자동차가 조롱거리가 되고 있었다. 매리앤의 친구들도 모두 돌아간 뒤였다. 재크는 얼굴이 붉어진 채 비틀거렸고 취한 친구들이 문간에서 그와 매리앤을 못 가게 붙들자 조그만 소리로 중얼거렸다. 꺼져, 새끼들아! 그의 친구들이 매리앤의 팔을, 심지어 머리칼까지 잡아당기고 그도 잡아당겨지지만 그는 웃으며, 성을 내며 그들을 밀어냈다. 야, 우리도 가면 안돼? 야, 재크, 네 친구들을 잊은 건 아니겠지? 하이에나 떼 같은 요란한 웃음소리.

매리앤에게 처음 구토증이 밀려든 건 재크의 차로 걸어갈 때였다. 오! 오 하느님! 재크는 조그맣게 욕설을 웅얼거리며 그녀의 코트를 들고 그녀를 에스코트해서 걷고 있었는데 갑자기 그녀의 무릎이 풀리는 바람에 그녀를 부축하다시피 해야 했다. 그는 얼어붙을 듯 추운 차에 그녀를 태운 뒤 그녀의 치맛자락이 문에 끼인 걸 보지도 못하고 문을 쾅 닫았다. 매리앤은 목구멍으로 역류하는 신물을 삼키고 웩웩대고 꺽꺽거렸다. 구슬 달린 작은 핸드백이 어디 있지? 거기 휴지가 들어 있는데. 재크의 시보레 코르벳이 미끄러지며 거칠게 돌진하자 그녀의 입 귀퉁이에서 무언가 뜨겁고 자극적인 것이 흘러나왔다. 그녀의 머리가 어깨 위에서 마치 도자기 그릇처럼 흔들렸다.

매리앤은 그뒤로는 기억이 나지 않았다.

너희 멀베이니네는 자기들이 대단한 줄 알지.
아니, 그녀는 기억이 나지 않았다.

언제나 위엄을 지켜라.

월요일엔 학교에 가리라. 그녀는 그렇게 다짐했다.

아직 2월이었고 새벽에 매리앤은 맨발에 플란넬 원피스 잠옷 차림으로 살을 에는 듯한 추위와 날카로운 휘파람 소리를 내는 바람에 이끌려 잠든 집 안을 가로질러 조용히 계단을 내려갔다. 밤새 꿈이 마치 산속 눈사태처럼 그녀 위로 쏟아졌다. 그녀는 닥터 오클리가 처방해준 수면을 도와주는 베이지색 큰 알약도, 식욕을 회복시켜주는(엄마의 '골동품'을 복원하는 것처럼) 매끈한 녹색과 검은색 캡슐도 먹지 않고 있었으며 그것도 그녀가 간직한 비밀 중 하나였다.

집 뒤쪽을 내다본 그녀는 차고 앞, 아빠의 픽업트럭이 세워져 있어야 할 자리가 비어 있음을 깨달았다. 엄마가 켜놓은 차고 앞 등이 밤새 밝혀져 있었다. 아빠가 집에 들어오지 않은 것이다.

(물론 마이클 멀베이니 씨니어는 가끔 마운트 이프리엄에서 밤을 보냈고 그런 때면 대개 비밀공제조합 건물에서 묵었다. 거기 조합원들이 사용할 수 있는 방이 두세 개 마련되어 있었던 것이다. 차를 몰고 오기가 위험한 날씨에는. 어젯밤 눈이 많이 내리지 않았나? 지금도 눈이 오고 있었다. 눈발이 뱀처럼 똬리를 틀거나 넝마처럼 너덜거리며 창문으로 몰아치고 바로 어제 패트릭과 저드가 눈을 치웠던 뒷문 포치에 쌓이고 있었다.)

"아빠, 죄송해요." 그녀의 입술이 움직였다. 어쩌면 소리 내어 말했는지도 모른다.

그녀는 예수에게 가슴을 열었고 그분은 그녀에게 위안을 주었다. 그렇다. 그런 일이 일어난 건 매리앤 멀베이니 탓이었다. 그러나 그녀를 폭행한 남학생을 고발하는 증언을 할 수 없는 건 그녀 탓이 아니었다.

이 시간에 잠이 깨어 아래층에 홀로 있으면 기분이 이상해진다. 바람에 삐걱거리는 커다란 낡은 농장. 이곳에서 얼마나 많은 사람들이 살고 또 죽었을까. 1849년 이래로. 동이 트기 전 홀로 깨어 있으면 그런 생각들을 하게 된다. 집안의 하루 일과가 시작되기 전. 오직 바람소리, 그리고 시간은 농담일 뿐이며 존재하지도 않음을 나타내는 여남은 개의 시계에서 들려오는 똑딱 똑딱 똑딱 소리. 그래도 시간을 믿어야만 한다.

5학년 때 맨 처음 하이포인트 농장에 자러 온 트리샤가 눈이 휘둥그레져서 벌벌 떨며 말했다. 매리앤, 매일 이러니? 넌 안 무서워? 마치 밤새도록 윙윙대는 굴뚝의 바람이 유령이라도 되는 것처럼. 매리앤은 우쭐한 기분을, 우월감을 느끼며 웃었다. 하이포인트 농장은 모든 것이 특별했고 열살배기도 그걸 알았다.

정말로 그녀는 학교에 다시 다닐 예정이었다. 다음 주부터. 그렇게 결정이 되었다. 먼저 마운트 이프리엄 고교 헨드리 교장선생님과 생활지도 담당 랭리 선생님을 만나야 했다. 부모님과 함께. 아빠가 학교에 가기를 거부하면 엄마와

만이라도. 교장선생님이 엄마에게 전한 말로는 너무 많은 소문이 돌고 있다고, 확인되지 않은 불온한 이야기가 너무도 많이 떠돌고 있다고 했다. 매리앤과 재커리 런트에 대해서. 그리고 그날 밤 음주와 심야 파티, 성적 비행에 관련된 4학년생들에 대해서. 교장선생님과 생활지도 선생님은 매리앤이 다시 학교에 다니기 전에 그런 문제들에 대해 상의하고 싶어했고 물론 엄마도 함께 있을 터였다. 매리앤은 엄마가 이미 교장선생님이나 생활지도 선생님과 긴 통화를 했으며 어쩌면 직접 학교로 찾아가 만나기까지 했을지도 모른다고 생각했다. 하지만 직접 물어보진 않았기에 알지 못했다.

그리고 싸우스레바논의 작은 시골교회 목사가 추천한 심리치료사 '질 제임스'도 있었다. '질 제임스'는—그녀는 매리앤에게 딱딱한 호칭을 쓰지 말고 그렇게 이름을 불러달라고 했다—포트 오리스케니에 있는 주립대학에서 청소년 및 가족상담학 박사학위를 받았으며 이 세속적인 시대에 보기 드문 기독교 심리치료사였다. 나이는 엄마와 같은 또래거나 조금 더 늙어 보였고 뼈대가 크고 당당한 체격에 크레올라 크레용으로 칠한 듯 윤이 나는 넓적한 얼굴을 하고 있었으며 아빠처럼 활기차고 굳세게 악수했다. 이스트게이트 쇼핑 쎈터에 있는 그녀의 사무실은 밝고 경쾌한 색깔로 꾸며져 있었으며 벽에는 양치식물 화분과 매듭 레이스 장식이 걸려 있고 마음을 진정시켜주는 음악이 흘러나왔다. 매리앤은 '질 제임스'를 딱 한번 만났고 바로 오늘 다시 만나기로 약속이 되어 있었다. 그녀는 오늘 해야 할 말들을 준비해두었다. 작은 준보석들을 내놓듯 되풀이하는 말들. 기억이 안 나요. 제 탓도 똑같이 커요. 전 술을 마셨어요. 너무 부끄러워요. 제 자만심과 허영이에요. 거짓 증언을 할 수는 없어요. 물론 '질 제임스'도 할 말이 있었다. 원래 어른들은 사전에 자신이 할 말을 준비해두니까.

맨발로 눈 위를 걷는다면 하나의 시험이 될 수도 있었다. 고양감에 충만하여 감각이 마비된 상태라 그 어떤 것도 이겨낼 수 있었다!

그녀는 창가에 서서 밖을 내다보았다. 아직도 눈이 내리고 있었지만 눈발이 약해져 있었다. 바람도 덜 불었다. 헛간 너머로 동이 트면서 거미줄 같은 구름들이 걸리고 금이 간 겨울 아침 하늘이 밝아왔다. 약한 햇살이 겨우 구름을 통과했다. 매리앤은 이곳에서 캐터랙트 산을 볼 수는 없었지만 그것의 위치를, 그것의 약속을 알았다. 손! 인사를 하는 듯 올린 손! 50킬로미터 떨어진 캐터랙트 산을 향해 출발하면 얼마나 멀리까지 갈 수 있을까?

너희 멀베이니네. 대단하지. 너희 패거리.

엄마가 깨기 전에 빨리 움직여야 했다. 패트릭, 저드, 마이크가 깨기 전에. 하루 일과가, 하이포인트 농장의 시끌벅적한 이른 아침이 시작되기 전에.

잘생긴 보더콜리 종 개 트로이가 거실 난방 파이프 근처의 개털투성이 카펫 위에 누워 쌔근쌔근 자고 있었다. 명색이 집 지키는 개면서 매리앤이 내려온 것도 알아채지 못한 채. 그리고 푹 꺼진 안락의자에 앉아 침착한 청회색 눈으로 매리앤을 바라보고 있는 건 아름다운 스노우볼이었다. 페르시아고양이의 들창코와 털이 소복하게 난 발을 가진 순백색 고양이. 스노우볼은 매리앤이 맨발에 잠옷 바람으로 어스름한 집 안을 돌아다니는 것이 비정상적인 일이 아닌 것처럼 태연히 지켜보고 있었다.

못해. 거짓 증언은 못해. 넌 이해할 수 없어!

물론 학교는 월요일부터 다시 다니기 시작할 것이다. 그녀는 그런 생각을 하며 식당과 부엌을 지나(페더스가 제 몸 두 배 크기로 몸을 부풀리고 조그만 머리를 조그만 날개 밑에 박아 노란 공 같은 모습으로 잠들어 있었다) 뒷문 현관홀로 들어섰다. 부츠와 말빗, 신문 더미, 아직 쓸 수 있지만 쓰레기로 변해가고 있는 물건들이 흩어져 있었다. 그녀는 뒷문으로 향했다. 조용히 문을 열고 밖으로 나가리라. 예수님! 예수님! 그분이 손짓해 부르고 있었고 길잡이가 되어주실 터였다. 지금까지도 길잡이가 되어주셨으니까.

하지만 무언가를 밟고 말았다. 고무 같은 느낌의, 포도알만한, 소름끼치는 물건. 그녀는 오른발로 그것을 밟고는 혐오감에 움찔 뒤로 물러섰다.

불을 켜지 않아도 그것이 무엇인지 알 수 있었다. 욱! 쥐의 심장이 분명했다.

고양이가 카펫 위에 남겨놓은 것이었다. 고양이들은 쥐를 잡아먹은 뒤 남은 내장을 마치 병적인 장난기로 바친 제물처럼 집 안 여기저기에 흩어놓았다. 매리앤은 고양이들은 원래 그래. 그게 본성이야라고 침착하게 생각하면서도 구토가 치밀었다.

그녀가 아주 작은 꼬마였을 때 엄마가 설명해주지 않았던가. 고양이들이 일부러 잔인하게 구는 게 아니라 고양이는 원래 육식동물이고 사냥꾼이기 때문에 본능적으로 쥐, 새, 심지어 토끼까지(특히 하이포인트 농장에서는 새끼 토끼를) 잡아먹는다고. 고양이를 사랑한다면 고양이의 본성을 이해하고 용서해야만 한다. 개들도 가끔 그런 잔인성을 보인다. 트로이도. 씰키도. 숲에서 겨울이라 약해진 사슴을 사냥하고 새끼를 밴 겁에 질린 암사슴을 몰아 이빨로 배를 찢어 죽인다. 컹컹대고 깽깽대면서. 눈밭에서 피에 굶주려 미친 듯이 날뛴다. 주둥이에 시뻘겋게 피를 묻히고. 매리앤은 그런 끔찍한 광경을 목격한 적은 없지만 반쯤 먹힌 사슴 시체를 본 적이 있기에 엄마의 말이 무슨 뜻인지 알았다. 우리가 사랑하고 우리를 사랑하는 개들이지만 파헤치고, 물어뜯고, 한때 살아 숨 쉬던 동물의 시체 속에 주둥이를 파묻고 싶은 야만적인 욕구를 갖고 있다.

왜요? 어린 매리앤이 물었다.

그건 말이다, 엄마가 대답했다.

예, 왜요? 매리앤이 물었다.

아가, 그게 본성이기 때문이란다. 그리고 본성은 악한 게 아니야. 엄마가 대답했다.

복슬거리는 흰 털과 거만한 들창코 얼굴을 가진 까다로운 고양이 스노우볼이 매리앤을 따라와 쓰다듬어달라고 그녀의 다리에 몸을 감았다. 매리앤은 스노우볼에게 속삭였

다. "스노우볼, 네가 이런 거니? 부끄럽지도 않아?" 흰 고양
이는 자기는 모르는 일이라는 듯 약간의 혐오감을 나타내며
카펫 위의 고무 같은 붉은 것에 코를 대고 킁킁거렸다.

마르고 길쭉하고 머리통이 뼈만 앙상한 E. T.가 냉장고
위에 앉아 있다가 얼른 내려와 끼어들었다. E. T.는 호기심
이 많고 마르게 가르랑거리는 소리를 내는 거세된 고양이였
다. "E. T., 네가 이런 거야?" E. T. 역시 처음 보는 물건인
양 쥐의 심장에 코를 대고 킁킁거렸지만 별 관심은 없어 보
였다. 집안의 어머니이며 가족의 수호자인 코린이 이런 상
황에서 한숨을 짓는 것처럼 매리앤도 한숨을 지었다. 불쾌
한 최면에서 깨어나기라도 한 것처럼 그녀의 짜증에는 안도
감이 어려 있었다. 혐오스럽긴 해도 그녀가 할 일이 생긴 것
이다. 그리하여 따뜻한 집을 떠나 혹한의 바람 속에서 뒤쪽
목초지 너머 숲으로 들어가겠다는 생각은 사라졌다.

그녀는 얼룩진 카펫 위의 조그만 심장을 휴지로 싸서 집
어들고 어질러진 현관홀에서 먹다 남은 다른 내장과 작은
꼬리까지 찾아내어 그것들을 잡은 팔을 쭉 뻗은 채 화장실
로 갔다. 그러곤 그것들을 쳐다보지도 않고 변기에 넣고 물
을 내렸다. 목구멍으로 주먹이 불쑥 올라오듯 구토증이 치
밀었고 시보레 코르벳의 어둑한 뒷좌석과 남학생의 일그러
진 야윈 얼굴과 성난 눈동자가 보였다. 하지만 그녀는 약해
지지 않았다. 그녀는 웩웩대며 토하지 않았다. 그녀는 괜찮
았다.

쥐의 내장이 변기에 남아 있어서 다시 물을 내렸다가 요

란한 소음에 움찔했다. 신음하는 배수관 소리가 마치 와자하게 떠들고 조롱하는 소리처럼 들렸다. 다행히 이번엔 쥐의 내장이 푸르스름한 물의 소용돌이 속으로 말끔히 사라졌다.

슬퍼하는 자는 복이 있나니 그들은 위로를 받을 것이다.

아버지한테 물어봐

아무도 그 사건의 이름을 말할 수 없었고 말하고 싶어하
지도 않았다. 강간은 하이포인트 농장에서 입에 올릴 수 없
는 단어가 되었다.

그럼 어떤 단어들이 입에 올랐을까? 내가 기억하기론 폭
력, 폭행, 유혹, 다쳤다 같은 말이었다. 내가 듣거나 엿들은
단어들은 그런 것들이었으며 그조차 암이나 죽음처럼 공공
연하게(그러니까 패트릭 형이나 내 앞에서) 입에 오르진 않
았다.

모턴 런트와 썬시어 런트 부부의 아들인 가해자 재커리
런트는 항상 그로 지칭되었다. 아버지가 노발대발하며 사생
아, 개자식, 쌍놈이라고 욕할 때를 빼면(아버지는 술에 취하
면 그렇게 욕설을 퍼부었고 평소에는 거의 말이 없었다).

물론 결국 나도 매리앤 누나에게 무슨 일이 일어났는지,

적어도 몇가지 '사실'은 알게 되었다. 하지만 당시 나는 멀베이니 가족의 막내로서 무슨 일이든 맨 나중에 알았다. 게다가 우리 가족의 암호 때문에 정확하게 알지도 못했다. 어느날 아침 마구간에서 패트릭 형에게 무슨 일이 있는 거냐고 묻자 형은 둥근 철사테 안경을 쓴 눈으로 흘낏 곁눈질을 하고 프린스의 털을 빗기는 박자를 놓치지 않으면서 중얼거렸다. "누가 알고 싶다는 거야?"(이건 "네 일이나 신경써"라는 의미의 멀베이니식 완곡어법이었다) 내가 대답했다. "나. 제발 말해줘. 도대체 무슨 일인데 다들 그렇게 조심스러운 거야? 매리앤 누나한테 무슨 일이 있는 거야?" 패트릭 형은 프린스의 반대편 몸통 털을 빗겨주기 위해 그리로 움직였고 가슴팍이 두꺼운 마호가니색 거세마 프린스는 갈기와 치켜든 꼬리를 흔들며 김이 나는 뜨거운 오줌을 폭포수처럼 쏟았다. 나는 상처받은 목소리로 말했다. "나도 가족이야. 근데 왜 나는 알면 안되는 거야?"

패트릭 형이 프린스의 일렁이는 매끄러운 등 너머로 나를 쳐다보았다. 그는 초록색 모직 모자를 귀 아래까지 푹 눌러써서 짓눌리고 분노에 찬 인상이었고 추워서 뺨이 상기되어 있었다. 그가 무뚝뚝하게 중얼거렸다. "매리앤한테 문제가 있었던 것 같은데 이제 괜찮아."

"문제? 누나한테?"

나는 너무 놀라 어떻게 반응해야 할지 알 수 없었다.

패트릭 형은 어깨를 으쓱했다. 그의 얼굴이 굳어졌고 내가 그에게서 알아낸 건 거기까지가 전부였다.

나는 매리앤 누나가 학교에 가지 않고 있으며 내가 학교에서 돌아오면 자기 방에 숨어 문을 닫아놓고 나오지 않는다는 걸 알고 있었다. 나는 누나가 병이 난 게 분명하다고 생각했으나 어머니는 환한 미소를 던지며 나를 안심시켰다. "아냐, 버튼은 감기에 걸렸는데 거의 다 나았단다. 우리 가족이 어떤지 알잖니……" 어머니의 손이 나비처럼 허공에서 어지럽게 파닥거렸다. "……우린 금방 아팠다가 금방 낫지. 이제 학교에 다닐 거야. 음, 내일. 아니면 모레나."

어머니는 뒷걸음질을 쳤고 나는 어머니를 못 가게 붙잡으려고 했다. "엄마? 그런데 아빠는 요새 왜 그렇게 이상한 거예요?"

하지만 어머니는 움직이고 있었다. 나와 마주쳤을 때부터 어머니는 뒷문 현관홀에서 파카 지퍼를 올리고 손에 집히는 대로 부츠를 골라 발을 구르며 신고 있었던 것이다. 어머니는 어딜 가는지는 몰라도 늦었다는 듯 황급히 자동차 열쇠를 집었다. 그리고 뒤를 돌아보고 근심 어린 미소를 보내며 외쳤다. "아빠도 감기에 걸렸단다. '캡틴 멀베이니'는 금방 원래대로 돌아올 거야!"

마침내 나는 마이크 형을 구석으로 몰았다. 어머니, 마이크 형, P. J., 나 이렇게 넷이서만 저녁을 먹고 난 후였다. 매리앤 누나는 이층에서 안 내려오고 아버지는 '사업' 때문에 늦는다고 어머니가 애매하게 설명했다. 긴장된 식사시간 도중에 불쌍한 어머니는 두 번이나—아니, 세 번—전화벨 소리에 벌떡 일어나 달려갔지만 번번이 기다리던 전화가 아니었다. 기다리던 전화가 있었는지는 모르겠지만. P. J.는 깊은 생각에 잠겨 그가 좋아하는 개념 중 하나인 '무한성'을 들여다보듯 접시를 응시하고 있었다. 마이크 형은 성난 듯한 식욕으로 음식을 게걸스럽게 먹어치웠다. 그는 밤에 데이트가 있었고 식사시간이 끝나가자 마치 경기중에 벤치에서 너무 오래 기다리고 있었던 것처럼 조급하고 초조하게 어깨를 꿈틀거렸다. 그리고 접시를 비우기가 무섭게 일어서며 웅얼거렸다. "저 먼저 일어날게요! 잘 먹었습니다!" 어머니는 상처받은 눈길로 그를 보았다. 그즈음 어머니는 늘 상처받은 얼굴이었다. 마이크 형은 다시 면도를 하고 자신의 방에서 뭔가를 찾아 쿵쾅대며 돌아다니고 셔츠를 벗어던지고 다른 셔츠로 갈아입고 기름 바른 머리를 빗고 충동적으로 경대 거울을 들여다보았는데 거울 속의 자신이 마음에 들긴 해도 썩 흡족하진 않은 모양이었다. 씰키가 그의 다리에 몸을 치대며 실연한 듯한 갈색 눈으로 올려다보았지만 그는 모르는 척했다. 나는 그의 방으로 어슬렁어슬렁 걸어들어가 침대에 비스듬히 누워 씰키를 쓰다듬었다. 큰형 방에서 얼쩡거리는 어린 동생. 나는 마이크 형에게 질문을 하는 것이 예의에 어긋나지 않을까 무척 조심스러웠다. 어린 동생에게는 분명 더 중요한 생각들을 하고 있을 큰형에게 말을 걸어 대화를 시작하는 것만도 큰 모험이었다.

"젠장." 마이크 형이 조용히, 그러나 성난 목소리로 말했다. 그는 방금 입은 셔츠를 벗어던지고 다른 옷을 찾아 옷장을 뒤졌다. 면도를 거칠게 해서 턱에 점점이 핏방울이 맺혀 있었다. 눈에선 노란 빛이 돌았다. 나를 얼마나 오래 못 본 척할까? 나는 그런 궁금증이 들지 않을 수 없었고 그건 P. J. 가 연못의 조류로 하는 괴상한 실험들처럼 자못 흥미진진하기까지 했다.

마이크 형의 방 벽과 경대 위, 창턱에는 사진, 스크랩 기사, 상패 등 사년간의 고교 스타선수 생활을 보여주는 온갖 기념물이 있었다. (물론 번쩍거리는 커다란 황동 트로피들은 거실에 전시되어 있었다. 영구 전시품으로. '뮬' 멀베이니, 1971년 기량발전상, 마운트 이프리엄 상공회의소 스포츠의 밤. 뮬 멀베이니, 4학년 우수선수상, 1972년 마운트 이프리엄 고교 등등.) 어린 꼬마였을 때 나는 풋볼 선수복 차림의 큰형 뮬에게 경외감을 느끼곤 했다. 꼭 맞는 바지와 보호대를 댄 어깨가 불룩하게 튀어나온 등번호 4번의 갈색 저지 상의. 선수들을 우주인처럼 보이게 만드는 반짝이는 헬멧. 우리 어린 꼬마들은 그들의 우람한 체구가 진짜 그렇게 몸이 큰 것이 아니라 보호대를 댔기 때문이란 걸 알면서도 그들이 진짜로 거구인 것처럼 반응했다. 우리 눈에는 그들이 너무도 강하고 자신만만해 보였다. 그래서 선수가 경기중에 갑자기 쓰러져 고통에 몸부림치는 광경, 그러니까 마이크 형이 발목이 부러져 나뒹굴던 광경은 정신이 번쩍 들게 하는 공포스러운 장면으로 평생토록 생생하게 기억에 남을 것이었다. 외침과 비명. 심판의 미친 듯한 호각소리. 아버지는 벌써 관중 틈을 비집고 관람석을 내려가고 있었고 어머니는 발을 동동 구르며 외쳤다. "오, 마이키! 오, 안돼!"

마이크 멀베이니는 마운트 이프리엄 고교가 배출한 최고의 풋볼 선수 두세 명 중 하나로 꼽혔지만 경기 때 기복이 심하고 무모한 것으로 알려져 있었다. 그는 갑자기 통제력과 판단력을 잃었고 그런 때 부상을 당했다. 다행히 그의 부상은 거의 경미한 것들이었다. 지면이나 사람들의 입을 통해 전하는 그에 대한 평은 '훌륭한 스포츠맨'이라는 것이었다. 그는 일부 선수들처럼 반칙을 하지 않았고 경기에서 져도 심하게 불평한 적이 없었다. 그리고 인터뷰 때면 자신의 스포츠맨십이 '아버지 어머니가 키워주신 정신'이라며 부모님께 공을 돌렸다. 핸슨 코치에게도 공을 돌렸다. 선생님들과 목사님에게도 공을 돌렸다. 그렇게만 보면 그가 '모범적이고 신앙심 깊은' 남학생 중 하나인 줄 알겠지만 사실 마이크 형은 시끄럽고 불손했다. 어쩌다 한번씩 마운트 이프리엄 램스 팀이 경기에서 졌을 때 선수들을 격려하는 역할을 하는 건 마이크 형이었으며, 경기가 생각대로 풀리지 않으면 뚱하고 침울해지는 황소 같은 코치를 감히 놀려대기도 했다. 한번은 마이크 형이 이렇게 외치는 걸 들은 적이 있다. "이봐요, 코치님, 얼굴 펴요! 젠장, 인생 무상 아닌가요?" 그게 행복한 발견이라도 되는 것처럼. 그러자 코치를 비롯한 주위 사람들이 마이크 형을 보면서 웃었다.

마이크 형은 4학년 때 뉴욕 주 내의 주립대들은 물론 미시건, 미네소타, 노터데임, 콜게이트 대학으로부터 풋볼 장학생 제안을 받았고 몇주 동안 결정을 내리지 못하고 고민하다가 버펄로의 뉴욕 주립대로 갔으나 한 학기를 다닌 후 대학은 자신에게 맞지 않는다며, 대학 풋볼도 마찬가지라며 중퇴했다. 그곳 코치에게 인정을 못 받았던 것일까? 대학이 너무 넓어서 그랬나? 전공인 경영학 학점이 안 좋았나? 어쨌거나 마이크 형은 집으로 돌아와 바로 멀베이니 지붕회사에 들어갔다. 아버지는 마이크 형이 대학 졸업장을 따기를 원하긴 했지만 자신의 업에 대해 잘 알고 다른 누구보다 잘해 낼 수만 있다면 대학 졸업장 같은 건 있어도 그만 없어도 그만임을 솔직히 인정했다.

그것이 그의 성공 공식이었다. 마이클 멀베이니 씨니어에게 통했던 공식.

마침내 마이크 형이 내게 시선을 던졌다. 험악하게 쏘아본 건 아니었지만 그렇다고 미소를 담고 있지도 않았다. 나는 말을 걸어도 된다는 의미로 받아들였다. "누나한테 무슨 일 있는 거야?" 마이크 형은 여자친구 트루디가 선물한 푸른색 벨루어 스웨터 지퍼를 거칠게 올리다가 열을 내며 말했다. "그래, 무슨 일 있어. 아주 개같이 더러운 일이 있다고." 그는 거울을 향해 돌아서서 자신의 모습을 꼼꼼히 살폈다. "어떤 개새끼한테 당했어. 학교에 있는 새끼한테." 나는 너무 놀라 말을 더듬었다. "그, 그래? 누구?" 그러자 마이크 형이 비통하게 말했다. "있어. P. J.네 반. 그 씹새끼 가만 안 둘 거야." "그렇지만…… 무슨 일을 당한 건데?" 내가 물었다. 마이크 형은 다시 한번 빗으로 황갈색 고수머리를 빗은 후 빗을 비밀무기라도 되는 양 바지 뒷주머니에 꽂았다. 그러곤 성가시다는 듯 말했다. "부모님한테 물어봐. 부모님이 나한테 그런 말 하지 말라고 했으니까. 아무한테도." "그게 누군데? 무슨 일인데?" 나는 흥분하고 겁에 질려 있었다. 나는 여자가 남자한테 당하는 게 어떤 건지 알 정도의 나이는 되었지만(강간이 무엇인지 대충은 알고 있었다) 내 누나 매리앤이, 만인의 사랑을 받고 있으며 특히 남학생들 사이에서 인기가 높은 매리앤 누나가 그런 식으로 당할 수 있다는 걸 이해하기가 어려웠다.

마이크 형은 방 밖으로 나가 뒷문 현관홀에 놓인 침대에서 파카를 집어들었다. "왜 아무도 그 얘기를 안하는 거야? 왜 그렇게 비밀로 감추는 거야?" 내가 따라가서 물었다. 마이크 형은 어서 나가고 싶어 가죽부츠를 신고 주머니에서 자동차 열쇠를 꺼냈다. 그는 문 앞에서 걸음을 멈추고 나를 보았는데 어떻게 대답할지 궁리하느라 가늘어진 그의 눈이 어머니 눈처럼 촉촉했다. 마치 몹쓸 일을 당한 게 매리앤 누나가 아니라 그인 듯했다. 수수께끼에 싸인 그 몹쓸 일의 정체가 무엇이든 간에.

그가 말했다. "아버지한테 물어봐."

남자애들의 장난이란!

3월 어느날 아침, 마운트 이프리엄 고교 209호 마담 레더러의 교실에서 벌어진 일이었다. 기초 프랑스어 수업시간이었는데 매리앤 멀베이니의 책상에 빨간색 매직펜으로 10센티미터가 넘는 길이의 요상한 관 같은 것이 그려져 있고 LE COCK(LE는 프랑스어 정관사이고 COCK은 영어로 남성 성기를 의미한다―옮긴이)이라고 씌어 있었다. 그림의 한쪽 끝은 풍선처럼 부풀어 있고 작은 글씨로 이쪽이 위라는 설명이 달려 있었다.

누가 LE COCK을 그렸는지 아무도 몰랐다(물론 누군가는 알았다). 여학생들은 당황해서 얼굴이 굳어졌으며 그 모욕적인 책상에도, 서로 눈짓을 교환하며 히죽거리고 어깨를 꿈틀거리는 일부 남학생들에게도 눈길을 주지 않았다. 남학생들도 당황한 건 마찬가지였지만 그보단 흥분이 컸다. 아,

그런 잔인한 짓을 하다니. 얘들아, 장난할 게 따로 있지. 하지만 얼마 안 남은 시간 동안 누가 그 낙서를 지울 수 있겠는가? 게다가 마담 레더러가 벌써 교실에 들어와서 칠판에 다음 시간에 해올 숙제를 적고 있지 않은가! 그리고 누가 이런 일에 연루되고 싶겠는가? 혐오스러워. 정말 구역질나. 하지만 어쩌면 그녀가 못 보고 넘어갈 수도 있었다. 어쩌면 마담 레더러가 못 보고 넘어갈 수도 있었다.

남자애들의 장난이란!

종이 울린 직후, 거의 모든 학생들이 자리에 앉아 있을 때 매리앤 멀베이니가 달라진 모습으로 신중하게 걸어들어왔다. 예전처럼 친구들과 어울려 미끄러지듯 들어오며 웃는 얼굴로 쾌활하게 인사하는 게 아니라 혼자서 수줍게, 그리고 조금은 성급하게 자리를 털고 일어난 회복기 환자처럼 자신 없는 걸음으로, 건강한 사람들의 세계에서 어리둥절하고 혼란스러우면서도 그렇게 보이지 않으려고 애쓰는 듯 걸었다.

그녀는 물론 매리앤 멀베이니였다. 하지만, 그녀가 맞나?

칠판을 보고 있는 마담 레더러를 제외하고 모두가 몰래, 탐욕스럽게 지켜보고 있었다. 불쌍한 매리앤! 너무 슬퍼. 너희들 어쩌면 그렇게 야비할 수 있지? 매리앤의 얼굴은 이상하게도 세모꼴이었고 피부는 창백했으며 마녀 같은 느낌을 주었다. 아래로 내리깐 눈은 지나치게 컸고 방향 없는 미소는 긴장되어 있었으며 입은 꼭 다물려 있었다. 야, 쟤가 원했대. 말도 안돼! 매리앤은 거의 교실 중앙인 셋째 줄의 자기 책상으로 가다가 아이크 로드먼의 305밀리 싸이즈 운동화에 발이 걸리자 비켜달라는 식의 말을 웅얼거렸고, 아이크는 얼굴이 빨개지며 얼른 대꾸했다. "응, 그래." 모두가 지켜보는 가운데 매리앤은 자기 책상으로 가서 LE COCK을 보지 못한 채 책상 위에 가방을 내려놓고 조용히 의자에 앉았다. 며칠 전부터 다시 학교에 나오기 시작하면서 늘 그래왔던 것처럼 눈에 촛점이 없고 거의 슬로우모션으로 움직였으나 얼굴을 찌푸리는 것 같은 그 애처로운 미소를 잃지 않고 있었다.

대개는 안도의 한숨을 쉬었고 여기저기서 킥킥거리는 소리도 들렸다. 가슴이 크고 옷차림이 화려하며 자신을 멋쟁이로 여기는 삼십대 후반의 마담 레더러는 습관적인 과장된 제스처와 상냥하고 매혹적인 미소로 기초반 학생들을 환영했다. "Bonjour, mademoiselles et monsieurs!(안녕, 여러분!)"

그러자 학생들은 짐짓 열성적으로, 지나칠 정도로 요란하게 응답했다. "Bonjour, Madame Lederer!(안녕하세요, 마담 레더러!)"

교실 중앙 셋째 줄에 앉은 매리앤 멀베이니는 더듬거리며 프랑스어 교과서와 스프링노트를 펴고 펜을 꺼낸 뒤 교탁 앞에서 미소지으며 제스처를 보내는 여자를 눈을 가늘게 뜨고 쳐다보았다. 학생들은 이제 더 지켜볼 것이 없어 매리앤에 대한 흥미를 잃었고, 그날 아침의 보잘것없는 드라마는 그렇게 끝났다.

그녀는 전화벨 소리를 두려워하게 되었다. 특히 마이클 씨니어가 귀가하지 않은 밤에는 더했다.

2월 이후로 그가 집에 들어오지 않는 날이 셀 수 없이 많았다.

몇주 동안 외박이 너무도 잦았다. 겨울이 마지못해 천천히 봄에 자리를 내주던 그 시기에. 바람이 세고 싸락눈이 내리는 뉴욕 주 북부의 봄. 수선화의 충격받은 듯 샛노란 얼굴이 얼음에 덮이고 줄기가 부러져 쓰러졌다. 그래서 코린은 생각했다. 일직선으로 나아가는 건 없다. 모든 것이 비늘처럼 겹쳐져서 나아간다. 지붕을 얹을 때 튼튼하게 하기 위해 지붕널을 겹쳐서 얹는 것처럼.

그는 강박관념에 사로잡혀서 어디로 간 것일까? 물론 코린은 그에게 물을 수 있었고 그는 대답했다. 늘 즉각 대답을 내놓았다. 옛날 친구들 좀 만났소. 머리 식히려고 드라이브 좀 했지. 예전의 짓궂은 익살을 보이며, 어이, 누가 알고 싶다는 거야?라고 반문하기도 했고 눈을 찡긋하며 이렇게도 말했다. 당신도 같이 다니자고. 그럼 물어볼 필요도 없을 테니까. (그녀와 같이 다니기를 원하기라도 하는 것처럼! 그의 아내 코린과 아이들, 하이포인트 농장이 그가 도망치고 싶은 것들의 일부가 아닌 것처럼.) 하지만 그의 즉각적인 대답들은 진실이 아니었다. 두 사람이 눈길을 마주하고 마이클이 진실을 말하고 있음을 코린이 알 수 있는 그런 바람직한 상황이 아니었다.

그는 그녀에게 마음을 열지 않고 있었다.

그토록 큰 고통과 상처, 분노를 안고도 왜 그는 더이상 그녀에게 마음을 열지 못하는 것일까?

그녀는 그에게 외치고 싶었다. 난 그 아이 엄마예요! 나도 능욕당했다고요.

그는 멀베이니 지붕회사 일을 등한시하고 있었고 코린도 그 정도는 알았다.

지난 이십년 동안 일편단심으로 일생의 희망을 걸고 몸바쳐 키워온 회사였는데, 가족을 제외하면 삶의 목적은 오로지 '셔토쿼 밸리 최고의 지붕인으로 인정받는 것'이었는데, 손가락 사이로 모래알이 새듯 회사가 기우는 걸 방치하고 있었다.

십장 알렉스 플러드의 걱정스러운 전화. 지금 아침 8시고 공사현장에 일꾼이 도착했는데 사장님은 어디 계신가요? 비서 리어의 걱정스러운 전화. 오전 중반이고 물건 배달도 오고 중요한 전화도 계속 걸려오고 있는데 사장님은 어디 계시죠?

그러면 코린은 파랑새의 지저귐처럼 밝고 명랑하게 익살을 부렸다(손톱이 손바닥을 아프게 파고들 정도로 주먹을 꽉 쥐고 있을망정). "왜 그걸 나한테 물어요? 나도 그 사람 안 지 이십삼년밖에 안돼요."

전화선 너머에서 깜짝 놀라 침묵을 지키면 숨찬 말울음 소리 같은 웃음을 보냈다.

코린이 그런 심란한 전화를 받고 있을 때(오후 4시 40분에 고객에게서 걸려온 항의전화였다) 패트릭이 부엌에 들어갔다가 통화 내용을 들었다. 어머니가 전화를 끊자 패트릭은 어머니의 팔을 어루만지며 말했다. "저기, 엄마."

그녀는 울고 있었을까? 그녀는 그걸 깨닫지도 못하고 있었다.

사춘기 자녀가 부모 앞에서 느끼는 당혹감만큼 격렬하고 고통스러운 것은 없다. 특히 자의식 강하고 아이큐 높은, 게다가 신경까지 잔뜩 곤두선 열여덟살 소년이 당황해서 어쩔 줄 모르는 마흔다섯살의 어머니 앞에 있을 경우엔 더욱 그렇다.

패트릭은 코린 자신을 연상시키는 밝고 쾌활하고 긴장된 목소리로 말했다. "아버진 괜찮아지실 거예요. 엄마도 아버지를 아시잖아요."

"그래, 맞아. 알지." 코린이 재빨리 말했다.

패트릭은 콧등 위로 안경을 밀어올리며 씨익 웃었다. "아버지는 사춘기를 겪고 있는 거예요."

둘은 함께 웃었다. 조금 지나칠 정도로 요란하게. 멀베이니가 부모들은 말썽을 일으키는 자녀에게, 혹은 자녀들 모두를 싸잡아서 사춘기를 겪고 있다고 입버릇처럼 말해왔던 것이다.

코린이 상기된 얼굴을 문지르며 말했다. "그래, 맞아. 그건 우리 모두에게 해당되는 말이지! 아멘."

코린은 거의 실연당한 연인 같은 눈길로 자신의 키 크고 잘생긴 아들, 수수께끼 같은 둘째의 뒷모습을 바라보았다. 때 묻은 양가죽 재킷을 입고 마구간 일을 하러 서둘러 나가는 아들. 나한테서 벗어나고 싶은 거야. 하기야 나무랄 수도 없지. 패트릭은 자신이 맡은 일을 성실하게 해냈다. 매리앤처럼 불평을 몰랐고 그 나이 때의 마이키 주니어보다 훨씬 믿음직스럽고 일을 잘했다. 코린은 패트릭에 대한 사랑으로 가슴이 부풀었다. 하지만 한편으론 너무도 지독한 상실감에 맥이 쭉 빠졌다. 하느님, 자식에게 그런 감정을 느끼는 건 죄일까요? 훌쩍 커버린, 자신보다 훨씬 크고 아버지보다 큰 아들을 보며 사랑과 상실감을 동시에 느끼는 건? 패트릭은 이마를 찌푸리고 눈을 가늘게 뜨고 입술을 내밀고 빠는 버릇이 있었지만 그래도 아름다운 소년이었다. 하지만 그녀는 감히 아들을 만질 수가 없었다. 코린이 중년의 어머니로서 깨달은 놀라운 사실 중 하나는 자신의 몸에서 태어난 아들에 대해서도 관심을 끌고픈 갈망을 느낄 수 있다는 것이었다.

그것은 그녀가 외롭고 못생기고 볼품없는 농장집 딸에 지나지 않던 고교시절 키 크고 잘생기고 냉담한 남학생들의 관심을 갈망했던 것과 거의 흡사했다. 그때 그 잘생긴 남학생들 눈에는 그녀가 보이지도 않았지만.

첫째인 마이키 주니어에 대해서는 이미 몇해 전에 그런 감정적인 애착을 버려야만 했다. 이제 그는 코린이 '마이크' 대신 '마이키 주니어'라고 부르기만 해도 움찔했다. 그는 몇해 전부터 어머니가 만지면 당황해서 몸을 뺐을 뿐 아니라 이미 은밀한 성생활을 시작했던 것이다. 코린은 맏아들이 왕성한 성생활을 하고 있음을 알았고 사귄 여자도 어찌나 많은지 이제 일일이 세기도 진력나고 무의미할 정도였다.

그건 코린이 질투심 많은 어머니여서가 아니었다. 그녀는 어떤 친구들처럼 아들의 은밀한 생활에 대해 전전긍긍하는 어머니는 아니었다.

하지만 패트릭은, 패트릭은 아직 성에 눈을 뜨기 전이었다. 코린은 패트릭이 여자에게 반하고 여자를 꿈꾸는 날이 오기나 할 것인지 의심스러울 정도였다. 어쨌거나 패트릭을 믿고 의지할 수 있어서 얼마나 다행스러운지 몰랐다.

하지만 조금 더 용기를 낼 수만 있다면! 그러면 패트릭과 단둘이 앉아 솔직한 대화를 나눌 수 있을 것이다. 우리 가족에게 일어난 이 끔찍한 사건을 넌 어떻게 받아들이고 있니? 매리 앤이 네게 털어놓았니? 그 일에 대해 다른 데서 들어서 알고 있는 사실이 있니? 사람들이 우리에 대해 뭐라고 말하고 있니? (하지만 진정으로 그걸 알고 싶은 걸까? 그녀는 그 생각만 해도 마치 위험을 앞에 두고 있는 것처럼 가슴이 쿵쾅거렸다). 어쨌든 그건 가능하지 않음을 그녀는 알고 있었다. 이제 가능하지 않음을. 패트릭은 열여덟살이고 곧 집을 떠날 것이다. 그녀는 이따금 아들의 안경알에서 먼 풍경들을 보곤 했다. 이제 패트릭도, 다른 아이들도 예전처럼 부엌에 들어와 엄마 곁에서 얼쩡거리는 일이 거의 없었다. 모든 것이 갑자기 변해버린 것이다.

모든 것이 변해버렸다. 코린은 그걸 깨닫지 못하고 있었다. 아이들이 모두 학교에서 돌아온 후의 삼십분 남짓한 떠들썩한 시간. 숨이 턱에 차고 신바람이 나서 부엌으로 몰려들어와 학교에서 있었던 소식들을 주고받고 서로 놀리고 농담하고 웃고 냉장고로 달려들고. 개들도 그 시간이 하루의 정점이라 희열에 차 짖어대고(개들은 습관적으로 진입로 끝으로 나가서 스쿨버스를 기다렸다. 마이키 주니어가 풋볼 연습 때문에 귀가가 늦어지는 날에는 다른 개들이 스쿨버스에서 내린 아이들과 함께 집으로 올라간 뒤에도 불쌍한 씰키 혼자 쓸쓸히 남아 주인을 기다리곤 했다). 마이키가 아직 고등학교에 다니고 저드가 초등학생이던 그 행복했던 시절. 마이키 주니어, P. J., 버튼, 레인저. 천생 엄마인 그녀는 엄마답게 아이들을 꾸짖으면서도 마음엔 기쁨이 가득했다. "이 돼지들 같으니라고! 그럼 저녁때 입맛 없어!" 한창 자라는 사내애들이 입맛을 잃을 수 있기라도 한 것처럼. 아들들은 걸신이라도 들린 듯 땅콩버터 샌드위치, 초콜릿칩 쿠키, 치즈, 잼을 바른 딱딱한 버터밀크 비스킷을 먹어치웠다. '뮬'이자 '넘버 4'인 마이키는 젊은 황소 같은 식욕의 소유자라 우유 일 리터를 단 몇모금에 벌컥벌컥 다 들이켰다. 항상 '다이어트에 신경쓰는' 매리앤은 그 틈에 끼여 다이어트 소다를 마시며 길쭉하게 썬 당근이나 셀러리를 조금씩 갉아먹었다. 모두들 엄마에게 치근덕거렸다. 서로 엄마의 관심을 끌기 위해 경쟁하고 엄마에게 허풍을 떨었다. 열심히 꼬리를 흔드는 개들처럼. 애교스럽게 꼬리를 곤추세우는 고양이들처럼. 엄마, 엄마, 저 좀 보세요! 저요! 저요!

이제 모든 것이 변했다. 돌이킬 수 없이?

물론 마이키와 패트릭은 오래전부터 엄마의 포옹과 키스, 아기를 대하는 듯한 말투를 거부하기 시작했다. 눈을 가리는 머리칼을 쓸어올려주거나 얼굴에 묻은 얼룩을 닦아주는 것도 싫어했다. 아들의 그러한 엄마에 대한 거부는 이미 다섯살경부터 시작되는 듯하다. 그렇게 일찍부터! 아들이 아홉살, 열한살이 되면 조심해서, 아주 조심해서 접근해야만 한다. (현명한 태도는 아들이 스스로 엄마에게 올 때까지 기다리는 것이다. 적절한 상황이 되면 아들은 엄마에게 다가온다. 마이키의 경우 열여섯살 때 풋볼 시합에서 부상을 당해 몇주 동안 오른쪽 발목에 깁스를 한 적이 있었는데 거의 유아기로 퇴행하여 엄마가 아기처럼 보살펴야 했다. 코린은 그 시기에 매 순간을 사랑했다!) 하지만 열세살이 지나면 더이상 어린이가 아니다. 변성기가 오고 가느다란 턱수염이 돈기 시작한다. 마이클 씨니어는 집 안 곳곳에서 양말과 운동화의 진한 땀냄새에 섞인 마이클 주니어의 호르몬 냄새를 맡을 수 있다고 농담을 했다.

사춘기를 겪고 있는 거야.

우리 모두가 그렇지 않아? 아멘!

코린은 깨달음을 얻은 기분이었다. 어쩌면 그건지도 몰라. 우리 모두가, 멀베이니 가족 전체가 사춘기의 열병 같은 걸 앓고 있는 것이고, 곧 괜찮아질 거야. 그런 생각을 하자 갑자기 희망이 샘솟았다.

얼마 전까지만 해도 밖에서 돌풍이 몰아쳐도 잘만 잤던 마이클 씨니어가 지금은 몇시간마다 잠이 깼다. 염병할 담배에 완전히 중독이 돼서 서너 시간마다 일어나서 아래층으로 내려가 담배를 피웠다(화장실에 가는 척하면서. 한 침대를 쓰는 코린이 그것도 모를까봐). 가끔 그녀는 새벽에 마이클을 찾으러 아래층으로 내려갔는데, 아이들이 깨기 전에 남편을 찾기 위해서였다. 그의 불규칙하고 귀에 거슬리는, 젖은 느낌의 코고는 소리를 따라가면 거실에서, 부엌에서, 아니면 최소한의 가구만 있고 심하게 어질러진 그의 서재에서 그를 발견할 수 있었다. 그곳에서 마이클 멀베이니 씨니어는 쏘파나 의자에 늘어져서, 어떤 때는 심지어 바닥에서 목뼈가 부러지기라도 한 것처럼 고개가 한쪽으로 심하게 꺾인 채로 잠들어 있었다. 푹 꺼진 눈, 잿빛 얼굴, 잿빛 콧수염, 살이 붙어가는 근육질의 어깨와 팔, 배. 발치에는 맥주병이나 그가 좋아하는 얼리 타임스 위스키병이 뒹굴고 있었다.

재떨이엔 재와 담배꽁초가 수북했다. 그 냄새! 코린은 쿵쾅거리며 창가로 걸어가서 창문을 열어젖혔다. 밖이 추울수록 더 좋았다. 그녀는 남편에게 몹시 기분이 상해서 복수심까지 불타올랐다!

개 한 마리가, 대개는 이쪽에서 자는 트로이가 근처에 있었다. 밤새 주인의 곁을 지켰을 녀석. 콜리 종 개의 각진 얼굴과 촉촉한 눈을 바라보고 있노라면 녀석이 지적 능력을 지니고 있으며 자신에게 위로를 보내고 있다고 믿고 싶어졌다. 걱정 마세요. 사춘기 같은 거니까!

❦

코린은 마이클이 몰래 출입하는 장소 가운데 하나가 20킬로미터 떨어진 울프스 헤드 호수에 있는 술집 울프스 헤드 인임을 알았다(그렇다, 그녀는 그의 바지 주머니에서 성냥첩을 발견하고 절망감에 빠졌다).

오, 그건 안돼. 다시 거기 가는 건 안돼.

마이클의 옛 친구 '호' 홀리가 그 술집 주인이었다. 저당이 잔뜩 잡혀 있긴 했지만. 그곳은 마이클이 마운트 이프리엄 사람들과 교류하기 전에 셔토쿼 밸리에서 맨 처음 사귄 옛 친구들의 소굴이었다. 그중 월리 파크스, 릭 샤이어스, 코브 코너 등은 셔토쿼 스포츠맨 클럽에도 속해 있었고 11월, 12월 사슴 사냥철에 마이클은 그들의 악명 높은 주말사냥에 참가했었다. 코린은 그들이 엽총으로 사슴을 사냥하는 것도 질색했지만 밤새 포커를 치며 술을 퍼마시는 것도 못마땅하게 여겼다. 마이클은 울프스 헤드 호수 건너 산기슭 구릉지대로 사냥을 나갔다가 돌아오면 숙취에 시달렸고 흐릿한 눈에는 죄책감이 어렸다. 코린은 남편이 설마 사슴을 쏘았을까 생각했지만 남자들은 집에 있는 여자들 앞에서 서로를 보호하고 체면을 살려주기 위해 거짓말을 꾸며대기도 한다는 걸 알고 있었다. (멀베이니 지붕회사에 있는 마이클의 사무실에는 마이클과 그의 사냥 친구들이 사슴 시체를 앞에 한 줄로 늘어놓고 자랑스럽게 엽총을 세워들고 서 있는 사진들이 있었다. 코린은 그런 사진들을 집에 들이는 건 허락하지 않았지만 실용적인 정신의 소유자인지라 사슴고기로 스테이크와 스튜를 만들기는 했다.)

마이클은 그렇게 몇년 사슴 사냥을 다니다가 결국 진저리를 냈다. 도덕적으로든 다른 이유로든 코린이 옳았다고 시인하지는 않았지만 짐작건대 어리석은 학살과 친구들의 행동에 혐오감을 느낀 듯했다.

'호' 홀리! 코린은 그와 그의 아내 리어니에 대한 감정이 복잡했다. 그녀는 그들이 재미난 사람들이라는 건 인정했다. 그들은 소란스럽고 상스럽고 무모하고 활기찼으며 해거름부터 시작되는 그 긴 여름밤에 울프스 헤드 인에서는 한순간도 지루함을 느낄 겨를이 없었다. 코린은 마이클이 그 술꾼들과 어울리는 걸 얼마나 좋아하는지 알았지만 자신은 그들을 많이 좋아할 수가 없었다. 그들과의 자리가 편안했던 적이 없었다. 물론 젊은 시절에는 남편을 기쁘게 해주고 싶은 마음이 간절했기에 그들과 어울려보려고 노력했다. 마이클이 자리를 비우면 호와 윌리 파크스는 코린에게 수작을 걸었고 코린은 그들이 진심으로 그러는 것인지 아니면 그냥 장난인지(아니면 둘 다인지) 알 수가 없었다. 그녀는 장난으로 해석하기로 했지만 마이클에게 그 얘기를 하진 않았다.

호는 배불뚝이에 턱수염을 덥수룩하게 기른 알코올중독자로 손님들과 함께 술을 마셨으며 윌리는 깡마른 금발의 엘비스 프레슬리 같은 인상으로 마씨너 공항을 운영했고 2차대전 때 일본에서 폭격기 조종사였다는 거짓말을 꾸며내어 유명세를 얻었으며 역시 알코올중독자였다. 오, 왜 그렇게 완곡하게 말하는가? 그들 모두가 알코올중독자들이었고 마이클 멀베이니도 그들과 정기적으로 어울리던 시절에는 알코올중독 상태에 가까웠다. 당시 어린 아이들을 둔 젊은 아내였던 코린은 사랑하는 남편이자 아이들 아버지가 울프스 헤드 호수 북쪽 기슭의 검은 진창에 겨드랑이까지 빠져 천천히 가라앉는 악몽 같은 환상에 시달려야 했다.

오, 제발, 안돼.

난 이제 그때처럼 젊지도, 강하지도 못해.

코린은 아무에게도 말한 적은 없지만 그 시절에 자신이 남편의 영혼을 구제하기 위해 고투를 벌여야만 했었노라고 믿고 있었다. 그녀는 생각만 해도 몸서리가 났다. 그때 하마터면 마이클을 더러운 검은 진창에서 구해내지 못할 뻔하지 않았던가!

하지만 그들 모두 젊고 아름다웠던 그 시절에 울프스 헤드 호수와 그곳의 술집에 초라하나마 분명한 매력이 있었음은 코린도 시인하지 않을 수 없었다. 남녀간의 사실상 모든 교류에 에로틱한 암류가 흘렀다. 주크박스의 섹시한 비트! 비트! 비트! 호수의 곳에 지어진 시골 술집인 울프스 헤드 인 일층에는 보트 대여소가 있었다. (그녀의 아이들은 물이 새고 거추장스러운 그 보트들을 어찌나 좋아했는지 일요일만 되면 보트 타러 가자고 졸라댔다. 그때만 생각하면 코린은 눈이 찡그려졌다. 일몰 무렵 호수 위의 그 눈부신 석양빛. 지금도 생생한 어깻죽지의 통증. 마이키 주니어가 커서 노 젓는 보트와 동생들을 책임지고 맡을 수 있을 때까지 호수에서 아이들을 보트에 태우는 건 엄마 몫이었고 아빠는 울프스 헤드 인 베란다에서 친구들과 어울려 맥주를 마시며 카드놀이를 했다. 그들의 하이에나 같은 웃음소리와 야유 소리가 100미터는 떨어진 호수 위에서도 들렸다.)

술집 내부는 화창한 날에도 어두운 조명이 밝혀져 있었다. 코린은 그곳의 길게 뻗은 낡은 바를 보면 기관차가 생각났다. 호수가 내다보이는 창에는 파리똥으로 얼룩진 방충망이 쳐져 있었고 마감처리가 덜 된 바닥에는 밤이 끝나갈 무렵이면 담배꽁초와 포장지들이 여기저기 흩어져 있었다. 그리고 그 냄새! 그녀는 그 기억만 떠올려도 코가 얼얼했다. 날카롭고 뚜렷한 맥주 냄새, 담배 냄새, 그리고 뒤쪽 깊숙한 구석에 입을 벌리고 있는 눅눅한 남녀 화장실에서 풍기는 소독약 냄새와 지린내. 그럼에도 울프스 헤드 인에는 수상쩍은 매력이 흘렀고 안으로 들어서면 가슴이 두근거렸다. 그곳엔 작은 댄스 플로어와 늘 불빛이 반짝이는 주크박스가 있었다. 코린도 그 주크박스에 얼마나 많은 동전을 넣었던가! 한 곡 건너 하나씩 엘비스 프레슬리의 곡이 흘러나왔다. 장난스럽고 시끄러운 엘비스(「하운드 도그」), 꿈꾸는 듯한 감상적인 엘비스(「상심의 호텔」), 쎅시하고 유혹적인 엘비스(「러브 미 텐더」). 그 시절 꿈 많은 이십대의 젊은 아내였던 코린은 그들과 어울려 머리가 어질어질할 때까지 맥주를 마셨고 조그만 일에도 깔깔대며 웃었다. 마이클이 손목만 살짝 잡아도 사타구니가 전기라도 통한 듯 찌릿찌릿했다. 정말 그랬다!

울프스 헤드 인. 뉴욕 주 울프스 헤드 호수. 마이클의 바지 주머니에서 울프스 헤드 인의 조잡한 늑대 머리 씰루엣 로고가 찍힌 종이성냥첩을 발견한 코린은 몸서리를 치며 옛 기억을 떠올렸다.

물론 호수 자체는 아름다웠다. 셔토쿼 밸리의 풍경은 어디나 아름다웠다. 1950년대만 해도 호숫가에 통나무집, 오두막, 싸구려 모텔이 많지 않아(개발 열풍은 1970년대에 불었으니까) 아무런 방해도 받지 않고 호숫가나 소나무 숲을 산책하고 잔잔한 호수 너머로 2킬로미터쯤 떨어진 반대편의 울창한 삼림지대를, 전나무로 뒤덮인 셔토쿼 산맥 기슭과 그 위의 흐릿한 청회색 산을 감상할 수 있었다. 물론 아이들은 그곳을 좋아했다. 물론 그곳은 아이들이 제일 좋아하는 장소였다. 마이클도.

그런데도 코린에겐 울프스 헤드 호수가 놀라움과 위험을

품고 있는 듯했다. 그녀가 젊은 엄마라 과장되게 느낀 것일 수도 있지만. 호수 기슭은 대부분 바위투성이라 수영을 하기에 마땅치 않았고 수상구조원이 지키고 있는 수영장 주변도 가끔 불쾌한 검은 진창에 발이 쑥쑥 빠지곤 했다. 갑자기 돌풍이라도 불라치면 호수에 거친 파도가 일었고 그런 때 보트를 타고 호수 한가운데까지 갔다가 황급히 노를 저어 돌아오려면—설상가상으로 맞바람까지 불면—한바탕 진땀을 빼야 했다. 한편 푹푹 찌는 무더운 날에는 호수가 녹은 플라스틱처럼 흐릿한 광택을 발했다. 사람을 무는 파리와 윙윙거리며 구름처럼 몰려다니는 각다귀와 모기도 있었다. 그리고 사람의 발길이 뜸한 후미에는 물뱀까지 있었다(천만다행으로 코린은 물뱀을 직접 목격한 적은 없었다. 만일 그랬다면 다시는 호수에 들어가지 않았을 것이다). 햇볕도 집보다 울프스 헤드 호수가 더 강하지 않은가? 멀베이니 가족은 모두 돌아가며 햇볕에 화상을 입었고 늘 까맣게 그을린 마이클 씨니어조차 그런 적이 있었다. 버튼도 다섯살인가 여섯살 때, 하늘에 조약돌 구름이 깔린 어느 오후에 몇시간이나 호숫가에서 놀고 얕은 물속에서 첨벙거리더니 저녁이 되자 아프다고 낑낑거렸다. 가녀린 어깨와 등이 바다가재처럼 분홍빛으로 익어서 화끈거려서 그런 것이었다. 그리고 호숫가에는 요란하고 거칠고 싸움 좋아하는 아이들이 물에서 뛰어다니며 물장구를 치고 모래를 던져댔다. 말 많은 사내애들은 세 마디에 한 마디는 욕이었다. 여자애들도 나을 건 없었다. 얇은 수영복 차림의 십대 소녀들이 눈길을 끄는 작은 몸과 플라스틱 안경과 화사한 화장을 과시했고 조숙하고 되바라진 아이들은 열두살밖에 안된 코린의 아들 마이키 주니어에게 노골적인 시선을 보냈다. 그들의 엄마와 언니가 멋진 미남자인 마이클 씨니어에게 노골적인 시선을 보내는 것처럼.

그들의 시선은 코린을 분노케 하는 신호를 보내고 있었다. 이봐요, 날 좀 봐요, 나 여기 있다고요!

코린은 울프스 헤드 호수에서 그동안 미처 알지 못했던 한 가지 진실을 깨달았다. 한 남자와 결혼하는 것과 그를 지키는 건 별개의 문제라는 것을.

어느 일요일 저녁, 집에 돌아가려고 몇시간 전부터 기다리고 있는데 마이클이 술집에서 나올 생각을 안했다. 막이 마이키 주니어조차 졸음을 견디지 못해 스테이션왜건 뒷좌석에 쓰러져 잠들자 코린은 부아가 치밀어 다시 남편을 찾으러 갔고, 그가 백금색으로 탈색한 금발의 말라깽이 리어니 홀리와 댄스 플로어에서 부둥켜안고 얼간이처럼 킬킬거리는 현장을 목격했다. (나중에 코린은 마이클에게 두 사람이 거의 애무하는 수준이었다고 비난했다.) 물론 마이클과 리어니는 아무 일도 없었던 것처럼 행동했다. 하지만 코린은 알았다. 당연히 알았다. 그녀의 남편과 그 뻔뻔스럽고 경박한 여자는 분명 서로에게 야릇한 감정을 느끼고 있었고 호 홀리를 포함한 모든 사람이 그 사실을 알고 있었다. 이 얼마나 수치스러운 일인가! 리어니는 아무 잘못도 없다는 듯 눈을 동그랗게 떴고 마이클은 얼굴이 시뻘게져서는 죄책감에 오히려 반항적으로 나왔다. 하이포인트 농장으로 돌아오는 차 안에서 아이들이 뒷좌석에서 자고 있는 사이(잠든 척하고 있었는지도 모르지만) 멀베이니 부부는 말다툼을 했다. 술에 취해 혀가 꼬부라진 마이클은 점점 더 방어적이 되어가며 화를 냈다. "상상력이 지나치군. 그리고 난 감시당하는 건 싫소." 그러자 코린이 반박했다. "빌어먹을. 마이클 멀베이니, 당신은 내가 완전한 바보인 줄 알아요?" 그녀는 울어야 할지 웃어야 할지 몰라 잠시 말을 끊고 심호흡을 했다. "아님, 불완전한 바보이거나?" 그녀의 목구멍에서 말울음 소리 같은 거친 웃음이 터져나왔지만 운전대를 잡은 마이클은 같이 웃어주지 않고 험악한 표정을 지었다. 그런 일이 있은 후로 코린은 아이들을 데리고 울프스 헤드 호수에 가는 걸 자제하게 되었다. 어쩌다 한번씩 가더라도 낮 동안 수영과 보트타기만 하고 돌아왔다. 마이클은 한동안 혼자 울프스 헤드 인에서 시간을 보내더니 역시 점차 발길이 뜸해졌다.

그때가 바로 멀베이니 지붕회사가 막 번창하기 시작하던 시기였다. 멀베이니 부부는 마운트 이프리엄에서 새 친구들을, 새로운 부류의 사람들을 사귀게 되었다. 모두들 마이클 씨니어를 좋아했고 코린도—수줍음과 성급함이 결합된 그녀의 괴상한 태도에 일단 적응하면—대부분 좋아하게 되었다. 사람들이 모인 자리에 마이클이 들어서면 모두들 기대감에 미소를 지었고 코린은 그가 어둠침침한 방에 환한 불을 밝히는 존재와도 같다고 생각했다. 남자들은 중력에 이

끌리기라도 하듯 그에게 가서 악수를 청했고 여자들은 흥분
된 손으로 머리를 매만지고 입가에 미소를 머금었다. 하루
열두 시간씩 일할 때도 있는 마운트 이프리엄의 유망한 사
업가 마이클 멀베이니는 일을 마치고 급히 집으로 달려와
샤워와 면도를 하고 흰 셔츠와 넥타이 정장으로 갈아입고
마운트 이프리엄 상공회의소 모임이나 자선단체인 마운트
이프리엄 유나이티드웨이 모임, 혹은 코린과 부부동반으로
가는 학부모회에 참석하기 위해 서둘러 집을 나섰다.

　새로운 모험이었고, 멀베이니 부부는 잘해나갔다.

　그러면서 마이클은 울프스 헤드 호수의 친구들과 점점
소원해져갔다. 엽총과 스포츠맨 클럽 회원권은 그대로 간직
하고 있었지만 사냥은 그만둔 지 오래였다. 일주일이 멀다
하고 어울리던 호, 월리, 릭, 코브 패거리와 6주에 한 번, 3개
월에 한 번, 6개월에 한 번 만나게 되었다. 시간을 낼 수가
없어서였다. 집에서 큰 파티를 열면(이를테면 7월의 야외 파
티) 울프스 헤드 호수 친구들을 초대할 수도 있었다. 어쩌
면. (코린은 현명하게도 그 문제에 대해 남편에게 아무 말도
하지 않았다. 옛 친구들이 새 친구들과 어울리지 않는다는
걸 마이클 스스로 깨닫게 하자는 게 그녀의 전략이었다.) 한
번은 마이클이 농기구점에서 릭 샤이어스와 우연히 마주친
얘기를 들려주었다. 자신이 냉대할까봐 릭이 아는 체도 제
대로 못하더라면서 마이클은 괴로운 심정을 호소했다. "어
찌나 죄책감이 들던지…… 어디 가서 술 한잔하자고 청했어
야 했는데……" 코린은 남편을 위로했다. "릭도 당신이 바

쁘다는 거 알 거예요. 분명 이해할 거예요." 코린도 몇년 전에 119번 도로에 있는 K마트에서 호 홀리와 마주친 적이 있었지만 마이클에게 그 얘기를 하지는 않았다. 그녀는 백발에 대머리로 변한 참혹한 그의 몰골을 보고 충격에 젖었다. 그는 이중촛점 안경을 쓰고 파열된 모세혈관이 거미줄처럼 얽힌 술주정뱅이의 얼굴을 하고 있었지만 여전히 코린에게 비열할 정도로 뻔뻔스럽게 굴었다. 코린이 리어니의 안부를 묻자 그걸 왜 자기한테 묻느냐고, 이혼한 지 오년이나 됐고 그뒤로 얼굴 한번 못 봤다고 빈정거렸다(코린은 그 소식을 들었던 것도 같았지만 도무지 기억이 나지 않았다. 너무도 당혹스러웠다). 어색한 몇분이 흐른 뒤 코린이 뒷걸음질을 치며 마이클에게 만났다는 얘기를 하겠다고, 여름에 한번 만나자고 웅얼거리자 호는 코웃음을 치고 손을 들어 마운트 이프리엄을 가리키며 말했다. "저기가 돈 나오는 데 아뇨, 응?" 그는 눈을 찡긋하며 히죽거렸고 코린은 그가 자신의 얼굴에 침이라도 뱉은 것처럼 모욕감에 젖어 절룩거리며 그곳을 빠져나왔다.

하지만 승리감에 차서 이렇게 생각했다. 그래도 난 당신들에게서 그를 구해냈어. 당신들처럼 변해가는 그를 구해냈다고.

그게 아니라 그들의 삶에서 울프스 헤드 호수를 그저 뒤로 미룬 것에 불과했을까? 마이클 멀베이니가 그 더러운 검은 진창 속으로 겨드랑이까지, 턱까지 무력하게 가라앉는 악몽 같은 장면을?

가엾은 마이클은 그 일에서 헤어나질 못하고 있었다.

1976년 겨울과 봄에 그 일은 그들의 삶 전체를 무겁게 짓눌렀다.

코린은 심리치료사 질 제임스에게, 그리고 그보단 드물게나마 목사 부부와 친구 한두명에게(그렇다, 친구들이 머뭇거리며 다시 돌아오기 시작했다) 매리앤에게 일어난 일에 대해, 매리앤에게 일어났을 일에 대해 의논할 수 있었다. 하지만 강간이란 말은 입에 올릴 수도, 올리고 싶지도 않았고 닥터 오클리의 병원에서 그 말을 한 것조차 부인하고 싶었다. 그녀의 딸에게 일어난 일은 폭행 혹은 추행이었고 가끔 성폭행이라는 용어를 사용하기도 했다. 마이클은 그 사건에 대해 말하는 것조차 힘겨워하고 시간이 갈수록 점점 더 그것에 대해 언급하기를 거부했기에 그에겐 그냥 그 일이라고 부를 수밖에 없었다.

그건 상을 당한 사람들에게 죽음에 대해 이야기하지 않는 것과 같은 이치라고 코린은 생각했다. 그들에게 죽음에 대해 말하고 싶다면 다른 표현을 찾아야 한다.

코린을 겁에 질리게 한 것은 마이클의 변화였다. 철석같이 믿었던 남편을 이제 믿을 수가 없었다. 어디 갔었다거나 늦게까지 일했다는 그의 대답은 진실일 수도 있었지만 그렇지 않을 수도 있었다. (그래서 코린은 계속해서 남편을 감시했다. 조심스럽게 회사로 전화를 걸고, 아무것도 모르는 척

질문을 던지고, 주머니를 뒤지고. 고상한 코린 멀베이니가
그런 행동을 하다니!) 마이클의 뚱한 침묵, 밤 외출, 음주, 강
박적인 흡연. 비밀스러운 통화. 아들들에 대한 성마른 태도.
(매리앤에겐 절대 안 그랬다. 딱딱한 미소를 짓고 친절하게
대하면서 거리를 두었다.) 그리고 전에 없던 비밀스러움. 코
린에겐 그것이 가장 두려웠다.

그는 무슨 계획을 짜고 있는 걸까?

마이클이 런트 씨 집으로 달려가 체포되고 폭행죄로 벌
금형을 받거나 구속될 뻔했던 그 끔찍한 밤, 코린에겐 마치
악몽과도 같아서 억지로 애를 써야 겨우 떠올릴 수 있는 그
밤 이후로 그녀는 더 나쁜 일이 벌어질 것이라는 예감을 떨
쳐버릴 수가 없었다. 그녀는 걱정으로 몸져눕고 싶지는 않
았기에 쓸데없는 상상을 하지 않으려고 애썼다(물론 걱정으
로 몸져누울 지경인 날들도 있었지만 아무렇지 않게 지내려
애썼다). 하지만 마음이 약해지는 때에는 자신도 모르게 나
쁜 상상을 하게 되었다. 만일 에디 해리스가 런트 씨 집 앞에
서 기다리다가 말리지 않았더라면 마이클은 재커리 런트의
갈비뼈에 금이 가게 만들고 벽에 얼굴을 처박아 피투성이가
되게 하는 데서 그치지 않았을지도 모른다. 모트 런트에게
도 똑같은 위해를 가했을 수도 있다.

내 남편은 폭력적인 사람이 아냐. 그는 살인자가 아냐.

하느님, 그의 마음을 잘 아시지 않습니까. 저희를 도와주세요!

그날 밤 그녀는 절박감 속에서 에디 해리스에게 전화를
걸었다. 그녀는 다시 또 그나 다른 경찰관에게 전화를 걸 일

이 생길지도 모른다는 두려움 속에서 살고 있었다.

마이클은 그녀가 에디 해리스에게 연락한 것에 대해 나무라지도, 고마워하지도 않았다. 그 일에 대해선 까맣게 잊은 듯 통 언급이 없었다.

그건 남편을 배신하는 행위였을까?

그녀는 그에게 할 말을 준비해놓고 있었다. 당신을 사랑하기 때문에 그런 거예요. 우린 그런 사람들이 아니니까요.

그러면 그는 이렇게 대꾸할 것이다. 우리가 그런 사람들이 아니라고? 누가 그래?

특히 코린은 마이클이 가족 모두와 관련된 모종의 비밀스러운 결정을 준비하고 있음을 알게 되자 무척이나 심란하고 또 부아가 치밀었다. 돈에 관련된 모종의 결정. 그 액수는 하느님만이 아셨다! 마이클은 무슨 꿍꿍이를 부리는지 코린은 들어본 적도 없는 코스텔로라는 유빌 변호사를 몇차례나 만났다. 마이클이 통화하는 소리를 엿듣고 우연히 안 사실이었다. 그녀가 따지자 마이클은 애매하게 얼버무렸다. "젠장, 코린, 변호사는 누구나 쓸 수 있는 거요. 지금 우리 미국인들은 소송의 시대를 살고 있단 말이오."

코린이 걱정스럽게 말했다. "마이클, 무슨 계획을 짜고 있는 거예요? 설마 소송을 걸 생각은 아니죠? 그 일이 더 알려지면 매리앤은, 아니 우리 가족 모두가 파멸할 거예요! 매리앤이 법정에 선다고 생각해봐요. 그 끔찍한 사실을 증언하고 무자비하고 잔인한 변호사에게 반대심문을 당하고! 오, 마이클, 약속해줘요. 제발. 안돼요."

마이클은 세차게 고개를 젓고는 뒷걸음질을 치면서 그녀에게서 도망쳤다. 그는 할 일이 많았고 전화할 데도 많았다. 그는 지독히도 바쁜 남자였다. 텔레비전 속 비련의 여주인공처럼 손을 쥐어짜며 하염없이 눈물을 흘리고 있는 아내를 돌아보지도 않았다.

"날 믿어!" 그가 뒤에 대고 외쳤다. 멋진 깃털 장식이 달린 중절모를 머리에 눌러쓰고 황급히 달려나가면서. 4월의 찬비가 바람에 날려 비스듬히 내리고 있었다. 마이클의 카키색 레인코트는 입고 자기라도 한 듯 뒤쪽이 구겨져 있었다.

그리고 일주일쯤 뒤에 코린은 코스텔로라는 변호사와 일이 잘 풀리지 않아 관계가 끝났음을 역시 우연히 알게 되었다. 하지만 감사와 안도감이 들기는커녕 퍼뜩 다른 의심부터 들었다. 다른 변호사를 쓰려고 하나? 도대체 계획이 뭐지?

코린은 마이클의 괴로움이 단지 그 일, 매리앤이 당한 일 때문만이 아니라 마운트 이프리엄 친구들의 배신 때문이기도 하다는 사실을 알았다. 어느날 밤잠을 이루지 못하고 어둠 속에서 나란히 누워 있다가 그가 쓰디쓴 어조로 이렇게 말했던 것이다. "모트 런트와 나 중에서 그들은 당연히 런트를 택하고 있어. 그쪽 편을 들고 있지. 그 개자식은 돈하고 연줄이 있으니까. 그들과 한 부류니까."

"여보, 그런 식으로 생각하지 마요." 코린은 더듬거리며 말을 이었다. "이렇게 생각해요…… 그러니까…… 그들은 그저 연루되고 싶지 않은 거예요. 사람들이 어떤지 당신도 알잖아요."

"난 그걸 미처 몰랐던 것 같소. 하지만 이제 우리의 친구들이 어떤 사람들인지 알아가고 있지. 우리의 '친구들'." 코린은 어둠 속에서 그의 입술이 일그러지는 모습이 눈에 선했다. "씨팔놈의 '친구들'."

코린은 남편에게 맞기라도 한 것처럼 움찔했다. 여자 앞에서 그런 욕설을 하는 건 너무도 마이클 멀베이니답지 않은 일이었다.

마이클은 시내에서 사람들이 자신을 피한다고 했다. 비밀공제조합에서, 스포츠맨 클럽에서, 그리고 무엇보다 컨트리클럽에서(하지만 거긴 왜 가는 거죠? 코린은 그렇게 항의하고 싶었다). "내가 문둥이야? 걸어다니는 시체야?" 마이클은 웃었다. 사람들이 그를 보면 얼른 시선을 피한다는 것이었다. 악수도 마지못해 한다는 걸 눈빛만 봐도 알 수 있다고 했다. 맞잡은 손에서도 느낄 수 있다고 했다. 저 위선적인 사기꾼 늙은이 벤 소슨이 제일 심하다고 했다. 자기 집 지붕 수리비를 낼 돈이 없다고 징징거려서 이자도 안 받고 할부로 해줬는데도 말이다. "하지만 당신은 벤 소슨을 좋아한 적도 없잖아요." 그게 중요하기라도 한 것처럼 코린이 토를 달았다.

멀베이니 지붕회사는 시민회관 개축공사 계약을 따내지 못했다. 쎄인트매슈 호텔 공사도 마찬가지였다. 특정 경쟁업체는 입찰을 따냈는데 왜 멀베이니 지붕회사는 떨어졌는지 조사를 요구할 수도 있었다. 어쩌면!

벤 브로이어도 갑자기 그와 스쿼시를 치거나 한잔할 시간이 나지 않았다. 찰리 매킨타이어와 제이크 스포어도 마찬가지였다. 평소에 즐겨 찾던 클럽이나 블루문 까페에 점심을 먹으러 들어가면 자신이 얼마나 환영받지 못하는 존재인지 느껴졌다. 물론 그들이 앉은 테이블에 남는 자리가 있으면 합석하자고 부르긴 했지만 마이클 멀베이니의 존재가 분위기를 망쳐놓는 게 분명했다. 테이블에서 웃음이 사라지고 화젯거리라곤 날씨, 정치, 스포츠 얘기밖에 없었다.

내가 합석하기 전에 무슨 얘기를 하고 있었을까?

내가 화장실에 간 사이에는 무슨 얘기를 할까?

코린이 남편의 어깨를 어루만지며 말했다. "사람들은 각자의 인생이 있어요. 사람들은 남들이 자기를 어떻게 받아들일까…… 늘 그런 생각에 얽매여 있지는 않아요. 마이클, 당신도 이 일을 확대해석하고 싶진 않을 거예요. 당신은 그런 경향이……"

마이클은 그녀의 말을 못 들은 것처럼 경멸에 찬 어조로 계속 이야기했다. 아까 낮에 제이크 스포어한테 물어볼 게 있어서 스포어 목재로 찾아갔다고 했다. 시민회관과 쎄인트 매슈 공사 건에 대해 아는 사람이 있다면 바로 제이크일 테니까. 마이클 멀베이니와 제이크 스포어는 늘 잘 지내오지 않았던가! 두 사람은 절친한 친구 사이는 아니었지만 서로를 존중했으며 서로 일거리를 챙겨주는 이른바 호혜적 관계였다. 게다가 제이크 스포어는 버펄로 출신이라 셔토쿼 밸리에 뿌리가 없으며 학벌은 보잘것없지만 일을 잘해서 명성을 쌓아왔다는 점에서 마이클 멀베이니와 같은 배경을 지녔다고 볼 수 있었다. 그래서 마이클은 제이크에게 대놓고 물었다. 내 등 뒤에서 무슨 일이 벌어지고 있는 거냐고. 나를 파산시킬 작정들이라도 한 거냐고. 제이크는 무슨 소린지 못 알아듣겠다는 듯 머리를 흔들었다. 그는 공사 입찰에 '개인적인 정치'가 작용했을 것이라는 점은 인정했지만 그게 관례가 아니냐고 반문했다(스포어 목재도 병원 공사는 따냈지만 시민회관 입찰에는 실패했다). 마이클은 사람들이 뒤에서 자신과 자신의 가족에 대해 무슨 말을 하는지 물었다. 내 딸 매리앤에 대해 뭐라고들 하느냐고. "그랬더니 제이크가 내 눈을 똑바로 보면서 대답하더군. '아무 말도 안해.' 나는 숨찬 말처럼 땀이 흐르고 우라지게 겁이 났지만 확실하냐고 따져물을 수밖에 없었지. 제이크는 바로 대답을 못하고 마른침을 삼키더군. 하지만 여전히 내 눈을 똑바로 보면서, 우리가 무슨 형제라도 되는 것처럼 그렇게 보면서 내가 믿을 수 있을 정도로 확신에 차서 대답했지. '그럼 확실하지, 마이클. 내가 아는 게 있다면 자네한테 얘길 했지.'"

마이클은 어둠 속에서 갑자기 씨근거리는 쉰 웃음소리를 냈고 낡은 고리버들 침대도 그와 함께 웃는 듯 삐걱거렸다. 코린은 도저히 합류할 수 없는 그 즐거운 웃음판에서 당혹감에 젖어 누워 있었다.

그러고 나서 자정이 지난 시각에 코린은 잠결에 마이클

이 침대에서 빠져나가는 기척을 느꼈다. 그녀는 한숨지으며 돌아누워 잠든 척 눈을 꽉 감았다. 그렇다, 그녀는 잠들어 있었다. 잠이 구원인 양 잠 속으로 파고들었다.

그녀는 그를 찾을 수 있을 것이었다. 거실에서. 아니면 부엌에서. 아니면 그의 서재에서. 만일 그를 찾아나선다면. 쓰레기통에서 얼리 타임스 위스키병을 발견하거나 냉장고 속의 맥주가 없어진 걸 알게 될 터였다. 그를 찾아나선다면. 어쩌면 바닥 어딘가에 빈 술잔이 쓰러져 있을지도 모른다. 마이클은 이제 더이상 자신의 행적을 숨기려고 애쓰지 않으니까. 그는 분노의 노예가 되어 있고 분노는 사람을 지치게 하니까.

🐾

그녀가 가장 두려워하는 건 전화벨 소리였다.

새벽 12시 50분, 마이클은 집에 돌아오지 않고 있었다.

부활절이 지난 늦은 4월이었다. 코린은 걱정으로 잠을 이룰 수 없어서 침대에서 베개에 기대앉아 패트릭의 과학잡지를 읽고 있었다. 뇌 속의 모든 세포와 신경종말이 깨어 진동하고 있는데도 글에 집중할 수 없어서 몇번이고 되풀이해서 읽었다. 오늘날의 살아 있는 세계에도 과거의 지질시대에도 종의 연속변이에 대한 증거는 없다…… 우리가 실제로 발견하는 것은 개별적이고 확연히 구분되는 종들이다…… 한 종에서 다른 종으로 변화하는 중간단계들이 존재해야 하는데…… 발견하지 못했다. 살아 있거나 소멸한 유기체의 세계들은 연속체가 아닌 불연속체를 나타낸다…… 특정한 안정성의 조건들은 개개의 유전자뿐 아니라 유전체를 위해서도 존재한다…… 하나의 '종'은 조화롭고 안정적인 '유전적 균형'이 구축된 상태를 나타내며 그것은…… 몹시도 불행한 학교생활을 하고 있는 매리앤이 생각났다. 그러면서도 아무 내색도 하지 않는 가여운 매리앤. 이제 친구도 거의 없고 전화도 걸려오지 않고 친구들끼리 서로의 집에 왕래하는 일도 없었다. 그 모든 것이 아예 존재하지도 않았던 듯 갑자기 중단된 것이다. 매리앤은 치어리더도 그만두고 클럽 모임에도, 기독청년회 모임에도 거의 나가지 않았다. 성적도 C로 떨어졌지만 그 상태로 안정된 듯했다. 코린이 보기엔 교회에 있을 때 가장 행복한 것 같았다. 가늘고 아름다운 쏘프라노 음으로 찬송가를 부를 때. 「만세반석」. 코린이 평생 가장 좋아하는 찬송가였고 매리앤도 그랬다. 교회는 매리앤이 편안함을 느끼는 유일한 공공장소였다. 마운트 이프리엄에서 몇 킬로미터 떨어진 곳에 위치한 싸우스 레바논 그리스도 제일교회는 흰 지붕을 인 정사각형 건물로 하나의 공간으로 이루어져 있었다. 교인들은 대부분 시골 사람들이라 멀베이니 가족, 그러니까 코린과 세 아이들에 대해 새로 들어온 사람들이라는 것 정도밖에 알지 못했다. 코린은 진흙이 튀고 녹슨 자국이 있는 뷰익 스테이션왜건을 몰고 교회에 다녔는데 범퍼에는 지덕노체 4H 스티커가 붙어 있었고 뒤쪽 창문에는 너덜너덜해진 전사지에 1974 미국 농업교육 진흥회라고 씌어 있었다. 그녀가 부유한 사업가 남편을 둔 사모님인 줄은 아무도 모를 터였다. 어쩌면 남편 없는 여자인 모양이라고 생각할지도 몰랐다. 그녀의 남편은 교회에 나타난 적이 없으니까.

그리스도 안의 형제자매들을 심판하지 않는 것이 그리스도 제일교회의 가르침이었다. 너희 중에 죄 없는 자가 먼저 돌로 치라. 요한복음 8장.

코린은 자신이 아들들에게 소홀함을 알고 있었다. 특히 막내둥이. 가엾은 저드! 베이비페이스, 딤플, 레인저. 그녀는 막내를 사랑했지만 이제 열세살이나 되어 함부로 안아줄 수가 없었다. 가혹한 멀베이니 가족의 운명 때문에 실의에 빠진 조용하고 잘생긴 소년. 저드는 이제 매리앤에 대해, 아빠에 대해 묻지도 않았다. 물으면 이렇게 대답해줄 텐데. 사춘기 같은 거란다. 하느님께서는 우리를 강하게 하시려고 가끔 슬픔을 주시지.

나 자신도 그렇게 믿고 있을까? 코린은 스스로에게 물었다.

물론 믿어. 믿어야만 해.

그리고 패트릭. 오만한 P. J.! 부모를 가장 안 닮은 아이. 코린에겐 패트릭이 싸우스레바논 교회에 군말 않고 따라다니는 것 자체가 놀랍고 신기했다. 이제 열여덟살인 꺽다리 패트릭은 불안정하고 회의적인 청년이었다. 그는 목사의 친절하고 단순한 설교를 '지혜의 단음절어들'이라고 잔인하고 재치있게 표현했다. 또 그곳 교인들은 '양 떼'라고 불렸는데 동물을 아는 사람이라면 양들보다 우둔하고 매력적이지 못한 동물이 없음을 알 것이다. 패트릭은 어렸을 때는 찬송가를 따라 부르더니 이젠 입만 움직이고 마음은 딴 데 가 있었다. 그는 '그리스도를 위한 증언' 시간이 오면 눈에 보이게 곤혹스러워했으며 극기심이 강한 아이가 약을 먹듯 무표정한 얼굴로 마지못해 제단 앞 난간으로 나갔다. '그리스도 안에서 손을 맞잡는' 의식에도 열의가 없었다. 그런데도 계속해서 어머니와 여동생, 남동생과 함께 교회에 나갔고 돌아오는 길에는 운전을 맡아서 코린이 그의 옆자리에서 눈에 손을 대고 조용히 앉아 새로이 가슴에 받아들인 예수 그리스도의 사랑에 영혼이 잔뜩 고양된 채 휴식을 취할 수 있도록 해주었다. 코린은 패트릭이 착한 아들 노릇을 하고 있는 것이리라 생각했다. 엄마의 착한 아들. 좋은 기분으로 자신의 의무를 다하면서 대학에 입학하여 하이포인트 농장과 기독교 신앙에서 벗어날 날을 손꼽아 기다리고 있는 듯했다. 그런 생각은 코린을 몹시 걱정스럽게 했지만 어쨌거나 그녀는 직감적으로 알았다.

예민하고 쉽게 상처받는 패트릭은 그 일에 대해 어떻게 생각하고 있을까? 학교에서는 그 일의 여파로 어떤 괴로움을 겪고 있을까? 코린은 상상조차 하고 싶지 않았다. 그녀는 사춘기 남학생들이 어떤지, 약자나 따돌림의 대상을 얼마나 잔인하고 비열하게 놀려대는지 알았다. 그건 여학생들도 마찬가지였다. 하다못해 마당의 닭들도 희생양이 된 닭을 둘러싸고 생살이 드러나도록, 피를 볼 때까지 무자비하게, 사정없이 쪼아대지 않는가! 그녀는 마이클 씨니어처럼 패트릭도 고통받고 있으리라 생각했다. 여동생과 재커리 런트에 대해 수군대는 소리를 들을 수밖에 없고 전교생이래야 몇백 명밖에 안되는 좁은 학교다 보니 날마다 재커리 런트와 마주쳐야 할 터였다. 그런데도 그는 잘 견디고 있었다. 조용하지만 결연하게. 누군가와 속마음을 나누고 있는지는 몰라도 그 대상이 더이상 엄마는 아니었다.

그리고 마이크. 이제 어른이 되어버린 맏아들. 마이키 주니어는 스물한살, 아니 지난달에 스물두살이 되었다. 마이크는 자신의 생일날 마운트 이프리엄에 나가 살겠다는 폭탄선언으로 코린을 충격에 빠뜨렸다. 아니, 왜? 코린이 물었다. 그녀에게 하이포인트 농장은 천국이니까. 누가 제 발로 천국을 떠나려 하겠는가? 때가 됐다고 마이크가 대답했다. 코린이 다시 물었다. 그렇지만 왜? 마이크는 반항적으로 어깨를 씰룩거리며 주먹을 쥐었다 폈다 하며 대답했다. 직장 가까운 데서 살아야 하는 거 아녜요? 코린이 말했다. 그건 그렇지만 혼자 차 갖고 다니지 말고 아버지 차를 같이 타고 다니면 되잖아. 그럼 되는 거 아냐? 그러자 마이크는 웃으며 말했다. 엄마, 말귀를 못 알아들으시네요. 코린은 마음의 상처를 받았다. 아무래도 그런 것 같구나. 마이클 씨니어도 그 갑작스러운 결정에 찬성하지 않았다. 도대체 왜 시내의 아파트로 이사를 나가겠다는 거야? 아파트 따위로. 아는 사람도 없는 마운트 이프리엄의 새로 생긴 동네 리버데일 지구에 있는 겉만 번지르르한 싸구려 치장벽토 건물로. 코린은 밝은 목소리를 내려고 애쓰며 마이크에게 밥은 어떻게 해먹고 살 거냐고 놀렸다. 마이크는 멀베이니 가족 중에서 가장 대식가인데다 늘 배가 고프니까. 마이크는 어깨를 으쓱하며 식당에서 사먹으면 된다고 했고 코린은 그런 아들을 꾸짖었다. 사먹는 음식은 영양가도 없고 비싸기만 하다고. 그러자 마이크는 어머니가 이해 못하는 부분이 있다는 투로 어물쩍 넘어갔다. 그거야 식당에 따라 다르죠.

식당에 따라 다르다.

그때 침대 옆에서 울리는 전화벨 소리가 코린의 잠을 깨웠다.

하지만 그녀는 잠든 것이 아니었다. 아닌가?

더듬거리며 수화기를 집어드는 그녀의 손바닥에 이미 진땀이 축축이 배어 있었다. 나쁜 소식임을 직감할 수 있었던 것이다.

"코린? 미안해요. 자는 걸 깨웠나요? 여기⋯⋯"

거친 목소리가 귀에 익었다. 코린은 수화기에서 들리는 말을 이해하려고 필사적으로 정신을 가다듬으면서 그 목소리의 주인이 누구인지 알아차렸다.

호 홀리. 울프스 헤드 호수. 마이클에게 '사고'가 있었다고 알리기 위해 전화한 것이었다. "심각한 사고는 아니지만 오늘 밤은 운전을 할 수가 없어요. 집에서 걱정할까봐 연락한 겁니다."

코린은 벌써 침대에서 나와 있었다. "다쳤나요?"

"다쳐요?" 호는 그런 생각은 해본 적도 없는 것처럼 되물었다. "아, 그건 아녜요. 그냥 잠이 들었을 뿐입니다. 객실에 재웠어요."

"데리러 가겠어요." 코린이 말했다.

"지금요? 이렇게 늦게?"

"그래요, 호. 데리러 가겠어요."

그래서 코린은 차를 몰고 울프스 헤드 호수로 달려갔고 새벽 1시 25분에 그곳에 도착했다. 급히 걸친 스웨터와 진바지, 맨발에 운동화 차림이었다. 그녀는 얼굴에 물을 묻히거나 빗질을 할 겨를도 없이 거울도 보지 않고 집을 뛰쳐나왔으며 아이들에겐(물론 아이들도 잠이 깼다. 아니면 잠들지 않고 전화를 기다리고 있었을까?) 아무 일 없다고, 아빠는 괜찮다고, 지금 울프스 헤드 호수로 아빠를 데리러 간다고 외쳤다.

밤중에 홀로 차를 몰고 홀로 어둠에 묻힌 호숫가에 도착하는 기분은 정말 묘했다. 밤에 보는 불 꺼진 건물들이 낯설게만 느껴졌다. 빛바랜 붉은색 울프스 헤드 인 네온싸인도 꺼져 있었다. 울프스 헤드 인 주차장에는 차가 두 대뿐이었는데 그중 하나가 마이클의 픽업이었다. 호가 날벌레들이 소용돌이치는 베란다 등 아래에서 기다리고 있었다. 키 크고 건장한 사내. 미안해서 쩔쩔매면서도 코린에게 악수를 청하거나 토닥이며 위로해주거나 하지는 않았다. 그런 스타일이 아니니까. "마이클이 왔다가 이 동네 사람하고 시비가 붙었어요. 둘 다 취해서 몸싸움이 좀 있었지요. 심각한 건 아니었어요." 호가 설명했다. 코린은 어두운 술집 안으로 들어섰다. 손님이 없는 실내는 더 작고 우울해 보였고 주크박스조차 꺼져 있었다. 하지만 그 냄새! 어디에서도 알 수 있는 그 냄새. "얼마나 취했나요? 속이 안 좋은 정도인가요 아니면 인사불성인가요?" 코린은 사무적으로 물었다. 그녀는 성난 아내의 분노하고 책망 어린 목소리를 내지 않으려고 애썼다. 그녀는 위급 상황을 숱하게 겪은 농장 아낙이 아니던가. 살아 있기만 하면 돼. 살아 있기만. 그녀는 스스로에게 그렇게 다짐했다.

바와 초라한 구식 주방 너머, 악취나는 화장실 너머 건물 뒤쪽에 불이 하나 밝혀져 있었다. 코린은 숨을 헐떡이는 호의 안내를 기다리지도 않고 그쪽으로 황급히 걸어갔다. 호는 쿵쿵거리며 따라와 그녀의 뒤에 바싹 붙어 지저분한 안경 너머로 그녀를 흘깃거렸고 그 자신도 맥주 냄새를, 사내의 땀냄새와 맥주 냄새를 풍겼다. 그가 말했다. "겉으로 보이는 것만큼 심각하진 않아요. 그러니 너무 걱정하지 마요." 하지만 얼굴은 잔뜩 부어오르고 윗입술은 붓고 피가 나고 셔츠는 피로 얼룩지고 눈은 감긴 채 침대에 쓰러져 코를 골고 있는 남편을 보자 코린은 울음이 나왔다. 그녀는 한참이 걸려 마이클을 깨운 뒤 헌신과 애원의 자세로 침대 옆에 쪼그려앉아 남편의 화끈거리는 얼굴을 어루만지면서 만화영화 속의 불운한 여주인공 같은 자신의 모습이 남편의 시야에서 또렷해졌다 흐려졌다 하는 것을 느꼈다.

그 방은 최소한의 가구만 초라하게 갖추고 있었고 살충제와 퀴퀴한 담배 냄새가 났다. 그래도 콧구멍만한 화장실도 붙어 있고 호가 친절하게도 부실하나마 구급상자를 가져다줘서 마이클의 얼굴을 닦아주고 상처를 소독하고 반창고를 붙일 수 있었다. 마이클은 몸을 뒤척이며 신음과 욕지거리를 내뱉었다. 그는 깊은 수치심과 자기혐오에 젖어서 말했다. "도대체 어떻게 된 건지 모르겠소. 멀쩡했는데 갑자기……" 그는 팔을 들었다가 도로 맥없이 떨어뜨렸다.

호가 말했다. "물론 두 사람 다 여기서 자고 가도 돼요. 내일 돌아가요. 그러면 마이클의 픽업을 찾으러 다시 오지 않아도 되니까." 그는 어색하게 복도에 서서 미안해하면서 친절한 목소리를 내려 노력하고 있었다. 이보다 더 나쁜 일도 함께 겪어낸 오랜 친구의 목소리. 코린은 그와 K마트에서 마주쳤던 일이 떠오르자 치가 떨리게 그가 싫었다.

그녀는 딱딱하게 대꾸했다. "고맙지만 오늘 밤에 마이클을 데려가겠어요."

"그렇지만……"

"아뇨, 오늘 밤에요."

그녀는 아이들처럼 손으로 귀를 틀어막고 싶었다.

호가 턱수염을 긁적이며 말했다. "코린…… 여기가 그렇게 싫어요? 내가 그렇게 싫어요?"

코린은 눈을 문지르며 그를 바라보았다. 수치심이 밀려들었다. 하느님의 특권을 받은 존재라고 자부하며 평생을 살아온 그녀가 어찌 사람을, 저 슬프고 기대에 부푼 붉은 얼굴의 쓸쓸한 옛 친구를 미워한다고 인정할 수 있겠는가! 그녀를 여자로 갈망한 몇 안되는 남자 중 하나인 그를. 코린은 누그러져서 말했다. "좋아요. 당신 말이 옳은 것 같아요. 하지만 숙박비는 내겠어요."

"코린, 대체 그게……"

"숙박비는 낸다고 했어요."

그녀는 신경이 잔뜩 곤두서고 기진맥진한 상태에서도 그런 강인함을 보일 수 있는 자신이 놀라웠다. 그녀는 그것이 얼마나 기분 좋은 일인지 거의 잊고 있었다.

어머니라면 마땅히 그래야 하듯이 코린은 활기차고 유능하고 결연한 태도로 집에 전화를 걸어 아이들에게 모든 일이 잘 해결됐다고 알렸다. 신호음이 울리자마자 패트릭이 전화를 받았다. 패트릭은 아버지가 어떤지 물었고 코린은 괜찮다고 대답했지만 패트릭은 무슨 일이냐고 따지고 들었고 코린은 아무 일 없었다고 대답했다. "아버지가 지금 운전을 할 수 없어서 그래. 하지만 내일 아침이면 괜찮아질 거야. 아버지랑 집에 오전중에 도착할 거야." 그래도 패트릭은 비난하는 투로 캐물었다. "아버지한테 무슨 일이 있는 거예요? 저도 알 권리가 있어요." 코린은 날카롭게 대꾸했다. "패트릭, 그 문제는 내일 얘기하자. 잘 자!"

살아 있기만 하면 돼. 살아 있기만.

하느님, 저희 둘을 당신께 맡기겠습니다. 저희를 보호하소서!

그들은 기진맥진해서 함께 누워 있었다. 신발과 옷을 대충 벗고서. 비좁은 방의 한쪽 구석에 밀어놓은 눅눅하고 냄새나는 작은 침대의, 이불 속이 아니라 위에. 마이클은 왼쪽 눈이 거의 감길 정도로 부어 있었다. 나중에 시퍼렇게 멍이 들 것이 분명했다. 눈썹에 찢어진 상처가 있고 윗입술이 부어 농익은 자두 색깔로 변해 있었다. 손가락 관절 부분도 생채기가 나고 부어 있었다. 새벽 3시쯤 되자 그는 술이 완전히 깨어 정신이 말똥말똥해졌다. 코린은 막 잠에 빠져들려고 할 때였다. "젠장, 여보, 미안해!" 그가 웅얼거렸다. "그래요." 코린이 웅얼거렸다. 그녀는 신혼 때 사랑을 나눈 뒤에 자주 그랬던 것처럼 그의 육중한 어깨 밑으로 한 팔을 집어넣어 그의 머리를 자신의 어깨에 얹고 그의 한 팔을 자신의 몸 위로 올린 자세로 그를 안고 있었다. 위에서 내려다보면 두 사람은 절망으로 넋이 나간 아이들이 서로의 품에서 웅크리고 있는 것처럼 보였다. 마이클은 정말로 도무지 영문을 모르겠다는 듯 말했다. "무슨 일이 일어난 건지 모르겠어." 코린은 패트릭에게 했던 말투로 대꾸했다. "마이클, 무슨 일이 일어난 게 아니라 당신이 한 거예요." 그런 여선생 같은 태도는 눈물이 나려는 것을, 아니 그보다 더한 사태가 일어나는 것을 막기 위해서였다. 오랜 시간 솟구쳤던 아드레날린이 이제 약해지고 있었고 그 효력이 떨어지면 안전한 무의식 상태에 있지 않은 한 절망의 나락으로 빠져들 것임을 그녀는 알고 있었다.

하느님, 저희를 보호하소서! 저희도 하느님의 자녀입니다.

그녀는 마이클이 잠이 들었으면 했다. 수치심을 떨쳐버리고. 갈가리 찢긴 자존심도. 등에 진 무거운 짐과도 같은 남자의 자존심. 하지만 그는 기이한 일이라며 모호하게 얘기를 계속했다. 코린은 그가 어떻게 모르는 사람과 싸우게 되었는지 묻지 않았다. 호는 모른다고 했으며 코린은 그 일과 관련이 있으리라곤 생각지 않았다. 울프스 헤드 호수는 마운트 이프리엄에서 꽤 멀리 떨어져 있으니까. 어쨌든 그녀는 알고 싶지 않았고 그래서 묻지 않았다. 남편이 살아 있는 것만도 다행이니까. 전화벨 소리에 마비와도 같은 잠에서 깬 순간 그녀는 마이클이 죽었거나 누군가를 죽였으리란 끔찍한 확신에 젖었다. 그가 돌아올 수 없는 강을 건너고 말았다는. 하지만 그건 아니었다. 하느님의 사랑으로 그것만은 면할 수 있었다. 그녀는 그를 구할 수 있었고 하느님이 방법을 알려주신다면 꼭 구해낼 작정이었다.

땀에 젖은 그의 따뜻한 몸의 묵직한 무게감이 주는 위안. 그의 무게에 팔이 점점 마비되었다. 그의 축축한 머리칼, 단단하고 완고한 머리뼈. 그의 몸과 숨결의 냄새. 맥주, 위스키, 땀냄새. 그건 그녀가 농부의 딸로서 어려서부터 음미할 줄 알게 된 냄새였다. 안마당의 냄새, 고향의 냄새. 물론 가끔은 악취로 느껴지기도 했다. 비가 오거나 하면. 하지만 친숙한 냄새요 고향의 냄새였다. 알려진 것의 냄새. 우리에게 주어지고 알려진 것의 냄새.

방의 불은 꺼져 있었다. 침대 옆에 창문이 있었는데 블라인드를 내리지 않아서 울프스 헤드 호수 위의 별이 총총한 하늘을 볼 수 있었다. 은은한 진줏빛 달이 고동치는 듯했다. 그녀의 뇌 속에서 동맥이 고동치고 있는 게 아니라면. 정신

326

이 혼미한 나머지 그녀는 달을 가로등으로 착각했다. 착각할 만도 했다. 울프스 헤드 인 주차장에는 지금은 꺼져 있지만 가로등이 있었고 하늘에 떠 있다는 걸 빼면 달의 모습이 그 가로등과 비슷했던 것이다. 코린이 몇년 전에 보았던 유명한 정글 그림, 꿈속 정글 그림에도 가로등이 있었다. 지난 세기 프랑스 화가의 작품이었는데 제목은 잊었지만 정글이 벽지처럼 평면적이고 분명 꿈속 모습이며 화가가 꿈의 특성을 살리기 위해 그림에 가로등을 넣었다는 것은 기억하고 있었다.

그녀는 자신의 품에 웅크리고 있는 이 땀에 젖은 묵직한 남자가 잠들었으리라 믿었다. 그런데 그가 갑자기 말을 하기 시작했다. 그녀가 피할 수 없는, 낮고 슬픔에 잠긴, 귀에 거슬리는 목소리. "당신한테 얘기 안한 게 있소. 변호사 얘기요. 망할 놈의 변호사들. 내 등 뒤에서 나에 대해 뭐라고 지껄일까? 내 돈을 챙기고 나를 조롱해? 그래서 내가 직접 나섰지. 어제 아침에 서토쿼 군 지방검사 그 개자식을 찾아가서 만나자고 했지. 내가 선거에서 뽑아준 대단하신 민주당원 버치 말이오. 그 작자한테 내 딸을 폭행한 놈을 고소하겠다고 했소. 내 딸은 증언을 할 수 없으니 병원 진료기록을 근거로 고소를 하겠다고. 닥터 오클리의 진료기록을 증거로 제출하고 그를 증인으로 내세울 수 있으니까. 안 그렇소? 그게 법 아니오? 미성년자를 상대로 중죄를 저지른 경우니까. 닥터 오클리는 의사고 내 딸이 무슨 일을 당했는지 정확히 아니까! 그러니 당연히 증언대에 서서 진실을 밝혀야지. 그런데 버치가 그 얘기를 듣더니―그냥 듣는 척만 한 건지도 모르지만―'승산이 없다'는 거야. 법정까지 가봐야 피해자가 증언을 거부하면 이길 수가 없다고. 그래서 내가 피해자가 살해된 경우에는 어떻게 하냐고 물었지. 살인자를 법정에 세울 거 아니냐고. 무슨 놈의 형사사법체계가 이 모양이냐고. 그랬더니 버치가 따지더군. 당신 딸이 왜 증언을 안하겠다는 거냐고. 경찰에서 진술은 했느냐고. 염병할 법쟁이 아니랄까봐 꼬치꼬치 따지고 들기는. 그러더니 우리 편인 것처럼 위선을 떨면서 말하더군. '이런 경우 피고측에서는 상호동의를 주장할 겁니다. 여성이 남성을 고소한 경우는 배심원들이 증언을 매우 신중하게 숙고하고 합리적 의심이 불가능할 정도로 유죄를 확신할 수 있어야 유죄판결을 내리기 때문에 피해자의 증언 없이는 배심원을 설득하기가 거의 불가능합니다. 피해 여성이 심하게 다쳐서 증언을 할 수 없고 상해 내용에 대한 진료기록이 있으며 정액 샘플이 피고의 것과 일치하는 경우가 아니라면요. 드문 예긴 하지만 피해자가 정신지체자인 경우 본인이 증언을 거부하거나 증언을 할 수 없더라도 기소가 가능할 순 있지요. 어쨌거나 멀베이니 씨, 승산이 없어요. 공연히 따님과 가족들에게 공개적인 수치만 안겨줄 겁니다. 이런 경우 피고측은 기소 기각 신청을 낼 테고 판사는 그 신청을 받아들일 겁니다. 여기는 셔토쿼 군이에요. 신문에서 읽었겠지만 얼마 전에 밀퍼드에서 일어난, 남편이 임신한 아내를 때리고 발로 찬 사건도 기소에 여간 애를 먹은 게 아니에요. 배심원들이 가정사에 끼어들고 싶어하지 않으니까요. 남성 대 여성의 사건이 그렇고 성관계 문제가 관련되면 더 어렵지요. 트럭 운전사가 자신의 아내와 아내의 내연남을 엽총으로 쏜 사건 기억납니까? 물론 기소는 됐지만 이급살인, 즉 과실치사 혐의였고 배심원들은 일시적 심신장애로 인한 행동으로 판단하고 무죄판결을 내렸지요. 멀베이니 씨, 잘 모르시겠지만 성 관련 경범죄, 폭행, 강간 사건에 대한 고소는 늘 있고 개중에는 매우 잔인한 강간 사건도 있지만 법정까지 가는 경우는 드뭅니다. 그럴 리 없겠지만 만약 기소가 된다 해도 따님의 증언 없이는 재판이 이루어질 수 없고 그건 따님을 파멸시키는 일입니다.' 그 개소리를 듣고 있자니 더이상 참을 수가 없어서 말했지. '나는 그 씨팔놈이 처벌되기를 원합니다! 정의를 원한다고요! 나는 그놈이 시내를 돌아다니는 걸 보고 내 딸은 학교에서 그놈을 봐야 하고 내 아들은…… 그놈은 우리에게 그런 짓을 해놓고도 아무 벌도 받지 않고 있단 말입니다.' 나는 흥분해서 버치에게 소리를 질렀소. '우리는, 우리 가족은 여기서 이런 대접을 받을 사람들이 아니란 말이오!' 그랬더니 보좌관들하고 경비들이 들어와서……"

코린은 마이클의 심장이 온몸으로 고동치는 것을 느끼며 그를 껴안고 있었다. 광기! 그는 미쳐 있었다. 그래도 그녀는 그를 안았다. 그녀의 눈가에 흐르는 눈물이 산(酸)처럼 얼얼했다. "오, 마이클, 내 사랑, 안돼요, 안돼요." 그녀가 그렇게 속삭였지만 그는 자신의 슬픔에, 광적인 슬픔에 사로잡혀 그녀의 말이 귀에 들어오지 않았다. 그러면서도 그는 어린애처럼 말했다. "달리 방법을 모르겠소. 내 딸 하나 지키지 못한다면, 내 자식들, 내 가족조차 지키지 못한다면…… 겁쟁이가 아니라면 내 손으로 정의를 실현해야지. 이렇게는 살 수가 없어. 농장을 팔고 떠나야지. 우리는 문둥이들 같으니까. 우리는……" 코린은 눈을 꼭 감았다. 하이포인트 로드의 가장 위험한 급경사 구간 가장자리에 위치한 하이포인트 농장이 보였다. 아, 우리는 무너질 거야. 바닥까지 추락해서 사라질 거야. 마이클은 그녀를 밀어내고 일어나 앉아 얼굴과 부은 눈을 문지르고 반쯤 흐느끼며 의심 섞인 목소리로 말했다. "우리 딸만의 문제가 아니라 우리 모두의 문제요. 그애 탓은 아니지만 우리 모두가 걸려 있소. 난 아이들을 똑같이 사랑하겠다고 맹세했고…… 그렇게 했소. 그러려고 노력했소. 아이들이 어렸을 때 나는 그러려고 노력했소. 하지만 우리 딸이…… 내 마음을 빼앗았지. 그애 탓은 아니지만 그렇게 돼버렸소. 난 늘 생각했지. 우리 딸을 위해서라면 살인도 저지를 수 있다고. 하지만……"

코린이 그의 옆에 일어나 앉으며 말했다. "마이클, 그만! 그런 말 하면 안돼요. 그런 말을 하는 건 죄를 짓는 거예요."

"……난 그렇게 강하지 못하오. 난 겁쟁이야. 그걸 알면서 어떻게 살 수 있겠소! 하느님, 도와주십시오. 코린, 난 더이상 그 아이를 볼 수가 없소." 마이클은 코린의 품에서 무력하게, 절망적으로 흐느껴 울었다. 코린은 그를 아이처럼, 갓난아기처럼 품에 완전히 감싸안고 자신의 안으로 끌어들여 그의 미친 듯 요동치는 생각을 진정시키고 싶었지만 그럴 수가 없었다. 오, 그를 삼켜버릴 수 있다면! 그렇게라도 구해줄 수 있다면! "그 아이를 보고 싶지가 않아. 천벌받을 소리지만 어쩔 수가 없어." 마이클은 자신의 말이 무서워서 겁에 질린 채 속삭였다.

코린은 자신이 주저없이 대답하는 소리를 들었다. "알아요, 여보. 알아요." 그녀는 그를 안고 흔들며 조용히 어르기 시작했다. 그의 고동치는 뜨겁고 묵직한 몸. 그의 남성성과 큰 덩치. 그 무게가 너무도 무거운 절망으로 변했다. 그녀는 지난 몇주 동안 눈이 멀어 중요한 사실을 깨닫지 못하고 있었다. 남편은 그녀의 첫번째 사랑이요 첫 자식임을. 그녀의 몸에서 태어난 다른 아이들은, 매리앤조차 그저 꿈에 지나지 않았다. 속을 들여다볼 수 없는 검은 수면에 어린 물결에 지나지 않았다. 이 남자에게서, 이 남자의 몸에서 그들의 몸이 생겨난 것이다. 남편은 그녀의 첫번째 사랑이었다. "여보, 알아요." 코린은 자장가를 부르듯 나직이 속삭였다. 나일론 낚싯줄이 뒤엉킨 우스꽝스러운 모습으로 날개를 퍼덕이며 필사적으로 몸부림치는 기러기가 보였다. 하지만 난 당신을 구할 거예요. 하느님의 도움으로.

그렇게 코린과 마이클 멀베이니는 1976년 4월의 어느날 새벽 울프스 헤드 호수에 있는 누추한 울프스 헤드 인의 뒷방에서 절박하게 서로를 부둥켜안고 있다가 좁고 눅눅하고 냄새나는 침대에 지쳐 쓰러져 누워 잠이 들었다.

떠나다

그 아침, 불현듯 떠오른 생각에 번갯불에 콩 볶아먹듯 일
이 진행되었으리라. 전화로 흥정하고 거래하고 애원하고 강
요하면서!

오후에 학교에서 돌아온 패트릭 형과 나는 매리앤 누나
가 떠났음을 알게 되었다.

떠나버렸음을.

어머니는 뷰익 스테이션왜건에 매리앤 누나의 짐을 잔뜩
싣고 하이포인트 농장에서 남서쪽으로 160킬로미터 떨어진
뉴욕 주 쌜러맹커로 매리앤 누나를 데려갔다. 거기에 외가
쪽 친척, 그러니까 어머니의 사촌이 사는데 아주아주 착하
고 선량한 기독교인으로 자식이 없는 독신녀이며 이제부터
매리앤 누나는 그녀와 함께 살게 됐다는 것이었다.

우리는 놀라서 입을 벌린 채 멍하니 서서 듣고 있었으리

라. 어머니가 결정적으로 중요한 사실이라도 되는 것처럼
얼른 덧붙였다. 물론 머핀도 함께 갔다고. "가는 내내 매리
앤의 무릎에 앉아서 가르랑거렸지." 어머니는 우리에게 환
한 네온등 같은 미소를 보내고 있었다.

2부

사냥꾼

하나씩 우리는 떠나갔다.

그것은 20세기 후반 미국 소도시와 농장의 흔한 풍경이었다.

제일 먼저 떠난 건, 어머니의 사촌 집으로 간 매리앤 누나보다 먼저 떠난 건 큰형 마이크였다. 큰형은 마운트 이프리엄에 살면서 계속 멀베이니 지붕회사에서 일하다가 회사가 아버지 표현을 빌리자면 '재정난'을 맞고 부자관계에 긴장감이 감돌면서, 아니 그 이상으로 나빠지면서 회사를 그만두고 해군에 입대했다.

그게 1977년 11월일 것이다. 그 일이 있고 일년 반쯤 후.

마이크 형이 아버지와 마지막으로 대판 싸우고 멀베이니 지붕회사를 영원히 떠났을 무렵 그의 인생은 상당히 복잡해져 있었다. 그는 아버지에게 믿을 만한 일꾼이 못되었으며 가끔 공사현장에 늦게 도착하거나 아예 나타나지도 않았다. 아버지의 오른팔인 알렉스 플러드를 비롯해 직장동료들과도 관계가 원만하지 못했다. 밤에는 거친 술꾼들과 어울렸는데 그 가운데 몇몇은 고등학교 친구들로 대학에 못 갔거나 아예 고등학교 졸업도 못한 건달들이었다. 몇몇은 마약을 취급하거나 포트 오리스케니, 로체스터, 버펄로 등지의 마약거래상과 거래를 한다는 소문이 있었다. 마이크 형은 늦은 밤에 반쯤 취한 상태로 올즈 커틀러스를 몰다가 마운트 이프리엄 경찰이나 보안관에게 몇번 걸리기도 했지만 경고만 받는 것으로 끝났다. 경찰들이 마운트 이프리엄 고교 램스 팀의 스타 선수 '뮬' 멀베이니를 알고 마이클 멀베이니 씨니어를 좋아하거나 그의 딸이 당한 일에 대해 무척이나 동정하고 있었기 때문이다. 경찰들은 마이크 형에게 이렇게 말했다. "자네, 문제가 더 생기는 건 원치 않겠지." 그러면 형은 얼굴을 문지르며 고교 때 풋볼 코치에게 하던 식으로 대답했다. "물론입니다! 충고해주셔서 감사합니다." 하지만 그는 두 차례나 음주운전 딱지를 뗐고 결국 어느 비 내리는 가을밤 119번 도로에서 사고를 내서 올즈 커틀러스를 황천길로 보내고 말았다. 다행히 그 자신은 가벼운 타박상과 찰과상만 입었지만 함께 타고 있던 여자는 쇄골과 갈비뼈가 부러지고 슬개골이 박살나고 얼굴이 심하게 찢어져서 몇차례나 성형수술을 받아야 했다.

사고가 나고 십이일 후 마이크 형은 아버지와 결별하고 마운트 이프리엄을 떠나 사전에 가족들에게 알리지도 않고 유빌에 있는 해군 모병본부에 가서 입대 신청을 했다. 우리는 그 소식을 듣고 모두 어안이 벙벙했다. 패트릭 형에겐 무슨 언질이 있었으리라 생각했지만 그렇지도 않았다. 어머니는 깊은 마음의 상처를 입었다. 어머니는 마이크 형이 집에너무 발길을 안한다고, 이제 입맛이 바뀌기라도 한 건지 좋아하는 음식을 먹으러도 안 온다고 마음 아파하면서도 마이크 형과 아버지의 사이가 멀어진 건 모르고 있었던 것이다.

나는 당시엔 그 대부분의 일을 모르고 있었다. 하지만 마이크 형과 부모님 사이가 좋지 않고 마이크 형이 형제들을포함한 가족 모두를 떠나려 한다는 것 정도는 알았다. 그리고 마이크 형이 매리앤 누나에게 일어난 일을 수치스러워하고 있다고 믿었다. 그 일로 인해 '뮬 멀베이니'는 마운트 이프리엄의 특정 영역에서 더이상 대단한 존재가 아니게 되었으니까. 재커리 런트와 그의 친구인 로드먼, 브로이어, 글러버, 필 스포어. 그들이 매리앤을 그런 식으로 취급한 건 매리앤의 큰오빠를 깔본 거니까. 그렇지 않은가?

그 좆 같은 새끼, 댓가를 치르게 될 거야. 마이크 형은 그렇게다짐했다. 하지만 시간이 흘러도 아무도 댓가를 치르지 않았다.

나는 몇주 동안 시내에서 얼핏 보는 것 외엔 큰형을 만날수 없었다. 그것도 대개는 형이 차를 몰고 지나가다가 경적을 울리고 손을 흔들며 웃는 얼굴로 "야, 레인저!" 하고 부르면서도 속도도 늦추지 않고 그냥 지나치는 식이었다. 나는 미소지으며 차 뒤꽁무니에 대고 손을 흔들었고, 마치 만화영화 속의 슬픈 인물이 화면에서 점차 희미해져 마침내 사라지듯 내 얼굴의 미소도 그렇게 희미해졌다. 10월의 어느날 오후, 나는 학교를 마치고 돌아오다가 머리디언 스트리트에서 큰형과 마주쳤다. 키 크고 잘생긴 붉은 머리 청년 마이크가 검은색 티셔츠와 치노 바지와 작업화 차림으로 손에 몰슨 맥주 여섯 개들이 두 팩을 든 채 담배를 비뚜름하게 물고 쎄븐일레븐에서 나왔다. 그를 따라다니는 여자 중 하나가 누구라도 몰아보고 싶은 세상에서 제일 멋지고 잘 나가는 자동차라고 할, 시동이 켜진 빨간 립스틱 색깔 올즈 커틀러스 쿠페에 타고 기다리고 있었다. "레인저! 잘 지내냐?" 마이크 형이 외쳤다. 그는 동생에게 자신의 여자친구를 소개했고, 부스스한 금발머리와 라즈베리 같은 육감적인 입술에 마른 얼굴을 가진 예쁜 그 여자는 차창 너머로 내게 미소를 보냈다. "'레인저'가 진짜 이름이니?" 그녀가 묻자 마이크 형이 대신 대답했다. "그야 아니지. 진짜 이름은 '딤플'이야. 꼬맹아, 웃어봐. 왜 딤플인지 보여줘." 나는 얼굴이 화끈거렸다. 나는 마이크 형이 아버지처럼 야비하리만치 사정없이 나를 놀리는 것이 좋은지 싫은지 알 수 없었다. 그럴 때 형의 목소리와 태도는 영락없이 아버지를 닮아서 눈으로 보고 확인하지 않으면 마이크 형이 아니라 아버지라고 해도 믿을 정도였다.

그 여자의 이름은 매리써 킹이었다. 나이는 열아홉이었고 멀베이니 지붕회사의 고객이었던 그녀의 아버지는 셔토쿼 군 남부에 수백 에이커의 땅을 갖고 있는 농부였다. 마이크 형은 그해 여름 몇주 동안 그녀의 농장 헛간 지붕 수리작업을 하면서 그녀를 알게 되었고, 우리 멀베이니 가족은 아무도 몰랐지만 둘이 약혼한 사이라는 소문이 있었다. 하지만 매리써는 119번 도로에서 올즈 커틀러스가 사고로 최후를 맞았을 때 마이크 형과 함께 그 차에 타고 있었다.

그리고 물론 매리앤 누나가 떠났다.

저 산 너머 160킬로미터 떨어진 곳에 있는, 어머니 말고는 우리 모두 가본 적도 없는 쌜러맹커라는 도시로, 어머니 말고는 우리 모두 본 적도 없는 어머니 사촌의 집으로. 어머니는 패트릭 형과 나에게 조만간 매리앤 누나를 보러 가자고 약속했지만 몇주가 지나고 몇개월이 지나도 우리는 한번도 매리앤 누나를 찾아가지 않았다. 아버지는 가보자는 말도 없었을뿐더러 내 앞에서 매리앤 누나에 대한 얘기조차 꺼낸 적이 없었다.

어머니의 사촌 에설 하우스먼은 독신녀로 쌜러맹커의 발 전문병원에서 오랫동안 접수와 경리 일을 하고 있다고 했다. 어머니는 변명조로 열띠게 그녀를 옹호했지만 그녀에 대해 분명하게 설명하지 못하고 애매하게 얼버무렸다. "에설은 알기 쉬운 사람은 아니지만 심오하고 고결하고 착하다는 건 내 목숨처럼 믿을 수 있어. 암, 그렇고말고." 어머니는 매리앤 누나가 사라진 후 말하는 태도가 더욱 요란해져서 정신없이 눈꺼풀이 씰룩거리고 손가락이 파들거렸다.

어머니는 일요일 저녁 8시면 에설 하우스먼에게 전화를

걸어 몇분 동안 그녀와 통화한 뒤 매리앤 누나와 조용히 둘이서 이야기를 나눴고 십오분에서 이십분쯤 뒤 패트릭 형과 나를 차례로 불러 전화를 바꿔주었다. "짧게 얘기해라. 시내 전화가 아니니까." 그럴 때마다 어머니는 그렇게 속삭였다.

매리앤 누나와 통화하는 건 정말 기분이 묘했다. 마치 어렸을 때 했던 '전화놀이' 같았다. 내가 아주 어렸을 때, 서너살밖에 안됐을 때 매리앤 누나와 나는 서로 다른 층에 있는 수화기를 들고 킥킥대며 어른들의 통화를 흉내내곤 했다. 부모님이 집에 안 계실 때 했던 놀이. 하지만 지금 누나의 목소리는 너무도 멀게 느껴졌다. 그 가늘고 맥 빠진 목소리. 산 너머에서 오는 소리라 그럴 거야. 나는 그렇게 생각했다. 어쩌면 매리앤 누나는 어머니와 통화하면서 울었는지도 모르지만(어머니는 결연히 울지 않았고 눈은 물기라곤 없이 맑고 반짝거렸다) 나와 통화할 때는 애써 쾌활한 척했다. 그런 때면 나는 우리가 행진곡처럼 이를 악물고 불렀던 찬송가들이 생각났다. "저드! 어떻게 지내니?" 누나는 열띤 목소리로 그렇게 물었고 나는 그 질문이 혼란스러웠다. 그건 한집에 사는 형제자매간에 주고받는 질문이 아니니까. 그건 어른들이 나누는 겉치레 인사말 가운데 하나니까. 나는 당황해서 웅얼거렸다. "그냥 잘 있어." 그러면서 매리앤 누나가 나를 보고 있기나 한 것처럼 어깨를 으쓱했다. "저드, 정말 보고 싶어! 너무 보고 싶어. 엄마 말씀이⋯⋯" 나는 뭐라고 대답해야 할지 몰라 비참한 심정으로 수화기만 붙잡고 서 있었다. 어머니가 패트릭 형과 나에게 절대로 매리앤 누나에게 미래의 계획에 대한 얘기는 하지 말라고 경고했으니까. 미래 얘기는 하지 말라고. "그러면 매리앤이 헛된 희망을 품게 되고, 그건 잔인한 짓이니까."

매리앤 누나는 동물들 안부를 일일이 물었는데 언제나 몰리오가 첫번째였다. 누나는 몰리오를 그리워했다. 늘 몰리오를 타는 꿈을 꾼다고, 하이포인트 농장에 처음 왔을 때의 그 어린 망아지 몰리오를 꿈에서 본다고 했다. 프린스는 잘 있어? 클로버는? 레드는? 개들, 폭시랑 리틀 부츠, 트로이, 썰키는? 고양이들, 빅 탐, E. T., 스노우볼, 마멀레이드는? 페더스는? 아침에 눈을 뜨면 페더스의 울음소리가 들리는 것 같아. 염소 블래키랑 메이미는? 헛간 고양이들은? 캡틴 마블과 그 일당은? 소들은? 양들은? 매리앤 누나는 늘 자신과 머펀은 잘 지내지만 가족들이 그립다고, 여긴 너무 조용하고 너무 작다고 했다. 우리는 하이포인트 농장 식구들도 모두 잘 지내고 있다고 누나를 안심시켰다. (사실 썰키는 위암으로 세상을 떠났지만 우리는 매리앤 누나에게 그 소식을 알리고 싶지 않았다. 마이크 형은 집을 떠나면서 아파트에선 애완동물을 키울 수 없다고 썰키를 두고 갔고 불쌍한 썰키는 몇주 동안이나 진입로 끝에서 마이크 형을 그리워하다가 갑자기 병이 들어 죽었다. 어머니와 P. J.와 나는 조촐한 장례식을 치른 뒤 앞마당의 개울에서 멀지 않은 곳에 썰키를 묻었고 어머니는 눈물 젖은 목소리로 거기서 썰키가 영원히 마이크 형을 기다릴 수 있을 거라고 했다.)

마지막으로 매리앤 누나는 깊은 한숨을 쉬고는 아버지

안부를 물었다. 어머니나 패트릭 형에게는 묻지 않은 것처럼. 나는 진땀을 흘리며 서 있었고 내가 외치고 싶은 말은 목구멍에 걸려 나오지 않았다. 그러면 매리앤 누나는 애처로운 목소리로 애원하듯 말했다. "저드? 혹시 아빠한테 무슨일 있는 건 아니지, 그렇지? 엄마가 전화할 때마다 집에 안계신 것 같아서." 나는 더듬거리며 대답했다. 모른다고, 그렇지 않을 거라고, 요새 아빠가 일이 바쁘시다고. 매리앤 누나는 이제 절망적인 목소리가 되어 물었다. "저드, 아빠가내 얘기 한 적 있니? 내 이름이라도 말한 적 있니?" 나는 물론 그럴 거라고 웅얼거렸고 누나는 갑자기 애원조로 물었다. "저드, 나 언제 집에 갈 수 있니? 넌 아니?" 그때쯤이면 고양이처럼 안달하며 근처에서 얼쩡거리던 어머니가 살며시 수화기를 빼앗아 특유의 장난기 어린 목소리로 말했다. "죄송합니다! 저는 장거리 전화 교환원입니다. 통화시간이끝났습니다."

패트릭 형은 1976년 9월 초에 코넬 대학으로 떠났고 잠시들르는 걸 빼면 다시는 하이포인트 농장에서 살지 않게 되었다. 그해 추수감사절에 그가 오기를 고대하고 있던 우리는 오지 못하겠다는 그의 통보에 충격에 빠졌다. "너무 바빠서요." 그가 무뚝뚝하게 말했다. 생물학, 유기화학, 물리학실험이 많다고 했다. 크리스마스에도 그 긴 방학기간 동안단 며칠만 집에 머물면서 자기 연구도 많은데다 생물학 실습조교로 일하게 되어 바로 돌아가야 한다고 했다. 이듬해

여름에는 겨우 2주 동안 집에 있다가 실험실 일이 있다며 이
서커로 돌아갔다. (아버지는 그런 패트릭 형을 못마땅하게
여겼다. 패트릭 형이 농장일을 거들어주기를 원했던 것이
다. 아버지는 임시 일꾼들을 고용해야만 했으며 그들은 길
아래 폐교 건물에 사는 지머먼 부자만큼이나 믿을 만한 일
꾼이 못되었다.) 하지만 이제 패트릭 형에겐 자신의 인생이
있었고 장래 계획도 분명했다. 그는 입만 열었다 하면 '아미
노산' '유전학' '세포생물학' 얘기였다. 코넬 대학 자체나 거
기서 만난 사람들, 새로 사귄 친구들 얘기는 거의 없었으며
그의 태도는 딱딱하고 정중하고 산만했다. 그는 어머니의
과장스러운 말을 묵묵히 들어주었으며 어머니의 애정 표현
도 인내력이 허용하는 한 견뎌냈다. 사실상 고통스러운 표
정으로 입 한쪽 귀퉁이가 접히는 핀치 스타일의 미소를 짓
긴 했으나 그건 무의식적인 미소일 뿐 아무 의미도 없는 듯
했다.

그는 1976년도에 마운트 이프리엄 고교를 함께 졸업한
동창생들의 소식에 아무 관심도 없었고 『마운트 이프리엄
페트리어트 레저』지에 '우리 고장 학생, 코넬 대 우등생 명
단에 오르다'란 제목으로 자신의 사진과 이름이 실린 것에
대해서도 시큰둥했다. 물론 어머니가 신문사에 제보한 것이
었다.

패트릭 형은 매리앤 누나와는 달리 동물들의 안부를 묻
지 않았다. 그는 자기 말 프린스를 타기는커녕 보러 갈 시간
도 없는 듯했다. 어머니가 침울한 어조로 아버지가 프린스,

레드, 몰리오를 팔려고 한다는 소식을 전했을 때도 얼굴만 찌푸렸지 반대하고 나서지 않았다.

빌어먹을 핀치, 아무렇지도 않단 말이야? 왜 아무렇지도 않은 데? 나는 그렇게 소리치고 싶었다.

나는 패트릭 형이 오면 늘 그와 둘만의 시간을 보낼 기회를 기다렸다. 그를 몹시도 그리워하는 어린 동생. 하이포인트 농장에 홀로 남겨져 불쌍한 씰키처럼 그리움에 병들어가는 어린 동생. 한번은 그의 방에 들어가서(나쁜 인간, 집에 온 지 세 시간도 안됐는데 방에 처박혀 '인간의 멘델 유전법칙'이란 제목의 도표를 들여다보고 있었다) 매리앤 누나와 통화하거나 만난 적이 있는지 물었다. 그는 당황한 표정으로 어깨를 으쓱했다. (그렇다는 뜻인가, 아니라는 뜻인가?) "아빠는 매리앤 누나를 왜 그렇게 미워해? 왜 만나지도 않고 전화도 안해?" 내 물음에 패트릭 형은 얼굴을 찌푸리며 대답했다. "아버진 매리앤을 미워하지 않아. 그 일이 생각나서 그러는 거야." 그는 아버지가 젠장, 뭘 어쩔 수 있겠어?라는 뜻의 몸짓을 할 때처럼 팔을 들어 손가락을 펴고는 힘없이 떨어뜨렸다.

내가 말했다. "하지만 그건 누나 잘못이 아니잖아!"

패트릭 형이 허락하면 아빠를 미워할 수 있으리라 생각하면서.

하지만 패트릭 형은 집에 와서 처음으로 나를 똑바로 보면서 침착하게 말했다. "아버지 잘못도 아냐."

졸업생 대표 연설

패트릭 멀베이니는 마운트 이프리엄을 떠나기 전에 우리 모두에게 기억에 남을 일을 만들어주었다.

그는 처음엔 6월에 있을 고교 졸업식에 참석하지 않겠다고 우겼다. 수석 졸업생으로서 졸업생 대표 연설을 하는 '영예'를 안게 되었다고 교장선생님과 다른 선생님들에게 여러 차례 축하의 말을 들었는데도 말이다. 그는 고교 전학년 성적이 90점대 후반이었고 좋아하는 과목인 수학, 화학, 생물학에서는 몇차례 만점을 받기도 했다. 대학수학능력시험에서도 최상위권에 들어 여러 명문대에서 장학금 제안을 받았다. 하지만 그 일 이후로 더욱 비사교적이 되어 헛간을 개조해 만든 임시 실험실에 혼자 틀어박혀 있는 걸 좋아했다. (그 실험실은 어린 동생 저드에겐 출입금지구역이었지만 나는 그가 없을 때 몰래 몇번 들어가보았다. 비눗물 같은 이상한 액체가 든 실험용 비커, 레몬 향이 나는 화학물질, 코르크 마개가 달린 병, 작은 유리병, 아가리가 넓은 병. 눈에 잘 띄는 작업대 위에는 패트릭 형이 우편주문으로 사서 공들여 조립한 현미경이 놓여 있었다. 벽에는 화학 원소 주기율표가 붙어 있었는데 중학교 3학년생인 내 눈에는 외국어처럼 이국적으로 보였다. 나는 그런 것들을 배울 고교과정 과학에 두려움을 품고 있었으며 설상가상으로 학교에서 똑똑한 수재 형과 늘 비교될 터였다.) 그는 하루도 빠지지 않고 학교에 나가 찌푸린 얼굴을 하고 교실에 조용히 앉아 자신을, 팔다리가 가늘고 깡마른 천재 학생을 좋아한다기보다는 찬미하는 선생님들을 날카롭고 차가운 푸른 눈으로 쳐다보았다. 그는 왼쪽 눈의 시력이 너무 약해서 가끔 실눈이 되도록 가늘게 떴다. 핀치의 레이저 눈빛.

마운트 이프리엄 고교의 1976년 졸업생 89명 거의 대부분이 늘 패트릭 멀베이니를 경계했고 학생으로 변장한 어른 같은 그와 함께 있는 걸 불편해했다. 그들은 그에게 경탄과 두려움을 느끼면서도 그리 좋아하진 않았고 그는 그들을 본체만체했다. 한때 그를 친구로 여겼던 서너명도 마찬가지였다.

같은 반 아이들이 마운트 이프리엄에서 종적을 감춘 매리앤과 그녀의 오빠 마이클을 어떻게 생각하는지에 대해 패트릭은 알지도 못했고 알고 싶어하지도 않았다. 물론 재커리 런트는 패트릭의 동급생으로 6월 19일에 전체 석차 65등으로 졸업할 예정이었다. 재커리와 어울려 다니는 패거리도 마찬가지였다. 하지만 패트릭은 그들을 알아보지도 못하는 듯했다. 학교 식당이나 남학생 탈의실에 들어서다가, 혹은 계단을 내려가다가 우연히 듣게 되는 소리들…… 쑥덕거림, 잔인한 농담, 숨죽인 웃음소리. 사실 패트릭 멀베이니는 자신의 귀에 들어가라고 하는 그런 말들을 들을 수도 있었지만, 뛰어난 의지의 작용으로 허공에 뜬 그 말들을 격퇴할 수 있기라도 하듯 듣지 않았다.

5월 조회시간에 교장선생님이 자랑스러운 목소리로 우리 학교 4학년 학생이 뉴욕 주 고교 과학박람회에서 일등상을 수상했으며 그 학생은 바로 패트릭 멀베이니라고 알리자 집단적으로 숨을 한번 들이쉬는 분명한 공백이 있은 후 박수가 시작되었다. 패트릭은 당혹스러워서, 혹은 분해서 얼굴이 시뻘겋게 달아올라 억지로 자리에서 일어섰다. 그는 적극적으로 명예를 추구하면서도 그것이 공개적으로 인정되는 것에는 움츠러드는 유형의 인간이었다.

그런데 졸업생 대표 연설까지 하게 된 것이다.

연설을 해야 할까 말아야 할까?

아니면 그들에게 추억거리나 안겨줄까?

패트릭은 진정한 핀치 스타일로 몇주 동안 그 문제를 고민했다. 1976년 마운트 이프리엄 고교 수석 졸업생이 되는 것이 도대체 무슨 명예란 말인가? 내가 연단에 서서 연설을 시작하자마자 불량한 졸업생들은 지루함과 경멸을 나타낼 것이다. 그들에게 나를 조롱할 기회를 제공하는 위험을 무릅써야 할까?

어쩌면 연설하는 것 자체를 거부해야 하는지도 모른다. 졸업생 대표 연설을 거부하는 반항 행위는 전례가 없는 일이지만, 이제 와서 학교에서 어떤 처벌을 내리겠는가? 졸업식은 그저 의식일 뿐이고 진짜 졸업은 문서상 기록의 문제이며 이미 뉴욕 주 주도 올버니에서 졸업장이 나와서 우편으로 발송되었는데 교장선생님을 비롯한 학교 선생님들이 뭘 어쩔 수 있겠는가? 게다가 졸업 가운과 사각모 차림으로 참석하는 졸업식 자체도 그 얼마나 우스꽝스러운 의식인가! 패트릭은 가족들에게 말했다. "완전히 만화 같은 일이죠. 거기 참석해봐야 격만 떨어질 뿐이에요."

핀치가 하는 말은 진지한지 아닌지 알 수가 없었다. 그렇게 오랜 세월을 겪어본 어머니도 알지 못했다. 어머니가 반박했다. "격이 떨어진다고! 패트릭, 어떻게 그런 말을 할 수가 있니? 우리 가족이 널 얼마나 자랑스러워하는데. 네가 졸업식에 안 가면 내 가슴이 무너져내릴 거야."

그는 내게 눈을 찡긋했다. "엄마, 그날 아침에 아프다고 하면 돼요. 교장한테 광견병에 걸렸다고 하죠, 뭐."

"패트릭, 그걸 농담이라고 하니?" 어머니는 거의 애원조였다. 마이크 형과 매리앤 누나가 떠난 후로 어머니는 패트릭 형에게 매달리고 집착하는 눈길을 보냈으며 나는 어머니의 그런 눈길이 이상하고 불편했다.

패트릭 형이 말했다. "광견병에 걸렸지만 병원에 가는 길에 학교에 들러 졸업식에 참석하고 연설을 하겠다고 말하는 거예요. 그럼 늙은 교장이 뭐라고 할지 두고 봐야죠." 실제로 최근 서토쿼 밸리에 너구리나 애완동물을 통해 광견병에 감염된 환자가 몇차례 나타난 적이 있었다. 하지만 패트릭형이 농담을 하는 건 누그러지고 있다는 뜻이었다. 어머니는 웃으며 그의 '병적인 핀치 유머'를 꾸짖고는 그에게 몸을 기울여 이마에 떨어진 힘없는 모랫빛 머리칼 한 올을 쓸어올려주었다.

어머니가 말했다. "패트릭, 마운트 이프리엄 전체가 너의 졸업생 대표 연설을 무척이나 듣고 싶어한다는 거 알잖니."

패트릭 형은 졸업식 전날 밤까지 연설 문제로 고민했다. 내가 어쩔 작정이냐고 묻자 그는 나를 쏘아보며 대꾸했다. "누가 알고 싶다는 거야? 너?"

졸업식 날은 포근한 바람이 불고 얼룩지고 화창한 월요일이었다. 식은 오전 11시 정각에 시작될 예정이었는데, 다행히도 패트릭 형은 졸업 가운과 사각모 차림으로 일층으로 내려왔고 연설 준비도 했는지 둘둘 만 누런 재생용지가 바지 주머니에 꽂혀 있었다. 어머니가 제목이 뭔지 묻자 패트릭 형은 어깨만 으쓱했다. 당황스럽거나 초조한 기색이었고 밤에 잠을 제대로 못 잤는지 눈 밑에 어두운 그늘이 져 있었다. 비쩍 마른 몸에 텐트처럼 걸친 발목 길이의 우스꽝스러운 검은 모직 가운에 대한 반응으로 난 땀에 무슨 화학성분이라도 들어 있는지 시큼한 산성 냄새를 풍겼다. 패트릭 형은 연설 마지막 준비를 해야 한다며 우리보다 한 시간 먼저 학교에 가겠다고 우겼다. "하지만 왜 함께 갈 수 없다는 거니? 우린 가족 아니니?" 어머니는 당황하고 화가 나서 그의 등 뒤에 대고 외쳤다.

패트릭 형은 랭글러 지프를 몰고 먼저 떠났고 한 시간 후에 나머지 가족이 어머니의 스테이션왜건을 타고 출발했다. 패트릭 형의 졸업식에 참석하는 멀베이니 가족은 어머니, 아버지, 나 이렇게 셋으로 줄어 있었다.

마이크 형은 해거츠빌 로드 공사현장에 나가 있었다. (어머니가 아버지에게 오늘 마이크 형에게 휴가를 주어 동생 졸업식에 참석하게 할 수 있는지 물었지만 마이크 형 자신을 포함해서 누구도 그의 참석을 간절히 바라진 않았다. 패트릭 형도 마찬가지였다.) 매리앤 누나에 대해선 아무 언급도 없었다. 졸업식 며칠 전에 나는 어머니에게 매리앤 누나를 불렀는지 물었다. "그야 당연하지! 오빠 졸업식인데 오라고 불렀지." 어머니는 그렇게 대답해놓고 애매하게 덧붙였다. "하지만 엄마 사촌 에설이 매리앤의 도움에 의지하고 있어서 마음대로 나다닐 수가 없거든. 아마 오기 어려울 거야."

우리가 문둥이들인가? 우리, 멀베이니 가족이? 문둥이들인가?

마운트 이프리엄 고교 현관 계단을 통해 현관홀로 들어가 아직도 '뮬' 멀베이니의 사진이 자랑스럽게 전시되어 있는 유리 진열장 앞을 지나면서 나는 사람들이 우리 부모님을 보고 얼른 시선을 외면하는 걸 보았다. 그 시선의 움직임이 얼마나 매끄러운지 마치 하나의 동작 같았다. 그래도 어머니는 쾌활하게 떠들고 손을 흔들고 큰 소리로 인사를 했다. "안녕하세요! 안녕들 하세요!"

군중이 갈라지며 우리에게 길을 내주는 듯했다. 놀라웠다! 멀베이니 부부와 이십년 세월을 알고 지내온 사람들이 이제 코린과 마이클이 눈에 보이지도 않는 듯 굴거나 아니면 자연스럽게 그들을 못 본 척할 수가 없어 열성적인 태도를 가장하고 애매한 미소를 보내다가 얼른 다른 사람들에게 시선을 돌려 그들과 악수를 나누고 포옹을 했다. 장차 언론인이 될 열세살 소년에겐 너무도 교훈적인 광경이었다.

그래요, 당신네 멀베이니 가족이 가엾긴 해요. 하지만 안돼요. 안돼요! 제발 우리한테 말 걸지 마세요. 우리의 행복한 날을 망치지 말아줘요.

처음엔 여느 고교 졸업식과 다를 게 없었다. 나는 멀베이니 가족이 환영받지 못하고 있다고 느꼈지만 그건 좀 과장된 기분일 수도 있었다. 패트릭 형의 선생님 한두 분이 강당으로 가다가 우리를 보고 인사를 건네고는 아무것도 들리지 않는 듯 무표정하게 쳐다보고 있는 아버지를 옆에 세워두고 어머니와 몇마디 얘기를 나누기도 했으니까. 강당 안뿐 아니라 현관홀에서부터 우리는 인파에 떠밀려 저절로 움직였고, 마운트 이프리엄 고교 밴드부가 경쾌한 곡을 연주하고 있었다. 교가였던가 아니면 국가였던가, 아니면 존 필립 쑤저의 빠른 행진곡이었던가? 식이 끝난 후 파티가 있을 예정이었지만 졸업 가운과 사각모 차림의 졸업생들은 친구나 가족, 친절한 선생님들이나 교장선생님과 기념촬영을 하느라 분주했다. 유감스럽게도 여기저기에 가족들과 함께 온 우리 반 친구들이 눈에 띄었고 우리는 서로 아는 체하지 않았다. 그 소음! 체육관에서 단합대회라도 여는 것처럼 와글거리는 목소리와 웃음소리가 바닥과 벽, 천장에 부딪혀 울리고 음악소리가 귀를 찢었다.

그런데 패트릭 멀베이니는 어디 있단 말인가? 그의 어머니가 사방으로 그를 찾으러 다니며 아는 사람이든 모르는 얼굴이든, 안내원이든 선생님이든 학부모든 아무나 붙잡고 혹시 아들을 보았는지 물었다. 그녀는 교장선생님까지 붙들고 아들의 행방을 물었다. "패트릭이 졸업생 대표잖아요. 연설문을 며칠씩이나 준비하더라고요. 애가 워낙 완벽주의자라서!" 어머니는 한탄하면서 동시에 경탄하는 능력을 발휘했다. 상대를 당황시키는 그녀의 푸른 눈빛은 강렬했고 피부는 햇볕에 지나치게 노출된 것처럼 보였다. 그녀는 매력적인 여인일 수도 있었으나 지나치게 열성적이고 간절하고 얼굴이 초췌했으며 두루미처럼 목을 길게 빼고 달려들어 상대를 주춤 물러나게 만들었다. 어머니는 하이힐을 영 불편해하면서도 행사가 있을 때는 꼭 하이힐을 신어야 한다고 생각했다. 패트릭 형의 졸업식 날 어머니가 신은 하이힐은 굽 높이가 6센티미터 가까이 되고 코가 회반죽을 바른 것처럼 새하얗고 둥근 구식 구두였다. 당근 색깔에 드문드문 새치가 섞인 머리는 아침에 너무 힘주어 감아서 놀라우리만치 부스스한 것이 마치 적란운이라고 불리는 두꺼운 구름의 밑면 같았다. 아침에 고심 끝에 고른 옷은 헐렁한 물방울무늬 썰크 원피스로 흰 바탕에 공깃돌만한 빨강 물방울무늬가 찍혀 있었으며 몸통 부분은 단추투성이고 긴 치마가 움직일 때마다 바스락거렸다. 그 옷은 코린 멀베이니의 몇벌 안되는 '여성스러운' 의상으로 마운트 이프리엄 종합병원 여성 보조단체에서 후원하는 중고품점에서 산 게 분명했다(어머니는 중고로 산 사치스러운 옷을 입고 나갔다가 원래 주인이 그 옷을 알아보는 악몽에 시달리면서도—마운트 이프리엄은 좁은 바닥이라서 실제로 그럴 가능성이 농후한데도—꿋꿋하게 중고 옷을 입고 시내에 나갔다). 그녀의 그런 대담함이 장난기와 무모한 활기에 더욱 힘을 실어주었다.

그와는 대조적으로 아버지는 축제 분위기의 군중 틈에서 웃음기 없는 침울한 얼굴을 하고 있었다. 고개를 약간 떨어뜨리고 눈을 내리깔고 어깨를 웅크린 모습이 마치 몸이 확 쪼그라들어 작아지기를 바라는 듯했다. 아침에 면도를 급하게 하거나 부주의하게 했는지 턱 밑에 난 6센티미터쯤 되는 붉은 상처가 아직 피가 덜 마른 채 반짝거렸다. 그는 감청색 써지 정장 차림이었는데 그것 역시 그보다 덩치 큰 사람이 입던 중고인 것처럼 헐렁했다. 갈색 가죽구두 역시 광을 낸 지 오래되어 보였다. 넥타이에선 청동빛 광채가 났다. 아버지와 나는 정문 바로 안쪽에 어색하게 서 있었다. 사람들의 외면 속에서도 꿈쩍도 않고 고집스럽게 버티고 서 있는 우리 부자의 모습은 사교성의 물결이 갈라져 흐르게 만드는 바윗돌 같았다. 늘 사람들의 주목을 받았던 아버지 마이클 멀베이니 씨니어가 이제 투명인간이 되어버린 것이 내겐 너무도 이상했다. 그러면서도 한편으론 쓰라린 위안이 느껴졌다. 문둥이들! 문둥이들! 우리 멀베이니는 문둥이들이야! 아버지의 입은 용접이라도 한 것처럼 굳게 다물려 있었지만 나는 그 말을 들을 수 있었다. 귀에 거슬리는 바리톤 음의 목소리. 한편 어머니는 패트릭 형을 찾는다는 핑계로 행복한 네온빛 미소를 머금고 손을 내밀며 대담하게 사람들에게 다가갔다. 그녀는 놀란 표정으로 눈을 깜짝이는 베순 부인에게 외쳤다. "어머, 리디어! 안녕하세요! 제 아들 패트릭 보셨나요? 졸업생 대표 말예요."

런트 가족이 현관홀 저편에서 친구들과 웃고 떠들며 강당으로 들어가고 있었다. 모트 런트와 그의 아내 썬시어, 그리고 늙은 부부는 그들의 부모임이 분명했다. 마이클 멀베이니는 그들을 보았는지 못 보았는지 유리 진열장 근처에서 꼼짝도 않고 선 채 아무 내색도 하지 않았다.

졸업생들이 강당 안으로 행진해들어가기 위해 오른쪽 복도에 정렬했다. 『페트리어트 레저』지에서 나온 기자가 플래시를 터뜨리며 사진을 찍었다. 해럴드 스타우드 상원의원이 행복한 외침과 환호성 속에서 등장했다. 스피커에서 안내방송이 흘러나왔다. 하객 대부분이 줄지어 강당 안으로 들어갔다. 식장의 좌석이 빠르게 채워졌다. 서두르지 않으면 늦을 것 같았다! 패트릭 형을 찾는 걸 포기하고 있던 어머니는 졸업생들의 줄에 끼여 복도를 내려가는 패트릭 형을 발견하고는 손을 흔들고 손 키스를 날리며 입 모양으로 무슨 말인가를 했지만 그는 차갑게 무시했다. "가자! 거기 두 사람은 왜 그렇게 멀뚱히 서 있는 거야!" 어머니는 한숨을 지으며 고집 센 염소처럼 버티는 나와 아버지를 떠밀었다. 밴드가 리듬이나 음조의 변화 없이 「위풍당당 행진곡」을 연주하고 있었다. 안내원들이 행사 진행표를 나눠주며 우리와 늦게 도착한 하객들을 서둘러 안으로 들여보냈다. 마흔여덟살의 사내 마이클 멀베이니 씨니어는 꿈이라도 꾸듯 눈을 끔벅이며 주위를 둘러보았다. 잔뜩 흥분한 어머니가 숨을 헐떡이며 나와 아버지를 양쪽 팔에 끼고 강당 안으로 들어가는 와중에도 아버지는 자신이 어디에, 왜 와 있는지조차 정확히 모르거나 설령 안다 해도 의식이 또렷하지 않은 듯했다. 우리는 뒤에서 네번째 줄에 앉았다. 마치 자욱한 안개가 우리를 둘러싸고 보호해주는 것 같았다. 근처에 런트 가족이, 재커리 런트의 편을 들고 매리앤 멀베이니를 나쁘게 말한 재커리의 친구들 가족이나 친척이, 마이클 멀베이니가 이름과 얼굴과 이력을 기억하고 있는 친구의 친구들이 — 그의 적들! 그의 적들이! — 앉아 있다고 해도 우리는 그들을 보지 않을 수 있었다. 벌써 졸업 가운과 사각모 차림의 졸업생들이 우리 옆을 지나쳐 맨 앞의 지정석으로 갔다. 카메라 플래시가 일제히 터졌다. 어린아이들이 언니 오빠를 손가락으로 가리켰다. "저기 패트릭 있다!" 어머니가 속삭였다. 내가 형과의 관계를 상기시켜줘야 하는 어린애라도 되는 것처럼 어머니는 팔꿈치로 나를 슬쩍 찔렀다. 아버지는 빳빳한 진행표를 둥글게 말아쥐고 뻣뻣이 앉아 아래를 보고 있었다.

패트릭 형의 졸업식은 내 눈앞에서 흐릿하게 펼쳐졌다. 나는 모종의 사건이 벌어질 것을 사전에 알면서 그것을 가만히 기다리고 있었던 것만 같고, 그 사건 이전의 일은 불명료한 기억으로 남아 있다. 식의 시작이 조금 지연되었고 교장선생님이 학위복 차림으로 밤색 벨벳 장막 뒤에서 나오자 가장된 열광적인 환호성이 터졌다. 오전 11시 10분, 그리고 11시 20분이 되었다. 교장선생님이 다시 나타나 강당 안을 가득 메운 군중에게 열정적인 인사를 했고 밴드가 국가를 연주하기 시작하자 모두들 자리에서 일어나 국가를 불렀는데 일부는 큰 소리로 기쁘게 불렀지만 나머지는 조용히 서 있기만 했다. 소란스럽고 행복한 군중 속에는 어서 끝나기만을 기다리는 사람들이 있게 마련이다. 그다음엔 유니테리언 교회 목사 주도로 묵념을 했다. 그리고 학교 합창단 지휘자의 지휘하에 「존 브라운의 죽음」이라는 곡에 가사를 붙인 마운트 이프리엄 고교 교가를 제창했다. 교장선생님이 다시 연단으로 나와 마운트 이프리엄의 인기인 핸슨 코치를 소개했고 핸슨은 박수갈채와 웃음과 휘파람 소리가 요란한 가운데 다양한 부문의 수많은 수상자들을 호명했다. 강당 안이 점점 더워져서 사람들은 행사 진행표로 부채질을 했다. 환기장치가 가동되어 웅웅거리며 돌아갔다. 나는 아버지의 회갈색 얼굴이 땀으로 번들거리는 것을 보았다. 행사 진행표는 그의 손에서 떨어져 바닥에 뒹굴고 있었다. 한편 아버지와 나 사이에 앉은 어머니는 꼿꼿한 자세로 고정된 미소를 띠고 열심히 무대를 바라보고 있었다. 우리, 자랑스러워할 수 있는 거 아녜요? 우리, 오늘의 이 자랑스러움을 누릴 자격이 있지 않아요? 우리 아들이잖아요! 우리 아들! 나는 아침 이른 시간에 집에서 통풍구를 통해 그런 말을 들은 듯했다. 어머니의 억눌린 목소리. 하지만 대꾸하는 목소리는 없었다. 아버지가 어머니의 귀에 대고 뭐라고 웅얼거리는 것 같더니 비틀거리며 일어나 자리를 빠져나갔다. 아버지는 갑자기 강당 통로를 올라가 뒷문으로 사라졌고 텅 빈 좌석만 남았다. (어디로 갔을까? 화장실에 갔다가 금방 돌아올까? 잠깐 담배를 피우러 현관 계단으로 나간 걸까? 트렁크에 술을 숨겨놨을지도 모르는 우리 차가 세워진 주차장으로 갔을까?) 어머니는 계속 꼿꼿한 자세로 고개를 빳빳이 들고 당당한 옆모습을 보이며 앉아 있었다. 물방울무늬 씰크 원피스 차림에 흰 진주 귀고리를 한 모습으로 남편의 갑작스러운 이탈에 저항하듯 반짝이는 눈을 무대에 고정하고 있었다. 그녀는 1976년 졸업생 대표의 어머니였고 그 무엇도 그 사실을 바꿀 수는 없었다.

졸업반 반장이 연설을 했다. 인기 많은 연극 선생님이 연설을 했다. 다시 수상자들이 호명되었다. 모범상, 음악 우수상, 학력 우수상, 과학 우수상. 패트릭 멀베이니는 금박 무늬가 찍힌 상장을 받으러 한 번이 아니라 두 번, 그것도 연달아 나갔고 많은 박수갈채를 받았다. 그가 발표자에게 속임수를 써서 쌍둥이 행세를 하거나 쌍둥이가 한 사람인 척한 것 같았다. 어머니는 열광적으로 박수를 치고 휘파람을 불었다. 하지만 아버지의 자리는 여전히 비어 있었다. 다시 상원의원 해럴드 스타우드가 등장했고 요란한 박수가 터졌다. 마운트 이프리엄의 가장 중요한 공직자이자 '올버니의 상식의 목소리'. 그는 '젊은 미국인으로서 미래를 대비하라'라는 제목의 축사를 미리 준비해온 원고를 보고 화려한 목소리로 읽었다. 시간이 쭉 늘어났다가 주름이 잡히더니 마치 패트릭 형이 은색 줄무늬 포장지로 만들어 자기 방 천장에 매달아놓은 뫼비우스 띠처럼 천천히 뒤집히기 시작했다. 보이니, 레인저? 무한이 내 손 안에 있는 거야. 아버지 마이클 멀베이니 씨니어는 아직도 돌아오지 않고 있었다. 스타우드 상원의원의 목소리가 점차 무겁고 껄끄럽게 변해갔고 환기장치에서 숨 막히는 이상한 먼지 같은 공기가 뿜어져나오면서 강당 안의 공기가 혼탁해졌다. 하객들은 장황하게 떠들어대는 늙은이를 연단에서 빨리 내려보내려고 박수를 치고 환호성을 지르고 휘파람을 불고 발을 굴렀다. 졸업생 대표 연설을 맡은 키 크고 얼굴 하얀 남학생이 재빨리 무대 위로 올라가 졸업 가운과 학사모 차림으로 연단으로 향했는데 자세와 걸음걸이가 마치 똑바로 세워진 잘 움직이는 가위 같았다. 아버지의 자리는 여전히 비어 있었다.

그런데…… 대체 이게 뭐지? 하객들 사이에서 갑자기 공포감이 물결처럼 번져갔다. 공기! 공기가! 독가스다! 독가스! 썩은 계란 냄새 같은 지독한 악취!

설마 하는 집단적인 불신과 의혹의 순간이 지난 후 군중들이 단체로 숨을 참았다가 일제히 토해내듯 기침과 캑캑거리는 소리, 놀라움과 공포의 외마디 비명이 터져나왔다. 옆에서 어머니도 눈물을 줄줄 흘리며 콜록거렸지만 나를 챙길 정신은 남아 있어서 나를 자리에서 끌어냈다. 우리는 몇초 안에 헐떡대고 콜록대고 비틀대며 사람들과 함께 강당을 빠져나가 맑고 깨끗한 6월의 바깥 공기 속으로 돌진했다. 세상에, 무슨 일이지? 무슨 끔찍한 방해공작이 마운트 이프리엄 고교 1976년 졸업식을 망친 거지?

몇분 안에 원인이 밝혀졌는데 그건 악취탄이었다.

짓궂은 졸업생들이 자신들의 졸업식을 망치기 위해 악취탄을 터뜨린 게 분명했다. 그런 일이 가능할 수 있을까?

몇 블록밖에 떨어지지 않은 마운트 이프리엄 소방서에서 싸이렌이 울려대기 시작했고 첫번째 소방차가 급히 차고를 빠져나와 피프스 스트리트를 따라 서쪽으로 달렸다.

❧

오백명이 넘는 군중이 한꺼번에 우르르 몰려나갔고 그중에는 어린이와 노인도 제법 많이 끼여 있었지만 다행히 부상자는 없었다. 비상문이 신속히 열렸고 사람들은 캑캑대며 줄지어 밖으로 빠져나가 몇분 안에 회복되었다. 가장 심각한 증상이 토하는 것과 히스테리 상태였다. 대부분의 피해자들이 그저 속이 울렁거리는 정도의 증상만을 느꼈으며 호흡이 불가능하진 않고 어쩔 수 없이 들이마신 악취에 대한 거부반응 정도만 보였다. 그 화학폭탄은(황화수소 폭탄으로 영리하게도 건물 지하의 환기장치에 설치되어 있었다) 89명

360

의 졸업생과 교사들과 학교 관리자들이 자리한 강당 앞쪽에 집중되었다. 이틀 후 그 수수께끼의 사건에 대해 『페트리어트 레저』 1면에 마운트 이프리엄 고교 졸업식장에 악취탄 소동이라는 큼직한 제목으로 기사가 실렸을 때쯤엔 그 짓궂은 장난이 마운트 이프리엄 고교 졸업생들이 아닌 셔토쿼 밸리 지역 내의 스포츠 라이벌 학교(이를테면 유빌 고교) 졸업생들 소행일 것이라는 추측이 우세했다. (마운트 이프리엄 고교 졸업생 중 불량하고 가끔은 악의적이기까지 한 일부 남학생들이 그런 멋진 묘기를 부리고 싶어했을 수도 있지만 교사들은 그들이 악취탄을 바로 터뜨리지 않고 식이 한참 진행되었을 때 터지도록 교묘히 장치하는 건 고사하고 그런 화학폭탄을 제조할 수도 없다고 주장했다.)

그해 봄에 지역 야구 선수권대회 결승에서 마운트 이프리엄 고교와 유빌 고교가 맞붙어 더 작은 학교인 마운트 이프리엄이 우승한 뒤로 두 학교는 원수지간이 되어 상대 학교 건물에 음란한 낙서를 하고 몇차례 싸움도 벌였으며 서로에게 무수한 위협을 가하고 있었다. 마운트 이프리엄 고교 측에서는 거듭 생각할수록 악취탄 소동의 범인이 유빌 고교 학생이 분명하다는 확신이 굳어져갔다. 아니면 누가 그런 짓을 했겠는가?

졸업식 전에 학교 주변에서 낯선 인물이 잠복해 있는 걸 본 사람도 없었고 유빌 측에서 자신이 한 일이라고 조롱하듯 시인한 학생도 없었지만 말이다.

그보다는 덜 그럴듯하지만 다른 추측들도 나왔고 마운트

이프리엄 경찰과 학교 관리자들이 그 모든 가능성에 대해 조사를 벌였다. 이를테면 개인적인 복수심에 따른 분풀이일 수도 있었다. 시험 성적이 나쁘거나 이성 교제에 실패해서? 원하는 대학에 못 가서? 선생님이나 급우들에 대한 증오심에서? 그후 몇주, 아니 몇개월, 심지어 몇년을 두고 온갖 억측이 난무했으며 1976년 6월 19일의 마운트 이프리엄 고교 졸업식장 악취탄 사건은 마운트 이프리엄의 역사상 가장 유명한 사건 중 하나로 남게 된다. 하지만 결국 아무것도 밝혀지지 않았다. 유죄를 입증할 만한 증거도, 밀고자도 없었다. 물론 스스로 범행을 자백하고 나선 사람도 없었다.

"세상에! 저드, 너 괜찮니? 패트릭은 어딨지?"

어머니는 눈부신 햇살에 눈을 깜짝이며 내 손을 더듬어 잡았다. 나는 물론 괜찮다고, 금방 회복됐다고 대답했다. 강당 안의 가스가 무엇이든 독이 든 게 아니라 끔찍한 악취가 나는 것이었을 뿐이니까. 그리고 웃기지 않는가? 잔디밭으로 쏟아져나온 사람들이 우리 주위에서 기침을 하거나 캑캑거렸고 일부는 토하지 않으려고 애쓰며 소매로 얼굴을 닦았다. 몇사람은 욕지거리를 했으나 졸업생 일부는 장난임을 알고 웃었다. "와아! 대단해! 파격적이야!" 아이크 로드먼이 감탄했다. 몰려드는 군중의 가장자리를 따라 패트릭 형이 육상선수가 트랙을 돌듯, 그러나 서두르는 기색 없이 천천히 달려왔다. 어느 틈에 졸업 가운과 사각모를 벗어 학교 후문 근처에 놓아두고 빳빳이 풀을 먹인 흰 셔츠와 치노 바지 차림이 되어 있었다. 그는 어머니와 나를 발견하고 당황한 듯 얼굴을 찌푸렸다. 강한 감정을 나타낸다기보다는 생각에 잠긴 찡그림에 가까운 펀치 스타일의 찌푸림. 아니면 웃음을 참기 위해 찌푸렸던 것일까? 나는 경탄 어린 눈으로 그를 바라보았으나 그는 나와 시선을 마주치려 하지 않았다. 어머니가 달려가서 껴안자 그는 당황하며 뻣뻣이 안겨 어머니의 어깨 너머로 왼쪽 눈이 거의 감길 정도로 눈을 가늘게 뜨고 앞을 응시했다. 영리한 패트릭 멀베이니! 그는 환기장치에서 지독한 악취가 뿜어져나오기 시작하자마자 무대에서 빠져나온 게 분명했다. 그는 마침 입과 코를 막을 손수건까지(그것도 물에 적신 손수건을) 갖고 있었고 즉시 무대 뒤로 달려가 비상구로 빠져나갔으며, 그가 첫번째 대피자일 수도 있었다.

어머니가 외쳤다. "오, 패트릭! 무사했구나. 천만다행이야." 어머니는 숨찬 웃음소리를 내며 그가 위험에 처하기라도 했던 듯 그를 꼭 껴안았다. "이 무슨 재앙이니! 넌 연설도 못했잖아. 하지만 재밌긴 하다, 안 그러니? 대체 누가 그런 장난을 생각해냈을까!"

패트릭 형이 무관심하게 대꾸했다. "분명 우리 반 저능아들일 거예요."

아버지를 만나러 주차장으로 가는 길에 나는 슬그머니 패트릭 형에게 다가가 몰래 쿡 찔렀다. 나는 주먹으로 연거푸 맞기라도 한 것처럼 눈꺼풀과 입술이 붓고 멍이 들어 있었다. 뱃속에서는 구토증이 똬리를 튼 채 꿈틀거리고 있었다. 하지만 내가 패트릭 형에게 느끼는 감정은 절대적인 감탄과 경외감이었다. 내가 그에게 속삭였다. "세상에, P. J., 형이야? 형이 그런 거야?" 하지만 패트릭 형은 차가운 시선을 던지며 대꾸했다. "누가 알고 싶다는 거야? 너?"

그저 우습다는 듯.

P. J.가 악취탄 사건에 대해 내게 고백한 건 그게 다였다.

아버지는 스테이션왜건 운전석에서 우리를 기다리고 있었는지 아니면 그냥 망연히 앉아 있었는지 문을 열어놓고 밖을 바라보고 있었다. 다리를 꼬고 있었는데 왼쪽 바지와 양말 사이로 털이 숭숭 난 새하얀 살이 드러나 보였다. 번쩍거리는 청동색 넥타이는 느슨하게 풀고 청색 써지 코트 단추도 푼 상태였다. 아버지는 생각에 잠긴 채 담배를 피우며 휴대용 계산기를 두드려 메모첩에 숫자를 적어넣고 있었다. 어머니보다 흰머리가 더 많은 머리털이 마치 운모 같아 보였다. 술을 마시고 있었던 것 같진 않은데―최소한 술병은 보이지 않았다―얼굴에 긴장이 많이 풀렸고 뺨이 얼룩덜룩하고 이중 턱이 되어 있었다. 그는 소식을 전하기 위해 앞장서서 흰 하이힐을 신은 발로 뒤뚱거리며 급히 달려오는 아내와 평상복으로 갈아입은 패트릭과 꽁무니에 붙은 말라깽이 레인저를 보고는 안경을 벗어 어디다 뒀는지 잊은 사람처럼 몇번 눈을 깜짝거렸다.

"뭘 이렇게 빨리 와?"

부활절 뒤의 눈

빌어먹을! 그는 마음먹은 것과는 달리 늦고 말았다.

그는 헤링 박사의 조교수에게 정해진 퇴근시간인 오후 5시 정각에 실험실에서 나가야 한다고 미리 정중하게 양해를 구했지만 하바드 출신의 그 젊은 교수는 계속 그에게 일을 시켰다. 패트릭 멀베이니에겐 늘 일이 많았다. 실험도구를 소독하고, 균을 배양하고, 흘린 걸 닦고, 게다가 오늘 오후엔 스펀지 걸레로 바닥을 닦는 일까지 해야 했다. 엄격한 정밀성을 요하는 데이터의 기록도 도와야 했는데 패트릭은 첨단 혈구계로 미생물의 수를 세거나 하는 실험에 참여할 때면 종종 자신이 한 세계의 침입자인 듯한 기분을 느꼈다. 단 한순간이라도 그 세계로 내려가면 미생물들이 탐욕스럽게 달려들어 그를 단순한 화학물질로, '생명'이라고 불리는 고동치는 흐름으로 바꿔버릴 것만 같았다. 그래서 고성능 현미경을 들여다보다가 자주 눈을 떼어 두려움이기도 하고 갈망이기도 한 아찔한 감정에서 벗어나야 했다.

비인간의 세계.

매리앤이 탄 버스는 오후 5시 5분에 이서커 시내에 도착할 예정이었다. 패트릭은 매리앤에게 몇분 늦게 마중나갈 수밖에 없다고 말해놓기는 했다. 하지만 5시 30분까지 대학 실험실에서 몸을 뺄 수가 없었고 지프를 세워둔 주차장까지 달려가는 데 팔분, 차들이 꽉 막힌 일차선 도로로 시내까지 가는 데 십오분이 걸렸다. 그는 화가 나서 울고 싶은 심정이었다. 혜링 박사의 조교수에게 일찍 나가야 한다고 강하게 말하지 못했던 자신에 대한 분노가 가장 컸다. 어차피 그 젊은 교수는 스무살의 학부생이면서 만만치 않은 상대인 자신을 싫어하지 않는가.

적을 만들면 안돼! 주위에서 얻을 수 있는 도움은 다 필요할 때가 있으니까. 패트릭은 불편한 마음으로 자신을 타일렀다.

패트릭은 고교 2학년 때 이후로 자신이 무엇이 되고 싶은지 분명히 알게 되었으며 그건 다름아닌 생물학 연구자였다. 교사는 아니었다. 교단에 선 자신의 모습은 상상할 수도 없었으며 자신의 어린 모습인 학생들과 하나가 되어 그들과 공감할 수도 없었고 그들을 견딜 인내심도 없었다. 아, 안돼! 그 생각을 하자 두려움이 가득 차올랐다(박사학위를 따지 못해서 결국 고등학교 교사 노릇에 만족하고 살아야 한다면!). 실험실의 정적과 고립 속에서 근본적으로 비인간적이고 비감정적인 자연의 진리를 추구하는 것이 그에겐 맞았다. 자신이 주도하는 야심찬 실험들을 감독할 수 있는 자리에 오르기만 한다면. 그런 자리에 오르면 실험실의 젊은 조교들, 특히 불운한 학부생들에게 인정머리없이 굴지 않으리라. 그렇다고 그들을 사적으로 알려고 하지도 않을 것이며 그들에게서 아무런 감정도 불러일으키지 않으리라.

패트릭의 포부들! 가끔은 생각이 많아서 잠을 이루지 못했다. 그는 단일종의 자연서식지에서의 수천년에 걸친 진화의 역사를 연구하고 싶었다. 아니면 선택된 종들과 그 생태환경의 관계를, 다윈의 진화과정을 연구하고 싶었다. (그는 독실한 기독교인의 아들이었지만 모든 진지한 과학자들이 거의 종교적인 확신을 갖고 믿는 '자연선택설'에 매료되어 있었다. 신학적 의미도, 그 어떤 의미도 없으며 아무런 생각도 목적도 없는 기계적인 과정!) 아니면 세포의 생명에 대해, 여러 종류의 미생물의 상호관계에 대해서도 연구하고 싶었다(연방정부와 미국 국립과학재단의 재정지원을 받고 있는 헤링 박사의 연구는 신종 항생물질의 개발과 관련된 대규모 프로젝트였다). 아니면 단일 신체기관에 대한 연구도 해보고 싶었는데 이를테면 다양한 종에서의 눈이라는 기관의 놀라운 구조에 관한 것이었다.

패트릭 멀베이니는 연구하고 싶은 것이 일일이 열거할 수조차 없을 만큼 많았다.

이따금 그는 코린과 매리앤을 상대로 의식적이고 조리있는 태도가 아니라 감정에 휩싸인 격앙된 말투로 따지고 있는 자신을 발견했다. 그들의 무지에 잔뜩 분개한 소년처럼.

그는 그들의 깜짝 놀란 얼굴에 대고 이렇게 외치고 싶었다. 인간이 하느님의 형상으로 만들어졌다고 믿는 게 얼마나 우스꽝스러운 일인지 모르겠어요? 그런 믿음을 가진 사람들이 얼마나 바보 같은지 모르겠어요?

코린의 예감은 적중했다. 패트릭은 열여덟살 때 집을 떠난 후로 어떤 교파의 교회에도 나가지 않았다. 그는 기독교를 버렸으며 그것에 대해 경이감이나 반항심, 혹은 만족감에 차서 나는 기독교를 버렸다는 생각조차 하지 않았다. 따뜻함과 포근함으로 그를 보호해주던 묵직한 코트가 더이상 필요없게 되어 아무 생각 없이 벗어던지듯 그렇게 기독교를 버린 것이다.

1978년 4월 말에 패트릭은 코넬 대학 2학년 과정을 마무리하고 있었는데 평점이 만점에서 겨우 0.06점 모자랐다. 그는 이서커에서 홀로 사는 것이 자랑스러웠다. 이질적인 사람들이 모여 사는 칼리지타운이라는 동네의 셋집에서 혼자 살았지만 절대, 거의 절대 외롭지 않았고 멀베이니 가 사람들에게서, 가족이라는 강박관념에서 벗어난 것이 자랑스러웠다. 그는 가족 모두를 사랑했지만 그들을 자주 보고 싶지도 자주 통화하고 싶지도 않았다. (어머니는 그가 매주 전화해주기를 원했지만 이삼 주에 한 번 하는 걸로 타협을 보았고 절대 같은 시간에 걸지 않았다. 일정한 형태로 굳어지면 곧 의무이자 책임, 관례가 될 수 있기 때문이었다. 그는 세든

방 두 칸짜리 아파트에 전화를 놓지 않았고 가족들이 연락을 취할 수 있는 어떤 전화번호도 알려주지 않았다.) 매리앤도 지난해 6월 그녀의 쎌러맹커 고교 졸업식(멀베이니 가족 중에서 패트릭만 참석했다!) 이후로 한번도 만나지 못했다. 부모님과 동생 저드를 본 지도 거의 8개월 가까이 지났다. 매리앤이 또 크리스마스에 집에 초대되지 못한 사실을 알고 정나미가 떨어져서 자신도 집에 가지 않기로 하고 실험실 일이 많아서 못 가겠다고 전화로 냉랭하게 통보했던 것이다. 그러자 코린이 울 듯한 목소리로 말했다. "패트릭······ 어쩌면 그럴 수 있니?" 패트릭은 딱딱하게 대꾸했다. "그러는 엄마는 어떻게 그러실 수 있죠?" 코린이 힘없이 말했다. "네 누이 얘기라면 아빠가 아직 그 아이를 만날 준비가 안돼서 그런 것뿐이고, 내가 하느님께 집중적으로 기도를 드리고 있어. 패트릭, 네가 그런 사정을 알아줬으면 좋겠구나. 매리앤은 알고 있어. 내가 말했거든. 아빠가 금방 다시 강해져서 널 만날 준비가 될 거라고. 어쩌면 부활절엔 될지도 몰라. 패트릭?" 패트릭은 무뚝뚝하게 말했다. "안녕히 계세요, 엄마. 메리 크리스마스."

어머니가 무슨 말을 더 하기 전에 얼른 수화기를 내려놓았다.

크리스마스이브에 매리앤과 한 시간이 넘게 열심히 통화하면서 패트릭은 불가해하기 짝이 없는 부모님의 잔인한 태도에 힘들어하는 누이를 위로할 작정이었지만 늘 그렇듯 결국은 매리앤이 그를 위로했다. "패트릭 오빠, 내 걱정은 마,

제발! 난 행복해. 물론 난 부모님이 불러주기를 기다리고 있지만 그냥 기다리고만 있는 건 아냐. 난 할 일이 아주 많아. 난 내 인생을 살고 있고 행복해."

패트릭은 결국 매리앤의 말을 믿게 되었다. 적어도 통화를 하고 있는 동안에는.

매리앤과 함께 사는 어머니의 사촌 에설 하우스먼과의 만남은 기묘하기 짝이 없었다. 그녀는 억지 미소를 지으며 자신을 '에설 이모'라고 부르라고 했는데, 코린이 급조한 아마추어 극에 출연한 자신감 없는 제2의 엄마처럼 보였다. 마치 코린이 서툰 그녀를 느닷없이 붙잡아 무대에 세운 듯했다. 자, 에설, 내 역할을 해요. 물론 언니는 잘할 수 있어요! 수줍어하지 마세요. 제발 부탁이니 그냥 좀 해봐요. 쌜러맹커로 가서 만나본 에설 이모는 뼈대가 크고 금욕적이고 친절한 쉰두살의 여인으로 주름진 얼굴에 습관적으로 슬프고 지친 희망의 표정을, 아예 실망을 당연시하는 그런 표정을 짓고 있었다. 미소도, 그것도 자주 지었지만 우울한 미소였으며 어찌나 애를 쓰는지 얼굴에서 삐걱거리는 소리가 들리는 것 같았다. "왜 저렇게 항상 슬픈 거야?" 패트릭이 묻자 매리앤은 입술에 손가락을 갖다대며 이모 편을 들었다. "아냐 패트릭 오빠, 이번 주말은 그렇지 않아."

에설은 코린이 '치명적'이라고 부르는 하우스먼 가문의 특징, 그러니까 긴 턱과 긴 코, 말 이빨 같은 치아, 연푸른색 퉁방울눈을 갖고 있었다(그 푸른 눈은 코린의 눈과 섬뜩할 정도로 흡사했으며 빛이 없다는 점만 달랐다). 코린은 꾸밀

줄 몰라서 그렇지 미인 축에 속했지만 솔직히 에설 이모는 못생긴 편이었다. 절벽 가슴에 몸은 뚱뚱했고 녹슨 못 냄새가 났다. 마치 그녀는 자신의 알루미늄 방갈로 주택 앞에 난 길에(가장자리에 풀이 우거진 그 길에) 서서 하염없이 삶을 기다리고 있는데 삶은, 매력적인 낯선 사람들의 행렬은 그녀에게 아무 관심도 없이 그녀를 의식조차 하지 않고 지나쳐가고 그녀는 무력하게 서서 그 모습을 지켜보고 있는 듯한 느낌이었다.

결혼도 하지 않았고 자식도 없었다. 그리고 사촌 코린과는 달리 열심히 교회에 나가지도 않았다.

그녀는 어른이 된 후로 계속, 그러니까 삼십년 이상을 발 전문의사 닥터 브리스코 밑에서 일하고 있었다. "그분은 발 의사라고 불리는 걸 안 좋아하시지." 그렇게 말하는 에설 이모의 방어적이면서도 자랑스러워하는, 갈망 어린 상처가 깔린 태도에서 패트릭은 그녀가 브리스코라는 남자를 사랑하고 있음을 깨달았다.

둘만 있을 때 매리앤이 패트릭에게 말했다. "에설 이모를 비웃으면 안돼. 엄마 말씀대로 착하고 관대하신 분이야. 머핀을 키울 수 있게 해줬잖아!"

"그건 고맙지." 패트릭이 중립적으로 말했다.

패트릭이 에설 이모의 집에서 손님으로 그리 편안하지 못한 이박 삼일을 지내며 지켜본 바로는 에설 이모가 매리앤에게 제공해준 것은 녹슨 못 냄새가 나는(왜 녹슨 못이 연상되었던 걸까? 어쨌든 그 생각을 떨쳐낼 수가 없었다) 작고 음울한 집의 작고 음울한 뒷방 하나뿐이었다. 그 댓가로 매리앤은 불평할 줄도 지칠 줄도 모르는 밝고 믿음직한 하인 노릇을 하고 있었다.

아니면 노예?

"아냐, 오빠." 패트릭이 핀치 스타일로, 비열하고 교활하게 입 귀퉁이로 그런 말을 내뱉자 매리앤은 눈에 눈물이 가득 고였다.

에설 하우스먼은 매리앤의 대학 등록금을 '보태고 싶다'는 뜻을 애매하게 밝히긴 했지만 패트릭이 알기론 결국 한 푼도 내놓지 않았다. (부모님도 큰 도움을 줄 수 없었던 것이, 1977년 여름 무렵 코린이 초조하게 한 말을 빌리면 멀베이니 지붕회사가 '일시적인 수렁'에 빠졌고 마이클 씨니어는 '값만 제대로 쳐서 받을 수 있다면' 농장을 5에이커나 10에이커쯤 팔고 싶어했다. 그리고 1977년 가을까지 레드, 프린스, 몰리오가 전부 팔려갔다.) 그래서 매리앤은 이서커에서 남서쪽으로 320킬로미터 떨어진 펜실베이니아 주 경계선 근처 소도시에 있는 킬번 주립대학에 다니면서 파트타임으로 일하고 있었다. 패트릭은 그곳으로 매리앤을 만나러 가볼 작정이었지만 바빠서 짬을 낼 수가 없었다. 그는 전화로 매리앤을 나무랐다. "넌 킬번 주립대 같은 데 다니기엔 아깝단 말이야." 그녀가 코넬 대학 같은 멋진 대학에 못 가고 보잘 것없는 대학에 들어간 것이 그녀의 잘못이기라도 한 것처럼. 매리앤은 킬번 대학에서 행복하게 지내고 있다고 주장했다. 친구들도 사귀었고 교수님들도 다 좋고 교수님들의 사랑을 받고 있다고 했다. 그리고 제발 자신의 고등학교 때 성적이 뛰어나지 못했음을 기억해달라고 했다. 매리앤은 킬번에서 역사교육을 전공하고 있으며 생활비를 절약하기 위해 캠퍼스에서 몇 킬로미터 떨어진 협동조합에서 살고 있다고 했다. 패트릭은 매리앤과 통화하면서 그곳의 활기찬 목소리와 개 짖는 소리, 부엌에서 그릇 달그락거리는 소리, 라디오 음악 소리를 들을 수 있었다. 그는 통화중에 자주 매리앤에게 잘 안 들리니까 더 크게 말하라고 요구했다. "꼭 기차역처럼 시끄럽네." 그가 불평했다.

하지만 사실은 시끌벅적하고 행복한 대가족 같다는 뜻이었다.

❧

패트릭이 버스터미널에 도착해서 지프를 주차하고 트레일웨이스 대합실로 달려들어간 것은 오후 6시가 다 된 시각이었다. 악몽에서처럼 그는 너무 늦게 도착한 것이다! 그는 하루종일, 아니 일주일 전에 약속을 했으니 며칠 동안 불안한 생각에 시달렸다. 내가 약속을 잊은 줄로 오해하는 건 아닐까? 패트릭은 누이에게 택시를 타면 돈이 드니까 터미널에서 기다리고 있으라고, 오빠가 데리러 가겠다고 말해놓았다.

패트릭은 대합실 밖으로 나오는 사람들과 부딪칠 뻔하며 안으로 들어섰다. 안내원의 콧소리 같은 음성이 흘러나왔다. 올버니! 화이트 플레인스! 뉴욕 씨티! 매리앤은 어디 있지?
패트릭은 매리앤을 찾을 수 없었다. 한 소녀가 돌아봤는데
예쁘고 들창코였지만 그의 누이는 아니었다. 또 한 소녀와
아기를 안은 젊은 여자. 그에게 닿는 그들의 시선은 다정하
고 호기심이 어려 있었다. 하지만 패트릭은 그들에게 신경
쓸 경황이 없었다. 그는 혼잡한 대기실 한가운데 서서 정신
없이 두리번거렸다. 숨을 헐떡이며, 잔뜩 흥분하고 안달이
나서. 손에서, 심지어 머리칼에서조차 실험실 냄새가 풍기
는 것만 같았다(실제로 그럴 수도 있었다. 그는 실험실 일을
하면서 가끔 손으로 머리를 쓸어넘기는 버릇이 있었다). 안
경알에 약하게 김이 서렸다. 그는 왼쪽 눈의 주변시력이 약
하고 몸이 지치거나 흥분했을 때는 더 안 보이기 때문에 무
의식적으로 왼쪽으로 몸 전체를 틀고 잔뜩 인상을 쓴 채 두
리번거렸다. 매리앤은 어디 있지? 혹시 이서커에 안 온 건
아닐까?

매리앤이 오지 않았을 수도 있고 홀로 저녁을 보내야 한
다고 생각하자 몹시 당황스러웠다.

혹시…… 매리앤에게 무슨 일이 일어난 걸까? 킬번에서
나 버스 안에서, 아니면 이곳 이서커에서? 하지만 한 시간
가까이나 늦은 사람은 바로 그였다.

이서커 시내에 위치한 트레일웨이스 버스터미널은 초라
하고 서서히 쇠락해가는 장소로 식당과 연결되어 있으며 담
배 냄새, 요리용 철판의 기름 냄새, 젖은 모직 냄새(4월의 쌀
쌀하고 흐린 날이었고 길은 온통 웅덩이 천지였다), 제대로

씻지 않은 인간의 몸 냄새가 진동했다. 미국의 뒤처진 사람들, 실패자들의 냄새. 요즘은 웬만하면 다들 비행기를 타고 다닌다. 아니면 패트릭 멀베이니 같은 가난한 고학생도 자기 차를 몰고 다닌다. 버스를 탈 승객들이 느릿느릿 빠져나가자 대합실은 곧 썰렁해졌다. 혼자 중얼거리며 라커를 열려고 애쓰는 흑인 노인, 삐죽삐죽하고 짧은 머리에 팔다리는 가늘고 길며 몹시 창백한 얼굴을 하고 뒤쪽 벽에 기대어 잠든 십대 소년, 둘이서 킥킥대며 속닥거리고 있는 엷은 피부색의 흑인 소녀들, 정신지체자로 보이는 패트릭 또래의 뚱뚱한 아들을 데리고 있는 중년 여인, 더플백을 무릎에 올려놓고 담배를 피우며 킥킥대는 흑인 소녀들을 몰래 흘깃거리는 선원(흑인 소녀들이 아니라 그 너머에서 자고 있는 열두살쯤 되어 보이는 소년을 훔쳐보고 있는 것 같기도 했지만). 탄 오렌지 껍질 냄새를 풍기는 지저분한 사내가 패트릭에게 접근했지만(볼펜을 팔려고?) 영리한 패트릭은 얼른 돌아서서 문을 밀고 밖으로 나갔다. 바깥에 놓인 벤치에도 사람들이 몇몇 앉아 있었지만 매리앤은 없었다.

패트릭은 매리앤이 보이지 않자 누이에 대한 그리움이 얼마나 컸는지 깨달았다.

친구가 거의 없는, 아니 정확히 말하면 전혀 없는 자신에게 누이의 방문이 얼마나 중요한 의미를 지니는지 깨달을 수 있었다.

패트릭은 터미널을 둘러싸고 있는 버스 승강장을 천천히 돌며 눈에 보이는 버스는 모두 확인해보았다. 자신이 버스

시간을 착각했고 매리앤이 이제 막 도착했는지도 모른다는 생각에서였다. 하지만 매리앤은 버스 승강장에도 없었다. 패트릭은 빙엄턴에서 씨러큐스로 가는 북행 버스에서 승객들이 내리는 광경을 험악하게 지켜보았다. 전부 낯선 얼굴들이었다. 펜실베이니아 주 이리에서 킬번을 경유해 오는 버스는 한 시간 전에 왔다가 떠난 게 분명했다. 패트릭은 이 서커 순찰대원 하나가 경비원과 얘기하고 있는 걸 보고 혹시 매리앤을 봤는지 묻기 위해 다가갔다가 마지막 순간에 마음이 바뀌어 그냥 지나쳤다. 누이의 인상착의를 어떻게 설명해야 할지 몰라서였다! 그는 머릿속이 하얘졌다. 누이에 대한 선명한 마지막 기억은 밤색 치어리더 점퍼스커트와 완벽하게 풀을 먹인 흰 긴팔 면 블라우스 차림으로 눈부시게 미소짓고 있는 모습이었다. 미국의 행복을 나타내는 광고모델 같은 탄력적인 갈색 고수머리와 반짝이는 눈. 어머니의 부엌 게시판에 영원히 살아 있는 '버튼' 멀베이니.

비록 이년 전 어머니는 그 사진들을 게시판에서 조심스럽게 떼어 안 보이는 곳에 치웠지만. 아예 없애버렸는지도 모르고.

패트릭은 다시 대합실 문을 밀고 들어가 매표소로 갔다. 잔뜩 인상을 쓰고 있는 중년의 여자 매표원에게 혹시 5시 5분에 이리에서 온 버스에서 내린 소녀를 보았는지 물었다. 열아홉살가량 된 소녀. 매표원은 모른다고, 기억이 안 난다고 하면서 한쪽 어깨를 으쓱했는데 기억하려고 애쓰는 기색도 아니었다. 패트릭은 질문이 너무 단순했다는 생각이 들어서 더듬거리며 구체적으로 말했다. "아마 나이보다 어려 보일 거예요. 제 동생이에요. 하지만 저랑 닮진 않았고 어떤 스타일이냐 하면……" 다시 머릿속이 하얘졌다. 마치 손으로 아무렇게나 지워놓은 칠판 같았다. 매표원은 고개를 저었는데 그것이 모른다는 뜻인지 아니면 눈에 보일 정도로 땀을 흘리고 안경이 콧등에서 미끄러져내려간 패트릭에 대한 곤혹스러운 연민의 표현인지 알 수 없었다.

6시 7분이었다. 그리고 6시 12분이 되었다. 패트릭은 매리앤이 사는 킬번의 그린 아일 협동조합 전화번호를 알고 있었지만 전화를 걸기가 두려웠다. 늘 그랬듯이 행복하고 어수선한 식사시간의 소음이 들려오고 누가 전화를 받든 남자인지 여자인지 구분이 안되는 목소리로 매리앤을 부를 테니까. 매리-앤! 어이 매리-앤! 누구 매리-앤 본 사람! 매리-앤 전화야! 그런 때면 패트릭은 낯선 목소리가 자신의 누이를 그토록 친근하게 부르는 것에 분노가 치밀어서, 매리앤 자신처럼 젊고 매력적이고 이상주의적일 남녀 학생들 속에서 생활하는 매리앤의 모습을 상상하고 싶지 않아 눈을 꽉 감곤했다. 매리앤은 협동조합에 대해 낡아서 쓰러질 듯한 큰 여관 건물에 온실 몇개와 채소를 심어 먹는 2에이커의 기름진 땅과 공동소유의 승용차 몇대와 픽업트럭 한 대가 있다고 설명했다. '폐기처분'된 건물을 킬번 주립대에서 사들여 협동조합에 한 해에 100달러씩 받고 임대한 것이며 협동조합 회원들이 수리도 하고 가구도 갖춰놓아 '집처럼' 만들었다고 했다. 어쨌거나 패트릭은 지금 그린 아일 협동조합에 전화를 걸고 싶지 않았다.

이제 6시 20분이었다. 패트릭은 대합실을 한 바퀴 돈 뒤 한 여자에게 여자화장실에 가서 누이가 있는지 확인해달라고 부탁해보았지만 매리앤은 화장실에도 없었다. 그의 입술이 소리없이 움직였다. 매리앤. 매리앤! 오래전에 재커리 런트를 찾아가서 죽였어야 했다. 그는 상상 속에서, 똑똑한 우등생의 상상 속에서 여동생의 강간범에게 독약을 삼키게 했다. 입, 식도, 위, 간에 타는 듯한 통증을 일으키는 약품인 리졸. 그러면 자살처럼 보이리라! 황화수소 악취탄처럼 발각될 염려도 없고. 패트릭 멀베이니의 고교시절 가장 자랑스러운 업적인 그 사건은 그가 아는 한 발각되지 않았다. (패트릭은 누가 범인으로 지목되고 있는지 묻고 다니지 않았다. 원래 범인은 그걸 알고 싶은 충동을 억제하지 못한다. 하지만 영리하기 짝이 없는 패트릭은 그런 충동을 억제할 수 있었다. 잠자코 지켜보기만 했다!) 그는 지치고 숨이 차서 흠집투성이 라커 벽에 기대섰다. 몸이 후들거려서 더이상 서성거릴 수가 없었지만 높은 시선이라는 잇점을 포기하면서까지 망가진 초라한 플라스틱 의자에 앉을 수는 없었다. 하지만 늘 그를 배반하는 왼쪽 눈이 피로로 인해 침침해져가고 있었다. 오늘은 하루가 너무 일찍, 동트기 전의 눈발 섞인 비가 내리는 여명 속에서 시작되었던 것이다. 꿈속에서 매리앤과 유기체생물학 실험실이 뒤섞여 내용이 거의 기억나지 않았다. 쿡 스트리트에 있는 치장벽토 건물 삼층 방, 지붕창이 달린 침실 처마 밑에서 동이 트기도 전에 잠이 깨는 날은 하이포인트 농장에서처럼 잔뜩 긴장되고 맥박이 빨라진 몸이 알람시계 대신 그를 깨운 것이었다. 이따금 그는 집에서 수백 킬로미터 떨어진 이서커의 이 낯선 방에서 잠결에 수탉이 아침을 알리는 소리를, 그리고 다른 수탉이 화답하는 소리를 들었다. 지금은 봄이라 이른 아침의 붉은어깨검정새와 홍관조 울음소리도 들렸다. 그리고 얘들아 기상! 얘들아 기상시간이다!라고 외치는 어머니의 목소리와 다정한 휘파람 소리. 베이컨 굽는 냄새도 났다. 어머니는 씨리얼 대신 영양가 있고 든든하고 따뜻한 아침식사를 고집했으니까. 아침식사가 하루 세끼 중에서 제일 중요하다는 것이 부모님의 믿음이었으니까. 그가 방에서 나와 빠르게 계단을 내려갈 때면 소란스럽게 부엌 바닥을 돌아다니는 개들의 발소리, 어머니가 페더스에게 휘파람을 불면 페더스가 지저귐으로 응답하는 소리도 귓전을 울렸다. 그리고 그 빌어먹을 라디오 소리. 어머니는 유빌 방송국의 그 아나운서가 제일 좋다고 단언했다. 매리앤은 벌써 내려와서 어머니와 함께 웃고 떠들며 아침식탁을 차리고 있곤 했다. 패트릭은 눈을 힘주어 감으면 그녀를 볼 수 있을 듯했다. 잃어버린 누이를.

패트릭이 선원인 줄 알았던 사내는 선원이 아닌 게 분명했다. 그는 군청색 해군복처럼 보이는 재킷에 바이커 부츠를 신고 있었고 기름때가 낀 검은 장발이 목덜미를 덮고 있었다. 나이는 서른쯤 되어 보였고 면도도 하지 않았으며 눈은 재빠르고 입은 축축했다. 패트릭이 지켜보는 가운데 사내는 더플백을 들고 엉거주춤 일어나더니 정신없이 자고 있는 소년에게서 두 칸 떨어진 의자로 가서 슬그머니 앉았다.

그런데 그 소년은 소년이 아니었다! 패트릭은 그 소년이 자신의 누이 매리앤임을 알아차리고 소스라치게 놀랐다. 머리가 잔인하리만큼 짧고 얼굴이 밀랍처럼 창백하고 입은 벌어지고 잠에 취해 얼굴에 아무 표정도 없어서 그녀를 알아보지 못했던 것이다. 매리앤은 너무도 어려 보였다. 너무도 아이 같았다. 단추를 채우지 않은 얇은 코르덴 재킷과 고무줄 허리 바지, 그린 아일 협동조합이라는 초록색 글씨가 찍힌 얇고 흰 면 티셔츠 차림에 풋배 정도의 크기와 단단함을 지닌 가슴이 흰 천 아래 도드라져 있었다. 발에는 양말도 없이 심하게 낡은 운동화를 신고 있었다. 그녀 옆의 의자에는 꼬질꼬질한 천가방이 놓여 있었는데 역시 초록색 글씨로 그린 아일 협동조합이라고 찍혀 있었고 안에 물건이 가득 든 듯했다. 패트릭은 해군복 비슷한 재킷 차림의 사내가 자신의 누이를 바라보고 있다는 사실에 혐오감이 치밀었고 사내의 굶주린 눈을 통해 매리앤을 볼 수 있었다. 중성적인 모호함과 무방비 상태의 도발성으로 감질나는 성적 매력을 풍기는 소년 같은 소녀.

"매리앤!"

멍든 것처럼 푸르스름한 눈꺼풀에 덮여 있던 매리앤의 눈이 번쩍 뜨였다. 완전히 잠이 들지는 않았던 것처럼.

패트릭이 핀치 스타일로 나무랐다. "도대체 뭐야! 이 쓰레기장 같은 데를 한 시간이나 뒤지고 다녔는데! 잠이나 자고 있다니!"

거대한 코넬 캠퍼스의 가장자리 근처, 이질적인 사람들이 모여 사는 칼리지타운의 쿡 스트리트는 이서커에 무수히 많은 가파르게 경사진 거리 중 하나였고 패트릭은 그곳의 경사가 칠십도 정도는 될 거라고 생각했다. 쿡 114번지에 있는 그의 방 두 칸짜리 집은 오래전에 주로 외국인 대학원생들에게 임대하기 위해 '아파트' 형태로 개조한 쓰러져가는 치장벽토 건물 맨 꼭대기 층에 있었다. 패트릭은 지난해 여름에 칼리지 애버뉴에 있는 그보다 더 초라한 집에서 이사를 왔다. 같은 건물에 사는 세입자들은 모두 인도, 중국, 파키스탄에서 유학 와서 과학이나 공학을 공부하는 젊은이들로 패트릭처럼 공부에 미쳐 있었다. 그들은 조용하고 수줍지만 친절했으며 사생활을 꼬치꼬치 캐묻지도 않았다. 패트릭은 그들이 현실 속의 인물들 같지 않았고 그들도 자신을 그렇게 느끼리라 생각했다. 캠퍼스 내의 기숙사에서 살면 강의실도 가깝고 편리한 점이 많았지만 그에겐 사생활과 고립된 삶이 중요했다. 그는 대학생들의 철부지 같은 행동을, 밤새 떠들어대고 술 퍼마시고 토하고 싸우고 쉴없이 록 음악을 틀어대는 꼴을 견딜 수가 없었다.

나는 내 부류가 싫어. 그것이 그의 문제였고 영원히 그럴 터였다.

마운트 이프리엄 고교 화장실 벽에 빨간 매직펜으로 휘갈겨진 추악한 낙서들. 패트릭 멀베이니는 분노와 수치심에 부들부들 떨며 맨손으로 그걸 문질러 지우려고 애썼다.

MM: 매리앤 멀베이니. MMMMM 좆 빨아.

코넬에서는 아무도 멀베이니를 알지 못했다. 학생이 이만 명이나 되었다. 패트릭은 짐을 잔뜩 실은 스테이션왜건의 옆자리에 코린을 태우고 캠퍼스를 돌며 그 규모와 넓이, 익명성에 도취되었지만 코린은 여느 어머니들처럼 무릎 위의 손을 쥐어짜며 애태웠다. 여기선 그냥 묻혀버리겠구나, 오 패트릭, 그냥 묻혀버리겠어, 네가 누군지 아무도 모르겠어!

쿡 스트리트의 아파트에 도착한 패트릭은 갓길에 지프를 세웠다. 노련하게 바퀴 방향을 안쪽으로 돌리고 핸드브레이크를 당겼다. 패트릭은 매리앤에게 거대한 언덕 위에 자리한, 비가 부슬부슬 내리는 황혼녘에도 고색창연한 아름다움과 위엄을 잃지 않는 학교 건물들을 보여주고 싶어서 일부러 캠퍼스로 들어가 우아한 이스트 애버뉴를 지나고 긴 언덕길을 내려가 쎈트럴 애버뉴를 거쳐 칼리지타운으로 왔는데, 캠퍼스에서는 행복한 탄성을 내지르던 매리앤은 너무도 추하고 음울하고 땅딸막하고 꾀죄죄한 치장벽토 건물을 올려다보고는 당황해서 할 말을 잃은 듯했다.

패트릭이 웃으며 말했다. "그리 '화려한' 집은 못되지, 안 그래?"

매리앤은 캠퍼스에서 몇 블록 안 떨어져 있어서 위치는 아주 좋다고 웅얼거렸다.

두 사람은 건물 안으로 들어가 계단을 올라갔다. 패트릭은 매리앤의 불룩한 그린 아일 천가방을 어깨에 둘러메고 있었다. 일층 뒤쪽 부엌에서 기름지고 질리는 요리 냄새가 풍겨왔다. 건물엔 곰팡이, 쥐, 하수구, 탈취제 냄새가 배어 있었다. 패트릭은 계단을 오르다 다른 세입자를 만나면 매리앤을 소개해주고 싶었지만 모든 문이 닫혀 있었다. 이곳에서의 나의 삶. 지금의 나의 삶. 난 멀베이니가 아냐, 알겠어? 난 누구라도 될 수 있어. 어느 나라 국민이라도 될 수 있어. 아까 버스 터미널에서 만나 포옹한 이후로 패트릭은 매리앤에게 자신이 얼마나 코넬을 사랑하는지 거의 자랑하듯 떠벌여대고 있었다. 코넬 대학의 강의와 교수들과 공부. 그는 혼자 돋보이고 칭찬받는 건 충분히 경험했기에 다른 학부생들을 혼란스럽게 하는 거대한 캠퍼스의 비인간성이 아무렇지도 않게 느껴졌다. 사실 그에겐 그런 분위기가 맞았다. 소도시 마운트이프리엄에서 폐소공포증에 시달린 그에겐 아주 좋았다. 이곳에서 그는 공부에 빠졌다. 공부는 의미있고 중요하고 참된 것이기에 공부에 매진했다. 특히 유기체생물학은 너무도 흥미진진했다. 그는 마음의 고향을 발견한 것이었다. 그리고 공부에 열중할수록 그만큼의 보상이 보장되었다. 물론 그는 '보상'을 바라고 공부하는 건 아니었다. 하지만 공부에 열중하는 것과 그에 대한 보상 사이에 직접적인 상관관계가 있다고 믿었다. 인생은 꼭 그렇지 않다. 우리가 행하는 것과 우리에게 일어나는 것, 우리가 마땅히 받을 만한 것과 실제로 우리가 받는 것 사이에 반드시 직접적인 상관관계가 성립하지는 않는다.

패트릭은 매리앤의 미심쩍은 듯한 미소를 보고는 얼른 덧붙였다. 물론 공부에만 매달려 사는 건 아니라고. 친구도 몇 명 있고 가끔 데이트도 한다고. 특별한 사람은 없지만 어쨌거나 늘 공부만 하는 건 아니라고. 그는 이따금 마음이 뒤숭숭할 때는 나가서 뛰었다. 캐스캐딜라 크리크 하천을 건너 쎈트럴 애버뉴를 내려가 폴 크리크 하천으로 가서 학생들이 몸을 던져 자살하는 유명한 현수교를 지나(내일 매리앤에게 이 다리를 구경시켜줄 작정이었다) 비브 호수를 한 바퀴 돌고 쿡 스트리트로 돌아왔는데 거리가 몇 킬로미터나 되는지는 그도 몰랐다. 그는 무아지경 상태에서 뛰었고 마음이 차분히 가라앉았다. 빠른 동작 속에서 몸이 신진대사를 따라가는 것 같아 기분이 좋았다. 날씨가 나빠도 신경쓰지 않았다. "그런 걸 신경쓰면 집 생각이 나니까." 어떤 때는 밤에 시내 스테이트 스트리트로 나가 낡고 지저분하고 썩은 팝콘 냄새가 풍기는 싸구려 영화관에서 아무 영화나 보기도 했다. 자정이 지나서 마지막 상영이 끝나면 집으로 돌아와 한두 시간 공부를 한 후 잠자리에 들었는데 스테이트 스트리트를 걸어올라갈 때쯤이면 영화는 이미 그의 의식에서 희미해져 있었다. 그는 영화의 그런 비현실성이 좋았다. 어떤 사람들처럼.

매리앤은 그를 이상한 눈으로 쳐다봤다. "사람들?" 그들은 패트릭의 아파트로 들어가 전등불을 켜고 있었다. "하지만 패트릭 오빠, 사람들은 비현실적이지 않아." 매리앤이 말했다.

패트릭은 오빠다운 조급한 태도로 반박했다. "내 말이 바로 그거야. 영화는 사람들처럼 현실적이지 않다는 거지. 사람들은……" 그는 매리앤을 위해 싱싱한 꽃을 사다 꽂은 꽃병 옆에 매리앤의 가방을 내려놓았다. "……너무 현실적이지. 자신을 너무 심각하게 받아들이지."

그는 매리앤이 이해하지 못하는 것 같아서 어린 소년처럼 열을 내어 말했다. 하지만 그는 행복했다. 더이상 행복할 수가 없었다. 매리앤이 여기 안전하게 함께 있어서 얼마나 안심이 되는지. 그리고 내일 오후에는 킬번으로 돌아갈 것이었다.

패트릭은 매리앤을 맞이하기 위해 공동 진공청소기를 들고 두 층을 올라와 방 두 칸을 깨끗이 청소했다. 창턱과 등갓, 블라인드의 먼지도 떨었다. 휘파람을 불며 물걸레로 바닥도 닦았다. 매리앤을 맞을 준비를 하면서 그는 기분이 좋았다. 약간 걱정은 되었지만 심한 정도는 아니었다. 패트릭 오빠, 빨리 가고 싶어. 너무 보고 싶어! 그런데 정말 나한테 시간을 내줄 수 있어? 그는 아귀가 잘 맞지 않는 구식 창문을 윈덱스와 종이타월로 안쪽뿐 아니라 바깥쪽까지 창턱 너머로 몸을 내밀어 열심히 닦았다(그러면서 나는 지붕공의 아들이라고, 어릴 적부터 아버지를 돕느라 지붕에 기어오르는 데 익숙해서 고소공포증 따위는 모른다고 중얼거렸다). 소형 부엌 씽크대를 철수세미로 빡빡 문질러 닦고 다른 세명의 세입자와 공동으로 사용하는 삼층 화장실도 진공청소기로 먼지를 빨아들인 후 깨끗이 닦았다(원래 화장실 청소는 일층에 사는 관리인 담당이었지만 말도 못하게 더러울 때가 많았고 그는 누이에게 그런 상태의 화장실을 보여주고 싶지 않았다). 그리고 환기를 하기 위해 창문을 조금씩 열어두었다. 정말 나한테 내줄 시간이 있는 거야? 오빠가 얼마나 열심히 공부하는지 알아. 하지만 정말 보고 싶어! 그는 벽에 테이프로 붙여놓은 예술 작품들의 위치를 바꾸고 몇개를 더·붙였다. 착색된 세포 슬라이드를 여러 배 확대해 컬러복사기로 복사한 것이었는데 그 대담한 원색과 꿈결처럼 녹아드는 환각적인 형태가 패트릭의 눈에는 쎄잔느, 마띠스, 삐까쏘의 작품처럼 보였다. 하지만 그것들은 바다의 모래알처럼 흔한 세포의 슬라이드일 뿐이었다.

패트릭은 중학교 2학년 때 처음으로 현미경을 들여다보고 충격과 당혹감에 젖었다. 너무도 아름다워서 고통스러울 정도였다.

물론 그는 아름다움이 존재하지 않음을 알았다. 당시엔 몰랐지만 지금은 안다. 아름다움은 관점의 문제이며 주관적인 것이다. 그것은 문화적 편견이다. 인간의 눈과 뇌, 언어의 작용이다. 자연에는 그런 것이 존재하지 않는다.

그래도 아름다움은 위안을 준다. 왜 그런지는 모르지만.

어쩌면 패트릭 멀베이니가 그 이유를 밝혀낼 수도 있다. 언젠가는.

패트릭은 침대에 깐 퀼트 이불을 개서 옷장 속에 숨겼다. 어머니가 챙겨준 그 퀼트 이불은 사각형의 빨간색, 흰색, 파란색 면, 데님, 벨벳, 태피터, 코르덴, 모슬린 천을 정교하게 이어붙인 것이었다. 어머니가 매리앤을 쎌러맹커로 보낼 때 그런 좋은 물건을 챙겨줬는지 확신이 없어서 매리앤의 눈에 띄지 않게 감춘 것이었다.

패트릭은 드라이든 로드의 꽃집에서 싱싱한 꽃 한다발을 샀다. 그는 매리앤이 노란 수선화를 보고 하이포인트 농장을 너무 많이 생각하지는 말았으면 했다. 어머니가 진입로 가장자리와 집 앞 잔디마당, 도로 근처에 수선화 구근을 심은 것이 봄마다 꽃이 흐드러지게 피어났던 것이다. 또 어머니는 기르던 히아신스가 꽃이 피면 꺾어서 집 안으로 가져왔는데 향기가 너무도 좋았다. 패트릭은 종잇장 같은 꽃잎이 달린 장수화도 샀다. 그리고 매리앤을 위해 그 꽃들을 유리화병에 꽂아 하나뿐인 탁자에 놓았다.

매리앤은 방에 들어오자마자 환성을 터뜨렸다. 패트릭 오빠, 정말 멋져. 그러면서 살며시 눈가를 훔쳤다.

패트릭은 매리앤이 울까봐 두려웠다. 자신은 울지 않을 것이었다.

그는 울지 않았다. 마지막으로 운 것이 언제였는지 기억이 나지 않았다. 프린스의 발굽에 짓밟혀 실명 직전까지 갔을 때? 그 빌어먹을 사고로 평생 기형이 되었다.

하지만 그건 누구 탓도 아니었다. 자연 속에서는 그 누구도 탓할 수 없으니까.

"부활절도 지났는데 눈이 오다니…… 올바르지 않아, 안 그래?"

매리앤은 낡은 냄비에 담긴 검고 걸쭉한 미네스트로네

수프를 핫플레이트에 올려놓고 젓고 있었고 패트릭은 식탁을 차리고 있었다. 매리앤이 창밖 가로등 불빛 아래 물기 많은 눈발이 나방 떼처럼 맴돌고 있는 모습을 보며 말했다. 불평하는 말투는 아니었고 그저 생각에 잠긴 목소리였다. 패트릭이 성을 내며 대꾸했다. "난 이제 날씨 같은 건 별로 신경 안 써. 그것도 자유로워진 것 중 하나지. 이제 난 농장집 애가 아니니까."

농장집 애라는 표현에는 약간의 조롱이 들어 있었다. 하이포인트 농장 멀베이니 가는 순수한 농부 가족은 아니었으니까.

매리앤이 말했다. "난 절대 안 변할 거야. 정말이야. 평생 하늘을 보며 날씨를 점칠 거야."

패트릭은 책이 어지럽게 흩어져 있는 서재 한가운데에 놓인 접이식 테이블 위에 활기차게 접시들을 놓았다. 약간씩 이가 빠진 코발트색 석기 접시로 미국의 유명한 가문에서 쓰던 것이라며 어머니가 억지로 쥐어보낸 것이었다. 어차피 먹고 살아야 하는데 이왕이면 멋진 그릇이 좋지. 두툼한 노란 천으로 된 냅킨과 묵직한 조각 장식 상아 손잡이가 달린 스테인리스 포크, 나이프, 숟가락도 집에서 가져온 것이었다. 매리앤은 그것들을 알아보고 미소지으며 뭐라고 웅얼거렸지만 패트릭은 무슨 소린지 듣지 못했다. 그는 늘 자신보다 어릴 수밖에 없는 여동생을 꼼짝 못하게 만드는 오빠의 밉살스러운 고음의 콧소리로 이렇게 말했다. "그렇지만 뭣 때문에 신경쓰는데? 이제 우린 그 모든 것에서 자유로워졌잖

아. 가뭄이 들든, 비가 많이 와서 흙 속에서 씨앗이 썩든, 과
수원에 천막벌레나방이 꼬이든 알풍뎅이가 꼬이든. 이제 우
린 원시인들처럼 미신에 매달릴 필요도 없어. 이런 데서 사
는 게 얼마나 다행이야! 어디 매이지도 않고 책임도 없고 뒤
돌아볼 필요 없이 그냥 지나가면 되니까. 내가 누군지 신경
쓰지 않아도 되니 얼마나 다행이야."

매리앤이 주저하며 말했다. "하지만…… 그건 신경을 써
야……"

"뭐? 왜?"

"자신이 누군지, 그건 신경을 써야 한다고."

패트릭이 짜증스럽게 대꾸했다. "내가 어디 있는지 신경
안 쓴다고 했지. 내가 어디 있는지 신경 안 써도 돼서 다행이
라고. 집에서 살 때의 그 자부심과 불안을 생각해봐. 일종의
모범적인 가족의 삶을 유지하려고 애써야 했잖아. 우리 모
두 그걸 의식하지도 못한 채. 부모님까지도. 아니, 특히 부모
님은. 나는 집을 떠나자마자 세상이 얼마나 넓은지 깨달았
어. 우리는 그 속에서 자신을 재배치하기만 하면 되지. 어디
있는가는 일시적인 것일 뿐이고 우리는 계속 움직이는 거야."

패트릭은 당혹스러워하는 누이에게 짤막한 연설을 하면
서 누이를 위해 자신이 과장되게 말하고 있음을 느꼈다. 봐,
넌 많은 걸 잃은 게 아냐. 나도 집을 그리워하지 않잖아.

자신이 행복하기 그지없는 독신생활을 즐기고 있는, 그래
서 거의 고향집이나 가족들, 그 일에 대한 생각은 하지 않고
사는 이 비좁은 거처에 매리앤이 와 있다고 생각하니 패트릭

은 마음에도 없는 과장되고 바보 같은 말이 쏟아져나왔다.

하지만 매리앤은 패트릭의 말 한마디 한마디를 진지하게 받아들였다. 패트릭은 오빠를 숭배하다시피 하며 절대적으로 신뢰하는 매리앤에게 똑똑하고 냉소적인 오빠 노릇을 해온 지난 세월을 떠올렸다. 그는 우쭐한 기분을 느끼면서도 이따금 짜증이 나기도 했다. 아까 버스터미널에서 사랑하는 누이를 성적 약탈자의 눈으로 보면서 느꼈던 고동치는 뜨거운 분노와 같은 종류의 분노가 느닷없이 치밀기도 했다. 매리앤이 천천히 말했다. "난 오빠랑 다른 것 같아. 융통성이 없어서 그런가봐. 내가 어디에 있든 그곳이, 지금 있는 협동조합과 킬번도 그렇고…… 일시적이란 생각은 안 들어. 내가 떠난다고 해도 여전히 그 자리에 그대로 있을 테니까. 장소도, 사람들도."

패트릭은 그 얘기는 그냥 넘겼다. 그는 그린 아일 협동조합에 대해 매리앤이 그곳에서 일하며 숙식은 물론 학비의 육십 퍼센트를 보조받고 있다는 사실은 알고 있었지만 그 외에도 묻고 싶은 게 많았다. 그곳과 그곳 사람들에 대해 말하는 여동생의 애정 가득한 목소리에 은근히 부아는 나겠지만. 매리앤은 작년 9월부터 그곳에서 생활했지만 그곳 사람들을 무척이나 좋아하는 게 분명했다. 그들이 형제자매와 다름없는 게 분명했다. 패트릭은 그들의 이름까지 알았다. 에이브러브, 버크, 펠리스 매리, 밸, 길브(겔브?). 그리고 잡종 스패니얼 티어드롭.

패트릭은 그 정도만 알아도 충분하고도 남는다고 생각

했다.

패트릭의 원래 계획은 매리앤을 스테이트 스트리트에 있는 중국집으로 데려가 저녁을 먹이는 것이었지만 전화로 그런 말을 하자 매리앤은 이서커에 가 있는 동안은 자기 손으로 식사를 준비하겠다고 고집을 부렸다. 매리앤이 어찌나 완강한지 패트릭은 손을 들 수밖에 없었다. "버스 타고 오면서 음식을 가져오려면 고생이 심할 거야. 그러니 여기서 사는 게 어떨까?"

"패트릭 오빠, 안돼."

거의 상처받은 목소리였다. 자식이 배가 고프지 않다고 식사를 안하거나 시간이 없다고 온 가족이 모여앉은 식탁에서 빠질 때 코린이 내던 목소리.

그리하여 매리앤은 트레일웨이스 버스를 타고 오면서 천가방에 토마토를 주원료로 한 수프용 국물 이 리터와 생야채와 마카로니, 애호박과 호두와 아홉 가지 잡곡을 섞은 통밀로 만든 빵 두 덩어리, 그린 아일 라즈베리 잼 한 병, 그리고 비닐봉지에 샐러드용 야채까지 담아왔다. 그녀는 스토브도 없고 2구 핫플레이트와 땅딸막한 소형 냉장고, 소형 알루미늄 씽크대, 카운터와 찬장 하나만 달랑 있는 패트릭의 부엌에서 기쁨과 의욕에 차서 식사준비를 하며 즐겁게 종알대고 있었다. 패트릭은 누이가 거의 예전의 버튼 멀베이니로 느껴졌다. 지금의 모습을 보지만 않는다면.

아까 버스터미널에서는 정말 충격이었다! 누이의 변한 모습이 예리한 칼날처럼 그의 폐부를 찔렀다.

매리앤? 어떻게 이럴 수가?

지금 매리앤은 재킷을 벗고 있었다. 패트릭은 뼈만 앙상한 그 모습에 마른침을 꼴깍 삼켰다. 팔뚝이 그의 손목만큼 가늘었다. 쇄골은 툭 튀어나오고 가슴은 열두살 소녀의 것처럼 작았다. 그런 어린애를 욕정의 눈으로 보는 사내는 병적이고 혐오스러운 인간 쓰레기였다. 옆과 뒤를 무자비하게 잘라낸 짧은 뾰족머리. 푸르스름한 정맥이 비치는 관자놀이와 핏발 선 눈. 요새 잠을 못 잔 걸까? 아니면 울어서?

괴상한 옷차림도 눈에 거슬렸다. 할인매장 옷이었다. 코넬 대학 학생들이 입는 옷과는 달랐고 심지어 '괴짜'로 낙인찍히고 싶어 안달이 난 학생들도 그런 옷은 안 입었다. 가늘고 헐렁한 어깨끈이 달린 얇은 흰 면 티셔츠 앞자락에는 초록색 글씨로 이렇게 찍혀 있었다.

그린 아일 협동조합

패트릭이 비꼬아서 물었다. "매리앤, 변장이라도 하고 있는 거니 뭐니?" 재미있으라고 한 말이었지만 매리앤은 무슨 소린지 모르겠다는 듯 빤히 쳐다보았다. 그녀는 머리칼을 가라앉히려는 것처럼 초조하게 매만졌다. 패트릭은 문득 매리앤이 자신이 어떤 몰골을 하고 있는지 모를 거라는 생각이 들었다.

그는 꼼꼼한 핀치 스타일대로 코넬 대학 심리학 도서관에 가서 강간 피해자에 대한 자료들을 읽고 연구했었다. 강간 피해자들은 남녀를 불문하고 일반적으로 거울을 피하며 '자신'의 모든 이미지들을 직접적으로 대면하기를 꺼린다. 그것은 세상에 존재했던 한 사람이 이제 더이상 존재하지 않게 된 것과 같다.

패트릭은 매리앤에게 저녁식사 준비를 돕겠다고 했으나 매리앤은 도울 필요 없다고 했다. 미네스트로네 수프는 그녀만의 요리법으로 만든 것이었고 만들 때마다 달랐다. 패트릭은 이제 가만히 앉아서 얻어먹는 것이 익숙지 않고 오히려 불안하다고 웅얼거렸고, 그의 어조에서 이상한 낌새를 챈 매리앤이 웃으며 놀렸다. 요샌 누가 요리를 해주는데? 여자친구? 패트릭은 얼굴을 붉히며 아니라고 대답했다.

매리앤은 미소를 지었다. "아냐?"

그건 사실이었다. 패트릭의 부엌에서 그에게 요리를 해준 사람은 아무도 없었다.

두 사람은 식탁에 앉아 식사를 시작했다. 매리앤의 미네스트로네는 패트릭이 지금껏 먹어본 수프 중에서 제일 맛있었다. 셀러리, 토마토, 당근, 붉은 양파, 강낭콩, 병아리콩, 마카로니를 넣고 싱싱한 바질과 오레가노로 향을 낸 김이 모락모락 오르는 따끈한 수프. 아홉 가지 잡곡이 든 통밀 빵도 파삭파삭하고 질긴 듯하면서도 맛이 좋았다. 적양상추, 꽃상추, 오이, 후추, 알팔파 싹에 딜로 향을 낸 오일 식초 드레싱을 얹은 셀러드도 일품이었다. 패트릭은 자신의 식욕과 허기가 스스로도 놀라웠다. 그는 평소에는 캔에 든 음식을 냄비에 담아 데우거나 프라이팬에 볶기만 하는 식이었다. 먹을 때도 책상에 앉아 공부하면서 맛도 음미하지 않고 과

일주스로 억지로 넘기다시피 했다. 그는 말라깽이에 배도 홀쭉했지만 건강한 형 마이크 못지않게 식욕이 왕성했는데 아무도 그걸 눈치채지 못한 듯했다. 그는 먹고 또 먹고 또 먹었지만 뼈에 밧줄 같은 근육밖에 없었다. 반면 뼈가 가늘고 마른 매리앤은 늘 조금씩만 먹었고 지금도 자신은 먹는 둥 마는 둥 하며 오빠의 왕성한 식욕과 자신의 요리에 대한 반응을 즐기고 있었다. "와아, 끝내준다. 이거 진짜 맛있어."

매리앤은 얼굴을 붉혔다. 코린처럼 칭찬을 들으면 몸 둘 바를 몰랐다.

그녀는 스스로를 깎아내렸다. "수프에 오레가노를 너무 많이 넣은 것 같아. 많다 싶으면……"

"젠장, 아냐. 완벽해." 패트릭이 잘라 말했다.

매리앤은 미소짓더니 초조한 웃음을 터뜨렸다. 머리 위에서 불빛을 받아 눈이 지나치게 크고 움푹 들어가서 짙은 그늘이 져 보였다.

패트릭은 코넬에서의 삶이 너무도 행복해서 거의 외로움을 느낄 틈이 없다는 얘기를 되풀이했다. 매리앤의 동경 어린 미소가 그런데 내가 보고 싶지 않아?라고 묻는 듯했지만 그는 알아채지 못했다. 그는 뽐내고 싶은 기분이었고, 스스로 똑똑하다고 믿고 남들도 그렇게 인정한다고 여기는 뻣뻣하고 수줍고 자만심 강한 청년처럼 마구 떠들어대고 있었다. 그는 같은 건물에 사는 세입자들에 대해, 대부분의 미국인 학생들보다 훨씬 진지한 외국 학생들에 대해 애매하지만 따뜻하게 이야기했다. 패트릭은 그들에겐 문명이 미국인들과는 사뭇 다른 의미를 지닌다고 믿었다. 미국인들은 문명을 당연한 것으로, 그냥 거기 존재하는 것으로 받아들이는 경향이 있다. 문명을 자신들을 위한 하나의 선물로 여긴다. 하지만 다른 나라 사람들은, 특히 동양인들은 뭔가 다른 걸 알고 있는 듯했다. "그들과 대화를 나누다 보면, 그들이 우리를 보호해주고 있는 것 같아. 나 같은 애를, 나 같은 전형적인 응석받이 미국 애를 말이야."

"아냐 패트릭 오빠, 오빠는 전형적이라고 볼 수 없어." 매리앤이 누이다운 비난을 담은 웃음을 보이며 말했다.

패트릭이 거만하게 말했다. "나도 원하는 바가 아냐. 하지만 나도 세상을 우리 문화의 프리즘을 통해 보니까. '객관적인 눈'이 아니라."

"그렇지만 어째서 더 '객관적인' 눈이 있다는 거지? 난 이해를 못하겠어."

"그건 그들의 문명이 더 오래되고 숙명론적이기 때문이지. 숙명론적이라는 건 진화론에서의 우연성 같은 걸 믿는다는 거야. 순전한 우연. 자연에는 너무도 교묘한 설계가 있어서 한낱 인간의 두뇌로는 고안해낼 수가 없는 '지적인 존재'의 작품인 것처럼 보이지. 하지만 그건 수백만년의 역사를 통해 이루어진 '자연선택'의 우발적이고 기계적인 축적이야. 신은 없고 그저 자연만이 존재하지. 그리고 우연이." 패트릭은 강단에 선 헤링 교수의 독단적인 어조로 말했다. 매리앤은 뾰족한 팔꿈치를 테이블 위에 올리고 약간 구부정한 자세로 앉아 눈을 내리깔고 이마를 찡그리며 듣고 있었다. 먹는 건 사실상 그만둔 상태였다.

매리앤이 수줍게 의견을 냈다. "내 친구 중에 에이브러브라고 있는데 — 이름이 아니라 성이야. 우리는 그의 성을 불러. 그가 우리 협동조합 대표지 — 그의 말로는 진화론과 창조론이 융화될 수 있대. 자연을 통한 진화와 하느님을 통한 창조가……"

"하느님? 말도 안되는 소리 마." 패트릭이 콧방귀를 뀌며 말했다.

"난 잘 설명을 못하겠는데……"

"당연히 못하겠지!"

"같은 것이라도 다른 방식으로 인식할 수 있는 거잖아. 그렇지 않을까?" 매리앤이 자신 없이 말했다.

"과학적으로 증명 가능한 방식과 미신적이고 자기기만적인 방식이 있어. 그중에 하나를 선택할 수는 있어도 둘 다를 택할 수는 없어." 패트릭이 무뚝뚝하게 대꾸했다.

매리앤이 후들거리는 몸을 일으켰다. 패트릭은 여동생이 가버리려나보다 생각했지만 매리앤은 그가 빵을 다 먹어서 더 자르러 간 것이었다.

매리앤이 다시 식탁으로 돌아오자 패트릭은 조심스럽게 말하려고 애썼다. 사실 그는 그렇게 다혈질도, 잘난 체하며 뻐기는 인간도 아니었다. 나중에 그는 누이에게 그런 식으로 굴었던 자신을 부끄럽게 여기게 될 터였다. 버릇없는 어린애처럼 우거지상을 하는 건 핀치 본능이었다. 그의 누이가 — 또한 그의 어머니와 그 어머니, 사실상 대부분의 인간들이 — 이성에 어긋나는 그런 믿음을 갖게 된 데는 훌륭한 이유가 있었다. 그들은 어린애처럼 어둠을 두려워하기 때문에 그런 믿음을 갖게 된 것이었다. 비인간적이고 준엄한 진리의 빛을 어둠으로 착각하고서.

패트릭은 고교시절에 찰스 다윈의 명저인 『종의 기원』과 『비글호 항해기』를 읽었다. 그리고 생물선생님이 그의 특별한 위상을 인정하는 뜻으로 준 제임스 왓슨의 『이중나선』도 읽었다. 다윈은 사변가이고 왓슨과 크릭은 입신출세에 뜻을 두었다. 어차피 과학은 그 둘 다가 아닌가? 패트릭 멀베이니 자신은 그 둘을 따로 나누지 않을 작정이었다.

패트릭이 코넬의 강의와 교수들, 그리고 자신의 공부에 대해 이야기하는 동안 매리앤은 열심히 귀기울여 들었다. 패트릭은 매리앤이 묻지도 않은 학점까지 알려주었다. 다 A야. 3학기 동안 3학점짜리 다섯 과목 다. 빌어먹을 유기화학은 겨우 A 마이너스만 받았지만. 의대 예과생들하고 같이 들었는데 그중 일부가 기말시험 때 부정행위를 했다는 소문이 있어. 기말시험 때만이 아니겠지.

하지만 성이 나서 얼굴이 시뻘게진 패트릭은 그 문제에 대해 더이상 말하고 싶지 않았다.

학부생들의 시험 부정행위, 부정직함, 냉소주의, 음주, 약물복용, 난잡한 성행위. 다는 아니지만 상당수가 그랬다. 패트릭은 그 얘긴 더이상 자세히 하고 싶지 않았다.

대신 그는 장래의 포부에 대해 말했다. 학사과정을 졸업하면 메이너드 헤링이 있는 이곳 코넬에서 박사과정을 밟을 계획이었다. 현존하는 미생물학자 중 가장 저명한 인물인 헤링 박사는 이미 패트릭 멀베이니를 똑똑하고 장래가 촉망되는 학생으로 점찍어놓고 있었다. 패트릭은 특별연구원이나 조교 자리를 따내고 삼년 안에 박사과정을 마칠 작정이었다. "모든 게 계획대로 된다면." 패트릭은 자신의 흥미를 끄는 과학의 신비에 대해 열띠게 말했다. 왜 바이러스는 스스로 증식하지 못하고 숙주에 제 유전정보를 입력하는 방식으로 숙주를 통해 증식하는 걸까? 어떻게 본질적으로 전혀 다른 수많은 구성요소들이 ― 미생물, 화학성분, 원자 ― 통합된 인격을 지닌 한 개인을 이룰 수 있는 걸까? 그런 구성요소들의 집합체에 부여된 '인격'이란 무엇일까? 왜 그토록 많은 식물과 동물 종이 멸종된 것일까? 지구상에 존재했던 종 가운데 구십 퍼센트 이상이 멸종되지 않았던가! 생식 과정에서 암컷의 난자가 수컷의 정자보다 훨씬 큰 영향력을 행사하고 크기도 수천 배나 되며 난자의 미토콘드리아만 유전되는 것은 진화적으로 어떤 의미를 지닐까? 서로 다른 무수한 종들에서 눈이라는 놀라운 기관은 시력이 없는 미분화 조직으로부터 수백만년 동안 어떻게 진화되어왔을까?

매리앤이 누이다운 염려로 말허리를 잘랐다. "오빠 눈 말이야…… 괜찮아?"

패트릭은 여동생을 빤히 쳐다보았다. "내 눈? 뭐가?"

"눈 말이야…… 알잖아, 다친 눈." 매리앤이 더듬거리며 대답했다.

패트릭은 인상을 쓰면서 콧등 위의 안경테를 밀어올렸

다. 그는 부아가 치밀었다. "지금 내 병신 눈 얘기를 하고 있는 게 아니잖아. 우린 지금 눈이라는 불가사의한 기관에 대해 얘기하고 있다고. 너무 신기해. 보지 못하는 조직이 어떻게 그렇게 복잡하고 정교한 메커니즘으로 진화될 수 있었는지. 그 누가 암흑 속에서 눈, 시력을 상상이나 할 수 있었겠어?"

매리앤은 식탁을 치우기 위해 조심스럽게 일어나 있었다. 그녀는 희미한 미소를 머금고 고개를 저었다. "대단한 상상력을 지닌 사람." 그녀가 조용히 말했다.

"흐음! 아주 재밌는데, 매리앤."

패트릭은 자신이 무슨 말을 하고 있고 왜 지금 이 순간 그 말을 하고 싶은 욕구를 느끼는지도 모르는 채 계속해서 맹렬하게 떠들어댔다. 오랫동안 갇혀 있던 말들이, 그의 삶의 고독이 스스로도 감지하지 못했던 열정 속에서 갑작스럽게 분출한 것이다. 매리앤은 조용하면서도 확신있게 움직이며 식탁을 치우고 설거지를 했고 그러는 동안 내내 패트릭의 말에 귀기울이며 동의나 놀라움의 말을 웅얼거리기도 하고 이따금 그의 날카로운 말에 움찔하기도 했다. 어찌된 일인지 패트릭은 과학의 위대한 신비라는 주제에서 벗어나 인간의 집단적 실패에 대한 이야기를 하고 있었다. 그가 일찍이 고교시절부터 무수히 생각했으되 다른 사람 앞에서는 입에 올린 적이 없는 이야기였다. "참 우울하기 짝이 없는 일이지! 과학이 이토록 많은 것을 밝혀낸 오늘날까지도 인간이란 종족은 왜 이렇게 무지한지. 왜 이렇게 미신적이고 잔인한

지. 생각해봐. 나찌는 천육백만명의 어른과 아이를 학살했고 스탈린은 이천만명, 중국 공산당은 '이데올로기'를 내세워 그보다 더 많이 —더 많이! —죽였어. 20세기만 따져도 그래. 그게 다 우리의 문명화된 세기에 일어난 일이라고. 수수께끼는 자연이 아니라 인간이 왜 이렇게 비열하고 지독한지야."

매리앤은 우뚝 멈춰서서 놀란 눈으로 패트릭을 바라보았다. "오빠, 너무 화내는 것 같아."

"그럼 안돼? 넌 왜 화가 안 나?"

패트릭은 몸을 떨며 식탁에서 일어나 있었다. 스스로는 그렇게까지 분노해 있는 줄 모르고 있었지만 왼쪽 눈에서 맥박이 분연히 고동치고 있었다.

매리앤이 말없이 재빨리 그에게 다가왔다. 그녀는 패트릭의 양팔을 잡고 발꿈치를 들고 서서 그에게 기대어 차갑고 야윈 뺨을 그의 뺨에 댔다. 포옹은 아니었지만 위안이 되고 마음을 편하게 해주었다.

난 오빠를 사랑해. 우린 서로를 사랑해. 그걸로 충분해.

매리앤은 행복하다고 우겼고 패트릭은 그 말을 믿고 싶었다.

그녀는 행복했고 움푹 들어간 눈에서 영혼이 환히 빛나고 있었다.

패트릭이 지난번에 어머니와 통화하면서 매리앤이 이서커에 올 거라는 말을 하자 코린은 죄책감을 숨기지 못하며

400

애매하게 말했다. 매리앤에게 안부 전하렴! 매리앤은 그 작은 대학에서 아주 잘하고 있고 분명 훌륭한 선생님이 될 거야. 나도 주말에 저드를 데리고 곧 다녀올 생각이야. 잠시 침묵이 흐르더니 목메어 애원하는 음성이 이어졌다. 얘야, 내가 너라면 동생 인생에 간섭하지 않을 거야. 패트릭은 냉랭하게 대꾸했다. 그래요. 하지만 엄마는 제가 아니죠. 저도 엄마가 아니고요.

엄마와 버튼, 모녀 사이에 어떤 비밀이 있는 걸까?

아마도 없으리라.

MMMMM 좆 빨아! 고등학교 때 체육수업이 막 시작되어 탈의실 안의 모퉁이를 급히 도는데 친구 하나가 그의 라커의 골진 앞면을 손바닥으로 문질러 급히 무언가를 지우고 있었다. 친구는 혐오스러운 표정을 짓고 있었고 패트릭은 아무것도 못 본 척 그냥 지나쳤다. 그후로 패트릭은 그 친구의 얼굴을 대할 수가 없었고 졸업할 때까지 말을 건 기억도 없었다.

매리앤을 위해 죽을 수 있을까? 그는 그럴 수 있다고 믿었다.

하지만 그가 재커리 런트나 경찰에서 조사하면 '재크 편을 들겠다'고 했다는 재커리의 친구들과 맞선 적이 있는가? 아니, 없었다.

그건 패트릭의 방식이 아니니까. 핀치의 방식이 아니니까.

멀찌감치 떨어져서 분노하고 말로 형언할 수 없는 고통을 받는 것이 그의 방식이니까.

그는 아버지와도 맞서지 않았다. 1976년 2월 이후로 그들 부자간에는 거의 대화가 없었다. 아버진 아버지 길을 가세요. 난 내 길을 갈 테니. 그의 눈에는 아버지가 제정신이 아닌 것처럼 보였고, 그런 아버지를 상대로 논쟁을 벌이는 건 고사하고 대화를 나누는 것조차 부질없는 짓으로 여겨졌다. 아버지는 매리앤에 대한 생각을 하지 않기 위해 집에서, 자신의 삶에서 매리앤을 몰아냈다. 패트릭은 아버지의 마음을 이해할 수는 있었지만 용서는 할 수 없었다. 그는 어머니에게 말했다. 그건 잔인하고 말도 안되는 짓이에요. 전 아버지를 증오해요. 부모가 어떻게 그럴 수 있어요? 코린이 화를 냈다. 패트릭, 넌 아버지를 증오하지 않아! 너도 그걸 알아. 매리앤은 행복하고 잘 적응하고 있어. 나처럼 그 아이도 신앙의 힘으로 자신을 잘 지탱하고 있어. 그러니 간섭 마!

하지만 핀치는 간섭할 작정이었다. 멀리서나마.

매리앤은 행복하다고 우겼고 패트릭은 그 말을 믿고 싶었다.

누이의 모습을 바라보며 지금 그녀가 어떤 삶을 살고 있는지 가늠해보려 애쓰고 싶지 않았다.

치어리더로, 댄스파티 공주로 보낸 고교시절 이후의 삶.

그는 누이를 심문하고 싶진 않았지만 물을 수밖에 없었다. 킬번에서의 첫 학기는 어떻게 보냈니? 매리앤은 짧은 머리칼을 잡아당기며 소녀다운 열성적인 어조로 대학생활이 너무도 행복하다고 말했다. 수업에서 너무도 많은 걸 배우고 있고 특히 미국사에서는 사형폐지운동에 대해 집중적으로 배웠으며 헨리 소로우, 에머슨, 프레더릭 더글러스의 책을 읽고…… 패트릭이 말허리를 자르고 물었다. "그런데 매리앤, 결과는 어땠니? 학점 말이야."

노골적이고 무뚝뚝한 펀치.

매리앤의 얼굴에서 미소가 멈칫거리며 사라졌다. 멍든 것처럼 푸르스름한 눈꺼풀이 파들거리는 모습이 영락없는 코린이었다. 그런 버릇을 닮는 건 유전자의 영향일까 아니면 후천적으로 보고 배우는 걸까? 매리앤이 대답했는데 모깃소리만큼 목소리가 작아서 겨우 알아들을 수 있었다. "실은…… 두 과목을 이수를 못했어. 그래서 다시 들어야 해."

"왜?"

"그건……" 매리앤은 몸을 꿈지락거리며 뾰족뾰족한 머리칼을 잡아당겼다. "일이 생겼어. 갑자기."

"무슨 일?"

"협동조합에 비상사태가 일어났었어. 추수감사절 직후에. 매장 부지배인 어비버가 아파서……"

"매장? 무슨 매장?"

"내가 분명히 말했던 것 같은데…… 아닌가? 우린 킬번 시내에 그린 아일 아웃렛을 갖고 있어. 저장 식료품도 팔고 여름엔 농산물도 팔고 빵과 과자도 구워서 팔고…… 내 애호박 호두 빵도 인기품목 중 하나야. 난……"

"그러니까 너도 그 매장에서 일한다고? 일주일에 몇시간?"

매리앤은 패트릭의 미심쩍어하는 시선을 피하며 고개를 살짝 숙였다. "우리는 시간으로 안 따져." 그녀가 말했다. 그녀는 패트릭의 쏘파에(집에서 가져온 것이 아니라 아파트에 딸린 칙칙하고 낡고 빈약한 가구의 일부였다) 앉아 있었고 패트릭은 다소 위압적인 위치인 책상 의자에 느긋하면서도 공격적인 자세로 앉아 왼쪽 무릎 위에 오른쪽 발목을 올려놓고 있었다.

핀치 스타일로 생각하면서. 난 물을 권리가 있어. 내가 아니면 누가 묻겠어?

"그럼 뭘로 따지는데?"

"그런 아일 협동조합은 사업체같이 공식적으로 운영되는 조직이 아니야. 그보단 뭐랄까…… 가족에 가까워. 서로 돕고 사는 거지. '줄 수 있는 사람이 필요로 하는 사람에게.'"

"누가 한 말인데? P. T. 바넘(19세기 말 미국의 유명한 써커스 사업가로 대중의 심리를 교묘히 이용하여 흥행에 성공을 거둔 사업의 귀재―옮긴이)?"

"오 패트릭 오빠, 아냐." 매리앤은 패트릭의 사춘기 소년 같은 빈정거림에 누이의 의무처럼 웃어주었다. 잠시 그들은 열두살과 열세살로 돌아갔고 핀치는 침울한 익살을 보이고 있었다. "우리 협동조합 모토야. 에이브러브가 만든. 어떤 19세기 사상가의 말에서 따온 것 같아."

"칼 맑스."

"누구든."

매리앤은 이마를 찡그리며 걱정스럽게 미소지었다. 아까

버스터미널에서 처음 만났을 때부터 그녀는 반쯤은 무의식적으로 자신의 머리칼을 잡아당기고 목덜미가 아프기라도 한 것처럼 어루만지고 티셔츠 어깨끈이 제자리에 있는지 손으로 만져서 확인하는 동작을 되풀이하고 있었다. 열아홉살이나 된 여자가 여름과는 거리가 먼 뉴욕 북부의 추운 4월에 왜 속에 아무것도 안 입고 그런 티셔츠 하나만 달랑 걸쳤는지 의구심이 들지 않을 수 없었다. 게다가 도무지 직조한 천 같지 않고 포마이카처럼 반들반들한 합성섬유로 만든 것 같은 자갈 색깔의 고무줄 허리 바지도 어린이 백화점 지하 염가매장에서 샀음직했다. 나는 너무도 작고 하찮은 존재니까, 제발 나한테 화내지 마세요.

하지만 패트릭은 화가 났다. 화가 나서 잔뜩 곤두서 있었다. 그가 말했다. "'줄 수 있는 사람이 필요로 하는 사람에게.' 좋아. 그럼 너를 도와주는 사람은 누구지?"

"그렇지만 오빠……"

"매장 점원 노릇도 하고 빵도 굽고 또 뭘 더 하지?"

"오빠, 그들은 내 친구들이야. 오빠가 직접 와봐야 아는데. 엄마랑 저드가 올 때 같이 오는 건 어때? 킬번은 작아. 도시도 그렇고 대학도 그렇고. 코넬과는 달라. 거기선 아무도 다른 사람을 의심하지 않아. 시험 부정행위 같은 것도 없어."

패트릭은 더이상 따지지 않고 조용히 매리앤의 이야기를 들었다. 킬번에서의 두번째 날 서점에서 방황하고 있는 매리앤에게 그런 아일 사람들이 접근해왔다. 그때 그녀는 교과서가, 심지어 중고 교과서마저 너무 비싸서 당혹감과 실의에 빠져 있었고 솔직히 말하면 울기 직전이었다. 그런데 펠리스 매리와 버크가 다가와서 말을 걸더니 걱정 말라고, 집에 이 책 중 몇권이 있을 거라고, 우린 도서관이 있는데 그 도서관을 이용해도 좋다고 했다. 그렇게 해서 매리앤은 '역마차 시대'에 킬번 여인숙으로 쓰였던 '멋진' 낡은 집으로 가게 되었다. 그곳엔 거의 완벽한 상태로 복원해놓은 온실과 배 과수원, 목초지, 그리고 '엄마가 좋아할' 기름진 땅이 있었다. 매리앤은 현재 협동조합 회원은 스물세명이며 그중 열여덟명이 그 집에서 함께 살고 있다고 말했다. 그들은 공동의 계좌를 만들어 돈을 적립하고 있으며 협동조합 밖에서 일해서(예를 들어 매리앤은 가끔 학교 도서관에서 책을 정리하는 일을 했다) 번 돈도 그 계좌에 넣는다는 것이었다. 매리앤은 그런 아일이 '명예 제도'의 동의어이며 '미국의 자본주의적 소비사회라는 사막의 사회주의 오아시스'라고 했다(에이브러브의 말을 경건하게 인용한 것이었다). 에이브러브가 설립한 지 단 오년 만에 그런 아일 협동조합은 지역 내에서 뛰어난 명성을 얻었고 매장에도 많은 단골 고객을 확보했다고 했다. 사실 킬번 주립대 자체도 고객으로 에이브러브가 급식 담당부서와 협상을 해서 계약을 따냈다는 것이었다.

패트릭은 핀치 본능을 억누르고 자연스럽고 정중하게 에이브러브에 대해 물었다. 그리고 물론 매리앤은 열렬한 태도로 자세히 설명했다. '멋지고 다정한 유머감각'을 지닌 그 '멋지고 헌신적인' 인물은 음악가이자(기타, 밴조우) 미술

가이며(점토조각) 인공비료나 살충제를 쓰지 않는 유기농업자이지만 원래는 심리학과 인류학 고급 학위를 지닌 지성인이며 이론가라고 했다. 킬번 주립대에서 조교수로 재직하다가 학계의 '구속복' 같은 답답함에 환멸을 느끼고 대학에서 뛰쳐나와 이상주의자였던 십대 시절 메인 주의 커태딘 산에서 홀로 캠핑을 하며 꿈꾸었던 대로 그린 아일 협동조합을 만들었다는 것이다.

패트릭이 그녀의 찬사를 중단시키고 물었다. "그 사람, 몇살인데?"

"몇살? 글쎄, 모르겠는데…… 삼십대 초반쯤일 거야."

"내 짐작으론 킬번 주립대에서 종신재직권을 못 따낸 거야. 그러니까 '뛰쳐나온' 거지. 그리고 '고급 학위'는 어디서 받았는지 아니?"

매리앤은 머리칼을 잡아당기며 기억을 되살리려고 애썼다. "보스턴에 있는 학교였던 것 같은데."

"하바드?"

빈정대는 투로 던진 질문이었다. 하지만 매리앤은 눈치채지 못하고 대답했다. "응, 아마 그럴 거야. 그 비슷한 학교야. 사실 에이브러브는 자신에 대한 얘기는 안해. 사람들이 하는 말을 들은 거지. 그들은 그를 무척 존경하거든. 그는 자신에 대한 얘기는 거의 안해."

패트릭이 딱딱하게 말했다. "설마 그린 아일이 사이비 종교집단은 아닌 거지, 응? '에이브러브'는 과대망상증에 걸린 교주고."

"오, 패트릭 오빠, 아냐."

패트릭은 아랫입술을 빨았다. 하바드라니! 하바드일 리가 없었다. 그는 흥분해서 물었다. "혹시 종교가 관련돼 있니? 함께 모여서 '숭배'를 하는 거야?"

매리앤이 상처받은 목소리로 대답했다. "나한테는 따로 종교가 있다는 거 알잖아. 난 킬번에 있는 작지만 멋진 교회에 다니고 있어. 사실은 킬번에서 몇 킬로미터 밖에 있지. '사도교회'야. 농부들이 다니는 교횐데 후커 목사님 부부는 엄마처럼 '자유정신'의 소유자라 엄마가 좋아하실 거야. 우린……"

패트릭이 말허리를 잘랐다. "매리앤, 지난 학기 강의는 어떻게 된 거야? 넌 공부하고 학위를 따려고 킬번에 있는 거야, 안 그래? 그 협동조합에서 계약노동자로 일하려고 있는 게 아니라고."

매리앤이 애원조로 말했다. "하지만…… 비상사태가 생기면 도와야만 해. 전혀 예상치 못한 일이었어! 불쌍한 어비버가 일종의…… 신경쇠약을 일으켰어. 말도 없이 집에서 사라졌는데…… 어디로 갔는지 알 수가 없었어…… 처음엔 말이야…… 그래서 내가 어비버의 일을 대신 맡겠다고 나섰어. 물론 내 일도 그대로 하면서. 거기다 수업까지 들어야 했고…… 그러다 보니 뒤죽박죽이 됐어." 매리앤은 말을 끊고 패트릭에게 미소를 보냈다. 그녀는 다리를 오므려 엉덩이에 깔고 앉아 있었는데 그리 편안할 수는 없는 자세였다. "오빠, 난 그런 상황에서 누구라도 했을 일을 한 것뿐이야."

패트릭은 더이상 따지지 않았다. "그럼 그 강의들은 다시 듣고 있는 거야? 이번 학기에?"

"그건…… 그렇진 않아."

"그게 무슨 뜻이야? 아니라고?"

매리앤이 조용히 말했다. "여름학기를 들을 거야. 이제 6주 정도밖에 안 남았어. 학생처장님이 잘 배려해주셨어."

"그러니까…… 지금 강의를 안 듣고 있단 말이야?"

"음…… 그래, 시간을 못 내서. 다른 일이……"

"너 퇴학당했구나? 이런, 매리앤!"

"퇴학당한 게 아냐. 여름학기에 등록할 거라고 말했잖아. 오빠, 왜 그렇게 화를 내? 난 오빠한테 화 안 내는데."

"가만, 그 이수 못한 과목들은 학적부에 F로 기록되어 있지, 그렇지? 재수강을 안하면 말이야."

매리앤은 말없이 앉아서 머리칼만 잡아당겼다.

패트릭은 안경을 벗으며 무겁게 한숨지었다. 눈을 거칠게 문질렀다. 하지만 화를 내봐야 무슨 소용인가. 내가 너라면 동생 인생에 간섭하지 않을 거야.

패트릭은 이상하다고 생각했다. 그, 패트릭 멀베이니는 이 젊은 여자의 오빠이고 두 사람은 평생 오누이로 살아왔으며 유전적으로도 부모보다 밀접한 관계를 지니고 있었다. 그런데도 그는 매리앤에 대해 거의 모르고 있었다. 그는 매리앤을 사랑했지만 그녀를 거의 알지 못했다. 치열한 가정 생활 속에서 함께 살아왔건만 서로를 거의 모르고 있었다. 삶은 너무도 가깝게, 우리의 코앞에 있다. 그것은 패러독스였다. 뒤틀리고 복잡한 문제였다. 기대와는 정반대였다. 물론 우리는 그런 관계에 대해 생각하지 않고 그냥 살아간다. 생각을 한다는 것은 삶에서 분리되어 거리를 두는 것이다. 기억이란 걸 하려면 먼저 그 기억의 근원으로부터 거리를 두어야 하는 것처럼.

찢어진 거미줄이, 그의 손에 붙어 반짝이던 거미줄이 뇌리를 스쳤다. 마구간 뒤의 높이 자란 풀밭을 걸어가다가 생긴 일이었다. 그런 식으로 거미줄을 보면 이미 늦은 것이다. 그것은 이미 거미줄이 아니다.

늦은 시각이었다. 밤 10시가 지나 있었다. 패트릭의 평소 일과로 보면 늦은 시각은 아니었지만 매리앤의 방문으로 둘 다 너무도 많은 에너지를 소진하여 늦은 시각처럼 느껴졌다. 그런데 예기치 않게 매리앤이 쏘파에서 벌떡 일어나더니 깜빡 잊을 뻔했는데 패트릭에게 줄 깜짝 선물이 하나, 아니 두 가지 있다고 했다.

킬번에서 그녀의 또다른 특별요리 레몬 타르트를 디저트로 만들어온 것이었다. 패트릭은 배가 안 고프다면서도 타르트를 세 개나 먹었다. 매리앤은 아껴서 조금씩 먹었고 부스러기를 먹고 손가락을 핥았다. 패트릭의 찬사에 그녀의 혈색 나쁜 얼굴이 빨갛게 달아올랐다. "너, 집에선 이런 거 안 만들어봤잖아, 그렇지? 끝내주는데."

그리고 하이포인트 농장 사진을 한묶음 내놓았는데 저드가 찍어서 부활절에 보내주었다고 했다.

멀베이니 가족의 사진! 이런 때에.

패트릭은 초조하게 침을 삼켰다. 그는 매리앤과 함께 그 사진들을 보기가 두려웠지만 안 보겠다고 거절할 수도 없었다.

가족사진은 늘 패트릭을 매료했다. 그가 마음 편히 볼 수 있는 사진은 자신이 찍은 것들뿐이었는데 그 자신이 사진 속에 들어 있지 않은 타당한 근거가 성립했기 때문이다. 자신이 들어 있는 사진은 당연히 강한 관심을 불러일으켰다. 자만심에 차 있고 못생기고 얼빠져 보이는, 우거지상을 하고 안경까지 낀 핀치를 보면 대개는 사진을 조각조각 찢어발기고 싶은 충동을 느꼈다. 하지만 자신이 제외된 사진은 그를 더욱 불안하게 했다. 나는 어디 있지? 아직 안 태어났나? 나 없이 일어난 일인가? 그는 혹시 인간의 대뇌피질, 그중에서도 뒤쪽 시각피질에 그런 부재에 대한 형이상학적 불안감을 느끼게 하는 부위가 있는 건 아닐까 하는 생각이 들었다.

우리 모두는 자칫하면 아예 태어나지도 못할 뻔하지 않았던가! 무궁무진한 가능성 중에서 하나의 난자와 정자가 만나 수정이 되어 우리가 태어날 확률은 얼마나 희박한가!

패트릭은 그 문제에 대해선 깊게 생각하고 싶지 않았다.

저드가 지난 몇주 동안 찍은 스물네 장의 폴라로이드 사진에는 물론 매리앤과 패트릭 둘 다 빠져 있었다. 해군에 입대한 마이크도 없었다. 사진을 들고 한 장씩 넘기는 패트릭의 손이 땀에 젖은 채 떨렸고 이미 그 사진들을 백번도 넘게 보았을 매리앤은 숨을 죽이고 눈가를 훔쳤다. 그녀는 왠지 낯설고 이국적으로 보이는 낯익은 모습들을 보며 계속해서 외쳤다. "봐! 패트릭 오빠, 이것 봐……" 좁다랗고 지적인 얼굴을 이상한 각도로 기울인 채 개다운 갈색 눈을 반짝이고 있는 트로이. 어머니의 퀼트 이불 위에서 호사스럽게 누워서 졸고 있는 두 마리 고양이. "스노우볼과 E. T.가 이렇게 친해질 줄은 몰랐어, 안 그래?" 매리앤이 놀라운 발견이라도 한 것처럼 말했다. 어머니 사진도 있었다. 못 말리는 어머니. 뒷문 포치에서 마이크의 낡고 추레한 격자무늬 파카 차림으로 지붕에 매달린 10센티미터쯤 되는 굵직한 고드름을 잡고 익살을 부리며 카메라를 향해 빙긋 웃고 있었는네 늦겨울 햇빛에 노출이 지나쳐 입가에 괄호 모양으로 깊은 주름살이 져 보였다. 부엌에서 찍은 사진도 있었는데 흐릿한 노란 덩어리로 찍힌 새장 속의 카나리아 페더스와 대화를 나누는 모습이었고 사진이 찍히는 줄 모르고 있는 듯했다. 부엌 창문 밖으로 아버지의 모습도 희미하게 찍혔는데 백발이 늘어가는 맨머리에 낙타털 코트 차림으로 새로 산 번쩍거리는 은색 차에 타려는 참이었다. ("새 차요? 멀베이니 지붕회사 사정이 어려운 줄 알았는데요." 코린이 전화로 아버지가 지붕공사를 하러 뉴케이넌에 갔다가 거기서 1975년식 링컨 콘티넨털 중고를 아주 싸게 잘 샀다는 소식을 전하자 패트릭이 따졌다. "네 아빠가 얼마나 교활한지 알잖니. '그쪽에서 도저히 거절할 수 없는 제안을 하잖소.'") 저드의 침실 창문에서 찍은 암갈색의 늦겨울 풍경도 있었다. 헛간들, 풍향계, 먼 캐터랙트 산. 그리고 하이포인트 농장의 내부 모습. 텅 빈—이상하게 긴—거실, 이층에서 본 어질러진 계단, 카메라 플래시가 터지는 순간 기대에 차서 올려다보는 리틀 부츠. 그리고 마구간에 있는 저드의 사팔뜨기 작은 말 클로버가 고무처럼 생긴 축축한 입에 건초를 물고 있는 모습.

다른 말들은 모두 떠나고 클로버만 남아 있었다. 매리앤도 알까? 물론 알 것이다. 몰리오가 떠난 걸 알고 있을 것이다.

몰리오, 프린스, 레드. 우리의 어린시절.

아무도 말 얘기는 꺼내지 않았다.

잘생긴 염소 부부 블래키와 메이미가 우리에 있는 모습도 있었다. 카메라 플래시가 터지는 순간의 염소들의 기묘한 표정이란! 약간 흐릿하게 나온, 목초지 연못가에서 젖소 몇마리가 풀을 뜯고 있는 사진도 있었다. 또다른 사진은 부엌 창문을 통해 밖에 있는 어머니의 모습을 희미하게 담은 것이었는데 카키색 재킷을 입은 사람과 대화하는 중이었다. 그 사람은 아버지일까? 아니, 일꾼이 분명했고 어쩌면 길 아래 사는 지머먼 씨 같기도 했다.

패트릭은 사진들을 보면서 점차 불안감이 고조되는 것을 느꼈다. 왼쪽 눈이 아팠다. 뭔가가, 뭔가가 빠져 있었다.

매리앤이 눈가를 훔치며 말했다. 그의 생각을 대신 말하기라도 하듯이. "저드가 엄마한테 찍어달라고 해서 제 사진도 보내주었으면 좋았을걸. 어쩐지 너무⋯⋯" 그녀는 자신이 무슨 말을 하고 싶은지 몰라서 잠시 입을 다물었다. "⋯⋯저드가 없으니까 너무 이상하고 슬퍼."

우리가 없으니까, 하고 패트릭은 생각했다. 우리가 아무도 없으니까.

하지만 그는 아무 말도 하지 않았다. 왼쪽 눈에 심하게 눈물이 고였다. 물론 그는 안경을 끼고 있었고 안경을 부드러운 콧등에 대고 밀었다. 그는 매리앤이 긴장과 피로에 창백하게 질린 채 떨고 있는 걸 보았다. 매리앤은 왜 사진들을 치우지 않는 걸까? 애초에 왜 갖고 왔을까? 자기처럼 나도 멀베이니 가족에 대한 생각에 사로잡혀 있다고 생각한 걸까?

매리앤이 조용히 말했다. "엄마 아빠 사진도 너무 적어서 실망했어. 저드는 아빠 사진은 제대로 찍지도 않았어."

그 핏기 없는 입술에서 아빠라는 말이 나오는 게 이상했다. 아빠, 아빠. 네 아빠가 누구지?

아버지는 다 아빠가? 아빠는 아버지고?

아빠는 아빠가 아니면 그냥 아버지인가?

패트릭이 불쑥 말했다. "진짜 우스꽝스러운 말이야…… '아빠'. 너 그 말을 진짜로 들어본 적 있어?" 그는 마른 나뭇가지가 부러지는 소리를 내며 웃었다.

매리앤은 사진들을 천천히 봉투 속에 넣고 있었다.

"아빠가 곧 나를 집으로 부르실 것 같아."

패트릭은 똑바로 들은 건지 확신이 없었다. 하지만 매리앤에게 다시 한번 말해보라고 하진 않았다.

매리앤은 어머니와의 마지막 통화에 대해 그리 조리있지는 못하게 이야기하기 시작했다. 부활절 일요일이었다. 저녁때. 코린이 협동조합으로 전화를 걸었는데 마침 그녀가 받았다. 너무도 놀랍고 기쁜 일이었다. 전화벨이 울려서 가서 받으며 그녀는 자신에게 온 전화가 아니라고 생각했다. 내 전화가 아닐 거야. 내 전화일 리가 없어. 그건 지극히 현실적인 생각이었고 심란할 것도 없었다. 그런데 엄마였다! 매리앤은 어린애 같은 자랑스러움을 겨우 눈치챌 수 있을 만큼 살짝 내보이며 말했다. "우린 오래 얘기했어. 사십분이나! 그런데 전화를 끊기 전에 엄마가 뜬금없이 이러는 거야. '매리앤, 지금 아빠가 집에 계시다면 어쩌면 너랑 통화하고 싶어하실지도 몰라.' 난 말문이 탁 막혔어. 너무…… 겁이 나서. 엄마가 말했어. '매리앤, 듣고 있니?' 그렇다고 했더니 엄마가 말했어. '부활절엔 될지도 몰라. 이제 어쩌면 시간문제인지도 몰라. 이렇게 말하면 안되는지도 모르지만, 그냥 내 짐작일 뿐이지만, 내 생각엔 그래.' 그래서 난 이따 밤에 아빠가 집에 돌아오시면 제가 전화할까요? 언제쯤 전화할까요? 물었지. 그랬더니 엄마는 울기 시작했어. 내 생각엔…… 내 생각엔 엄마가 우는 것 같았어…… 나도 울었고……" 매리앤은 고개를 저으며 웃었다. 그녀의 움푹 들어간 눈에 눈물이 맺혀서 반짝거렸다. "패트릭 오빠, 난 너무 기뻤어. 그래서 밤새 한잠도 못 잤어."

패트릭은 생각했다. 아무 말도 하지 마.

패트릭은 의자를 넘어뜨리다시피 하며 벌떡 일어섰다. 매리앤이 그의 무서운 표정을 보고 움츠러들었다.

"'아빠'…… 어떻게 그런 사람을 '아빠'라고 부를 수 있니! 그런 눈멀고 이기적인 사람을. 그는 잔인하고 제정신이 아냐. 너한테 하는 걸 보면…… 미쳤어! 왜 신경써, 그런 사람을, 그런 부모를? 그런 부모한테 신경쓸 거 없어."

패트릭은 흥분해서 무턱대고 침실로 들어가 문을 거칠게 닫았다. 자신이 무슨 행동을 하고 있는지도 몰랐고 자신의 그런 분노가 믿기지도 않았다. 분노가 너무도 갑자기 분출한 것이다. 어디서?

그는 금세 자신이 부끄러워졌다. 왜 매리앤을, 동생을 겁에 질리게 한 거지? 무슨 목적으로 동생에게 그런 말을 한 거지?

그런 더러운 일을 당한 동생에게.

끔찍한 가능성이 뇌리를 스쳤다. 우리의 삶은 우리 자신의 것이 아니고 타인들, 우리 부모의 소유인지도 모른다. 우리의 삶은 타인들의 일시적인 기분과 변덕, 잔인함에 의해 결정된다. 유전망과 혈연. 그건 인간의 가장 오래된 저주다. 신보다 더 오래된. 나는 사랑받는 존재인가? 나는 원해지고 있는가? 내 부모가 나를 원하지 않는다면 누가 나를 원하겠는가?

"아냐, 개소리야!"

너무도 조용했다. 이 셋집에는 음악을 연주하는 사람도, 큰 소리로 떠드는 사람도 거의 없었다. 하이포인트 농장의 쉼없는 바람소리조차 없었다. 패트릭은 심하게 떨면서 울퉁불퉁한 침대 매트리스 위에 털썩 주저앉아 안경을 벗어던지고 눈을 문질렀다. 그는 마음을 진정시키려고 애썼다. 그는 원래 감정에 굴복하는 인간이 아니었다. 그리 오래전도 아닌 때에 한 여학생이 그에게 얼음처럼 차다고 말했고 그는 그 말에 전율을 느끼지 않았던가. 빌어먹을 핀치, 왜 간섭해? 네 누이에겐 예수 그리스도가 있어. 그러니 너 따윈 필요도 없어.

아까 그가 소리를 질렀을 때 그를 보던 매리앤의 눈빛이 생각났다. 그녀는 겁에 질려 움츠러들었다. 그녀는 사진이 담긴 봉투가 손에서 미끄러져 바닥에 떨어지는 것도 의식하지 못했다.

패트릭은 원래 매리앤을 자신의 침대에 재우고 자신은 불편해도 쏘파에서 잘 작정이었다. 그래서 씨트도 바꾸고 집에서 가져온 단 하나뿐인 거위털 베개도 잘 부풀려놓았다. 그의 침실은 콧구멍만해서 겨우 침대 하나와 서랍장 하나, 집에서 가져온 청록색 고리버들 의자 하나밖에 들어가지 않았다. 창문을 조금 열어놓아서 축축한 밤의 냄새가 났다.

패트릭은 혹시 매리앤이 조심스럽게 노크를 하려나 기대했지만 밖에선 아무 기척도 없었다. 문을 열고 나가보니 누이는 쏘파에 팔다리를 늘어뜨리고 앉아 고개를 끄덕이며 졸고 있었다. 얼굴 피부가 밀랍처럼 창백하고 북처럼 팽팽했다. 입은 벌어지고 눈꺼풀은 파들거렸다. 물론 불쌍한 매리앤은 녹초가 되어 있었다. 버스를 타고 몇시간을 와서 버스터미널에서 패트릭을 기다리고 저녁식사를 준비하고 설거지를 하고 저녁내 오빠의 자아도취에 빠진 장광설을 견뎌야 했으니까. 패트릭은 옷장에 감춰두었던 어머니의 퀼트 이불을 꺼내왔다. 왜 안되겠는가. 따뜻하고 예쁘고 어머니가 옷장에 넣어두는 말린 포푸리 향이 마치 은밀한 축복처럼 희미하게 풍기는데. 그는 매리앤에게 퀼트 이불을 덮어주고 어깨 위로 잘 여며주었다. 그는 천장 등을 끈 후에도 다른 방에서 새어나오는 약한 불빛에 비친 누이의 모습을 바라보며 마치 그녀를 지켜주기라도 하는 것처럼 잠시 그대로 서 있었다. 사진 봉투가 쏘파 위의 매리앤 옆에 놓여 있었다.

어떻게 내일 오후 5시 20분에 누이를 트레일웨이스 버스에 태울 수 있을까? 어떻게 킬번으로, 그린 아일 협동조합으로 도로 보낼 수 있을까? 하지만 패트릭은 그래야만 한다는 걸 알았다.

넌 달리 방법이 없어. 핀치는 스스로에게 가르쳤다. 네겐 네 인생이 있어.

사냥꾼

나의 형 패트릭은 그 독일 목판화 「사냥꾼」을 열한살 때, 어머니가 셔토쿼 밸리 농장 경매에서 사온 물건들을 뒤지다가 처음 발견했다. 당시 우리는 어머니의 '보물들'을 열심히 뒤지곤 했고 어머니는 우리가 특별히 마음에 들어하는 물건은 팔지 않겠다고 약속했다.

어머니는 가끔 우리를 벼룩시장이나 떨이매장, 중고품점, 경매장에 데려갔다. 우리는 몇년 동안 여름에 토요일을 택해 차를 타고 경매장 나들이를 했는데, 아버지는 절대 안 가고 마이크 형도 거의 안 끼고 어머니와 패트릭 형, 매리앤 누나, 나만 갔다. 나 같은 어린애들이나 우리 어머니 같은 '골동품 광'에겐 경매장만큼 흥미진진한 곳도 없다. 마이크나 메가폰을 잡고 연단 위를 활보하며 구식 설교자처럼 요란한 목소리로 외쳐대는 전문경매사는 경매에 오르지 않았더라면 우리가 결코 눈길도 주지 않았을 괴상하기 짝이 없는 물건들, 예를 들면 손으로 돌리는 구식 세탁기나 육십년이나 묵어 누렇게 변색되고 너덜너덜해진 면사포 같은 물건들에 대해 흥미를 일으키는 능력을 지니고 있다. 모기장으로 착각하기 십상인 면사포도 경매사의 표현에 따르면 백 퍼센트 진품 미국 골동품이다. 영리한 경매사는 사람들이 경쟁적으로 값을 올려 부르도록 유도하는 법을 알고 있으며 가끔은 물건 자체와는 관계없이 불바람처럼 거센 입찰 경쟁이 벌어지기도 한다. 20달러, 20달러 나왔습니다, 25 계십니까? 25 계십니까? ─ 그러면서 경매객들을 빤히 보면 갑자기 손 하나가 올라간다 ─25! 25 나왔습니다, 30 계십니까? 30 계십니까? 신사숙녀 여러분 30 계십니까? 안 계십니까, 안 계십니까…… 아, 30! 30 나왔습니다! 이 최상급 미국 골동품에 30 나왔습니다! 35 계십니까? 35 계십니까? 신사숙녀 여러분, 35 계십니까?

그런 식이다.

내가 여섯살 때 여름의 일인데, 어머니를 따라 밀번의 농장 경매에 갔다가 경매 물건 중에서 팔로미노 흔들목마를 발견하고 어머니에게 갖고 싶다고 말했다. 어머니는 두고 보자고 하더니 입찰이 시작되자 내 손을 잡아 들어주며 속삭였다. 해봐, 저드! 사람들에게 보여줘, 아가야! 그렇게 해서 나는 엉겁결에 경매에 참여하게 되었다. 경매사는 우리를 향해 씩 웃더니 나를 시작으로 입찰을 진행했고, 가격은 20달러에서 몇초 사이에 35달러로 뛰었다. 어머니는 다시 내 손을 잡아 들어주었고 흔들목마는 이제 40달러가 되었다. 경매객 중 열명 정도가 입찰 경쟁을 벌이다가 가격이 45달러, 50달러, 65달러까지 치솟자 모두 포기하고 어머니와 친분이 있는 유빌의 여자 골동품상과 처음 경매에 참여한 여섯살의 저드 멀베이니만 남았다. 경매사가 올린 가격을 부를 때마다 우리 둘 중 하나가 손을 들었고 순식간에 흔들목마의 가격은 80달러로 올라갔다. 그건 내가 부른 가격이었다. 어머니가 내 귀에 대고 속삭이자 나는 손을 번쩍 들었고 어머니와 친분이 있는 '경쟁자'는 말없이 가만히 앉아 있었다. 내가 팔로미노 흔들목마를 갖게 된 것이다!

나는 최소한 승리감을, 불안하면서도 의기양양한 기분을 느낄 수 있었다. 어머니가 나를 안아주었고 주위에 앉아 있던 사람들이 미소지으며 내게 악수를 청했다. 내가 이긴 것이다!

하지만 흔들목마를 집에 가져와서 아버지가 꼼꼼히 점검해본 결과 그리 성공적인 거래가 못되었음이 밝혀졌다. 페인트가 얼룩진 데가 많았고 흰개미 떼가 목재를 다 쏠아놓아서 내가 처음 올라타자마자 왼쪽 뒷다리 부분이 부서졌다. "고물을 80달러나 주고 샀군." 아버지가 서글프게 고개를 흔들며 말했다. 어머니는 아이에게 훌륭한 교육이 되었다며 우리가 한 일을 옹호했다. "자신이 원하는 것을 얻기 위해 흥정하는 법을 배웠으니까요. 다른 사람들한테 기죽지 않고." 아버지가 대꾸했다. "물론. 자신이 원한다고 생각하는 것이 진짜로 원하는 것이기만 하다면 말이지. 흰개미가 쏠아놓은 걸 잘 속는 사람에게 떠넘기는 물건이 아니라."

그는 침울한 표정으로 자식들에게 눈을 찡긋했다. 좋아! 내가 져주지. 너희 엄마는 제정신이 아니지만 그래도 난 너희 엄마를 사랑하니까. 내가 져준다.

내가 성장하는 동안 하이포인트 농장은 어머니가 팔지 않겠다고 약속한 '보물들'로 채워졌다. 그중에는 어머니 자신이 애정을 갖게 되어 팔지 못한 물건들—주로 시계들—도 있었다. 온갖 종류의 시계들이 있었으며 어머니는 스스로를 '시계라면 사족을 못 쓰는 인간'이라고 표현했다. 하지만 그외에도 특이한 가구들(1880년대 캘리포니아산 골동품 가구인 콜트 윌로우 웨어 제품을 제일 좋아했다), 20세기 초의 '서토쿼 풍경'을 담은 수채화들, 짝이 맞지 않는 웨지우드 도자기, 귀에 거슬리는 녹슨 멜로디 소리(나는 「눈 먼 생쥐 세 마리」가 제일 좋았다)를 간신히 내는 오르골, 미묘한 시각 왜곡 현상이 나타나는 거울도 있었다. 그리고 썩어가는 온갖 종류의 실용적인 책들도 있었다. 『나비 연구』『말과 함께 살기』『취미도 살리고 돈도 버는 골동품 복원』『고양이에 미치다!』『40년의 새 관찰 일지』『쉽게 쓴 유기농법』『개소동 2』『일년 365일 어휘 실력 높이기』『가정요법: 가족 건강 안내서 1957』. 매리앤 누나가 제일 좋아한 건 정교하게 그려진 문자반과 거의 소리가 안 들리는 차임벨이 달린 도자기 시계, 도자기 인형, 고딕 리바이벌 양식의 인형 집, 유리 문진과 작은 입상 같은 모형들이었다. 패트릭 형은 지도와 아틀라스 지구본(1938년 제작), 『브리태니커 백과사전』과 『정보 연감』낱권, 말 몇개가 없는 상아 조각 체스 쎄트,

확대경, 페인트칠이 다 벗겨진 아름다운 청둥오리 목상(木像), 종종 작동이 안되는 배터리 라디오를 좋아했다. 그런 물건들 수십 가지가 몇년 동안 그의 옥탑방을 들고 났는데 그건 패트릭 형이 까다롭고 변덕스러운데다 그의 핀치 본능은 수용적인 만큼 거부적이기도 했기 때문이다. 결국 그가 코넬로 떠날 즈음엔 키 큰 체리목 서랍장과 청록색 고리버들 의자(어머니가 새로 칠을 한 것으로 원래 쎄트로 구입한 것인데 낱개로 집 안 곳곳에 흩어져 있었다) 정도만 남아 있었다. 「사냥꾼」은 책상 옆 벽에 오랫동안 걸어두었다가 고교 4학년 때 뗐는데 버리진 않고 옷장 속에 치웠다. 나이가 들면서 흥미를 잃긴 했지만 아직 그것과 헤어질 준비는 되지 않았던 것이다.

「사냥꾼」은 가로 30쎈티미터 세로 38쎈티미터 크기의 목판화 복제품으로 금이 간 액자에 들어 있었는데 어머니의 주장대로 완전 헐값인 2.99달러에 산 것이었다. 그림이 복잡하면서도 놀라울 정도로 세부묘사가 뛰어나 매우 사실적으로 보였다. 지금 생각하니 그 이름 모를 작가는 뒤러의 영향을 받은 듯했다. 뒤러의 그림 같은 강렬함과 집중력을 느낄수 있었으니까. 사냥꾼과 그 사냥감의 모습은 단순히 벽에 걸린 정적인 그림이 아니라 행동에 돌입하기 직전의 이야기처럼 시선을 끌었다. 패트릭 형은 마이크 형과는 달리 총을 소지하는 것에는 관심이 없었지만 바위 아래에서 맞은편 가까운 바위 아래의 산양을 향해 소총을 겨누고 있는 사냥꾼의 젊음이 넘치는 모습에 매료되었다. 그 그림은 사냥꾼이 방아쇠를 당기기 직전을 그린 것처럼 보였다. 그런데 사냥꾼은 진짜 쏘려고 했을까? 아니면 혹시 그 잘생긴 짐승을 바라보다가 생각이 바뀌어 총구를 내리려던 참이었을까? 그 그림을 보면 쏘지 마세요!라고 외치고 싶었다. 패트릭 형이 그랬던 것처럼 숙제를 하다가 우연히 눈길이 가서 인상을 찌푸리고 들여다보면 들여다볼수록 점점 더 수수께끼처럼 느껴지는 그림이었다. 젊은 사냥꾼은 금발에 턱수염이 없고 모자도 쓰지 않았으며 지난 시대의 수수한 옷을 입고 있었다. 그리고 곱슬거리는 검은 털과 멋지게 굽은 뿔을 가진 당당한 산양은 고개를 꼿꼿이 들고 있었다. 사냥꾼과 산양이 서의 똑같은 자세로 정밀하게 그려져 있는 것으로 보아 화가는 그들을 쌍둥이 같은 한 종류로 나타내고자 한 게 분명했다. 둘 다 영웅적인 모습이었고 남성성 그 자체였다. 안돼, 쏘지 마세요!라고 외치고 싶었다. 그 긴장감이 너무도 생생해서 견디기가 어려울 정도였다.

「사냥꾼」에는 그외에도 볼 것이 많았다. 하늘엔 얇은 구름이 대리석 무늬를 이루고 있고 산봉우리들도(알프스?) 구름에 둘러싸여 있었다. 세밀하게 묘사된 전경은 그림자가 어린 웅덩이와 키 큰 골풀과 양치류와 풀이 있는 삼림지의 풍경이었다. 그리고 진짜로 자세히 들여다보면(패트릭 형이 내게 가르쳐준 것이다) 왼쪽 하단부에 사냥꾼의 눈에 띄지 않은 채 웅크리고 있는 산토끼를 발견할 수 있었다. 이 산토끼 또한 너무도 세밀하고 너무도 살아 있는 듯해서, 인내심과 영리함이 있어야 발견할 수 있는 그 뜻밖의 생명체가 정녕 사람들의 눈에 띄지 않도록 화가가 의도한 것인지 의심스러울 정도였다.

패트릭 형은 어머니의 보물들 중에서 「사냥꾼」을 발견하자마자 자신이 그것을 가져야 한다는 걸 알았다. 그는 어머니에게 그것이 무엇인지 물었고 어머니는 아마 독일 작품일 거라고 대답했다. "이런 것들은 다 독일 것 같으니까." 어머니는 목판화를 앞뒤로 살펴보았다. 필시 진짜 예술품과 저질 작품의 중간쯤 되는 싸구려 대량 복제품이건만 어머니는 자신이 사들인 보물의 품격을 떨어뜨리는 법이 없었다. 패트릭 형은 확대경을 써서 풀이 우거진 전경에서 머리카락처럼 가느다란 1879라는 숫자를 발견했다.

그에게 「사냥꾼」은 진짜 예술품이었다.

아니, 어쩌면 그 이상이었는지도 모른다.

1978년 4월에 매리앤이 이서커에 다녀간 뒤로 패트릭은 그 목판화에 대해 생각하기 시작했다. 그 그림에 대해 오랫동안 까마득히 잊고 있었는데 갑자기 생각이 난 것이었다.

지난밤 꿈의 흔적이 대낮에 갑자기 선명하게 떠올랐다가 바로 그 순간부터 희미해지기 시작하는 것처럼.

패트릭은 「사냥꾼」이 어디 있는지조차 몰랐지만 집 안 어딘가에 보관되어 있으리라 확신했다. 옷장이나 다락에. 아니면 어머니의 골동품 창고에 도로 가져갔나? 그랬던 것 같진 않았다. 하지만 확신은 없었다.

낭만적이고 감상적인 그림. 물론 질이 낮은 작품이었다.

하늘을 배경으로 우뚝 선 위엄있는 형상들. 젊은 금발의 독일인 사냥꾼, 잘생긴 검은 산양. 사냥꾼이자 용사이자 죽이는 자인 젊은 남성. 패트릭이 사냥을 원시적 행위의 잔재이며 잔인하고 한심하고 현대에는 비현실적인 짓으로 여겨 거부하면서도 그 목판화에 전율하는 것도 놀라운 일은 아니었다. 방아쇠가 당겨질까봐 두렵다고 해도. 그래서 산양이 공포의 마비 상태에서 깨어나 후닥닥 튀어 달아나기를 원한다고 해도.

패트릭은 책상에 앉아 창문 너머로 황갈색이 도는 금빛으로 가득한, 뭐라고 이름 붙일 수 없는 공간을 바라보았다. 쿡 스트리트의 나무들에 새로 꽃이 피어 향기롭고 뿌옇게 꽃가루가 날렸다. 그는 이곳 이서커에, 새 삶 속에 있었지만 이상하게 그곳에도, 이름 모를 그 장소에도 있었다.

나 역시 사냥과 살상을 하도록 유전적으로 정해진 것일까? 그것이 남성 호모싸피엔스인 나의 유전적 성질일까?

그는 소리내어 웃었다. "개 같은 소리." 그는 열두살이 아닌 스무살이었다. 이제 하이포인트 농장에 살고 있지 않으며 앞으로도 영원히 그곳에선 살지 않을 터였다.

플래스티카

.

왜? 그는 더 정상적이 되고 싶었던 것이다.

그의 세대에서, 1970년대 후반의 미국에서 정상적으로 여겨지는 일들을 해보고 싶었던 것이다.

그것은 일종의 실험이라고도 할 수 있었다. 정상성에의 침잠.

패트릭 형이 내게 전화를 걸어 특유의 진담인지 농담인지 알 수 없는 태도로 자신의 계획을 말했을 때 처음엔 그 말을 믿을 수가 없었다. 나는 그것이 괴상한 핀치 유머가 아닐까 생각했다. 핀치는 이제 내게 별로 농담을 하지 않았고 집에 전화도 거의 안했지만 말이다. 이제 그는 코넬 대학 3학년생이었고 나는 열여섯살 먹은 마운트 이프리엄 고교 2학년생이었다. (그러니까 1978년 10월의 일이었다. 우리—아버지, 어머니, 나—는 여름 동안 패트릭 형을 거의 보지 못

했다. 우리는 아직 하이포인트 농장을 떠나지 않았고 내가
알기론 그런 절박한 계획을 세우고 있지도 않았다. 다음엔
집을 팔 차례일지도 모른다는 두려움이 나를 지배하고 있었
던 건 사실이지만 말이다. 농장 땅은 4에이커만 남기고 전부
팔거나 장기임대를 했고 젖소들도 거의 다 팔고 우리가 사
랑했던 말들도 내 말 클로버만 남았지만 멀베이니 지붕회사
는 계속 기울고 있었다. 하지만 부모님이 몰래 걱정스럽게
어떤 계획을 세우고 있는지 나는 알지 못했다.)

패트릭 형이 전화로 말했다. "들어봐 레인저, 나 다음 금
요일에 록 콘써트에 간다. 생전 처음으로." 나는 웃으며 대
꾸했다. "뭐야 P. J.! 농담이지?"

"아니, 아주 진지하게 하는 말이야."

그는 내게 '플래스티카'라는 밴드를 들어봤는지 물었고
나는 플래스티카를 누가 모르겠느냐고 대꾸했다. "그렇지
만 형은 그 소리를 좋아하지 않을걸." 나는 플래스티카의 소
리가 파도처럼 덮쳐오면 나의 거만한 형이 몸을 움츠리며
인상을 잔뜩 쓰고 앉아 있다가 더이상 참지 못하고 손으로
귀를 막고 콘써트장을 뛰쳐나가는 광경을 상상하며 고개를
저었다. 나는 웃으면서 말했다. "그래, 행운을 빌어." 패트
릭 형은 내 웃음이 마음에 안 들었는지 화를 내며 대꾸했다.
"이건 실험이야. 난 진지하다고, 망할 녀석아." 그러곤 전화
를 끊어버렸다.

지금 나는 생각한다. 만일 그때 패트릭 형이 그 록 콘써트에

가지 않았더라면? 만일 거기서 그를 보지 않았더라면? 그랬더라
면 패트릭 형의 무모한 범죄나 나의 공범행위는 절대로 일
어나지 않았을 것이다.

나는 그렇게 믿는다.

그러나 1978년 10월 25일 패트릭 멀베이니는 코넬 캠퍼스
에서 열린, 무려 육천명의 소란스러운 관중이 몰려든 록 그
룹 플래스티카의 공연을 보러 갔다. 많은 팬들이 술이나 약,
혹은 그 둘 다에 취해 있었고 패트릭도 살짝 취해서 맥주 트
림을 하며 즐거운 시간을 보내리라 엄숙히 다짐하고 있었다.

황홀경에 차서 몸을 뒤트는, 자신과 같은 종의 들끓는 군
중 속에서 즐거운 시간을 보내고 싶은 젊고 건강한 남성의 욕
구는 그 무엇보다 정상적인 것이니까.

환경에 대한 종의 적응과정에서 결국 살아남아 자신의
DNA를 후세에 전하는 것은 정상적인 부류다.

정상적인 부류가 번성한다. 정상적인 부류가 천국에 간다.

요 몇달 동안 강박적인 생각과 꿈이 그를 두렵게 했고 심
지어 공부의 집중력을 흩뜨려놓기까지 했다. 어쩌면 정상적
이 되어야 할 필요 때문인지도 몰랐다.

매리앤에 대한 죄책감만은 아니었다. 물론 그는 매리앤
에 대해 죄책감을, 커다란 죄책감을 느끼고 있긴 했지만.

몇주 전 그가 좋아하고 흠모하는 여학생이 그에게 '얼음
처럼 차갑다'고 말했다. 처음 그 말을 들었을 땐 사실 우쭐했
다. 조금 마음의 상처를 받긴 했지만 그의 남성성은 우쭐함

을 느꼈다. 하지만 나중에 생각해보니, 나중에 한참을 곰곰이 생각해보니 그리 우쭐할 것도 없는 일이었다. 그게 패트릭의 방식이니까.

그는 집에서는 멀베이니답지 않은 멀베이니라는 자신의 평판을 즐겼었다. 하지만 이제는 늘 그렇게 자신만만하지는 못했다.

그 여학생의 이름은 알리트였고 패트릭보다 세살 연상으로 생물학 박사과정에 있었다. 그는 누구 못지않게 그녀를 존중했으며 그녀를 모욕할 의사는 눈곱만큼도 없었노라고 마음속으로 그녀에게 항의했다. 그녀에게 상처를 주거나 그녀를 실망시키고 싶은 의도는 없었노라고. 억울하게도 그녀는 생물학관이나 도서관, 그리고 종종 길에서 마주치면 바로 시선을 외면하고 딱딱한 옆얼굴을 보였다. 나한테 말 걸지 마. 제발 내 이름 부르지 마. 알리트가 그를 사랑했는데 그가 오해했던 것일까? 아니면 이해하고 싶지 않았던 걸까? 그 역시 그녀가 곁에 없을 때는 그녀에게(혹은 그녀에 대한 생각에) 매력을 느꼈다. 아니, 그는 그녀를 원했다. 둘 사이에 그런 자의식이 아닌 편안함과 웃음이 존재할 수만 있다면! 패트릭은 그녀와 몸이 닿으면 민감하고 불안한 감정들로 가득찼고 늘 매리앤이, 매리앤의 능욕당하고 상처입은 몸이 생각났다. 그는 어떤 여자도 아프게 하고 싶지 않았다. 절대로. 하지만 아프게 할 가능성을 배제하고 어떻게 여자를 만지고 사랑을 나눌 수 있겠는가?

그 생각은 안하는 게 좋아. 공부에 집중하자. 결국 대학에 몸담고 있는 이유는 그거니까.

하지만 어떻게 그 생각을 안할 수 있을까? 알리트가 있는데. 그를 피하고는 있지만 그녀는 엄연히 존재하는데.

알리트는 솔직하면서도 수줍음이 많아서 사람들과 어울리는 걸 불편해하고 패트릭처럼 미소짓기보다는 얼굴 찌푸리기를 더 잘하는 똑똑한 여자 과학도 중 하나였다. 두 사람은 헤링 박사의 강의 후에 장시간 열띤 토론을 벌이곤 했으며—알리트는 헤링 박사 밑에서 배우기 위해 코넬에 온 것이었다—몇차례 데이트도 하다가 마침내 신체접촉을 하고 어색하게나마 키스까지 했다. 실험적인 느낌을 주는 키스였다. 꼭 다문 차갑고 얇은 입술! 그 자의식! 일종의 공포심으로 질끈 감은 눈! 두 사람 다 그 방면엔 별로 경험이 없는 게 분명했다. 고교시절의 로맨스는 그들의 특기가 아니었다. 스물세살의 알리트는 십대 중반의 소녀 같았다. 그러니 패트릭을 퀴리 스트리트에 있는 자신의 아파트에 초대해 저녁까지 대접한 건 그녀로선 큰 용기를 낸 것이었다. 패트릭은 그녀가 손수 만들어준 음식을 고마운 마음으로 충분히 열심히 먹었다. 식사가 끝난 후 대화가 자꾸 어색하게 끊길 때…… 패트릭은 그 기억만 떠올리면 얼굴이 화끈거렸다! 여자의 몸에 겁을 먹어서 과감하게 밀어붙이지 못한 그를 마이크가 보았다면 얼마나 웃었을까.

패트릭은 자신도 모르는 사이에 안전한 영역을 벗어난 동물처럼 갑작스러운 공포에 질려 달아나버렸다.

"얼음처럼 차가워." 알리트는 나중에 그렇게 말했다.

알리트는 바너드 대학 출신의 지적인 여성이었다. 만일 그녀가 자신을 퇴짜 놓은 남자에게 복수한다면 분명 지적인 종류의 복수이리라. 그녀는 출처도 밝히지 않은 수수께끼 같은 문장을 타이핑해서 그의 연구실 사물함에 넣었다. 너무도 차갑고 너무도 얼음 같아서 그를 만지면 손을 데리라! 그에게 닿는 모든 손은 충격을 받으리라. 그가 불타는 듯 뜨겁다고 여겨지는 것은 그 때문이다.

물론 그건 그를 우쭐하게 만들었다. 속으로는 자신을 몹시 하찮게 여기는 핀치를 대단한 인물처럼 만들어주니까.

그래서 그는 정상적이고 싶었다. 마이크가 말했듯이. 늘 온화하고 다정했던 옛날의 아버지가 입버릇처럼 말했듯이. 안될 거 뭐 있어? 그냥 해보는 거지 뭐!

저드에게도 말했다시피(그는 전화는 거의 하지 않았지만 저드와 가까웠다) 그건 하나의 실험이었다. 정상적인 행동을 하면, 물속에 넣은 막대기가 실제와 달리 휘어져 보이는 것처럼 그의 생각을 왜곡시키기 시작한 문제들을 마음에서 떨쳐버릴 수 있을지도 모르니까.

첫번째 정상적인 행동은 줄을 서서 콘써트 표를 사는 것이었다. 놀라울 정도로 줄이 길었고 다들 낯이 선 학부생들이었다. 야단스럽고 싸이키델릭한 플래스티카! 포스터들을 자세히 들여다보니 조금 재미있기도 하고 혐오감도 들었다. 차례가 와서 표값 20달러를 냈다. 록 콘써트에! 패트릭 멀베이니가! 음악이라면 라디오 클래식 음악 채널에서 현악 사중주나 목관 삼중주, 피아노 쏘나타를 듣는 게 전부였던 그가 아니던가. 그마저 대개는 공부나 생각에 집중하는 데 방해가 되어 잘 듣지 않았다. 지칠 줄 모르고 끊임없이 계획을 세우고 계산을 하는 그니까. 내 삶을 운명지어진 대로 살아가기 위해 반드시 갖추어야 할 지식 중에 결여된 것은 무엇일까?

자신의 운명은 이미 수태된 그 순간부터 유전적으로 결정되어 있다는 생각을 하니 마음이 가라앉았다. 유전자라는 비밀문자체계는 그에겐 해독이 불가능하지만 이론상으론 해독이 가능한 것이다. 어떤 신비한 언어라도 열쇠만 찾아내면 이론상으론 해독이 가능한 것처럼.

춥고 비가 부슬부슬 내리는 플래스티카 콘써트 날 밤, 패트릭은 공연장 안으로 밀려드는 관중의 규모에 놀라 얼이 빠질 지경이었다. 그는 일찌감치 콘써트 표를 사면서 더이상의 기다림은 없으리라 생각했던 것이다. 이십대이거나 그 이하인 록 팬들이 즐겁게 밀고 밀리며 엄격한 인상의 경비원들의 감독 아래 공연장으로, 원형극장 안으로 밀려들었다. 마치 곤충 떼같이! 마치 특정 종류의 딱정벌레들이 거대한 무리를 이루어 우글거리며 닥치는 대로 짝짓기를 벌이는 것 같았다. 패트릭은 혐오감을 이기지 못해 아무한테나 표를 줘버리고, 아니 발기발기 찢어버리고 그곳에서 빠져나가고 싶은 충동을 느꼈다. 나한텐 안 맞아. 난 내 부류를 혐오해. 하지만 그는 혼자가 아니라 과학수업을 같이 듣는 짝 없는 친구들과 함께 왔기에 단독행동을 하기도 어려웠다. 그들은 칼리지 애버뉴에 있는 시끌벅적한 피자집에서 저녁을 먹고 맥주를 조금 마셨다. 그건 칼리지 타운의 토요일 저녁에 흔히 있는 정상적인 행동이었다. 공연장 안으로 들어서자 패트릭은 공황감을 느꼈다. 그와 친구들은 무수한 좌석 중에서 뒤쪽 맨 왼쪽에 있는 좌석을 겨우 찾아갈 수 있었다. 그들의 좌석은 무대에서 꽤 멀었고 테이프에 녹음된 록 음악이 쾅쾅 울리는 스피커가 근처에 있었다.

내가 여기 왜 와 있지? 내가 그렇게 절박한가? 난 무엇에서 도망치려는 거지?

콘써트는 예정보다 삼십오분이나 늦게 시작했고 기다림에 지친 관중은 난폭하고 소란스러워져서 출렁이는 파도처럼 통제력을 잃기 직전이었다. 패트릭은 몇잔 마신 맥주 때문에 뒷골이 지끈거리던 것이 소음 때문에 더 심해졌지만 정신은 말짱했다. 우라지게 말짱했다. 그래서 자신의 괴로움을 날카롭게 인식할 수 있었다. 그는 뱃멀미를 해본 경험이 없었지만 뱃멀미하는 기분을 느꼈다.

관중들이 고함을 지르고 날카로운 휘파람 소리를 내고 리듬에 맞춰 박수를 치고 발을 구르며 아우성치기 시작했다. 패트릭도 좌석에 앉은 채로 앞으로 몸을 내밀고 거기 합세하려는 약한 시도를 했다. 스무살 청년이라면 이서커의 금요일 밤에 평소처럼 방에 처박혀 앉아 기를 쓰고 책을 들여다보며 메모를 하는 것이 아니라 이런 데서 이런 소란의 틈바구니에 있어야 정상이다. 마침내 휘황찬란한 빛이 소용돌이치고 자동 산탄총처럼 요란한 드럼 소리가 귀를 찢는 가운데 플래스티카 멤버들이 무대로 뛰어나올 때 수천 관중과 함께 환호성을 올려야 정상이다. 패트릭은 이를 악물고 놀라움과 혐오감에 차서 무대에 등장한 여섯명의 비쩍 마른 남성종(種)들을 바라보았다. 그들은 우스꽝스러운 검은색 가죽옷을 입고 있었는데 바지는 허릿단이 골반에 걸쳐져 배꼽이 다 보이고 몸에 착 달라붙어 성기 부분이 노골적으로 드러나 있었다. 그리고 팔 밴드와 귀고리, 젖꼭지 고리를 하고 있었다. 리드씽어인 트라우메리는 경악할 정도로 말라 병적으로 창백한 푹 꺼진 가슴이 기름 막에 덮인 듯 번들거렸다. 뼈만 앙상한 뿌루퉁한 얼굴에는 새하얗게 분칠을 했고 두툼한 입술은 새빨갰으며 약에 취한 듯 흐릿한 눈에는 검정 마스카라가 그려져 있었다. 검게 염색한 머리는 가닥가닥 땋아내려 그가 간질 발작이라도 일으킨 것처럼 무대 위를 미친 듯이 뛰어다니는 동안 이리저리 휘날렸다. 트라우메리를 비롯한 플래스티카 멤버들은 최근 런던에서 마약 복용 혐의로 체포되었으며 그런 사실도 플래스티카의 공연에 관중이 몰리는 이유 중 하나임이 분명했다. 코넬의 중산층 출신 남학생과 여학생 들이 실생활에서 만나면 무시할 것이 분명한 노출광들.

그리고 그 소음이란! 패트릭은 귀가 멀 지경이었다. 드럼 소리, 천 배는 증폭시킨 귀청이 터질 듯한 기타 소리, 고동치는 원초적이고 반복적인 선율, 목청껏 내지르는 노랫소리, 순전한 힘의 장.

패트릭은 오분 이상을 견디지 못할 것 같았다.

그는 초조하게 사방을 흘깃거렸다. 대부분 그와 크게 다르지 않으며 외국인의 눈에는 그와 동일한 아종으로 보일 그곳의 관중들이 플래스티카에 완전히 홀려 있었다. 코린이 데리고 다녔던 시골 작은 교회의 광적인 신도들도 그런 무아경의 환희를, 그런 무조건적인 광희를 발산하지는 않았다. 그게 정상적인 것이다. 그렇지 않은가? 혼자 동떨어져서 의심하고 비판하는 핀치 스타일은 비정상이고.

패트릭 멀베이니와 동년배인 이 수천의 젊은 남녀들. 탐욕스럽게 엄마 젖을 빠는 갓난아기 같은 모습들. 패트릭은 단 몇분 동안이라도 자의식을 버리고 그 아수라장에 빠져들고 싶었다. 관중 속에, 그 북새통에 온전히 묻히고 싶었다. 그의 꾀까다로운 핀치 자아가 녹아서 다른 사람들의 자아가 녹아 있는 곳으로 수은처럼 흘러드는 기분을 느끼고 싶었다. 흡사 전기충전으로 움직이는 물질처럼 힘차게 맥동하는 흐름 속에서 고동치고 싶었다. 패트릭은 트라우메리가 뼈만 앙상한 골반을 발작적으로 앞으로 튕기며 뱉어내는 가사를 알아들으려고 열심히 귀를 기울였다. 가사가 귀를 찢는 소음을 보상할 수 있기라도 하듯. 내가 내가 내가 너의 구세주가 되겠어 내가 내가 내가 너의 신이 되겠어 피에 씻어 피에 씻어 어린양의 피에 씻어. 트라우메리는 악을 쓰며 내뱉었지만 이상하게도 감탄조는 아니었다. 관중 사이에서 맥동하는 그 전류에 똑같이 감전되어 그저 사실을 말하고 있는 듯했다.

패트릭은 자신의 귀를 의심하지 않을 수 없었다. 그 가사는 찬송가의 기괴한 패러디가 아닌가? 내가 너의 구세주가 되겠어. 어린양의 피에 씻어. 어쩌면 트라우메리의 출신은 패트릭 멀베이니와 크게 다르지 않은지도 모른다. 요란한 소음 속에서 잘못 들은 게 아니라면. 아니면 그건 조롱이었을까? 자기조롱? 아니면 개구쟁이 아이들의 놀이 같은 놀이? 가사를 진지하게 받아들일 사람이 없음을 알고? 패트릭은 도무지 판단이 서지 않았다.

그는 매리앤이 그런 가사를 어떻게 받아들일지 궁금했다. 절대로 타인을, 심지어 그녀 자신조차 심판하지 않는 듯한 매리앤. 어떻게 그런 식으로 살 수가 있을까? 그건 예수 그리스도를 모방한 고원한 정신일까 아니면 자기기만적이고 치명적인 나약함일까? 악한 자에게 맞서지 말라. 누가 네 오른쪽 뺨을 치거든 왼쪽 뺨도 돌려 대라.

아니, 난 아니라고 패트릭은 생각했다.

플래스티카가 다음 곡으로 넘어갔다. 팬들이 환호성을 울리며 발을 굴러대는 것으로 보아 예전 인기곡이 분명했다. 패트릭은 가사 내용을 듣는 걸 포기했다. 중요한 건 맥동하는 비트였다. 바이러스 감염처럼 그의 안구에서 고동치고 그의 심박수를 증가시키는 비트. 스스로 증식하는 능력을 갖추지 못해 숙주의 유전자 속으로 교묘히 침입해야만 하는 신비의 미생물. 그 누가 자연을 이해할 수 있겠는가? 땀이 비 오듯 흐르고 머리는 봉두난발이 된 트라우메리와 기타 연주자가 기타를 자동 산탄총처럼 들고 서로에게 뼈만 남은 엉덩이를 튕겨댔고 패트릭은 그 모습에서 머리 없는 수컷 사마귀가 제 머리를 떼어먹은 암컷 사마귀와 교미하고 있는 장면을 연상했다. 그는 눈을 감았다. 편안한 실험실에서 얼룩진 실험 가운을 입고 성한 눈을 현미경에 갖다대고 이마를 찡그리고 있는 자신이 보였다. 하지만 여전히 광적인 플래스티카의 비트가 그의 핏속으로 들어왔다. 통나무를 두드려 자장가를 연주하는 듯한 멍청한 비트! 비트! 비트! 그는 눈을 더 꽉 감고 다윈을, 그 단순함이 너무도 아름다우면서도 너무도 복잡한 그의 진화론을 생각했다. 모든 생명체는 연속적인 존재로서 다른 모든 생명체와 연관되어 있다. 하지만 비존재의 영역도 있다. 생존해 있지 않으며 그 존재가 발견된 적도 없는 종들. 진화의 연속선상에 존재했을 수도 있는 가설적 생물체들. 뿔 달린 새? 날아다니는 파충류? 깃털 달린 호모싸피엔스? 눈이 머리 옆에 하나씩 붙어 있어서 양쪽 눈이 서로 다른 걸 보는 호모싸피엔스? 박쥐의 경이적인 '음파탐지' 능력을 지닌 호모싸피엔스? 패트릭은 미소지었다. 헤링 박사의 수제자인 하바드 출신의 젊은 조교수와 감히 논쟁을 벌이는 고집쟁이 핀치. 만약에 그렇다면요? 왜 안되죠? 유전적 가능성이 없나요? 성격상의 결함인지는 몰라도 그는 호기심을 억누를 수가 없었다. 초등학교 때부터. 호기심만이 아니라 성급함도. 같은 과의 알리트와 몇몇 학생들은 그에게 감탄했다(그들이 직접 한 말이었다). 나머지는 그렇지 않았다. 그는 이마를 찡그리고 눈을 가늘게 뜨며 윗사람에게 따지고 싶은 충동을 억제하지 못했다. 패트릭 멀베이니는 늘 의심하고 질문했다. 고등학교 때 패럴리노 선생님은 그가 손을 들기도 전에 미소지으며 말하곤 했다. "그래, 패트릭?" 요전날 아침에도 헤링 교수의 강의가 끝난 뒤 패트릭은 대담하게 질문을 던졌다. "'유전적 가능성'이 그토록 광대한데 '존재'란 것은 필요 이상으로 환원적인 범주가 아닙니까? 진화에 끝이, 한계가, 목표가 없다면 말입니다." 저명한 생물학자는 고통스러운 몇초 동안 침묵 속에서 패트릭을 쳐다보았다.

패트릭은 돌연한 공포에 사로잡혔다. 젠장, 핀치, 이번엔 너무 지나쳤어. 너 자신의 미래를 망쳤어.

마침내 입을 연 혜링 교수는 정중한 미소를 지으며 이렇게만 말했다. "멀베이니 군, 자네의 질문은 너무 이론적이군."

무슨 일이지? 패트릭은 어리둥절해서 눈을 떴다. 미친 꿈에서 깨어나듯…… 귀를 찢는 록 음악이 끝나 있었다. 휴식 시간이었다.

이제 도망칠 수 있다! 그는 정상적이 되려는 시도를 했고 무참히 실패했다.

패트릭은 멍한 상태로 자리에서 일어나 비틀거리며 같은 줄의 관중들과 함께 통로로 나갔다. 많은 팬들이 공연장 안으로 몰래 맥주를 들여와 마시고 취해 있었다. 패트릭은 함께 온 친구들에게 외쳤다. "나 간다! 안녕." 소음이 심해서 그들이 들었는지는 알 수 없었다. 그는 처음엔 참을성 있게 그러다 나중엔 그리 참을성 있지 않게 관중들을 헤치고 옆쪽 비상구를 향해 나아가다가 앞쪽의 사람들 틈에서 낯익고 불편한 옆얼굴을 보았다. 재커리 런트!

가능한 일일까? 여기 코넬에서? 재커리 런트를?

패트릭의 머릿속에서 불꽃이 일었다. 플래스티카의 비트 비트 비트가 그를 앞으로 떠밀었다. 그는 졸업식 날 이후로 여동생의 강간범을 만난 적이 없었지만 다른 일들에 정신을 단단히 고정하고 있을 때조차 강박적으로 재커리 런트를 생각해왔음을 깨달았다. 재커리 런트. 강간범. 죗값을 치르지 않은 놈. 패트릭은 광적인 마약중독자 트라우메리라면 이런 상황에서 어떤 반응을 보일지 궁금했다. 그는 재커리가 그저 그런 성적에도 불구하고 빙엄턴 주립대에 입학하고 남학생 사교클럽에 들었다는 소식을 들었다. 물론 재커리다운 일이었다. 아마 그는 코넬 대학 사교클럽의 초대로 왔을 터였다. 아니면 코넬에 다니는 여자친구가 초대했거나. 그는 소란스러운 청년들의 무리와 동행한 듯했고 무리 중 몇은 분명히 취해 있었다. 패트릭은 주위에서 쏟아지는 욕설을 무시하고 재커리 쪽으로 급히 나아갔다. 플래스티카의 비트가 머릿속에서 살인적으로 고동쳤다. 재커리를 붙잡으면 어떻게 하지? 강간범! 개자식! 매리앤에게 상처를 주고 매리앤의 인생을 망친 놈! 패트릭은 이를 갈았다. 그 모습이 무서워 보였는지 그의 얼굴을 본 주위 사람들이 슬금슬금 피했다. 그는 아버지가 묵사발을 내놓았다는 적의 코를, 자신의 주먹으로 시퍼렇게 멍이 들도록 두들겨팰 적의 눈을 생각하고 있었다. 그리고 적의 입, 그 미소짓는 이빨. 패트릭은 피를 토하는 호박등의 황홀한 모습을 상상했다.

비상구 근처에서 패트릭은 사람들을 밀치고 앞으로 몸을 던져 재커리의 팔을 잡았다. "잠깐! 기다려!" 하지만 놀랍게도 그는 재커리 런트가 아니었다. 그는 당황해서 웅얼거렸다. "아, 죄송합니다. 사람을 잘못 봤어요."

청년은 키가 재커리와 비슷했고(패트릭도 그 정도 키였다) 재커리처럼 찰랑거리는 검은 장발과 여우처럼 조붓한 얼굴을 하고 있었지만 처음 보는 사람이었다. 그는 겁에 질린 얼굴로 패트릭을 쳐다보았다. 거칠게 맥동하는 무검열의 감정들이 찬양받는 플래스티카 콘써트장에서도 미친 인간이 접근하면 놀라고 겁을 먹게 마련인 것이다.

패트릭은 그곳에서 도망쳐나와 어둠에 싸인 캠퍼스를 가로질러 달렸다. 심장이 비트 비트 비트처럼 고동쳤다. 나중에 그는 그때 자신이 왜 수치심과 자책감에 젖지 않았는지 이상하게 여기게 될 것이었다. 하지만 지금 그는 흥분과 고양된 기분을 느끼고 있었다. 그 겁에 질린 스무살 청년은 재커리 런트가 아니었지만, 그렇다고 이 밤에 어딘가에 재커리 런트가 존재하지 않는 건 아니었다.

패트릭은 하마터면…… 하마터면?

교만은 패망의 선봉이다. 하지만 그건 교만의 문제가 아니었다.

그건 단순히 고결함, 위엄의 문제였다. 아들딸을 둔 아버지인 쉰살의 미국인 남자에게 위엄이 없다면 허깨비나 마찬가지다. 그는 그들을 친구로 여기고 믿어왔다. 그들이 마이클 멀베이니를 자신들의 일원으로 받아들였다고 믿어왔다. 그들은 그를 마운트 이프리엄 컨트리클럽 회원으로 초빙했으니까. 그는 기꺼이 응했고, 생애 최고의 기쁨을 맛보았다. 그는 컨트리클럽 회원이 되어 입회비를 냈고 매년 9월 첫째 날에 연회비도 꼬박꼬박 납부했다. 마이클 멀베이니는 컨트리클럽 회원들이 신뢰할 수 있는 인물이었고 그들도 그걸 알았다. 그도 그걸 알았다. 그는 그 모든 것이 결코 자신의 착각이 아님을 알았으며 자신은 삶에서 실수를 저지르는 그런 종류의 인간이 아니라는 것도 알았다. 타인에 대한 영리한 판단 능력 없이는 맨손으로 사업을 일으킬 수 없는 법이니까. 그건 사실이었다.

그 하루, 그 한 시간만으로도 그에겐 충분했다. 어느 금요일 저녁 6시가 조금 지난 시각에 그는 마운트 이프리엄 컨트리클럽에 있는 술집으로 들어갔다. 양키 두들: 남성 전용. 어둠침침한 실내에 눈이 익숙해지도록 검은 썬글라스를 벗었다. 누가 와 있는지 둘러보니 바와 칸막이 좌석에 열둘에서 열다섯명쯤 되는 남자들이 앉아 있었는데 모두 낯익은 얼굴들이었고 붉은 가죽으로 된 칸막이 좌석에 앉은 벤 브로이어와 찰리 매킨타이어가 눈에 들어왔다. 두 사람은 재빨리 놀란 눈짓을 교환했고 ― 경고와 주의의 눈빛이었다 ― 한 사람이 더 그들과 동석하고 있었는데 마이클을 등지고 앉아 있어서 처음엔 몰라봤지만 자세히 보니 지방법원 판사 게리 커클런드였다. 커클런드는 예순살쯤 된 다부진 체격의 남자로 네모진 붉은 얼굴에 직업상의 딱딱한 미소로 인해 주름이 져 있었다. 그리고 백랍 빛깔의 머리는 마이클 멀베이니와 똑같이 정수리 부분이 대머리가 되어가고 있었다. 마이클과 커클런드는 컨트리클럽을 통해 알게 되었으며 만나면 반갑게 악수를 나누며 가족의 안부를 묻는 사이였다. 마이클은 늘 저넷 커클런드의 안부를 챙겨 물었고 그러면 커클런드도 코린 멀베이니의 안부를 물었지만 단 한번도 코린의 이름을 제대로 기억하지 못했다. 캐럴? 코릴리? 개자식.

벤 브로이어와 찰리 매킨타이어 사이에 반딧불이의 불빛

처럼 빠른 경고와 주의의 눈길이 오갔다. 그리고 그중 하나가 커클런드에게도 경고의 말을 속삭였다. 그래서 커클런드는 뒤돌아보지 않고도 누가 들어왔는지 알 수 있었다.

마이클은 그들을 무시하고 바 좌석으로 가 앉았다. 양 옆자리는 비어 있었다. 대화, 웃음. 바 좌석 위쪽에 텔레비전이 있었다. 몇시간 동안 술 한 모금 마시지 않았는데도 귀가 웅웅거렸다. 바텐더가 말했다. "안녕하십니까, 멀베이니 씨! 늘 하시는 걸로 드릴까요?" 마이클은 그를 빤히 보며 대답했다. "평소에 하던 거라니?" 그는 평소에 거의 마시지 않는 맥주 상표명을 댔다. 당황한 바텐더는 "죄송합니다, 멀베이니 씨" 하고 웅얼거리며 몸을 굽혀 사라졌다. 마이클은 홀로 앉아 눈을 가늘게 뜨고 텔레비전을 건성으로 올려다보았다. 손톱에 때가 낀 두툼한 손가락을 바 테이블에 올려놓고 두드렸다. 초조하고 조바심이 났다. 사람들의 따가운 시선이 느껴졌지만 그가 돌아보면 모두들 바로 시선을 돌려버릴 터였다. 그가 들어섰을 때 몇몇이 그를 향해 고개를 끄덕이며 모호한 미소를 보냈지만 큰 소리로 인사하거나 웃으며 그의 이름을 부르거나 이리 와서 앉으라고 한 사람은 아무도 없었다. 거품 이는 맥주잔이 앞에 놓였고 마이클은 잔을 들어 천천히 마셨다. 심오하고 교묘한 진실에 대한 상념에 젖어 있는 사람처럼. 손이 떨리고 옷 속에서 진땀을 흘리고 있는 사람 같지 않게. 그는 충동을 억제하지 못하고 고개를 돌렸다. 브로이어, 매킨타이어, 커클런드. 내가 너희를 못 보는 것 같지? 너희 말을 못 듣는 것 같지? 개자식들.

손에 든 잔이 비었다. 맥주는 너무 밍밍해서 맛을 느낄 수 없었다. 하지만 바텐더에게 한잔 더 달라는 신호를 보냈다. 몸의 불안한 열기 때문에 얼굴까지 붉게 상기되었다. 그는 아침에 코린이 일층으로 찾으러 내려오기 전에 서둘러 나오느라 샤워도 하지 못했다. 그는 지난밤 마이크 주니어의 방에서 트로이와 함께 잤던 것이다. 머리칼이 깃대처럼 빳빳했고 면도도 이틀이나 하지 않은 상태였다. 노인의 수염 같은 양철 색깔의 구레나룻이 텁수룩하게 자라 있었다. 거품 가득한 두번째 맥주잔이 그의 앞에 놓였고 그는 고맙게 맥주를 마시다가 갑자기 벌떡 일어나 결연히 마이클 멀베이니 쪽을 외면하고 있는 세 남자의 좌석으로 다가갔다. 구겨진 낙타털 코트를 입고 비틀거리며 선 마이클 멀베이니. 분노에 찬 검붉은 얼굴. 그가 조롱하는 투로 말했다. "어이, 벤…… 안녕하시오?" 벤 브로이어는 죄지은 얼굴로 흘깃 올려다보았다. 마치 이제야 처음으로 마이클을 발견하기라도 한 것처럼. 마이클은 씩 웃으며 말했다. "찰리? 만나서 반갑소." 찰리 매킨타이어는 놀라서 마이클을 향해 희미한 미소를 보냈는데 거의 겁에 질린 표정이었다. "그리고 게리……" 마이클은 판사의 오른쪽 어깨에 손을 올렸다. 겉보기엔 다정한 몸짓이었지만 그의 손은 억세고 무거웠다. 커클런드가 몸을 빼며 말했다. "미안하지만……!" 그를 내려다본 마이클은 그의 얼굴에서 노골적인 공포와 못마땅함, 혐오를 읽었다. 마운트 이프리엄 컨트리클럽 원로이며 지역 유명인사인 그는 술 취한 마이클 멀베이니를 상대할 기분이 아니었다. 마이클이 말했다. "이 망할 개자식!"

그러곤 손에 든 맥주를 제럴드 커클런드 판사의 얼굴에 부었다.

거꾸로 기도

네 도움이 필요해, 저드.

아니면 도움이 필요해, 저드라고 말했을 수도 있다.

그 말이 전류처럼 내 몸을 관통했다! 아무도 내게 진지하게 그런 말을 한 적이 없었다. 피를 나누고 추억을 나눈 사랑하는 사람에게서 그런 말을 듣기 전까지는 그 말이 얼마나 강력하고 얼마나 짜릿한지 알지 못한다.

도와줘. 도움이 필요해. 네 도움이, 저드.

패트릭 형은 집으로 전화를 걸 때마다 딱히 전하는 말이 없었다. 이서커에서의 그의 삶은 사적인 것이어서 우리는 함부로 캐물을 수가 없었다. 어머니는 거의 수줍어하며 패트릭 형에게 언제 한번 집에 올 수 있는지 물었고 아버지는 패트릭 형이 자신에게 하는 것과 똑같이 패트릭 형에게 정중하고 냉담하게 대하는 법을 익혔다. 패트릭 형은 우리에게 알리고 싶은 것이 있으면 전화를 끊기 직전에 뒤늦게 생각난 것처럼 이번에 여름 연구보조금을 탔다거나 또 평균 학점 4.0을 받았다거나, 겨울 감기에서 막 회복되었다고 말했다. 직접적인 질문을 던지면 그는 민첩하게 옆으로 물러났다. 그렇다는 것인지 아니라는 것인지 잘 모르겠다는 것인지 알아들을 수 없는 말을 애매하게 웅얼거렸다.

나는 형이 없다고 거의 체념한 상태였다.

과거엔 형이 둘이나 있었지만 이젠 없다고.

어차피 핀치를 특별히 좋아하지도 않았잖아. 망할 핀치.

마치 전생처럼 까마득히 멀게 느껴지는 시절에 어머니가 미남 스타 풀백 '뮬' 멀베이니와 마운트 이프리엄 램스 팀에 관한 신문기사들을 오려 자랑스럽게 붙여놓곤 했으며 조국을 위해 장렬히 전사한 드와이트 데이비드 덩컨 일등병의 부고 기사가 붙기도 했던 부엌의 코르크 게시판은 이제 패트릭 형에 관한 신문기사들 차지가 되었다. 『마운트 이프리엄 페트리어트 레저』지의 지역소식 담당자가 마운트 이프리엄에 사는 어머니의 친구 '쨱쨱이' 필코였고 모든 소도시 신문의 지역소식란이 그러하듯 독자들이 꼼꼼히 읽는 이 지면에는 지역 주민들의 약혼, 결혼, 출생, 사망, 퇴임, 기념일 행사와 모임, 학생들의 활동, 운동선수의 승리, 장학금, 상, 해외여행 등 아무리 사소하고 덧없는 소식일지라도 지역사회의 가족 앨범이라는 취지에 맞는 것이면 모두 실렸다. 당연히 어머니는 코넬 대학에 진학하여 어렵고 야심적인 학문분야에서 두각을 나타내고 있는 아들 패트릭에 대한 좋은 소식을 빠짐없이 '쩍쩍이'에게 전했다. 어머니의 게시판을 보면 패트릭 형이 그녀가 가장 사랑하는 자식처럼, 어쩌면 그녀의 외동아들인 것처럼 보였다. 『페트리어트 레저』지에 계속해서 실리는 패트릭 형의 사진은 고교 졸업앨범에 있는 것으로, 사진 속에서 그는 앞머리를 부자연스럽게 이마 위로 빗어넘긴 모습으로 뻣뻣한 자세를 하고 희미한 미소를 지으며 앞을 노려보고 있었다.

패트릭 형은 나와 자주 통화하지도 않았거니와 어쩌다 통화해도 대개 나를 레인저나 꼬맹이라고 부르며 조롱하는 투로 가볍게 대했고 마음이 딴 데 가 있는 듯 약간 산만한 느낌이었다. 어쩌면 나도 그를 P. J.라고 불러야 했는지도 모른다. 나로선 더 깊은 이야기까지 들어갈 능력이 없었다. 매리앤 누나에 대해, 최근에 매리앤 누나와 통화하거나 만난 적이 있는지 묻고 싶어도 부끄러워서 얘기를 꺼낼 수가 없었다. 적절한 때가 오기를 기다려야 했지만 그런 때는 오지 않을 것 같았다.

하지만 이번엔 달랐다. 평일 밤 11시가 넘은 늦은 시각이었는데 패트릭 형에게서 전화가 걸려왔고, 마침 일층 거실에 내려와 이층에서 자고 있는 어머니가 듣지 못하도록 텔레비전 소리를 잔뜩 죽여놓고 채널을 돌리고 있던 나는 첫번째 벨이 울리자마자 수화기를 들었다. 패트릭 형은 바로 진지하게 나왔고 핀치 식 헛소리를 늘어놓지도 않았다. 그의 첫마디는 "누구 전화 엿들을 사람 있니?"였고 나는 깜짝 놀라서 물었다. "뭐? 누구?" 패트릭 형도 알다시피 그래봐야 어머니나 아버지밖에 없기 때문이었다(아버지는 마씨녀에 출장을 가서 오늘은 안 들어온다는 걸 형이 알 턱이 없었다). 패트릭 형은 바로 한 발짝 물러서며 그냥 확실히 하고 싶었을 뿐이라고 말했다. 잠시 침묵이 흘렀고, 나는 수화기를 귀에 대고 있었지만 아무 소리도 들리지 않았다. 나는 그가 전화를 끊었나 생각했다. "패트릭 형? 무슨 문제 있어?"

패트릭 형은 내게 화가 난 듯 낮고 심술궂은 목소리로 대꾸했다. "문제야 많지."

"아빠 말이야?"

아버지가 판사의 얼굴에 맥주를 부은 건 일주일 전이었다. 마운트 이프리엄 컨트리클럽의 양키 두들 술집에서 열두 명의 증인이 지켜보는 가운데 벌어진 일이었다. 아버지는 체포되어 마운트 이프리엄 경찰본부로 끌려갔고, 폭행 및 치안 방해죄에 체포 거부죄까지 더해졌다(경찰관들이 체포하러 왔을 때 대단한 몸싸움이 있었다). 지방판사 제럴드 커클런드는 아버지에 대한 분노가 대단해서 절대 고소를 취하하지 않을 기세였고, 우리는 아버지가 감옥에 갈지(이년 정도는 감옥에서 보내게 될 수도 있었다) 아니면 집행유예와 벌금형을 받게 될지, 벌금형을 받는다면 액수는 얼마나 될지 알 수가 없었다. 체포 후 월요일 아침에 마운트 이프리엄 컨트리클럽에서 하이포인트 농장의 마이클 멀베이니 씨니어 앞으로 등기편지가 날아왔는데, 그의 회원자격과 회원으로서 마이클 멀베이니 씨니어의 가족들이 누려온 '모든 권리와 특전'을 박탈한다는 정식 통지문으로 대표위원 스무명의 서명이 들어 있었다.

9월에 납부한 연회비 600달러도 고스란히 봉투에 들어 있었다.

어머니는 그걸 두고 몇번이나 불쾌한 듯이 말했다. 우리가 신경이나 쓸 줄 알고!

그리고 패트릭 형이 나를 뒤흔들어놓는 말을 했다. "네 도움이 필요해, 저드."

내가 놀란 건 형의 입에서 도움이라는 말이 나온 것 때문만은 아니었다. 그가 레인저나 꼬맹이가 아닌 내 진짜 이름 저드로 나를 불렀던 것이다. 생전 처음 내게 진지해지기 위해 가족의 암호를 깨야만 하기라도 했던 듯. 바로 그 순간은 우리가 동등하기라도 한 듯.

나는 조심스러웠고 똑바로 들은 건지 확신도 서지 않았다. "무슨 도움인데, 패트릭 형?"

그는 내가 모르는 것에 화라도 난 것처럼 말했다. "정의 실현! 그 자식을 손봐줘야지. 런트. 재커리 런트. 난 할 거야." 패트릭 형은 신중하게 말하고 있었지만 술에 취한 듯 말에 조리가 없었다. 아버지가 취했을 때의 말투였다. 이젠 거의 대화가 없었지만. "내가 맡겠어. 하지만 네 도움이 필요해. 저드?"

"으, 응?"

"아버지 총들 그대로 있니?"

"총?"

"마이크 형 거나. 그 22구경 말이야. 캐비닛에 들어 있는 거…… 알아?"

나는 수화기를 들고 진땀을 흘리기 시작했다. 두려움과 흥분으로 속이 울렁거렸다.

그가 말했다. "22구경 말이야. 그거 빼낼 수 있어?"

"빼내……?"

"뭐야 저드, 꼭 앵무새 같잖아." 그가 웃으며 말했다. 그는 술에 취한 게 분명했고 그가 술을 마셨다는 사실이 그가 하는 말의 내용만큼이나 두려웠다. "젠장, 그만두자."

"형, 잠깐……"

"못 들은 걸로 해! 빌어먹을, 지금은 때가 아냐. 지금은……" 수화기 떨어뜨리는 소리가 들렸고, 그가 급히 다시 수화기를 주워들고 말했다. "아직 때가 아냐. 집어치워."

그러곤 전화를 끊어버렸다. 나는 쏘파에 앉은 채로 천장 구석을 올려다보고 있었다. 커다란 쇠망치로 맞은 것처럼 머리가 띵하고 아무 생각도 나지 않았다.

사흘 후 다시 패트릭 형에게서 전화가 걸려왔다.

하이포인트 농장의 저녁식사 시간 무렵이었다. 이제 하이포인트 농장의 저녁식사 시간은 사라진 것이나 다름없었지만 말이다. 아버지가 언제 들어올지 모르고 어머니와 나 둘만 있는 날엔 예전처럼 식탁에서 먹지도 않았다. 어머니 말처럼 식탁에서 먹으면 초조해지니까. 어머니 말처럼 서서 먹거나 부엌이 아닌 곳에서 먹는 것도 괜찮으니까. 어쨌든 저녁 6시 30분경이었는데 전화벨이 울렸고, 아버지가 외출 중일 때는 늘 그렇듯이 어머니가 걱정이 되어 얼른 전화를 받았는데 패트릭 형이었다. 어머니는 십분에서 십오분 정도 웃으며 통화했고 나는 통화 내용을 엿듣지 않으려고 애쓰며 내 다리에 머리를 치대는 개와 고양이 들과 함께 부엌에서 얼쩡거렸다. 나는 어머니와 패트릭 형이 긴 대화를 나누고 어머니가 최근의 계획에 대해 패트릭 형에게 너무도 편안하게 얘기하는 것이 놀라웠다. 하이포인트 골동품점을 '확장'해서 제대로 장사를 해보려고 해. 아버지가 사업체를 마씨너로 '이전'할 생각으로 마운트 이프리엄의 건물을 팔려고 내놓았는데 물론 그렇게 되면 농장도 팔고 이사해야 하겠지. 너 혹시 마씨너 골동품 벼룩시장 아니? 날씨 좋은 주말에 그곳 장터에서 열리는데 셔토쿼 밸리 지역 내에서 역사가 깊고 규모도 큰 시장에 속한단다. 로체스터, 포트 오리스케니, 버펄로 같은 먼 데서까지 골동품상과 돈 많은 고객들이 찾아오고……

나는 어머니가 농장을 판다는 말을 다른 말보다 별로 중요하지 않은 것처럼, 모든 말이 순전히 제스처에 불과한 것처럼 빠르게 뱉어내는 것을 들으며 내 귀를 의심하지 않을 수 없었다. 어머니는 농장을 파는 걸 마씨너 골동품 벼룩시장의 점포 하나를 임대하기 위한 방편에 지나는 않는 듯 말하고 있었다. 농장을 파는 것이 이미 과거시제이며 이의를 달 수 없는 일종의 역사인 것처럼 말하고 있었다.

아버지가 체포, 기소되었을 때 『페트리어트 레저』지에 하이포인트 농장 거주자 컨트리클럽에서 '폭행죄'로 체포라는 제목 아래 아버지의 사진이 실렸다. 그 기사는 지역소식란이 아니라 1면에 크게 실렸다. 아버지 사진은 신문사 자료에서 찾아 쓴 듯 십년쯤 전에 상공회의소나 터스커로러 클럽 시상식에 참석한 정장 차림의 모습이었다. 사진 속의 아버지는 미남이었고 환히 미소짓고 있진 않았지만 행복해 보였으며 플래시 불빛 때문에 눈이 마치 어둠 속에서 불빛을 받은 동물의 눈처럼 괴상해 보였다. 어머니는 이 기사는 오려서 게시판에 붙이지 않았다.

나는 코넬의 패트릭 형에게 신문을 보냈다. 그가 알고 싶어할 것 같아서.

어머니는 계속 수화기를 붙잡고 앞으로의 계획을 늘어놓고 있었다. 나는 마구간에 가서 숨으려 했지만 어머니가 쏜살같이 달려와 텔레비전 속의 엄마처럼 내 뒷덜미를 잡았다. 어머니는 얼굴이 붉게 상기되고 두 눈은 네온처럼 빛나고 있었다. "레인저! P. J.한테 인사해야지!"

패트릭 형이 빠르고 쾌활한 말투로 "그래, 잘 지내냐 꼬맹이?"라고 물었고 나는 그가 보고 있기나 한 것처럼 어깨를 으쓱했다. 나는 기분이 몹시 나빴고 눈물이 고여서 눈을 깜짝였다. "그런 것 같아." 내가 대답하자 패트릭 형이 물었다. "거기 상황이 그렇게 나쁘니? 엄마 말처럼? 농장을 팔거래? 그럴 것 같아?" 나는 그렇다는 뜻일 수도, 아니라는 뜻일 수도 있는 말을 웅얼거렸고 그가 말했다. "그날 밤에 저드, 내가 말한 것 말이야……" 잠시 침묵이 흐르는 동안 나는 그가 그 일은 잊어, 미친 소리였으니까라고 말하길 기다렸지만 내 귀에 들린 말은 그게 아니었다. "……진심이었어. 난 할 거야. 정의 실현. 언제일지는 모르지만…… 언젠가는. 그리고 난 네가 필요해, 알았어?" 나는 정상적으로 숨을 쉬려고, 얼굴에 미소를 지으려고 애썼다. 어머니가 근처 씽크대에서 소리죽여 휘파람을 불고 있었던 것이다. "물론, 패트릭 형. 언제든." 패트릭 형이 낮고 간절한 목소리로 말했다. "저드, 내가 이 세상에서 믿을 수 있는 사람은 너뿐이야." 나는 더듬거리며 대답했다. "음, 좋아." 그가 말했다. "난 그 문제에 집중할 시간이 필요해. 지금은 아직 준비가 안돼 있어. 지금은, 마음의 준비가 안됐어." 나는 토할 듯한 기분을 느끼며 두려움과 흥분에 몸을 떨며 대답했다. "좋아, 패트릭 형. 날 믿어."

전화를 끊은 뒤 어머니가 눈가를 훔치며 말했다. "저드, 네 형 말이다, 전화를 해주다니 정말 착하지 않니! 너무나 다정하고 사려가 깊어. 네 형은 모를 거야. 내가 이번 주 내내 마음속으로 전화를 기다렸다는 걸. 전화하지 말라고 계속 텔레파시를 보냈지. 저드, 너 그거 해본 적 있니? 거꾸로 기도 같은 거야. 효과가 있다니까."

공범자

그렇게 해서 나는 고교 2학년 열여섯살의 나이에 패트릭 형의 계획적인 범죄의 공범자가 되었다. 나는 이른바 사전, 사후 종범이었다. 공모자였다. 내가 공범자가 된 건 패트릭 형과의 첫번째 통화 때도, 패트릭 형이 내게 세상에서 믿을 수 있는 사람은 너뿐이야,라고 고백한 두번째 통화 때도 아닌 그 중간 시기였다. 나는 그 며칠 동안 밤이고 낮이고 넋이 빠져 한 가지 생각만 했다. 형이 뭘 시키든 난 할 거야. 나한테 총을 쏘라고 해도 난 할 거야.

나는 재커리 런트가 죗값을 치르게 될 것임을 알고 있었다. 나는 그 일이 번개가 치듯 일어날 것이며 아버지나 마이크 주니어 형이 하게 되리라 생각했다. 패트릭 형이 그 일을 하고 나까지 연루되리란 생각은 하지 못했다. 나, 저드가! 하지만 패트릭 형이 자신의 계획을 고백하는 순간 나는 우리 멀베이니 가의 남자들 중에서 제대로 된 방식으로 정의 실현을 할 수 있는 사람은 그뿐임을 깨달았다. 갑작스럽고 충동적인 폭력으로 무섭게 번지는 산불처럼 우리 모두를 태워버려서는 안되고 사전에 계획된 침착한 행동으로 범행 후에 무사히 빠져나갈 수 있어야 하니까. 패트릭 형은 완벽 이하의 것에는 절대 만족하지 못하니까.

나는 1978년 12월 초에 결심을 굳힌 후 1979년 3월 '실행'에 들어가기까지 단 한번도 패트릭 형을 돕지 않겠다는 생각을 해본 적이 없었다. 마음이 바뀌었다고, 무서워서 못하겠다고, 그 계획에 반대한다고 말하고 약속을 철회할 생각 같은 건 단 한순간도 품어본 적이 없었다. 그건 위험한 일이야!라든가 우리 둘 다 다칠 수도 있어!라는 생각은 했다. 하지만 아니, 난 못해, 안할 거야!라고는 단연코 생각하지 않았다.

하이포인트 농장을 벗어난 나의 삶은 꿈이었고 하이포인트 농장과 내 생각 속에서의 삶은 진짜 삶이었다.

그토록 오랜 세월이 흐른 지금도 내 것으로 주어진 공간인 내 사무실에서 시간 가는 줄 모르고 일에 열중해 있다가 어두워진 후에 문득 눈을 들어 시간을 확인할 때면 나는 그만 집에 돌아가야겠다고 생각한다. 집. 하이포인트 농장에.

마운트 이프리엄 고교에서 저드 멀베이니는 익살스러운 유머감각을 지닌 조용한 말라깽이 학생이었다. 벌써 2학년이었고 학교신문 공동편집자와 졸업앨범 취재기자로 활동하고 있었다. 2군 야구팀에 들어갈 실력도 됐지만 코치에게 집안일을 도와야 한다고 핑계를 댔고 그건 사실이었다. 성적은 일부 과목은(영어, 역사) 뛰어났고 나머지 과목은(수학, 과학) 보통이었다. 점심시간에 조용히 사라져서 학교식당에서 먹지 않거나 아예 점심을 굶는 버릇이 있었다. 수업시간에는 얼굴을 찌푸리고 앉아서 불그스레한 여드름이 우둘투둘 난 턱을 손으로 만졌다. 갈색 머리칼, 진흙색 눈. 나는 고교생치고 못생긴 편은 아니었지만 사람들의 시선을 피했다. 같은 반 친구들이, 특히 여학생들이 파티에 초대하면 전부 거절했는데 어차피 진지하게 하는 초대도 아닐 터였다. 걔들이 왜 나한테 신경쓰겠는가? 그러면서도 나는 대단히 교만해서 나 저드슨 앤드루 멀베이니가 특별한 대접을 받지 못하는 것에 대한 분노로 심장이 쿵쿵거리곤 했다.

학교 현관홀의 교회 제단처럼 생긴 대형 유리장 안에는 아직도 '뮬' 멀베이니가 1972년 3개 군 풋볼 대항전에서 우승했을 때 우람한 풋볼 선수복 차림으로 팀원들과 함께 찍은 사진이 전시되어 있었다. 그리고 모든 선생님이 패트릭 형을 기억했고 질리도록 그의 안부를 물었다. (특히 패럴리노 선생님은 익살스럽게 고개를 저으며 입버릇처럼 말했다. "내가 가르쳤던 학생 중에서 제일 우수했지. 골치깨나 아프긴 했지만 말이야!")

선생님들은 매리앤 누나에 대해서는 기억하는지 못하는지 안부를 전혀 묻지 않았다.

그리고 이제 아버지와 어머니 안부도 묻지 않게 되었다. 아버지가 체포되어 '집행유예' 이년과 1,500달러의 벌금형을 받은 사실이 지역신문에 실린 후부터는 단 한마디도 묻지 않았다. 어머니가 학부모회 임원직을 사퇴하고 모임에 나가지 않게 되면서부터는 단 한마디도 묻지 않았다.

그래서 나는 그들에게 소리치고 싶었다. 빌어먹을 인간들! 우릴 동정하지 마.

우린 멀베이니였다고.

하이포인트 농장을 팔아야 한다는 건 사실이었다.

문제는 얼마에 팔 것인지, 누가 살 것인지였다. 아버지의 빚을 갚고 멀베이니 지붕회사를 유지하기 위해 부모님은 찔끔찔끔 땅을 팔아야 했고 결국 4에이커만 남았다. 어머니가 '역사적 기념물'이라고 말하는 집과 부속건물들도 대부분 수리가 필요했다.

농장에서는 모든 것이 지속적인 수리를 요한다. 건물, 기계, 과수원, 울타리. 울타리를 보면 그 농장의 건강 상태를 가늠할 수 있다. 상황이 나빠지기 시작하면 가장 먼저 울타리에 그 징조가 나타난다.

어머니가 멀베이니 가의 자녀들로 '정찰대'를 조직하여 울타리를 점검하고 우리 힘으로 고칠 수 있는 건 고치도록 하던 건 먼 옛날 이야기였다. 우리가 고칠 수 없는 건 아버지가 고쳤다. 그리고 아버지도 못 고치는 건 사람을 사서 고쳤다.

이제는 앞쪽 가로장 울타리까지 여기저기 허물어져가고 있었다. 찔레와 덩굴줄기에 뒤덮인 울타리는 흰 색깔을 잃

은 지 수년째였고 이제는 곰팡이가 슨 축축한 신문지 색깔
에 더 가까웠다.

우리 눈에는 그토록 아름다워 보이는 집도 사실은 아름
답지 않았다. 덧문들은 기울어지기 시작했고 슬레이트 지붕
도 손을 볼 필요가 있었다. 어머니가 그토록 좋아하는 옅은
라벤더색도 이곳 기후에 맞지 않아서 이삼년이 지나자 바래
버렸다. 집에 칠을 한 지도 오년 이상이 지나서 어머니는 조
바심을 쳤다. 밖에서 보기에 인상이 나쁘면 어떻게 제값을
받고 팔 수 있겠어? 하지만 다른 한편으로 생각하면 이제 살
날도 얼마 안 남은 집을 무엇 하러 돈과 시간을 들여 수리한
단 말인가? 오래되고 건조한 목조부를 전부 칠하려면 비싼
유성 페인트가 육십 내지 칠십 리터는 들 텐데 그 비용을 감
당할 수 있을까? 노동력은? (흘러간 옛 시절엔 아버지가 마
이크 형, 패트릭 형, 나를 동원한 멀베이니 칠장이 팀을 구성
해 여름 6주 동안 집을 완전히 새 모습으로 단장하기도 했지
만 말이다.) 과수원 가지치기도 필요하고 연못 준설작업도
필요했다. 농장의 기계들도 고장나지 않은 것이 없었다. 돈
을 주고 산 일꾼들은 부정직하거나 미덥지 못한 사람들이어
서 손연장, 곡식과 씨앗, 달걀을 몰래 훔쳤다. (어머니는 지
머면 노인이 작업복 바지 주머니에 달걀을 숨겼다가 주머니
속에서 달걀이 깨지는 바람에 노른자가 밖으로 스며나오는
걸 분명히 보았다고 했다. 그러면서 어머니는 말했다. 저 남
자들을 믿으면 안돼. 나 혼자 저들과 있게 두지 마라. 저들
은 술주정뱅이에 아내를 때리는 사람들이야. 난 저들이 무

서워. 과거에는 그 누구도 무서워한 적이 없었으며 언제라
도 문을 잠그는 걸 우습게 여기던 코린 멀베이니답지 않은
말이었다. 이제 어머니는 자꾸만 나를 불렀다. "저드? 어디
있니? 너니? 저드?")

가축들의 건강에 대해선 굳이 설명하지 않겠다. 농장 동
물들에 대해 아는 사람은 설명하지 않아도 다 알 테니까.

파산을 면하기 위해 애쓰던(나는 그런 사실을 모르는 걸
로 되어 있었지만) 그 절망적인 몇개월 동안 아버지는 농장
일을 할 시간도 없었거니와 억지로 일을 해도 미치기 직전
에 이를 정도로 조바심을 냈다. 숨이 차서 헐떡거리며 분노
했다. 백발이 되어가는 헝클어진 머리칼은 강철솜 같았고
턱은 대충 면도한 티가 났고 입 귀퉁이가 거품을 문 것처럼
반짝거렸다. 늘 그랬듯이 말쑥하고 세련된 옷을 입고 다니
긴 했지만 일부러 손으로 구기기라도 한 것처럼 잔뜩 구겨
져 있었고 세탁도 하지 않은 것 같았다. 장화에는 진흙이 튀
어 있었고 구두도 지저분했다. 거의 새것이나 다름없는 근
사한 링컨 콘티넨털 자동차도 진흙투성이였다. 자동차 시동
을 걸 때도 운전의 기초상식조차 잊었거나 잡념에 빠진 듯
이 이상하게 열쇠를 돌려 자동차가 항의하는 듯한 비명소리
를 냈다. 한번은 내가 부엌에서 무슨 일을 하고 있는데 갑자
기 뛰어들어오더니 자동차 열쇠를 식탁에 던지고 나를 노려
보면서 말했다. "저 똥차 너 가져라. 가져도 돼." 아버지는
쿵쿵거리며 이층으로 올라가더니 삼십분 후에 다시 쿵쿵거
리며 내려와 자동차 열쇠를 찾았고 물론 열쇠는 내가 손도

안 됐기에 아까 던져둔 식탁 위에 그대로 있었다.

과거에는 자식들이 민망할 정도로 어머니에게 기사도적인 태도를 보였던 아버지는 이제 무관심하고 무례해졌다. 아니, 그 이상이었다. 아버지는 어머니가 묻고 따지는 걸 싫어했고 어머니의 말허리를 무참하게 자르는 버릇까지 생겼다. "아니!" "누가 알고 싶다는 거야?" 어머니가 용기를 내어 팔을 잡으려 하자 아버지가 어머니를 밀쳐내는 장면이 내 눈에 띄기도 했다. 한번은 아버지가 술에 취한 듯한 얼굴을 어머니 얼굴에 바싹 들이대며 낮고 경멸에 찬 목소리로 뭐라고 하자 어머니가 명치를 걷어차이기라도 한 것처럼 움찔했다. (만일 내가 나중에 어머니에게 그때 무슨 일이 있었는지 물었다면 어머니는 자존심이 상해서 이렇게 대꾸했을 것이다. "일은 무슨 일. 청년, 스파이 노릇은 사절입니다!")

선명하게 기억나는 장면이 하나 있다. 아버지가 헛간 앞마당에서 생전 처음 쇠스랑을 잡아보는 사람처럼 서툴게 거름 치는 작업을 하다가 갑자기 넌더리를 내며 쇠스랑을 건초 헛간 벽에 던졌는데 어찌나 세게 던졌는지 그 육중한 쇠스랑이 바르르 떨며 벽에 환상적으로 붙어 있다가 몇초가 지난 후에야 땅으로 떨어진 것이다.

마침 마구간에서 나오다가 그 광경을 목격한 나는 박수를 치지 않을 수 없었다. 나는 건방진 놈이었거나 아니면 아버지의 그런 거칠고 무익한 행동이 옛날처럼 웃음거리가 될 수 있는 것처럼 행동하고 싶었던 모양이었다. 잘했어요, 아빠! 다시 성공하기는 힘들걸요!

하지만 아버지는 내 박수소리를 듣지 못했다. 이미 마당을 성큼성큼 걸어나가 링컨 콘티넨털에 올라 하이포인트 농장과 그것이 의미하는 바로부터 한참 벗어나 있었으니까.

내가 어머니에게 말했다. "아빠가 무서워요. 아빠 혼자 나가서 살았으면 좋겠어요."

그러자 어머니는 눈에 눈물이 고이며 대꾸했다. "너! 이 집이 싫으면 네가 나가서 살아."

나는 그런 소식들을 패트릭 형에게 전했다. 패트릭 형이 내가 전화할 수 있는 비밀 전화번호를 알려준 덕이었다. (사실 그건 실험실 전화였다. 패트릭 형은 실험실에 없을 때도 있었으며 그럴 때는 신분을 밝히지 않고 전화를 끊어야 했다.) 나는 슬픔에 차서 말했다. "아빠가 무서워. 아빠 혼자 어디로 가버렸으면……" 패트릭 형이 말허리를 자르며 냉정하게 핀치 스타일로 말했다. "이봐, 저드, 우리 아버진 피해자일 뿐이야. 거대한 물거미가 생명을 빨아먹고 있는데도 무슨 일이 벌어지고 있는지도 모르고 당하는 개구리처럼."

마이클 멀베이니 씨니어는 레드 뱅크 교도소 행은 면했지만 그가 자신의 운명이라고 부른 것, 즉 공개적으로 얼굴에 똥칠을 하고 웃음거리가 되는 것은 면하지 못했다. 그는 커클런드 판사의 얼굴에 맥주를 조금 부은 것이 범죄라고는 결단코 믿지 않았으며 일년 전 재커리 런트를 벽에 밀어붙이고 때린 것에 대해선 더더욱 그러했다. 그는 그것을 '유발된' 행동으로 여기며 눈곱만큼도 후회하지 않았다. 그는 벌금 1,500달러를 물었는데, 그것은 그가 받은 형벌의 '극히 일부'에 지나지 않았다. 그는 소송병에라도 걸린 듯이 변호사를 고용했다 해고하기를 되풀이하기 시작했던 것이다. 그의 표현을 빌리자면, 고용은 '애초의 실수'였고 해고는 그것의 '무마'였다. 그러면서도 계속해서 변호사를 고용했고 그렇게 변호사를 고용할 때마다 돈이 나갔다. 그는 한 주 동안 유빌 출신의 코스텔로라는 변호사에 대해 입이 마르도록 칭찬했다가 다음 주엔 로체스터 출신의 엘더라는 변호사 얘기를 했고 그다음 주엔 코스텔로도 엘더도 퇴장하고 '진짜 수완가' 펜윅이 등장했다. 어머니는 변호사라면 질겁을 했는데 그들이 남의 불행을 먹고 산다는 인식을 갖고 있었고 농부의 딸로서 '생산하는 것은 없이 취하기만 하는' 직업을 용납할 수 없었기 때문이다. 어머니는 우리 말 세 마리가 경매로 팔릴 때도 울지 않았지만(적어도 내 앞에서는 눈물을 보이지 않았다) 아버지가 소송계획을 자랑스럽게 떠벌이자 울음을 터뜨렸다. 아버지는 위선자 커클런드를 상대로 소송을 걸겠다고 했다! 마운트 이프리엄 컨트리 클럽도 고소하겠다고 했다! 마운트 이프리엄 경찰관도 불법체포 혐의로 고소하고 『페트리어트 레저』지도 명예훼손죄로 고소하겠다고 했다! 아버지가 고용한 변호사마다 아버지의 끔찍한 상처를 보상받게 해주겠다는 희망을 제시했지만 그런 희망은 굶어서 위가 쪼그라든 사람에게 고형식을 주는 것만큼이나 치명적이었다. 1979년 1월의 어느 주에는 아버지가 이전 변호사들을 '변호과오'죄로 고소하겠다고 나서는 사태까지 발생했다. 그 시기에 부모님은 내가 태어나서 한번도 본 적이 없는 심한 말다툼을 벌였다. 어머니는 아버지가 변호사들에게 돈을 쏟아붓는 것에 분노했고 아버지는 결국 그 돈을 다 찾아올 거라고, 그 이상을 받아낼 거라고, 정의는 자신의 편이라고 주장했다.

그러면서도 동시에 아버지는 어떤 환상도 희망도 없어 보였다. 낮에 냉정한 맨정신일 때 아버지는 아무런 희망도 없었다. 그는 타인을 공격하는 행위를 되풀이하고 있는 희망 없는 사내였다. 그는 매리앤 누나는 까맣게 잊은 듯했다. 우리의 모든 문제의 근본 원인인 매리앤 누나의 사건은 잊고 자신을 푸대접한 마운트 이프리엄의 작은 집단인 컨트리클럽 회원들에게만 흥분하고 관심을 쏟았다. "아들아, 일단 법의 그물에 걸려들면 벗어날 수가 없단다. 개에게 쫓겨 구석에 몰린 쥐 꼴이 되는 거지. 죄가 있건 없건 벌을 받게 되는 거야. 재판을 하려면 변호사를 사야 하고 변호사를 사는 그 순간부터 돈이 술술 나가니까. 죄가 없어서 재판에 이겨도 소용없어. 결국 지는 거라고. 돈이 다 나갔으니까."

결국 1979년 봄, 부모님은 빚에 쪼들려 하이포인트 농장을 부동산업자들이 제시한 금액보다 수천 달러나 낮은 가격에 팔았다. 그 빚 가운데 32,000달러는 변호사들에게 들어간 돈이었다.

크리스마스가 지난 후 어머니와 나는 매리앤 누나를 만나기 위해 어머니의 뷰익 스테이션왜건을 몰고 킬번으로 갔다. 누나는 이번 명절에도 집에 초대받지 못했던 것이다. 내가 거의 운전을 맡았는데 운전중에도 어머니의 초조한 수다를 배경으로 계속 패트릭 형의 목소리가 들려왔다. 저드 내가 이 세상에서 믿을 수 있는 사람은 너뿐이야 저드 내가 이 세상에서 믿을 수 있는 사람은 너뿐이야.

뉴욕 주 남서쪽 끄트머리에 위치한 킬번까지는 세 시간 사십분이 걸렸고 길 대부분이 이차선 시골 고속도로였다(어떤 때는 제설차 뒤에 붙어서 시속 30킬로미터로 기어가야 했다) 그리고 그날 저녁 집으로 돌아올 때도 거의 그만큼 걸렸다. 어머니는 킬번에서 발이 묶여 자게 될까봐 안절부절못했다. "이맘때는 날씨가 어떻게 변할지 알 수가 없거든." 눈 덮인 풍경 속에서 날씨는 쌀쌀하면서도 화창했다. 눈이 올 것 같지도 않은데 어머니는 폭설이 내려서 우리 둘이 봄이 될 때까지 킬번에 갇혀 지내는 상상을 했다.

나는 어머니가 아버지에게 우리의 행선지를 알렸는지 궁금했다. 아버지가 우리의 여행에 대해 알기나 한다면. 부모님이 매리앤 누나 얘기를 한 적이나 있다면.

과거에 여관이었다가 이제 그린 아일 협동조합이 된, 흰색 창호의 민트그린색 건물은 어머니와 지난번에 들렀을 때와 별반 달라진 게 없었다. 창문마다 크리스마스 장식이 되어 있었고 정면의 응접실 겸 사무실에는 한쪽으로 기운 상록수에 손으로 만든 원색의 종이, 금속, 천 장식이 달려 있었다. 평일 오전 11시 20분경 협동조합의 분위기는 분주하고 소란스럽고 정신없었다. 사람들이 위층 아래층으로 이리저리 뛰어다니고 전화벨이 울려대고 개 한 마리가 시끄럽게 짖어댔다. 그런 분위기가 체질에 맞는 어머니는 안으로 들어가 미소 띤 얼굴로 "매리앤? 매리앤?" 하고 누나를 불렀고 누군가 "매리앤! 손님!" 하고 외치자 누나가 뒤쪽 부엌에서 일하고 있다가 앞치마에 손을 닦으며 나왔다. 매리앤 누나는 헐렁한 카키색 바지에 소매를 팔꿈치까지 걷은 빨간색 격자무늬 플란넬 셔츠를 입고 그 위에 지나치게 큰 앞치마를 두르고 있었다. 누나와 어머니는 꼭 껴안고 마치 웃는 것처럼 보이는 소리없는 울음을 터뜨렸다. 그런 다음 누나는 가냘프면서도 놀라울 정도로 힘센 팔로 자의식에 젖어 어쩔 줄 모르고 서 있는 어설픈 열여섯살 꼬맹이인 나를 껴안았다. "세상에, 저드, 너 쑥쑥 크는구나! 한 뼘은 컸어!" 누나는 숨가쁘게 외쳤다. 그녀의 뼈는 참새 뼈처럼 가벼웠고 머리는 나보다 짧았으며 피부는 창백하고 거칠었다. 하지만 눈만은, 눈물이 글썽이는 눈만은 우리 누나의 아름다운 눈 그대로였고, 난 차마 그 눈을 들여다볼 수가 없었다.

매리앤 누나는 잔뜩 흥분해서 떠들면서 우리의 손을 잡고 삼층 자신의 방으로 이끌었다. 전에 봤던 그 방이었지만 룸메이트가 펠리스 매리라는 여학생으로 바뀌어 있었다. 펠리스 매리는 우리에게 미소를 짓긴 했지만 몇마디 인사만 나누고는 도망치듯 나가버렸다. "정말이지…… 매력적인 학생이구나." 어머니는 숨찬 목소리로 그렇게 말했지만 사실 펠리스 매리는 땅딸막하고 표정이 어둡고 무뚝뚝한 편이었다. 매리앤 누나가 대답했다. "그래요, 펠리스 매리는 멋진 사람이죠. 전공이 언어치료인데 저한테 너무도 많은 걸 가르쳐주고 있어요." 그녀는 고교시절의 빛나는 열정을 내비쳤다. 눈부시고 뜨겁지만 자세히 들여다보면 꺼져버릴 듯한 덧없는 열정.

매리앤 누나가 펠리스 매리와 함께 쓰는 방은 집에서 혼자 쓰던 방보다 작았고 창문 하나와 지푸라기 색깔의 바닥깔개, 그물 커튼, 차고쎄일 같은 데서 흔히 볼 수 있는 잡동사니 가구들이 있었다. 이스트 냄새 같은 그리 상쾌하지 못한 냄새가 났고, 방 한구석의 봉 옷걸이에는 옷이 잔뜩 걸려 있었다. 책 몇권이 여기저기 흩어져 있고 창틀 위에 스프링 노트 한 권이 놓여 있는 걸 빼면 도무지 대학생들이 쓰는 방 같지가 않았다. 그리고 매리앤 누나의 침대 퀼트 이불 위에서 머핀이 커다래진 빛나는 황갈색 눈을 깜짝거리며 쳐다보고 있었다. 매리앤 누나가 외쳤다. "머핀! 누가 왔나 보렴!" 어머니가 외쳤다. "머핀? 우리 기억나니?" 그러면서 목구멍 깊이 가르랑거리는 소리를 내는 고양이를 껴안았다. "머핀은 하나도 안 변했네. 저드, 안 그래?" 어머니는 눈물을 글썽이며 이를 드러내고 활짝 웃었지만 약간 긴장된 미소였다.

사실 머핀은 살이 많이 빠진 모습이었다. 군데군데 얼룩무늬가 있는 흰 털은 윤기가 흘렀지만 뱃살이 늘어지고 등뼈가 툭 튀어나와 있었다.

어머니와 매리앤 누나가 얘기를 나누는 동안 나는 침대에 큰대자로 누워서 역시 발랑 누워 있는 머핀의 배를 만져주었다. 머핀은 자꾸만 가르랑거렸다. 동물이 주는 위안이란! 머핀은 내게 머리를 들이밀며 내 팔 밑으로 파고들려고 했다. 머핀의 애정표현에는 광적인 데가 있었다. 나는 혹시 녀석이 내게서 잃어버린 형제 빅 탐이나 다른 고양이들의 냄새를 맡기라도 한 건가 싶은 생각이 들었다. 내 냄새를 맡고 머핀의 고양이 뇌에 비눗방울처럼 순간적이고 덧없이 하이포인트 농장이라는 세계가 떠오르기라도 한 것일까?

매리앤 누나는 아직 농장이 팔린다는 사실을 알지 못할 터였다. 아님, 알고 있을까?

누나가 수줍게 '집 소식'을 묻자 어머니가 웅얼웅얼 대답하는 소리가 들렸다. "오, 너도 알잖니…… 모든 일이 한꺼번에 일어난다는 거!" 누나가 아버지에 대해 물었고 어머니가 재빨리 대답했다. "너도 컬리가 어떤지 알잖니! 그의 오른손이 하는 일을 그의 왼손도 모르지." 어머니가 애정 어린 분노가 담긴 소리로 웃었다.

컬리! 실로 오랜만에 듣는 아버지의 별명이었다.

나는 그동안 집에서 일어났던 나쁜 일들, 즉 아버지가 컨트리클럽에서 체포되고 망신스러운 기사가 나고 변호사들을 고용하고 이년 집행유예에 1,500달러의 벌금을 물게 된 것에 대해, 멀베이니 가족이 대중 앞에 발가벗겨진 것에 대해 패트릭 형이 매리앤 누나에게 모두 얘기했다는 걸 알고 있었다.

매리앤 누나가 희미한 미소를 머금으며 나를 보았지만 나는 끼어들고 싶지 않아서 잠자코 머핀의 턱만 긁어주고 있었다.

어머니가 재치있게 화제를 돌려 대학 공부에 대해 물었고 매리앤 누나는 애매하게 그렇다고, 아주 많은 걸 배우고 있다고, 하지만 한 과목, 미국사를 중도포기해야 했다고, 수업을 따라갈 수가 없었다고, 하지만 다음 학기에는 절대 뒤처지지 않겠다고, 숙제 하나도 빼먹지 않겠다고 말했다. "그래, 좋아! 우리 모두가 별 노력 없이도 A만 받는 공부박사 패트릭 같을 순 없는 거니까." 어머니가 밝게 말했다.

매리앤 누나는 어머니와 나도 손님으로 함께 먹게 될 점심을 준비하기 위해 서둘러 일층으로 내려가야 했는데, 그전에 어머니가 킬번에서 자고 갈 수 없다고 어색하게 변명했다. 매리앤 누나는 상처받은 표정으로 말했다. "하지만 전…… 이번엔 자고 갈 줄 알았는데. 우리 교회에서 성가대 콘써트가 있는데 저랑 친구 몇명이 참여하거든요. 목사님께 엄마랑 남동생이 온다고 말씀드렸는데……" 어머니가 황급히 말했다. "그래 우리 딸, 하지만 너도 알다시피 날씨 때문에…… 이맘때는 날씨가 어떤 심술을 부릴지 모르잖니. 그리고 사실은……" 어머니는 매리앤 누나의 표정을 살피며 더듬거렸다. "……오늘 안으로 집에 가야 해."

매리앤 누나는 미소지으려고 애쓰며 아랫입술을 깨물었다. "그래요, 그럼 다음에 올 땐 꼭요."

"당연하지!" 어머니는 머핀을 포함한 우리 모두에게 환한 웃음을 보냈다.

정각 12시에 종이 울리자 어머니와 나는 사람들의 무리에 끼여 일층 식당으로 내려갔다. 그곳에서 스물다섯명이나 되는(중간에 들고 나는 사람들이 있어서 수는 계속 바뀌었지만) 인원이 긴 식탁에 둘러앉아 떠들썩하고 어수선하고 즐거운 식사를 했다. 매리앤 누나가 어머니와 나를 소개하자 협동조합 회원들도 돌아가며 자신의 이름을 말하고 "환영합니다!" "행복한 명절 되세요!" 하고 인사했다. 그 웃는 얼굴의 이십대 남녀 대학생들이 차례로 자기소개를 하는 동안 나는 그들의 이름을 기억하지 못한 채 자의식에 젖어 어색하게 그들 틈에 끼여 앉아 있었다. 그들은 너무도 다정했다. 그들은 너무도 호기심이 많았다. 어머니는 그런 떠들썩한 분위기를 편안해하며 몇분 간격으로 자리에서 일어나 매리앤 누나를 따라 주방으로 음식을 가지러 갔다. 모두들 "아네요, 아네요! 멀베이니 부인, 손님이신데 그냥 계세요"라고 만류했지만 어머니는 돕겠다고 고집을 부렸다. 모두들 매리앤 누나를 무척 좋아하는 것 같은데도 누나는 이상할 정도로 부끄럼을 타며 눈에 띄지 않게 행동했다. 하지만 어머니는 그렇지 않았고 식탁에 앉은 사람들에게 당당히 말했다. "내가 젊은 엄마였을 때 우리집 식사시간도 정신이 없었지요. 아주 혼이 쏙 빠졌다니까요. 매리앤에게 들었는지 모르지만 우린 마운트 이프리엄에 농장을 갖고 있어요. 추수철이면 우리집 식탁에도 여기 이만큼 사람들이 많았지요! 우리 아기들에다 손님들이 데려온 아기들까지…… 어느 일요일 저녁에는 식탁에 어린이 의자를 세 개나 놓아야 했지요. 네 개였나, 매리앤?" 어머니는 그러더니 깔깔 웃으며 텔레비전에 나오는 코미디언처럼 손으로 자신의 이마를 찰싹 때렸다. "참! 매리앤은 알 수가 없지. 그 아기들 중 하나였으니까."

나는 허기가 져서 내 앞으로 오는 음식은 다 먹었다. 호두를 넣은 김이 모락모락 나는 렌즈콩 수프, 갓 구운 버터밀크 빵. 별 맛이 없는 흰 치즈와 그보다 더 맛이 없는 묽고 흰 요구르트. 시금치 마카로니와 쌀과 야채를 넣은 캐써롤도 나왔다. 어머니는 어쩌면 이렇게 다 맛있느냐고 감탄을 연발하며 빵은 누가 구웠고(매리앤 누나) 렌즈콩 수프는 누가 끓였는지(버크라는 땅딸막한 남학생), 시금치 마카로니는 직접 만든 것인지(에디라는 여학생이 직접 만든 것이었다) 물었다. 그러면서 손수 만든 라즈베리 잼과 과수원에서 딴 바틀릿 배를 보내주겠노라고 약속했다. 어머니는 너무도 열성적으로 떠들어대느라 음식엔 거의 손을 대지 않고 접시에 쌓아두고 있다가 적당히 기회를 보아 내 접시와 슬쩍 바꿔치기했다. 내 접시는 버터밀크 빵으로 싹싹 닦아가면서 먹어서 깨끗이 비어 있었던 것이다. (나는 어머니가 아버지에게도 그렇게 하는 걸 여러 차례 목격한 기억이 있었다. 옛날에 집에서 독립기념일 야외파티 같은 걸 할 때 아버지는 열심히 떠들며 먹어도 오분이면 접시를 깨끗이 비웠고 어머니가 조심스럽게 접시를 바꿔치기해도 접시에 다시 음식이 생긴 걸 눈치도 못 채고 계속 떠들며 먹어댔다.) 어머니가 협동조합 사람들 앞에서 말이 많아질수록 나는 점점 더 침울

해져갔다. 나는 열여섯살이었고 어느 면에서 보면 나이에
비해 조숙한 편이긴 했지만 아직 어리고 미숙한 면도 있었
다. 나는 패트릭 형의 눈으로 어머니를 보고 있었던 듯하다.
엄마도 피해자야. 엄마는 슬프고 딱해. 그러니까 엄마를 비
난해선 안돼. 게다가 매리앤 누나도 무척 즐거워하고 있었
다. 그녀가 우리를, 어머니와 막내동생을 얼마나 사랑하는
지 눈에 보였다. 매리앤 누나의 친구들도 어머니를 좋아하
는 게 분명했다. 그들은 어머니의 농담에 요란하게 웃어대
고 농장에 대한 질문으로 어머니의 기분을 맞춰주었다. 나
는 금방이라도 어머니가 벌떡 일어나 엉덩이에 손을 대고
휘파람을 불 것만 같았다.

어머니는 딸을 만나러 오기 위해 특별히 모직 바지와 손
으로 짠 스웨터를 차려입었는데 중고품점에서 산 낡은 스웨
터는 스키 스웨터처럼 무거웠으며 어깨 부분의 모양이나 밝
은 오렌지색과 초록색의 스타버스트 무늬(별빛이 사방으로 퍼
지는 듯한 무늬—옮긴이)가 넘버 4의 풋볼 유니폼을 연상시켰
다. 게다가 축제 기분을 내기 위해 묵직한 터키석 귀고리를
하고 볼연지까지 바르고 있었다. 어머니는 웃고 떠드는 동
안에는 얼굴에 소녀처럼 홍조가 돌고 젊어 보였지만 입을
다물 때는 주름져 보였다. 나는 어머니도 살이 빠졌구나 생
각했다. 묵직한 스웨터가 어머니의 앙상한 팔과 납작한 가
슴을 감춰주고 있었다. 아들이 아닌 생소한 사람의 눈으로
보니 어머니의 머리칼은 더이상 당근색이 아니라 희끗희끗
한 갈색이었다. 연푸른색 눈은 놀랍도록 반짝거렸지만 이야

기 도중 주의가 흐트러지는 듯이 촛점이 흐려지는 경향이 있었다. 어머니의 턱 아래에는 희미한 자주색 멍자국까지 있었다. 아버지가 그랬구나 하는 생각이 내 가슴을 비수처럼 파고들었다.

하지만 그건 내가 지니고 있을 수 있는 생각이 아니었다. 식탁이 치워지고 매리앤 누나가 아침에 구운, 대추야자와 견과류를 넣은 브라우니 빵과 허브차가 나왔다. 마침 협동조합 대표 에이브러브가 급히 들어와서는 점심을 먹을 시간이 없음에도 굳이 시간을 내어 매리앤의 어머니와 동생을 맞이했다. "킬번에 오신 것을 환영합니다! 만나서 반갑습니다!" 그가 우리와 악수를 나누며 말했다. 에이브러브는 '인간적 매력'을 발산하는 아직 젊은 축의 남자로 우리 학교 선생님 중 하나 같았다. 나이는 서른 중반쯤 되어 보였고 단단한 체구에 둥근 머리, 굵은 목, 염소수염 같은 턱수염을 하고 있었으며 옅은 금발을 어깨까지 기른 모습이 마치 금발의 예수 그리스도 같았다. 잔뜩 화가 나 있다가도 그가 관심을 가져주고 어깨를 잡아주는 순간 분노가 봄눈 녹듯 사라지고 그에게 반해버릴 것 같은 그런 남자였다. (그는 내게도 오랜 친구이자 동등한 관계이기라도 한 것처럼 '저드'라고 불렀다.) 그가 매리앤 누나의 '지칠 줄 모르는 낙천주의 정신'에 대해 칭찬할 때 나는 누나의 눈에 감사의 눈물이 고이는 것을 보았다.

그런 아일 협동조합의 얼마나 많은 여학생들이 저 남자를 사랑하고 있을까? 나는 더이상 깊이 생각하고 싶지 않았다.

패트릭 형은 매리앤 누나가 남들에게 이용당하면서도 그걸 모른다고(혹은 알고 싶어하지 않는다고) 말했다. 패트릭 형은 매리앤 누나가 악이 뭔지도 모른다고 했다. 누나는 빨리 용서하기에 마치 악을 아는 것처럼 자신을 속이고 있는 것이라고 했다.

패트릭 형이 악이라는 말을 했을 때 나는 오싹한 기분을 느꼈다. 나는 그의 말이 정확히 무슨 뜻인지 알 수가 없었다. 그런데 악이 뭐지? 나는 그에게 사탄을 믿는지 물었고 그는 짜증스럽게 아니라고, 자기는 기독교의 하느님을 믿을 나이가 지난 것처럼 사탄을 믿을 나이도 지났다고 대꾸했다. 사탄이 없이 어떻게 악이 있을 수 있느냐고 내가 묻자 패트릭 형은 웃으며 누가 사탄을 만들어냈다고 생각하느냐고, 우리 인간들이 아니겠냐고 했다.

그날 킬번의 협동조합 건물 식당에서 탄탄한 가슴과 환한 미소와 반짝이는 금빛 턱수염을 지닌 예수를 닮은 초록색 나일론 파카 차림의 에이브러브를 보고 있으려니 그런 생각들이 떠올랐다. 하지만 떠오르지 않았으면 더 좋았을 달갑지 않은 생각들이었다. 아버지가 어머니를 때리는 것에 대한 생각도 마찬가지였다. 아버지는 어머니에게 주먹질을 하며 속으로 정당방위라고 여겼는지도 모른다. 어머니의 턱에 멍자국을 남기면서. 어머니는 재빨리 희극적인 변명을 꾸며대리라. 문에 부딪혔어. 늘 그렇듯이 공상에 빠져 있다가! 패트릭 형이 재커리 런트에게 복수하기 위해 어떤 계획을 짜고 있는지에 대한 생각도 하고 싶지 않았다. 정의 실현! 따뜻한 미소를 짓고 있는 선량한 그린 아일 사람들, 나의 누나와 식구처럼 살고 있는 이 쾌활한 낯선 사람들에게 둘러싸여 그런 생각을 한다는 건 얼마나 괴상하고 안 어울리는 일인가!

우리 세 멀베이니 가족이 하지 않은 말들.

이상하고 만족스럽지 못한 방문. 그것이 어머니와 나의 마지막 킬번 행이 될 줄 그 누가 짐작이나 했을까? 매리앤 누나는 졸업하려면 아직 멀었으니까.

나는 패트릭 형이 그린 아일 협동조합을 몹시 못마땅해한다는 걸 알고 있었다. 나는 매리앤 누나에게 학교 공부에 대해 더 자세히 물어봤어야만 했다. 전공은 뭐고 졸업하면 뭘 할 계획인지. 어디서(초등학교? 중학교? 고등학교?) 뭘 가르칠 건지. 패트릭 형의 말대로 매리앤 누나는 대부분의 시간을 협동조합 일을 하며 보내는 듯했다. 어머니도 그 문제에 대해 매리앤 누나에게 자세히 따져물었어야 했지만 물론 그러지 않았다. 오후 내내 상관없는 얘기만 했다. 어머니는 국회와 적대관계에 있는 지미 카터를 열띠게 옹호하며 매리앤 누나와 나에게 카터 대통령은 여당인 민주당원들에게 '믿는 도끼에 발등 찍힌 꼴'이라고 말했다. 미국 정부는 미국 총기협회, 의학협회, 자동차 및 석유 산업, 온갖 방위산업체의 로비에 좌지우지되고 있는데 어떻게 민주정치가 이루어질 수 있겠느냐고 개탄했다. 민주주의가 뭐야? 미국 국민이 자기 손으로 뽑은 입법자들에게 어떻게 그렇게 기만당할 수가 있는 거지? 어머니의 시각에서는 불쌍한 지미 카터만이 워싱턴에서 유일하게 정직한 인물이었다.

그렇게 어머니의 얘기는 계속 이어졌다. 그러다 갑자기 해질녘이 가까워지고 떠날 때가 되었다.

이제 얼마 안 있으면 1979년 새해였다!

매리앤 누나도 많이 웃었다. 누나는 미소를 잃지 않으며 짧고 뾰족뾰족한 머리칼을 연신 잡아당겼다. 아버지나 농장에 대한 질문을 해서 분위기를 어색하게 만들지 않기 위해 조심했으며 동물들에 대해 물을 때도 단어 선택에 신중했다. 몇분 동안 나와 둘만 남았을 때 매리앤 누나는 다시 내게 정말 많이 컸다고, 점점 '미남'이 되어가고 있다고 말했고 나는 어린 남동생답게 눈알을 굴렸다. 누나한테는 원래 그렇게 구는 거잖아, 안 그래?

"난 말이야…… 집이 정말 그리워, 저드." 매리앤 누나가 조용히 말했다. 그녀의 얼굴에 공포에 가까운 표정이 어렸다. "내 소원은……"

"응, 알아."

"하지만 이번 여름엔 분명 집에 갈 수 있을 거야. 엄마가 그랬어."

"잘됐네."

"머핀은 이제 여기서 웅크리고 잔다." 매리앤 누나는 자신의 목과 어깨 사이의 공간을 가리켰다. "머핀은 군살이 빠졌어. 멋지지, 안 그러니?"

머핀은 매리앤 누나의 책상 위에 올라앉아 다급한 눈초리로 누나와 나를 번갈아 보고 있었다. 코는 연분홍색에 흰 콧수염은 억세고 깨끗했다. 동공이 길쭉하고 검은 황갈색 눈은 이지적이고 기민해 보였다. 나는 녀석이 우리가 하지 않은 말들을 듣고 있다는 생각이 들었다. 매리앤 누나가 머핀을 쓰다듬었고 녀석이 모터 소리처럼 요란하게 가르랑거렸다. 누나가 행복하게 말했다. "새끼 때 이후론 내 목과 어깨 사이에서 못 잤었는데. 그러니 군살이 빠진 게 잘된 거지."

"아주 좋아 보여."

"세상에서 가장 경이로운 고양이야."

"고양이들은 다 그렇지." 나는 웃으며 대꾸했다. 갑자기 비참한 생각이 들어 어서 킬번을 떠나고 싶어졌다.

어머니는 떠나기 전에 일층 에이브러브의 사무실에 들렀다. 어머니는 먼저 너무도 멋진 이상주의자들인 그린 아일 협동조합의 젊은이들에게 큰 감명을 받았노라고 말했다. 그리고 우리가 먹은 점심값을 내겠다고 우기며 잔돈을 사양하는 부유한 여인 같은 호들갑스럽고 간곡한 태도로 에이브러브의 손에 지폐를 쥐여주었다. "작은 성의 표시니 제발 받아주세요!" 마치 에이브러브를 달래야만 하는 것처럼 어머니는 애원했다. "식사에 초대해줘서 정말 감사합니다."

에이브러브가 환한 미소를 지으며 말했다. "매리앤의 가족은 우리 모두의 가족이기도 합니다. 언제든 환영합니다. 하지만 정 그러시다면 감사히 받겠습니다!" 그는 어머니의 돈을 받아 책상 위에 펼쳐놓았는데 50달러쯤 되어 보였다. "그린 아일은 친구들의 기부금을 마다하지 않으니까요. 킬번 주립대는 이 건물을 연간 100달러에 빌려주는 것 외엔 그린 아일에 아무런 재정적 지원도 해주지 않고 있습니다. 우리가 들어올 때만 해도 다 쓰러져가는 건물이었지요!"

어머니는 열성적인 미소를 보이며 말했다. "매리앤한테 들었어요. '줄 수 있는 사람이……'"

"'필요로 하는 사람에게.'"

"오, 여러분은 너무도 경이로운 일을 해냈어요! 여러분은 이곳에서 단순하고 소박한 삶을 살고 있어요. 건강식을 하면서. 고기도 안 먹고. 제 남편도 고기를 끊을 수 있으면 좋을 텐데. 여러분은 초기 기독교도처럼 살고 있어요. 여러 교파로 갈라져서 서로 경쟁하고 싸우기 전 시대의 기독교도처럼요. 우린 가슴 깊은 곳으로부터 알지요. 신학은 필요치 않아요. 이 집에는 행복이 넘쳐요. 마치…… 가족처럼." 어머니는 흥분해서 뺨이 붉어져 있었다. 아까 카터 대통령에 대해 열변을 토할 때도 그랬다. "나도 프리도니아 주립대에 다닐 때 기숙사 말고 이런 따뜻한 곳에서 지냈으면 좋았을 텐데. 우리 딸은 너무도 행운아예요."

다행히 매리앤 누나는 그 말을 듣지 못했다. 그리고 어머니는 내가 에이브러브의 사무실 문밖에서 웅크리고 서서 기다리고 있는 것도 모르고 있었다. 나는 눈알을 굴렸다. 어휴, 엄마.

다음 순간 어머니와 에이브러브 사이의 화기애애한 분위기가 돌연 파국으로 치달았다. 이 시기에 코린 멀베이니나 마이클 멀베이니 씨니어와의 대화는 이렇듯 전혀 예기치 못한 순간에 갑작스러운 파국을 맞이하기 일쑤였다.

아기 때부터 미소짓는 연습을 해온 듯한 환한 미소를 지닌 활달하고 개방적인 에이브러브는 어머니를 문까지 배웅했다. 두 사람은 백 퍼센트 마음이 맞은 상태였다. 에이브러브는 지나치게 화려한 스키 스웨터와 바지 차림에 머리는 제멋대로지만 그렇다고 매력이 없지는 않은, 예상 밖으로 유쾌하고 활기 넘치는 매리앤의 어머니에게 감명을 받은 게 분명했고 어머니 역시 건장하고 남자다운 젊은 남자 앞에서 살짝 표가 날 정도로 들떠 있었다. 둘 사이에 성적 에너지가 감도는 건 아니었지만 거의 그에 가까웠다. 그런데 에이브러브가 말실수를 하고 말았다. "멀베이니 부인, 아니 코린, 따님이 무척 자랑스러우시겠습니다. 매리앤은 특별한 사람이에요. 우리는 매리앤을 평화유지자라고 부른답니다."

"그렇군요!" 어머니의 미소가 희미해져갔다. "그래요, 우리 딸은 언제나 특별했지요."

"따님은 놀랍도록 순수한 마음을 지녔습니다. 하느님을 믿는 것과 똑같이 인간을 믿지요." 에이브러브가 설교자처럼 목소리를 낮추어 따뜻이 덧붙였다. "자신에 대한 믿음을 조금만 더 가지면 좋겠지만요."

매리앤 누나는 저쪽에서 다른 사람과 얘기중이어서 그 말을 듣지 못했다.

어머니가 한 손으로 가슴을 누르며 날카롭게 말했다. "뭐라고요? 무슨 말인지 모르겠군요." 그녀는 몸을 펴고 꼿꼿이 서서 깜짝 놀란 젊은이를 똑바로 쳐다보았다. "에이브러브씨, 나는 모르는 사람과 내 딸에 대해 왈가왈부하는 것에 익숙지가 않아요."

에이브러브는 놀라서 눈을 깜짝거렸다. 그는 다시 미소를 지으려 했다. 줄에 매었던 것을 살짝 풀어놓는 듯이. "하지만, 멀베이니 부인…… 매리앤은 우리와 모르는 사람이 아닙니다."

"당신은 나와 모르는 사람이에요…… 이름은 뭐 그따위로 지었는지!" 어머니의 손이 퍼덕거리며 머리로 올라갔다. "부탁이니 우리 대화는 이 정도로 끝내죠."

어머니는 문밖에 서 있는 내 팔을 낚아채고 빠르게 걸었다. 에이브러브는 몸통에 뜻밖의 강펀치를 맞은 권투선수처럼 발뒤꿈치로 서서 뒤로 휘청했다. 그는 내게 애원하는 눈빛을 보냈지만 나는 그를 노려보면서 "안녕히 계세요! 점심잘 먹었어요!"라고 말하고 어머니를 따라 화난 걸음으로 그곳을 나섰다.

매리앤 누나는 살을 에는 듯한 바람 속에 코트도 입지 않고 서서 우리에게 작별 키스와 포옹을 했다. 떨리는 시선으로 울먹이며 다음에 올 때는 날씨도 풀릴 테니 꼭 자고 가겠다고 약속하라고 애원했다. 나는 어머니의 뷰익 스테이션왜건 운전석에 미끄러지듯 올라탔다. 어머니의 스테이션왜건은 이제 군데군데 녹이 슬고 차체가 낮고 뒷좌석 창문에 테이프를 붙여놓아 보기가 안 좋았다. 나는 어서 킬번을 빠져나가고 싶어 조바심이 났다. 바다 위의 얼음덩어리 같은 구름조각들이 빠르게 흘러가는 하늘은 이미 어두워져 있었다. 우리가 셔토쿼 산 기슭의 구불구불하고 위험한 하이포인트 로드에 닿을 때쯤엔 한밤중처럼 캄캄할 터였다. 매리앤 누나는 다시금 어머니에게 아빠에게 안부 전해달라고, 사랑한다고 전해달라고, 늘 아빠 생각을 한다고 전해달라고 부탁했다. 그리고 모든 동물들에게도 안부를 전해달라고 했다. 그런 다음 머핀이 괜찮아 보이는지, 혹시 조금 마른 것 같아 보이진 않는지 물었다. 어머니가 퉁명스럽게 대답했다. "고양이는 나이가 들면 신장 기능이 떨어지게 돼 있어. 너도 알잖니. 그래서 몸에 독소가 쌓이다 보면 식욕을 잃게 되고 덩치 크고 잘 먹는 고양이도 몸무게가 줄지. 매리앤, 넌 현실적이 될 필요가 있어. 머핀은 더이상 젊은 고양이가 아니야. 나이가 벌써…… 몇살이지?"

매리앤 누나는 갑작스러운 질문에 눈을 깜짝거리며 어머니를 쳐다보았다. "자, 잘 모르겠어요. 여섯살? 일곱살……?"

"그 녀석은 열한살은 됐어. 매리앤, 현실적이 돼야 해." 어머니가 엄격하게 말했다.

나는 차마 누나의 얼굴을 볼 수 없어서 고개를 숙였다.

나는 차를 후진해 바퀴 자국이 깊이 팬 진입로를 빠져나왔고, 얼음이 언 부분에서 잠시 바퀴가 미끄러지기도 했다. 우리는 진입로를 벗어나 집을 향해 달리기 시작했고 매리앤 누나가 도로까지 달려나와서 매서운 바람에 맞서며 열심히 손을 흔들었다. 백미러에 비친 작고 쓸쓸한 누나의 모습이 빠르게 사라져갔다.

형제

"저드, 너의 주된 임무는 총을 빼내는 거야. 아버지 캐비
닛에서."

나는 웅얼웅얼 대답했다. 응, 알았어.

"거기 아버지의 12구경 브라우닝 산탄총이 있는데, 난 쏴
본 적이 없지만 한번 들어는 봤어. 묵직하고…… 치명적이
지. 2연발이고. 가까이서 쏘면 머리통을 날려버릴 수 있어.
마이크 형의 22구경 윈체스터 소총도 있는데…… 기억나?
형이 나도 몇번 쏘게 해줬지. 헛간 뒤쪽에서. 형이 놀라던
기억이 나. 내가 과녁에 명중시켰거든. 형은 초심자의 행운
이라고 했지."

나는 기억이 나지 않았다. 그때 난 너무 어렸던 모양이었
다. 그래서 형들이 내가 따라다니는 걸 성가시게 여겼던 모
양이었다. 아니면 그런 일은 아예 없었는지도 몰랐다. 플로

리다 해군본부에 있는 마이크 형에게 전화를 걸어 물어보면 그는 웃으며 아니라고 대답할지도 몰랐다. 뭐, 핀치가? 한쪽 눈이 멀었는데? 헛간 벽도 못 맞힐걸.

패트릭 형이 놀라워하며 말했다. "저드, 이런 말을 하고 있는 게 이상하지, 그렇지? 하지만 옳은 일일 거야. 난 해야만 할 일에 대한 계획을 세우기 시작하면서부터 마음이 더 평화로워졌어. 그동안 나를 걱정하게 만들고 밤에 잠 못 들게 만들던 다른 복잡한 생각은 이제 다 정리가 됐어. 그것들은 이제 아무것도 아닌 게 됐지. 너도 그러니?"

나는 웅얼웅얼 대답했다. 그런 것 같아. 맞아!

내가 그렇게 말했다면 그건 진실이었을 것이 분명하다.

패트릭 형이 말했다. "난 살 수가 없어. '정상적으로' 말이야. 정의가 실현될 때까지. 우리의 적이 벌을 받을 때까지."

12월, 1월, 2월, 패트릭 형과 통화할 때마다 그의 정의 실현 계획은 점차 더 분명해지고 정교해져가는 듯했다. 마치 그가 저 멀리 이서커에서 벽에 지도를 붙여놓고 들여다보며 자세한 내용에 대해선 내게 살짝 암시만 하고 있는 듯했다. 그는 실행 날짜를 재커리 런트가 마운트 이프리엄의 집에 돌아와 있을 4월 부활절로 잡았다. 패트릭 형의 계획은 밤에 재커리를 덮쳐 총으로 위협해서 되도록이면 재커리 자신의 차로 범행 장소로 데려가는 것이었다. 계획을 실행하기에 적당한 외진 장소도 정해놓았는데 내겐 불필요하게 '연루' 시키고 싶지 않다는 이유로 알려주지 않았다. "놈이 죄를 인정하게 만들 거야. 놈은 내 누이를 강간했으니까. 놈은 강간범에다 거짓말쟁이고 사악해. 그러니 벌을 받아야만 해. 악마와는 별도로 악의 존재는 믿을 수가 있지. 사탄은 없지만 악은 존재한다는 뜻이야. 악은 자연에 반하는 탐욕, 미신, 어리석음처럼 하나의 성향으로 우리 종의 유전자에 프로그래밍되어 있지. 자기 안의 악을 활성화시키느냐 마느냐는 개인의 선택에 달려 있고. 우리에겐 자유의지가 있으니까. 나도 자유의지를 갖고 있고 재커리 런트도 갖고 있어. 놈은 악을 선택했고 우리 가정을 파괴했어. 그러니 벌을 받아야지." 패트릭 형이 담담하게 말했다. 나는 평생 들어보지 못한 그 말에 매료된 채 잠자코 듣고 있었다. "총을 사용하겠다는 건 아냐. 놈이 반항하면 어쩔 수 없이 사용하게 될 수도 있겠지만. 총알은 추적이 가능해서 위험하거든. 그래서 진짜로 처형을 하게 되면, 일이 거기까지 가면," 패트릭 형은 빠르게, 그러나 침착하게 말했다. "그럼 칼을 사용할 거야. 어쩌면 목숨은 살려주고 병신을 만들어놓을 수도 있어. 돼지처럼 거세할 수도 있고. 아직은 확실치 않아. 결정을 못했어. 난 실험용 동물을 마취하고 해부한 경험이 많아. 하지만 총이 필요해. 마이크 형 소총이 좋겠어. 그럼 형도 참여하는 게 되고 형도 좋아할 거야. 안 그래? 처음 재커리 런트를 덮쳤을 때 장난이 아니란 걸 보여줘야 해. 놈이 도와달라고 소리를 지르거나 도망치려고 할 수도 있으니 처음 몇초가 아주 중요해." 패트릭 형은 잠시 말을 멈췄다. 계곡을 휩쓸고 내려온 바람이 우리집 지붕과 벽에 폭포 소리를 내며 부딪혔고 그 소리가 전화선으로 들어간 것처럼 형의 목소리가 흔들리며 메아리쳤다. "저드? 듣고 있니?"

나는 대답했다. 그럼. 그럼, 형!

수화기를 어찌나 꽉 잡고 있었는지 손가락 관절이 밀랍처럼 하앴다.

"마이크 형 총 빼낼 수 있지, 그렇지? 그걸 나한테 갖다줄 수 있지? 혹시 모르니까 총알도. 사람들 눈에 띄지 않는 데서 만나야지. 난 사람들 눈에 띄면 안돼. 마운트 이프리엄 근방에서는. 난 동시에 두 곳에 존재해야 해. 잡히면 안되고 내가 하려는 일은 재시도가 불가능하니까. 그건 딱 한번만 시도될 수 있는 실험이야." 패트릭 형은 신중하고 사려깊게 말했다. 그는 내가 무척 좋아하는 동시에 두려워하기도 하는 형 P. J.인 동시에 내가 알지 못하는 사람이었으며, 그의 얼굴도 가늘게 뜬 왼쪽 눈과 콧등 위로 밀어올린 안경밖에 떠오르지 않았다. "아버지 캐비닛은 열쇠로 열어야지 억지로 열면 안돼. 억지로 열려고 하면…… 하여튼 그렇겐 안 열려. 그럼 다른 데서 총을 구할 방법을 찾아봐야지."

나는 아버지의 캐비닛이 있는 그림자 진 구석을 바라보고 있었다. 어머니의 '골동품' 중 하나인 그 캐비닛은 앞면이 유리였고 나무 표면에는 사람 눈 같은 옹이가 수두룩했다.

나는 패트릭 형에게 대답했다. 응.

"그런데…… 거기 날씨는 어때?"

날씨? 나는 귀를 기울였다. 바람소리. 눈이 내릴 수도 있었다. 지금은 새벽 3시 10분이었고 나는 거실에서 문을 닫아놓고 어둠 속에서 150킬로미터 떨어진 곳의 패트릭 형과 통화하고 있었다. 트로이가 발치에서 쌔근쌔근 기분 좋게 자고 있었다. 이층의 어머니도 자고 있었다. 11시에 오랫동안 뜨거운 물로 목욕을 했으니 지금 분명 잠들어 있을 터였다. 아버지의 행방은 알 수 없었지만 아버지가 돌아오면 자동차 전조등 불빛을 앞세울 것이니 이층 내 방으로 도망칠 시간은 충분했다.

"여긴 눈보라가 치고 있어." 패트릭 형이 말했다. 만족스러운 목소리였다.

패트릭 형은 재커리 런트에 대한 계획은 거의 완성이 되었지만 나를 필요 이상으로 연루시키고 싶지 않아서 자세한 내용을 말해주기가 망설여진다고 다시 말했다. 그는 경찰에 붙잡힐 염려는 없다고, 재커리 런트가 죽건 살아남건 자신은 잡히지 않을 거라고, 하지만 그래도 형으로서 널 보호해주고 싶다고 했다. 그는 유감스러운 목소리로 덧붙였다. "인간의 행동은 백 퍼센트 예측이 불가능한 거니까. 미래는 예측이 가능하도록 그저 우리 앞에 놓여 있는 게 아니니까."

나는 꿀꺽 침을 삼켰다. 패트릭 형에게 나는 두렵지 않다고 말했다. 시키는 대로 무슨 일이든 하겠다고.

"간단한 협조만 해주면 돼. 넌 X지점에서 나를 만나 총과 총알을 전달하면 되는 거야. 마이크 형의 22구경 소총. 내가 유일하게 쏴본 적이 있는 행운의 총. 넌 전달만 하고 바로 집으로 돌아가고 그 일에는 전혀 연루되지 않는 거야. 그다음 네가 할 일은 내가 연락하면 Y지점으로 나와서 총을 받아다가 캐비닛에 도로 갖다놓는 거지. 총을 쏘는 일은 없을 거야. 그래야만 한다면…… 놈을 죽여야만 한다면…… 해쳐야만 한다면…… 칼을 사용할 거니까. 그냥 평범한 스테이크 칼로 할 거야. 몇주 전에 여기 있는 철물점에서 사야지. 그냥 칼로. 추적이 불가능한 걸로. 하지만 놈을 진짜 해치진 않을 거야. 어쩔 수 없는 경우가 아니라면. 놈은 겁쟁이라 목숨을 구걸할 거야. 대들지 못할 거야. 난 놈을 알아. 그 패거리를 알아. 재커리 런트와 그 친구들. 그 친구놈들은 재커리 런트를 보호하려고 매리앤에 대해 거짓말을 꾸며대려고 했지. 생각 같아선 그놈들을 다 벌주고 싶지만 그건 불가능해. 그 친구놈들뿐 아니라 그 아버지까지. 그리고 우리 아버지 친구들까지도."

친구들이라는 말을 할 때의 어조가 사뭇 신랄했다. 아버지처럼 혐오감에 입술을 일그러뜨리고 말하는 듯했다.

나는 동의의 말을 속삭였다. 내 목소리가 떨리고 있었다. 사랑에 빠진 사람처럼, 아직 그것이 사랑인지도 모르는 지독한 첫사랑에 빠진 것처럼 몸서리나는 깊은 전율이 느껴졌다.

나는 속으로 생각했다. 난 형제가 있어! 난 형제야! 형제란 바로 이런 거야!

패트릭 형은 전화를 끊기 전에 갑자기 엉뚱한 화제로 건너뛸 때가 많았다. 산불이 났을 때 불똥이 바람을 타고 순식간에 3, 4미터씩 날아가 새로 불길을 퍼뜨리는 것처럼. "저드? 너 진화이론에서 지성이 자연의 원인이 아니라 결과, 우연한 결과에 지나지 않는다는 거 알아? 믿기 어려운 개념이

야. 진짜로. 최근에 그 문제를 갖고 우리 교수님들과 논쟁을
벌이고 있어. 물론 그걸 믿긴 하지만……"

나는 지칠 대로 지쳐서 정신이 멍했다. 패트릭 형과는 오
분만 상대해도 녹초가 되었다. 불볕더위에 헛간 앞마당에서
거름을 치는 것보다 힘들었다. 화학이나 물리 공식을 외는
것보다 힘들었다. 나는 웃음을 터뜨리고 싶었다. 형은 왜 자
신이 믿고 싶은 걸 믿을 수가 없느냐고, 미국은 자유국가가
아니냐고 묻고 싶었다. 하지만 그런 무지한 대답을 하면 형
을 실망시킬 것임을 알고 있었다.

그래서 이렇게 대답했다. 그런 것 같아. 난 모르겠어.

수화기 저편에서 침묵이 흘렀다. 재주 좋게 전화선 안으
로 들어간 바람소리만 들렸다. 형의 가늘게 뜬 눈과 화를 참
는 표정이 머릿속에 그려졌다. 패트릭 형이 원하는 건 그에
게 어울리는 형제였다. 이제 그걸 알 수 있었다. 내 나름으
론 애를 썼지만 난 그를 실망시켰음이 분명했다.

다리를 건너

넌 내 누이를 강간했어. 그는 그렇게 말할 것이다.

넌 내 누이를 강간하고 우리 가정을 파괴했어.

겁에 질려 잔뜩 움츠러든 적에게 총구를 들이대고 말할 것이다. 죗값도 안 치르고 그냥 넘어갈 줄 알았어?

그 겨울, 패트릭은 맹추위와 바람이 기승을 부리는 날만 빼고 매일 몇 킬로미터씩 달리고 또 달렸다. 너무 심란해서 방 안에 오래 있을 수가 없었고 예전처럼 실험실에 틀어박혀 현미경을 통해 우글거리는 미생물들의 세계를 들여다보고 앉아 있을 수도 없었다. 자신의 세계와 너무도 무관한 그 세계에 점점 더 짜증이 났다. 정신도 없고 무한 증식 외엔 목적도 없는 그 익명의 세계.

쿡 스트리트 114번지에 함께 사는 학생들은 그가 양가죽 재킷 차림에 모자를 쓰고 모직 머플러로 얼굴을 절반쯤 가린 모습으로 복도나 집 앞을 지나는 걸 어쩌다 한번씩 볼 수 있을 뿐이었다. 이서커에는 달리기 광이 많았으나 패트릭 멀베이니는 자신을 그 부류로 여기지 않았다. 어떤 때는 하루에 두 번씩도 달리는 왕성한 달리기는 그에게 의식의 연장이었다. 좁고 갑갑한 방에서나 형광등 불빛이 깜빡거리고 냄새 때문에 골치가 지끈거리는 실험실에서는 더이상 분명한 사고를 할 수 없었지만 밖에서 몸을 움직이다 보면 머리가 아주 맑아져 생각에 집중할 수 있었다.

그리고 몸이 느끼는 쾌감! 마른 근육질의 젊은 몸! 종아리와 허벅지의 단단한 근육! 팔을 메트로놈처럼 흔들어서 생긴 팔뚝과 어깨 근육! 달리기 코스는 일정해서 그것에 대해서는 생각할 필요가 없었다. 달리다 보면 다른 생각에서 벗어날 수 있었다. 쿡 스트리트의 가파른 언덕길을 오르면 칼리지 애버뉴가 나왔고 거기서 북쪽으로 달려 캐스캐딜라 크리크를 건너고 언덕길을 내려가면 웨스트 애버뉴가, 그다음 폴 크리크에 놓인 현수교를 건너 동쪽으로 달리면 얼어붙은 비브 호수가 나왔다. 갈대가 무성한 비브 호수 가장자리를 따라 달리다 보면 동틀 무렵에는 검은방울새와 박새의 호기심 어린 날카로운 울음소리가 공기를 찢었다. 그러면 패트릭은 하이포인트 농장 모이통에 앉아 그런 울음소리로 잠을 깨우던 새들이, 어릴 적 잠결에 듣던 새들의 이해 불가능한 지저귐이 떠올랐다. 호숫가를 따라 동쪽으로 몇 킬로미터를 달려 코넬 플랜테이션까지 갔다가 포리스트 홈 마을을 거쳐

돌아왔는데, 그 마을은 마운트 이프리엄 구시가 학교 근처
의 다닥다닥 붙은 목조주택과 좁은 길을 연상시켰다. 고등
학교 때 그는 점심시간에 학교 식당의 소음을 견디지 못하
고 밖으로 뛰쳐나가 그 지역을 혼자 걸어다니곤 했다. 그 일
이 일어나기 훨씬 전에. 그 일이 멀베이니 가족의 삶에 들어
오기 훨씬 전에. 그리고 혼자 있음은, 몸의 리드미컬한 움직
임은 늘 커다란 위안을 주었다. 그는 포리스트 홈을 지나 비
브 호수 남쪽 가장자리를 따라 다시 코넬 캠퍼스로 들어가
서 뉴먼 핵 연구소 아래쪽으로 건물들이 촘촘한 캠퍼스 길
을 올라갔는데, 이곳은 아는 사람을 만날 가능성이 있어서
그가 제일 꺼리는 구간이었다. 패트릭 멀베이니라는 신분이
그의 앞에 불쑥 나타나는 것이다. 하지만 그의 냉혹한 눈초
리와 고개를 꼿꼿이 들고 흔들림 없이 전진하는 모습이 상
대로 하여금 감히 다정한 인사를 건네지 못하게 했다. 그는
그렇게 다시 캐스캐딜라 크리크를 거쳐 칼리지 애버뉴를 지
나 쿡 스트리트로 돌아왔다. 그때쯤이면 몸에서 땀이 나고
녹초가 되었지만 기분은 상쾌했다. 그리고 희망이 가득 차
올랐다.

달리기는 그에게 진실을 깨닫게 해주었다! 삶의 매순간은
경이요 두려움이요 미지의 것이다.

3월 말에 패트릭은 이서커에서 공중전화로 마운트 이프
리엄의 런트 씨네 집에 전화를 걸었다. 평일 오후 5시였다.
벨이 네 번 울리고 여자가 전화를 받았다. 패트릭은 자신을

재커리의 고등학교 친구 '돈 메이틀런드'라고 소개했다. 실제로 재커리의 패거리 주변부에 '돈 메이틀런드'라는 인물이 있었기에 런트 부인에게 그 이름이 그럴듯하게 들릴 것이란 계산에서였다. 그리고 졸업 후 몇년이 지났으니 둘은 분명 연락이 끊겼을 것이었다. 패트릭이 재커리의 주소와 전화번호 등을 묻자 런트 부인은 주저없이 대답해주었다. 그래, 빙엄턴 주립대에 다니지. 그래, 경영학 전공이고. 아니, 올해는 졸업 못해. 두 학기 쉬었거든. 하지만 이제 마음 잡고 아주 열심히 공부하고 있지. 재커리 아버지와 난 내년 봄이면 재커리가 학위를 받을 수 있을 거라고 기대하고 있어. 런트 부인은 기분 좋은 목소리였고 '돈 메이틀런드'에게 어떻게 지내는지 물어봐주기까지 했다. 패트릭은 그럴듯한 대답을 꾸며댔다. '돈 메이틀런드'도 잠시 방황하다가 다시 학교로 돌아갔다고, 오스위고 공대에서 전기공학을 전공하고 있다고. 그러곤 다시 물었다. "재커리는 봄방학 때 집에 오나요? 부활절에요." 런트 부인이 대답했다. "그럼." 패트릭이 말했다. "잘됐네요! 그럼 우리 친구들이 다 모일 수 있겠네요. 지난번처럼." 그러자 런트 부인은 어머니다운 부드러운 웃음소리를 냈다. "그럴 거야."

패트릭은 그쯤에서 작별인사를 하고 전화를 끊었어야 했다. 하지만 그는 순진함을 가장하여 교활한 질문을 던지고 있는 자신을 발견했다. "재크 여자친구는 잘 있어요?"

런트 부인은 경계하는 태도로 돌변했다. "어떤 여자친구?"

"이름은 정확히 기억이 안 나네요. 빙엄턴에 다니는 여학생인데…… 금발에 키가 크고……"

잠시 침묵이 흘렀다. 그리고 런트 부인이 냉랭하게 말했다. "내가 생각하는 그 여학생이라면, 모르겠어."

패트릭은 소년처럼 감탄조로 말했다. "재크는 항상 여자복이 많았어요. 중학교 때부터. 사귀고 싶은 애들은 다 사귀고 싫증나면 여자 쪽에서 알아서 사라져줬으니까요. 우리친구들이 도대체 비결이 뭐냐고 늘 놀렸지요."

런트 부인은 웃음을 터뜨렸다. '돈 메이틀런드'가 말장난을 하자는 건가? "돈, 내가 재커리에 대해 모르는 사실을 뭘알고 있지?"

패트릭이 대답했다. "전 재크에 대해서 고자질하고 싶지않아요. 제가 방금 한 말은 그냥 잊으세요."

"난 재커리의 사생활은 몰라. 난 그 아이의 엄마일 뿐이니까."

"저희 엄마도 그렇게 말씀하세요. 저에 대해서요."

패트릭과 런트 부인은 함께 웃었다. 패트릭이 말했다. "저, 런트 부인, 감사합니다! 재크에게 연락할게요. 몇주 내로 재크를 만날 수 있을 거예요."

"……그중에서, '조엘런'이라는 여자아이 말이야…… 혹시 알아?"

"누군데요?"

"'조엘런'. 성은 기억이 안 나고."

"어쩌면요. 빙엄턴 여학생인가요?"

"애가 대담하더구나. 여기로 전화를 했어. 나와 통화하고 싶다고."

"이런, 언제요?" 패트릭이 공감 어린 목소리로 말했다.

"한 6주쯤 됐을 거야. 그때부터 전화가 오기 시작했지. 아침 7시, 밤 10시, 시도 때도 없이 전화를 거는 거야. 새벽 2시에도 온 적이 있다니까! 물론 그냥 끊어버렸지. 전화번호를 바꿀 생각까지 했다니까. 하지만 그러다 제풀에 지쳤는지 전화가 안 오더군. '조엘런'. 대학생도 아닌 게 분명해."

"얘기는 해보셨어요?"

"당연히 아니지! 처음 전화 왔을 때 잠시 몇마디 나눈 것 빼고는. 그 아이가 누구고 뭘 원하는지 알고부터는 상대를 안했지."

"그 여자가 뭘 원했는데요?"

"거짓말을 하고 내 아들을 비방했어. 엄마인 나한테."

"재크를 뭐라고 비방해요? 어휴."

"오, 그걸 누가 알겠어? 그렇게 남자 뒤나 따라다니는 여자아이들이 어떤지 너도 알잖니. 너도 그런 골치아픈 일을 당해봤겠지?"

패트릭은 웃음을 터뜨렸다. "저야 아까도 말했지만 재크처럼 여자복이 있는 게 아니라서요. 재크처럼 미남도 못되고. 재크는 특별한 매력이 있어요. 걔만 나타나면……" 패트릭은 감탄으로 말끝을 흐렸다.

런트 부인이 기분 좋게 말했다. "글쎄, 재커리는 아버지를 닮았지. 모트가 젊었을 때 말이야. 머리칼도 닮고. 하지만 모트는 재크 같진 않았어! 그런 식으로 처신하진 않았어.
하기야 미국도 많이 달라졌으니까, 60년대 이후로."

"예, 사람들이 그러더라고요."

"중학교 3학년 때부터 여자아이들이 재크를 따라다녔지.
집으로 전화도 하고. 열세살짜리 여학생이 남학생 집에 전
화를 걸다니! 내가 학교 다닐 때만 해도 그런 짓은 엄두도 못
냈지. 죽도록 수치스러운 짓이니까."

패트릭은 공감을 나타내며 쿡쿡 웃었다. "예, 저희 엄마
도요."

"결국 재크에게 따로 전화를 놔줄 수밖에 없었어. 모트는
그러면서 '자기방어'라고 했지."

"생각나는 여자애가 있어요. 4학년 때. 정확히 재크의 여
자친구는 아니었지만……"

"워낙 많아서 말이야. 우리도 다 찬성한 건 아니었지."

"치어리더였던 것 같은데……"

"그중에는 믿기 어려울 정도로 뻔뻔스러운 애들도 있었
어."

"그 여자애가 재크한테 말도 안되는 죄를 뒤집어씌웠잖
아요, 댄스파티 후에."

"기억이 안 나."

"우리 모두 바비 크라우스의 집 파티에 갔었죠. 우리 친
구들은 걔한테 초대받은 것도 아닌데 거기 갔었어요. 그리
고 그 여자애랑 재크가 둘이 나가서 무슨 일이 있었는지도
분명치 않아요."

"아니, 난 기억이 안 나."

런트 부인이 불안한 목소리로 재빨리 말했다. 그녀는 전화를 끊으려고 했고 패트릭도 그녀의 의심을 사고 싶지 않았지만 자신도 모르게 악이 올라 이렇게 말했다. "그 여자애 아버지가, 농부인가 뭐였는데 재크네 집으로 쳐들어갔잖아요. 재크가 그러는데 겁나서 죽을 뻔했다고 그러더라고요. 부인께서 경찰에 신고를 하셔서……"

런트 부인이 낮고 빠른 목소리로 말했다. "나, 난 잘 기억이 안 나. 그땐 정신이 없어서. 그 남자는 술에 취해서 폭력을 휘두르면서 내 남편과 아들을 죽이겠다고 위협했고……"

패트릭이 말했다. "우리 친구들은 전부 재크 편이었어요. 확실하게요. 만일 재판이 벌어졌다면 우리 모두 재크를 위해 증언했을 거예요."

"오, 그래. 그건 정말 고마웠어. 우린 그때 제정신이 아니었지. 하지만 그 여자아이가 거짓말을 하고 과장한 거였고 결국 무사히 끝났지."

패트릭은 화가 나서 말했다. "재크는 우리 친구들을 믿을 수 있다는 걸 알고 있어요. 우린 변호사가 무슨 말을 해야 하는지 말해주지 않아도 알아서 잘했을 거예요."

런트 부인이 숨찬 목소리로 대답했다. "그래, 모트와 난 너희들의 의리를 고맙게 생각해. 정말이지 끔찍한 시기였어."

패트릭이 말했다. "런트 부인, 세상에 믿을 수 있는 건 친구들뿐이죠."

"우린 그 미친 남자가 — 그 아버지라는 사람이 — 다시

와서 행패를 부릴까봐 얼마나 겁이 났는지 몰라. 경찰이 그를 가둘 수가 없다고 했거든. 그는 이성이 안 통하는 사람이고."

"어휴, 그 사람 어떻게 됐어요? 그 여자애는요?"

"다행히 그 아이는 다른 데로 갔어. 가족이 어디로 보내버렸어. 아마 그 아버지가 보냈을 거야." 런트 부인의 숨소리가 빠르고 거칠어졌다. 그녀는 울음을 터뜨리기 직전인 듯했다. "이제 그만 끊어야겠어."

"기분 언짢게 해드렸다면 죄송해요. 전 다만……"

"이만 끊어야겠어. 잘 있어, 댄."

패트릭이 말했다. "재크 번호 알려주셔서 감사합니다. 다음에 뵐게요!"

그건 다리에 대한 공포와 비슷했다. 이를테면 현수교 같은 다리. 폴 크리크 위에 놓인 현수교 같은 좁고 심하게 흔들리는 다리에 올라설 때의 공포. 하지만 놀랍게도 그 다리는 위험하지 않았다. 전혀. 자신이 무엇을 하고 있는지 거의 의식하지 못하며 다리를 건너니 안전하게 건너편에 닿아 있었다.

패트릭 멀베이니가 그런 실수를 저지르고 있다는 건 믿기 어려운 일이었다.

그는 추수감사절 전에 생물학 졸업논문 주제를 세 번이나 바꿨다. 처음엔 막의 생성으로 정했다가 그다음엔 무척추동물의 유전학으로 바꿨는데 둘 다 그의 지도교수인 헤링 교수가 제안한 것이었다. 하지만 시작할 때의 관심을 계속

유지할 수가 없었다. 그는 열심히, 열심히 노력했다. 젊은 생물학자는 선배들의 지도하에 연구를 해야만 한다는 걸 알고 있었기 때문이다. 팀의 일원으로서 위에서 시키는 대로 하고 의문을 달아선 안되었다. 하지만 패트릭은 점차 사기가 떨어지고 초조해졌으며 결국 자료들을 팽개쳐버렸다.

세번째 주제는 앞의 두 주제보다 이론적이었으며 생소한 분야들에 관한 엄청난 양의 독서가 요구되어 실험실 일을 줄여야 했다. 그건 다윈의 진화론에 수학적 게임이론을 적용하는 것이었다. 패트릭은 진화적 설계에서의 '강요된 행보', 즉 하나의 종이 생존을 위해서 특정한 계통으로만 적응해야 하는 생물학적 불가피성의 개념에 대해 분석하고 싶었다. (이를테면 기생동물들이 오로지 단일 숙주 종에 의존하게 된 것이나 참새가 인구밀도가 높은 지역에 의존하게 된 현상, 특정 종들의 짧은 임신기간과 다른 종들의 긴 임신기간, 그리고 눈알이 튀어나온 눈, 움푹 들어간 눈, 외골격, 미세한 뇌 등의 특이한 형태들이 그에 속한다.) '강요된 행보'는 체스에서 온 비유다. 우리는 위기의 종들로서 행보를 하며 명석하고 필사적이며 운 좋은 행보가 아니라면 종말을 맞게 되므로 우리에겐 선택의 여지가 없다. 만약 살아남는다면 미래의 관점에서 우리가 변화한 환경에 '적응'한, 다시 말해 생물학적 '특수화'를 이룬 것이라는 가설이 성립된다. 그 기록은 무의식적인 DNA 설계를, 목적과 지성을 나타내는 것이 된다. 또는 그렇게 해석된다.

하지만 그 기록은 순전한 무작위성과 우연성을 나타낼

수도 있다. 그렇다면 종의 생존은 종의 본질이 아니라 단순한 우연에 지나지 않는다.

패트릭이 리델 홀에 있는 헤링 교수의 연구실에서 헤링 교수에게 그런 말을 하자 교수는 골똘히 생각에 잠긴 눈으로 그를 응시했다. 교수는 자주 패트릭의 말을 끊고 질문을 던졌고 패트릭은 더듬거리며 대답했다. "저도 그걸 알고 싶습니다." 중년의 정력적인 남자인 헤링은 변덕스럽고 잔인하며 그의 후견을 받기 위해 어떤 수고도 마다하지 않는 젊은 교수들을 혹사시킨다는 평판도 있지만 뛰어난 과학자로서 국립과학재단과 대학으로부터 풍족한 지원을 받고 있었으며 미국인 학생뿐 아니라 외국 학생까지 포함하여 특정한 학생들에게 각별한 애정을 쏟고 모든 학생을 아들처럼 대하는 것으로 알려져 있었다. 패트릭 멀베이니도 삼년 동안 학부생으로서 그의 총애를 받아왔다. 헤링 교수는 패트릭이 여름 연구보조금과 근로장학금을 받도록 주선해주었고 대학원에 제출할 강력한 추천서를 써주었으며 줄곧 높은 학점을 주었다. 그러면서도 가끔 가혹한 질책을 아끼지 않았다. "멀베이니 군, 자넨 더 잘할 수 있어. 자넨 더 잘할 수 있다고." 그때마다 패트릭은 그의 기대를 저버리지 않고 더 잘해냈다. 패트릭은 헤링 교수에게 늘 감사했고 다른 어떤 교수보다 그를 존경했지만 왠지 그의 앞에 있으면 불편했다. 아버지를 연상시키는 강한 의지와 노골적인 태도와 건장한 몸을 가진 나이 든 남자 앞에서 으레 느끼는 불편함이었다.

윗사람에게 감사의 마음을 갖는 건 근본적으로 불편한

위치였다. 패트릭은 자신이 그런 위치를 좋아하기는 하는지도 확신이 없었다.

그들의 마지막 회의가 될 1월의 그 자리에서 헤링은 패트릭의 말을 들으며 점점 더 거북한 기색이 되었다. 패트릭은 빽빽이 타이핑된 단락과 공식과 도표와 그래프가 담긴, 페이지 표시도 안된 종이뭉치를 들고 헤링 교수의 연구실에 나타났다. 면도도 하지 않았고 수면 부족으로 눈이 붉게 충혈되고 뻑뻑했다. 그는 지난주에 제출한 부분에 대해 헤링 교수와 토론도 하기 전에 새로운 주제에 대해 급히 써왔다. (헤링 교수의 책상 위에 빨간 펜으로 수정된 그의 글이 그에게 다시 돌려보내지기를 기다리고 있었다. 하지만 그 글은 이제 그의 관심 밖으로 밀려나 거의 잊힌 상태였다.) 수학적 게임이론은 대단히 흥미진진했으며 패트릭은 그 자료들 속에서 마치 물에 빠진 사람처럼 허우적대고 있었다. 하지만 게임이론이 열쇠임을 그는 확신했다! 다윈과 존 폰 노이만, 존 메이너드 스미스와 함께하는 것이다! 사실상 식별이 불가능할 정도로 유사한 유기체들이 전혀 다른 DNA를 갖고 있는 까닭은 무엇인가? 진화에서 대멸종의 역할은 무엇인가? '자연선택'과 '적응'의 관계는 무엇인가? 무엇보다, 어떻게 화학적으로 단순한 비생명에서 고도의 복잡성을 지닌 생화학적 활동이 일어날 수 있었을까? 그것은 어떤 의미를 지닐까?

넓고 천장이 높은 헤링 교수의 연구실에 패트릭의 목소리가 메아리쳤다. 연구실 벽면에는 책장이 가득했고 검은 머리칼에 엄니가 달린 화려한 색깔의 아프리카 탈 몇점이

보였다. 눈 없는 탈들이 다소 회의적인 표정으로 패트릭을
바라보고 있었다. 무슨 말을 하고 있는 거야! 어떻게 감히 그
런 말을 할 수가 있지? 그게 어떤 의미를 지니는데? 패트릭은
당혹감에 휩싸여 고등학교 때 아이들 사이에서 돌던 소문을
떠올렸다. 매리앤이 생물시간에 손을 들고 패럴리노 선생
님에게 하느님이 왜 기생충을 만들었는지 질문했다는 것이
었다.

헤링 교수가 패트릭이 지난주에 제출한 글을 패트릭 쪽
으로 밀었다. 그건 그만 나가보라는 의미였다. 새로 써온 글
은 손도 대지 않은 채 책상 한 귀퉁이에 놓았다. 교수는 화를
억누르고 가까스로 미소를 지으며 친절함에 가까운 목소리
로 마치 똑똑하고 충동적인 열두살짜리를 대하듯 말했다.
"패트릭, 왜 그런 것에 '의미'가 있어야 한다고 생각하나? 더
구나 자네가 그 '의미'를 찾을 수 있다고 생각하나?"

이튿날 패트릭은 과사무실에서 논문 지도교수가 바뀌었
다는 통보를 받았다. 새 지도교수는 과학철학을 연구하는
백발의 부교수로 생물학과 내의 진지한 과학자들이 경멸하
는 '통속' 과학자였다.

※

도와줘요! 도와줘……
4월 초, 그러니까 재커리 런트를 응징하러 마운트 이프리
엄으로 가기 보름 전 밤에 패트릭은 악몽을 꾸고 공포에 질

려 잠이 깼다. 수렁이 다리를 끌어당기고, 부글부글 끓고 김이 피어오르는 진흙이 코와 입으로, 눈으로 마구 들어왔다. 그는 쿵쾅거리는 가슴을 안고 비칠거리고 넘어지면서 침대에서 뛰쳐나갔다. 어린애처럼 훌쩍이며. 아냐, 아냐…… 도와줘! 이게 뭐야! 날 내버려둬! 땀에 젖어 축축하게 휘감긴 이불을 검은 진흙으로 착각했던 것이다. 아직도 침대가 검은 진흙 같았다. 녹은 타르처럼, 아버지가 쓰던 지붕용 타르처럼 보이는 것이 마치 살아 있는 생물체처럼 부글부글 끓으며 패트릭 멀베이니를 탐욕스럽게 빨아들이고 있었다.

패트릭은 떨리는 손으로 침대 옆 등을 켰다. 알람시계를 보았지만 숫자가 얼른 머리에 들어오지 않았다. 새벽 4시 35분이었다. 비가 내리고 있었다. 비바람이 창문을 때리고 차가운 외풍이 들어왔다. 4월이라 창틈에 붙였던 바람막이용 테이프를 떼어버린 것이다. 이제 공식적으로 봄이 가까워서 건물 주인이 난방을 더 인색하게 넣어주는 바람에 패트릭의 방은 겨울처럼 추웠다. 그런데도 그는 잠을 자는 동안 질식할 듯한 공포에 땀을 흘렸다. 검은 진흙이 속눈썹에 달라붙어 있는 것 같아 눈을 비볐다. 젠장, 역겨워!

신경과민이 분명했다. 하지만 패트릭은 자신이 전혀 신경이 곤두서 있지 않다고 확신했다. 그의 정의 실현 계획은 몇가지 사소한 부분만 빼고는 완성되어 있었다. 아무것도 그를 막을 수 없었다.

패트릭은 복도 화장실로 가서 소변을 보고 찬물에 세수를 했다. 세면대 위의 얼룩진 거울 속에서 안경을 벗어 더 커

보이는, 가느다란 핏발이 선 눈이 그를 보고 있었다. 저것은 살인을 저지를 수 있는 스물한살 청년의 눈일까? 패트릭은 자신에게 미소를 지으며 말했다. "그래, 맞아."

악몽을 꾼 건 인과응보였다. 그날 밤 저드와 통화하면서 요즘 아주 잠을 잘 잔다고, 편안히 푹 잔다고 허풍을 떨었으니까. 그는 염병할 공부를 게을리하고 있는 것이나 수업에 들어가지 않고 있는 것에 대해 고민조차 하지 않았다. 그는 코넬 대학 생물학 박사과정에 합격했으나 끝까지 학점을 잘 받아야 한다는 조건이 붙어 있었다. 시카고 대학과 미시건 대학, 버클리 대학, 그리고 지난가을에 헤링 교수가 추천해준 다른 대학도 지원 마감일이 지났거나 아예 지원서를 잃어버린 상태였다. 하지만 그런 문제 때문에 잠을 설친 적은 없었다. 아무것도 그를 막을 수 없었다.

"좋겠네." 저드의 대답은 일부러 건방지게 굴려는 건 아니었겠지만 패트릭에겐 그렇게 들렸다.

패트릭은 발끈했다. "야 꼬맹이, 이 일에서 빠지고 싶으면 빠져. 나 혼자도 할 수 있으니까."

저드가 황급히 말했다. "아냐! 난 절대 안 빠져."

"솔직히 말해, 겁나면."

"겁은 나지만 절대 안 빠져."

"내가 제대로 해낼 거라고 믿지 못한다면 그렇다고 말해. 다시 생각중이라면."

"이봐 P. J., 아니라고."

"그 P. J. 소리 집어쳐!" 패트릭이 말했다. 농담으로 한 말이었다. 그 반항적인 어조 때문에 멀베이니 가족만이 알아들을 수 있는 농담. 하지만 목소리가 떨려나왔다. 그는 멀베이니 가족의 부엌 식탁에서 조숙한 말솜씨로 가족들에게 감명을 주던(웃게 만들기도 했지만) 그 현학적인 태도로 황급히 말을 이었다. "법적 정의는 불가능해. 아버지가 노력해봤지만 실패했어. 법적 정의 체계는 사회제도일 뿐이고 도덕의 표현에는 부적합하니까. '법적 정의'는 '피해자'와 '가해자', 그리고 그 각각의 가족들을 넘어서서 국민들, 국가의 공인을 받은 제삼자가 관장하는 거지. 국가에서 집행하는 정의. 하지만 대체 국가란 게 뭐야? 더 많은 사람들일 뿐이지. 더 많은 호모싸피엔스. 어차피 사람은 다 똑같은데 왜 국가가 위에 서야 하지? 우리가 왜 얼굴도 모르는 사람들에게 우리보다 높은 도덕적 권한을 줘야 하지? 저드, 난 이 문제에 대해 많이 생각했어. 충동적으로 행동하는 게 아니라고. 나는 늘 마음 깊은 곳에서 매리앤을 보고 있어. 가족들한테까지 천대당하고 쫓겨난 매리앤. 우리가 무슨 원시 종족이냐고! 우리 누이가 금기의 대상이라도 되냐고! 아주 우스꽝스럽고 참을 수 없는 일이야. 난 참지 않겠어. 이제 난 기독교인이 아니지만 하늘에 맹세코 나는 신교도의 저항정신을 가졌어. 내 정의는 내가 실현하겠어. 난 그게 뭔지 아니까." 패트릭은 자신의 열변에 당황해서 잠시 말을 끊었다. 꼬맹이 동생에게 그런 말을 하다니. "저드? 야, 미안…… 아직 듣고 있니?"

저드는 패트릭의 거창한 말에 감동을 받은 게 분명했다. 그가 조용히 대답했다. "난 언제나 형 곁에 있어. 날 믿어."

방으로 돌아온 패트릭은 침대로 돌아가기가 두려워 잠시 창가에 서 있었다. 축축하게 젖어 휘감긴 이불에서 동물적인 공포의 냄새가 날 것 같았다. 틀림없는 땀냄새. 그는 재커리 런트의 매리앤 강간 사건의 또 한 사람의 피해자인 저드에 대해 생각했다. 그 불쌍한 꼬맹이는 기울고 무너져가는 하이포인트 농장에 처박혀 살아야 했다. 그와 마이크가 떠나고 매리앤이 추방된 후에도 막내인 저드는 뒤에 남겨졌다. 지난 몇개월간 밤에 통화를 하면서 패트릭은 저드와 세상 누구보다 가까워졌다. 어쩌면 매리앤은 빼고. (패트릭은 매리앤을 뜨겁게 사랑했다. 하지만 매리앤과는 솔직한 대화를 나눌 수가 없었다. 형제끼리는 나눌 수 있는 진실을 누이인 매리앤에겐 말할 수가 없었다.)

이상한 일이었다. 집에서 저드와 함께 자랄 때는 막내동생을 진지하게 대했던 적이 없었다. 제대로 바라본 적도 거의 없었다. 어린 동생은 그냥 거기 있는 존재였다. 어린 동생은 나름의 인생과 자기만의 비밀스러운 생각과 동기를 지닌 한 개인으로 생각하기가 어려웠다. 하지만 이제 열여섯살인 저드는 더이상 어린애가 아니라 패트릭의 친구이자 동지가 되었다. 패트릭은 저드가 너무도 좋았다. 동생의 성실성과 용기가 존경스러웠다. 어린 동생을 존경하다니…… 이얼마나 신기한 일인가!

그러면서도 패트릭은 만약 저드와 하이포인트 농장에서 날마다 얼굴을 마주하면서 부모님의 관심을 끌기 위해 경쟁하며 살고 있다면 전화통화를 할 때처럼 그렇게 서로에게 솔직하고 친근할 수 있을지 의심스러웠다.

이제 패트릭은 종이뭉치를 한쪽 옆으로 밀쳐놓은 책상에 앉아 있었다. 손으로 감싸쥔 머리에서 무지근한 통증이 느껴졌다. 겨우 살았지 뭐야. 하마터면 그 검은 진흙 속에서 질식해 죽을 뻔했어. 그건 어쩌면 여름에 아버지의 지붕회사 일꾼 노릇을 할 때 썼던 그 녹은 타르였을 수도 있었다. (그 얼마나 고되고 자존심 상하는 노동이었는지. 시급을 받으며 지붕 위에서 웃통을 벗고 노예처럼 일했으니까.) 또 그건 유빌로 가는 58번 도로 근처의 늪인 것 같기도 했다. 얕은 개천이 마운트 이프리엄 북부의 유빌 강으로 흘러드는 황량한 늪지. 여름이면 부들과 덩굴, 그리고 협죽초인지 부처꽃인지 하는 화려한 자줏빛 야생화가 만발했지만 지난 몇년 동안 지하수면이 상승해 대부분의 나무가 죽어가고 나무껍질이 너덜너덜하게 벗겨져나갔다. 그리고 하루종일 늪 위로 병적인 안개 덩어리가 떠돌았다. 썩은 하수구 냄새도 진동했다. 아마도 몇 킬로미터 떨어진 대규모 기업형 농장에서 버린 돼지 축사의 오물이 늪으로 흘러드는 것 같았다. 패트릭은 그 늪을 탐사해본 적이 없었고 그가 아는 어떤 사람도 그곳에 가본 적이 없었다. 하이포인트 농장에서 자전거를 타고 가기엔 너무 멀었다. 그곳은 화창한 햇살 속에서도 사악하고 황량한 느낌을 주었다. 따뜻한 날씨에는 새와 개구리, 물뱀, 곤충, 그리고 무수히 많은 미생물로 들끓었다. 이제 4월이 되어 해빙기를 맞은 늪의 검은 진흙은 긴 겨울잠에서 깨어나 생명의 기지개를 켜고 있을 터였다.

"젠장!" 패트릭은 욕지기가 치미는 걸 느끼며 몸서리를 쳤다. 그는 속눈썹에 뭔가 달라붙어 있는 것 같아 자꾸 자꾸 자꾸 눈을 비벼댔다.

악수

어쩌면 형은 총을 원하지 않는지도 몰라. 그냥 나를 시험하려는 건지도 몰라.

1979년 부활절 일요일 전날인 4월 16일 토요일 정오에 형제는 패트릭이 정한 장소인 이글턴 코너스에서 동쪽으로 16킬로미터 떨어진, 철둑 근처의 스토운 크리크 로드 비포장길에서 만났다. 주로 관목으로 덮여 있고 인가가 없는 지역이었다. 사슴 사냥철이면 형광 오렌지색 가슴받이를 댄 사냥꾼들이 차를 타고 와서 숲을 헤치고 다녔지만 지금은 사슴 사냥철이 아니었다.

진흙이 잔뜩 튄 낡은 지프를 몰고 패트릭이 나타났을 때 저드는 포드 픽업트럭 조수석에 캔버스 천으로 싼 22구경 윈체스터 소총을 놓아둔 채 초조하게 기다리고 있었다. 저드는 한동안 보지 못했던 형이 보이자 가슴이 뛰기 시작했다. 만일 이 만남이 패트릭에 대한 그의 충성심과 신의를 시험하기 위한 것이라면 그는 잘해낸 것이었다.

코린은 저드가 이글턴 코너스에 있는 농기구점에 심부름을 간 줄 알고 있었다. 코린도 마이클 씨니어도 패트릭이 집 근처에 있다는 사실은 전혀 몰랐다.

패트릭은 지프의 속도를 늦추더니 픽업이 세워져 있는 샛길을 그대로 지나쳤다. 그러고는 능숙하게 방향을 돌려 저드의 픽업 가까이 와서 픽업과 반대방향으로 차를 세웠다. 저드가 차 문을 열자 그 역시 문을 활짝 열었지만 아무도 차에서 내리진 않았다. 그 혼란스러운 짧은 순간에 저드는 패트릭의 지프 앞뒤 번호판 일부가 진흙에 가려져 있다는 의미심장한 사실을 발견했다. "잘 있었냐, 꼬맹이?" 패트릭이 물었다. 그건 패트릭의 목소리가 아니었다. 저드는 패트릭과 무수히 통화를 하면서 형의 목소리가 자신의 목소리만큼이나 익숙해졌지만, 요란하고 쾌활한 그 목소리는 형의 목소리가 아니었다. 차가운 햇살이 지프의 그리 깨끗하지 않은 앞유리를 통과해 패트릭의 창백하고 날카로운 얼굴을 비추었다. 그는 더 나이가 들어 보였고 거의 알아보기가 힘들었다. 짙은 색 철사테 썬글라스를 썼고 족히 일주일은 길렀음직한 수염이 턱을 뒤덮고 있었다. 전투복 상의에 검은 모직 모자를 푹 눌러써서 머리칼이 전혀 보이지 않았다. 저드는 그 모습을 멍하니 쳐다보았다. "왜 그래 꼬맹이? 네 형 핀치를 몰라보겠니?" 패트릭은 흐뭇한 눈치였다.

"좀 달라 보여서."

"그게 내 의도지."

"그건 그렇고 여기…… 형이 원하는 거 가져왔어."

"좋아! 이리 줘."

스토운 크리크 로드엔 저드의 시야가 미치는 한 양쪽 방향으로 차가 한 대도 없었다. 그는 패트릭에게 캔버스 천으로 싼 소총을 건넸고, 패트릭은 운전석에 앉은 채로 소총을 무릎에 놓고 점검했다. 그는 광택이 흐르는 개머리판을 쓰다듬고는 길고 가느다란 총신을 따라 천천히 손을 움직였다. 그러고는 소총을 어깨에 대고 저드의 머리 위를 겨냥하면서 얼굴을 찡그리고 조준경을 들여다보았다. 저드는 패트릭이 방아쇠를 당길까봐 잔뜩 긴장했다. 안 쓴 지 오래된 낡은 총이지만 발사될 수도 있지 않은가. 저드 자신은 감히 시험해볼 엄두도 내지 못했었다. 그리고 패트릭도 가능하면 총을 쏘고 싶지 않다고, 최근에 총을 발사한 흔적을 남기고 싶지 않다고 분명히 말했었다.

턱수염을 기른 P. J.는 괴상했다. 엄마가 보면 숨이 넘어가게 웃을 것이었다. 그러면서도 잘생겼다고 하겠지만. 아들들이 외모를 새롭게 바꿀 때면, 이를테면 마이크가 고등학교 때 머리에 기름을 발라 뒤로 넘겼을 때나 P. J.가 어머니가 골라준 안경을 둥근 철사테 안경으로 바꿨을 때 어머니는 처음엔 도무지 적응이 안된다고, 정말 심란하다고 법석을 떨다가도 며칠이 지나면 결국 내 아들은 어쩌면 이렇게 잘생겼느냐고 감탄했다. 마치 아들이 아닌 어머니 자신이 한 선택인 것처럼. 어쩌면 실제로 그렇게 기억하고 있는

지도 몰랐다.

저드는 패트릭을 바라보고 있자니 무언가 떠오르는 것이 있었다. 저 억센 갈색 수염. 입을 굳게 다문 표정. 그 모습은 주일학교 성경 카드에 등장하는 히브리 예언자를 연상시켰다! 어렸을 때 어머니를 따라 이 교회 저 교회 다니면서 숱하게 받은 카드. 어린 저드가 제일 좋아했던 예언자는 아모스였는데, 밝은 색 카드 속의 아모스는 키가 크고 남자답고 눈초리가 매서운 광신자의 모습이었으며 수염이 덥수룩하고 양치기 옷을 입고 있었다. 그 그림 밑에는 이런 글귀가 적혀 있었다. 여호와께서 시온에서 부르짖으시리니. 아모스 1:2.

저드가 말했다. "캐비닛 열쇠를 못 찾을까봐 걱정했는데 부엌 서랍에 있더라고. 엄마가 열쇠에 '거실 캐비닛'이라고 써놨고. 엄마답지."

패트릭은 대꾸하지 않았다. 그는 까다로운 고객처럼 소총을 꼼꼼히 살펴보고 있었다. 총을 열어 총알을 들여다보더니 총알 하나를 꺼내 빛에 비추어보았다. 저드는 형의 손이 가늘게 떨리는 것을 보았다. 잘못 본 것인지도 모르지만. 패트릭이 말했다. "총알 더 가져왔어?"

저드는 뜯지도 않은 24개들이 총알 상자를 캐비닛 서랍에서 발견하고 챙겨왔는데 깜빡 잊고 있었다. "아, 참. 여기."

"쓸 일은 없겠지만 혹시……" 패트릭은 저드에게서 총알 상자를 받으며 미소지었다. "모르는 일이니까. '계획이 있어야 운도 따른다.' 꼭 그런 건 아니지만."

"'계획이 있어야 운도 따른다.' 그게 무슨 뜻이야?"

"신중한 계획을 세우면 '운'이 좋은 것처럼 보인다는 거야. 일이 잘 풀리니까 중립적 관찰자의 시각에서 보면 행운이 따르는 것처럼 보인다는 거지. 하지만 사실은 그건 만들어낸 행운이야."

"괜찮은데."

"하지만 꼭 그런 건 아냐. 아무리 신중하게 세운 계획이라도 실패할 수 있는 거니까."

패트릭은 소총을 닫고 캔버스 천으로 씌운 뒤 조수석에 놓고 총알 상자는 운전석 옆 도구함에 넣었다. 그의 동작은 활기차고 질서정연했다. 그는 차를 몰고 떠날 준비를 하고 있었다. 만난 지 오분도 채 안됐는데. 저드는 돌연한 공포에 젖었다. 더 할 말이 남아 있지 않나?

그냥 나를 시험한 거였다면 지금 여기서 끝낼 수 있어.

패트릭은 저드에게 다음날 마운트 이프리엄과 하이포인트 농장 중간쯤의 어느 외진 장소에서 소총을 찾아가라고 했다. 그곳은 샌드힐 로드에 있는 오래된 공동묘지로 허물어져가는 돌담에 둘러싸여 있었는데, 차를 타고 뒤쪽으로 접근하면 담 밑으로 총을 밀어넣을 수 있는 틈새가 있었다. 패트릭이 말했다. "너 엄마랑 교회에 갈 거지? 교회 갔다 올 때까지 빠져나올 수 없겠지만 가능한한 빨리 총을 찾아가. 혹시 계획에 차질이 생기면 연락할게. 하지만 그때까진 일을 끝낼 거야."

패트릭의 혀는 일이란 말을 너무도 가볍게 뱉었다. 그러나 일은 정확히 무엇을 뜻하는 것일까?

패트릭은 썬글라스를 들어올리고 저드를 보았다. 사람을 깜짝 놀라게 만드는 눈빛이었다. 턱수염과 어울리지 않는 기민한 젊은이의 눈이었다. "농장 파는 건 어떻게 돼가고 있어? 진척이 있어?"

저드는 어깨를 으쓱했다. 바깥에서 얘기하기는 너무도 고통스러운 문제였다. "엄마는 언젠가 농장을 다시 살 수 있을 거래. 적어도 하루에 한 번은 그런 말을 해."

"누구 사고 싶어하는 사람이 있어?"

"그럼, 있지. 지난주에는 의사 가족이 유빌에서 집을 보러 왔어. 우리가 집에 있으면 부동산 중개인이 우리에게 폐가 되지 않게 신경을 써줘. 대개는 우리가 집을 비우지만. 엄마가 그런 때는 집에 안 있으려고 해. 모르는 사람들이 들어와서 우리집을 보는 게 괴상해서……" 저드는 말끝을 흐렸다. 괴상하다는 단어가 너무 어린애 같은데다 표현할 수 없고 참아야만 하는 것을 표현하는 말로 적절하지 않아서였다.

"엄마는 어떻게 받아들여?"

"괜찮으셔. 전화로 흥정을 하는 사람은 주로 엄마니까."

"매리앤은 아직 몰라?"

"알 거야."

"난 말 안했는데."

"그래도 알 거야. 엄마는 늘 매리앤 누나한테 '현실적'이 되라고 하셔."

"아버지는? 아버지는 어때? '현실적'인가?"

"마씨너로 회사를 옮기는 일을 추진중이야. 파산 신청도 하고. 집에 없을 때가 많고 집에 있어도 변호사들과 통화하느라 바빠."

"술은 많이 마셔? 엄마한테는 어떻게 하고?"

나한텐 어떤데? 하고 저드는 생각했다. 얼마 전에 아버지에게 제발 엄마한테 소리 좀 지르지 말라고 했다가 하마터면 뺨을 얻어맞을 뻔했던 것이다. "형, 언제 한번 들러. 이 서커에서 150킬로미터 거리밖에 안돼. 지구 반대편도 아니잖아."

패트릭은 시선을 돌렸다. 그가 조용히 말했다. "아직은 아냐. 당분간은."

"그래, 그렇게 말했었지."

"난 그들을 용서할 수가 없어. 매리앤한테 그렇게 한 걸. 특히 아버지. 다시는 예전으로 돌아갈 수 없고 마이크 형도 그런 생각이야. 몇주 전에 형이랑 통화했는데 나랑 같은 생각이야."

"누나는 다 용서했어. 그 일은 이제 생각도 안해."

"매리앤은 계속 생각하고 있어! 멍청한 소리 마. 매리앤은 다른 생각은 하지도 않아." 패트릭이 짜증스럽게 말했다.

저드도 발끈해서 대꾸했다. "형이 아빠 엄마도 '피해자'라고 말했잖아. 부모님이 매리앤 누나를 개똥처럼 취급한다고 해도 부모님 역시 그 뭐야, 물거미에게 생명을 빨아먹혀 죽어가는 개구리 신세라면 죄가 없는 거잖아."

"매리앤도 죄가 없는데 아버지가 그렇게 취급했어. 머리

로는 이해하는데 가슴으로는 받아들일 수 없는 거야. 그래
서 보고 싶지가 않은 거지."

"난 어떻겠어? 거기서 사는데."

"너도 몇년 있으면 떠나잖아."

"어디로 떠나?"

"대학. 어디로든."

"하지만 거긴 우리집이야. 우리가 사는 곳이란 말이야."

"저드, 도대체 무슨 소릴 하는 거야? 너 왜 그래?"

저드는 눈가를 훔쳤다. 그는 패트릭을 잃어가고 있었다.
하고 싶은 말을 억제하지 못하는 바람에. "나도 내가 왜 이
러는지 모르겠어. 난 그저 이 모든 게 싫어. 내가 원하는
건……"

"그래." 패트릭이 몸을 내밀어 저드의 팔을 만졌다. 패트
릭이 그런 행동을 보인 건 놀라운 일이었다. "요새는 엄마랑
어느 교회에 나가니?"

"밀퍼드에 있는 작은 시골교회야. 예수 부흥 교회. 원래
감리교였는데 무슨 이유가 있어서 분리해나왔나봐. 착하고
좋은 사람들이야. 엄마는 예배시간에 신도석에 앉아 열심히
기도를 해. 찬송가도 진짜 크게 부르고. 자신은 행복하고 그
걸 나타내는 것이 중요한 일인 것처럼. 가끔은 감정이 복받
쳐서 조금 울기도 해. 「저에게 이유를 말해주소서」 같은 찬
송가를 부를 때면. 엄마는 일요일 아침마다 감정이 폭발하
는 것 같아. 그렇게 울다가 코를 풀고는 얼굴에 미소를 띠고
목사 부부나 다른 신도들과 잠시 얘기를 나누다가 내가 모

는 차를 타고 집으로 돌아오지. 그게 주일이야."

"그래, 내일은 부활절이지."

"주일 중의 주일."

저드는 패트릭에게 칼을 가지고 왔는지 묻고 싶었지만 차마 말이 나오지 않았다. 그 순간 패트릭이 몸을 내밀고 악수를 청했다. 그의 악수는 강하고 솔직하고 주저함이 없었으나 손이 차가웠다. 허를 찔린 저드는 미소를 지었다. 형과 악수를 하기는 처음이었다.

형제는 작별인사를 나눴다. 그리고 서로 반대방향으로 차를 돌렸다. 저드는 이글턴 코너스로, 패트릭은 스토운 크리크 로드 저 끝으로. 저드는 빠른 속도로 떠나가는 형에게 차창 밖으로 손을 흔들었다. 그는 패트릭이 지금부터 어두워질 때까지, 지금부터 그 일을 시작할 때까지 무엇을 할 것인지 궁금했다. 그는 혼자 중얼거렸다. 이건 시험이었어. 맞아! 그리고 거의 끝났어.

계획이 있어야 운도 따른다.

그는 그 말을 믿고 싶었다. 여러 주에 걸쳐 열성적으로 계획을 세우고 나니 그 말이 그럴듯하게 들렸다.

달 밝은 부활절 일요일 전야인 토요일 밤 11시에 그는 지프에 타고 코브스 코너 술집의 붐비는 주차장 뒤쪽에 있었다. 안에서는 재커리 런트와 그의 고등학교 친구 세명이 사십분째 술을 마시고 있었다. 지프는 시동이 꺼져 있었고 전조등도 꺼져 있었다. 조수석에는 혹시 가까이 지나가는 사람들 눈에 띨까봐 캔버스 천으로 덮어놓은 마이크의 22구경 윈체스터 소총과(다른 차들과 충분히 거리를 두고 잔디밭에 반쯤 걸치게 세워놓아서 아무도 와서 들여다보지 않았고 그럴 것 같지도 않았지만) 밧줄 몇 미터와 검은색 테이프와 강력 플래시와 몇주 전 뉴욕 휘트니 포인트 씨어스 백화점에서 산 20센티미터 길이의 양날 낚시칼이 놓여 있었다. 소총을 제외하곤 모두 익명으로 따로따로 구입해 추적이 불가능한 물건들이었다.

P. J. 넌 그걸 진짜 사용하진 않을 거야. 칼이든 총이든.

그렇게까지 잔인하거나 필사적인 상황이 되지는 않을 거야.

패트릭은 다리를 펴기 위해 대여섯 번 지프에서 내려 축축한 자갈 위를 초조하게 서성였다. 주차장은 들고 나는 차들로 붐볐다. 하지만 아무도 그에게 눈길을 주지 않았다. 그는 스물한살이 아니라 삼십대로 보일 가능성이 컸다. 전투복 상의 때문에 덩치가 있어 보였고, 억센 턱수염은 대학생의 수염이 아니었다. 패트릭은 초조하긴 했지만 걱정이 되진 않았다. 다문 잇새로 가늘게 휘파람까지 불었는지도 모른다. 일하는 동안 휘파람을 불어라! 그건 쾌활하고 낙천적이 되기 위한 실용적인 조언이었다. 그건 어머니의 뜨거운 신념이었으며, 농부의 딸인 어머니는 마지막까지 미소를 잃지 않고 인내해야 한다는 걸 알고 있었다. 완전히 무너져서 미소를 지을 수도, 그럴 필요도 없게 될 때까지. 그 최후의 순간까지 신념을 가져야 한다는 것을. 패트릭은 자신이 너무도 침착한 것에 놀랐다. 그의 생각은 잔물결도, 거친 물살도, 긴박함도 없는 평온한 표면 위에 떠 있었다. 그는 자신이 무엇을 할 것인지 알고 있었다. 언제 할지는 아직 몰랐지만 정확히 어떤 단계를 밟을지는 알았다. 계획이 있어야 운도 따른다. 공부를 완벽하게 마치고 우수한 성적을 낼 자신이 있는 상태에서 시험을 기다리는 것과 같은 순수한 기다림과 보류의 상태였다.

청명하고 놀랍도록 밝은 밤이었다. 젖은 풀과 자갈 냄새가 풍겼다. 술집 뒤편 환기구에서 맥주 냄새와 요리 기름 냄새가 새어나왔다. 아까 패트릭은 시끄러운 청년들 무리에 슬쩍 붙어 술집 안으로 들어가 얌전히 바 근처에 서서 재커리 런트를 찾았다. 맥주와 담배 연기, 바비큐 쏘스, 피자 냄새가 코를 찔렀다. 컨트리&웨스턴 디스코라는 광고판이 붙어 있었지만 주크박스에선 디스코 대신 귀를 찢는 록 음악만 터져나왔다. 플래스티카인가? 패트릭은 그런 생각이 들었지만 알 수 없었다. 그날 밤 이후론 플래스티카에 대해 생각조차 해본 적이 없으니까. 록 밴드 음악은 그에겐 다 똑같이 들렸다. 쿵쿵거리며 나사못처럼 심장을 파고드는 소리, 전율을 일으키는 소리.

패트릭은 재커리 런트가 코브스 코너 술집에 있는 걸 알고 있었다. 한 시간 전에 그의 집으로 전화해서 친구 재크의 행방을 물었던 것이다. 오위고(오스위고였던가?)에서 이제 막 집에 도착해서 당장 친구들을 만나고 싶어 안달이 난 '돈 메이틀런드'. 소녀 같은 목소리로 전화를 받은 런트 부인은 그를 기억하는 듯했고(아닌지도 모르지만) 패트릭이 원하는 정보를 제공해주었다. 어쩌면 나중에 그것 때문에 평생을 후회하게 될지도 모르지만, 그때는 그걸 어찌 알았겠는가? 우리는 결코 미래의 불행을 예견하지 못한다. 어떻게 그럴 수 있겠는가! 런트 부인은 10시에 재크가 코브스 코너에 있다고 알려주며 그곳의 위치를 아느냐고 물었고, 패트릭이 반문했다. "코브스 코너가 어디 있는지 아느냐고요? 아니, 그걸 모르는 사람이 어디 있어요?"

패트릭은 손님이 아니라 친구를 찾으러 잠깐 들어온 사람처럼 바 근처에 서 있었다. 모직 모자를 이마까지 푹 눌러 쓰고 썬글라스를 끼고 전투복 상의 칼라를 날카롭게 세우고 있었다. 그는 엉겅퀴 털 같은 수염과 냉혹한 무표정으로 자신이 충분히 변장이 되었다고 믿었다. 실제로 한 번 흘깃 보는 것 이상으로 그에게 시선을 주는 사람은 없었으며 바텐더들조차 마찬가지였다. 패트릭이 판단하는 한 술집 안에 그가 아는 사람이라곤 저쪽 벽을 마주한 칸막이 좌석의 재커리 런트와 그 친구들밖에 없었다. 그들은 함께 웃으며 맥주를 마시고 담배를 피우고 있었다.

패트릭은 고등학교를 졸업한 이후로 재커리 런트를 처음 보는 것이었다. 졸업식 날 어쩔 수 없이 여동생의 강간범 옆을 가까이 지나쳤을 때 그는 지금처럼 엄격하고 무표정한 얼굴로 재커리의 이마에 시선을 고정했다. 상대가 얼굴을 붉혔는지 아니면 지지 않고 마주 쳐다봤는지 패트릭은 알지 못했다. 강박증에 사로잡히기 시작한 10월부터 재커리의 모습을 너무도 자주 떠올렸기에, 패트릭은 1976년 6월 이후로 재커리를 직접 본 적이 없음을 스스로에게 억지로 인식시켜야 했다. 재커리의 모습은 약간 변해 있었다. 머리 모양이 바뀌었고 턱 부분에 살이 붙어 있었다. 얼굴 위쪽은 여전히 교활한 여우처럼 조붓했다. 그리고 눈꺼풀이 두꺼운 눈. 패트릭은 여학생들이 재커리에게 매력을 느낀 이유를 알 것 같았다. 등이 꺾인 것처럼 구부정한 걸 빼면. 재커리는 끈끈한 테이블에 팔꿈치를 올리고 구부정하니 앉아 친구들과 하이에나처럼 웃고 있었다. 담배를 피우며 웃음 띤 입으로 연기를 내뿜고 있었다. 패트릭은 기억을 더듬었다. 저 입을 주먹으로 갈겨준 적이 있지 않았던가? 그래서 피를 내지 않았던가? 아닌지도 모른다. 어쩌면 아직 그 일은 일어나기 전인지도 모른다. 명치에서, 사타구니에서 짜릿한 흥분이 느껴졌다. 패트릭 멀베이니가 일찍이 경험해보지 못한 느낌이었다. 꿈이 아닌 현실에서는.

재커리 런트. 지금은 빙엄턴 주립대에서 경영학을 전공하는 대학생. 그가 옛 친구 아이크 로드먼, 버드 팔리, 필 스포어와 술을 마시고 있었다. 테이블에는 피자 부스러기, 맥주 캔, 잔이 흩어져 있었다. 구겨진 냅킨도. 재커리뿐 아니라 그들 모두 응징을 받아야 했다. 지프에 타고 기다리다가 놈들이 술집을 나서면 한 놈씩 차례로 총으로 쓰러뜨려야 했다. 정의 실현. 차분하고, 조직적이고, 돌이킬 수 없는.

패트릭 멀베이니가 그런 행동을 할 수 있을까? 단 한번의 강요된 행보. 시도해보기 전에는 알 수 없지 않은가?

언젠가는. 그리고 그 아비 모턴 런트도. 그 어미 런트 부인도. 그들도 연루된 일이니까. 그들도 죄가 있으니까. 강간범 편을 들고 피해자를 모함한 죄. 런트 부인의 숨가쁜 자백. 모트와 난 너희들의 의리를 고맙게 생각해.

패트릭은 눈에 띄지 않게 물러났다. 술집에서 나와 지프로 돌아가서 기다렸다. 적들은 전혀 눈치채지 못하고 있었다. 눈치챌 리가 없었다. 그 자신도 어째서 그토록 오랜 시간이 지난 후에야 이렇게 뜨거운 복수심에 사로잡히게 되었는지 이유를 알 수 없었다. 멀베이니 집안 남자들은 오랫동안 자신들의 의무를 회피해왔다. 그것에 대해 입을 다문 채. 마이크 주니어는 해군으로 도망쳤고 그곳에서 이제 새사람이 되었으며 곧 중동으로 파견될 거라고 허풍을 떨었다. 마이클 씨니어 역시 도망쳤으며 어디로 도망쳤는지는 신만이 알았다. 하지만 패트릭이 남아 있었다. 복수할 것이라곤 기대하지 못했던 인물이지만 이제 그밖에 남지 않았고, 선택의 여지가 없었다.

새벽 12시 10분. 드디어 재커리와 친구들이 옆문을 열고 나왔다. 회칠을 한 엉성한 격자 울타리가 쳐진 콘크리트 보도의 불빛 아래로. 그들은 각자의 차로 가기 전에 서서 웃고 떠들었다. 패트릭은 그들을 하나씩 쓰러뜨릴 수도 있었다. 그들은 아무것도 모르고 있었다. 아무런 위험도 감지하지 못하고 있었다. 패트릭은 젊은 찰스 다윈의 흥미를 끌었던 뉴질랜드의 환상적인 날개 없는 새들이 생각났다. 수천년 동안 육식성 포유동물이 존재하지 않았던 새들의 천국. 마치 창조물이라곤 오로지 새들뿐인 듯한 수많은 종류의 새들. 하지만 그 새들은 새가 아니었다. 날지 못했으니까. 포식자들이 등장하자 그들은 속수무책으로 당할 수밖에 없었다.

재커리가 주차장을 가로질러 자신의 코르벳 자동차로 걸어갔다. 비틀거리지 않으려 애쓰는 듯 조심스럽게 걸었다.

그는 몇시간 동안 맥주를 마셔서 취해 있었다. 친구들이 주차장을 빠져나가는 사이 재커리는 차 옆에 서서 주머니를 더듬고 있었다. 열쇠를 찾고 있는 건가? 아니, 그가 꺼낸 건 안경이었다. 친구들이 떠나자 그는 안경을 꼈다. 그러니까 재커리는 운전할 때 안경이 필요하단 거였다. 시력이 좋지 않다는 얘기였다.

패트릭은 지프의 시동을 걸고 재커리의 코르벳이 주차장을 빠져나가길 기다렸다가 그 뒤를 따라갔다. 좌회전을 해서 400미터쯤 가다가 다시 우회전을 했다. 마운트 이프리엄 북부의 컨트리클럽 근처에 있는 재커리의 집을 향하고 있었다. 재커리는 조심스럽게 운전하고 있었으나 똑바로 가지 못하고 차선 내에서 비틀거리고 있었다. 주차등만 켜고 전조등은 켜지 않은 것도 깨닫지 못한 듯했다. 패트릭은 기회를 노리다가 재커리의 차가 잡초만 우거진 공터와 판자를 댄 창고들이 있는 디포 스트리트로 접어들자 왼쪽으로 추월해서 앞을 가로막았다. 코르벳이 급정차를 했다. 패트릭은 지프에서 뛰어내려 총을 어깨높이로 들어 재커리의 머리를 겨냥했다. "움직이지 마! 그대로 있어."

완전히 허를 찔려 만화처럼 입을 벌리고 있는 재커리 런트가 무슨 허튼짓이라도 할 수 있다는 듯이.

패트릭은 재커리 런트의 얼굴에 총을 겨눈 채로 재빨리 조수석 쪽으로 돌아서 코르벳에 탔다. 불과 몇초 사이에 재커리의 얼굴에 핏기가 싹 가셨고 몸은 마비된 것처럼 보였다. 멍한 눈, 벌어진 입, 무너진 자세. 그는 공포에 휩싸여 제

정신이 아닌 상태였다. "쏘지 마세요, 제발, 제발 쏘지 마세요. 지, 지갑 드릴게요…… 차도…… 원하는 거 다 드릴게요…… 제발 쏘지 마세요……" 그가 애원했다. 잔뜩 갈라지고 기어들어가는 목소리였다. 그가 경련을 일으키듯 몸을 떨자 패트릭은 그 떨림이 마치 자신의 것인 듯 생생히 느껴졌다.

고작 이거란 말이야? 그 생각이 비수처럼 패트릭을 파고들었다.

그토록 오랫동안 기다렸는데…… 고작 이거란 말이야?

하지만 패트릭은 그 생각에 빠져 있을 수 없었다. 그에겐 계획이, 전략이 있었다. 아무것도 그를 막을 수 없었다.

패트릭이 말했다. "운전해. 저 지하차도 보이지? 이쪽으로 들어가서 저 길을 타. 가!"

재커리는 잠시 멍하니 꼼짝도 하지 않았다. 패트릭은 인내심을 잃어가고 있었다. 그는 이성적으로 말하려고 애썼다. "어서 운전해. 내가 시키는 대로 하면 해치지 않을 테니까." 패트릭이 굵고 쉰 목소리로 말했다. 수염과 모직 모자와 전투복에 어울리는 목소리였다. "얼른, 빨리 움직이란 말이야."

재커리는 빠르게 눈을 깜짝이며 속삭였다. "제, 제발 해치지 마세요…… 쏘지 마세요…… 도, 돈 드릴게요…… 차도…… 제발!…… 경찰에 신고 안할게요…… 아무한테도 말 안해요…… 야, 약속……"

오줌 냄새가 코를 찔렀다. 재커리가 오줌을 싼 것이었다.

"내가 말한 대로 운전해! 겁쟁이처럼 굴지 말고." 패트릭이 말했다.

패트릭은 겁쟁이 동생에게 역겨움을 느낀 형처럼 총신으로 재커리를 찔렀다. 그가 무수히 예행연습을 했던 씨나리오 속에서 그는 적에게 애원하거나 총신으로 적을 찌른 적이 없었다. 그의 상상 속에서 여우처럼 교활하고 재빠른 재커리 런트는 그의 총신을 잡고 비틀어 빼앗아 그의 얼굴을 정면으로 쏘았다. 하지만 현실 속의 재커리 런트는 전혀 달랐다.

그는 패트릭을 알아보지 못하는 듯했다. 안경알 너머로 눈에 눈물이 가득 고여 패트릭의 얼굴이 흐릿하게 보이는 것 같았다.

"말했지, 겁쟁이처럼 굴지 말라고!"

"살려주세요…… 제발, 죽이지……"

"저 길로 들어가, 지금."

재커리는 운전하는 법을 잊어버리기라도 한 것처럼 더듬거리며 변속기와 운전대를 조작했다. 흐느끼고 진저리치고 헐떡거리는 소리를 내면서 가까스로 패트릭의 지시를 따랐다. 그는 주춤주춤 코르벳을 몰고 디포 스트리트를 벗어나 폐차들과 다른 고물들이 쌓인 황량한 공터로 이어지는 길로 향했다. 선명한 달빛에 쓰레기더미가 마치 환상 속 생물체들의 즉흥적인 모임처럼 보였다. 녹슨 자동차, 타다 만 매트리스, 껍데기만 남은 쏘파, 의자, 깨진 램프, 모로 누워 입을 벌리고 있는 냉장고 들. 다윈이 처음 갈라파고스 섬을 보았을 때의 광경이 떠올랐다. 패트릭보다 한살 많은 젊은 다윈의 눈에 비친 괴상한 종의 동물들. 내가 이런 광경을 보도록 선택된 건 어떤 의미일까?

쓰레기장 너머에는 철둑이 있었다. 그리고 400미터쯤 떨어진 곳에 희미한 불이 밝혀진 배수탑이 있고 마운트 이프리엄이라는 흰 글자가 어렴풋이 보였다. 그 흰 글자보다는 십대 아이들이 굵은 형광 오렌지색 글씨로 휘갈겨쓴 78년 졸업반이란 낙서가 더 선명하게 보였다. 패트릭은 76년 졸업생 중에도 배수탑에 기어올라가 자랑스러운 기념글을 남길 만큼 무모한 학생이 있었을지 궁금했다. 오늘 밤 이전이었다면 재커리 런트와 그 친구들이 그런 짓을 했을 만하다고 여겼을 터였다.

패트릭은 처음엔 이곳에서 적을 응징할 계획이었다. 재커리에게 어떤 벌을 내리든 이곳에서 할 작정이었다. 그러다 나중에 마음을 바꿨다. 아직은 미완성인 새 아이디어가 있었다. 하지만 길에서도 멀고 인가도 거의 없는 이 지역은 재커리의 차를 멀리 몰고 갈 필요 없이 버려두기에 안성맞춤이었다. 운만 따른다면 코르벳은 하루나 이틀 정도 사람들의 눈에 띄지 않을 터였다. 그다음에야 차 주인을 찾다가 차가 발견될 터였다.

패트릭이 그 생각을 소리내어 말하기라도 한 것처럼 재커리가 애원했다. "제발 해치지 마세요…… 원하는 거 다 드릴게요, 아무한테도 말 안하겠다고 야, 약속할게요……"

"제발 입 좀 닥쳐." 패트릭은 혐오스럽기도 하고 당황스럽기도 했다.

오줌 냄새가 코를 찔렀다. 그는 늘 인간의 오줌이 말 오줌보다 훨씬 더럽다고 생각했다.

"시동 꺼." 패트릭이 말했다. 재커리는 시키는 대로 했고 패트릭은 차 열쇠를 빼서 주머니에 넣었다. 나중에 어딘가에 던져버릴 작정이었다. 이따가 다시 돌아와 재커리의 차를 호수나 강 같은 데 빠뜨리지 않는다면. 그건 만약을 위한 계획 가운데 하나였다. "좋아, 내려." 패트릭이 말했다. 그는 재커리에게 총을 겨눈 채 군인 같은 결연한 태도로 그를 앞세워 다시 찻길로 나갔다. 어둠 속에서 재커리는 바퀴 자국이 난 길을 비틀거리고 울먹이며 걸었다. 잔뜩 움츠러든 그는 패트릭이 기억하는 것보다 키가 몇 센티미터는 작아 보였다. 그는 어깨를 웅크리고 고개를 푹 꺾은 채 금방이라도 주저앉을 것처럼 걷고 있었다. 껍데기를 벗긴 무방비상태의 무척추동물이 해부칼을 피해 똬리를 틀며 움츠리는 꼴이었다.

패트릭은 자신도 총을 든 괴한 앞에서 그렇게 수치스럽게 무너져내릴지 궁금해졌다. 현실에서는 텔레비전이나 영화 속의 영웅들처럼 강한 사람이 없는 걸까? 패트릭은 그렇다고 생각하고 싶진 않았다. 그는 그토록 오랫동안 경멸하면서도 한편으론 두려워해온 자신의 적 재커리 런트가 바지에 오줌을 싸고 공포에 떨며 질질 짜는 한심한 인간에 지나지 않는다고는 생각하고 싶지 않았다.

재커리는 아직도 애원하고 있었다. "제발 해치지 마세요." 패트릭은 총신으로 그의 양 어깨뼈 사이를 찔러 입을 다물게 했다. 인적 없는 길에 빛이라곤 달빛뿐이었고, 그나마 얇은 구름이 달의 밝은 얼굴 위를 가로지를 때면 그 빛조차 가려졌다. 멀지 않은 교차로에서 차 한 대가 정지신호를 받고 서 있었다. 패트릭은 그 차가 이쪽으로 올 것에 대비하여 재빨리 비상 대책을 세웠다. 우선 총을 세로로 세워 자신의 몸에 붙여 가리고 재커리 런트에게 아무 일 없는 것처럼 행동하도록 명령할 작정이었다. 재커리는 도움을 청할 용기가 있을까? 그에겐 이것이 유일한 탈출 기회일지도 몰랐다. 하지만 재커리는 그런 용기를 낼 수 없으리라고 패트릭은 생각했다. 그는 감히 자신의 명령을 거역하지 못하고 차가 그냥 지나치는 걸 무력하게 바라보고만 있을 터였다.

하지만 그 차는 교차로를 지나 사라졌다. 이제 거리는 텅 비었다.

지프에 탄 패트릭은 재커리에게 운전을 맡겼다. "이런 차몰아봤어? 배우면 돼."

재커리는 잔뜩 움츠러든 채 패트릭을 바라보았다. "어, 어디로 가요? 원하는 게 뭐예요?" 그의 얼굴이 땀으로 번들거리고 안경이 비뚤어져 있었다. 패트릭을 보면서도 공포에 눈이 멀어 그를 알아보지 못하는 듯했다. "제발 살려주세요! 해치지 마세요! 부모님이 집에서 기다리고 있어요. 부모님이 원하는 걸 다 들어줄 거예요…… 뭐든 다 줄 거예요…… 제발, 선생님…… 제발……"

패트릭이 경멸 어린 목소리로 말했다. "너를 어떻게 처리할지 따로 계획이 있어, 강간범."

10월 이후 얼마나 많이, 얼마나 무수히 들었던 목소리던가. 자신과 적의 목소리.

말해. 나는 강간범이다.

나는…… 강간범이다.

말해. 나는 벌을 받아 마땅하다.

나는…… 벌을 받아 마땅하다.

말해. 나는 죽어 마땅하다.

이 부분에서 재커리 런트는 말을 잃고 그를 바라볼 터였다. 그제야 자신이 맞게 될 일을, 자신에게 마땅한 벌의 정체를 깨닫고.

그러나 그 이후에 펼쳐질 광경은 분명치 않았다. 패트릭은 그다음에 어떤 일이 벌어질지 확신하지 못했다. 칼. 눈에는 눈, 이에는 이. 하지만 주먹만 쓸 수도 있었다. 그는 격분해서 몇번 형 마이크를 밀친 걸 빼고는(그러면 마이크가 더 세게 그를 밀쳤지만) 그 누구에게도 폭력을 행사한 적이 없었다. 패트릭 멀베이니는 주먹을 쓴 적이 없었다. 하지만 그는 적의 주둥이를 갈길 수 있었고 그렇게 할 작정이었다. 얼마나 간절하게 원한 일이었던가! 눈가에 스친, 히죽거리는 그 사악한 주둥이를. 고등학교 복도에서, 계단에서, 탈의실에서 재커리 런트와 그 친구들이, 그리고 다른 아이들까지도 얼마나 무수히, 감히 패트릭의 면전에서까지 '버튼'에 대해 암시하며 서로의 팔뚝을 장난스럽게 치며 음란하고 조롱 어린 웃음을 터뜨렸던가. 거의 들릴락 말락 한 거친 목소리들.

그 계집애가 원한 거래. 취해서 정신이 나가서 재크한테 매달렸대. 계집애가 그렇게 취했으니 당해도 싸지. 그래놓고 이제 와서 재크한테 뒤집어씌우려고. 하지만 우리가 그 자리에서 똑똑히 봤지. 물론 그건 패트릭의 상상일 수도 있었다. 모든 면에서 멀베이니 가족보다 열등한 그런 인간들 앞에서 자긍심에 꼿꼿함을 잃지 않았던 패트릭. 하지만 추악한 그림과 글씨는 상상이 아니었다. MM: 매리앤 멀베이니. MMMMM 좆 빨아. 그것은 그의 상상이 아니었다. 그의 뿌리 깊은 수치심, 1976년도 졸업생 대표, 코넬 장학생, 뉴욕 주 과학상, 반 친구들의 수군거림, 손으로 가린 키득거림. 멀베이니, 멀베이니…… 봐, 쟤도 멀베이니야.

그는 분을 이기지 못해 꿈속에서 재커리 런트를 구타하기 시작했다. 재커리가 땅에 넘어지자 발길질을 했다. 부츠 신은 발로. 코뼈에 금이 가는 소리가 들렸고 선홍색 피도 보였다. 하지만 그 장면은 금방 희미해져갔다. 그가 적에게 손을 대자마자 희미해지기 시작했다. 가혹하리만치 강렬한 꿈이라도 일단 잠이 깨면 사라져버리는 것처럼. 아무리 간절하게 붙잡으려 해도 붙잡을 수 없는 것처럼.

공포에 질린 재커리 런트가 시속 50킬로미터에서 55킬로미터의 속도로 비틀비틀 모는 지프를 타고 북쪽을 향해 유빌 강을 끼고 58번 도로를 달리는 중에 패트릭은 그런 생각을 하고 있었다. 정의 실현을 하게 되었다. 마침내. 놈은 내게 무슨 짓을 당해도 싸다. 패트릭은 마음을 모질게 먹어야 했다. 재커리 런트에 대한 분노가 희미해지는 듯했다. 자칫하면 재커리에게 연민을 느낄 것 같았다. 저 초주검이 된 모습! 진바지 사타구니가 오줌에 젖어 짙게 변했고 독한 지린내가 났다. 등을 활처럼 구부리고 이빨을 딱딱 부딪치도록 떨고 있었다. 놈은 이미 발가벗겨지고 벌을 받았어. 그렇게 타이르는 목소리가 있었다. 하지만 이건 패트릭의 계획과 달랐다.

그는 무슨 일이 있어도 계획을 실행할 결심이었다.

그의 계획은 그의 본질에서, 멀베이니로서의 고뇌에 찬 궁지에서 나온 예술작품이었다. 패트릭, 까다로운 P. J., 옹졸하고 건드리는 걸 질색해서 가족들의 놀림감이 되었던 핀치, 그는 자신의 방 벽에 걸어놓은 독일 사냥꾼 목판화를 홀린 듯 바라보곤 했다. 소총을 어깨높이로 들어 근사한 뿔이 달린 멋지고 당당한 검은 숫양을 겨냥하고 있는 키 크고 잘생기고 남자다운 금발의 젊은이. 섬세하게 그려진 산과 왠지 살아 있는 듯한 구름, 가늘게 떨리는 풀, 전경에 숨어 있는 산토끼. 그 모든 자연이 사냥꾼이 총의 방아쇠를 당기는 (혹은 당기지 않는) 순간을 위한 배경이 되고 있었다. 패트릭은 사춘기 소년의 열정으로 그 그림을 보고 또 보았다. 그런데도 그 그림의 수수께끼를 풀지 못했고 자신이 왜 그 그림에 그렇게 끌리는지도 깨닫지 못했다.

어둠 속에서 지프의 강한 전조등 불빛에 비친 표지판들이 빠르게 스쳐지나갔다. 커브길 감속 시속 55킬로미터. 오르막길 트럭 저속 기어. 유빌 105킬로미터. 그들은 마운트 이프리엄에서 16킬로미터쯤 북쪽을 달리고 있었다. 오른쪽으로 검게 흐르는 유빌 강은 강둑의 빽빽한 나무에 가려 거의 보이지 않았다. 패트릭 멀베이니는 이 지역에 대해 잘 알지는 못했지만 주저없이 재커리 런트에게 58번 도로를 타고 북쪽으로 달리라고 지시했다. 계획이 있어야 운도 따른다. 패트릭이 예상했던 것보다 훨씬 일이 쉽게 풀리고 있었다. 그는 여러 주 동안 폐가 아플 정도로 찬 공기 속에서 이서커를 달리며 자신의 힘을 시험했다. 적이 교활하고 위험하며 만만치 않은 상대라고 믿었기 때문이다. 납치가 이렇게 쉬우리라곤 예상치 못했던 것이 사실이다. 그와 매리앤을 완전히 제압하고 멀베이니 가족의 행복을 망쳐놓은 재커리 런트가 아무 저항도 하지 못하고 있었다! 어떤 문을 향해 결연하게 다가가 힘껏 문을 두드렸는데 문이 활짝 열려버린 듯한 기분이었다.

지프 앞좌석 양쪽의 열린 창문으로 쌀쌀하고 신선한 공기가 들어와 재커리 런트의 악취를 정화했다. 공포에 싸인, 오줌 냄새에 땀냄새까지 섞인 악취. 그의 좁다란 얼굴에서 번들거리는 땀방울이 흘러내렸다. 하지만 이제 재커리는 아까보다 덜 떠는 것 같았고 공포의 둘째 단계인 논리의 정지 상태에 접어든 듯했다. 그는 패트릭에게 어린애처럼 순종하며 운전대 윗부분을 양손으로 꽉 잡고 상체를 앞으로 쑥 내민 채 흔들림 없이 집중하는 자세로 지프 앞유리를 응시하고 있었다. 그는 패트릭이 명령을 내릴 때마다 지체없이 따르며 마운트 이프리엄을 벗어나 시골로 운전해들어갔다. 패트릭은 조수석의 잠긴 문에 등을 기대고 앉아 무릎에 놓인 소총으로 재커리 런트의 머리를 겨누고 있었다. 백짓장처럼 하얗게 질린 얼굴, 매부리코, 약간 움푹 들어간 턱. 내 말을 잘 들으면 해치지 않을 줄 아나보군. 패트릭은 그런 생각 자체가 자신의 심약함을 인정하는 것처럼 불쾌하게 느껴졌다.

패트릭이 말했다. "저기 자갈길 보이지? 거기로 들어가."

재커리는 시키는 대로 따랐다. 조심스럽게 브레이크를 밟아 속도를 줄이고 방향 지시등까지 켜고 고속도로를 벗어나 물웅덩이들이 심하게 팬 자갈길로 들어섰다. 소가 다니는 길보다 그닥 넓지 않은 길이 황무지로 이어져 있었다. 그는 어디로 끌려가고 있다고 생각할까? 이런 황량한 곳에 무장 괴한과 단둘이 있는 자신의 운명에 대해 일말의 희망을 품을 수 있을까? 그런데도 그는 패트릭의 지시에 고분고분 따랐다. 예, 예, 선생님처럼 들리는 말을 웅얼거리면서. 그는 포식자의 최면에 걸린 동물처럼, 보아뱀에게 잡아먹히기 직전의 설치류처럼 아무런 저항 없이 운명을 받아들이고 있었다. 먹잇감의 맥동하는 원형질의 생명이 이미 포식자의 생명에 동화되어 포식자의 지독한 허기에 순종하듯이.

패트릭은 다짐했다. 약해지지 않겠어. 아무것도 날 막을 수 없어.

늪. 잎사귀를 모두 떨어뜨리고 죽어가는 나무들, 축축한 신문지 색깔로 벗겨져가는 나무껍질. 하수구 썩는 냄새. 아직 4월 중순이라 우글거리고 윙윙거리는 늪의 생명체들이 활동을 시작하기 전이었으나 주위가 꽉 차서 북적거리는 느낌이었다. 눈에 보이지 않는, 입과 목구멍으로만 이루어진 게걸스러운 형상들이 가까이에서 얼쩡거리고 있기라도 하듯이. 이곳에선 시체가 순식간에 썩어 분해되리라. 패트릭에게 그런 생각이 들기는 처음이었다.

"여기가 어딘지 알아?" 패트릭이 가벼운 말투로 물었다. 그는 자신의 굵고 쉰 목소리가 흥분으로 인해 약해지는 걸 원치 않았다. 그는 재커리 런트 또래의 어린 대학생의 목소리를 내고 싶지 않았다. "너 내가 누군지 알아?" 하지만 재커리는 듣지 못한 듯 오직 운전에만 집중하고 있었다. 지프가 충격 흡수 타이어를 달고도 갑자기 기우뚱하자 그가 움찔 놀랐다. "난 네가 누군지 알아…… 재커리 런트. 그래서 이리 데려온 거야."

지프는 속도를 줄이며 계속 나아갔다. 자갈길이 끝나고 진흙으로 이루어진 늪 가장자리에 이르자 패트릭은 재커리를 잠에서 깨우기라도 하듯 총으로 어깨를 찌르며 말했다. "시동 꺼. 다 왔어."

재커리는 그렇게 했다. 패트릭은 열쇠를 주머니에 넣었다. 지프 시동이 꺼지자 정적이 감돌았고, 그 정적 속에서 재커리가 다시 조용히 울기 시작했다.

지프 전조등이 부들이 가득한 늪을 비추었고, 물에 반사된 빛의 띠들이 늪의 어둠을 갈랐다. 패트릭은 지프에서 내려 플래시를 켰다. "내려. 런트, 돌아보지 말고 계속 걸어."

재커리는 주춤거리며 지프에서 내렸다. 그는 훌쩍이면서 소매로 얼굴을 닦았다. 그가 속삭이듯 말했다. "안돼요, 제발…… 제발……"

"걸어. 건너편까지 가면 넌 살 수 있어."

건너편이 있을까? 전조등과 패트릭의 플래시 불빛, 그리고 얼룩덜룩한 달빛에 비친 늪은 무한히 넓어 보였다.

"왜, 왜요? 왜 나한테 이러는 거예요? 난 당신을 모르는데……"

"넌 날 알아. 알고말고."

"나, 난 몰라요. 제발……"

"강간범. 내 누이를 강간했어. 이제 알겠지."

"당신 누이를요? 누구……"

"이제 알겠지!"

"난…… 강간한 적…… 없어요…… 누구죠?"

"너무 많았군, 그런 거야? 그런 여자들이 너무 많았어."

"아녜요……"

패트릭은 고함을 질렀다. "런트, 걷기나 해. 이 개자식, 더러운 사생아, 남의 인생을 망쳐놓고, 너 같은 겁쟁이는, 너 같은 더러운 놈은 살 자격이 없어. 넌 쓰레기 같은 놈이야. 시키는 대로 가기나 해." 패트릭이 총으로 재커리의 양 어깨뼈 사이를 찔러 늪으로 내몰자 재커리는 이제야 도망치고 싶은 마음이 간절한 듯 홀쩍거리며 비틀비틀 걸었다. 부드러운 검은 진흙이 그의 발목까지, 무릎까지 차올랐다. 날씨가 쌀쌀해서 입김이 나왔다. 패트릭이 욕설을 퍼부었다. "개자식, 계속 가! 돌아보기만 해. 머리통을 날려버릴 테니까." 그는 5미터쯤 떨어진 곳에서 재커리 런트가 앞으로 고꾸라지는 모습을 지켜보았다. 재커리는 넘어진 채로 광분한 동물처럼 엉겅퀴와 갈대, 부들을 헤치고 앞으로 기어갔다. 패트릭은 물거품이 조용히 터지고 검은 진흙이 되살아나 재커리를 빨아들이는 소리를 들었다. 저게 가능한 일일까? 내 악몽 속에서처럼? 이 늪이 수렁일까? 공포에 질린 재커리의 목소리가 겨우 들려왔다. "도와줘요! 나 좀 도와줘요······"

패트릭이 총을 들고 소리쳤다. "네가 알아서 해, 이 개새끼, 강간범아!"

늪의 다른 곳은 고요했다. 몇그루 남지 않은 나무들 사이로 약한 바람이 불었다. 썩은 냄새를 싣고서.

하늘에서는 밝은 달이, 강렬히 빛나는 달이 엷은 구름의 띠를 지나치며 기울기 시작했다.

패트릭은 생각했다. 놈은 내가 누군지 알고 있어, 분명히.

패트릭은 생각했다. 난 정의 실현을 한 거야.

패트릭은 생각했다. 이 얼마나 끔찍한 죽음인가.

바로 그 순간 자물쇠에 꽂은 열쇠를 돌린 것처럼 그의 마음이 바뀌었다. 스스로 금방 인식하진 못했지만 그는 계획을 포기하고 말았다. 진흙에 발꿈치를 박고 쪼그려앉아 있던 그는 갑자기 자신에게서 입김이 피어오르는 것을, 적이 살려달라고 애원하는 소리를 듣지 않으려고 자신이 손으로 귀를 막고 있음을 깨달았다. 죽게 내버려둬 더러운 진흙 속에서 질식해서 죽게 내버려둬 그런 벌을 받아 마땅하니까. 강간범! 살인자! 그는 눈을 꽉 감고 발꿈치로 버티고 앉아 몸을 앞뒤로 흔들었다. 자신의 무력함을, 실패를 슬퍼하듯. 그의 증오의 대상은 지금 늪에 빠지고 있는 청년이 아니라 몇년 전의 음흉

하고 파렴치한, 제가 겁쟁이인 줄도 모르고 실체가 드러나지도 않은 오만한 고등학생이었다. 그리고 그 대상은, 적은 패트릭의 손이 미치지 않는 곳에 있었다. 패트릭은 고통에 차서 발꿈치로 버티고 앉아 몸을 앞뒤로 흔들었다. 두살인가 세살 때 어린 암망아지가 사고로 두 앞다리가 박살이 나자 아버지가 상상할 수 없는 극단적인 감정에 차서 형언할 수 없는 고통을 삼키며 그 암망아지를 안락사시키는 장면을 지켜보던 때처럼. 그 기억은 너무도 먼 과거에서, 패트릭의 영혼의 화석에 새겨진 기록에서 되살아난 것이었다. 패트릭은 자신이 너무도 많은 걸 잊고 있었다는 사실에 흠칫 놀랐다. 멀베이니 가족 중에서 가장 뛰어난 정신적 능력을 지녔다고 자부해온 그가 아니었던가. 난 아버지를 사랑해. 내가 어떻게 아버지를 미워할 수가 있어?

그 순간 그는 문득 깨달았다. 자신은 그 어떤 죽음도 원치 않는다는 것을. 적의 죽음조차도.

패트릭은 늪으로 뻗은 덤불과 끝이 뾰족한 갈대와 부들을 헤치고 재커리 런트에게 다가갔다. 머리와 얼굴에 진흙을 뒤집어쓴 채 힘없이 허우적거리는 재커리는 늪에 사는 거대한 민달팽이 같았다. 패트릭은 길이가 1미터가 넘는 나뭇가지 하나를 주워 재커리에게 내밀었다. "이봐! 런트! 이거 잡아! 내가 끌어내줄 테니까." 재커리는 진이 다 빠져서 바로 반응하지 못했고 패트릭이 계속 소리를 질러대자 그제야 힘겹게 고개를 들었다. 진흙이 잔뜩 튄 그의 창백한 얼굴은 물속에 넣은 화장지처럼 금방이라도 녹아 없어질 것 같왔다. 안경은 어디론가 사라졌고 빠르게 깜짝거리는 눈은 커다랗게 뜨고는 있었지만 아무것도 보지 못하는 듯했다. 그는 애써 오른팔을 들어 나뭇가지를 잡으려고 했지만 반 뼘쯤 미치지 못했다. 패트릭이 혐오감을 주체하지 못하며 말했다. "제발 좀 잡아! 제기랄!" 하지만 재커리는 무력하게 손만 휘두를 뿐 나뭇가지를 잡지 못했고 패트릭은 늪 속으로 한 발을 들여놓을 수밖에 없었다. 발목까지만 올라오는 부츠를 신고 있었던 탓에 종아리 중간까지 늪에 빠져서 기분나쁜 차가운 진흙이 부츠 속으로 스며들었다. 그는 욕설을 웅얼거렸다. "제기랄! 젠장! 염병할!" 자신이 딛고 있는 약한 지반이 쉽게 무너져내릴 수 있었기에 그는 위험하지 않은 선에서 최대한 몸을 내밀어 떨리는 손으로 나뭇가지를 내밀었고, 몇초 동안 팔을 들고 있기도 힘에 부친 재커리는 다시 나뭇가지를 잡으려고 시도했다. 재커리는 흐느껴 울고 있었다. 패트릭은 조금 더 나아갔다. 그의 얼굴이 분노와 자기혐오로 일그러졌다. 자신이 이런 짓을 하고 있다는 걸 믿을 수가 없었다. 패트릭 멀베이니가! 재커리 런트를 구해주다니! 그렇게 다짐을 하고도, 자랑스러운 정의 실현 계획을 세워놓고도.

바로 그 순간 패트릭은 발이 미끄러져 늪으로 넘어졌고, 마지막 순간에 가까스로 얼굴을 돌려 입에 진흙이 가득 들어가는 걸 면할 수 있었다. 말할 수 없을 정도로 기분나쁜 오물, 검은 진흙. 그는 캑캑거리며 침을 뱉었다. 초인적인 힘으로 몸을 일으켜 재커리에게 나뭇가지를 내밀었고, 재커리도 마침내 약하게나마 나뭇가지를 잡고 더 힘을 내어, 젖 먹던 힘까지 내어 단단한 지반을 향해 나아가려 애썼다. 패트릭은 나뭇가지를, 천근 같은 무게의 재커리를 끌어당기며 악몽 속에서처럼 자신도 늪 속으로 빠져드는 상상을 했다. 스스로 한 맹세를 깼으니 그런 벌을 받아 마땅했다. 패트릭은 계속 욕지거리를 했다. 자신이 알고 있는지도 몰랐던 욕설들이 마치 평생 입에 달고 살았던 것처럼 술술 흘러나왔다. 재커리를 가까이 끌어당겨 그의 손을, 팔을, 어깨를 잡고 단단한 땅 위로 끌어올릴 때까지, 그에겐 무척이나 길게 느껴졌지만 실제론 십분이 채 안되는 시간 동안 그의 욕설은 계속되었다.

"됐어! 이 자식아!"

재커리는 숨이 막혀 캑캑거리면서 뱃속에서 시큼한 냄새가 나는 액체를 게워내며 인사불성인 상태로 누워 있었다. 패트릭은 엉금엉금 기어 그에게서 떨어져 비틀거리며 일어섰다. 안경은 어디 갔지? 그는 얼굴에서, 눈에서, 눈썹에서 진흙을 닦아냈다. 그리고 손에 묻은 진흙을 풀로 닦았다. 구역질나는 냄새가 얇은 막처럼 그를 뒤덮었다. 그는 추위 속에서 이를 딱딱 맞부딪치며 떨고 있었다. 사악한 술책에 말려든 것처럼 분했다. "런트! 이 씹새끼! 넌 살 가치도 없지만…… 이렇게 살아 있어." 패트릭은 안경을 찾기 위해 땅을 더듬었지만 찾아지지 않았다. 결국 찾아낸 안경은 천만다행으로 안경알이 깨져 있지 않았다. 그는 재빨리 안경을 들어 귀에 걸고 콧등에 대고 눌렀다.

이제 다시 앞을 볼 수가 있었다. 이제 괜찮았다.

"널 살려주겠어, 씹새끼. 널 죽게 내버려둘 수도 있었지만 살려줬어…… 그걸 기억해."

재커리는 꼼짝도 않고 누워 몸을 떨며 헐떡거렸다. 그가 촛점 없는 무력한 눈으로 패트릭을 올려다보며 애원했다.

"나, 날 여기 버리고 가지 마세요, 제발……"

패트릭은 욕지거리를 하며 재커리의 자동차 열쇠를 던져주었다. 그는 소총과 플래시를 챙겨서 지프에 타고는 거칠게 시동을 걸었다. 그는 진흙의 악취에 휩싸여 끓어오르는 분노를 주체하지 못하고 있었기에 더이상 재커리 런트를 상대할 기분이 아니었다. 강간범 새끼, 제 힘으로 알아서 마운트 이프리엄까지 돌아가라지. 아침에 58번 도로로 나가서 아무 차나 얻어타면 되지. 밤사이 무슨 일을 당했는지, 얼마나 환상적인 사건이 벌어졌는지 알아서 꾸며대라지. 남자 대학생이 고등학교 친구들과 코브스 코너에서 맥주 몇잔을 마시고 헤어진 후 이튿날 마운트 이프리엄 디포 스트리트 근처 쓰레기장에 세워진 그의 차에서 16킬로미터나 떨어진 58번 도로를 악취나는 검은 진흙을 뒤집어쓴 채 기진맥진한 상태로 비틀거리며 걷다 발견되었다. 그 순 겁쟁이 자식이 진실을 말할 용기가 있다면 진실을 말해도 상관없다.

패트릭은 연민으로 마음이 약해지기 전에 얼른 늪에서 차를 빼서 도망쳤다. 다시 돌아가 재커리를 지프에 태우고 디포 스트리트에 있는 그의 차까지 데려다주는 건…… 아니, 아니다! 절대 그런 짓은 하지 않을 것이다. 실험은 그의 계획대로 실행되진 못했지만 이제 끝났고 그는 거기서 벗어나 있었다. 갑자기 기분이 좋아졌다. 의기양양한 기분이 들었다! 결국 얼마나 간단한 일이었던가! 일단 시작하니 얼마나 쉬웠던가! 그는 무엇을 할지 알고 있었고 그것을 했으며, 이제 그 일은 끝났으니 되돌릴 수 없었다. 널 죽게 내버려둘 수도 있었지만 살려줬어.

그와 적 재커리 런트는 그 말을 평생 기억할 것이었다.

3부
순례자

눈물

엄마의 흥분된 목소리. 아빠가 이제 널 만날 수 있다는구나.

아니, 엄마는 이렇게 말할 것이다. 지금 우리가 데리러 갈 테니 거기 그대로 있어.

매리앤의 행복한 목소리를 들은 머핀이 신이 나서 방으로 달려들어올 것이다. 그러면 매리앤은 머핀을 부둥켜안고 코에, 콧수염에, 온몸에 키스를 퍼부을 것이다. 그러곤 펠리스 매리와 함께 쓰는 방 안을 황급히 돌아다니며 그린 아일 협동조합을 떠나 하이포인트 농장으로 돌아갈 준비를 할 것이다(이곳 그린 아일 협동조합을 사랑하기에 이곳과 친구들이 몹시 그리워지겠지만).

매리앤은 엄마에게서 그런 전화가 걸려오기를 기다리고 있었다. 그렇게 기다리고 있었고 조바심을 내진 않았다.

그녀가 상처를 받은 건 사실이었다. 남몰래. 엄마에게도,

패트릭에게도 고백하지 않았다. 그녀는 이따금 울었다. 그렇게 여러 달이 지난 뒤에도(몇 달이나 지났을까? 헤아리지 않는 게 나았다) 우는 건 도가 지나친 것이었다. 울음은 어린애 같은 응석이며 대부분 자기연민에 지나지 않음을 매리앤도 알고 있었다. 엄마는 울음을 성가신 것으로 여기며 못 참아했다. 엄마는 희망과 믿음, 그리고 몸을 바삐 놀릴 일거리만 있다면 울지 않는다고 했다. 그래서 매리앤은 눈물을 숨겼고 자신이 우는 걸 협동조합 사람들이 아무도 모른다고 믿었다. 정신없이 바쁘고 소란스러운 부엌에서 양파를 수십 개씩 썰며 우는 것, 그것도 몰래 우는 방법 중 하나였다. 그래서 매리앤 멀베이니는 언제나 양파 써는 일을 자진해서 맡았다. 가끔 빵을 만들면서도 울었다. 단단한 반죽을 죽어라고 치대다 보면 몸이 녹초가 되었고 그러면 울 이유가 생긴 셈이었다. 그녀의 짭짤한 눈물이 떨어져 빵 반죽을 적셨고 그래서 매리앤 멀베이니의 빵이(특히 그녀의 전문인 아홉 가지 곡물과 애호박과 요구르트와 딜을 넣은 빵이) 모두에게 인기가 있는지도 몰랐다.

눈물을 감추는 또 한 가지 영리한 방법은 추운 날씨에 최대한 바깥일을 많이 하는 것이었다(다른 사람은 몰라도 매리앤은 그것이 영리한 방법이라고 믿었다). 추운데다 바람까지 불면 더 좋았다! 그러면 추위로 눈이 따끔거리다가 뺨 위로 눈물이 굴러떨어졌다. 그건 통제 불가능한 현상이었다. 쌀쌀한 가을바람이 불면 협동조합 사람들은 갈퀴로 맹렬히 낙엽을 긁어모으거나 화단에 뿌리덮개를 덮는 그녀의 모습을 창문을 통해 볼 수 있었다. 그보다 더 유명한 건 그녀가 여자로는 유일하게 제설작업반에 자원하여 새하얀 눈이 세상을 덮은 화창한 아침에 건장한 남자들 틈에 끼여 터무니없이 길고 구불구불한 진입로와 앞마당의 눈을 억척스럽게 치우고 있는 광경이었다. 파란 술 장식이 달린 털모자를 쓰고 파란 벙어리장갑을 낀 매리앤은 함께 일하는 남자들과 오누이처럼 편하게 농담을 주고받고 악의 없이 서로 놀리기도 했다. 그녀는 보조개가 패는 웃음을 지으면서도 뺨이 눈물줄기로 반짝였고 그러면 벙어리장갑으로 아무렇게나 뺨을 닦았다. 제설작업반에서 매리앤 멀베이니를, 그린 아일협동조합 식구 중 가장 수수께끼 같고 종잡을 수 없는 인물인 그녀를 사랑하는 사람이 누구든, 그는(혹은 그들은) 매리앤의 수줍음을 존중하여 그녀를 몰래 훔쳐보기만 했다. 그녀는 울 때조차 어찌나 쾌활한지. 그녀의 눈 치우는 속도는 꼴찌 중에서도 꼴찌였고 삽에서 눈이 걷잡을 수 없이 튀어날았지만 모두 입을 모아 그녀를 칭찬했다. 40킬로그램의 몸으론 매리앤 멀베이니가 최고지. 하지만 그리 재미있기만 한 일은 아니었다. 기온이 뚝 떨어진 1월의 어느 아침, 매리앤의 창백한 뺨에 눈물줄기가 얼어붙었고 함께 일하던 남자 둘이 그녀에게 얼굴에 동상이 걸리기 전에 안으로 들어가서 몸을 녹이라고 했다. 그러자 매리앤이 코웃음을 쳤다. "동상? 난 그런 거 걸린 적 없어." 그리고 집에 들어가서는 이렇게 말했다. "동상? 아무 느낌이 없는데." 하지만 그녀가 감출 수 있다고 믿었던 눈물이 얼음으로 변해 결국 모두가 볼 수 있게 되어 있었다.

그녀는 친구들에게 몸을 맡길 수밖에 없었다. 펠리스 매리, 애머시스트, 밸 앨런이 그녀의 뺨을 녹이기 위해 법석을 떨고 버크와 휴이는 옆에서 지켜보았다. 도자기처럼 희고 차가운 그녀의 뺨에 미지근한 물을 적시고 몇분 동안 젖은 천으로 살살 누르자(문지르면 살갗이 벗겨진다고 휴이가 경고했다) 이윽고 다시 모세혈관으로 피가 고동쳐 흐르며 혈색이 되살아났다. 매리앤은 괜찮아졌지만 이제는 고통으로 움츠러들었다. 당혹스럽고 분노가 치밀었다. 자신은 약하지 않은데도 모두들 그녀가 약한 사람인 것처럼 몰려들어 법석을 떨고 있지 않은가!

그녀가 말했다. "난 셔토쿼 밸리 농부의 딸이야. 이까짓 시시한 눈이나 추위쯤은 두렵지 않아."

하지만 나중에 홀로 남자 그녀는 갑작스럽고 끔찍한 공포에 사로잡혔다. 바로 그 공포였다. 사람들이 —물론 선의로— 그녀를 떠받들어주면, 특히 그녀를 걱정해주거나 다독거려주면 어김없이 찾아오는 공포. 그녀 안의 현명한 목소리가 경고했다. 과분한 친절을 받아들이면 더 끔찍한 일을 당하게 될 거야.

매리앤은 에이브러브가 얼마나 알고 있는지 궁금했다. 그날 엄마는 창피해하는 저드를 뒤에 매달고 그린 아일을 뛰쳐나가기 직전에 에이브러브의 사무실에서 무슨 말을 한 것일까? 그린 아일 사람들은 에이브러브가 이곳의 설립자이자 대표로서 회원들의 신상에 대해 알아야 할 건 다 알고 있

다고 믿었다. 물론 아주 진지하게 믿는 건 아니었고 그럴 가
능성이 있다고 생각하는 정도였지만. 애초에 그런 아일에
들어오려면 에이브러브와 심도있는 면담을(그렇다고 '면
접'은 아니고) 나누고 그의 승인을 얻어야 했다. 에이브러브
는 매리앤과 면담할 때 재치있고 부드러운 태도를 보였으며
절대 꼬치꼬치 캐묻거나 하지 않았지만, 매리앤은 그의 회
녹색 눈이 자신을 꿰뚫어보고 있다고, 자신의 마음을 읽고
있다고 느꼈다. (그건 어리석은 생각이었다. 그녀도 그걸 진
짜로 믿는 건 아니었다.)

　어느날 당혹스럽기 짝이 없게도 매리앤은 온실에서 일하
다가 울음의 발작에 굴복하고 말았다. 얼음이 녹은 후 4월
초에 옮겨 심을 양상추(적색 로메인 양상추) 모종판에 씨를
뿌리고 있을 때였다. 그녀가 좋아하는 작업이었지만 아무렇
게나 뒤섞인 냄새들과 비료, 푸석푸석한 흙, 때가 묻어 뻣뻣
해진, 엄마의 것과 똑같은 원예용 장갑, 온실 유리 때문에 더
강해진 햇빛의 열기가 하이포인트 농장을 생각나게 했다.
매리앤은 딸꾹질을 하며 울다가, 웃다가, 도대체 내가 왜 이
러는지 모르겠다고 불평하며 눈가를 훔쳤다. 알레르기가 분
명해! 하지만 발작은 그치지를, 그치지를 않았고 얼굴은 흙
자국으로 점점 더 얼룩져갔다. 마침내 옆에서 일하던 애머
시스트가 슬쩍 빠져나가 화단에 기름진 검은 흙을 덮는 작
업을 감독하고 있던 에이브러브를 데려왔고, 에이브러브는
문제를 해결하겠다는 열성과 자신이 할 일이라는 확신에 찬
사람의 태도로 손을 비비며 권위에 차서 온실 안으로 달려

들어왔다. 매리앤은 너무도 창피해서 더 크게 울었다. 에이브러브가 그녀 옆에 쪼그리고 앉아서 놀렸다. "이런, 애머시스트가 그러는데 매리앤이 눈물로 흙을 진흙으로 만들어놨다는 거야." 그러면서 실제로 젖은 자국이 점점이 난 모종판의 흙을 가리켰다. "매리앤, 왜 그래?" 에이브러브는 늘 실제 몸집보다 더 많은 공간을 차지했다. 그래서 몇 센티미터 떨어져 있어도 그와 몸이 닿는 것만 같았다. 매리앤의 맨팔에 난 잔털이 자석에 끌린 쇠 부스러기처럼 곤두섰다. 에이브러브는 강력한 남성의 열기를 발산했다. 그의 조금 덥수룩한 턱수염과 어깨 길이의 금발에서 빛이 나는 듯했다. 매리앤은 그가 그토록 가까이 있는 것에 넋이 빠져서 더듬거리며 대답했다. "그, 그냥…… 아무것도 아녜요." 에이브러브는 놀리는 듯한 회녹색 눈길로 바라보며 어린아이를 다루듯 친절하기 이를 데 없는 목소리로 말했다. "흐음, 아무것도 아닌데 그렇게 눈물을 흘리면 나중에 무슨 일이 일어나면 어떻게 될까?"

그 말에 매리앤은 더 심하게 울었다.

그린 아일

그녀는 인내심을 갖고 기다리고 있었다. 하지만 기도 속에서조차 마음의 상처를 부인할 수는 없었다. 그것에 대해 생각하는 건 아무런 도움도 되지 않았다. 펠리스 매리가 방을 비우고 홀로 남으면 마음의 상처가 마치 옻이 오르는 것처럼 따끔거렸고, 그녀는 자신이 좁은 방을 맹목적으로 서성이고 있음을 깨닫곤 했다. 자신이 어디에 있고 지금이 언제인지도 알 수 없었고, 그저 마음의 상처가 속삭이는 소리만이 들려왔다. "당신들은 날 사랑하지 않나요? 난 당신들 모두가 날 사랑한다고 생각했는데." 그러면 바보 같은 눈물이, 엄마가 성가신 것이라고 부르는 눈물이 흐르고 자신이 저지른 실수들이 만번째쯤 후회되었다. 댄스파티가 끝난 후 트리샤네 집으로 돌아가지 않고 그 파티에 갔던 것, 재커리 런트가 준 술을 억지로 받아마셨던 것, 그 술을 마신 뒤 머리가 빙빙 돌고 어지럽고…… 그다음 기억은 머핀과 함께 엄마의 스테이션왜건에 실려 수백 킬로미터 떨어진 쎌러맹커에 있는 에설 이모의 작고 우울한 방갈로 주택으로 보내진 것이었다. "왜 나를 용서할 수 없는 거죠? 왜 난 집에 못 가는 거죠?" 하지만 경대 거울에 비친 자신의 토라지고 상기된 얼굴을 보자 웃음이 나왔다.

그녀는 경대 위에 올라앉아 걱정스러운 눈길로 자신을 바라보고 있는 머핀을 안았다. "그래, 신경 안 써. 그렇지? 머핀? 우린 할 일이 있으니까." 머핀은 몰라도 매리앤에겐 일이 있었다. 협동조합 일을(시내에서 번창하고 있는 매장 일까지 합해서) 주당 오십 시간에서 육십 시간씩 하고 있었으니까. 게다가 이번 학기에 딱 한 과목 수강하는 수업 준비와 과제도 해야 했다.

'영문학개론'. 교직 전공자는 모두 들어야 하는 필수과목이라 수강신청을 했던 것이다. 하지만 협동조합에 급한 일이 생길 때마다 공부를 뒤로 미루고 그 일에 뛰어들다 보니(가엾은 밸 앨런이 머리칼이 온통 얼굴로 쏟아져내린 채 주문에 맞추기 위해 종일 수십 개의 체리 타르트를 굽느라 발을 동동거리며 내일 아침 8시에 시험이 있다고 하자 매리앤은 자신도 기말 리포트 제출기한이 사십팔 시간밖에 안 남았음에도 당연하다는 듯 타르트를 만들어주겠다고 나섰으며, 에이브러브의 조수이며 늘 극도의 흥분 상태에 있는 버크가 킬번 쇼핑쎈터의 페니쎄이버 식료품점에 농작물을 배달하는 일을 도와주기로 했던 사람에게 일이 생겨서 다른 사람을 찾느라 이리 뛰고 저리 뛰자 그 일을 비상사태로 판단한 매리앤은 몇주나 밀린 공부를 보충할 귀중한 오전시간을 과감히 포기했다) 학점을 잘 받는 건 고사하고 이수조차 제대로 할 수 없을 듯했다. 마침내 담당교수가 그녀를 불러 결석이 너무 많은 것에 우려를 표하며 C 학점이라도 받으려면 기말시험에서 '아주 높은 점수'를 받아야만 한다고 경고했다. 매리앤은 창피해서 바닥만 내려다보며 꿀 먹은 벙어리처럼 앉아 있었지만 속으로는 이렇게 항변하고 싶었다. 사실 전 원래 이렇진 않아요. 고등학교 때는 수업을 한 시간도 빼먹은 적이 없었어요. 숙제도 다 했고 점수도 A 아니면 B였고 선생님들께 꾸지람을 들은 적도 없었어요. 하지만 그녀는 죄송하다는 말만 웅얼거리며 수치심에 차서 조용히 물러나왔다.

만일 패트릭이 안다면! 아니, 패트릭이 알 필요는 없었다.

패트릭은 너무 높아서 달성 불가능한 기준을 갖고 있었다. 매리앤에게 그런 기대를 품는 건 현실적이지 못했다.

가끔은 오후에 협동조합에 있는 자신의 방에 돌아오면 너무 피곤해서 머리가 다 어질어질했다. 특히 시내 매장에서 일하는 날은 금전등록기 울리는 소리가 온 신경을 마모시켜서 새벽 5시 반에 일어나 저녁 5시 반까지 일하다 보면 완전히 녹초가 되어 선 채로 잠이 들기 직전이었다. 하지만 그녀는 그것이 잡생각을 방지해주는 정상적이고 건강한 피로라고 여겼다. 그 시간쯤이면 시끄러운 목소리들과 계단을 오르내리는 발소리, 전화벨 소리, 개 짖는 소리로 협동조합 건물 전체가 떠들썩했지만 매리앤은 머핀을 안고 퀼트 이불 속으로 쏙 들어가 몸을 웅크리고 겨우 이십분이나마(어떤 때는 십분, 심지어 오분일 때도 있었다) 호사스러운 낮잠을 즐겼다. 털이 보드라운 야윈 고양이를 품에 안고 고양이의 옆구리에 뺨을 대면 고양이 몸속 깊이 울리는 가르랑 소리가 그녀 안으로 들어와 신경조직을 따라 고동쳐 흐르며 곤두선 신경을 진정시켜주었다. 그러면 그녀는 몇초 내로 꿈도 없는 깊은 잠에 빠져들었다.

매리앤은 샬롯 브론테의 작품들을 탐독했다. 『제인 에어』는 고등학교 때 이미 읽었지만 과제물이라 다시 읽게 되었는데 여전히 그녀의 마음을 사로잡고 눈물을 흘리게 만들었다. 『빌레뜨』 역시 감동적이었다. 열정적이면서도 정숙한 여주인공 루씨 스노우는 예상치 못했던 놀라운 발견이었다. 샬롯 브론테의 편지들을 읽으면서는 그중에 이런 구절을 베껴썼다.

나는 원래 미천한 존재였으니, 미천한 존재로 쉽게 돌아갈 수 있다.

매리앤은 그린 아일 협동조합에서의 삶이 너무도 행복했다. 이곳 식구들 모두가 그녀를 좋아하고 존중해주었다. 어쩌면 가끔은 그녀의 순진하고 착한 마음을 이용하는지도 모르지만 어쨌든 그녀를 존중해주었다. 그래서 집에 돌아가고 싶은 마음을 몰래 품고 있는 것에 죄책감을 느낄 때도 있었다.

그녀는 집이라는 말을 입에 담은 적이 없었다. 그녀는 자신이 명절 때, 심지어 여름방학 때도 집에 가지 않는 걸 친구들이 이상하게 생각하리라 짐작하고 있었다. 어떤 때는 휴일에 그린 아일 식구들이 두세명밖에 남지 않을 때도 있었는데 매리앤은 늘 거기 포함되었다. 하지만 그들은 "매리앤, 집에 안 가?"라고 물어선 안된다는 것을 눈치로 알았다. 크리스마스에도, 부활절에도, 그 언제라도. 매리앤은 당혹스럽게도 그들이 뒤에서 수군거린다는 사실을 알고 있었다. 마지막으로 그런 질문을 한 건 비티였다. 크리스마스 휴가를 앞두고 여행가방을 싸면서 무심코 그 질문을 던진 그녀는 금지된 말을 내뱉은 어린애처럼 겁에 질려서 손으로 입을 막고 매리앤을 바라보았다. "미안해…… 내가 실수했어, 매리앤."

매리앤은 바늘로 심장을 찔러대는 듯한 아픔을 느끼면서도 겉으론 웃었다.

"지금 당장은 집에 못 갈 것 같아. 여기서 할 일이 너무 많아서."

그녀는 정중하게 대답하면서 혹시 똑같이 궁금해하는 친구들이 있으면 비티가 대신 전해주었으며 좋겠다고 생각했다.

협동조합 식구들 대부분이―남자건 여자건, 제일 어린 열여덟살부터 나이 많은 삼십대까지―집에 대해 불평했다. 매리앤은 집과 가족에 대한 불평이 킬번 대학생들 사이에서 유행이 되다시피 했음을 느꼈다. 교수들도 학생들의 마음을 아는 듯 추수감사절, 크리스마스 선물 주고받기, 여름 휴가여행 따위의 '미국 가정의 의례적인 행사들'에 대한 재치있는 농담으로 모든 학생을, 거의 모든 학생을 웃게 만들었다. 매리앤은 미국에서 가족이 없다는 건 단지 가족만이 아니라 그것이 암시하는 모든 것, 연못을 덮은 녹조류처럼 응집된 그 전체를 박탈당하는 것임을 깨달았다.

매리앤의 룸메이트 펠리스 매리는 매일 볼품없는 무명 작업복 바지와 그린 아일 셔츠에 전투화 차림이었지만 실은 뉴욕 애머스트의 매우 부유한 의사의 딸이었다. 펠리스 매리는 자기 엄마가 우스꽝스러운 로라 애슐리 상표의 원피스와 캐시미어 스웨터 쎄트를 사준다고 고집했다며 매리앤에게 그 사실을 비밀에 부쳐달라고 신신당부했다. "세상에 누가 스웨터 쎄트 같은 걸 입어! 1979년에!" 예쁘고 냉소적인 애머시스트는 여성 체육 교육을 전공하고 있었는데 엄마가 그런 제한된 분야에서는 남편감을 찾을 수 없을 거라고 걱정한다고 했다. "엄만 내가 레즈비언이 될까봐 걱정이야. 차마 그 말을 입 밖에 꺼내진 못하지만 그런 뜻으로 하는 말이지. 난 엄마랑 만나기만 하면 싸우는 것도 이제 지긋지긋해!" 한편 밸 앨런은 부모님이 너무 늙어서 창피하다고 했다. 그녀의 늙은 부모는 중년에 낳은 딸이 보고 싶어서 틈만 나면 킬번으로 찾아와 저녁을 사먹이거나 새 코트를 사주려고 했다. "너무 딱해서 눈물이 날 지경이라니까. 엄마 아빠는 내가 부르주아적 삶에서 벗어났다는 걸 도저히 못 받아들이셔. 내가 절규를 해도 도무지 못 알아듣는다니까!" 그리고 버크, 킬번 주립대를 팔년인가 구년째 다니고 있으며 늘 신경과민에 잔뜩 지쳐 있는 버크에게는 뉴욕 주방위군 중령이자 '신나찌주의 규율가'인 아버지가 있었다. 올버니 교육감인 겔브의 어머니도 '신나찌주의 규율가'였다. 그리고 질, 플랜, 드와이어, 스미스…… 모두가 입을 삐죽거리고 냉소하고 눈알을 굴리고 딱하다는 표정으로 고개를 저으며 '아직도 베트남 전쟁을 옹호하는 못 말리는 구세대'라고 탄식하게 만드는 가족을, 집을 갖고 있었다.

하지만 에이브러브는 가족이나 집에 대해 불평하는 법이 없었다. 적어도 매리앤이 알기론 그랬다. 그는 사적인 얘기는 거의 하지 않았으며 다른 사람에 대해 조롱은커녕 비판적인 말도 하지 않았다. 그도 화를 낼 줄 알았고 자신이 뜻한 일이 느리거나 신통치 않게 이루어질 때면 조바심을 내기도 했지만 다른 사람에 대해 단정적으로 심판을 내리는 건 피했다. "너희 중에 죄 없는 자가 먼저 돌로 치라."

빛나는 금빛 턱수염을 쓰다듬으며 생각에 잠긴 어조로 근엄하게 그런 말을 하는 에이브러브는 전율을 일으키는 존재였다. 매리앤이 아는 사람 중에서 예수 그리스도의 말을 자신의 말처럼 자연스럽게 인용할 수 있는 이는 그뿐이었다.

1979년 늦은 겨울의 어느날, 에이브러브의 조수 버크가 사라졌다. "지상에서 종적을 감췄어." 에이브러브가 어리둥절하고 상처받은 목소리로 말했다. 오랫동안 에이브러브의 신임을 받으며 중책을 맡아온 버크는 새벽에 거래처들을 돌며 물건을 배달하고 수금을 한 뒤 픽업트럭을 협동조합에 갖다놓고 사라져버렸다. 낡은 옷가지와 십년 가까이 된 교과서와 과제물이 어지럽게 널려 있는 그의 방에선 사라진 물건이 없는 듯했다. 작별의 편지 같은 것도 남겨져 있지 않았다. 협동조합 계좌에서 500달러가 사라졌다는 소문이 돌면서(1,500달러라는 소문도 있었다) 한바탕 소동이 일었지만 에이브러브는 한푼도 사라지지 않았다고 주장했다. 회원들의 동요가 정점에 이르자 에이브러브는 임시회의를 소집했고 계단에 서서 회원들에게 조용히 하라고 외쳤다. 그는 회원들의 사기를 꺾는 그런 소문을 퍼뜨리는 행위는 설령 사실이라 하더라도(사실도 아니지만) 즉시 중단하라고, 우리의 친구이며 형제인 버크를 도둑으로 모는 건 이 자리에 없기에 자신을 옹호할 수 없는 버크에게 공정하지 못한 짓이라고 말했다.

에이브러브는 그후 며칠 동안 잔뜩 의기소침해서 마음을 잡지 못했고, 매리앤은 용기를 내서 그를 찾아가 자신이 버크의 일 중에서 일부를 맡아보겠다고 했다. 에이브러브는 희미한 미소를 지으며 대답했다. "매리앤? 마음은 고맙지만 매리앤이 해낼 수 있을지 모르겠군."

사실 매리앤은 그리 유능해 보이진 않았다. 적어도 그 아침엔 그랬다. 그녀는 늘 입는 고무줄 허리 코르덴 바지에 재활용 헌옷 수거함에서 건진 좀먹은 빨강 털스웨터를 입고 역시 헌옷 수거함에서 나온 버펄로 빌스 팀 모자로 짧게 친

머리를 거의 가린 모습이었다.

매리앤은 웃었다. "에이브러브, 시켜보지도 않고 판단하는 건 공정하지 못해요!"

그린 아일 협동조합 설립자이자 대표인 에이브러브는 얼굴을 붉히며 턱수염을 쓰다듬었다. 그가 부르짖는 정신이 하나 있다면 그건 다름아닌 공정성이었던 것이다.

에이브러브는 재빨리 사과했다. 그는 낙관적인 미소를 지으며 매리앤에게 버크의 일 몇가지를 맡겼다. 예를 들어 그는 킬번 대학교에 급식재료를 납품하고 여섯 개 가게에 물건을 대는 일을 버크와 반씩 나눠서 하고 있었는데, 매리앤이 버크 몫을 맡았다. 그 일은 대부분 전화로 이루어지고 있었고, 전화는 그녀의 손에서 마법의 지팡이나 가면 같은 것으로 둔갑했다. 전화는 치어리더의 낭랑한 메가폰처럼 생면부지의 사람에게 그녀의 목소리가 아닌 더 크고 분명하고 행복하고 자신감 넘치는 목소리로 말할 수 있게 해주었다. 전화선 저쪽의 사람이 수화기를 들고 "여보세요?"라고 말하는 순간 매리앤 멀베이니의 수줍음은 눈 녹듯 사라졌다.

매리앤은 일을 맡은 지 열흘도 안돼서 새 거래처를 확보하여 에이브러브를 놀라게 했다. 한 농산물 가게에서 그린 아일의 빵과 과자를 들여놔보겠다고 한 것이다. 게다가 매리앤은 열성적으로 한두 곳을 더 개척하고 있었다.

버크가 가장 등한시한 일은 협동조합 식구들의 당번부 관리였다. 협동조합 식구들은 각자 전문적으로 맡은 직무 외에도 돌아가면서 해야 하는 일이 있었다. 그래서 큰 장부에 식구들 이름과 일(주방일/식사준비/청소/빵 굽기/건물 관리/옥외 관리 등), 날짜와 시간을 기록해놓고 사람들이 그 장부를 보고 일을 하고 서명을 하도록 되어 있었다. 하지만 버크는 그 일을 싫어했는데 식구들 사이에 가끔 마찰이 빚어지는 것 때문인 듯했다. 그래서 그는 점점 더 당번부 관리를 등한시했고, 많은 일이 방치되거나 대충 처리되거나 대가족에서 흔히 그렇듯이 일부러 게으름을 피우는 사람들의 일을 유능하고 책임감 있는 사람들이 대신 나서서 하는 형편이 되었다. 매리앤은 당번부 관리를 맡자마자 기존에 쓰던 장부를 아예 없애버렸다. 그 장부는 우중충하고 따분해서 당번 일을 의무로 느끼게 했던 것이다. 며칠 안에 주방 게시판에 새 당번표가 만들어졌는데, 화려한 색깔의 장식과 말린 야생화, 협동조합의 활동을 담은 사진들, 햇살 모양의 리본 장식들 사이로 식구들의 미소짓는 얼굴이 크레용으로 그려져 있고 그 얼굴 아래 각자의 일이 적힌 카드가 압정으로 박혀 있었다. "매리앤! 네가 만든 거야?" 그 말을 하도 많이 들어서 매리앤은 웃지 않을 수 없었다.

하루아침에 주인공이 의무에서 사람으로 바뀌고 당번표가 거의 예술작품으로 탈바꿈한 것에 모두들 경탄했다.

그렇게 멋진 당번표에 무지개 모양으로 배열된 미소짓는 얼굴들이 관장하는 당번 일을 그 누가 열성적으로 수행하지 않겠는가?

게시판을 붙인 첫날 점심식사 시간에 숨가쁘게 식당으로 달려들어온 매리앤은 모든 식구들의 박수갈채를 받았다. 식탁 상석에 앉은 에이브러브가 그린 아일에서 만든 무알코올 과일주로 매리앤을 위해 건배했다. "유능한 매리-앤 멀베이니를 위하여."

매리앤은 수줍어서 문간에 얼어붙은 듯 서 있었다. 에이브러브가 몸소 일어나 그녀를 식탁으로 이끌어 자신의 옆자리에 앉히고 크고 따스한 손을 그녀의 어깨에 가볍게 새가 가지에 앉듯 올려놓았다.

에이브러브, 에이브러브! 그것이 그의 진짜 이름이었다. 원래 그의 이름은 옛날식 성(姓)인 '찰스워스' 비슷한 이상하고 어색한 것이었는데 에이브러브는 그 이름을 절대로 사용하지 않았다.

에이브러브의 집, 원래 집이 어디인지 확실히 아는 사람은 아무도 없는 듯했다. 그는 자신에 대한 얘기는 한마디도 하지 않았다. 그는 아이디어가 넘치고 그것을 실천에 옮기는 사람이었으며 과거가 아닌 현재에 살았다. 그가 즐겨 하는 말 중 하나가 "하느님은 현재에 가장 신성하다"였다(헨리 데이비드 소로우의 말이었던가? 어쨌든 그건 에이브러브 자신의 목소리였다). 과거가 아니라 현재가 절박한 문제다. 과거는 바뀔 수 없지만 현재는 아직 만들어지고 있기 때문이다.

하지만 그에 관한 수상한 소문들도 있었다. 매리앤이 처음 협동조합에 들어왔을 때 들은 소문은 에이브러브가 킬번 주립대 교수로 왔을 때 이미 결혼한 몸이었고 어딘가에 자식도 있으며, 부인과 오래 떨어져 살고 있지만 이혼은 하지 않았으리란 것이었다. 그가 시내의 한 유부녀와 애정행각을 벌였다는 소문도 돌았다. 그가 주 경계선 너머 펜실베이니아 산맥에 살던 여류 도예가와 '비극적인' 사랑을 했고 그녀는 지금 세상을 떠났다는 소문도 있었다. 그가 뉴잉글랜드의 부유한 사업가의 아들이며 상속권을 박탈당했다는 소문도 있었다. 그가 1960년대에 예수회 신학교 학생이었으며 카리스마 넘치는 운동가인 베리건 형제의 영향을 받았다는 소문, 반전시위에서 한 차례 이상 체포되었으며 감옥에 갇힌 적도 있다는 소문도 돌았다. 하지만 매리앤은 그런 소문들을 웃어넘기며 귀를 막았다. 더이상 듣고 싶지 않아!

한번은 식탁에서 오래전부터 에이브러브를 사모해온 앞니가 벌어지고 성격이 신중하지 못한 비티가 그에게 집이 어디냐고 대놓고 묻자 에이브러브가 얼굴을 찌푸리며 대꾸했다. "집? 바로 여기지. 여기가 아니고 어디겠어?"

그 자리에 있던 매리앤을 포함한 모두는 그 말을 듣고 행복감에 가슴이 벅차올라 박수갈채라도 보내고 싶었다.

그린 아일 협동조합이 계속되는 위기 속에서 빚더미에 올라앉지 않고 버틸 수 있게 하는 것이 대표의 중요한 임무였다. (옛날에 여관으로 사용되었던 이 건물은 해묵은 배관이 늘 말썽을 일으켰고 커다란 무덤같이 생긴 지하실과 지붕은 시도 때도 없이 물이 샜으며, 굴뚝에선 연기가 역류하고, 난방로도 교체가 필요하고, 검은 개미 떼의 습격도 있었고, 문제가 한두 가지가 아니었다.) 또 에이브러브는 그가

'모험적 사업'이라고 경멸하는 성미에 맞지 않는 일도 벌여야 했다. 요컨대 은행에서 터무니없이 비싼 이자로 돈을 빌려서 빵 굽는 오븐과 버너가 열두 개나 되는 대형 전기레인지, 말이 들어가도 될 정도로 큰 냉장고, 농기구, 몇 톤이나 되는 갈이흙, 모종, 그리고 포드 픽업트럭(!)에 투자하는 일이었다. 또 부동산과 차량 보험금도 있었다. 의료비는 또 어떻고(이상하게도 협동조합에선 사고가 자주 일어나 마음을 놓을 수가 없었다).

1976년, 에이브러브는 자존심을 삼키고('마치 큰 사과를 통째로 삼키는 것처럼') 그린 아일 협동조합이 살아남도록 노와줄 기부자('후원자')를 찾으러 나섰다. 그는 덕분에 커태딘 산에서 품었던 꿈을 생면부지의 사람들 앞에 마치 지원할 만한 가치가 있는 상품처럼 제시하는 법을 배웠노라고 씁쓸한 미소를 지으며 말했다. 어쨌거나 운이 따라서 적으나마 확실한 후원자들을 확보할 수 있었는데, 대부분이 부유한 미망인이나 노부부였다. 에이브러브의 잘생긴 얼굴과 진지한 태도, 빛나는 금발과 솔직한 눈길이 그들을 사로잡은 게 분명했다. "줄 수 있는 사람이 필요로 하는 사람에게." 그건 바로 예수의 말이라고 할 수 있지 않을까?

에이브러브는 이러다 부자 후원자를 찾아나서는 일에 재미가 들릴까봐 걱정이라고 했다. 자신이 그 일에 재능이 있음을 깨달은 것이었다. "재능은 우리를 위험으로 이끌 수도 있다!"

에이브러브는 킬번 주립대에 심리학 조교수로 재직했던

몇년에 대해 거의 함구했고 어쩌다 그 얘기가 나오면 당혹스러워했다(그의 강의를 들은 적이 있는 버크는 그가 '잊을 수 없는' 훌륭한 강의를 했었다고 증언했다). 에이브러브는 같은 인간을 평가하는('점수를 매기는') 것이 본질적으로 잔인한 짓이며, 적자만 생존하고 약자는 멸종된다는 다윈의 '자연선택설'의 잔인성의 지적인 연장선상에 있음을 깨닫고 자신의 특권적인 자리를 과감히 버렸다. 그는 이른바 반(反)다윈주의를 열렬히 믿었다. "우리는 인간이며 단순히 욕구만을 지닌 것이 아니라 정신을 지니고 있기 때문에 자연에 거스를 수 있다. 우리는 약자를 도울 수 있으며, 그것은 곧 우리 스스로를 돕는 일이다. 모든 선은 되돌아온다. 역설은 없다."

에이브러브가 입버릇처럼 하는 말들이 매리앤의 머릿속에서 울렸다. 모든 선은 되돌아온다. 역설은 없다. 그 얼마나 심오한 통찰인가! 매리앤은 그 말의 의미를 이해한다고 확신했다. 하지만 패트릭에게 그 말을 전하자 아니나 다를까 바로 질문이 날아왔다. "도대체 그게 무슨 소리야?" 그가 핀치 스타일로 눈을 가늘게 뜨고 똑바로 쳐다보자 매리앤은 더듬거리며 제대로 설명하지 못했다. 모든 선은 되돌아오며 역설은 없다.

그건 진실이다.

매리앤도 다른 많은 이들처럼 에이브러브를 사랑하고 있을까?

그런 아일 협동조합의 대부분의 여학생들과 몇몇 남학생들처럼?

그렇다는 생각이 들 때도, 아니라는 생각이 들 때도 있었다. 그가 미소를 띠고 빛나는·눈으로 자신을 바라보며 "매리앤" 하고 이름을 불러줄 때면 말 그대로 가슴이 콩닥거리는 건(바보같이!) 사실이었다. 어떤 때는 방금 지어낸 시를 읊듯 음악적으로 "매리-앤 멀베이니"라고 불렀다. 하지만 그는 기분이 좋을 때면 거의 모든 사람들에게 그런 미소를 보내고 그런 식으로 이름을 불렀다. 천방지축으로 뛰어다니며 툭하면 일층 카펫에 오줌을 싸는 잡종 스패니얼 티어드롭에세조차 미소를 지으며 이렇게 말했다. "이런, 티어드롭! 아무래도 네 이름을 '티어'(Tear, 눈물—옮긴이)가 아니라 다른걸로 바꿔야겠구나." 저만치 떨어진 곳에서 꼬리를 똑바로세우고 귀도 쫑긋 세우고 기민한 황갈색 눈으로 쳐다보며야옹거리는 머핀에게도 미소를 보냈다. 그가 바삐 뛰어다니다가도 잠시 걸음을 멈추고 쭈그려앉아 머핀을 쓰다듬으며"머핀, 머핀, 요 잘생긴 녀석!" 하고 속삭이는 모습은 얼마나 다정해 보이는지. 물론 머핀은 에이브러브를 무척 따랐다. 녀석은 부끄러운 줄도 모르고 에이브러브의 발치에 벌렁 드러누워 간질여달라고 조르며 눈부시게 흰 배를 내보였다. 매리앤은 그 광경을 지켜보며 아랫입술을 깨물었다. 빛나는 금발의 건장한 에이브러브가 강하고 재주 많은 손으로머핀의 위로 쳐든 턱을 쓰다듬어주는 모습을 보고 있노라면왠지 초조하고 긴장이 되었다. 그럴 때면 머핀은 얼마나 가르랑대는지! 그런 행복에는 어딘가 광적인 데가 있었다.

매리앤은 그런 자신을 비웃었다. 여고생처럼 반하다니. 그녀는 이제 더이상 여고생이 아니었다. 매리앤 멀베이니는 스무살의 젊은 여성이었다. 이제 그녀는 어리지 않았다.

순례자

집에 대해, 가족에 대해 매리앤 멀베이니는 한마디도 하지 않았다. 그린 아일 협동조합의 친구들이 그녀에 대해 멋대로 상상하고 뒤에서 수군거린다 해도 그녀는 알지 못할 터였다. 그렇게까지 자신에 대해 관심을 갖는 사람들이 있으리라고 생각하지 않았으니까. 나는 원래 미천한 존재였다. 미천한 존재로 돌아갈 수 있다.

그런데 한 가지 사건이 일어났다. 1979년 5월의 어느 늦은 오후, 매리앤은 킬번 시내에 있는 그린 아일 매장에서 열 시간 동안 일한 뒤(그녀는 에이브러브가 매장 지배인을 구할 때까지 '임시 지배인' 역할을 하고 있었다) 이틀 후에 있을 영문학개론 기말고사 공부를 하기 위해 황급히 협동조합으로 돌아왔다. 그런데 펠리스 매리가 걱정스러운 얼굴로 방금 어떤 모르는 여자에게서 전화가 걸려왔다고 전했다.

"숨소리가 너무 이상해서 우는 것 같았어. 화난 것도 같았고. 무슨 말을 하는지 잘 못 알아듣겠더라고."

매리앤은 오싹한 기분을 느끼며 우뚝 멈춰섰다. "여자가? 울어? 누군데?"

"글쎄, 모르겠어." 펠리스 매리가 미간을 찌푸리고 쪽지에 쓴 글씨를 보며 미안한 듯이 말했다. "너희 엄만 아니었어. 너희 엄마 만난 적이 있잖아. 잊을 수 없는 분이셨지. 하지만 나이는 비슷한 것 같았어. '한'…… '한 에슬'……? 울고 있었고, 화난 것 같은 목소리였어. 나를 너로 착각하는 것 같았어. 아니라고 설명했는데도. 아무래도 가족 중에 누가……" 펠리스 매리는 죽었다는 말을 차마 입에 담지 못하고 입술만 빨았다.

매리앤이 말했다. "에설 이모야."

마치 커다란 날개를 가진 새가 새장에서 벗어나려고 퍼덕거리듯, 그녀의 심장이 갈비뼈를 마구 두들겨댔다. 매리앤은 응접실 전화기로 달려가 에설 하우스먼에게 전화를 걸었지만 당황스럽게도 계속 신호음만 들려왔다. 제발 받아요! 제발…… 이런 급박한 상황에서도 매리앤은 누가 죽었든 그 사람이 마이클 멀베이니 씨니어는 아니라는 것을 알 정도의 이성은 있었다. 에설 하우스먼은 그의 죽음을 애도하며 울진 않을 테니까. 엄마. 하느님, 제발 엄마가 아니게 해주세요! 매리앤은 엄마를 너무 많이 실망시켰다는 생각에 가슴이 미어졌다. 1976년 밸런타인데이 이후로 엄마에게 깊은 실망과 상처만을 안겨주었다. 그런데 이제 그걸 만회하기엔 너무 늦어버린 거라면? 그녀는 전화를 끊었다가 떨리는 손으로 다시 다이얼을 돌렸다. 몇년 전부터 기억하고 있었으며 절대 잊지 않을 번호. 쎌러맹커를 떠난 뒤 몇번 에설 하우스먼에게 전화를 걸었지만 그녀는 매리앤이 돈을 보태달라고 할까봐 두려운지 경계하고 피하는 눈치였다. (게다가 매리앤은 "에설 이모, 뭘 부탁하려고 전화한 건 아니에요. 그냥 안부나 전하려고요" 하면서 재빨리 에설 이모를 안심시킬 수 있을 만큼 말주변이 뛰어나지도 못했다. 그녀가 패트릭에게 그런 사정을 이야기하자 그러잖아도 못마땅해하던 패트릭이 핀치다운 냉소를 지으며 말했다. "그 늙은 심술쟁이 '이모'한테 전화는 왜 해? 그 여자가 우리한테 뭔데?" 마치 누이가 자신 이외의 다른 사람에게 전화하는 걸 질투하는 듯이.) 신호음이 여덟 번, 아홉 번을 울렸다. 그러다 열번째 울렸을 때 에설 이모가 흥분되고 숨찬 목소리로 전화를 받았다. "여보세요? 뭐라고요? 지금 막 나가려는 참이라서요! 급한 일이 있어서. 근데 누구시죠?"

"에설 이모? 저……"

"누구? 뭐? '에설 이모'? 난 그런 사람 아녜요! 지금 나가봐야 해서 통화 못해요!"

"저…… 매리앤이에요. 무슨 일인데요?"

"매리앤." 에설 하우스먼은 우두커니 서서 수화기에 대고 숨을 헐떡거렸다. "오, 그래…… 너한테 전화했었지. 지금 막 나가려던 참이었어. 나 혼자 차를 몰고 랜썸빌로 가려고. 하지만 내일 아침에 출발해도 되겠지? 거기 가족들이 다

모였고 그들에겐 내가 필요해. 하지만 난 어두울 때 길을 나선 적이 없거든. 낮에만 다녔지. 혼자 운전해서 가는데 차가 고장나면 어떡해? 장례식은 모레야. 11시." 에설 하우스먼은 오랫동안 큰일을 당해본 적이 없는 노처녀의 격앙되고 새된 목소리로 말했다. 매리앤은 멍하니 생각했다. 랜썸빌. 하이포인트 농장이 아니다. 그녀는 안도감에 맥이 풀렸고, 다음 순간 안도감을 느낀 것에 죄책감이 들었다. 그녀는 겨우 에설 하우스먼의 말을 끊고 누가 죽었는지 물었다. 에설이 어두운 만족감을 드러내며 말했다. "너희 외할머니란다." 매리앤은 낮게 탄식했다. "아……" 그녀의 눈에 눈물이 가득 고였다. 그녀는 외할머니 이다 하우스먼과 가까운 사이는 아니었지만 어머니인 코린이 슬퍼할 것이기 때문이었다. "그래, 우리 이다 숙모님이 돌아가셨어. 일흔아홉에 쓰러지셨대, 오늘 아침에. 빗자루를 들고 도둑고양이를 쫓아내다가…… 그렇게 가셨대. 우리 어머니도 그렇게 돌아가셨지. 너무 갑작스럽게. 오래 앓긴 하셨지만 그래도 가실 땐 너무 갑작스러웠지. 다음 주면 십이년이 되는구나. 매리앤, 같은 일을 다시 겪는 기분이야. 이번엔 숙모님이시지만. 윌 숙부님이 돌아가신 지 몇년 되지도 않았는데. 네 엄마가 전화로 그러더라. '그 세대는 이제 거의 떠났어. 그 자리를 누가 채울까?' 우리겠지. 끔찍하고 잔인한 일이야. 젊을 때는 그 젊음이 영원할 것만 같은데, 갑자기 더이상 젊지 않은 자신을 깨닫게 되지. 하지만 그걸 받아들이고 적응할 수가 없어. 오, 그리고 탈출구는 하나뿐이지."

매리앤은 에셀 하우스먼의 장광설을 예의바르게 들어주었다. 그러다 어렵사리 그녀의 말을 끊고 가족과 장례식에 대해 물었다. 얼마나 충격적인 일인가. 외할머니가 돌아가시다니. 다시는 그분을 뵐 수가 없다니. 하지만 매리앤은 하이포인트 농장을 떠난 뒤로 몇년 동안 외할머니를 만난 적이 없었고 전화통화조차 해본 적이 없었다. 그녀는 외할머니가 자신을 못마땅하게 여기고 있음을 알았다(패트릭이 솔직하게 그런 말을 전했다). 외할머니는 매리앤이 남학생과 그런 일이(굳이 뭐라고 이름을 붙일 필요도 없는, 당혹스럽고 수치스러운 일이) 있었던 것을(당했든 어쨌든) 용납하지 않았다.

물론 매리앤은 해마다 외할머니에게 크리스마스 카드와 생일카드를 꼬박꼬박 보냈다. 하지만 외할머니에게선 단 한 번도 답장이 없었다.

내가 실망시킨 또 한 사람. 엄마가 나를 부끄럽게 여기는 것도 당연해.

이다 하우스먼. 랜썸빌에 낡은 농장을 가진 윌 하우스먼의 아내. 1880년대에 셔토쿼 밸리에 정착한 독일인 이민 세대. 그들은 딸 코린이 사는 하이포인트 농장을 찾아온 적이 거의 없었다. 그들은 이렇게 말했다. "밥 한 끼 먹으려고 차를 몰고 가기엔 너무 멀구나." 그들은 농사꾼이니까. 농장일이란 게 오분만 딴 데 정신을 팔아도 어떤 재난이 벌어질지 모르니까.

그래서 멀베이니 가족이 일년에 한두 번씩 일요일 저녁

을 먹으러 랜썸빌로 차를 몰고 가곤 했다. 외가에 가는 날은 늘 너무 자주 돌아오는 것 같아 아이들은 "벌써요?"라고 외치곤 했다. 멀베이니 집안 아이들은 그녀 이다 하우스먼을 친근하게 느끼지 않았다. 그녀는 코린의 어머니였지만 코린과 달라도 너무 달랐다. 그녀는 거의 웃지 않았고 소리내어 웃는 건 더 드물었는데, 그 웃음소리는 마치 회초리를 휘두르는 소리 같았다. 손에서는 양파 냄새가 났고, 눈도 양파 비슷한 것 같기도 했다. 또 관절염을 앓고 있던 그녀는 상대가 관절염에 걸리지 않은 걸 비난이라도 하는 것처럼 책망조로 자신의 병에 대해 한탄했는데, 그러면 코린은 어리석고 슬프게도 어머니를 위로하기 위해 가족들이 아프고 감기에 걸리고 사고를 당한 얘기들을 줄줄이 늘어놓았다. 속으로 무슨 비밀을 감추고 있는지, 그녀는 너무도 단단하고 확고해 보였다. 그녀 또한 예수 그리스도를 믿었지만 그녀의 예수는 성난 구세주요 지옥의 감독관이었다.

마이클 씨니어는 랜썸빌의 하우스먼 농장으로 차를 몰고 가면서 목에 목도리를 두르고 짓궂게 장난을 치곤 했다. "으으 춥다! 이게 꼭 필요하겠어!" 그러면 코린은 화가 나서(혹은 화난 척하며) 그를 찰싹 때렸고, 뒷좌석의 매리앤과 마이키 주니어, P. J., 그리고 앞좌석의 아빠와 엄마 사이에 끼여 앉은 저드는 킥킥거리기 시작했다. "마이클 멀베이니, 그런 장난 하나도 재미없어요!" 엄마가 그렇게 외치면 아빠는 백미러를 통해 뒷좌석의 열렬한 관객들에게 눈을 찡긋하며 대꾸했다. "확실히 그렇지 여보. 으으 춥다!"

한번은 진짜로 목도리를 두르고 가서 후두염에 걸렸다고 장인 장모를 속이기도 했다.

그리고 미소를 지으며 견뎌야 했던 랜썸빌에서의 일요일, 그 딱딱하고 엄숙한 식사시간. 몇 킬로미터 떨어진 루터파 교회에서 예배를 보고 온 주일임에도 늙은 하우스먼 부부의 기분은 전혀 가벼워지지 않은 듯했다. 매리앤은 험악한 분위기 속에서 지방이 붙은 돼지고기 구이를 씹고 덩어리진 으깬 감자를 걸쭉한 그레이비 쏘스에 적시던 기억이 났다. 그리고 너무 삶아서 흐물흐물해진 깍지콩. 겨울호박. 할머니는 그 많은 맛있는 파이 중에서도 하필 대황 파이를 좋아했다.

하지만 식사가 끝나고 두 시간을 달려 집으로 돌아올 때면 다시금 멀베이니 가족만 있게 된 것이 얼마나 좋았는지! 아빠가 모는 차 안에서는 모두들 안도감과 행복감에 들떠 있었다. 우리는 아빠의 선창으로 「나를 야구경기에 데려가줘요」를 합창하면서 후렴구를 몇번씩 반복했다.

땅콩과 크래커잭을 사줘요!
집에 돌아가지 않아도 난 괜찮아요!

두통에 시달리는 엄마만 빼고 모두 요란하게 웃어댔다. 외할머니와 외할아버지를 웃음거리로 삼아선 안된다는 걸 아는 매리앤까지도. 이제 마음껏 활개를 칠 수 있게 된 아빠는 가차없었다. "어떤 집에선 나가주는 게 고맙지, 응?" "아까워하는 음식의 맛은 속일 수가 없다니까. 안 그러니 얘들아?" 그러면 엄마는 저드 너머로 아빠를 때리다가 결국 자신도 웃음을 터뜨리고 말았다. 엄마는 한숨지으며 말했다. "글쎄, 그게 구세대의 방식이겠지. 다행히 멀베이니 방식은 아니지."

"맞아." 아빠가 큰 소리로 말했다.

아빠는 잘 참고 견뎌준 아이들에게 상을 주기 위해 집으로 곧장 가지 않고 마운트 이프리엄으로 방향을 돌렸다. 테이스티 프리즈나 영화관 옆의 로열 아이스크림으로. 그러면 뒷좌석에서 환호성이 터졌다. "야아아아— 아빠아아아!"

코맹맹이 소리가 의심스러운 듯 물었다. "매리앤? 듣고 있니?"

"아, 예, 에설 이모." 매리앤은 자신이 싫어하는 딸꾹질 섞인 울음을 울고 있었다.

"아까 말했듯이 장례식은 목요일 11시에 있어. 교회에서." 이모는 잠시 말을 끊고 숨을 들이쉬었다. "하지만 네 엄마는 네가 오는 걸 원하지 않는구나."

"네? 뭐라고요?"

에설 하우스먼은 어쩔 수 없이 최악의 소식을 전해야만 하는 사람처럼 딱딱하게 말했다. "코린은 네가 외할머니 장례식에 오는 걸 원치 않아. 이유는 묻지 말아다오. 코린은 내가 너한테 전화한 것도 몰라. 하지만 난 알려야 한다고 생각했어. 그래야 한다는 도덕적인 의무감을 느꼈지. 어쨌거나 이다 하우스먼은 네 외할머니니까." 코 푸는 소리, 물기 어린 짜증스러운 소리가 들려왔다.

충격을 받은 매리앤은 아무 말도 떠오르지 않아 힘없이 신음을 내뱉었다. "아……"

"그래, 난 네가 알고 싶어할 거라고 생각했지. 네 외할머니가 돌아가셨으니까." 다시 무거운 침묵이 흐르고 숨 들이쉬는 소리가 들렸다. 그러더니 에설 하우스먼이 호기심 어린 목소리로 물었다. "매리앤, 너 친할머니는 있니? 멀베이니 할머니 말이야."

에설 이모 입에서 나온 멀베이니 할머니란 말은 이상하고 초현실적으로 들렸다. 패트릭의 미생물들의 비현실적인 이름처럼.

매리앤은 당황해서 더듬거렸다. "자, 잘 모르겠어요."

"할머니가 있는지조차 모른다고! 네 아버지의 어머닌데! 놀랍구나, 매리앤. 분명 안타까운 사연이 있겠지." 에설 하우스먼은 질책과 만족감이 함께 담긴 목소리로 말했다. "매리앤, 그만 끊어야겠다. 내가 전화했다는 얘기 네 엄마한테 안 할 거지? 코린은 자신의 대단한 가족 일에 내가 끼어드는 걸 싫어할 거야."

"예?"

"아니, 끼어드는 게 아니지! 난 기독교인으로서 당연히 할 일을 했을 뿐이야."

"고마워요, 에설 이모, 전……"

"매리앤, 사실 난 네 '이모'라고 할 수도 없지. 엄격히 따지면 먼 친척일 뿐이니까."

에설 하우스먼은 전화를 끊었다. 매리앤은 재채기처럼 갑작스럽고 광적인 웃음으로 변해버린 흐느낌을 꾹 참았다.

난 장례식에 갈 거야! 난 환영받을 거야!

매리앤은 응접실에서 뛰쳐나왔다. 눈물 때문에 시야가 흐려져서 문 밖에 쪼그리고 앉아 있던 청년과 부딪힐 뻔했다. 협동조합 식구인 휴이가 망치와 못을 들고 주저앉은 계단을 고치고 있었다. 혹시 매리앤의 통화를 엿들었을까? 그냥 지나치려는 매리앤을 슬쩍 올려다보며 그가 말했다. "매리앤…… 어디 갈 데 있으면, 장례식이든 어디든 말이야, 내가 태워다줄게. 난 차가 있으니까."

매리앤은 눈물 때문에 얼굴이 따끔거렸다. 그녀는 휴이의 제안에 대해, 그리고 자신을 바라보는 그의 눈길에 대해 깊이 생각해볼 시간이 없었다. 그녀는 계단을 반쯤 올라가다가 웃으며 대답했다. "네, 그래요! 고마워요!"

❧

그리하여 매리앤은 5월의 어느 흐린 날 새벽 6시에 슬그머니 방에서 빠져나와 협동조합에서 목수 일을 하는 휴이의 낡아빠진 진자주색 1969년형 다지 자동차에 올라타게 되었다. 초대받지 못한 이다 하우스먼의 장례식에 가기 위해서. 그녀의 착각이었을까, 일층 창가에서 누가 몰래 내다보고 있는 듯한 느낌이 들었다.

물론 매리앤은 기말고사를 놓치고 영문학개론을 이수하지 못하게 되겠지만 신경쓰지 않았다. 영문학개론이여 안녕! 나는 원래 미천한 존재였다. 그것이 충분한 위안이 되지 않을까? 그렇다!

영문학개론 기말고사가 한창 진행중일 오전 11시쯤엔 그녀는 이미 480여 킬로미터를 달려 서토쿼 밸리의 마운트 이프리엄 서쪽에 있는 랜썸빌에 와 있었다. 다행스럽게도 휴이는 수다쟁이가 아니었다. 꼬치꼬치 캐묻지도 않았다. 그는 생각에 잠긴 검은 눈과 처진 입꼬리를 가진 과묵한 청년으로 대개 면도를 안한 모습이었고 종적을 감춘 버크처럼 벌써 몇년째 킬번 주립대에 다니고 있지만 졸업은 요원한 상태였다. 휴이에 대해 수군거리는 소리들이 있었지만 매리앤은 귀기울이지 않았다. 그녀는 소문을 믿지 않았다. 그녀는 출발하기 전에 휴이에게 미리 말했다. "어쩌면 말예요……아, 잘 모르겠어요…… 어쩌면 내가 좀 이상하게 행동할지도 몰라요. 우리 외할머니가 돌아가셔서 장례식에 가는 거지만…… 나를 가혹하게 평가하지 말아줬으면 좋겠어요." 휴이는 제대로 듣지 못한 것처럼 매리앤을 쳐다보았다. 그러더니 얼굴을 찌푸리고 겨우 들릴 정도로 웅얼거렸다. "젠장, 매리앤, 난 그런 평가 같은 거 안해." 그는 매리앤의 말에 기분이 상한 듯했다.

오전 11시경, 하늘에선 희멀건 구름이 바람에 날려 멋진 행렬을 이루며 흐르고 있었다. 포근하고 향기롭고 사람을 멍하게 만드는 봄날이었다. 다른 사람들은 어떤지 몰라도 매리앤에게는 그랬다. 그녀는 주위의 모든 사물을 열심히 살피면서 자신이 제대로 보고 있는 건가 싶어 두 눈을 자꾸 비볐다. 사년 만에 와보는 랜썸빌이었다. 그런데도 그 작은 도시는 변함없는 모습으로 그녀를 맞아주었다. 주유기가 두 개 있는 주유소, 편의점 겸 낚시용품점, 큰지렁이 쎄일!이라고 쓴 낡아빠진 표지판, 우체국 겸 의용소방대 본부, 고가철도, 목조 교회 건물들, 주위를 둘러싼 농지. 외딴 하우스먼 농장으로 이어지는 이차선 아스팔트 도로는 매리앤이 기억하는 것보다 금도 더 많이 가고 파인 데도 더 많았다. 루터파 교회는 어디 있지? 길이 갈라지는 지점에 있지 않았었나? 시내에서 몇 킬로미터나 떨어져 있었지?

매리앤은 떨기 시작했다. 손을 가만히 두지 못하고 머리칼을 잡아당기거나 엄마처럼 파닥거리고 싶은 욕구를 느꼈다. 그녀는 얼음장처럼 찬 손을 무릎 위에서 꼭 맞잡았다.

나는 할머니의 장례식에서 다른 멀베이니 가족들과 함께 환영받을 것이다. 그렇지 않은가?

엄마는 조그맣게 탄성을 지르며 달려와 숨이 막히도록 꼭 안아줄 것이다. 그렇지 않은가?

셔토쿼 밸리의 외딴 구석에 위치한 랜썸빌은 인구가 더 많은 마운트 이프리엄이나 훨씬 더 부유하고 커져가는 유빌 지역, 그리고 58번 도로와도 멀리 떨어져 있었다. 1950년대 중반까지도 실내 화장실은 고사하고 전기도 안 들어오는 집이 많은 고장이었다. 코린은 세월이 비켜간 곳이라고 말하곤 했고, 그때마다 마이클 씨니어가 비꼬았다. 맞아! 그리고 우린 그 이유를 알지. 사실 랜썸빌의 풍경은 아름다웠고 자칭 도시 청년인 마이클 씨니어에겐 위협적일 수도 있었다. 구릉과 험준한 빙하계곡, 물살 빠른 자갈 하천, 돌변하는 풍경, 몇분 만에 먹구름이 싹 걷히고 청명했다가 이내 다시 폭풍우가 치는 변화무쌍한 거대한 하늘. 그곳은 하이포인트 로드의 아스팔트 도로가 자갈길로 바뀌는 울퉁불퉁하고 거친 구간과 흡사했다. 인간들은 자신들의 소유지 경계선을 넘어가면 문명이 끝나는 줄 안다. 언젠가 패트릭이 한 말이었다. 매리앤은 그 말의 의미를 설명할 수는 없지만 그 말이 옳을지도 모른다는 생각이 들었다.

매리앤은 패트릭이 너무 이상하고 걱정스러웠다. 지난달 부활절 직후에 한밤중에 패트릭에게서 전화가 걸려왔었다. 녹초가 되어 쓰러져 자고 있던 매리앤은 펠리스 매리가 오빠에게서 '급한' 전화가 왔다고 흔들어 깨우는 바람에 비몽사몽간에 전화를 받아서 패트릭이 흥분해서 쏟아내는 말을 이해하기는커녕 제대로 알아듣기조차 힘들었다. 그는 정의가 실현되었음을 알리기 위해 전화했다고, 그리고 졸업 전에 코넬을 떠날 거라고, 일단 대학원에는 가지 않기로 결정했지만 아직 미래에 대해 아무 결정도 내리지 않았다고 했다. 그러면서 여행을 떠나겠다고 했다. 어쩌면 남서부로, 로키산맥으로. 매리앤은 공포에 질린 채 듣고 있다가 더듬거리며 말했다. 그건 그렇지만 그럼 나 오빠 졸업식에 못 가는 거야? 우리 가족 모두가 오빠 졸업식에 못 가는 거야? 달력에 5월 30일을 표시해놨는데, 패트릭 오빠 잠깐만……

나중에 매리앤은 그 전화가 마치 기괴한 꿈처럼 여겨졌다. 협동조합에서 버크의 일을 도맡아하게 되면서 매일 밤기진맥진해서 쓰러져 잠드는 그녀는 기괴한 꿈을 꾸는 날이점점 더 많아졌다. 하지만 패트릭의 전화에서 가장 기괴한것은 그의 목소리가 너무도 행복하고 홀가분하고 핀치답지않았다는 점이었다. 그토록 파국적인 소식을 전하면서.

휴이가 모는 차가 하우스먼 농장이 있는 길로 접어들면서, 갈림길에 위치한 루터파 교회를 향해 다가가면서(갑작스럽게 나타난 그 칙칙한 잿빛 건물은 쓸쓸한 느낌을 주었고 매리앤이 기억하는 것보다 훨씬 작았다) 매리앤은 돌연한 공포에 사로잡혔다. 그녀만의 특별한 공포. 이마와 겨드랑이에 식은땀이 맺혔다. 그녀는 자신도 모르게 휴이에게애원했다. "휴이, 아무래도…… 안되겠어요." 휴이는 덜거덕거리는 다지를 신중하게 몰며 한쪽 귀를 그녀에게 기울였다. "……마음의 준비가 안된 것 같아요." 교회에 주차된 여남은 대의 차들 속에서 코린의 낡은 뷰익 스테이션왜건을발견했을 때의 충격이란! 스테이션왜건의 뒤 창문에는 4H스티커가, 뒤 범퍼에는 76년, 카터-먼데일에게 지지를!!!이라고 적힌 빛바랜 선거 구호가 붙어 있었다. 검은 옷을 입은 사람들 몇이 교회 문간에 서 있었다. 저기 엄마가 있을까? 아빠가 있을까? 농부들의 수수한 승용차와 픽업트럭 가운데 서있는 긴 검은색 장의차는 마치 멋진 진열장 속에 반들반들하게 광을 낸 거대한 부츠 한 짝이 들어 있는 것처럼 주위 분위기와 어울리지 않았다. 엄격한 얼굴로 양파 냄새를 풍기던 이다 하우스먼이, 과시적이고 세속적인 허영을 경멸하던 그녀가 마지막 가는 길에 저 차를 타게 되는 것이다!

매리앤은 교회에 있는 사람들의 눈에 띄지 않도록 얼굴을 가리며 애원했다. "그냥 지나쳐요, 휴이! 제발! 안되겠어요."

매리앤은 그렇게 먼 길을 달려왔는데 도망자처럼 그냥 지나치는 건 말이 안된다고 휴이가 따지고 들기를 기다렸다. 그녀보다 나이가 많은 남자들은 늘 그녀를 이성적으로 설득하려고 했으니까. 하지만 휴이는 아무 말도 하지 않았다. 그는 협동조합에서도 그런 식이었다. 생각에 잠긴 눈과 입을 하고 있어 깊은 생각에 빠져 있거나 반대 의견을, 심지어 반항적인 생각을 품고 있는 것처럼 보였고, 그래서 에이브러브도 회의를 진행하다가 그에게 불편한 시선을 던지곤 했지만 휴이는 문제를 일으킨 적이 없었고 말도 거의 하지 않았다. 그는 그저 찌푸린 얼굴을 하고 있는 것일 뿐이었다. 하지만 그 찌푸린 표정이 미소를 의미하는지 아니면 아무 의미 없는 단순한 안면경련에 불과한지 도무지 알 수가 없었다. 그는 호두나무 조각상처럼 생긴 얼굴에 검은 머리가 귀 아래까지 텁수룩하게 내려오는 미남자였다. 애머시스트는 그에 대해 불평하며 한숨을 지었다. 저런 남자는 너무 짜증나! 매리앤은 그 말을 듣고 정말이지 당혹스러웠다. 짜증난다고? 왜?

교회 너머 산언덕 꼭대기 쪽으로 바퀴 자국이 난 좁은 길이 이어져 있었다. 매리앤이 휴이에게 그리로 빠져달라고 부탁하자 휴이는 다지를 몰고 그 길로 들어가 병풍처럼 우거진 나무 뒤에 차를 세웠다. 매리앤은 경황이 없어서 지금 옆에 다른 사람이 함께 있고 그가 자신의 정신상태를 의심할지도 모른다는 사실을 반쯤 잊은 채 부리나케 차에서 내려 엉겅퀴와 찔레나무 가시에 옷깃을 잡히며 허둥지둥 달렸다. 그녀는 교회 뒤쪽 언덕을 살금살금 내려가 공동묘지 가장자리로 가서 그곳에 쪼그리고 앉아 외할머니의 장례행렬이 무덤으로 오기를 기다렸다. 질척한 땅에 직사각형 모양의 구덩이가 성난 듯 붉은 입을 벌리고 있어서 가련한 이다 하우스먼이 묻힐 장소를 한눈에 알 수 있었다. 얼마나 가슴 아픈 광경인지! 예수 그리스도가 아니라면, 그분의 사랑이 아니라면, 천당과 영생에 대한 그분의 약속이 아니라면 쳐다볼 수조차 없으리라.

사람들 눈에 띄지 않게 잘 숨은 것일까? 매리앤은 수십년 전에 벌판에서 가져온 돌로 만든 무너져가는 씨멘트 돌담 뒤에, 그곳에서 제일 큰 묘석—화강암 받침대 위에서 비바람을 견디며 날개를 펼치고 있는 등신대의 천사상 뒤에 숨어 있었다. 그녀 주위로 하루살이, 각다귀, 그리고 작은 꿀벌처럼 생긴 것들이 윙윙대며 날아다녔다. 휴이도 그녀를 따라 언덕을 내려왔는데 때 묻은 운동화를 신은 그는 마치 사슴처럼 거의 아무 소리도 내지 않았다. 매리앤은 그의 존재를 의식하면서도 의식하지 않고 있었다. 그녀는 눈을 꼭 감고 두 손을 맞잡은 채 고개를 숙이고 기도를 올렸다. 교회 안에서 목사가 하우스먼의 관에 대고 성서 구절을 읊조리고 있었다. 루터파 예배는 정확히 어떤지 모르지만 아마도 하느님의 뜻과 예수님의 사랑에 대한 겸허한 복종을 나타내는 기도일 터였다. 보아라, 내가 세상 끝날까지 너희와 항상 함께 있으리라.

매리앤은 스스로에게 말했다. 내가 여기 쪼그리고 앉아 숨어 있는 걸 엄마가 안다 해도 진심으로 화를 내거나 당황하진 않을 거야. 다른 사람들에게 들키지만 않는다면. 엄마는 늘 그랬으니까. 4H 과제물을 갖고 안달복달한 건 나였지. 옷단을 완벽하게 대려고 애쓰면서 꿰맨 실을 뽑고 다시 시작하고, 과자를 구울 때도 망치면 처음부터 다시 하고 절대로, 절대로 믹스 가루는 쓰지 않고. 반면에 엄마는 결과만 좋으면 과정이 무슨 문제냐고, 다른 사람들은 그런 데 관심조차 없다며 그게 미국식 실용주의라고 했어. 모두들 대충 만들었지만 맛있는 엄마의 요리를 좋아했지. 엄마가 부엌으로 달려들어가 고양이가 물고 있는 닭고기를 아슬아슬하게 빼앗거나 바닥에 떨어진 파이, 푸딩, 캐서롤, 끼슈(계란과 치즈를 주원료로 한 프랑스식 파이—옮긴이)를 황급히 쓸어모아 손으로 잘 매만져서(안 그래도 어차피 다시 매만졌겠지만) 내놓았다는 걸 알 필요는 없으니까. 코린과 매리앤이 마지막으로 통화한 것은 부활절 일요일 저녁이었는데, 코린은 딸이 어렵게 꺼낸 농장에 대한 질문들—진짜 팔려고 내놓은 거예요? 진짜 마씨너로 이사갈 생각이에요? 하지만 마씨너에는 아는 사람도 없잖아요, 안 그래요?—에는 대답하지 않고 그린 아일 협동조합에서의 매리앤의 누더기 퀼트 인생에 대한 쾌활하면서도 암시적인 언급만 했다. 코린은 반쯤은 시샘 어린 목소리로 이렇게 말했다. 너희 젊은 애들은 히피 공동체 같은 곳에서 즐거운 나날을 보내고 있구나! 우리 세대랑은 달라. 난 공립학교 교사 공부를 하고 있었고 네 아버진 열여덟살 때부터 독립해서 자기 일을 갖고 있었지. 매리앤은 엄마의 말에 상처를 받았다. 특히 히피라는 표현이 억울했다. 대여섯 학기 동안 학문적으로는 내보일 게 없었지만 대부분의 협동조합 식구들처럼 엄청나게 열심히 일했기 때문이었다. 하지만 그녀는 항변하지 않고 코린이 계속 이야기하는 동안 불편하게 웃기만 했다. 누더기 퀼트 인생. 엄마가 본 내 인생은 고작 그걸까? 누더기 퀼트 인생. 그래, 어쩌면 맞는 말인지도 모르지.

하지만 매리앤은 외할머니의 장례식에 참석하기 위해 평소보다 차림새에 훨씬 신경을 썼으며 코린도 그걸 알아보고 인정해줄 터였다. 머리도 윤이 날 때까지 깨끗이 감고 손도 박박 문질러 닦고 부러진 손톱 밑의 때도 파냈으며 협동조합 꼭대기 층에 있는 대형 고양이발 욕조에(모두들 간단히 샤워할 시간밖에 없어서 거의 사용하지 않는 그 욕조는 나중에 철수세미로 문질러 때를 벗겨내야만 했다) 들어앉아 깨끗하고, 깨끗하고, 깨끗해질 때까지 목욕을 했다. 아주 오랜만에. (지금은 고양이처럼 불안에 떨며 진땀을 흘리고 있어서 꼴이 말이 아니겠지만!) 그녀는 킬번의 중고품점에서 산, 주름진 검은색 밀짚 테가 달린 챙 넓은 검은색 밀짚모자를 쓰고, 비슷한 주름진 천으로 만든 발목까지 내려오는 길이에 허리선이 없는 암청색 긴소매 원피스를 상복 대신 입고 있었다. 불행히도 그 원피스는 그녀에게 너무 큰데다 어깨가 넓게 파여 앙상한 쇄골이 보였고, 그래서 그녀는 얼른 작은 모조 루비가 박힌 검은 벨벳 띠를 목에 둘렀다. 애머시스트는 그것이 그 원피스에 꼭 필요한 '마무리'라고 했다. 그리고 발에는 검은색 '발레리나 슈즈'를 신고 무릎까지 올라오는 검은색 망사 스타킹을 신었다. 아침에 매리앤을 기다리고 있던 휴이는 그녀가 그런 차림으로 계단을 달려내려오자 흠칫 놀라 쳐다보았다. 그런 옷차림은 처음 본다는 듯 그의 입꼬리가 더 처졌다.

매리앤이 미안해하며 웅얼거렸다. "장례식에 맞게 입은 건데. 휴이, 이렇게 입으면 되겠죠?"

휴이는 빤히 쳐다보며 입술을 움직였지만 아무 소리도 들리지 않았다. 매리앤의 질문이 그를 화나게 한 것처럼. 그는 성큼성큼 자신의 차로 걸어가서 시동을 걸었다.

사십분쯤 지나서 장례 일행이 교회를 떠나 공동묘지로 들어섰다. 매리앤은 높이 솟은 돌 천사상 뒤에 숨어 엄지손톱을 물어뜯으며 부끄러운 줄도 모르고 그들을 훔쳐보았다. 이따금 바람이 세게 부는 탓에 모자가 날아갈까봐 꽉 붙들고 있어서 모자 꼭대기가 찌그러져 있었다. 휴이도 그녀의 뒤쪽 어딘가에 쭈그리고 앉아 공동묘지를 훔쳐보고 있는 게 분명했지만 그녀는 그의 존재를 잊고 있었다. 수십년 동안 랜섬빌 루터파 교회를 지켜온 슈라이버 목사는 아닌 듯한 목사 하나와 관을 멘 남자 넷이 보였는데, 관을 멘 사람들은 하우스먼 가의 친척들이 분명했지만 매리앤이 알아볼 수 있

는 이는 그중 제일 젊은, 이제 머리도 벗어지고 어깨도 구부
정해진 엄마의 사촌뿐이었다. 장의차처럼 새까맣고 반짝이
는 관은 충격이었다(예기치 않게 관을 보면 누구든 충격을
받는 게 아닐까?) 그런 겉치레와 요란함은 이다 하우스먼의
스타일이 아니었다. 나이 든 여자 친척 몇명도 알아볼 수 있
었는데 땅이 질척거려서 걸음새가 불안정했다. 그중에서 키
가 크고 마른 한 여인이 용케 세 사람을 동시에 부축하며 총
총히 걷고 있었다. 번들거리는 검은색 비닐 레인코트 같은
옷을 입고 챙 넓은 검은색 모자의(밀짚모자?) 끈을 턱 밑에
서 단단히 묶은 여인…… 코린이었다! 물론 그녀는 코린이
었다. 그리고 그녀 뒤에 암청색 정장 차림의 말라깽이 소년
이 있었다. 불편하고 어색해 보이는 소년의 엷은 황갈색 머
리칼이 바람에 흩날렸다. 저드. 매리앤은 주먹으로 입을 틀
어막고 무의식중에 고양이 울음소리 같은 작은 비명을 내뱉
었다. 엄마! 엄마!

그런데 아빠는 어디 있는 거지, 아빠는 없어, 마이클 씨니
어가 장모의 장례식에 오지 않았다, 그건 어떤 의미지?

하지만 그녀의 아버지가 참석하지 않은 건 교회 앞에 세
워진 어머니의 스테이션왜건을 보았을 때부터 짐작할 수 있
는 일이었다. 만일 아빠가 왔다면 엄마의 차가 아닌 아빠의
차를 몰고 왔겠지. 패트릭은 전화로 아버지의 새 차에 대해
길게 설명했었다. 지나치게 고가인데다 기름을 무섭게 잡아
먹는 사치스러운 차 중 하나지. 하필이면 링컨 콘티넨털이
라니. 석유 부족 시대에 파산 직전의 사람이 그런 골동품 자

동차를 사들이다니 정신이 있는 거야? 패트릭은 그 악명 높은 차를 직접 보았을 뿐 아니라 타보기까지 한 것처럼 험담을 해댔지만 매리앤은 그가 그 차를 본 적도 없으리라 생각했다. 어쨌거나 마이클 씨니어가 참석했다면 낡아빠진 뷰익 스테이션왜건이 아니라 그 차가 교회 앞에 서 있었을 터였다.

매리앤은 아빠가 왜 장례식에 오지 않았는지 궁리하고 싶지 않았다. 한줄기 돌풍이 모자를 날려보내려 하자 그녀는 모자를 세게 누르며 그 생각을 지워버렸다.

이제 무덤가에서 목사가 기도를 올리는 가운데 고개를 숙이고 있는 코린과 저드를 바라보며 매리앤은 그들에 대한 사랑으로 가슴이 터질 듯했다. 내 엄마, 그리고 동생. 그들에게 달려가! 지금! 너무 늦기 전에! 아빠는 어디 있고 마이크와 패트릭은 어디 있지? 랜썸빌의 하우스먼 집안 친척들이(불도그 같은 엄격한 얼굴의 에설을 포함해서) 지켜보는 가운데 어머니의 장례식에 달랑 막내아들만 데리고 서 있는 코린은 얼마나 가슴이 아프고 당혹스러울까. 가, 달려가! 엄마는 널 껴안아줄 거야, 엄마는 진짜로 널 사랑하잖아, 변치 않는 사랑이 있지. 넌 알잖아, 안 그래, 버튼?

하지만 매리앤은 분별력을 지니고 있었다. 그녀는 충동을 억누르고 무너져가는 돌담 뒤에 쪼그리고 앉은 채로 무덤가에서 눈길을 돌려 주먹으로 입을 틀어막고 내놓고 울었다. 완전히 짓눌려서 꽈배기처럼 일그러진 밀짚모자가 벗겨져 굴러떨어졌고, 키 큰 풀들 사이로 바퀴처럼 굴러가는 걸 휴이가 잡지 않았더라면 멀리 사라져버렸을 터였다. 휴이는 몇 미터 뒤쪽에 쭈그리고 앉아 기다리고 있었던 모양이었다. 그는 뻔한 위로나 동정의 말을 건네진 않았지만 매리앤이 고통 속에서 웅크리고 실컷 울도록 기다려주었다.

매리앤이 다시 용기를 내어 담 너머로 무덤가를 훔쳐보았을 때는 장례 일행이 모두 돌아간 뒤였다. 뒤에 남아 쓰디쓴 눈물을 흘렸을 코린마저도 떠나고 없었다.

보이지 않는 곳에서 개똥지빠귀가 쉰 듯하면서도 매끄러운 소리로 네 번 울었다.

충동을 억제했어. 매리앤은 자신이 그 정도로 강한 줄은 몰랐지만 그녀는 해낼 수 있었다.

매리앤은 그날 오후 마운트 이프리엄에서도 강한 정신력을 발휘했다. 그녀는 휴이에게 싸우스 메인 스트리트를 따라 천천히 달려달라고 부탁했다. 장례식장에서 그랬던 것처럼 이곳에서도 마치 도망자처럼 잔뜩 움츠린 채 숨어서 도대체 무슨 짓을 하고 있는 건지 휴이에게 설명할 경황도 없었다. 너무 울어 목이 잔뜩 쉬고 눈도 퉁퉁 부어서 어디에든 자신의 모습을 비쳐볼 용기가 나지 않았다. 한때는 (치어리더로서, '버튼' 멀베이니로서) 더할 수 없이 어리석고 허영심 강하고 경박했던 그녀였건만, 이제 자신의 영상을 마주하기조차 두려웠다. 거울뿐 아니라 자신의 내면의 무자비한 눈에 비친 영상까지도.

시내의 일부는 보행자 전용도로였다. 얼마나 좋은 생각인가! 매리앤은 거리를 지나치면서 옛 모습 그대로인 울워스 마트와 모퉁이의 렉솔 약국, 건너편 피프스 스트리트에 있는 영화관을 얼핏 보았다(「디어 헌터」가 상영되고 있었는데 새 영화는 아니었다). 뭔가 좀 달라진 것 같다는 막연한 느낌이 들었고 전에 없던 일방통행로가 보이더니 별안간, 난데없이 멀베이니 지붕회사가 나타났다. 사년 전이 아니라 지난주에 마지막으로 본 것처럼 친근한 땅딸막한 건물. 그 흰 창호의 녹색 치장벽토 건물은 새로 칠을 해야 할 것 같았다. 어떻게 된 거지? 매매 및 임대라고 적힌 보기 흉한 노란색과 검은색의 표지판. 패트릭이(저드였던가?) 미리 경고를 해주었건만 매리앤은 그런 광경을 볼 마음의 준비가 되어 있지 않았다.

멀베이니 지붕회사라는 간판을 본 휴이가 속도를 낮추어 시속 10킬로미터로 서행했다. 다른 운전자들이 성급하게 경적을 울리며 그의 낡고 덩치 큰 다지에 조롱 섞인 시선을 던져도 전혀 동요하지 않았다. 매리앤은 조수석에 웅크리고 앉아 챙이 얼굴을 거의 다 가리도록 밀짚모자를 꾹 눌러쓴 채 한쪽 눈만 내놓고 소심하게 창밖을 훔쳐보고 있었다. 심장이 미친 듯 쿵쾅거렸다. 얼굴에 끈적끈적한 땀이 방울방울 솟았다. 만약에, 만약에, 아빠가 나와서 나를 본다면?

그는 매리앤을 안아줄 터였다. 싸우스 메인 스트리트로 달려와 차 문을 벌컥 열고 울면서 딸을 안아줄 터였다.

매리앤은 휴이에게 가능하다면 도로변에 차를 세워달라

고 속삭였다. 어쩌면 소리내어 말하지 않았는지도 모르는데도 그는 그녀의 말을 알아들었다. 매리앤은 번쩍거리는 눈부신 빛의 아지랑이 너머로 멀베이니 지붕회사를 바라보았다. 그녀는 곧 그곳이 완전히 빈 건물은 아니지만 업무가 이루어지고 있지 않다는 것을 알아차렸다. 정문이 분명히 잠겨 있었고 사람이 아무도 보이지 않았다. 아빠의 비서 레아는 어디 있을까? 매리앤을 너무도 예뻐해 마이클 멀베이니에게 자기도 매리앤처럼 예쁜 딸을 갖고 싶다고 했던 레아. 주차장에도 차가 한 대도 없었다. 동글동글한 흰 글씨로 멀베이니 지붕회사라고 써놓은 트럭조차 없었다.

"아무래도 지금은 여기 아무도 없는 것 같아요. 아무래도……" 매리앤은 조심스럽게 몸을 펴고 모자를 바로 쓰고는 멀베이니 지붕회사 건물을 내다보며 무감각하게 눈을 깜빡거렸다. 아빠는 달려나와서 나를 안아주고 사랑을 표현해줄 거야. 나를 볼 수 있기만 하다면! 하지만 멀베이니 지붕회사에는 아무도 없었다.

멀리 아래쪽 상자회사 창고 앞에서 트럭에 짐을 싣는 작업이 진행중이었다. 자동차들의 흐름이 끊어졌다 이어지기를 반복하고 있었다. 아빠가 나를 볼 수만 있다면.

몇분 후 매리앤은 휴이에게 속삭였다. "이제…… 가도 돼요."

모퉁이를 돌아 접어든 거리에는, 처음엔 알아보지 못했지만 눈을 깜짝여 눈물을 짜내고 보니 눈부신 푸른색 달 모양의 움직이는 간판을 새로 건 블루문 까페가 있었다. 서드 스트리트로 내려가 이제 일방통행로가 된 그 길을 역주행하는데 썬글라스를 낀 여자가 멋진 차를 몰고 지나갔다. 쑤지 퀴글리네 엄마? 매리앤은 얼른 시선을 돌렸다. (그녀는 쑤지에게 편지를 보냈었고 웰스 칼리지에 입학한 쑤지도 답장을 보내왔다. 그렇게 일년 동안 편지를 주고받다가 쑤지의 답장이 끊기면서 매리앤도 결국 더이상 편지를 보내지 않게 되었다. 하지만 마음속으로는 그녀는 영원히 쑤지의 친구였다. 메리써와 보니도. 그리고 특히 트리샤.) 피프스 스트리트에서 속도를 늦춰 언덕길을 내려가며 변함없이 매력적인 트리니티 성공회 교회(친구와 주일예배에 한 번 참석해본 적이 있었다)와 레이놀즈 장례식장, 그리고 분홍색 석회암 집을 지나쳤다. 그녀가 어릴 적에 저택이라고 상상했던 그 집은 지금 보니 보험회사 사무실이 입주해 있었다. 언덕길을 더 내려가자 고등학교가 나왔고, 행복했던 옛 시절에 그녀의 애마 몰리오가 그랬던 것처럼 이심전심으로 그녀의 마음을 알아차린 휴이가 속도를 늦추자 매리앤은 미리부터 움츠러들었다. 때마침 십대 학생들이 삼삼오오 무리를 지어 길을 건너는 바람에 휴이는 어쨌거나 브레이크를 밟을 수밖에 없었다. 웃는 얼굴의 경솔하고 성급한 십대 아이들. 매리앤이 아는 얼굴은 없는 듯했다. 단 한 명도! 그녀의 동창생들의 동생들일 텐데도 아는 얼굴이 없었다. 꼭 맞는 진바지에 헐렁한 스웨터를 입고 밝은 색 립스틱을 칠하고 곱슬거리는 파마머리를 한 젊고 예쁜 여학생들이 휴이를 흘낏 쳐다봤다. 남학생들도 젊음이 넘쳐 보였고 그 모습은 더욱 매리앤을

동요시켰다. 갑자기 아는 얼굴이 야구 모자를 거꾸로 쓰고
건들거리며 보도를 따라 걸어가는 모습이 눈에 들어왔다.
아니, 촌스럽고 투박한 아이크 로드먼과 닮은 남학생일 뿐
이었다. 남학생들을 가득 태운 지프가 요란한 경적과 웃음
소리를 남기고 다지를 추월해서 지나갔다. 운전석에 앉은
검은 머리에 매 같은 옆얼굴을 가진 남학생이 재커리 런트
를 연상시켰다. 매리앤은 양쪽 관자놀이가 지끈거렸다. 그
건 어리석은 시신경의 착오였다. 킬번 주립대에 처음 들어
가서도 고통스러울 정도로 닮은 얼굴들을 많이 보았고, 시
간이 지나면서 새 얼굴들이 사실 그리 닮지도 않은 옛 얼굴
들을 몰아낸 뒤에야 그런 증세에서 벗어날 수 있었다. 그런
눈의 착각에 대한 전문용어가 분명 있을 텐데, 패트릭이라
면 알 것 같았다.

하지만 패트릭과도 연락이 끊긴 상태였다. 그는 몇몇 과
학자들과 '연구 여행'을 떠난다고 애매하게 말했다. 어쩌면
그와 마찬가지로 생물학 공부를 중도포기한 사람들일지도
몰랐다. 패트릭에겐 노골적으로 질문을 하고 대답을 들어도
결국 질문하기 전보다 아는 게 별로 없을 때가 있었다.

매리앤은 오빠 생각을 하면서 키 큰 금발 소년이 햇빛을
받아 반짝이는 안경을 쓰고 지저분한 잔디밭을 빠른 걸음으
로 가로질러 걸어가는 모습을 바라보고 있었다. 그 고독하
고 바쁜 걸음걸이가 영락없는 패트릭 멀베이니였다.

매리앤이 웅얼거렸다. "휴이, 사람들이 다른 사람들을 연
상시키는 게…… 우습지 않아요? 어떤 얼굴이 다른 얼굴을

연상시키는 게? 세상에 얼굴 종류가 그리 많지 않은 것처럼 말예요." 그러다 문득 저드가 아직 마운트 이프리엄 고등학교에 다니고 있다는 사실을 떠올렸다. 2학년생인 저드도 엄마와 함께 랜썸빌로 가지 않았다면 학교를 나설 시간이었다. 대단한 멀베이니 가족 중에서 코린과 막내만 장례식에 나타났다. 그럴 만한 딱한 사정이 있었다. 매리앤은 휴이에게 말했다. "내 동생 저드, 우리 막내가 이 학교에 다녀요. 휴이도 아마 만난 적이 있을 거예요, 작년 크리스마스 때. 동생과 엄마가 킬번으로 찾아와서 우리 모두와 점심을 먹었잖아요. 에이브 러브도 만나고……" 그녀의 목소리가 잦아들었다.

휴이가 뭐라고 대꾸를 했다 하더라도 그녀는 알아듣지 못했을 터였다.

그때 매리앤 쪽 보도에 패럴리노 선생님이 나타났다. 멀베이니 가 자녀들이 차례로 생물을 배운 패럴리노 선생님은 마운트 이프리엄 고교의 인기 교사 중 하나였고 냉소적인 위트로 학생들의 감탄과 두려움을 자아냈다. 차를 몰고 다닐 필요가 없을 정도로 학교와 가까운 곳에 사는 패럴리노 선생님은 낡은 럭비공처럼 너덜너덜한 서류가방을 옆구리에 끼고 보도 위를 성큼성큼 걸어가고 있었다. 이제 겨우 마이클 멀베이니쯤 되는 나이인데도 머리가 많이 벗어져 있었다. 짧은 소매가 펄럭거리는 흰 나일론 셔츠 속의 가슴도 푹 꺼져 있었다. 사나운 미소가 굳어진 표정으로 먼 지평선에 시선을 고정하고 걷는 품으로 보아 하교하는 학생들을 상대하고 싶어하지 않는 듯했다. 하지만 매리앤은 그의 눈에 띌까봐 지레 겁에 질려 바로 움츠러들었다. 패럴리노 선생님이 보면 어때서? 왜 그게 그렇게 문제가 되는데? 집을 떠날 때 그 어리석고 슬픈 허영심도 모두 버린 거 아니었어? 불쌍한 버튼 멀베이니! 모든 사람의 사랑을 한몸에 받는 걸 당연시하던 그녀. 그래, 사람들은 그녀를, '버튼' 멀베이니와 그녀의 절친한 친구들을 부러워했을 것이다. 하이포인트 농장의 '버튼' 멀베이니. 마운트 이프리엄 사람들이 모두 알고 감탄하는 멀베이니 가족. 친구들 무리에서 제외되는 건, 거기에 끼지 못하는 건 얼마나 슬픈 일인가. 예쁘고 인기 많은 게 그토록 중요한 마운트 이프리엄 고교에서 평범한 여학생들은 얼마나 불쌍한지. 얼굴엔 기미가 끼고 남자친구도 없고 훌륭한 부모도, 잘생긴 오빠들도 없고 학교신문이나 『마운트 이프리엄 페트리어트 레저』지에 한번도 얼굴이 실린 적이 없는 여학생들. 얼룩덜룩한 피부와 겁에 질린 눈을 가진 가련한 델라 레이 덩컨 같은 여학생들. 그런 종류의 여학생. 슬프게도!

매리앤은 델라 레이는 어떻게 됐는지 궁금했다. 델라 레이의 가족은 해거츠빌 로드에 있는 트레일러촌에 살았고 오빠 드와이트는 베트남에서 전사했다. 델라 레이는 학교를 중퇴한 뒤 어떻게 됐을까? 어디론가 사라졌을까? 결혼했을까? 지난번에 매리앤이 코린에게 델라 레이의 안부를 물었을 때 코린은 애매한 말투로 자신은 모른다고, 전혀 모른다고 웅얼거렸다.

매리앤이 말했다. "휴이, 마치…… 백년 만에 돌아온 기분이에요. 죽었다가 다시 살아나서……"

도로변에 다지를 세운 휴이는 상체를 앞으로 내밀고 이맛살을 찌푸린 채 황갈색 벽돌로 지어진 마운트 이프리엄 고등학교를 내다보고 있었다. 그가 조금 놀란 듯이 물었다. "매리앤, 이 학교에 다녔어?" 휴이가 몇 시간 만에, 아니 그 날 처음으로 한 직접적인 질문이었고 분명 이런 의미를 담고 있었다. 매리앤은 이런 학교에 다니긴 아까워.

　　그다음엔 하이포인트 농장으로 갔다.
　　물이 소용돌이치며 배수구로 빠지고 각각의 분자와 원자가 소멸을 향해 돌진하는 것과 같은 기이한 숙명적 충동이 매리앤을 하이포인트 농장으로 이끌었다. 한번 더 그곳을 보고 싶었다. 농장과 11킬로미터 거리밖에 안되는 마운트 이프리엄으로 올 때도 그녀는 머리로는 안된다고 생각하면서도 결국 충동에 무릎을 꿇었고 지금도 마찬가지였다. 그냥 몰리오만 보고 올 거야! 그게 다야.
　　그녀는 코린과 저드는 아직 랜썸빌에 있을 테고 마이클 씨니어는 이 시각에 집에 있지 않을 거라고 이성적으로 자신을 설득했지만 그건 아무도 모르는 일이었다.
　　매리앤은 심호흡을 했다. "휴이, 이제 시골로 들어가줄래요? 길은 내가 알려줄게요."
　　마치 동승자의 고통을 그대로 느끼고 있었던 것처럼 자신도 갑갑하고 웅덩이투성이인 마운트 이프리엄의 바둑판 같은 도로에서 어서 벗어나고 싶었던 휴이는 즉시 앞으로 내달렸다.

그렇게 해서, 그렇게 해서 그 일은 일어났다. 마치 꿈처럼. 하지만 매리앤 자신의 의지력이 작용하지 않은 꿈. 그들은 마운트 이프리엄을 빠져나갔다. 방향을 바꾸고, 다시 바꾸고, 셔토쿼&버펄로 화물야적장을 지나고, 멋진 형광색 낙서가 있는 배수탑을 지나고, 119번 도로, 해거츠빌 로드를 지나 하이포인트 농장으로 달렸다. 잠깐이면 돼. 아무도 모를 거야. 컨트리클럽 레인을 지날 때 매리앤의 눈꺼풀이 경련을 일으키듯 파들거렸다. 옛 친구들 몇명이 살았던 고급 주택 단지 힐싸이드 이스테이츠는 쑥쑥 자라는 멋진 포플러들에 가려져 있었고, 스포어 목재는 확장해서 매리앤이 기억하는 것보다 두 배는 커졌지만 그녀는 그곳에서 시선을 돌렸다. 스포어 씨는 그녀의 아버지를 배반한 사람들 중 하나였다. 하지만 그녀는 그 생각을 하고 있진 않았다. 지금은. 내가 알아서는 안되는(하지만 물론 알고 있는) 가족의 비밀들. 매리앤은 119번 도로와 평행을 이루어 나란히 뻗어 있는 철로를 자신이 취한 듯 바라보고 있음을 깨달았다. 철로는 정체성과 역사가 결여된 중립적인 영역이니까.

고속도로에서 하이포인트 로드로 갈라지는 지점에서 매리앤이 웅얼거렸다. "여기⋯⋯!" 그녀는 숨이 막혀 말을 할 수가 없어서 휴이의 팔을 잡았다. 울퉁불퉁한 근육질의 팔. 그녀가 그를, 또는 현재 알고 지내는 남자를 만지기는 처음이었다. 협동조합에서 오래 함께 지내왔고 오늘도 좁은 차 안에서 단둘이 몇시간을 있었는데도. 그녀의 몸짓은 길을 가르쳐주기 위한 무의식적인 동작일 터였다.

다지가 속도를 늦추지 않고 하이포인트 로드를 달렸다. 매리앤이 대학 친구를 데리고 집에 가는 것이 세상에서 가장 자연스러운 일이기라도 하듯.

하지만 향기롭고 바람이 미친 듯 부는 봄날이었다. 하늘에선 해가 마치 박살난 거울처럼 무수한 지점에서 눈부시게 빛났다. 구릉지대로 올라가면서 덩치 큰 낡은 다지가 바람에 흔들리기 시작했다. 왜냐하면 넌 여기서 환영받지 못하는 존재니까. 하느님이 경고를 보내는 거야. 신중하고 세심한 운전자인 휴이는 즉시 속도를 줄였다. 그는 소년이 아니라 스물여덟인가 아홉살인 청년이었다. 위험은 그에게 경각심을 일으키고 얼굴에 피가 몰리게 만들었다. 그는 반복적으로 이쪽저쪽을 보면서 랜썸빌 지역보다 더 험준한 풍경에 눈을 깜짝거렸다. 셔토쿼 산맥 기슭은 랜썸빌 쪽보다 더 높고 울퉁불퉁하고 단속적이었다. 매리앤은 휴이의 눈으로 그 풍경을 보면서 공포에 찬 황홀을 느꼈다. 도로 한쪽으로는 밀, 옥수수, 콩이 자라는 5월의 들판이 비탈을 이루며 펼쳐져 있고 반대쪽 언덕에는 화강암 광맥이 마치 치유되지 않은 고대의 상처들처럼 노출되어 있었다. 갑작스럽게 나타나는 급경사와 지나치게 낮은 가드레일 너머로 펼쳐진 탁 트인 경치. 그들은 빙하산맥의 등줄기를 가로질러 달리고 있었다. 휴이가 앞을 가리키며 물었다. "저게 뭐지?" 50킬로미터 거리에서 회백색 캐터랙트 산이 한 손을 들어 반기는(혹은 경고하는) 듯한 형상으로 햇살을 받아 반짝이고 있었다.

차가 바람에 흔들렸고 휴이는 이단 기어로 바꿨다. 이제 그는 둘 사이의 침묵을 깨긴 했지만 하찮은 말이 친밀한 침묵의 신성함을 따라올 수 없다는 듯 말하기를 꺼렸다. 그의 목소리는 잠겨 있고 조심스러웠다. "여기가 어디지? 우리가 올라가는 길이."

"여긴, 하이포인트 로드예요." 매리앤은 초조하게 웃으며 비뚤어진 검정 밀짚모자 속의 머리칼을 잡아당겼다.

"얼마나 높은 데까지 올라가지? 저기까지 가는 건 아니겠지, 그렇지?" 휴이가 몇 킬로미터 전방에 솟아 있는 침식된 절벽을 가리키며 말했다. 분명 그곳엔 인가도 없고 길도 없었다.

"저기요? 아네요. 이 길을 따라서 조금만 더 가면 돼요."

"여기서…… 살았어?"

휴이는 겉으론 어설퍼 보여도 얼마나 민감한지. 얼마나 섬세한지. 갑자기 매리앤은 키가 너무 커서 볼품없는 여자처럼 어색한 태도가 되어 그저 웃기만 했다. 자신의 웃음소리가 유리 깨지는 소리처럼 들렸다. "뭐, 그렇죠. 그렇다고 할 수 있죠." 그녀는 다시 주먹으로 입을 틀어막고 울었다.

집에 간다. 하이포인트 농장에. 그게 가능할까?

불가능하다는 걸 알잖아.

오, 하지만 그냥 몰리오만 보러 가는 거야! 몰리오를 안아주고, 그 차갑고 촉촉한 코를 만져주고. 몇분 동안만 있을 거야. 누가 알겠어?

매리앤은 꿈도 없고 잠도 없는 밤에 숱하게 이런 여행을 했던 기억이 떠올랐다. 하이포인트 로드를 달려 하이포인트 농장으로. 매리앤이 알고 있는 멀베이니 가의 자동차가 아닌 유령 자동차를 타고서. 운전자도 누군지 모르고 운전자를 쳐다보지도 않은 채 차창 밖 풍경만 홀린 듯 바라보고 있었다. 영혼 깊숙이 새겨져 있어서 영혼 자체와 구분이 불가능한 영혼의 풍경을. 그런 깨어 있는 꿈속에선 머핀을 품에 안고 있을 때가 많았다. 너무 민첩해서 다루기 힘든 동물. 부드럽고 묵직한 고양이였을 때 그녀의 사랑을 독차지했던 머핀은 몸무게가 빠지면서 놀랍도록 수척해져서 등뼈가 툭 튀어나온 채 긴 꼬리를 늘어뜨리고 다녔다. 매리앤은 꼭 머핀을 안전하게 하이포인트 농장으로 데려가야 했지만, 고양이는 아무리 사랑스럽고 온순하게 길들여졌더라도 언제 겁에 질려 품에서 빠져나갈지 모르는 동물이었다. 머핀이 질주하는 차에서 도망쳐 길로 뛰어내리고 가드레일까지 넘어가버린다면? 하지만 매리앤은 늘 그런 일이 일어나기 전에 땀으로 흠뻑 젖은 채 꿈에서 깨어났다.

그러곤 꿈에서 행복한 결말을 맞이하지 못한 자신에게 화가 나서 울었다. 그런 밤이 얼마나 많았던가!

갑자기 하이포인트 로드가 침식되고 갈라진 아스팔트길에서 자갈과 흙길로 바뀌었고, 휴이는 점점 더 집중해서 조심스럽게 운전했다. 그린 아일 협동조합에서 그는 참을성있고 믿음직한 일꾼이자 '연장자'였다. 아침부터 가끔씩 매리앤에게 어둡고 수줍은 곁눈질을 하던 그였지만 지금은 바람에 흔들리는 다지를 모는 데만 집중하고 있었다. 매리앤을 미지의 목적지로 데려다주는 것이 자신에게 맡겨진 신성한 의무이자 특권인 것처럼. 하느님, 저희 둘을 길에서 날려보내시려는 건 아니지요? 휴이는 안돼요, 제발! 매리앤은 주먹으로 입을 틀어막고 참으려는 것이 울음인지 웃음인지 알 수가 없었다. 하느님이 그렇게 속 좁고 악의적이라는 생각을 단 한 순간이라도 품은 건 너무도 어리석은 짓이었다. 모든 시대의 하느님이, 지상의, 아니 우주 전체의 모든 생명체의 창조주가 외할머니 장례식 날 부모님의 엄숙한 뜻을 어긴 매리앤 멀베이니를 벌하기 위해 노처녀처럼 요란스럽게 까탈을 부리겠는가.

이제 페닝 농장을 지나고 대가족이 사는 초라한 폐교 건물을 지나고(아직 지머먼 가족이 살까?) 하이포인트 농장이 가까워지자 매리앤은 현기증이 일기 시작했다. 금방이라도 터져버릴 듯이 팽팽하고 투명한 피부를 뚫고 뼈가 튀어나올 듯했다. 안돼, 어딜 감히, 네가 어딜 감히! 넌 여기서 환영받지 못하는 존재야. 침입자, 도둑이야. 그녀는 자신이 무엇을 보고 있는지 의식하지도 못한 채 자갈길 진입로 옆에서 바람에 삐걱거리고 있는 노란색과 검은색의 농장 매매 표지판을 바라보고 있었다.

하지만 이미 알고 있지 않았던가. 이미 전해듣지 않았던가. 패트릭이, 그리고 저드가 한번도 아니고 여러 번 말해주지 않았던가. 엄마도 어렴풋이 그런 말을 흘렸다. 너도 알다시피 농장을 팔려고 내놨는데 아빠가 제값을 받으려고 버티고 있어. 이미 매리앤도 알고 있고 얘기가 된 일이라는 듯. 멀베이니 가족의 역사 중에서 또 하나의 애매한 사실.

매리앤은 놀라움 섞인 공포에 얼이 빠진 채 얼음장처럼 차가운 손을 부르쥐고 탐욕스럽게 바라보고 또 바라보았다. 휴이도 차를 세우고(우편함의 멀베이니를 보고서?) 말없이 바라보았다. 바람 불고 화창하고 봄 향기 가득한 공중에 분명한 흥분이 감돌았다. 흐드러지게 피어난 라일락, 도로변 얕은 도랑에 지천인, 아직 꽃 피지 않은 선명한 초록의 참나리 줄기. 이제 7월이 되면 붓을 휘둘러 그린 듯한 밝은 오렌지색 꽃이 도랑을 가득 메울 터였다. 코린이 자랑스럽게 써놓은, 이제 색이 좀 바랜 하이포인트 농장 1849 표지판과 그보다 더 바랜 하이포인트 골동품 특별한 가격·특별한 제품 간판이 보였다. 무너져가는 허수아비가 타고 있는 골동품 썰매는 아래로 몇 미터 미끄러져내려간 듯했다. 웃자란 풀에 거의 가려진 개울과 판자로 만든 작은 다리도 보였다. 그리고 언덕 꼭대기에 일부는 자연석이고 일부는 라벤더색 나무로 된 집이 동화책 속의 파스텔화처럼 서 있었다.

감정 표현에 인색한 휴이가 잇새로 휘파람을 불며 큼지막한 손으로 머리칼을 쓸어올렸다. "저기야? 저게 매리앤의 집이야?"

매리앤은 바로 대꾸할 수가 없었다. 입술이 얼음처럼 차갑게 굳어 있었고 겁에 질려 기절할 것만 같았다. 그녀는 거의 들리지 않는 소리로 말했다. "아, 아무래도 안되겠어요. 우리집이긴 하지만 못 들어가요. 내가 실수했어요."

휴이가 고개를 돌려 그녀를 쳐다보았다. "뭐라고? 왜?"

"그, 그냥 안돼요."

"안돼?" 휴이가 얼굴을 찌푸렸는데 그건 조바심도, 놀라움이나 의혹 때문도 아닌 당혹스러운 연민에서 나온 행동에 더 가까웠다. 마치 처음부터 매리앤의 그런 반응을 예견하고 있었던 듯했다. "그러니까…… 집에 들어갈 수 없다는 거지? 지금 집으로 들어가는 걸 원치 않는다는 거지?"

"맞아요! 제발요."

침묵이 흘렀다. 매리앤은 휴이의 숨소리를 들었다. 아니, 한숨소리였을까? 그는 인상을 쓰고 있었는데 매리앤에게가 아니라 자신에게인 듯했다. 그는 이제 매리앤을 쳐다보고 있지 않았다. 이번엔 잠자코 있지 말고 제정신이 아닌 매리앤에게 논리적으로 따져야 마땅했다. 하다못해 그녀의 자해적이고 수수께끼 같은 행동에 불만이라도 표시해야 했다. 어쩌면 휴이는 머릿속으로 적당한 단어를 찾으려고 애쓰며 이럴 때 에이브러브가 보여주는 유창한 말솜씨를, 도덕적 확신을 갈망했는지도 모른다. 하지만 과묵함과 수줍음, 무뚝뚝함이 복잡하게 뒤엉켜 있는 이 청년은 도무지 쉽게 입이 떨어지질 않았다. 매리앤이 얼굴을 붉히며 변명했다. "방금 기억이 났어요. 내 말을 보러 온 거였는데, 그런데, 그 말은 이제 여기 없어요. 팔려갔거든요. 몇년 전에. 내가 착각했어요. 휴이, 정말 미안해요."

놀란 휴이의 머리 뒤로 강렬한 봄 햇살이 눈부시게 빛나고 있었다. 날카로운 햇살이 다지의 칙칙한 진자주색 보닛에까지 반사되어 눈을 찔렀다.

그녀가 그토록 단호하게 보지 않고 있는 것은 무엇일까?

저 말할 수 없이 흉한 노란색과 검은색 표지판. 농장 매매 농장 매매 농장 매매.

휴이는 무슨 말인가 꺼내려고 숨을 들이쉬고 입까지 열었으나 결국 아무 말도 하지 않았다. 그는 당혹스러운 연민과 고뇌가 어린 눈길로 매리앤을 바라보며 세게 머리를 긁적였다. 열심히, 열심히 생각하고 있는 그의 몸이 마치 가늘게 진동하는 모터처럼 열기를 발산했다. 매리앤은 그제야 처음으로 그의 육체적인 존재가, 남성성이 피부로 느껴졌다. 남자, 난 남자와 온 거야. 남자와 단둘이. 종일 휴이와 둘이 차에 있었어. 그의 차에! 그 사실을 깨닫자 머릿속에서 비명이 들려왔다. 놀라고 비난에 찬 코린의 목소리였다. 그렇게 당하고도 정신을 못 차렸구나! 너, 매리앤 멀베이니! 어쩌면 그리 부주의하고 무모할 수 있니! 다른 사람도 아니고 네가! 맞는 말이었다. 매리앤은 오늘 자신의 부탁으로 셔토쿼 밸리 지역을 소득도 없이 이리 달리고 저리 달리고 있는 운전석의 젊은이에 대해 거의 알지 못했다. 휴이 마이너, 목수, 그린 아일 협동조합의 나이 많은 학생 중 하나. 졸업하려면 아직 학점을 많이 따야 하고…… 그런데 전공이 뭐였지? 휴이는 농학, 호텔경영, 체육, 경영, 사회학, 직업기술교육 등의 과목을 수강했지만 학점은 바닥을 기었고 제대로 이수하지 못한 과목이 쌓여 있었다. 매리앤은 처음 협동조합에 들어갔을 때 휴이 마이너가 부정행위로 한 학기인가 일년 동안 정학을 당했다는 걱정스러운 소문을 들었는데 나중에야 부정행위를 한 사람이 휴이가 아니었음을 알게 되었다. 사실인즉 휴이는 친구에게 지구과학 실험책을 빌려줬을 뿐인데 그 생각 없는 친구가 그대로 베끼는 바람에 둘 다 적발되어 징계를 받은 것이었다. 정말 휴이답지 않아? 사람들은 고개를 내저었다. 매리앤은 생일을 맞은 협동조합 식구에게 익명으로 카드와 작은 선물을 보내는 대여섯명의 여학생 중 하나였는데 특히 달리 챙겨줄 사람이 없는 것 같은 식구들에게 더 신경을 썼다. 협동조합 식구들의 생일은 에이브러브의 사무실에 있는 등록부에서 쉽게 찾아볼 수 있었고 매리앤은 휴이 마이너 같은 잘 알지도 못하는 식구의 생일까지 기억해두었다가 그의 우편함에 익명으로 생일 축하합니다. 매우 특별한 친구에게라고 쓴 손수 만든 카드와 코바늘로 짠 넥타이를 몰래 넣어두었다(마침 휴이의 생일이 성 파트리키우스의 날과 가까워서 에메랄드 녹색으로 짰는데, 아주 멋진 넥타이였지만 매리앤은 휴이가 그 넥타이를 맨 걸 본 적이 없었다). 휴이는 그 선물을 우편함에 넣은 것이 매리앤이라는 걸 어떻게 알았는지 깊이 감동하여 매리앤 앞에서 어쩔 줄 몰라하며 벙어리가 되었다. 사실 휴이 마이너는 여학생들이 조용히 갈망의 눈길을 보내면서도 그가 그 갈망에 답해주지 않으리라 확신하는 그런 남자였고, 매리앤은 휴이가 자신의 행동을 오해해 자신의 순수한 의도를 개인적인 감정의 표현으로 받아들였을 수도 있음을 나중에야 깨달았다. 하지만 그런 생각은 그의 육체적인 존재, 그의 남성성, 외딴 곳에서 차 안에 그와 단둘이 있다는 사실에 대한 깨달음과 마찬가지로 그녀의 머릿속을 빠르게 스쳐지나갔을 뿐 오래 머물지 못했다.

그녀에겐 생각할 게 너무 많았던 것이다. 그녀를 괴롭히는 것이 너무 많았던 것이다.

매리앤은 소녀 같은 토막웃음을 웃고 머리칼을 잡아당기며 사정을 설명하려고 애썼다. "몰리오는 내 말 이름이에요. 내가 정말 사랑했던 말이죠. 너무도 아름다웠어요. 눈이. 털은 적갈색이었는데 난 그 털을 빗겨주는 걸 좋아했죠. 코에 재미나게 생긴 흰 얼룩무늬가 있었고 발에도 흰 얼룩무늬가 있었죠. 그리고 나한테 질문을 하는 것처럼 말을 했어요. 휴이도 말이 어떤지 알잖아요. 하지만 몰리오는 떠났어요. 어디로 갔는지도 몰라요. 엄마가 얘기해주지 않으세요. 내가 찾으러 갈까봐. 사실 난 그리 믿을 만한 애가 못되거든요." 이제 진실이 나왔고 휴이도 알게 되었다. 매리앤은 입에서 나오는 대로 마구 빠르게 말을 쏟아냈다. "난 사실 그리 안정적이고 신뢰할 만하지 못해요. 당신과는 달라요. 실수도 저지르고 판단착오도 해요. 난 미숙하고 부주의하고 사람들을 실망시켜요. 특히 우리 가족을. 우리 아빠, 우리 엄마를. 난 그분들에게 상처를 줬고 그걸 바로잡을 능력도 없어요. 당신한테 쓸데없이 이런 얘길 해서 신경쓰이게 하다니 미안해요. 이제 돌아가야겠죠? 킬번으로. 휴이, 그래도 괜찮아요? 가다가 어디 서서 내가 싸온 점심도시락 먹어요. 여기 하이포인트 로드는 말고 다른 데서요. 그래도 괜찮죠, 휴이?" 그녀는 인격자인 휴이 마이너에게 그런 식으로 떠들어대고 있는 자신의 허영심에 진저리를 내면서 사죄하고 애원하는 태도로 말했다. 매리앤 멀베이니에게 누가 눈곱만큼의 관심이라도 있는 줄 알고 나는, 나는, 나는 하며 떠들어대다니!

휴이가 잡초와 자갈투성이 진입로에서 방향을 돌려 매리앤이 가리키는 쪽으로 가기 위해 기어를 바꾸었다. 그가 매리앤을 곁눈질로 흘끗 보면서 입꼬리가 처진 미소를 지으며 조용히 말했다. "그야 물론이지, 매리앤. 내가 어디든 태워다주겠다고 하지 않았어?"

그들은 마운트 이프리엄 남쪽의 어느 길가 상점에 들러 음료수 세 캔을 사서(매리앤이 하나, 휴이가 두 개) 비포장 길에서 매리앤이 아침 일찍 준비한 도시락을 먹었다. 쫄깃쫄깃한 아홉 가지 곡물 빵으로 만든 터질 듯 두툼한 참치셀러드 샌드위치, 길쭉하게 썬 당근, 피클, 플로리다 산 네이블 오렌지 두 알, 매리앤의 특별요리 오트밀 쿠키. 매리앤은 조금은 먹을 수 있었다. 물론 휴이는 잔뜩 굶주린 상태라 샌드위치 두 개 반과 쿠키 전부를 먹어치웠다. 깃털 같은 초록 옥수수 싹이 가득한 들판 가장자리의 눈부시게 청명한 공기 속에서 멀리 캐터랙트 산을 바라보며 먹으니 모든 음식이 꿀맛이었다. 매리앤은 검은색 밀짚모자와 판지처럼 뻣뻣한 발레리나 슈즈를 벗어던지고 풀 속에서 발가락을 꼼지락거렸다. 어떻게 그럴 수 있지? 들키면 어쩌려고! 넌 침입자야, 도둑이야!라는 생각은 밀어냈다. 가슴을 후벼파는 흉측한 농장 매매 간판도 떠올리지 않았다. 그녀는 수줍은 소년이 어쩌다 말문이 터진 것처럼 갑자기 수다스러워진 휴이 마이너의 말을 미소 띤 얼굴로 주의 깊게 듣고 있었다. "우리 가족은 하도 여러 군데를 떠돌아다니면서 살아서 난 평생 향수 같은 건 못 느낄 거야. 우리 아버진 육군 요리사였는데 음식이라면 진력이 나서 음식보다 위스키를 더 좋아했지. 아버지가 동서남북으로 계속 전근을 다니는 바람에 우린 플로리다에서 뉴저지, 노스캐럴라이나, 텍사스, 워싱턴, 미시건으로 이사를 다니다가 결국 다시 플로리다로 돌아왔지만 사람들이 다 바뀌어 있었어. 어머니도 진력이 나면 무작정 집을 떠나곤 했지. 나와 남동생이 어렸을 때는 우리를 데리고 떠났는데 버스를 탔었어. 문제는 갈 데가 없었다는 거야. 어머니의 어릴 적 친척집을 찾아가기도 했지만. 한번은 콜로라도 보울더까지 갔는데……" 휴이는 긴 열변을 토해내며 생기 넘치는 검은 눈으로 매리앤을 바라보고 있었다. 그녀를 불편하게 만드는 그 눈길이 어딘지 모르게 낯이 익었다. 코린도 가끔 그런 눈길로 마이클 씨니어를 몰래 보았고, 마이크 주니어의 개였던 불쌍한 씰키도 마이크 주니어의 관심 밖으로 완전히 밀려난 후 갈망 어린 시선으로 그렇게 주인을 바라보곤 했다. "매리앤, 내가 하고 싶은 말은…… 사람마다 향수도 다를 수 있다는 거야. 가족이 다른 것처럼."

매리앤은 그 말을 듣고 휴이가 자신을 위로하고 있음을 깨달았지만 자신에게 왜 위로가 필요한지 알지 못했고 그걸 휴이에게 묻고 싶지도 않았다. 그녀가 발작적인 웃음을 터뜨리자 휴이도 따라 웃었다. "뭐가 웃겨, 매리앤? 하긴 우습긴 하지. 그렇지?" 휴이는 매리앤의 웃는 모습에 어찌할 바를 몰랐다. 주먹으로 입을 틀어막고 웃고 있던 매리앤의 뺨 위로 뜨겁고 얼얼한 눈물이 흘러내렸다.

휴이가 그걸 보고 그녀의 손을 잡거나 어깨를 안아 위로 할 수도 있었지만, 매리앤은 재빨리 몸을 돌려 그에게 혼자 있고 싶다는 의사표시를 했다.

킬번으로 돌아와 길고긴 하루를 마감하며—무려 열세 시간 가까이 함께 있었던 것이다!—휴이는 매리앤에게 앞으로 더 자주 보고 싶다고, 언제든 가고 싶은 데가 있으면 어디라도, 그 어디라도 데려다주겠다고 했다. 그는 약간 말을 더듬으며 오늘이 자신의 생애에서 가장 행복한 하루였다고 고백했다. 그는 그녀를 당황시키거나 겁에 질리게 하고 싶진 않다고 했다. 그는 개털처럼 검고 억센 머리칼이 수북이 자란 목덜미를 마구 긁어댔다. 얼굴이 시뻘겋게 달아오른 채 그가 가까스로 멋없는 고백을 했다. "휴, 매리앤, 내가 사랑한다는 거 알 거야…… 난 매리앤이 뭘 해도 상관없어. 과거에 뭘 했든 상관없고, 나한테 무슨 부탁을 해도 괜찮아."

매리앤은 그런 말을 들었다. 들었다고 믿었다. 휴이의 발을 내려다보면서. 하지만 왜? 내가 다 말했는데도? 내가 얼마나 무가치한 존재인지 다 말했는데도? 귓전에서 하이포인트 로드의 바람소리 같은 포효가 울리고 속이 울렁거렸다. 그녀는 협동조합 진입로의 단단한 지면에 서 있었지만 땅이 흔들리는 것만 같았다. 그녀는 잡동사니가 가득 든 부엌 서랍을 뒤지듯 혼란스러운 머릿속에서 적절한 대답을 찾아내

려 애썼지만, 숨차고 겁에 질린 목소리로 단 한마디밖에 할
수 없었다. "휴이…… 고마워요."

청혼

그날 밤 잠자리에서 매리앤은 시커먼 입을 벌린 구덩이 속에서 물에 빠진 사람처럼 헐떡거리고 버둥거리며 죽을힘을 다해 위로 기어오르려 애썼다. 도와달라고 외치고 싶었지만 말이 목에 걸려 나오지 않았다. 견디다 못한 머핀이 살며시 그녀의 목과 어깨 사이에서 내려와 침대 발치로 가서 편안한 잠을 청했고, 잠이 깨어 머핀의 익숙한 온기가 사라진 것을 느낀 매리앤은 과거의 공포만큼 엄청난 미래의 공포에 심장이 오그라들었다.

휴이 마이너에 대해선 생각하고 싶지 않았다. 그가 품고 있는 끔찍한 오해. 자신이 그를 교묘히 기만한 것일 수도 있다는 생각에 죄책감이 밀려들었다. 세상에, 그렇게 착한 사람을!

애머시스트는 익살스러운 미소를 지으며 말했다. "정말로 휴이가 너한테 말을 했다는 거지? 이런!"

이튿날 아침 에이브러브가 사업 약속도 취소하고 매리앤을 자신의 사무실로 불렀다. 그는 버크가 지상에서 종적을 감춘 날처럼 몹시 동요한 모습이었다. 매리앤이 안으로 들어서자 그는 재빨리 문을 닫았는데 원래 그 문은 늘 열려 있었다. "매리앤……!" 그가 턱수염을 쓰다듬으며 한숨 섞인 심란한 목소리로 웅얼거렸고, 매리앤은 타인의 속마음을 듣기라도 한 것처럼 불편했다.

매리앤은 자신도 모르게 본능적으로 속삭였다. "저……죄송해요."

그녀는 어제 에이브러브가 종일 자신의 행방을 묻고 다녔다는 걸 펠리스 매리, 애머시스트, 밸 앨런에게 들어 알고 있었다. 그녀와 휴이가 아무에게도 정확한 행방을 알리지 않고, 그에게 보고도 하지 않고 '독단적으로 둘이 나갔다'며 섭섭해했다는 것이었다. 사실 매리앤은 에이브러브의 사무실 문에 급한 집안일이 생겼다는 내용의 쪽지를 붙여놓긴 했지만 경황이 없어서 어디로 가는지, 언제 돌아올 것인지 자세히 적진 못했다. 어제 자신이 얼마나 많은 일을 방치했으며 자신을 믿고 중대한 임무들을 맡긴 저 친절하고 관대한 남자를 얼마나 실망시켰는지 매리앤은 생각도 하고 싶지 않았다. 에이브러브가 지금껏 (상상 속에서조차) 단 한번도 보낸 적이 없는 상처받고 비난 어린 눈길로 눈물까지 글썽이며 자신을 바라보는 동안 매리앤은 더듬거리며 사정을 설명했다. "에이브러브, 사실은…… 외할머니 장례식에 다녀왔어요. 아침 일찍 떠나야 해서 자세히 설명할 시간이 없었어요. 아무래도…… 제가 무책임하게 행동한 것 같아요. 죄송해요."

그녀는 갑자기 목이 조여오는 기분을 느꼈다. 목줄을 맨 말, 개, 염소처럼. 그녀는 이제야 비로소 그 목줄을 인식한 것이었다.

에이브러브가 엄숙하게 말했다. "그래, 이미 벌어진 일이고 끝난 일이니 더 얘기할 필요 없지. 매리앤, 외할머니가 돌아가셨다니 얼마나 상심이 크겠어. 조의를 표해." 그는 손이라도 잡아주려는 듯 매리앤에게 다가오려 했지만 매리앤이 움찔 피하자 더 다가서진 않았다. 매리앤이 삼베 카펫 위의 붉은 얼룩 주위로 계속 동그라미를 그리고 있는 자신의 운동화 코를 내려다보며 할 말을 찾기 위해 머리를 쥐어짜는 동안 고통스러운 침묵이 흘렀다. 사실 전 외할머니와 그리 가깝지 않았어요! 외할머닌 아마 저를 수치스럽게 여기셨을 거예요! 사실 전 장례식에 초대받지도 못했죠! 에이브러브가 말했다. "매리앤, 다만 내가 걱정하는 건 그 일이 어떤 미래를 암시하는가 하는 문제야."

"미, 미래요?"

"협동조합에서의 매리앤의 미래."

매리앤은 놀란 눈으로 에이브러브를 바라보았다. 삶의 모든 행과 불행을 손에 쥐고 있는 존재를 바라보는 듯한 눈길이었다. 에이브러브는 턱수염을 매만지거나 잡아당기며 초조하게 서성이고 있었다. 곱슬거리는 옅은 금발이 단단한 어깨까지 내려왔고 엄숙한 이마에 주름이 잡혀 있었다. 그는 다림질이 된 듯한 흰 긴팔 셔츠와 제법 깨끗한 진바지와 가죽 허리띠에 굵고 짤막한 흰 발가락이 튀어나온 가죽 샌들을 신고 있었다. 그건 그의 시내 나들이 복장이었다. 그는 매리앤에게 할 말을 생각하려고 한참 서성인 것처럼 숨소리가 거칠었다. 매리앤은 쓱 한번 봐도 너무도 많은 걸 알아채는 그의 준엄한 눈길이 두려웠다.

그녀의 눈엔 분명 죄책감이 어려 있을 터였다. 코린이 성가신 것이라고 부르는 눈물로, 자기연민과 기진맥진함과 다른 사람에게 조금도 득이 되지 못하는 자신에 대한 비관의 눈물로 시퍼렇게 멍든 눈. 어제는 곱게 빗어 윤이 났던 머리칼도 오늘 아침엔 온통 뒤엉켜서 마치 머리에서 엉겅퀴가 자라나는 것 같았다. 얼굴 피부는 너무 팽팽해서 아플 지경이었다. 에이브러브는 무엇을 보았을까? 매리앤은 옷도 늘 입는 바지와 페인트 얼룩이 진 티셔츠를 아무렇게나 걸쳤고 해진 회색 운동화를 신고 있었다.

"매리앤, 내가 널 믿을 수 있는지 알고 싶어. 중요한 건 그거야."

"하지만……"

"그를 사랑해?"

"그요?"

"휴이 마이너. 그를 사랑하는 거야?"

매리앤은 너무 놀라서 말문이 막혔다. 사랑? 사랑하냐고? 난 당신을 사랑해요!

에이브러브는 매리앤이 놀라서 겁에 질린 아이처럼 움츠러드는 걸 보고 재빨리 화제를 돌렸다. 그가 부드러운 목소리로 말했다. "매리앤, 네게 더 중요한 일을 맡길까 생각중이었어. 그러니까…… 버크처럼 내 개인 비서가 아니라 더 신임을 받는 자리지. '부대표' 자리를 새로 만들까 해." 매리앤은 귀가 윙윙 울리는 가운데 자신이 그토록 찬양하는 이 남자가 자신이 중요한 존재라도 되는 것처럼 말하는 걸 들었다. 에이브러브는 듣는 이가 반박은 고사하고 질문조차 할 염을 못 내게 만드는 목적성과 신중함으로 가득 찬 강연자의 태도로 말을 꺼내놓고 있었다. "매리앤, 넌 나처럼 협동조합 계좌에 들어갈 수 있게 될 거야. 수표를 발행하고 현금화할 수도 있고. 판매 대리점들과 흥정도 하고 납품 계약에도 참여하고. 예를 들면 대학교 급식재료 납품 계약서도 갱신해야 하는데 몇가지 조항을 재협상하고 싶거든. 그래, 그리고 나와 함께 기부자도 모으러 다니는 거야. 매리앤, 우린 멋진 팀이 될 거야! 넌 지적이고 조리있게 말도 잘하고 또, 조금만 신경쓰면, 매력적이니까. 원피스나 치마를 입고 스타킹과 구두, 그리고…… 그 검은 밀짚모자를 쓰면." 아, 에이브러브가 봤던 걸까? 어제 보고 있었단 말인가? 아침 일찍 모자를 눌러쓰고 황급히 휴이의 차에 타는 모습? "수익금이 증가하고 있으니 협동조합을 확장할 생각도 있어. 넌 업무처리 능력이 아주 뛰어나. 네가 통화하는 소리를 들었지! 판매 대리점에서도 너에 대해 궁금해해. 그리고 물론 이곳 협동조합 식구들도 모두…… 너를 좋아하지. 내 생각엔 너를 아는 모든 사람이……" 에이브러브는 목소리가 나오지 않아 잠시 말을 끊었다. "……널 사랑하게 되는 것 같아. 무엇보다, 우리 모두 널 믿을 수가 있지."

매리앤은 너무도 갑작스럽고 혼란스러워서 아무 말도 못하고 그저 희미한 미소를 머금은 채 에이브러브를 바라보고만 있었다.

에이브러브는 격한 감정에 얼굴이 시뻘게져서는 매리앤 근처를 맴돌았다. 그는 협동조합 회의석상에서처럼 열정과 목적성을 갖고 말했다. "매리앤, 알다시피 우린 이 지역에서 훌륭한 평판을 얻었고 계속 그런 평판을 유지할 거야. 하지만 우리를 더 알릴 필요가 있어. 이를테면 그린 아일 오픈하우스 같은 행사를 열어서 우리를 보여주는 거지. 예술품과 공예품 박람회를 후원하면서 우리 제품을 팔 수도 있고. 우리 식구들로 팀을 조직해서 페인트칠, 청소 써비스, 목수일, 잔디관리 사업도 할 수 있어. 매리앤, 우리가 시도해보지 않은 사업들을 생각해봐! 무엇보다 출장 뷔페가 있지. 결혼식, 기념식, 심지어 장례식 아침식사도 댈 수 있어. 우린 이 지역에서 음식과 써비스의 질이 높기로 유명하니까. 사실은 얼마 전에 우리의 가장 후한 기부자인 조핸슨 부인과 저녁식사를 했는데, 그분이 조카 결혼식 음식을 협동조합에서 댔으면 좋겠다고 하시더군. 하객이 삼백명에 일인당 90달러씩 잡고, 추가비용까지 계산하면 금액이 3만 달러에 육박하더

군! 그분을 실망시킬 수가 없어서 그러겠다고 했지. 그리고
말이야……"

매리앤이 몹시 놀라며 말했다. "삼백명? 세상에……"

그녀는 에이브러브의 강권에 못 이겨 쏘파 가장자리에
앉아 그가 빠르게 쏟아내는 말을 따라가려 애쓰고 있었다.
그녀는 에이브러브가 이토록 생기가 넘치고 눈에 광채가 도
는 모습을 본 기억이 없었다. 게다가 그는 계속해서 불안한
곁눈질로 그녀를 흘낏거렸고(휴이처럼?) 매리앤은 그것 때
문에 더욱 불편했다.

에이브러브는 매리앤의 반응을 보고 갑자기 화제를 바꿨
다. 그는 '윤리적 명령' '철학적 제일원리'에 대해 이야기하
기 시작했다. 그는 생기는 그대로 유지하면서 관념적이 되
었으며, 매리앤에게만이 아니라 매리앤을 통해 수많은 청중
에게 연설하고 있는 듯했다. "나는 하바드에서 박사과정을
밟으면서 신맬서스주의자가 되었지만, 사실 스스로는 수정
주의 신맬서스주의자라고 생각해. 난 맬서스의 엄격한 가르
침과 예수의 가르침이 상반되지 않는다고 생각하거든. 맬서
스 자신이 수학자인 동시에 영국 성공회 목사이기도 했고.
알다시피 그의 가설은 세상의 식량과 그것을 소비할 인구
사이엔 필연적이고 치명적인 관계가 있다는 것이지. 맬서스
는 그대로 방치할 경우 인구가 식량보다 빠른 속도로 증가
할 수밖에 없다고 믿었어. 역사적으로 보면 인구증가율은
역병, 기근, 가뭄, 영아살해, 전쟁을 통해 안정되었지. 하느
님이 '적자생존'의 법칙을 행하시기라도 한 것처럼 말이야!

자연의 잔인성은 하느님의 수학적 필요성의 외적 얼굴에 다름아니야! 근본적으로 맬서스의 우울한 가설은 옳아. 다윈의 그것처럼. 예를 들어 지구의 인구는 2000년쯤엔 60억을 돌파할 테고, 일찍이 이토록 위험하고 전쟁 가능성이 큰 시대는 없었지. 하지만 천재적인 맬서스도 간과한 사실이 하나 있으니, 인류는 그런 위협에 맞서 상호협력할 수 있다는 사실이야. 이상하게도 그는 기독교의 근본 원리를 과학을 통해 실행에 옮길 생각을 하지 못했지. 나는 그런 아일 협동조합을 세계의 축소판으로 보고 있어. 우리에게 통하는 건 세계에도 통하는 거야! 우린 경쟁과 투쟁을 초월하는 원칙에 헌신하고 있어. 적자만 생존하는 것이라면 모두가 '적자'야. 다만 거기엔 지도력과 헌신, 피나는 노력, 자기를 버리는 희생이 필요하지. '줄 수 있는 사람이……'"

"……필요로 하는 사람에게." 매리앤은 자신의 말을 듣지 못하는 것처럼 기계적으로 말했다.

에이브러브는 연설을 멈추고 재빨리 그녀에게 다가와 손을 잡았다. 작고 차가운, 이빨로 손톱을 물어뜯어 보기 흉한 매리앤의 손이 그의 크고 따뜻한 손 안에 들어갔다. 이런 식의 신체접촉은 얼마나 이상하고 갑작스러운가! 매리앤은 졸지에 당한 일이라 저항도 하지 못했다. 에이브러브가 떨리는 목소리로 말했다. "매리앤, 널 처음 보는 순간부터 난 네가 특별한 존재라고 생각했어. 난 원래 협동조합 여학생에겐 절대 접근 안 해. 협동조합을 만들면서부터 내가 지켜온 원칙이지. 그 이유는 설명하지 않아도 알 거야. 하지만 매리앤, 난 줄곧 널 의식하고 있었어…… 그래, 너의 얼굴, 눈동자…… 조용하고, 평온하고, 순수한! 마음이 청결한 자는 복이 있나니 그들이 하느님을 볼 것이다. 매리앤, 너도 그런 사람이지? 그렇지? 난 네가 고통을 겪었다는 걸 느낄 수 있어."

"제가요? 전 그렇지 않은데……"

"진정으로 선량하고 순수한 사람만이 고통을 겪고도 복수심을 품지 않지. 난 그런 힘을 갖진 못했지만 그걸 가진 사람들을 알아볼 수 있어. 하지만 매리앤, 네게 그 방법을 묻는 일은 결코 없을 거야. 난 네 영혼을 억지로 들여다볼 생각은 추호도 없어."

"하지만……"

에이브러브는 송골송골 땀이 맺힌 이마에 주름살을 모으며 매리앤에게 몸을 기울였다. 그의 얼굴은 피투성이 물체가 수면에 비친 것처럼 붉은빛으로 얼룩덜룩하게 달아올라 있었다. "매리앤, 난…… 널 사랑해. 난…… 우리…… 함께 살까……? 결혼할까?" 그가 손을 너무 꽉 쥐고 있어서 매리앤은 손을 뺄 수가 없었다. 그의 진지함과 확신이 그녀를 꼼짝도 못하게 했다. 그는 말하는 것 자체가 대단한 노력이라 상대가 거부는 고사하고 대답조차 할 수 없으리라고 여기는 듯했다.

매리앤이 들릴락 말락 한 목소리로 말했다. "에이브러브, 전…… 그렇게 생각하지 않아요."

에이브러브는 듣지 않았다. 그는 매리앤의 가냘픈 어깨를 잡고 몸을 숙여 그녀에게 키스했다. 에이브러브의 따뜻하고 건조하고 다정한 입술이 매리앤의 입술에 닿았다. 매리앤은 저항이라기보다는 놀라서 그를 약하게 밀어냈다. 놀라움에 매리앤의 눈이 커졌다. 사랑? 그가 무슨 말을 한 거지? 에이브러브가 재빨리 말했다. "……매리앤, 솔직하게 말할게. 사실 난 완전히 자유로운 몸이 아냐. 도덕적으론 자유롭지만 법적으론 그렇지 못해. 난 지금 몇년째 별거 상태고, 그래, 아이들도 있어. 둘. 십대 아이들이야. 하지만 다 잘될 거야. 물론 다른 여자들도 있었지만…… 많은 건 아니고 몇명 안돼…… 협동조합에서는 그런 일이 절대 없었고…… 절대로. 매리앤, 난 늘 숨기는 것 없이 솔직하게 살려고 노력했어. 충격받았어? 어쨌든 너도 나에 대한 감정이 있을 거야, 안 그래? 이따금 나를 보는 네 눈길이…… 너도 날 사랑하지, 조금은?"

매리앤이 더듬거리며 말했다. "예, 그, 그럴 거예요. 제 말은……"

"그래? 매리앤……"

에이브러브는 두꺼운 허벅지로 불편하게 쪼그려앉아 억센 팔로 매리앤을 감싸안고 아까보다 열정적으로 다시 키스했다. 사랑! 사랑! 그가 나를 사랑한다! 매리앤은 놀라움 속에서 뜨겁고 갈망에 찬 남자의 몸을 느꼈다. 애정에 굶주린 생명은 모두 그럴 것이며 어쩌면 그녀 자신도 마찬가지일 터였다. 그토록 활기차고 그토록 옹골지고 탄탄한 에이브러브, 그녀의 몸에 닿은 그의 남성적인 몸의 영향력. 그녀는 잔가지처럼 부러지고 완전히 침략당할 수도 있었다. 에이브러브가 그녀의 뻣뻣하고 메마른 입술을 열고 혀를 집어넣을 수도 있었다. 하지만 매리앤은 용케 고양이처럼 재빨리 그에게서 빠져나왔다. 그녀는 숨이 차서 헐떡거리며 사죄하듯 말했다. "에이브러브, 저, 전 이만 나가봐야 해요. 말씀은 감사하지만 펠리스 매리와 애머시스트가 기다리고 있어요…… 온실에서…… 할 일이 있거든요……"

말도 안돼. 노골적인 갈망의 눈길로 바라보고 있는 에이브러브가 왜 불쌍한 씰키를 연상시키는 거지?

매리앤은 문을 향해 뒷걸음질쳤다. 에이브러브가 거의 비루한 태도로 따라왔다.

"매리앤, 날 조금은 사랑하는 거지? 그렇게 말했지?"

"그, 그럼요." 매리앤이 초조하게 대답했다. "하지만 지금은 나가봐야……"

"휴이를 사랑하는 건 아니지? 확실하지?"

"확실……하냐고요?"

"어제 휴이가 널 유혹한 건 아니지, 그렇지? 어제 종일 단둘이 있었는데……"

"유혹이라고요? 휴이가?" 매리앤은 격분해서 말했다. "에이브러브, 휴이는 착하고 점잖은 사람이에요. 당신처럼."

매리앤은 에이브러브에게 설득당하기 전에 빠져나가려고 문을 열었다. 에이브러브는 혹시 듣는 귀가 있을까봐 목소리를 낮춰서 말했다. 그 목소리는 매리앤 자신의 가장 은밀한 갈망의 메아리였다. "매리앤, 일 끝내고 바로 돌아올 거지? 우리 여기 말고 다른 데 가서 얘기하자…… 할 말이 너무 많아. 매리앤? 사랑해."

　　매리앤은 허둥지둥 도망치느라 이미 그의 말이 들리지 않는 곳에 있었다. 거의 들리지 않는 곳에.

　　나는 원래 미천한 존재였다. 나는 미천한 존재로 돌아갈 수 있다.

누더기 퀼트 인생

그 누가 예견할 수 있었을까? 매리앤 멀베이니 자신도 짐작하지 못한 일이었다. 그녀가 셔토쿼 밸리에 다녀온 다음 날, 에이브러브가 사랑 고백을 한 날, 코린이 예리하게도 미리 예언했던 누더기 퀼트 인생이 정말로 시작될 줄은.

그린 아일 협동조합 식구들은 그 이유를 짐작조차 하지 못했고, 그렇다고 에이브러브가 자진해서 설명해주지도 않았다. 늦은 오후에 에이브러브는 버크가 종적을 감췄을 때처럼 고통과 수치심과 당혹감에 사로잡혀 매리앤을 찾아갔지만 그녀의 방에서 역시 당혹스러워하고 있는 펠리스 매리만을 발견할 수 있었다. 매리앤은 어디 있지? 에이브러브는 애써 침착한 목소리로 물었고 펠리스 매리는 멍하니 고개만 저었다. 그녀도 모른다는 것이었다. 하루종일 매리앤을 못 봤다는 것이었다.

매리앤은 짐을 싸서 떠난 게 분명했다. 겨울 코트, 부츠, 하드커버 책 같은 부피가 크고 무거운 물건들만 남겨놓고 퀼트 이불, 페이퍼백 책들 대부분, 몇벌 안되는 옷을 더플백에 쑤셔담아 떠난 것이었다. 물론 머핀도 데리고.

누구의 눈에도 띄지 않고 어디로 가버린 것일까?

아무런 설명도, 작별의 말이 담긴 쪽지도 남기지 않고 어디로 갔단 말인가?

"지상에서 종적을 감췄어." 에이브러브가 무섭도록 예언적인 어조로 말했다.

4부

고통의 기록

고통의 기록

이것은 한 아들의 고통의 기록이다. 어떻게 시작해야 좋을지 모르겠다.

어쩌다 나 저드마저 떠나게 되었는지. 어머니에겐 내가 필요했는데도 내 생각만 하면서. 난 나 자신의 삶을 원해. 멀베이니가 내 전부는 아냐. 난 저드야.

어쩌다 아버지를 때리고 아버지에게 맞게 되었는지. 아버지에게 맞아 뒤로 나가떨어졌다는 표현이 더 정확하겠지만.

마씨너의 새로 이사한 집에서 벌어진 일이었다. 1980년의 그 길고 습했던 봄에. 나는 열일곱살이었고 고교 3학년생으로 마씨너 고등학교로 전학했다. 친구도 없고 친구를 원하지도 않는 전학생. 나는 어깨를 웅크리고 잔뜩 인상을 쓰고 다녔고 파리를 쫓는 말처럼 고개를 흔드는 버릇이 있었다. 어쩌다 미소를 지어도 입술만 실룩이다 말았다. 어머니는 그런 내게 한숨지으며 농담처럼 말했다. "얘, 저드, 너 무슨 틱장애라도 있는 것 같구나."

그러면서 어머니는 멀베이니 가족의 막내이며 집에 남은 단 하나뿐인 자식인 나를 마치 거울을 들여다보듯 바라보았다.

이 시절에 대해 기록하는 것은 내게 혈관에서 진한 피를 방울방울 짜내는 것만큼이나 고통스러운 일이다. 연대기 순 비슷하게 꼭 필요한 내용만 적는 것만도 말이다. 마침내 1980년 2월에 하이포인트 농장이 팔린 것, 남은 멀베이니 가족인 마이클, 코린, 저드가 늙은 개 두 마리와 신경질적인 고양이 세 마리를 데리고 뉴욕 마써너 외곽의 옥수수밭 안에 있는 난평면(일층과 이층 사이에 중간층이 있는 구조─옮긴이) 목장주택으로 이사한 것, 아버지가 마써너에 다시 멀베이니 지붕회사를 세우기 위해 잔뜩 대출을 받았지만 결국 6월을 못 넘기고 파산선고를 한 것 따위의 역사적 사실은 내 귀엔 거짓말처럼 들리고 깡통소리 같은 울림만을 남긴다. 실제 일어난 일은 그보다 훨씬 복잡하다.

"불운이 극에 달한 인간." 아버지가 생각에 잠긴 얼굴로 미소지으며 맥주 캔을 하나 더 따거나 손이 떨리지 않도록 조심하면서 더 독하고 검은 술을 잔에 따르며 입버릇처럼 하던 말이었다.

하필 셔토쿼 밸리 지역 부동산이 전문용어로 '수요자 중심 시장'이고 담보대출 이자율까지 높을 때 하이포인트 농장을 팔려고 한 것, 그건 불운이었다. 아버지에겐 갚아야 할 빚이 있었다. 대출금을 갚으려고 새로 대출을 받는 악순환이 이어졌는데, 어머니에게 무슨 일로 돈이 필요한지 매번 정확히 말해주지도 않았고 어쩌면 그 자신도 잘 모르는 때도 있었던 듯했다. 유빌의 지붕 및 벽널 시공업체와 제휴를 맺으려다 결국 실패로 끝나고 마씨너의 한 사업가와 동업하려고 몇주씩 협상을 벌이다가 역시 무위로 끝난 것, 그것도 불운이었다. "번번이 누가 나서서 훼방이라도 놓는 것 같아." 아버지는 크게 놀란 건 아니고 단지 좀 궁금하다는 뜻을 나타내기 위해 어깨를 으쓱하며 미소를 지어 보였다. 그는 과거에는 늘 행운의 사나이였으니까.

그건 이란에서의 희비극적인 델타 구출작전과도 같았다. 지미 카터 대통령이 아야톨라 호메이니 지배하의 테헤란 중심부에 갇힌 미군 인질들을 구출하기 위해 감행한 그 군사작전은 이론상으로는 성공할 수 있었지만 실제로는 실패로 끝나고 말았다. 처참한 실패였다.

1980년 4월 25일 그 끔찍한 뉴스가 터지자 어머니는 텔레비전 앞을 떠나지 않았다. 우리 텔레비전은 아직 새롭고 낯선 거실 한구석에 놓여 있었는데, 수신상태가 나빠서 화면이 흐릿하고 흔들렸다. 어머니는 헬리콥터 사고로 죽은— 합참본부장이 "군의 4개 병과에서 선발된" 사나이들이라고 너무도 세심하게 표현한— 여덟명의 젊은 미군 병사들을 위해 울었고, 마치 깊고 거친 바다에 빠진 수영을 못하는 사람처럼 역사의 격랑 속에서 어쩔 줄을 모르고 있는 점잖고 선량한 백인 기독교인 미국인 지미 카터를, 점점 더 평범한 인물로 보이는 잿빛 얼굴의 대통령을 위해 울었다. 충돌로 화염에 휩싸인 헬리콥터들, 승리할 수 있었지만 공식적으로 '실패'로 끝난 작전, 이집트로의 급하고 서툰 퇴각…… 그 또한 미국의 불운이 아니고 무엇이겠는가. 전세계가 지켜보고 있는 가운데 적나라하게 벌거벗겨진 모습을 보였으니 얼마나 수치스러운 일인가.

어머니는 눈물을 훔치며 말했다. "그래도 마이크가 저기 없는 게 얼마나 다행이야! 하느님, 그것만으로도 정말 감사합니다."

마침내 하이포인트 농장이 팔렸다는 한마디로는 지루하게 이어졌던 그 지리멸렬한 시기를 제대로 표현할 수 없다. 부동산중개업자를 동반하고 농장을 보러 온 '손님들'이 족히 삼사십명은 되었고 약속만 하고 '나타나지 않은' 사람들은 그보다 더 많았다. 집을 구경한답시고 와서 빼대는 사람들 중에는 구매의사가 전혀 없는 시골 사람들도 있었다. 부동산중개업자는 그런 사람들을 가려내기가 힘들다고 어머니에게 설명했다. 일단 집을 내놓으면 이론상으로 누구든 살 수 있기 때문이었다.

그건 영혼을 파는 것과 같다. 일단 결정을 내리고 계약서에 서명하면 철회가 불가능한 것이다.

하이포인트 농장을 파는 일은 주로 어머니 몫이었다. 어머니는 늘 전화기를 붙들고 있었고 집을 보러 오는 손님이 있는 날에는 미친 듯이 청소를 한 뒤 후닥닥 머리를 빗고 얼룩 묻은 셔츠를 가리기 위해 스웨터나 재킷을 걸쳤다. 마침내 기다리던 차가(차들이) 뒤뚱거리며 진입로를 달려올라오면 그녀는 '멀베이니 부인' '안주인' 노릇을 해야 했다. 그녀는 정중하고 기대에 부푼 모습으로 미소를 지어야 했고 절대로, 절대로 자신의 비참한 기분을 드러내선 안되었다. 손님들의 면전에 대고 이렇게 외쳐선 안되었다. "가요! 가버려요! 이건 미친 짓이에요! 우릴 좀 가만 내버려둬요!"

코린 멀베이니는 자신의 불운에 깨끗이 승복했다.

마이클 멀베이니 씨니어는 다른 곳에서 바빴다. 그는 생면부지의 사람들이 자신의 집에 들어와 멋대로 평가를 내리고 수리가 필요하다며 고개를 젓는 꼴을 보고 견딜 성미가 아니었다. 아버지에게 농장을 보러 오는 사람들은 그때의 기분에 따라 '흡혈귀들'이나 '순 멍청이들'이었다.

내 경우는 사람들과 마주치는 걸 피했다. 마구간 일을 하고 있을 때 부동산중개업자가 손님을 데리고 나타나면 건초단 뒤에서 숨을 죽인 채 그들이 떠날 때까지 숨어 있었다. 이따금 내가 있는 줄 모르고 그들끼리 하는 대화가 들리기도 했다. 정말 황폐한 집이지 않아? 하지만 정말 매력적이야. 하지만 비용이며 품이 너무 많이 들 거야. 정신이 똑바로 박힌 사람이면 누가…… 그렇긴 하지만 너무 아름다워. 그래, 하지만 너무 멀어. 이 농장이 파산으로 경매에 부쳐질 수도 있다는 게 사실이야? 그럼 그때까지 기다릴까?

나는 칼로 가슴을 도려내는 아픔을 느꼈다. 당신들을 절대로, 절대로 용서하지 않겠어. 나는 그들이 누군지도 모르면서 그렇게 다짐했다.

농장을 내놓고 여러 달이 흐르는 동안 가격은 빈번히 하향 '조정'되었다. 나는 어머니가 수화기에 대고 상처입은 목소리로 더듬거리는 소리를 엿듣곤 했다. "하지만 그 가격은 제 남편에게 말 못해요. 미안하지만 그건 안돼요. 그런 가격을 제시하는 건 모욕이에요. 그게 모욕이란 걸 모르시겠어요?"

그리고 한번은 갑자기 화를 냈다. "좋아요 그럼! 이미 경고했어요! 하이포인트 농장을 다른 부동산에 내놓겠어요! 다시는 연락하지 마세요!" 그러면서 수화기를 큰 소리로 내려놓았고 내 등줄기로 전율이 흘렀다.

이야호, 엄마!

하지만 결국 1980년 2월, 우리가 막 희망을 접으려던 때에 한 매수 희망자가 제시한 가격을 어머니가 용기를 내어 아버지에게 전했다. 내놓은 가격보다 겨우 2,000달러 적었다. 아버지는 어깨를 으쓱하고는 말했다. "좋아. 얼마나 빨리?"

그렇게 해서 하이포인트 농장은 팔렸다.

그렇게 해서 1980년 3월, 멀베이니 가족이 1955년부터 살아온 집에 낯선 사람들이 들어왔다. 우리가 거기 살았던 적도 없는 것처럼 그들이 하이포인트 농장을 차지했다. 그들은 힐싸이드 이스테이츠에 살던 가족으로 식구 넷에 신경질적인 닥스훈트 개 한 마리가 딸려 있었다. 그리고 근사한 은회색 BMW와 카나리아색 토요타 스테이션왜건. 부모는 젊어 보이는 중년이었고 아들과 딸은 열살, 열두살이었다. 아버지는 새로 생긴 셔토쿼 메디컬 쎈터에서 심장전문의로 일하고 있는데 지금은 은퇴한 닥터 오클리에 대해서는 들어본 적도 없다고 했다. 그는 코린에게 하이포인트 같은 '꿈의 농장'에서 블랙앵거스 소를 키우는 것이 자신의 오랜 꿈이었다고 말했다. 두 아이는 말에 '미쳐' 있었고 딸은 이미 승마 수업을 받고 있다고 했다. 어머니는 자신을 자랑스럽게 전업주부라고 소개하며 '병적이리만큼' 완벽주의자라고 했다. 그녀는 디자이너 진과 밝고 부드러운 색상의 캐시미어 스웨터를 입고 있었다. 그녀는 코린 멀베이니와는 다른 종류의 아름다움을 지니고 있었다. 그녀는 코린의 신경질적인 수다를 땅의 배수, 집 보수관리, 코린이 팔고자 하는 가구, 시계, 카펫, 퀼트, 장식물에 대한 영리한 질문으로 교묘하게 피했다. 여자들이 흔히 그러듯 코린이 공동의 친구나 지인을 통해 유대감을 찾으려고 그녀가 알 만한 사람들의 이름을 댔지만, 그녀는 그런 이름들은 들어본 적도 없다는 듯이 고개를 젓고는 차가운 미소를 보이며 실제적인 문제로 화제를 돌렸다. 우린 친구가 될 수 없는 건가요? 내가 사랑하는 이 농장을 당신이 사는 거라면 우리는 친구가 되어야 하는 것 아닌가요? 코린은 그런 간절한 마음이었지만 상대는 모르는 사람에게 마음을 열 생각이 없었다. 특히 파산이라는 끔찍한 수군거림을 달고 다니는 불운한 사람에게는.

거부당한 코린은 마음의 상처를 받고 분해했다. 하지만 시간이 흐르자 우리 어머니답게 철학적이고 상대의 입장을 이해하는 의견을 내놓았다. "난 그 여자를 이해해, 그럼! 내가 찾아가서 친구하자고 귀찮게 굴까봐 그런 거야. 그런 정신나간 사람들이 있으니까. 난 그 여자를 절대 비난하지 않아!"

　농장을 파는 일은 그토록 여러 달을 질질 끌어 우리를 좌절시키더니 일단 계약이 이루어지자 당황스러울 정도로 빨리 진행되어 보름 만에 종료되었다. 심장전문의와 완벽주의자 부부는 담보도 없이 농장을 샀다. 힐싸이드 이스테이츠에 있는 5에이커의 땅과 집을 팔기도 전에 말이다. 마씨너의 새집으로 이사하는 날 어머니는 미소지으며 말했다. "아! 드디어 떠나는구나." 그러면서 우리가 두고 떠나는 무언가에 대해 진저리를 쳐 보였다.

　새집은 물론 얼마 동안만 임시로 살 곳이었다. 그 볼품없는 '난평면 목장주택'은 골진 철판처럼 보이는 눈부시게 흰 알루미늄 벽널에 '모조 삼나무' 창호와 '전망창'이 나 있었고, 0.6에이커 부지에 주차장도 있었다. 씨멘트 블록으로 된 아랫부분은 거대한 잇몸이 드러난 것처럼 보였고 집 주위엔 작고 앙상한 관목 몇그루만이 자라고 있었으며, 부지 전체를 통틀어 나무가 다섯 그루를 넘지 않는데다 하나같이 가냘프기만 했다. 그 집은 마씨너 시 경계선에서 살짝 벗어난 시골 고속도로 가에 위치해 있었는데, 그 도로의 제한속도는 시속 80킬로미터이고 시 경계선 안쪽은 55킬로미터임에도 트럭들이 시속 100킬로미터로 쌩쌩 달리는 통에 단단히 고정되지 않은 모든 것이 덜컹거렸다. 주위에는 운이 다한 작은 농장이 여럿 있었고 일부는 앞에 매매 표지판이 세워져 있었다. 1킬로미터 떨어진 곳에 크고 복잡한 K마트와 장사가 잘되는 듯 보이는 포드 자동차 대리점이 있고, 쎄븐일레븐과 엑손 주유소, 세차장이 들어 있는 소규모 쇼핑쎈터도 있었다. 마씨너는 인구 3,400명의 소도시로, 아버지는 앞으로 영원히 이 도시에서 살게 될 거라고 했지만 집은 임시 거처였다. 아버지는 시간에 쫓겨 급히 집을 구해야 했기에 혼자서 결정을 내릴 수밖에 없었다. 그래서 변호사의 개입 없이 전 주인의 대출을 떠안고 소액의 계약금만 지불하는 조건으로 집을 계약했다. 하이포인트 농장을 판 돈으로 우선 멀베이니 지붕회사를 다시 세우고 임시로 그 집에서 살다가 여유가 되면 적당한 집을 찾아볼 작정이었다. 아니면 집을 새로 짓든가.

어머니는 눈은 뜨고 있어도 제대로 보이는 게 없는 멍한 상태에서 새집의 모든 면에 미소를 보내며 아버지가 하는 모든 말에 웅얼웅얼 대답했다. "그래요, 마이클. 원래 그게 우리가 늘 꿈꾸던 거였잖아요. 우리집을 짓는 거."

하이포인트 골동품점도 아주 그만둔 건 아니었다. 멀베이니 지붕회사처럼 마씨너에 다시 차릴 작정이었다.

다만 '난평면 목장주택'에 어머니의 귀중한 물건들을 보관할 장소가 넉넉지 않다는 것이 문제였다. 단층이나 다름없는 이 집은 틀에 박은 직사각형 구조에 거실, 식당, 부엌,

'오락실', 그리고 후면에 침실 세 개가 있었고 그중 두 개는 아이들 침실이라 작았다. 간이차고 너머로 연장창고가 있긴 했지만 아버지의 잔디깎이 기계, 트랙터, 원예도구 정도만 넣을 수 있었고, 지하실 공간도 위층에 들어가지 않는 가구들과 아직 풀지 않았고 앞으로 오랫동안 풀지 않을 이사용 궤짝, 상자, 통으로 금방 꽉 찼다. 하이포인트 농장의 옥수수 창고 크기밖에 안되는 다락방도 있었는데 이곳 역시 빈 공간이 없었다. 혼잡하고 병렬적인 배치 때문에 이상하고 심란한 느낌을 주는 낯익은 물건들이 새집의 모든 공간을 가득 채운 모습은 마치 비인간적이고 악의적인 만족감을 위해 악몽 속에서 삶 전체를 아무렇게나 뒤섞어놓은 듯했다. 어머니는 초조하게 웃으며 놀라운 듯 말했다. "꼭 머리통 속 같구나. 느긋하게 대처해야지. 평정을 잃지 말고 유머감각을 유지해야지. 캠핑 왔다고 생각하지 뭐. 임시로. 오, 아무리 그래도 지하실은…… 들여다보기도 무서워." 그러면서 진저리를 치며 웃었다.

하지만 어머니는 지하실을 들여다보았다. 아니, 그 이상이었다. 아버지가 볼일을 보러 나가고 내가 학교에 가 있는 동안 어머니는 끙끙대거나 멍멍 짖어대는 개 한두 마리를 뒤에 달고 위아래층을 오르내리며 문득 생각난 소중한 골동품(램프, 수채화, 추시계, 퀼트, 포도주색 크리스털 술잔 등)을 빠뜨리지 않고 챙겨왔는지 확인했다. (우리에게 개는 폭시와 리틀 부츠만 남아 있었고 고양이는 스노우볼, 마멀레이드, 그리고 어머니가 불쌍히 여겨 마씨너까지 데려온 헛간의 검은 새끼고양이 씬이 있었다. 하이포인트 농장의 새 주인은 머릿수가 늘 변하는 헛간의 반야생 고양이들을 어떻게 처리할 것인지 분명한 입장을 밝히지 않았는데 어머니는 최악의 경우를 두려워했다. "그들이 지머면 노인을 불러서 고양이들을 쏘아 죽이면 어쩌지? 그 비열한 노인네가 그러라고 부추기면 어쩌지? 그런 일이 일어나지 않을 거라고 장담할 수가 없어. 하지만 난 그 일에 대해선 알고 싶지도 않아. 떠나서 다행이야.") 어머니는 눈을 거의 감은 듯 가늘게 뜨고 할로윈 가발 같은 희끗희끗하고 부스스한 붉은 머리를 날리며 어딘가로 달려가다가 우뚝 멈춰서곤 했다. 자기가 어디로 가고 있는지 잊어버려서, 또는 숨을 헐떡이며 목적지에 도착해서. 목적지는 지하실, 다락방, 연장창고, 뒤쪽 침실(이 방의 모습도, 잡초 무성한 뒷마당이 도랑까지 이어진 창문 밖 전망도 분명 처음 보는 것 같았다)이었지만 거기 왜 갔는지를 잊어버리고 말았다. 시내에 나가서 살 물건들의 목록을 만들었다가(이사하기 직전에 죽은 불쌍한 페더스를 대신할 새도 포함되어 있었다) 그만 그 목록을 잃어버려 다시 만들었고, 새 목록도 잃어버리거나 잔뜩 구겨진 채 주머니에 들어 있는 걸 뒤늦게 발견했다. 게다가 본인도 알아보기 힘들게 휘갈겨쓴 글씨. 새 친구 사귀기(여자!) 이것도 쪽지에 휘갈겨쓴 것 같았다. 새 교회 찾기(시골!). 전화국에 연락해서 전화를 놓고 가스와 전기회사, 석유배달 회사, 마씨너 교육청, 우체국과 접촉하는 일도 당연히 어머니 몫이었다. 마씨너 퍼스트 은행에 보통예금과 저축예금 계좌도 만들어야 했다. 뉴욕 마씨너 포스트 로드 193번지에 위치한 멀베이니가의 새집에 대한 주택보험도 들어야 했다. 그러나 마씨너 시내를 향해 달려간 어머니는 길을 잘못 드는 바람에 시골에서 반시간을 헤맸다. 두 블록밖에 안되는 마씨너 시가지를 빙빙 돌며 마운트 이프리엄에서 이십년 동안 다녔던 가게를 찾아 헤매기도 했다. 그렇게 정신없는 와중에 동물들에게 벌써 한참이나 미룬 광견병과 디스템퍼 전염병 예방접종까지 시켜야 했다. 새끼고양이 씬은 하루가 다르게 쑥쑥 커가고 있어서 빨리 거세를 시켜야 나중에 탈이 없을 터였다. 그래서 그녀의 어수선한 외출에 늘 조수로 따라나서는 저드가 학교에서 돌아오는 걸 기다리지도 않고 혼자서 폭시, 리틀 부츠, 스노우볼, 마멀레이드, 씬을 데리고 10킬로미터 떨어진 동물병원에 다녀오는 모험을 감행했고, 덕분에 더러워진 스테이션왜건 내부를 철저히 청소하고 살균제로 소독하고 방향제를 세 통이나 뿌려야 했다. 흠, 우리 모두에게 오늘은 대단한 하루였지. 그날 저녁 온 가족이 식탁에 둘러앉는다면 그녀는 남편과 아들을 즐겁게 해주려고 쿡쿡 웃으며 그렇게 말하리라. 그리고 팔을 들어 긁힌 자국을 내보이리라. 이 전쟁의 상처들을 보라니까!

그럴 때 남편과 아들의 표정이란!

어머니는 전화벨이 울려대는 와중에 난장판 속에서 전화기를 찾지 못할 때도 있었다. 마이클 씨니어의 전화면 어쩌지? 갓난아기를 떼어놓은 엄마가 다른 일에 집중해 있을 때조차 강박적으로 아기를 생각하고 걱정하듯 그녀가 강박적으로 생각하고 걱정하는 그녀의 사랑하는 남편. 그의 소식을 전하는 전화라면? 그녀는 성마른 전화벨 소리가 끊기기 전에 전화를 받으려고 부엌 벽에 걸린 전화기를 향해 미친 듯이 질주했고, 넘어질 시간도 없어서 넘어지는 도중에 환상적인 우아함과 민첩성으로 몸을 똑바로 세워 계속 달렸지만(개들은 뒤에서 따라오며 히스테릭하게 낑낑대거나 짖어대고, 고양이들은 눈이 휘둥그레져서 꼬리를 깃털처럼 세우고 흩어졌다) 결국 조롱하는 듯한 신호음만 듣게 되기 십상이었다. "네? 여보세요? 누구세요? 저는……" 그녀는 잠시 멍하니 자기 이름이 뭔지 생각하다가 친구들의 관심을 받지 못하는 여학생처럼 슬프게 수화기를 내려놓았다.

난 코린 멀베이니예요, 제발 나를 잊지 말아줘요.

하이포인트 농장을 떠난 후 몇주 동안 어머니는 하루에도 열두 번씩 하이포인트 농장에 새로 이사온 여자에게 전화하고 싶은 충동을 억눌러야 했다. 그 여자! 그…… 착취자! 코린 멀베이니가 옴짝달싹 못하는 처지임을, 하이포인트 골동품점의 재고품과 가재도구들이 '난평면 목장주택'에 들여놓기엔 너무 많고 그것들을 다른 데 팔 시간도 없는 딱한 사정임을 영리하게 간파한 그 여자는 자신이 도와주겠다고 나섰다. 1840년산 복고풍 고딕 주철 장의자를 150달러에, 콜트 윌로우 웨어 제품인 침대를 200달러에, 매리앤의 방에 있던 작고 정교한 독일산 도자기 시계를 60달러에 사놓고 '도와준다'니! 얼마나 밉살스러운가! 하지만 물론 코린은 그녀를 미워하지 않았다. 코린 멀베이니는 영혼 가장 깊숙한 곳까지,

뼛속까지 속속들이 기독교인이고 마이클 멀베이니의 가장 사악한 적들까지도, 그를 감옥에 집어넣는 데 거의 성공할 뻔했던 마운트 이프리엄 컨트리클럽의 옛 친구들까지도 미워하지 않을 수 있었다. 그리고 모턴과 씬시어 런트 부부, 한때 그녀의 친구였으나 아들 재커리가, 그 강간범이 그녀의 딸에게 저지른 잔악한 행위를 부인했을 뿐 아니라 아들을 보호하기 위해 그녀의 딸을 비방하기까지 한 그들마저 코린 멀베이니는 미워하지 않을 수 있었다.

지난 몇개월 동안 코린은 매리앤과 연락이 끊긴 듯했다. 그녀는 펜실베이니아 이리에 있다는 매리앤의 주소를 갖고 있었다. 이사하느라 정신없는 사이에 잃어버리지 않았다면. 매리앤의 전화번호는 몰랐다. 물론 매리앤이 더이상 킬번 주립대학 학생도, 그린 아일 협동조합인지 뭔지 하는 곳의 거주자도 아니라는 것은 알고 있었다. 분명 매리앤은 다른 대학으로 옮겼을 터였다. 그런데 펜실베이니아 이리에도 대학이 있나? 그녀는 저드에게 도서관에 가서 찾아보라고 했다. 킬번 주립대는 뉴욕 주 내에서도 그다지 알아주는 대학이 아니었고 상대를 빤히 응시하는 젖은 눈과 빛나는 그리스도의 머리칼을 지닌 '에이브러브'란 인물도 믿음이 안 갔다. 그러니 매리앤이 그곳을 떠난 건 잘된 일이었다. 코린은 크게 걱정하지 않았다. 그녀는 성장해서 뿔뿔이 흩어진 자식들에 대해 어미 고양이가 성장해서 뿔뿔이 흩어진 새끼들을 걱정하는 것 이상으로 마음 쓸 여유가 없었다. 애들이 둥지를 떠나 뿔뿔이 흩어지는 건 자연의 이치야. 그녀는 그렇게 되뇌었다. 언젠가 패트릭도 식탁에서 가족들에게 그렇게 연설하지 않았던가. 그건 포유동물이 근친상간으로 유전자를 약화시키는 것을 막기 위한 자연의 전략이고, 목적에 따른 에덴동산에서의 추방이죠. 그래서 코린은 매리앤에 대해서도 패트릭에 대해서도 심각하게 걱정하지 않았고 둘 다 조만간 연락을 해오리라 믿어 의심치 않았다.

누더기 퀼트 인생. 두 아이 다! 예상치 못했던 일이었다.

하지만 요즘은 그 두 아이들이 부러울 정도였다.

그리고 마이키 주니어. 물론 이젠 감히 그렇게 부를 수가 없었다. 해군 일등병 마이크 멀베이니 주니어. 적어도 마이크는 행방이 묘연하진 않았다. 사람들이 큰아들에 대해 물으면(사람들이 물어봐주던 시절에) 부모님은 자랑스럽게(이란 사태로 불안감을 안고 있긴 했지만) 해군에서 전기병으로 복무하고 있다고 대답했다. 부모님은 군복 차림의 마이크의 사진들을 갖고 있었는데, 깨끗이 면도한 잘생긴 얼굴에 침울한 미소를 머금고 확신과 자긍심이 넘치는 태도를 보이고 있는 모습이 무척이나 근사했다. 아니, 눈부시게 아름다운 건 군복이었을까? 그는 싸우스캐럴라이나 패리스 섬에서 11주간 신병훈련을 받고 처음 집에 휴가를 나왔을 때 그가 말하는 '민간인 사회'에 잘 적응하지 못했다. 부모를 불편해하는 듯했고 아버지가 술을 마시고 담배를 피우는 것, 심지어 아버지의 자세까지도 못 견뎌하며 빨리 군대로 돌아가고 싶어했다. 코린은 그런 아들을 보고 크게 상심하고 충격을 받았다. 그리고 그런 사실을 마이크 주니어에게 숨기지 않았다.

"넌 어떻게 자기 부모를 모르는 사람들 보듯 할 수 있니?" 코린이 그렇게 따지자 마이크 주니어는 당황해서 근육질의 어깨를 움찔하며 전에는 볼 수 없었던 방식으로 그녀를 똑바로 쳐다봤는데, 코린은 경례라도 붙일 듯한 그 태도가 신병훈련소에서 몸에 익은 것이리라 생각했다. 그가 대답했다. "어머니, 이상하게도 부모님이 낯설어요. 모든 것에 암호가 걸려 있고 그걸 푸는 열쇠를 잃어버린 것 같아요."

그러자 이번에는 코린이 아들을 낯선 사람 보듯 쳐다봤다.

다행히 지난 일년 동안 마이크 주니어는 가족에게 되돌아왔다. 코린이 전하는 소식을 듣고 농장과 아버지의 사업에 대해 걱정했고(아버지의 음주와 두번째 체포, 앙심을 품은 커클런드 판사와의 문제에 대한 소식은 전하지 않았지만) 집에 전보다 자주 전화도 하고 엽서까지 보냈다. 원래부터 편지는 전혀 쓰지 않았지만 엽서 정도는 쓸 수 있었고, 지브롤터, 카이로, 사우디아라비아 같은 이국적인 장소들에서 엽서를 보내왔다. 사연 끄트머리에는 대개 공들인 글씨로 마이크라고만 썼지만 한번은 눈부시게 푸르른 지중해가 담긴 엽서에 가족을 생각하고 사랑하는 마이크라고 써서 보내기도 했다.

오랫동안 큰아들을 없는 자식 취급했던 마이클은 큰아들이 보내온 엽서를 보고 크게 감동했다. 특히 가족을 생각하고 사랑하는 마이크가 그의 마음을 움직였다. 마이크 주니어가 철이 들고 어른이 된 것이다! 건달 친구들하고밖에 어울릴

줄 몰랐던 성질 급한 철부지 어린애를 해군이 어른으로 만들어준 건 기적이었다(물론 우라지게 진부한 말로 들리긴 하지만 그게 사실인 듯했다). 어른이 된다는 것이 자기통제력을 갖고 그런 사실에 자긍심을 갖는 걸 의미한다면 말이다.

아버지인 마이클 멀베이니 씨니어 자신은 다행인지 불행인지 군복무 기회를 갖지 못했다. 일찍 결혼해서 아이들이 바로 태어나지 않았더라면 그는 한국전쟁에(당시엔 전쟁이 아닌 '분쟁'으로 불렸지만) 나갔을 수도 있었다. 마이클 멀베이니가 군대에 갔다면 무엇을 배웠을지는 알 수 없는 노릇이었다.

직접 부딪쳐 부러지고 깨져야 배움을 얻을 수 있는 거니까.

마이클은 농장을 잃고 사업에 실패하게 될까봐 걱정이 태산인 가운데에도 코린에게 옛날 사진이 든 앨범을 찾아보라고 했다. 부부는 거실에 앉아 맥주를 홀짝이며 앨범을 보았고, 마이클은 하이포인트 농장 시절 초기의 사진들을 한참이나 들여다보며 눈에 눈물이 고인 채 미소짓고 소리내어 웃고 고개를 저었다. 신혼의 젊은 부부의 모습, 환히 미소짓는 엄마 품에 안긴 일주일 된 마이키 주니어, 이제 아장아장 걷는 우량아로 성장해 입을 벌리고 카메라를 보는 마이키 주니어, 제 조랑말에 탄 네살의 마이키 주니어. 그런데 그 조랑말 이름이 뭐였지? 마이클은 한숨지으며 따뜻하고 육중한 손을 코린의 무릎에 올려놓았는데 그건 우린 긴 세월을 함께했지라는 의미의 오래된 부부의 몸짓이었다. "코린, 그 아이가 돌아올 거라고 생각하오? 나와 함께 일을 하려고 할까?

이젠 그 아이에게 그렇게 모질게 굴진 않을 거요. 내가 너무 몰아붙였던 것 같아. 마이크와 난 좋은 팀이 될 수 있었는데. 그 아이가 이 아비에게 다시 한번 기회를 준다면……"

코린은 마이클의 손을 살며시 잡으며 미소 띤 얼굴로 대답했다. "글쎄요, 어쩌면요. 우리 기도해요."

그 몇주 동안의 일이 마치 몇해 전에 일어난 듯 까마득히 멀게 느껴졌다. 삶은 일단 속도를 내기 시작하면 점점 더 빨리 내닫는 법이니까. 아마도 패트릭은 그걸 과학적인 용어로 설명할 수 있을 터였다. x, y, z 방정식을 이용해서.

코린은 어딘지 모를 지하실 계단에 앉아 있는 자신을 발견하곤 했다. 하이포인트 농장은 아니었다. 그곳과는 달랐다. 불도 켜져 있지 않고 거기 있는 목적도 생각나지 않았다. 손에 식은 커피잔을 들고 있기도 하고 드라이버나 스펀지 걸레나 윈덱스를 들고 있기도 했다. 그렇다면 어디로 가고 있었던 거였다. 하지만 지나친 스트레스로 머리가 어떻게 된 쉰살의 여자는 멍하니 어둠 속에 앉아 무시무시한 형체의 궤짝과 통과 뒤집어진 테이블과 의자 따위가 교활하게 손짓해 부르는 컴컴한 지하실을 향해 희미한 미소를 보내고만 있을 뿐이었다. 정처없이 헤매다 지하무덤에라도 들어간 것일까? 이곳은 죽음의 땅인가? "어머니, 혹시 여기 계세요? 그런가요?" 농담 섞인 허세였다. 코린 멀베이니는 그녀 자신만 웃길 수 있으면 되니까. 그러면 만사 문제없는 것 아닌가.

더 이상한 건, 알지도 못하는 뒷마당에서 오들오들 떨고 있는 자신을 발견하곤 하는 것이었다. 냉랭한 안개나 심지어 가벼운 눈발이 날리는 날씨 속에서. 봄이 오고 있는 건가 아니면 겨울이 시작되고 있는 건가? 거의 나무를 찾아볼 수 없는 헐벗은 교외 지역…… 오, 사람들은 어떻게 나무 없는 삶을 견딜 수 있을까? 하늘에 이렇게 적나라하게 노출되는데. 집 앞에는 시골 고속도로가 있고 디젤 트럭들이 천둥소리를 내며 지나갔다. 볼품없는 산울타리 바로 너머에 있는 이웃집도 간이차고와 눈부시게 흰 알루미늄 벽널이 있는 난평면 목장주택이었다. 폭시와 리틀 부츠가 울타리 너머의 독일산 셰퍼드 두 마리를 향해 털을 곤두세우고 멍청한 머리가 떨어져나가라 마구 짖어댔다. 코린은 채소밭과 꽃밭을 가꿔보려고 땅을 갈기 위해 빌어먹을 트랙터를 작동시키려다 결국 포기하고 말았다. 4월이지만(아직 3월인가?) 그녀는 시작하고 싶었다. 푸석푸석한 흙을 만져보고 싶은 갈망. 빌어먹을 트랙터는 연료가 떨어진 모양이었다. 요즘 마이클은 농기구 정비에 관심조차 없었다. 트랙터가 아니라도 가래, 삽, 괭이를 쓰면 된다. 아무 거라도! 딱딱해진 흙을 부수고 갈기만 하면 되니까. 성 파트리키우스의 날 직후에 상추를 심으면 된다. 적어도 이론상으론 그렇다.

나는 학교에서 돌아와 그런 곳에서 어머니를 발견하곤 했다. 눈발이 흩날리거나 찬 가랑비가 내리는 뒷마당 같은 말도 안되는 장소들. 거기서 어머니는 단단한 땅에 삽질을 하느라 애를 쓰고 있었다. 더러워진 파카와 바지 차림으로. 나는 자전거를 간이차고에 세워두고(학교까지는 2.5킬로미터 거리였는데 3월의 꽃샘바람 속에서도 내겐 자전거를 타고 달릴 때가 하루 중 가장 행복한 시간이었다) 뒷마당으로 나갔는데, 어머니가 분명 입술을 움직이고 있고 짧은 입김이 나오는 게 보이는데도 혼자 무슨 말을 하는지는 들리지 않았다. 저드의 쾌활한 목소리가 어머니를 불렀다. "엄마! 뭐 하시는 거예요?" 어머니는 움찔 놀라 고개를 돌렸지만 잠시 나를 알아보지 못하는 듯했다. "오, 저드. 학교에서 이렇게 일찍 온 거니? 도대체 지금이 몇시지?" 그러면서 손목시계를 더듬어 찾았지만 시계를 차고 있지 않았다.

엄마를 보살펴야 해. 엄마가 무너지지 않도록.

저드 멀베이니의 쾌활하고 요란한 목소리가 내 귓전을 울리며 명령했다. 나는 눈을 똑바로 뜬 채 아버지가, 우리 가족의 삶이 추락하는 걸 보았다. 트럭 감속이라는 경고 표지판이 붙은 가파른 경사로에서 폭주하다가 브레이크가 말을 안 들어 정신없이 미끄러지는 쎄미트럭처럼.

그래서 나는 어머니의 농기구들을 창고에 치우고 어머니를 집으로 이끌었다. 만일 어머니가 지하실 계단에 넋을 놓고 앉아 있는 모습을 발견하면 나는 환하게 좀 살자고요! 라고 놀리며 불을 켜고 어머니를 부엌으로 이끌었다.

이제 우리는 텔레비전 속의 엄마와 학교에서 막 돌아온 십대 아들 역할을 할 수 있었다. 아들은 자전거를 타고 돌아온 착하고 오염되지 않은 순박한 시골 아이였다.

그런 때면 어머니는 다시금 눈에 연푸른 네온등을 켜고

트고 갈라진 손을 비비며 말했다. "자, 배가 몹시 고프겠구나! 간식 좀 먹어야지." 어머니는 냉장고 문을 열고 우유나 오렌지주스, 세모꼴로 자른 젤리 같은 체리파이를 찾으며 덧붙였다. "하지만 저녁 입맛을 잃을 정도로 먹어선 안돼, 물론!"

나는 어머니의 미소 띤 눈길을 받으며 이전 세입자들의 팔꿈치에 닿아 색이 바랜 포마이카 식탁에 앉았다. 나는 정말로 몹시 배가 고팠기에 맛있는 오후 간식을 걸신들린 듯 먹어치웠다.

눈부시게 흰 알루미늄 벽널을 댄 난평면 목장주택은 우리집이 아니었고 영원히 그렇게 될 수 없었다. 우리 개와 고양이 들도 나처럼 그걸 아는지 낮잠 잘 곳을, 잃어버린 정든 자리를 찾기 위해 초조하게 쿵쿵거리며 돌아다녔다. 신경이 날카로워진 리틀 부츠는 내가 늘 하던 대로 목덜미의 늘어진 가죽을 간질이면 나를 물려고 달려들었다. 폭시도 고속도로의 요란한 디젤 트럭을 향해 짖는 것처럼 보이지도 들리지도 않는 위험을 향해 맹렬히 짖고 짖고 또 짖어댔다. 가련한 페더스가 일곱살까지 천수를 다하고 세상을 뜨는 바람에 이제 집에 카나리아는 없었다. 어머니는 새로 카나리아나 앵무새를(대화 상대가 필요하다고 농담처럼 말하며) 사고 싶어했지만 당장은 아니었다. "정착할 때까지 기다렸다가."

어느 슬픈 날에는 마멀레이드가 사라졌다. 어머니는 애타게 마멀레이드를 불렀고 나도 자전거를 타고 멀리까지 찾아다니며 목청껏 마멀레이드를 불렀다. "마멀레이드! 우리 고양이, 마멀레이드, 마멀레이드, 마멀레이드!" 하지만 그 꾀 많은 오렌지색 늙은 고양이는 끝내 나타나지 않았다.

또 어느 슬픈 날은 아버지가 진입로에서 링컨 콘티넨털을 후진하면서 뭔가 물컹한 걸 쳤는데 알고 보니 불쌍한 새끼고양이 씬이었다. 그때 씬은 겨우 6개월밖에 안된 새끼였고 거세수술을 받은 지도 얼마 안된 상태였다. 어머니는 마멀레이드를 잃었을 때보다 더 슬피 울었는데, 마멀레이드는 우리와 몇해를 함께 살았지만 우리에게서 도망쳤다고 여겼기 때문인지도 모른다.

어머니가 너무 슬퍼해서 나는 저러다 병이라도 나면 어쩌나 걱정이 되었다. 어머니가 한탄했다. "씬은 제대로 살아 보지도 못하고 죽었어. 오, 우리가 왜 여기 왔을까? 이 끔찍하고 끔찍한 곳에."

우리는 제대로 살아보지도 못한 검은 새끼고양이 씬을, 무게가 1.5킬로그램도 채 되지 않는 부드러운 털 속의 그 축처진 몸뚱이를 뒷마당의 단 한 그루뿐인 나무다운 나무 밑에 묻었는데, 하필 그 나무는 아버지가 지저분하고 바람에 잘 꺾인다고 싫어하는 수양버들이었다.

집은 집이 아니었고 비현실적이었으며 내겐 그게 좋았다. 학교는 그보다 훨씬 비현실적이었다. 마치 잠깐 보다가 꺼버리는 시시한 텔레비전 프로그램처럼.

마씨너 고등학교에서 집으로 돌아오면 나는 즉시 학교에

대한 모든 기억을 지웠다. 학기 중간인 3월에 전학해 여름방학까지 4개월도 남지 않았는데 나는 벌써 방과 후와 토요일에 할 수 있는 일을 찾고 있었다. 마침내 농장의 허드렛일에서 해방된데다 할 일이 필요하기도 했고, 무엇보다 내 손으로 돈을 벌어보고 싶었던 것이다. 내 손으로 돈을 벌자! 그건 기도와도 같았다. 하이포인트 농장을 잃은 것이 백 퍼센트 나쁘기만 한 건 아닌 모양이었다.

아버지는 집에 돈이 있고 멀베이니 지붕회사가 잘나가던 옛날에는 하이포인트 같은 농장의 유지비가 얼마나 많이 드는지, '쓸모라곤 없는' 동물들에게 얼마나 많은 돈이 들고 자식들과 아내의 '악명 높은 지출'은 또 얼마나 무서운지 농담삼아 한탄하기를 좋아했지만 파산을 앞둔 지금은 그런 농담은 고사하고 아예 돈 얘기조차 꺼내지 않았다.

걱정 마세요, 아버지. 저도 일하겠어요. 저도 도울 수 있어요.

우리가 함께 살 수 없다면 저도 독립할 수 있어요! 두고 보세요.

마운트 이프리엄에서 마씨너 고교로 전학한 열일곱살의 저드 멀베이니는 새 학교에서 시선과 관심을 한몸에 받았다(마운트 이프리엄 고교가 훨씬 '세련되고' 크기도 두 배나 되니 마씨너가 얼마나 시골인지 짐작이 될 것이다). 나는 이 새 학교에서 머리 좋은 사춘기 남학생의 오만을 지니고 있었고, 스스로 생각하는 것만큼은 아니었지만 경쟁하기 수월할 만큼은 똑똑했다. 숙제도 시건방지게 뚝딱 해치웠고 시험 답안도 금방 대충 써냈다. 그래서 가끔은 높은 점수를 받았고 가끔은 그렇지 못했다. 수업중에 자진해서 발표를 하는 일은 거의 없었지만 선생님이 시키면 정확한, 심지어는 인상적인 대답을 할 수 있었다. 패트릭 형을 아는 사람이라면 내가 형의 몇가지 외적인 태도를 닮았음을 알아봤을 것이다. 수줍음을 감추기 위한 거만한 침착성, 사뭇 위협적으로 얼굴을 찌푸린 침묵. 패트릭 형처럼 코 위의 안경을 밀어 올릴 수 있도록 시력이 나빴으면 좋았으리란 생각마저 들 정도였다.

그런 건 신경쓰지 마, 저드. 네 방식대로 살아. 여기선 아무도 멀베이니 가족을 모르니까.

그 첫 봄에 나는 급우들 이름은 고사하고 선생님들 이름조차 거의 외지 못했다. 사실 그건 어렸을 때 어머니가 잠자리에서 읽어주었던 『이상한 나라의 앨리스』의 마지막 장면처럼 통쾌한 일이었다. 마지막 장면에서 앨리스는 자신을 위협하는 왕과 여왕, 사형집행인 들을 갑자기 공중으로 던져버리고 자신이 카드놀이를 하고 있었을 뿐임을 깨닫는다. 누가 당신들한테 신경쓰겠어? 당신들은 한 묶음의 카드에 불과해!

나는 어린아이였을 때나 새로운 인생을 시작한 열일곱살의 전학생이 되어서나 변함없이 그 장면이 좋았고 갈수록 더 좋아졌다.

엄마를 보살펴야 해. 엄마가 무너지지 않도록.
아버지에 대해서는…… 신경쓰지 말고.

나는 아버지에 대해 왜곡하고 싶지는 않다. 아버지는 술을 많이 마시지 않고 들어올 때도 있었다. 좀더 정확히 말하자면, 취한 티가 나지 않을 때도 있었다. 취한 티라는 것은 말하자면 호전성의 경계선에 있지만 그 선을 넘을 기력이 부족한 상태에서 마비된 눈으로 노려보는 것이었다. 아버지는 녹초가 된 몸으로 집에 돌아와 음식을 먹을 기운도 없어서 맥주 한두 캔을 단숨에 들이켜고는 그대로 침대에 쓰러져서 다음날 아침 6시에 일어났다. 그는 심성은 착한 사람이지만 창에 찔려 곤추서서 버둥거리는 짐승처럼 곤경에 빠져 난폭해진 상태였다. 그를 위로하거나 그에게 위로받기 위해 가까이 다가가면 다칠 수도 있었다.

그 시절에 나는 아버지에게 냉담해진 듯하다. 아빠 술주정뱅이야. 바보 멍청이야. 아빠 엄마랑 내겐 신경도 안 써. 아버지가 내게 명령조로 일을 시키면 나는 뚱하니 어깨를 으쓱하고는 천천히 뜸을 들였고, 아버지는 그런 내 어깨를 밀었다 (그냥 민 거였다! 누가 어른인지 보여주기 위해). 그러면 내 가슴엔 분노가 밀려들고 폭발할 듯 뜨거워진 비쩍 마른 몸에 아드레날린이 솟구쳤다. 나는 산탄총과 소총들을 생각했다. 그것들은 이제 지하실에 마구 처박아놓은 상자들 틈에 있었지만, 그렇다, 난 그것들이 어디 있는지 알고, 찾을 수 있었다. 내겐 아들이 아버지를 죽이는 것이 더없이 자연스러운 일로 여겨졌다. 자신만이 아니라 어머니를 보호하기 위해. 그는 폭발하기를 기다리고 있어. 그가 매리앤 누나에게 한 짓을 봐. 매리앤 누나가 아예 존재하지도 않았던 것처럼 지워버렸잖아. 그가 너한테도 그런 염병할 짓을 하지 않으리라고 어떻게 보장해.

나는 패트릭 형이 그리웠다! 내가 사랑하는 형, 친구로 여기게 된 형. 지성과 지혜를 갖춘 형과의 대화가 필요했다. 형이 부모님에 대해 뭐라고 했더라? 희생자들이라고 했지. 아버지는 포식자에게 생명을 빨아먹히고 있는 불쌍한 동물과도 같다고 했지. 그게 자연의 계획이라고. 그러면서도 패트릭 형은 아버지를 비난하는 듯했다. 절대로 아버지를 용서하지 못했다. 어쩌다 한번 집에 전화할 때도 아버지가 집에 있을 것 같은 시간을 피해 어머니와 나하고만 통화했다. 그리고 형은 악을 믿는다고 했다.

나는 다 이해할 수도, 통제할 수도 없는 우리의 현실에 대해 패트릭 형과 이야기하고 싶었다. 내가 어린애 같은 환상 속에서조차 통제할 수 없는 현실. 아버지는 늘 거래중이었고 그 거래들은 번번이 실패로 끝났다. 긴 통화를 하고, 갑자기 차를 몰고 나가고, 설명도 없이 저녁식사 시간에 들어오지 않고, 초석을 놓는다느니 점들을 연결한다느니 하는 수수께끼 같은 말들로 긴 부재를 설명했다. 하루는 전에 십장으로 데리고 있던 알렉스 플러드를 고용해 그가 가족을 데리고 마씨너로 이사온다고 하더니 알렉스 플러드의 마음이 변한 건지 아버지의 마음이 변한 건지 그 계획은 없었던 일이 되고 알렉스는 '영원히 무대에서 사라졌다'. 하루는 로체스터의 어느 납품업자와 거래를 한다고 하더니 며칠 후 그 납품업자도 '영원히 무대에서 사라졌다'. 아버지는 마씨너와 그 인근에서 벌써 많은 사람들을 사귄 듯했는데, 대부분 손으로 먹고사는 이들로 술집에서 알게 되었으며 함께 있으면 편안하고 서로를 '존경'할 수 있다고 했다. 그러면서도 한편으론 이곳 사람들이 어쩐지 자기를 좋아하고 환영하는 것 같지 않다고 말했다. "그들은 나한테 기회를 주려고 하지 않아. 내가 여기 사는 걸 진심으로 환영하지 않는 거야. 누군가 그들에게 내 얘기를 한 것 같아."

어머니가 신중하게 말했다. "마이클, 여보…… 누가 당신 얘기를 하겠어요? 왜?"

"누군지 당신도 알잖소. 그 이유도 알고." 아버지가 대꾸했다.

❦

수개월, 아니 결국 수년 동안 패트릭 형은 가족과 연락을 끊고 살았다. 나는 형이 너무도 그리웠고 섭섭한 마음에 형에게 냉담해지려고 노력했지만 그렇게 되지 않았다.

내게 진정한 형제가 있음을 깨닫자마자 나는 패트릭 형을 잃었다! 나쁜 인간.

상처받긴 어머니도 마찬가지였다. 어머니와 저드, 그를 사랑하는 두 사람.

패트릭 형이 코넬 대학 학사과정을 최우등으로 졸업하는 영예를 마다하고, 그에게 큰 기대를 걸고 있는 교수들을 실망시키고 왜 갑자기 떠났는지 이해할 수 있는 사람은 세상에 나 하나뿐이었을 것이다. 하지만 나조차 진실로 이해하진 못했다. 그는 정의 실현을 이룬 것에 대해, 결국 재커리 런트를 죽이지 않고 그 개자식을 심하게 다치게 하지도 않은 것에 흐뭇해했다. 그는 해방감을 느낀다고, 다시는 살아 있는 존재를 벌할 필요가 없게 되었다고 말했다. 그리고 만일 재커리가 패트릭 형을 알아봤다고 하더라도 그는 절대 그 사실을 입 밖에 내지 않을 터였다.

그런데도 패트릭 형은 사라졌다. 우리는 가끔 형의 엽서를 받았는데, 모두 옛날 주소로 보낸 것이었다. 엽서에는 캘리포니아, 유타, 아이다호 소인이 찍혀 있었다. 모두들 잘 지내고 있기를 바랍니다. 연락 못해서 죄송하고, 곧 전화할게요. 약속해요. 가능하면 어머니 생일에. 사랑하는 패트릭. 그는 캘리포니아 주 오클랜드에서 '학습장애아'들을 지도하고 있었다. 몬태나 주 글래시어 국립공원 내의 화재감시소에서 일하기도 했다. 여행을 하다 보니 제가 가능하다고 생각했던 것 이상을 배우게 됩니다. 과거의 제가 너무도 부끄럽고요. 제 스물두번째 생일을 맞아(함께 있지 못해 죄송해요) 가족 모두에게 사랑을 전하고 싶어요. 아들이자 형 패트릭. 그는 콜로라도 주 보울더에서 대학에 다니며 지질학과 고고학을 배웠고 일본인 여자 도예가의 견습생 일도 했다. 하지만 이번에는 곧 덴버로 가서 병원 잡역부가 되었고 그 한 달 후에는 노스다코타 주 파고로 떠났다. 곧 전화드릴 것을 약속합니다. 전 건강하고 가족 모두 잘 있기를 바랍니다. 코넬로 돌아가려고 알아보고 있어요. 학위를 받으려고요. 연락 못해서 죄송하고, 곧 전화드릴게요. 사랑하는 pj.

우리는 패트릭 형이 코넬로 돌아가는 문제에 대해 더 자세한 소식을 듣고 싶었지만 시간만 속절없이 흘러갔다.

우리는 그의 전화를 기다리고 또 기다렸다.

지난해 부활절 일요일, 나는 패트릭 형의 지시대로 했다. 어머니와 함께 교회에 다녀온 뒤 안절부절못하며 점심을 먹은 다음 친구 집에 간다고 핑계를 대고 차를 몰고 나와 쌘드힐 로드에 있는 폐허가 된 옛 공동묘지로 가서 약속한 장소에서 총을 발견했다. 나는 순찰차가 오거나 나무 뒤에 숨어 지켜보는 사람이 있을 것만 같아 잔뜩 겁을 집어먹고 토끼처럼 재게 움직였다. 하지만 그곳은 시골이 대개 그렇듯 인적이라곤 없이 정적만이 흐르고 있었다. 더구나 묘비에 새겨진 망자들의 이름이 거의 닳아 없어지고 가장 높은 묘석보다도 잡초가 더 높이 자란 버려진 공동묘지이기에 더욱 그랬다. 패트릭 형은 에너지란 사라지는 것이 아니며 재전환될 뿐이라고 했지만 공동묘지에 가보면 의구심을 느끼지 않을 수 없었다. 너무도 많은 사람들, 너무도 많은 생들…… 모두 한때는 나는 여기 있다, 나를 봐! 나는 의미있는 존재다! 라고 생각하며 살았으리라.

마이크 형의 22구경 윈체스터 소총은 약속대로 캔버스 천에 깔끔하게 싸인 채 돌담 밑에 있었다. 나는 캔버스 천을 벗기지 않은 채로 총의 냄새를 맡았다. 총은 쏘지 않은 것 같았다.

쏘지 않았어! 형은 총을 쏘지 않았어!

내 손에 든 건 살인무기가 아냐!

물론 칼을 썼을 수도 있었다. 패트릭 형이 칼을 사용했을 끔찍한 가능성이 아직 남아 있었다. 형은 실험실에서 동물들을 '해부'하는 것에 익숙하다고 뽐내지 않았던가? 패트릭 형이 진짜로 그렇게 말했던가?

나는 하이포인트 농장으로 소총을 가지고 돌아와 몰래 아버지의 캐비닛에 다시 넣고 문을 잠갔다. 어떻게 됐는지 궁금해서 패트릭 형의 전화를 간절히 기다렸지만 그는 밤 10시에야 이서커에서 전화를 걸어 퉁명스럽게 말했다. "끝났어. 정의는 실현됐어."

"패트릭 형, 어떻게 됐는데?"

"야, 저드, 넌 적게 알수록 그만큼 덜 연루되는 거야. 하여튼 끝났어."

"그게 무슨 뜻인데? 정말로……"

"녀석은 날 알아봤다고 해도 무슨 일이 있었는지 절대 아무한테도 말하지 않을 거고, 녀석이 나를 알아봤는지 아닌지는 나도 모르겠어. 알아듣겠어?" 패트릭 형이 빠르게 말했다. "그 일은 끝났어. 당분간 집에 연락하기 힘들지도 몰라."

"하지만 형……"

"저드, 지금은 말 못해. 어쨌든 고마워! 그리고 야, 사랑한다."

그러곤 내가 뭐라고 대답할 사이도 없이 전화를 끊어버렸다.

그래서 나는 그후 수개월, 아니 수년 동안 패트릭 형은 나를 사랑하고 내가 건 모험은 가치가 있었다고 생각하며 살았다.

그리고 지금까지도 그렇게 믿는다.

6월 초, 아버지와 나 사이에 (어머니의 표현을 빌리자면) '사건'이 터지기 직전에 뜻밖에도 매리앤 누나와 연락이 닿았다. 어느 일요일 저녁 매리앤 누나가 아무렇지도 않게, 실로 수개월 만에 전화를 걸어온 것이었다. 어쩌면 그 사건과 그 전화는 무관하지 않을지도 몰랐다.

　"세상에! 매리앤. 아무 생각 없이 받았는데…… 세상에, 너로구나." 어머니가 외쳤다.

　어머니는 문틀에 기대서서 한 손을 심장에 갖다댔다.

　매리앤 누나는 잘 지내고 있다고 했다. 펜실베이니아 주 북서쪽 귀퉁이에 있는 스파턴버그란 고장에서 페넬로피 하그스트룀이라는 여자를 보살피는 일을 하며 살고 있는데, 페넬로피 하그스트룀은 예순 줄의 시인이자 자선가인 멋진 분으로 스물아홉살 때 다발성경화증을 앓는 바람에 휠체어 신세를 지게 되었으며, 매리앤 누나는 그녀의 '만능 비서 겸 친구'라고 했다. 그녀는 한번 약혼했다가 파혼당한 뒤로 평생 처녀로 살고 있으며 자식도 없고 별로 왕래가 없는 먼 친척이 몇명 있을 뿐이라고 했다. 매리앤 누나는 그녀가 고결한 인격과 품행을 지닌 멋진 분이라고 입에 침이 마르도록 칭찬했다. 어머니는 조심스럽게 기뻐하며 딸에게 아직 대학에 다니고 있는지 물었다. 매리앤 누나는 애매하게 그렇다고 웅얼거렸는데 그 지역 대학에 다니고 있다는 뜻인지 아니면 곧 그러겠다는 뜻인지 알 수가 없었다. 어머니는 매리앤 누나가 그 미스 하그스트룀이란 여자에게 봉급은 '제대로' 받고 있기를, 그린 아일 협동조합인지 뭔지 하는 곳에서처럼 '범죄에 가까운 착취'를 당하고 있지는 않기를 바란다고 말했다. 그러곤 이쪽 소식을 전하면서, 새로 이사한 집은 조금 좁고 고속도로가 너무 가까우며(그 망할 놈의 트럭들! 트럭이 지나갈 때마다 코린의 이빨을 포함한 모든 것이 흔들렸고 한 손으로 귀를 가려야 통화를 할 수 있었다) 아버지는 사업을 시작할 이상적인 장소를 찾는 데 어려움을 겪고 있지만 다른 문제는 없다고, 다들 건강하게 잘 있다고 말했다. 매리앤 누나는 새집이 어떻게 생겼고 크기는 어느 정도이며 바깥 전망은 어떤지, 어느 방에 어떤 가구를 들여놓았고 어느 벽에 어떤 예술작품을 걸었는지 꼬치꼬치 캐물었다. 자신이 무척 좋아했던 「순례자」란 오래된 그림을 기억하고 있는지도 물었다. 어머니는 황급히 그건 진짜 그림이 아니라 복제품이며 자신도 못 본 지 몇년 됐다고, 아마 이사할 때 산더미처럼 쌓인 쓰레기들에 섞여 버려졌을 거라고 대답했다. 그리고 새집에 대해선 자세히 알 필요 없다고, 어차피 임시로 사는 거고 우리가 직접 설계해서 집을 지을 계획이라고 말했다. "너희 아버지가 멀베이니 지붕회사를 다시 일으켜세운 후에 말이야."

나는 어머니가 사람들에게 그 말을 할 때마다 자신도 모르게 히죽거리게 되었다. 다시 일으켜세운다. 뇌졸중으로 쓰러지거나 술에 취해 고꾸라진 사람처럼.

나와 통화할 때 매리앤 누나는 밝고 쾌활했다. 누나는 새 학교와 새 친구들은 어떤지, 마써너는 마음에 드는지 물었고 나는 애써 누나와 같은 목소리로 그럴듯한 거짓말을 둘

러댔다. 매리앤 누나의 목소리 너머로 설거지하는 소리인
듯 접시나 포크, 나이프가 부딪치는 소리가 들려왔고, 나는
스물한살 먹은 누나가 남의 집 부엌 씽크대 앞에 서서 몸을
숙인 채 한쪽 귀와 어깨 사이에 불편하게 수화기를 끼우고
통화하는 모습이 퍼뜩 머릿속을 스쳤다. 누나는 고무장갑을
끼고 있을까? 머리는 아직도 나보다 더 짧을까? 천장 높은
음울한 부엌의 모습이 눈에 보이는 듯했다. 유리 손잡이가
달려 있고 바닥에 방수포를 깔끔하게 깔아놓은 찬장, 덩치
큰 구식 가스스토브, 다리가 달리고 위에는 필박스 모자(테
가 없는 둥글넓적한 여자 모자—옮긴이)처럼 생긴 요란한 모터
를 인 구형 냉장고. 그 집의 다른 쪽에서는 날카로운 얼굴의
백발 여인이 휠체어에 앉아 담요로 무릎을 단단히 여며 덮
고 매리앤 누나를 기다리고 있다. 제발 서둘러. 기온이 뚝 떨어
지기 전에 정원으로 산책을 나가야 하니까. 썩어 허물어져가는
벽돌담으로 둘러싸인 정원. 진딧물이 들끓어 너덜너덜한 담
쟁이덩굴. 검은 점들이 박힌 호리호리한 장미나무. 이끼 위
를 조심스럽게 걷고 있는, 등뼈와 꼬리만 보이는 말라빠진
흰 얼룩고양이는 혹시 머핀일까? 머핀이 아직 살아 있을까?
나는 차마 묻기가 두려웠다.

매리앤 누나는 시간이 없는지, 아니면 누가 부르기라도
하는지 황급히 목소리를 낮춰 말했다. "저드, 머핀은 아주
잘 있어. 엄마한테 깜빡 잊고 말 못했으니 네가 전해줄래?
머핀이 안부 전해달래. 가족 모두가 보고 싶대."

"그래…… 머핀에게 안부 전해줘. 우리도 머핀이 보고

싶어."

"머핀은 여기 있는 걸 좋아해. 협동조합보다 훨씬 평화로우니까."

"거기도 바쁜 것 같은데."

"패트릭 오빠 소식 들었어?"

"패트릭 형은…… 덴버에서 지리학을 공부하고 있어. 아니, 노스다코타 주 파고에 있는 아동병원에서 일하고 있고……"

"괜찮대? 행복하대?"

"행복한 것 같았어. 전혀 핀치답지 않았어."

"패트릭 오빠한테 내 전화번호 좀 알려줄래? 다음에 전화 오면."

"우리한테 누나 전화번호 있어?"

수화기 저편에서 삐걱거리는 소리와 바퀴 구르는 소리가 희미하게 들려왔다. 경첩에 기름을 칠 필요가 있는 문. 아니면 사람 목소리일 수도 있었다. "이런…… 저드, 이만 끊어야겠어. 사랑해! 보고 싶고!"

"누나, 잠깐……"

"아빠한테도 안부 전해줘. 하지만 아빠가 원하지 않으시면 말하지 마, 부탁이야. 안녕!"

그리고 한순간에 모든 게 사라졌다. 설거지통의 접시들, 윙윙 돌아가는 냉장고, 휠체어에 앉은 미스 페넬로피 하그스트룀, 낯선 이의 정원에서 조심스럽게 걷고 있는 머핀, 고개를 한쪽으로 꺾고 어깨 위에 수화기를 올려놓고 있는 나

의 누나 매리앤. 심지어 신호음조차 들리지 않고 정적만이
감돌았다.

당연히 어머니는 아버지에게 매리앤 누나에게 전화가 왔
었다는 말을 하지 않았고 나 또한 마찬가지였다. 어머니는
나와 단둘이 있을 때도 누나 얘기를 별로 하지 않았고 누나
가 왜 대학에 들어가 앞날을 준비하지 않는지 안달하지도
않았다. 내가 아버지 듣는 데서 그 얘기를 다시 꺼내기라도
할까봐 두려운 모양이었다. 게다가 아버지는 그즈음 무기력
과 조증 사이를 오락가락하는 심각한 상태라 매리앤 누나
얘기를 하기에 적절한 시기도 아니었다.

매리앤 누나의 전화를 받고 며칠 후, 어머니는 유빌까지
110킬로미터를 달려가서 책을 한 권 사왔다. 『페넬로피 하
그스트룀 시선집』. 어머니는 '진짜' 뉴욕 출판사에서 나온
시집이고 작품들이 이해하기 어렵긴 하지만 아주 좋다고 말
했다. 심오하다고.

어머니는 흥분해서 말했다. "오, 매리앤이 정말 자랑스러
워. 마운트 이프리엄의 옛 친구들에게 전화를 해야겠어. 마
침내 내 딸이 고상한 분의 인정을 받게 됐어."

❦

다음날 밤 아버지와 나 사이에 '사건'이 터졌다.

분명히 밝혀두건대 나는 이 일에 대해 죄책감을 느끼고

있으며, 그 일이 있기 오래전부터 '사건'으로 번질 수도 있는 숱한 상황을 침묵 속에서 견디고 있었다. 무슨 소린가 하면, 수개월, 아니 수년 동안 아버지는 내게 이래라 저래라 명령을 내렸고, 그중 절반은 마이크 형이나 패트릭 형에겐 절대 쓴 적이 없는 빈정거리는 말투였다. 나는 아버지에게 개 취급을 받는 듯한 모욕감을 느꼈다. 아니, 개보다 더한 취급이었다. 아버진 눈이 거의 먼 불쌍한 폭시에겐 마음이 약했으니까. 폭시에겐 빈정거린 적이 없으니까!

6월 11일 밤, 습하고 바람 많은 평범한 날이었고 공교롭게도 내 열여덟번째 생일 딱 한 달 전이었다. 그날 어머니의 덜거덕거리는 고물 스테이션왜건이 결국 완전히 고장나 세상을 하직했다. 마씨너에서 용무를 보던 중에 갑자기 엔진이 멈춘 것이었다. 다행히 그때 어머니는 지미 레이 플러켓과 그의 아내 낸씨, 그러니까 '뉴욕 마씨너 치유자 그리스도 교회 부부목사'(플러켓 부부는 둘 다 정식 목회자로 함께 교회를 이끌고 있었다)의 집 앞마당쯤에 있었고, 그래서 엔진이 탁탁거림을 멈추기도 전에 지미 레이가 도와주러 뛰쳐나왔다. 그는 키가 크고 팔다리가 긴 주근깨투성이 남자로 나이는 서른에서 쉰 사이로 보였으며 카키색 반바지와 민소매 티셔츠 차림이었다. 지미 레이는 어머니를 위해 즉시 견인트럭을 불러주었을 뿐만 아니라 수리공이 '수리 불가' 판정을 내리자 아내 낸씨와 함께 어머니를 8킬로미터 밖에 있는 우리집에 태워다주기까지 했다. 눈빛이 살아 있는 작고 통통한 여인 낸씨는 어머니에게 내일이든 모레든 언제라도 외

출할 일이 있으면 어디든 태워다주겠다며, 어머니가 삶의
멍에를 더이상 견딜 힘이 없는 사람처럼 보인다고 어린애처
럼 솔직하게 말했다.

"목에 '멍에'를 지고 있는 게 어떤 건지 난 알아요." 낸씨
플러켓이 생각에 잠긴 얼굴로 자신의 목을 어루만지며 말했
다. "고백해야겠군요. 난 전에 다른 남자와 결혼했었어요.
비기독교인과."

어머니는 갑자기 울음을 터뜨려 플러켓 부부를 당황하게
했다. 어머니는 오랫동안 이런 친절한 배려를 받아보지 못했
다고 말했다.

그러고는 질겁해서 손으로 입을 틀어막고 눈을 깜짝거리
며 새 친구들을 바라보았다. "오, 세상에, 내가 무슨 말을 한
거지? 그런 뜻이 절대 아니에요. 그건 우스꽝스럽기 짝이 없
는 자기연민이니까."

플러켓 부부는 자신들의 공동 명함을 건네며 언제든 연
락하라고 했다. 그리고 스테이션왜건이 최후를 맞은 지점에
서 길을 따라 조금만 올라가면 치유자 그리스도 교회가 있
으니 언제든 들르라고 했다.

아버지는 그날 전화도 없이 저녁 식탁에 나타나지 않았
고 밤 10시쯤에야 침울하고 무거운 발걸음으로, 뜻밖의 소
식을 들을 기분이 아닌 상태로 들어왔다. 물론 진입로에 뷰
익 스테이션왜건이 세워져 있지 않은 것을 보았을 것이고
당연히 기분이 좋지 않았을 터였다. 나는 부모님이 그 문제
에 대해 의논하는 소리를 들었다. 처음엔 차분한 분위기였

지만 점차 아버지의 목소리가 도끼로 나무를 찍는 소리처럼 높아지면서 긴박감이 감돌았다. 듣지 마. 끼어들지 마. 아버진 엄마를 심각하게 비난할 수 없어…… 안 그래? 나는 집 뒤쪽 귀퉁이에 있는 '내' 방에 있었는데, 하이포인트 농장에 있던 낡은 고양이발 욕조 크기 정도밖에 안되는 좁은 방이었고 창문을 최대한 열어놓아 바깥의 밤이 안으로 들어온 듯했다. 나는 침대에 드러누워 조그맣게 틀어놓은 라디오 소리를 들으며 일주일에 나흘 오후를 일하는 미러클 마트에서 가져온(빌려온) 여행안내서 『산지 배낭여행: 개인적인 여행기』, 존 F. 케네디의 '사진이 담긴 전기', 『러브조이의 대학 가이드북』을 읽고 있었다. 나는 그렇게 한꺼번에 서너 권을 동시에 읽는 습관이 있었고, 몰래 빼돌린 패트릭 형의 과학 잡지와 책도 읽었다. 한 군데 집중하기에는 마음이 너무 불안하고 산만했기 때문이다. 『페넬로피 하그스트룀 시선집』도 들여다보았는데, 어머니 말처럼 이해하긴 어려웠지만 인상적이었고, 잘은 몰라도 심오한 것도 같았다.

시간이 흐르면서 나는 더이상 못 들은 척할 수가 없었다. 술에 취해 난폭해진 아버지가 어머니에게 욕을 퍼붓고 있었다. 자신이 실패자, 패배자, 파산자이며 그걸 세상이 다 알게 될 것이라는 이유로.

그래서 나는 겁에 질려 부들부들 떨며 밖으로 뛰쳐나갔고, 바로 그때 아버지가 어머니를 밀거나 때렸는지 어머니가 고통스러운 비명을 질렀다. "제발! 마이클……" 어머니는 기어서 옆문으로 몸을 피하려 했고, 그러자 아버지가 어머니를 붙잡다가 어머니의 셔츠 소매를 찢고 머리채를 잡아당겼다. "염병할, 내 말 좀 들어. 제발 한 번만이라도 내 말 좀 들으란 말이야!" 하지만 어머니는 빠져나갔고 아버지가 바로 뒤를 쫓았다. 폭시와 리틀 부츠가 간이 식탁 밑에 웅크린 채 공포에 차서 짖어댔고, 나는 부엌을 거쳐 부모님이 숨을 헐떡이며 실랑이를 벌이고 있는 바깥으로 뛰어나갔다. 어머니는 울고 있었다. 나는 아버지의 팔을 잡아당겼다. 마이클 멀베이니 같은 사내를 건드리는 건 어리석은 짓이지만 나는 그의 살찐 근육질의 팔을 잡아당겼다. "엄마를 다치게 하지 마세요! 아빤 취했어요! 엄마 좀 그냥 놔두라고요!" 아버지는 이를 드러내고 나를 노려보았다. 이마에 힘줄이 솟아 있었고 땀에 젖어 붉게 번들거리는 얼굴이 마치 책에서 본 적이 있는 폴리네시아의 악마 가면 같아 보였다. 그는 지붕널 상자를 트럭에 던져 실을 때처럼 한 팔을 휘둘러 벽에 붙어 있는 나를 때렸다. 어머니가 옆에서 애원했다. "안돼, 안돼, 안돼, 안돼, 마이클, 안돼요." 나는 귀가 웅웅거렸지만 아버지를 향해 무작정 팔을 휘둘렀다. 하지만 아버지는 나와 키는 같아도 몸무게는 20킬로그램 이상이 더 나가 90킬로그램이 넘는 다부진 몸집을 갖고 있었기에 내겐 감당하기 벅찬 상대였다. 내 약한 저항에 아버지는 경멸과 증오를 드러내며 비웃었다. "네가 뭔데 이 풋내기야! 넌 아무것도 아냐! 너와 네 형들! 아비가 망하는 걸 구경만 하고! 제 아비를 모욕하고! 너희는 다…… 은혜도 모르는 개자식들이야!" 아버지의 단단한 주먹이 내 옆머리를 때렸고, 나는 머리가 울리는 걸 느끼며 갑자기 벽에서 미끄러져 간이차고의 차가운 씨멘트 바닥에 주저앉아 피로 미끈거리는 얼굴을 만졌다. 어머니가 내게 몸을 숙이며 외쳤다. "오 저드, 애야, 다쳤니?" 아버지는 넌더리를 내며 뒷걸음질을 쳤다. "둘 다 아주 진절머리가 나. 알아들어? 사람을 독에 든 쥐처럼 꼼짝 못하게 만든다고. 머리통을 바이스로 죄고 염병할 가시철사로 휘감고······."

그의 목소리가 점점 낮아져 중얼거림이 되었다. 그는 더 이상 어머니에게 손대지 않았다. 내겐 그를 막을 힘이 없었으니 천만다행이었다. 그가 나를 차고, 차고, 또 찬다고 해도 난 기어서 도망칠 힘조차 남아 있지 않았다. 그는 바지 주머니에서 자동차 열쇠를 찾아 꺼내다가 떨어뜨리자 상소리를 내뱉으며 씨멘트 바닥을 더듬어 열쇠를 찾았고, 링컨 콘티넨털에 올라 급히 차를 후진해서 뺀 다음 비틀거리며 고속도로로 달려갔다. 이웃의 광적인 독일산 셰퍼드 두 마리가 그의 뒤꽁무니에 대고 맹렬히 짖어댔고, 어머니와 내 뒤의 부엌에선 우리 개들이 애처롭고 무력하고 가까이 가면 개오줌처럼 분명한 냄새를 풍기는 공포에 젖어 낑낑거렸다.

독립

그 일이 있은 후 나는 집을 나갔다. 나는 마씨너에서 혼자 살겠다고 말했다. 그래요, 리틀 부츠를 데리고 가겠어요. 그 늙은 개를 보살피겠어요. 그럼요, 전 충분히 강하고 혼자 살 수 있어요.

다시는 마이클 멀베이니 씨니어와 한지붕 아래 살지 않을 작정이었다. 내겐 마이클 멀베이니 씨니어는 죽고 그와 별로 닮지도 않은 다른 남자가 그의 몸뚱이를 차지하고 사는 것처럼 느껴졌다. 어쩌면 잘된 일인지도 몰랐다.

당시 나는 미러클 마트에서 일하며 돈을 벌고 있었다. 나중에는 밀크 저그에서 더 많은 보수를 받고 일했고, 그후에는 (전혀 예상하지 못했던 대단한 행운이었지만) 『마씨너 위클리 패킷』에서 파트타임으로 근무했다. 그곳 편집장이 내가 고등학교 4학년이 되어 친해진 마씨너 고교 영어선생님과 형제지간이어서 거머쥐게 된 행운이었다. 내가 쓴 기사가 저드 멀베이니라는 이름으로 실리고 돈도 받게 된 것이었다.

나는 마씨너 고교를 우등으로 졸업하고 대학으로 떠날 계획이었다.

만 열여덟살이 되기도 전에 독립을 한 것이다.

어머니는 울고 또 울었다. 이별은 말처럼 쉽지 않았다. 인간관계란 어떤 것도 복잡하지 않은 것이 없고, 인간에 대해 말할 때는 단순화하고 부정확하게 표현하지 않을 수가 없는 법이다. 어머니는 울면서도 짐 싸는 걸 도와주었다. 그러면서 함께 무릎 꿇고 기도하며 하느님에게 과연 이것이 옳은 일인지 묻자고 간청했지만 나는 조용히 싫다고 대답했다.

"기도해봐야 소용없어요. 기도 같은 건 소용없게 된 지 오래라고요." 내가 말했다.

나는 어머니가 반박할 거라고 생각했지만 어머니는 침대 가장자리에 무겁게 앉아 내게 애써 미소를 보냈다. 어머니가 쉰 목소리로 말했다. "그래, 어쩌면 그게 나을지도 몰라. 아빠가 본래 모습을 되찾을 때까지. 너도 아빠가 언젠가는 본래 모습을 되찾으리란 걸 알잖아. 그렇지?"

나는 운동화 코만 내려다보고 있었다. 내가 뭘 알겠는가. 나는 겁에 질린 오만한 아이에 지나지 않았다.

"얘야, 아빠 널 사랑해. 너희 모두를 사랑해. 너도 알지, 그렇지?"

"전 제가 뭘 아는지 몰라요."

원래 막내는 자신보다 나이가 많고 더 권위있는 다른 가족들의 기억에 의존하기 때문에 자신의 과거에 대해 분명하게 기억하지 못한다고 한다. 막내의 기억은 다른 가족들의 기억과 상충되면 가치가 떨어지는 것으로서 버려진다. 막내가 자신의 기억이라고 믿는 것은 보다 정확히 말하자면 다른 가족들의 기억의 단편을 모은 것으로, 그가 태어나기 전에 일어난 일에 대한 중복되는 증언과 그가 태어난 후에 일어난 일이 뒤섞인 것이다. 따라서 내가 전 제가 뭘 아는지 몰라요라고 말한 건 시건방진 말이 아니라 진심이었다.

"아빠가 가끔 통제력을 잃어서 그래. 하지만 다시 사업을 일으키고 일을 시작하면 괜찮아질 거야. 아빠가 일을 얼마나 사랑하는지 너도 알잖니. 술도 일시적인 거야. 술은 아빠에게 약 같은 거지. 끔찍한 두통에 시달릴 때는 감각을 마비시킬 필요가 있는 거잖아. 저드, 넌 그걸 이해할 수 있을 거야, 안 그래? 우리도 아빠 입장이었다면 아마 마찬가지였을 거야. 네 아빤 그저 가족을 잘 부양하고 싶어하는 착하고 좋은 사람이야. 아빤 나한테 정말 미안하다고 했어. 너한테도 말할 거야. 그런 말을 잘 못하는 성격이라 장담할 순 없지만, 남자들이 원래 그렇잖니. 네게 아무리 심한 말을 하고 심한 행동을 해도 아빤 널 사랑해. 너도 그걸 알지, 그렇지? 아빤 머리가, 머리통이 으스러질 듯한 압박감에 시달리고 있어. 옛날에 건축공사 현장에서 끔찍하고 비극적인 사고를 당한 이탈리아인 인부에 대한 글을 읽은 적이 있는데, 아마 제목이 '콘크리트 속의 그리스도'였을 거야. 오, 그 이야긴 평생 못 잊을 거야! 너무나 사실적이고 무시무시했거든. 그 불쌍한 남자는 사고로 딱딱하게 굳어가는 콘크리트 속에 갇히고 말았는데, 콘크리트가 굳어가면서 뼈와 머리통이 으스러졌지만 아무도 손을 쓰지 못했어." 어머니는 점점 더 빠르고 숨가쁘게 말을 이어갔고, 나는 어머니의 손을 잡아 진정시켜주고 싶었다.

그리스도는 누구나이자 아무도 아니다라고 생각하면서.

사랑은 닳아 없어지는 것인지도 모른다. 어쩌면 그게 좋은 건지도 모른다라고 생각하면서.

나는 울기 시작했던 것 같다. 하지만 마음을 바꿀 생각은 없었다.

나는 어머니에게 다음에 또 아버지가 취하거나 이성을 잃거나 폭력을 행사하려고 하면 내게 전화를 하거나 내가 사는 집으로 오라고 다짐을 두었다. 아버지가 때릴 때까지 기다리지 말고. 어머니는 그러마고 약속했다. 다시는 그런 일이 없을 거라고, 아버지가 나중에 돌아와서 무척이나 미안해했다고, 자신이 그런 짓을 한 것에 대해 두려워했다고, 하지만 만약 그런 일이 생기면 연락하겠다고 약속했다. 결국 나는 마지막으로 어머니와 함께 무릎을 꿇고 앉아 각자 침묵 속에서 기도를 했다. 진정한 우리집은 아닐지언정 우리가 마지막으로 함께 살았던 포스트 로드의 '난평면 목장주택'의 비좁은 방에서. 폭시와 리틀 부츠도 축축하고 근심 어린 코를 우리에게 비벼대며 애걸했다. 우리도요! 우리도요! 우리도 잊지 마세요!

하지만 어머니는 내게 한번도 전화를 걸지 않았다. 여름의 첫날인 6월 21일에 아버지는 유빌 지방민사법원에 파산 신청을 냈고, 어쩔 수 없이 새 변호사를 사야만 했다. 멀베이니 가의 자산은 즉시 '동결'되고 새집은 매각 대상이 되었다. 나는 그때 부모님이 어떤 굴욕을 겪었는지 수년 후에야 알았다.

부모님의 결혼생활도 무너지기 시작했다. 그 자세한 내막에 대해선 나는 알지도 못하고 알고 싶지도 않았다.

나는 갑자기 혼자 **독립**했기에 외로울 거라고 생각했지만 막상 새 삶을 시작하니 외로움을 느낄 틈이 없었다.

나는 마씨너 남부의 소유주 불명의 땅에 자리한 크고 낡은 다세대주택의 꼭대기 삼층 원룸(화장실과 샤워시설이 딸린)에서 살았다. 근처에 철도역이 있었고 고등학교에서 2킬로미터 정도 떨어져 있었다. 그 건물은 오래전에는 '마씨너 여관'이라는 이름의 호텔이었다고 했다. 일층의 큰 방들에 사는 사람들은 거의 생활보호대상자들이었다. 건물 미늘벽은 비바람에 탈색된 겨울 풀 같은 갈색이었고 몇몇 창에선 지난겨울에 붙인 투명한 방풍 테이프가 아직도 펄럭거렸다. 건물 둘레에는 푹 꺼진 듯 보이는 베란다가 나 있었고 지붕과 기둥에는 벌레가 득실거리는 선명한 오렌지색 능소화 덩굴이 무성했다. 건물 관리인 가족은 일층에 살았는데, 관리인 아내는 제라늄 화분들과 낡은 고리버들 가구, 카펫을 베란다에 내놓았다. 건물 곳곳에 걸린 빨랫줄에는 비 오는 날만 빼고 매일 빨래가 널려 있었다. 뒷마당에서는 늙은 세입자 하나가 닭장에 지저분한 닭들을 키웠다. 닭들은 모두 로드아일랜드레드 종이었지만 병에 걸렸는지 머리와 등의 털이 빠져 마치 낡은 깃털 먼지떨이처럼 보였다. 귀에 거슬리는 울음소리를 내는 수탉 두 마리가 스무 마리 이상의 암탉을 거느리고 있었는데, 타오르는 듯 붉은 볏과 비늘 모양의 다리를 가진 수탉들은 두 마리 다 몹시 지쳐 보였다. 습한 날에는 닭들이 종일 부리로 쪼아대는 닭장 진흙 바닥에서 끔찍한 악취가 올라왔지만 난 상관없었다. 이미 그런 냄새에 익숙한 농장 아이였으니까.

나는 그 닭치는 노인과 금세 친해졌다. 노인도 나를 좋아했고 내가 외출하면 리틀 부츠와 친구가 되어주었다. 그는 나를 '저디 보이'라고 불렀지만 가끔은 내 이름을 깜빡 잊기라도 한 것처럼 그냥 '애야'라고 부르기도 했다.

백마

　그는 젊은 나이에 결혼했다. 그것이 그의 이야기다. 우리는 인생을 되돌아보기 전까지 자신의 이야기가 어떻게 펼쳐질지 알지 못한다.

　그가 결혼한 건 그를 곁에 붙들어놓을 수 있을 정도로 강한 여자와 사랑에 빠졌기 때문이다. 또한 그는 자신의 불안정한 작은 배가 큰 파도에 휩쓸리지 않고 똑바로 나아갈 수 있도록 바닥짐 역할을 해줄 아이들을 원했다. 아들, 또 아들, 딸, 그리고 세번째 아들. 그들의 작은 팔다리, 고동치는 따뜻한 몸, 믿을 수 없을 정도로 보드라운 피부, 아빠를 열망하는 얼굴. 이제 아빠라는 사실이 그를 단단히, 안전하게 잡아주었다.

　그는 그들을 사랑했다! 그 아이들을. 첫 아기, 그의 이름을 물려받은 그 아기가 태어났을 때는 조금 두렵기도 했다.

아기에 대한, 그리고 아내에 대한 사랑이 너무도 강렬해서 갑작스러운 공포가 마치 타인의 손끝처럼 그의 척추 끝을 만지는 듯한 기분이 들었다. 네가 이렇게 한 거야, 멀베이니? 네 아들이야? 네 평생의 책임이야? 하지만 이내 괜찮아졌다. 그게 인생이니까. 그게 미국인의 삶이니까. 주위를 돌아보면 모두들 일찍 결혼했다. 때는 바야흐로 경제부흥기였다. 전세계가 경외감에 차서 지켜보는 가운데 2차대전 후의 미국은 원자폭탄의 버섯구름처럼 위로, 위로, 위로 치솟았다. 하늘 높은 줄 모르고! 1950년대에 4,000만명의 미국 아기들이 태어났다. 일찍 결혼해서 아이들을 낳는 것이 정상적인 삶이었고 좋은 삶이었다.

하느님이 에덴동산에 있는 자신의 창조물들을 바라보며 보시기에 좋았던 것처럼.

그리고…… 그들은 떠나갔다.

그의 성을 가진 멀베이니 가족. 아이들뿐 아니라 아내까지도(사실 집에서 나온 건 그였다. 몇가지 물건만 챙겨 차에 싣고 유빌로 떠나버렸다. 더이상 견딜 수 없는 지경에 이른 것이었다). 삶의 속도가 걷잡을 수 없이 빨라졌고 그는 기습을 당했다. 게다가 염병할, 늙지도 않은 쉰살 초반의 나이였다. 갑자기 그의 작은 배가 거칠고 적대적인 물살에 내던져졌다. 폭풍우와 산더미 같은 파도가 그를 정신없이 뒤흔들었다. 그리고 어떤 다리 밑을 지나게 되었는데, 그 다리 위에 그의 아버지가 서 있었다. 까마득히 오랜 세월 동안 외면하고 살아온 아버지! 그 다리는 앨리게이니 강 위에 놓인 피츠버그의 오래된 다리 중 하나였다. 울퉁불퉁한 검은 형체와 그 희미한 윤곽이 기억이 났다. 다리 위의 아버지를 알아본 그는 소스라치게 놀랐다. 아버지는 노인이 아니라 마이클 자신과 같은 나이였고 절망한, 분노에 찬 목소리로 그에게 소리치고 있었다. 그토록 오랜 세월이 흘렀는데도 아직 분노하고 있다니! 아버지는 저주받은 자의 신성불가침한 아집에 차서 욕설을 퍼붓고 주먹을 흔들었다. 그럼 지옥에나 가버려! 넌 내 아들이 아냐.

아버지의 저주! 마이클 멀베이니 씨니어는 아버지의 저주에 따라 평생을 산 것이었다.

그 자신도 딸을 떠나보냈지만 그건 저주가 아닌 사랑이었다. 그는 그것이 사랑이었음을 믿었다. 그것이 사랑이었음을, 목숨을 걸고라도 맹세할 수 있었다.

시간이란 얼마나 기묘한 것인지. 일단 물가에서 멀어져 다리 밑의 물살을 따라 나아가다 보면 어느덧 바다처럼 보이는 곳에 이른다. 애초에 그곳이 앨리게이니 강이 아니라 천둥구름 낀 어느 검은 망망대해의 입구였던 것처럼. 도대체 이게 뭐지? 누가 이런 결정들을 내리고 있는 거지?

삼십년 만에 독신생활로 돌아간 것이었다. 하지만 이제 미국은 독신자들 세상이 아니었다. 마이클 멀베이니가 당신이나 지옥에 가시지!라며 부친을 무시하고 영원히 피츠버그를 떠났을 때의 그 세상이 아니었다.

시간과 장소가 뒤죽박죽이었다. 텔레비전 채널을 마구 돌려대는 것처럼 자신이 있는 곳이 정확히 어디인지도, 그곳에 얼마나 오래 머물 것인지도 알지 못했다.

코린은 어찌나 울어대던지. 그건 그녀답지 않은 모습이었고 그래서 두려웠다. 세 식구가 마씨너의 새집에서 보낸 첫날, 힘겨운 이사 준비의 광적인 흥분이 가신 코린은 무력한 어린애처럼 울었다. 우리 나무들은 어디 있죠? 마이클, 우리 나무들은 어디 있어요? 그동안 1에이커도 못되는 새집의 실체를 외면하다가 그제야 현실에 눈뜨기라도 한 것처럼.

그래서 울고 있는 그녀를 내버려두고 술을 퍼마셨다. 둘이 함께 병든 송아지처럼 울어봐야 무슨 소용이 있겠는가?

그러면서 생각했다. 남자에겐 자유가 필요해. 휴가가 필요하다고. 그는 술을 마시고 싶으면 마셨다. 맥주 캔을 딸 때마다, 저녁식사 시간에 집에 들어가지 못할 때마다, 주님의 이름을 남용해 기독교인인 아내를 움찔하게 만들 때마다 죄책감을 느끼는 것도 신물이 났다. 아내는 어머니가 아니지 않은가!

그가 처음 살게 된 곳은 유빌에 있는 제법 큰 셋집으로 가구가 딸려 있었고 아웃워터 파크가 내려다보였다. 두번째 거처는 뉴 케이넌의 마켓 스트리트에 위치해 있었고 처음 살았던 집보다 좁았다. 세번째 거처는 포트 오리스케니의 이스트 스트리트에 위치한 셋집으로 방 한 칸에 반쪽짜리 방 하나가 더 있었다. 셔토쿼 밸리에는 다시는 돌아가지 않왔다. 그곳은 이제 그에게 죽음의 땅이었다.

일은 시켜만 주면 다 했다. 조합원 가입이 되지 않았고 시급이었다. 물론 처음엔 태도와 적응에 심각한 문제가 있었다. 삼십년 가까이 고용주 위치에 있었던 마이클 멀베이니가 피고용인 위치가 되었으니 그럴 만도 했다. 그건 무심코 엘리베이터를 탔는데 바닥이 없는 것과 같은 느낌이었다.

처음엔 관리자 자리나 영업직을 찾았다. 하지만 그런 자리는 구해지지 않았다. 호전적인 인상과 굳게 다문 엄격한 입. 한번은 거울에 비친 자신의 모습을 언뜻 보았는데 마치 강꼬치고기 같아 보였다. 거친 행동. 성급하고 분노에 찬 태도. 억지 미소. 강꼬치고기의 미소. 구직자로서 문을 열고 들어서는 그를 보면 한눈에 알 수 있었다. 면도가 말끔히 되지 않은 얼굴, 약간 구겨진 옷, 상처받고 당황하고 분노하는 강꼬치고기 같은 눈빛.

멀베이니 씨, 죄송합니다. 그 자리는 채용이 됐습니다.

한번은 포트 오리스케니에서 안경 쓴 젊은 남자가 히죽거리며 멀베이니 씨, 죄송하지만 그 자리는 채용이 됐습니다라고 하자 마이클 멀베이니는 발길에 차인 강아지처럼 조용히 물러나지 않고 분노에 부들부들 떨며 책상 너머로 그 개자식한테 수염 그루터기로 뒤덮인 턱과 악문 이를 들이댔다. 그래? 당신 같은 멍청이가 채용됐나?

그뒤로 평생 그 얘기를 얼마나 많이 했는지 모른다. 수많은 술집에서 그 얘기를 했고 그때마다 웃음이 터졌다. 진짜 폭소. 여자들까지도 웃었고, 그는 여자들을 웃기는 걸 좋아하는 남자였다.

그 까다로운 자식이 대번 겁먹은 눈빛이 되어 움츠러드는 걸 보자 속이 시원했다. 그 개자식도 그의 적이었다. 하지만 그 앙갚음으로 깨끗이 세탁한 셔츠와 넥타이와 코트, 반짝거리는 가죽구두 차림으로 대우받으며 일할 수 있는 자리를 얻을 수는 없었다. 200만 달러에 육박하는 자본과 자산을 가졌던 과거로 돌아갈 순 없었다. 그래도 정신건강에 도움이 된 건 사실이었다.

이년, 삼년, 오년…… 세월 가는 것도 모르게 되었다. 이제 로널드 레이건이 미국 대통령이 되고 불쌍하고 비참한 지미 카터는 자리에서 물러났을 뿐 아니라 잊힌 존재가 되었다. 마치 대통령이 되었던 적도 없는 것처럼.

재는 재로, 먼지는 먼지로 돌아가리라.

일자리가 나면, 뽑아만 주면 가서 일을 했다. 신문의 구인란을 들여다보며 살았다. 고용주들 중에는 아는 사람들도 있었는데 그게 유리하게 작용할 때도 그렇지 못할 때도 있었다. 그는 대단히 훌륭한 일꾼이었으나 성미가 급했다. 그는 지시를 내리는 건 잘했지만 지시를 받는 건 못 견뎠다. 그래서 십장 노릇을 할 수 없을 때는 문제가 생겼다. 인부들은 대부분 그보다 젊었다. 몸 컨디션이 최상이 아닌 날들도 있었다. 도저히 끊지 못하는 염병할 담배 때문에 밭은기침을 쏟아내고, 얼굴은 푸석푸석하고 혈색도 좋지 않고, 흐릿한 눈은 숙취로 인한 지끈거리는 두통을 결연히 감추고 있었다. 손가락, 어깨, 무릎 관절도 말썽을 부렸다. 안경도 필요했지만 맞출 여유가 없었다.

일자리만 나면 언제든 달려갔다. 고용주들에게 자신이 지붕, 벽널, 건축공사 경험이 풍부하다는 걸 알렸지만 자세한 이야기는 결코 하지 않았다. 그 개자식들에게 내가 누군지, 내 진짜 정체를 밝히는 건 절대 안돼. 세상에 정의란 게 존재한다면 사장 자리에 있어야 마땅할 사람을 데려다 부리고 싶어할 인간은 없으니까.

그는 한동안 엘마이라 지붕벽널회사에서 일했는데 보수가 괜찮았고 아무도 멀베이니라는 이름을 알지 못했다. 하지만 사장과의 '성격 차이'로 그곳을 박차고 나와 치크토와가로, 바타비아로, 로체스터로 옮겨갔다. 나이도 너무 많고 연줄도 없어서 노조 가입은 바랄 수도 없었다. 노조 탄압이 심하기도 했다. 하기야 그도 고용주 위치에 있을 때 노조를 싫어했었다. 노조 놈들이 마이클 멀베이니에게 이래라 저래라 하며 화를 돋웠던 것이다. 최저임금제니 잔업수당이니 사회보장이니 연금이니 병가니 지랄을 떨었다. 인격과 자존심을 갖춘 사람이라면 그런 간섭을 참을 수 없었다.

그가 뭘 바랐냐고? 레이건이 그 인간들을 작살내주기를 바랐다. 항공관제사 노조부터 시작해서 싹 쓸어버리기를 바랐다. 그는 자유시장주의를, '규제철폐'를 신봉했다. 그 본래 취지가 퇴색되지만 않는다면.

어차피 인생은 먹느냐 먹히느냐의 싸움인데 왜 그걸 인정하지 않는가? 그는 평생을 걸려 이룬 사업과 농장과 가족을 빼앗겼다. 단물은 다 빨아먹히고 껍데기만 남아 버려졌다. 적들이 똘똘 뭉쳐 그를 쓰러뜨렸다.

온유한 자는 복이 있나니, 마음이 청결한 자는 복이 있나니. 그는 미혹에 빠진 불쌍한 기독교인들의 면전에 대고 비웃어주고 싶었다. 한쪽 뺨을 맞으면 다른 뺨을 내주라고? 그래봤자 맞기만 하지.

마이클! 진심으로 하는 말은 아니겠죠. 그건 하느님께 냉담해지는 거예요. 당신은 자신이 그런 사람이 아니란 걸 알고 있어요.

바로 그래서 그녀를 떠난 것이었다. 그래서 링컨 콘티넨털에 간단한 짐만 챙겨 도망치듯 떠난 것이었다. 처음부터 그에게 과분했던 여자, 그 여자의 눈은 그에 대한 사랑으로 빛났지만 애초에 그는 그런 사랑을 받을 자격이 없었고 자기를 기만하는 삶은 너무도 힘에 부쳤다. 열여덟살에 아버지의 저주를 받으며 세상으로 쫓겨난 그가 아니던가.

당신을 정말 사랑해요, 마이클. 당신에게 평화를 주고 싶어요. 당신의 고통받는 영혼에 평화를 주고 싶어요.

그는 그녀가 아직도 자신을 위해 기도하고 있음을 알았다. 그 공기의 진동이 피부로 느껴지는 듯했다. 그는 손나팔을 만들어 마씨너 쪽을 향해 외치고 싶었다. 그만! 그만 좀 해! 날 좀 놓아줘!

그는 그녀가 마씨너에 있으리라 생각했다. 그는 그녀가 멍청한 노처녀 사촌 에설과 함께 살기 위해 쎌러맹커로 가지 않았기를 간절히 빌었다.

어쩌면 매리앤에게 갔는지도 몰랐다. 그 생각은 너무도

눈부신 불빛처럼 감당하기가 어려웠다.

하이포인트 농장. 그곳의 추억. 나무가 우거진 언덕 꼭대기의 라벤더색 집. 그곳에 대한 생각 또한 감당할 수 없었다.

로체스터에서 그의 주량은 점차 늘어 그는 매일같이 맨정신도 아니고 그렇다고 취하지도 않은(적어도 본인 생각으로는) 상태로 지냈다. 그 정도까지만 마시면 감각이 마비되어 하이포인트 농장의 기억이 갑자기 떠오를 위험이 최소화되었지만, 너무 많이 마셔서 속이 울렁거리고 토할 정도가 되면 오히려 그럴 위험이 커졌다. 그리고 나중에는 머리 속에서 스펀지 같은 것이 부풀어오르는 느낌이 들었다.

하지만 그는 농장에서의 마지막 날들을 견딜 수가 없었다. 픽업이 팔리고, 헛간 앞마당이 텅 비고, 사방에 잡초가 자랐다. 새 입주자가 멀베이니 가족이 키우던 농장 동물들을 맡기를 꺼려서 거의 다 처분해야만 했다. 그들은 자신들이 데려온 동물들만 키우고 싶어했다. 코린은 그들을 원망할 수는 없다고, 아마도 병을 퍼뜨릴까봐 걱정되는 모양이라고 했다. 하지만 마이클 멀베이니는 그들을 원망하고 저주했다.

마이클은 하이포인트 농장에서의 마지막 날 홀로 그곳을 돌아다녔다. 그는 사슴 대여섯 마리가 뒤쪽 목초지에서 풀을 뜯다가 과수원으로 들어가는 모습을 보았다. 연못이 부들과 골풀로 가득 차 수심이 얕아진 것도 보았다. 이제 연못은 땅이 움푹 팬 정도로밖에 보이지 않았다. 그리고 그곳에서 올라오는 썩는 악취! 개 떼에 희생당한 사슴 사체 같은 것이 썩고 있는 게 분명했다. 하지만 실제로 무엇이 썩고 있는 지는 알 수 없었고 알고 싶지도 않았다. 까다로운 새 주인 부부가 알아서 처리하겠지.

사실 마이클 멀베이니는 이삿짐 트럭이 도착하기도 전에, 코린과 저드보다 사흘 먼저 하이포인트 농장을 떠났다. 그곳의 최후를 지켜볼 자신이 없었다. 마씨너에서 사업 약속이 있다는 핑계를 대며, 이사하는 건 코린과 저드 둘이서도 충분히 감독할 수 있고 자신은 마씨너의 새집에서 이삿짐을 맞을 준비를 해놓겠다고 했다. 그는 새집에서 아이들이 쓰던 슬리핑백 속에 들어가 바닥에서 잤다. 동무삼아 폭시를 데려갔고 위스키도 한 병 가져갔다.

불쌍한 폭시는 낯선 새집에서 오들오들 떨며 낑낑거렸다. 주인님이 왜 저렇게 이상하게 구는 걸까? 왜 주인님이 홀로, 맨바닥에서 자는 걸까? 마이클은 붉은 사냥개 폭시의 강아지 시절을, 촉촉한 갈색 눈과 윤기 흐르는 털과 날씬한 몸을 지녔던 젊은 시절을 기억하고 있었다. 이제 폭시는 살이 찌고 시력도 약해지고 자주 동요했다. 또 오른쪽 앞발을 잘 쓰려고 하지 않았는데, 수의사에게 보여도 특별한 이상은 찾을 수 없었다. 폭시는 늙은 개였다. 개의 일생은 사람의 인생의 축소판이다. 이제 폭시의 늙어가는 모습을 지켜보는 것도 견디기 힘들어지리라.

"폭시, 개가 개를 잡아먹는 세상이야. 먹느냐 먹히느냐 하는 싸움판이라고, 엉? 넌 갠데도 용케 그런 꼴을 모면하고 살았구나."

여보 마이클, 당신을 정말 사랑해요. 왜 당신은 이제 나를 사랑하기가 그렇게 힘들어진 거죠?

그녀는 그 말을 크게 하는 법이 없었다. 늘 조그맣게 속삭였다. 어둠 속에서만. 그는 잠든 척, 못 들은 척했다.

하지만 분명 들었고 도망쳤다. 다시는 듣고 싶지 않아서 다른 방에서 자기 시작했다. 다른 마누라 같았으면 파산자! 실패자! 성불구자!를 외쳤겠지만 그에게 인생을 바친, 그를 위해서라면 기꺼이 죽을 수 있는 코린은 절대 그러지 않았다. 그의 맹목적이고 분노에 찬 자기정당화를 위해 하나뿐인 딸까지 희생시킨 그녀가 아니던가!

그래서 마이클은 마씨너를 떠나기 전 몇주, 몇개월 동안 부부침실에서 그녀와 자는 걸 피했다. 파산 선언을 하기 오래전부터. 어쩌면 그건 멀베이니 지붕회사의 몰락이나 파산이라는 공개적인 굴욕과는 아무 관계도 없는, 단순히 결혼생활의 종말이었는지도 모른다. 어느날 갑자기 멈춰버린 코린의 '골동품' 시계처럼.

마이클은 거실 쏘파나 마이크의 방에서 자는 날이 많았다. 마이크의 방 침대는 해군 아들이 휴가 나올 때를 대비해 먼지가 쌓이지 않도록 깨끗이 관리하고 있었지만 마이크는 삼년 동안 딱 두 번만 집에 왔다. 그것도 주말에 잠깐씩. 그는 희미하게 떠도는 우울한 개 냄새를 맡으며 침대보 위에서 잤다(가련한 씰키의 유령이라도 나타난 것일까?). 빛나는 트로피와 기념패, 선수 전원이 서명한 액자 속의 단체사진들, 정성껏 오려서 코팅해놓은 '뮬' 멀베이니에 대한 신문기사에 둘러싸여 까무룩 잠이 들었다. 적정한 취기에 동반되는 거의 신비로운 의식 상태에서 마이클 멀베이니는 하나의 깨달음을 얻었다. 지금 미국은 남자 세상이다. 단, 승자인 경우만.

한번은 침대보를 발에 감은 채 잔뜩 긴장하고 초조한 상태로 잠이 깼다. 어찌된 일인지 자신을 뮬 멀베이니로 착각하고 있었다. 끝내주게 잘생긴 아이. 하지만 어리고 시건방진. 그런 녀석은 턱을 몇대 갈겨줘야 정신을 차린다.

❧

기혼자지만 더이상 기혼자가 아니었다. 남편이자 아버지지만 더이상은 아니었다. 그는 마써너의 집을 떠나면서 재무 서류와 문서와 함께 코린의 앨범에서 꺼낸 사진 한 묶음을 상자에 아무렇게나 던져넣었다. 하지만 멀쩡한 정신일 때는 차마 그 사진들을 볼 용기가 나지 않았고 술에 취하면 볼 필요가 없었다.

그의 마음을 헤아려주는 여자들이 있었다. 그는 여자들에게 술을 사주며 통렬하게는 아니고 생각에 잠긴 듯한 말투로 자신의 과거 인생에 대해 이야기했다. 그 삼십년 세월을 한마디로 요약하면 배신이었다고.

구체적으로 어떻게? 그건 남이 신경쓸 일이 아니었다.

난 내 개인적인 인생에 대해 다른 사람에게 얘기하지 않아.

로체스터에서 그는 '에이스 지붕벽널회사'에서 일했는데

정규직이 아니라 부를 때만 갔다. 그 회사 사장은 정직하지 못한 인물이어서 틈만 보이면 견적을 속이고 경비를 부풀리고 질 나쁜 자재를 쓰는 악덕행위를 서슴지 않았다. 마이클 멀베이니는 그걸 알았고 다른 인부들도 그걸 알면서 입을 다물고 있었다. 그러나 에이스는 노조에 속하지 못한 인부들을 고용했기에 일을 시켜주는 것만도 고맙게 여겨야 했다. 그 시기에 마이클은 '골든 파빌리온 중국식당' 위층에서 살았고 가끔 골든 파빌리온에 내려가 제일 싼 요리인 돼지고기 볶음밥과 볶음면을 먹으면서 종이봉지에 숨겨간 술을 마셨다. 햇볕에 그을린 피부와 살찐 근육질의 어깨를 가진 쉰 줄의 사내인 그는 눈을 가늘게 뜨고 쳐다보는 습관이 있었고 뺨에는 깊은 주름이 패어 있었으며 임신이라도 한 것처럼 배불뚝이였다. 그는 인부들이 입는 작업복이 아니라 레이온 셔츠와 개버딘 바지를 입었다. 모자도 챙 달린 작업모가 아닌 중절모였다. 그는 줄담배를 피웠고 오른손 엄지와 검지가 누렇게 물들어 있었다. 뉴욕 주 온타리오 호수 남부의 이 지역에서 분노에 찬 우울한 기분이 갑작스러운 폭풍우처럼 그를 덮치곤 했지만 가끔 기분이 좋을 때면 그걸 겉으로 드러냈다. 열네살 정도밖에 안되어 보이는 수줍은 중국인 웨이터에게 미소를 보내기도 하고 돈이 좀 있으면 1달러를 팁으로 접시 밑에 두기도 했다. 그의 단골 좌석에 앉아 있노라면 앞 유리창의 맥동하는 연분홍색 네온 간판 불빛이 멀리 있는 하느님의 축복처럼 그의 얼굴에 떨어졌다가는 까마득한 옛날에 패트릭이 현학적인 태도로 설명하곤 했던 무시무시하게 광대한 우주 속으로 빠르게 멀어져갔다.

패트릭. 배신자. 열한살 어린 나이부터 녀석이 이마를 찌푸리고 꼬치꼬치 따지고 들면 당해낼 재간이 없었다. 녀석은 일류대 코넬로 떠나서 다시는 돌아오지 않았다. 그러더니 졸업 4주 전에 코넬 대학교 생물학과 메모지라고 찍힌 종이에 타자기로 친 간결한 통보가 날아들었다. 얼굴에 침을 뱉듯 내던진 첫마디. 이 글을 읽으실 때쯤이면 전 먼 길을 떠나 있을 겁니다.

코린은 그걸 읽고 아들이 자살이라도 한 줄 알고 기절할 뻔했다.

그리고 저드. 염병할, 막내에게 저지른 실수를 생각하면 가슴이 무너져내렸다. 제 아비처럼 성질 급하고 고집스러워진 저드는 마씨너의 집을 떠났고 아비와 말도 하지 않으려했다. 그래, 떠나라지. 후회할 날이 올걸. 벌써 후회하고 있는지도 모르지. 그래도 싸다.

그리고 매리앤.

그는 아들들에 대해서는, 아비를 배신한 아들들에 대해서는 얘기할 수 있었지만 딸에 대해선 입도 뗄 수 없었다.

한번은 어떤 여자를 때려 코피를 터뜨리고 말았다. 그 여자가 그의 물건들을 뒤지다가 구겨지고 찢어진 사진들 속에서 매리앤의 사진을 꺼내 그의 면전에 대고 흔들며 당신 딸이냐고 물었던 것이다. 그리 취한 상태도 아니었는데 하마터면 그 여자를 죽일 뻔했다.

그가 가장 사랑했던 매리앤. 그를 가장 아프게 한 매리앤.

배신자. 왜 배신자인지는 기억나지 않을 수도 있었다. 하지만 이유는 있었다. 마이클 멀베이니에겐 늘 이유가 있었다. 하지만 매리앤에 대해선 더 생각할 것 없고 술이나 마시자.

그는 골든 파빌리온에서 마이크 주니어와 저녁을 먹었다. 몇년 만에 처음이었고 결국 마지막이 되었다. 1986년 늦은 8월이었다. 어떻게 마이크가 찾기 힘든 아버지의 행적을 추적해서 로체스터까지 왔는지 찾기 힘든 아버지는 알지 못했고 묻지도 않았다. 습하고 숨통이 탁탁 막히도록 답답한 저녁이었다. 삼십도가 넘어갔고 좁은 터널 모양의 식당 뒤쪽에서 하나뿐인 구식 에어컨이 윙윙 돌아가고 있었다. 늙고 망가진 아버지가 데려온, 아버지의 거처 아래층에 있는 식당을 보는 마이크 주니어의 눈빛. 늙고 망가진 아버지를 보는 마이크 주니어의 눈빛. 그는 말없이 아버지를 바라보며 마른침을 삼켰다. 그들은 아까 악수를 나눴다. 마이크 멀베이니 주니어는 이제 해군 하사관이며 어른이었고 깔끔하게 다림질한 민간복 차림에 머리칼은 마치 조각한 듯 단정했다. 하지만 실로 오랜만에 마이클 멀베이니를 바라보는 눈은 겁에 질린 어린 아들의 눈이었다.

"블루문하고는 다르지, 응?" 늙은 아버지는 마이크를 끈적거리는 플라스틱 칸막이 좌석으로 이끌며 씨근덕거리는 웃음소리를 냈다. 퀴퀴한 공기 속에서 탄내 같은 게 났다. 그들은 자리에 앉았고 노력이 시작되었다. 마이크 주니어가 주로 말했다. 어디서 차를 몰고 왔다고 했는데 어디인지는 에어컨 소음에 묻혀 들리지 않았다. 약혼을 했다고 했는데 약혼녀 이름은 y자로 끝나는 밝고 경쾌한 이름이었다. 결혼 날짜도 정해졌다고 했는데 언제인지 알 수 없었다. 이 텔레비전 씨트콤에서 늙고 망가진 알코올중독자 아버지 역할을 맡은 마이클 멀베이니는 고개를 끄덕이기도 하고 투덜거리기도 하고 씩 웃기도 하면서 아들의 말이 잘 들리도록 손을 귀에 대고 열심히 경청했다. 이따금 제대로 알아듣지 못하는 것을 염병할 에어컨 탓으로 돌리면서.

지저분하게 얼룩진 메뉴판을 보고 주문을 했던 모양인지 음식이 나왔다. 마이크 주니어는 돈을 아끼지 않고 사천식 소고기 요리, 마늘 쏘스 새우 요리, 제너럴 치킨(바싹 튀긴 닭고기에 야채와 매콤한 쏘스를 얹은 중국요리—옮긴이) 따위를 푸짐하게 시켰다. 그곳은 주류판매 허가증이 없는 식당이라 늙은 아버지는 평소에 즐겨 마시는 갤로 와인을 종이봉지에 넣어와 찻잔에 따르며 마이크에게 권했지만 마이크는 사양했다. 밖에 나가서 여섯 개들이 시원한 맥주를 사다가 식사에 곁들여 마시는 것도 잠시 고민하다가 사양했다. 그날 밤으로 먼 길을 운전해서 돌아가야 한다면서. 어디론지는 모르지만.

"그래, 만나서 반갑다, 아들."

"만나서 반갑습니다, 아버지."

저 눈, 과거의 자신의 눈과 너무도 닮은 저 눈. 어린애의 눈. 도저히 믿을 수 없다는 듯 아비를 바라보는 연민과 고통에 찬 눈. 아버지? 우리 아버지? 우리 아버지 맞아요? 마이클 멀베이니?

폴라로이드 사진 몇장이 테이블 너머의 손 떨리는 아버지에게 전해졌다. (혹시 에어컨의 진동 때문에 모든 게 떨리는 것처럼 보이는 건 아니었을까?) 아버지는 사진들을 집었다가 떨어뜨렸고 눈을 가늘게 뜨고 보면서 씩 웃었다. 시력이 너무 약해져서 이렇게 흔들리는 불빛 속에서는 보기가 어려웠다. 행복한 낯선 사람들의 모습이 담긴 이 사진들을 왜 보아야 하는지, 왜 이 거래가 중요하며 어떤 반응을 보여야 하는지도 확실하지 않았다. 사람들은 스스로를 너무도 진지하게 생각한다. 낯선 사람들의 사진을 보라고 들이미는 것만 보아도 그걸 알 수 있다. 마이크가 사진 속의 인물들에 대해 설명하고 있었다. y자로 끝나는 이름을 가진 아가씨와 몇몇 사람들. 마이크는 벌써 결혼했고 이들은 마이크의 새 가족인가? 캐러멜색 머리칼과 화사한 입술, 달덩이 같은 얼굴의 아가씨는 너무 활짝 웃어서 얼굴에 금이라도 갈까 걱정될 정도였다. 몸에 착 달라붙은 액체처럼 보이는 은은한 붉은색 드레스 속의 꽉 졸라맨 허리와 풍만한 가슴. 그리고 이 육감적인 아가씨와 잘생긴 해군 마이크 주니어가 함께 찍은 사진 속에서 둘은 서로의 허리에 팔을 두르고 복권에 당첨되기라도 한 것처럼 활짝 웃고 있었다. 다른 사진들은 바비큐 파티에서 찍은 것들로, 모르는 남자와 여자와 아이들이 찍혀 있었는데 그중 일부는 캐러멜색 머리칼과 달덩이 같은 얼굴을 하고 일요일에 정신병원에서 외출한 환자들처럼 행복하게 웃고 있었다. "아주 예쁘구나." 늙고 망가진 아버지가 한숨지으며 말했다. 아버지는 예의상 사진들을 들여다보는 척하다가 도로 아들 쪽으로 밀었다.

아들과 손 떨리는 아버지가 식사를 하고 있었다. 아니, 그저 먹는 시늉만 하고 있었다. 탄 맛이 나는 고무 같은 느낌의 짠 음식. 골든 파빌리온에서는 늘 주석 찻주전자에 담긴 차가 나왔지만 차라리 뜨거운 오줌을 마시는 편이 나았다.

마이크가 이야기하자 그의 아버지는 앞으로 몸을 기울여 접힌 뱃살을 테이블 위에 걸치고 열심히 듣는 척했다. 사실 그는 이 견디기 힘든 상황에서 좋은 기분을 유지하려고 안간힘을 쓰느라 아들의 얘기가 제대로 들리지 않았다. 좋은 기분은 그날 이른 시각부터, 사실 잠자리에서 일어나자마자 시작되었다. 좋지 않고 고약한 맛이 오래 남는 그 반대 기분에 대한 방어작용이었다. 지난 2주 동안 일을 쉬어서 돈이 다 떨어져갔다. 아니, 다 떨어졌다. 사다리에서 콘크리트 바닥으로 떨어져 무릎뼈가 으스러지다시피 하고 등뼈와 목뼈가 휘었다. 물론 놈들은 그가 술을 마신 상태였으니 그의 탓이라고 주장했다. 개자식들. 게다가 습한 날이면 뼈 마디마디가 쑤시지 않는 데가 없었다. 머리는 스펀지 같고. 하지만 그런 것 때문에 그가 마땅히 누려야 할 좋은 기분을 망칠 순 없었다. 오늘 저녁엔 유일하게 아직 아버지를 사랑하는, 그게 아니라면 적어도 아버지를 참아주는 자식과 함께 있으니까. 그래서 좋은 기분을 유지하기 위해선 집중이 필요했다. 발을 조금이라도 잘못 내딛거나 심지어 주춤거리기만 해도 치명적인 결과로 이어질 수 있는 고공 줄타기처럼 까다로웠다. 그래서 술과 음식, 음식과 술, 술, 음식, 술을 신중하게 교대로 연이어 입에 넣는 일에 집중해야만 했다. 하지만 중요한 건 술뿐이었다. 따뜻하고 짜릿한 액체를 경건하게 목구멍으로 넘기면 그것은 식도를 타고 내려가 심장의 구멍처럼 느껴지는 곳으로, 그랜드캐니언처럼 텅 빈 동굴 같고 채워지기를 갈망하는 곳으로 흘러들었다. 갤로 와인, 적포도주. 뒷맛이 시큼하고 느글거렸지만 값이 싸서 2달러면 살 수 있었고 제 역할을 톡톡히 했다.

그런데 예고도 없이 불쑥 그 말이 튀어나왔다.

막내 저드의 멱살을 잡아 벽에 내동댕이쳤을 때처럼.

"허, 아들…… 아비를 개 보듯 쳐다보고 있구나."

그는 아들을 향해 킬킬 웃고 있었다. 당황한 마이크 주니어가 죄책감에 어쩔 줄 몰라하고 있었기 때문이었다.

마이크가 얼른 대꾸했다. "아닙니다, 아버지! 젠장……" 그의 우람하고 잘생긴 얼굴이 붉어졌다. 속마음을 들키면 금세 얼굴이 붉어지는 게 꼭 제 엄마를 닮았다. 마이크 주니어는 어깨를 으쓱하고는 얼굴을 찌푸리고 식당 안의 다른 손님들을 흘낏 보며 말했다. "그건 가끔 제가 이런 곳에, 그러니까 민간 사회에 적응을 못해서 그런 거지 아버지 때문이 아닙니다. 정말입니다. 군 생활을 하다 보니 민간 세상과 다른 분위기에 익숙해져서 그렇습니다. 민간 세상은……" 그는 말을 멈추고 근처 좌석의 남녀를 바라보았다. 여자는 뚱뚱하고 혈색이 나쁜 편으로 머리에 반짝이는 천을 두르고 연신 웃어대며 면발을 꾸역꾸역 입에 집어넣고 있었다. 남자는 곱슬머리에 새가슴이고 페인트 묻은 속셔츠 차림으로 잇몸을 드러내고 요란하게 웃으며 술을 마셨다. 마이크 뒤의 좌석에서는 늙은 중국 남자가 빠른 스타카토로 발작적인 기침을 해대서 멀베이니 부자의 좌석까지 흔들렸다. "민간 세상은 흐트러져 있습니다. 아시겠어요? 목적의식이란 게 없습니다. 자신이 도대체 뭘 하고 있는지, 왜 그 일을 하고 있는지 아무도 모르는 것 같습니다. 심지어 왜 살아 있는지조차." 경멸에 찬 마이크의 목소리가 자신도 모르게 떨렸다.

늙고 망가진 아버지가 킬킬 웃으며 말했다. "넌 알고? 응?"

그는 갤로 와인 병을 허벅지에 기대 세워놓은 지 오래였다. 거나하게 취해서 무슨 일이 일어나든 그 정점에 있었다.

"맞습니다! 전 압니다."

"그게 뭔데?"

"해병은 기본적으로 자신의 의무를 수행합니다."

"그게 뭔데?"

"매일 주어지는 임무입니다."

"그게 뭔데?"

"상관이 지시하는 것입니다."

"그걸 위해 건배." 늙고 망가진 아버지의 살찐 상체가 진동하며 웃음을 분출했다. 그는 떨리는 손으로 거품 낀 찻잔을 들었다. 해군 아들이 못마땅한 기색을 보이자 그는 다정한 투로 말했다. "난 사실 해군에 입대했어야 했지. 나도 네가 입대한 그 나이였을 때는 군에서 요구하는 조건을 갖추고 있었어. 단단한 몸과 그보다 더 단단한 머리. 하지만 난 입대 대신 결혼을 했고 네 나이쯤엔 여기까지 빠졌지." 그러면서 검지를 휙 들어 턱 밑에 댔다.

그는 갑자기 맏아들이 몇살이나 되었는지 궁금해졌다. 이런, 마이크가 벌써 서른인가? 서른둘인가?

아들은 아버지의 말에 얼굴을 일그러뜨렸다. 억지로 웃어 보이려는 것이거나 충격과 혐오감을 나타내는 것일 터였다. 그는 고무 같은 흰밥에 음식 덩어리들이 구분할 수 없게 엉킨, 삼분의 이쯤 먹은 음식 접시를 옆으로 살짝 밀어놓고 있었는데 이제는 그 기억에서조차 멀어지고 싶은 듯 접시를 조금 더 멀리 밀었다. 그가 반쯤 애원하는 어조로 말했다. "아버지? 아까도 말씀드리려고 했지만 전 어머니를 만나러 왔던 건데……"

영리한 늙은 아버지는 화제를 돌렸다. "아들아, 네가 만약—거기가 어디였더라? 베이루트? 테헤란?—거기로 보내졌다면 어떻게 했겠니? 인질 구출작전을 벌인 곳 말이다. 기억나? 한심한 지미 카터가 백악관에서 내린 명령 때문에, 합참본부의 얼간이들이 국방성에서 내린 명령 때문에, 머나먼 쓸쓸한 사막에서, 화염에 휩싸인 헬리콥터 안에서 아무 죄 없는 어리석은 미국 군인들이 끔찍한 죽음을 맞았지. 임무를 수행하기 위해, 응? 상관의 지시를 따르기 위해. 너라면 갔겠니?" 혀 꼬부라진 소리라 발음은 부정확했지만 요지는 분명했다. 거만한 녀석, 어디 대답해보라지.

"아버지, 그들은 **특수부대**였습니다. 제가 특수부대에 들어갈 수 있었다면 물론 갔을 겁니다. 다들 거기 들어가고 싶어 기를 쓰니까요. 그건 명예니까요. 적에 대항해서 그런 비밀임무를 수행하는 건 명예로운 일이니까요." 마이크는 그런 뻔한 사실을 설명하는 것이 당혹스럽다는 듯 재빨리 대꾸하곤 말을 이었다. "어머니 말인데요, 마운트 이프리엄 시내로 돌아간 거 혹시 아십니까? 거기서 일을……"

"아니, 아니. 말 돌리지 마라." 영리한 늙은 아버지는 텔레비전에 출연해 정치 토론을 벌이는 선거 출마자처럼 심각하게 이마를 찌푸렸다. 목소리가 너무 커서 식당 안의 다른 손님들이 흘끔거렸다. "이란 국민들도 분기탱천할 만하다는 게 내 의견이야. 그들은 혁명을 일으켜서 독재자를 축출했어. 사기꾼에다 고문을 일삼는, 이름이 뭐였더라, 그래, '샤'. 그런데 이 작자가 거금을 챙겨서 미국으로 뛰었고 물론 우린 그를 보호했지. 우린 얼간이들이니까! 베트남에서와 똑같이 얼간이 짓을 한 거지! 이란 국민들은 사기꾼 '샤'만 돌려주면 인질들을 풀어주겠다고 했어. 맞지? 그들은 독재자를 재판해서 처형하고 싶어했으니까. 그가 좋아하던 고문도 좀 해주고, 그와 사치스러운 그 마누라가 훔친 돈도 되찾고. 난 그들의 주장에 일리가 있다고 생각해. 넌 안 그래?"

마이크는 침착함을 잃지 않으려고 애쓰며 대답했다. "아버지, 이란은 우리의 적입니다. 우린 이란과 외교동맹을 맺지 않았습니다. 이란은 우리 대사관에서 미국인을 납치하는 적대행위를, 국제적인 테러리즘을 저질렀습니다! 테러리스트들의 협박에 굴복해선 안됩니다, 아버지."

"하지만 들어봐라, 아들아. 유사 이래 군은 이런저런 명분으로 젊은이들을 사지로 내몰았어. 그건 언제나 '적'에 대항하기 위해서였지. 물론 조국을 위해 목숨을 바치고 훈장을 받고 위령제가 열리고 하는 모든 게 당시엔 대단해 보이지만, 속을 들여다보면 그건 정치인들의 헛소리일 뿐이야, 맞지? 아니라고 할 수 있겠니? 우리의 적은 몇년 후면 우리의 동맹이 되지. 일본과 독일을 봐. 동맹이 적이 되기도 하고. 그게 이란의 경우지! 세상이 원래 그렇게 돌아가는 건지도 모르지만, 하나밖에 없는 목숨을 그렇게 쉽게 던져버리는 건 멍청한 짓이야." 얼마나 열변을 토했는지 마이클 멀베이니는 얼굴에서 열이 나고 눈알이 터질 듯 부풀었다. 꼭 필요한 몇마디 말이나 욕 외엔 아무 말도 하지 않고 며칠씩 버틸 수 있는 그였다. 하지만 그는 더듬거리며 술병을 찾아 작은 찻잔에 급히 따라 마시느라 열변의 효과를 망치고 말았다.

마이크가 혐오감에 차서 웅얼거렸다. "이런, 아버지…… 취하셨어요."

"그게 대답이냐? 반박이야? 넌 그런 걸 반박이라고 하니? 로널드 레이건이 즉흥적으로 하는 대답도 그보단 낫겠다."

"아버지, 도대체 어머니 소식이 궁금하지도 않으십니까? 아버지 아내 소식이?"

"아들아, 그건 사적인 문제다. 내 사생활이야. 난 누구와도 내 사생활에 대한 얘기는 안한다."

"어머닌 늘 아버지 생각만 하신다는 거 아십니까? 그동안 내내 아버지 행방을 찾고 아버지를 위해 기도하셨다는 걸 아세요?"

"아니, 아니! 아니." 구겨진 레이온 스포츠셔츠 차림에 사흘이나 면도를 하지 않아 수염이 덥수룩하고 이마는 땀으로 번질거리는 늙고 망가진 아버지는 억지로 몸을 일으키려는 듯 맹목적이고 혼란스러운 몸짓을 했지만 칸막이 좌석이 좁아서 도로 털썩 주저앉고 말았다. 그가 씨근덕거리며 말했다. "난 그 모든 것에서 휴가중이야." 이어 겁에 질린 기묘한 웃음소리가 터졌다.

"세상에, 아버지! 도대체 어떻게 된 겁니까?"

스펀지 그레이프프루트 같은 머리. 가슴뼈의 통증. 그는 흔들리는 시야가 자신의 눈 때문이지 실제 세상이 그런 건 아니길 바랐다.

식사는 끝난 것일까. 술병은 거의 비어 있었다. 그건 좋은 기분이 서서히 끝나가기 시작한다는 것을 의미했다. 늙고 망가진 아버지는 해군 아들이 아비를 불쌍히 여겨 돈을 주는 당혹스러운 상황을 예견하고 있었다. 도덕적으로는 당연히 거절해야겠지만 술을 권한다면 거절하기 힘들었다. 하지만 누가 술을 권한 적은 있던가?

"여기서 떠나고 싶니? 아들아, 어디로 가고 싶니?"

"떠나요? 어디로 가고 싶냐고요?"

"네가 아까 그렇게……"

"어떻게요?"

너무 힘들었다. 끈적거리는 플라스틱 칸막이 좌석을 박차고 나가기가 너무도 힘들었다. 그는 고무 같은 밥이 담긴 접시에 얼굴을 박고 잠들어버릴 것만 같았다.

하지만 그는 놀라운 능력을 발휘했다. 여자 앞에서 종종 그랬던 것처럼. 술집에서, 공원에서, 심지어 거리에서 모르는 여자에게 말을 붙일 때처럼. 그럴 때 그는 기대 밖으로 말이 유창하고 심지어 젊음이 넘치기까지 했다. "마이키, 너희가 길렀던 그 백마 기억나니? 오래전에. 잘생긴 백마였는데. 흰 갈기에다. 너희 형제 중 하나의 말이었던 것 같은데. 지난밤에도 그 말 이름이 생각이 안 나서 말이야. 이름이 뭐였지?"

마이크는 고개를 저었다. "백마요? 아니에요."

"확실해! 분명 있었어. 어서 말들 이름 좀 대봐."

마이크는 그것이 주의를 딴 데로 돌리려는 서툰 술책이 아니라 심오한 질문이라도 되는 것처럼 이맛살을 모으고는 파리똥으로 얼룩지고 판지로 만들어진 듯한 천장을 올려다보며 오래전에 하이포인트 농장을 떠난, 그리고 필시 세상을 떠났을 말들의 이름을 읊었다. "그러니까, 제 조랑말 크래커잭이 있었고…… 그다음에 주니어 존스, 그리고……" 말들의 이름들이 에어컨 소리에 섞여 지나갔다. 마이크의 아버지는 물에 빠진 사람이 뒤집힌 배에 매달리듯 좋은 기분에 악착같이 매달리며 주정뱅이의 강렬하면서도 흐릿한 눈빛으로 열심히 듣는 척했지만 사실은 마이크 혼자 떠들고 있었다. "프린스, 레드, 몰리오, 클로버…… 농장을 떠나기 직전에 저드의 말도 팔았겠죠, 그렇죠? 누가 샀습니까?"

늙고 망가진 아버지는 눈을 가늘게 뜨고 아들을 바라보았다. "누가 샀는지 내가 어떻게 알아? 네 엄마한테 물어봐."

이제 작별할 시간이었다. 식사도 끝났으니. 나가서 술집으로 갈 수도 있었지만 확실하진 않았다. 그는 저만치서 테이블을 치우기 위해 대기하고 있는 수줍은 중국인 웨이터에게 말했다. "끝내주는 식사였어. 또 오지." 그는 이번엔 오만상을 쓰면서 있는 힘을 다해 좌석에서 몸을 일으키는 데 성공했지만 균형을 잃고 옆으로 비틀거렸다. 그러자 끔찍한 통증이 두개골 아래에서 시작해 척추를 타고 내려갔다. 그는 골병 든 병자였다. 마이크가 군인다운 민첩한 동작으로 벌떡 일어나 늙은 아버지를 부축했다. "아버지? 괜찮으십니까?" 하지만 늙은 아버지는 이미 균형을 되찾고 투덜거리며 비틀비틀 문 쪽으로 향하고 있었다. 늙고 망가진 아버지가 바닥에 고꾸라지기를 바라는 관중들의 노골적인 시선이 어렴풋이 느껴졌지만(그의 착각이 아니라면) 그런 일은 일어나지 않았다. 아들이 음식값을 계산하느라 지체하는 사이 골목길의 끈끈한 잿빛 공기 속으로 나온 아버지는 축축한 얼굴을 소매로 닦고 거칠게 눈을 비비며 정신을 차릴 시간을 가졌다. 하지만 염병할…… 좋은 기분이 바짓가랑이를 타고 흐르는 오줌처럼 빠르게 사라지고 있었다.

빨리 저 아이가(이름이 뭐더라?) 저 사는 데로 가버려야 마음이 놓일 것 같았다. 그들을 사랑하는 것이, 심지어 그들과의 관계를 유지하는 것조차 진이 빠지도록 힘들었다.

마이크가 잰걸음으로 따라왔다. 아버지보다 키가 훨씬 컸다. 그가 강철 같은 손으로 아버지의 양팔을 잡으며 말했다. "아버지, 집까지 모셔다드리겠습니다. 그래야 마음이 놓일 것 같으니까요."

아버지는 불안해하며 그럴 필요 없다고, 괜찮다고 고개를 저었다. 냄새나는 식당 바로 위층의 돼지우리 같은 방이 창피하고 혹시 여자 물건이 있을 수도 있어서였다. 게다가 아들이 참견할 문제가 아니지 않은가. 배를 찢긴 사슴이 숲으로 들어가 홀로 죽는 것처럼 자신이 엉금엉금 기어서 사라진다 한들 그 누가 신경쓸 일인가!

다행히 마이크 주니어가 군복 차림이 아니라 범인을 체포하고 있는 것처럼 보이진 않았다. 그러잖아도 입을 벌리고 구경하는 멍청이들이 많이 있었으니까.

그래서 그들은 잠시 실랑이를 벌였다. 밤 9시가 넘었는데도 하늘에 빛이 남아 있는 모습이 마치 검푸른 살 속에 희미한 모세혈관들이 비치는 것 같았다. 아버지가, 자신만의 독립된 인격을 지니고 있으며 그저 아이들 아버지이지만은 않은 마이클 멀베이니가 친구와 만나기로 했으니 가봐야겠다고, 저녁은 고맙게 잘 먹었다고 아들에게 웅얼거리고 있었다. "우리 앞으로 더 자주 만나야지." 그 말이 마이크를 웃겼다. 텔레비전 개그처럼. 그는 지갑을 꺼내 늙고 망가진 아버지에게 돈을 건넸고 아버지는 한사코 거절했다. "아니! 됐다, 아들아." 꽤 설득력 있게 사양했다. "너도 이제 결혼한 몸이고 곧 애들도 생길 테니 한푼이라도 허투루 쓰지 말아야지." 그러곤 마치 진심의 표시라도 되는 듯이 갑자기 기침을 터뜨렸지만 사실 담배연기를 잘못 빨아들이는 바람에 기침이 걷잡을 수 없이 쏟아진 것이었다. 이렇게 죽으면 기침을 하다가 폐 조직까지 토해 죽었다고 신문에 나겠지. 하지만 마이크는 한사코 돈을 받으라고 우겼다. 우람하고 잘생긴 얼굴이 검붉게 달아오르고 눈에는 참담한 눈물이 글썽였다. 혹시 이 모든 게 이미 정해진 것일까? 인생은 텔레비전보다 복잡하고 교묘한 것이어서 엉뚱한 방향으로 흐를 때가 너무도 많지만 가끔은 우연히 올바른 방향을 잡을 수도 있다. 사실 늙고 망가진 아버지는 아들이 주는 돈을 마다할 형편이 못되었다. 괜찮은 옷과 신발도 새로 사고, 머리도 손 떨리는 여자친구의 엉터리 가위질이 아닌 전문가한테 맡기고. 병원에 가서 검사도 받아보고요. 약속하실 수 있죠? "글쎄……" 아버지는 아들의 말에도 일리가 있다고 수긍했다. 그래서 근육질의 해군의 몸을 지닌 키 큰 아들이 쥐여주는 돈을 수줍게 편 손으로 받았다.

"이건 어디까지나 빌리는 거다, 마이크. 알겠지?"

그러자 암울한 기분이 사납게 웃으며 달려들었다. 하이포인트 농장 굴뚝의 바람 같은 기분. 자신을 굴뚝 속으로 빨아올려 폭풍이 부는 하늘로 던져버릴 듯한 기세로 날뛰는 무시무시한 바람.

결국 마이크는 늙고 망가지고 다리가 풀려버린 아버지를 부축해서 때가 덕지덕지 낀 계단을 올라 골든 파빌리온 중국식당 위층 방으로 갔다. 자세히 살펴보고 싶지도 않은 돼지우리 같은 방. 불쌍한 마이크는 악취로 코가 얼얼한 가운데 아랫입술을 깨물었다. 그는 아버지의 끈 없는 구두를 벗기고 때가 찌들어 뻣뻣해진 옷가지를 벗긴 뒤 꼬질꼬질하고 구겨진 침대 씨트에 눕혔고 아버지는 곧장 씨근거리며 코를 골고 자기 시작했다. 아버지의 머리가 부러진 거위 모가지처럼 축 늘어져 있었다. 아버지는 한참 지나서 잠이 깬 뒤 바지 주머니에 든 돈이 20달러 지폐 여섯 장뿐임을 알았다. 최소한 500달러는 기대했는데 겨우 120달러였다. 결국 늙고 망가진 아버지는 그까짓 푼돈을 받자고 맏아들과 자신의 눈 앞에서 체면을 구긴 것이었다.

❦

그 백마. 연기 같은 존재인 마이클 멀베이니보다 훨씬 생동감 넘치는 그 말.

용기를 내어 숨을 죽이고 그 백마의 근육질 맨등에 올라 녀석의 갈기를 움켜쥐고 녀석의 양 옆구리에 무릎을 붙였다. 그들은 갑자기 비틀거리며 움직였다. 배밭처럼 보이는 곳을 뒤로하고 경주 코스로 접어들었다. 틀림없는 경주 코스였다. 백마는 콧김을 뿜어대며 고개를 휘젓고 펄쩍 뛰어오르고 앞다리를 치켜들고 발길질을 해댔다. 마이클 멀베이니를 떨어뜨리려고? 아니면 단지 그를 시험하기 위해? 원래 말은 새 주인을 시험하곤 하니까. 아이들이 안장을 얹은 각자의 말을 타고 그의 곁을, 키 큰 나무들 밑을 달리고 있었다. 의젓하게 앉아 미소짓는 아이들의 모습이 얼마나 아름다운지! 열세살이 안된 나이의 마이키 주니어와 형과 비슷한 나이의 패트릭. 매리앤도 보였고 얼굴이 흐릿한 막내 저드도 있었다. 아, 아이들이 말 타는 모습을 보는 게 몇년 만이던가! 그의 완벽한 아이들! 그는 분명 저 아이들의 아버지가 되기 위해 세상에 태어난 것이었다. 그리고 울타리에서는 코린이 카메라를 들고 웃으며 손을 흔들고 있었다. 사랑스러운 코린, 염소가 씹어먹은 듯한 저 밀짚모자. 그는 저 모자를 훔쳐다 버리고 아내에게 어울리는 멋진 새 모자를 사다주리라 다짐했다. 그는 아이들처럼 말타기를 즐기진 않았지만 지금 이렇게 근사한 백마를 타고 아이들 뒤를 달리고 있었다. 요란한 말발굽 소리! 백마는 콧김을 내뿜으며 껑충 뛰어올랐다. 그는 아이들이 점점 자신과 거리를 넓히며 산을 향해 달려가는 것을 보았다. 심장이 거대하게 부풀어 가슴이 뻐근했다. 그는 백마의 연기처럼 흰 갈기를 움켜쥐고 울렁이는 옆구리를 무릎으로 꽉 죄었다. 말에서 떨어지지 않으리라. 절대 떨어지지 않으리라! 말에서 내동댕이쳐지지 않으리라. 그는 전속력으로 아이들을 쫓아갔다.

스텀프 크리크 힐

그녀는 너무도 정처 없는 인생을 살아왔기에, 충동으로 점철된 누더기 퀼트 같은 삶을 살아왔기에, 병든 머핀을 품에 안고 처음 스텀프 크리크 힐 동물보호소를 찾았던 그 아침으로부터 사년하고도 2개월이 지난 지금까지 아직도 이곳에 있다는 사실이 스스로도 놀라웠다.

물론 매리앤은 이곳 동물보호소에서 일자리와 숙식을 제공받았다. 그리고 동물보호소를 운영하는 수의사 닥터 휘트 웨스트와 사랑에 빠졌다. 휘트 웨스트도 매리앤을 좋아하는 듯했다.

그리하여 마침내 그녀가 희망을 거의 버렸을 무렵 코린이 전화를 걸어와 흥분과 두려움에 떨리는 목소리로 "오 매리앤! 내 딸! 아버지가 널 보고 싶어하셔! 얼마나 빨리 올 수 있겠니?"라고 말했을 때 매리앤은 스텀프 크리크 힐에 살고 있었다. 펜실베이니아의 소도시 싸이크스빌에서 남쪽으로 몇 킬로미터 떨어져 있고 뉴욕 주 경계에서 120킬로미터 거리에 있는 곳이었다.

늙은 아프리카 코끼리 딜라일라와 쌤슨에게 호스로 물을 뿌려주고 있다가 땀에 젖은 채 헐떡이며 달려들어와 전화를 받은 매리앤은 손바닥으로 가슴을 누르며 아주 잠깐 동안 망설이다가 바로 대답했다. "바로 갈게요, 엄마! 지금 바로 출발할게요."

차를 몰고 가리라! 주차장에 있는 체비 픽업트럭을 몰고 가리라.

코린이 말했다. "애야, 잠깐…… 우린 로체스터에 있어. 대학병원에. 서둘러."

그래서 매리앤은 직감했다. 무슨 일인지.

서둘러. 서둘러. 서둘러.

십이년의 추방 끝에. 서둘러!

1988년 10월의 일이었다. 화요일 아침, 휘트 웨스트는 워싱턴에 있었다. 아니, 시카고였나? 아니면 쌘프란씨스코? 그가 총회에서(동물보호연합회 총회라고 했나?) 발표할 자료를 준비하는 일을 도왔는데. 아니, 그건 지난주였지. 아, 상관없어. 어쨌든 휘트는 동물보호소에 없었고 매리앤은 그에게 전화를 걸어 사정을 설명할 틈이 없었다.

하이포인트 농장이 팔린 후로 매리앤은 코린과 산발적으

로만 연락을 하며 살았다. 더 자주 연락을 취하고 싶었지만 상황이 그렇게 되고 말았다. 그녀는 한동안 어머니를 만나지 못했고(구체적으로 얼마 동안인지는 생각하고 싶지 않았다!) 외할머니의 장례식이 있었던 그 끔찍하고 혼란스러웠던 날 이후로 셔토쿼 밸리에는 발걸음도 하지 않았다. 모두들 얼마나 바쁘고 정신없이 살았던가! 세월은 비 온 후의 스텀프 크리크 하천 물살처럼 거세게 흘러갔다.

매리앤은 자신이 스물아홉살이라는 사실이 도무지 실감이 나지 않아 살을 꼬집어봐야 했다.

나이에 연연할 그녀는 아니었지만, 몇주 전 그녀의 생일 전날 밤에 동물보호소의 동료와 친구 들이 깜짝 파티를 열어주었는데 휘트가 특별히 만든 생일 케이크에(오렌지 껍질을 넣은 무설탕 바닐라 스펀지케이크였다) 초를 어찌나 많이 꽂았는지 케이크 가장자리로 초들이 쓰러질 지경이었다. 매리앤은 놀라서 초의 수를 세어보았다. "세상에, 내가 이렇게 늙었나?" 휘트가 웃으며 말했다. "늙어? 이제 겨우 걸음마를 뗀 꼬맹이가." 서른아홉에 접어들면서 예민해진 휘트는 자신의 마음을 그런 식의 농담으로 표현했다.

매리앤은 아무에게도 알리지 않고 킬번을 빠져나온 뒤로 한동안 코린과 연락을 끊고 살았다. 이따금 버스정류장 같은 데서 공중전화로 급히 전화를 걸어 안부나 전하는 게 고작이었다. 그러다 스파턴버그의 페넬로피 하그스트룀 밑에서 일하고부터는 코린과 한 달에 한두 번꼴로 꽤 정기적으로 통화를 했다. 하지만 스파턴버그에서도 일이 복잡하게 꼬여 그곳을 떠나면서 다시 가족과 연락이 두절되는 혼란의 시기를 겪었다. 그녀는 부모님이 헤어졌다는 사실을 알고 도저히 믿을 수 없어했으며, 코린은 '일시적이고 아직 결정되지 않은 일'이라고 우겼다. 매리앤은 마이크, 패트릭, 저드에 대해서도 알아야 할 건 알고 있었다. 하지만 그들이 매리앤에 대해 아는 건 그보다 불분명했다. 그녀는 자신의 이야기를 잃어버리고 말았다. 그녀는 어떤 곳에 불쑥 나타났다가 조금이라도 괜찮은 일자리를 얻으면 머물고 그렇지 못하면 다시 떠났다. 친구들을, 때로는 아주 절친한 친구들을 만들기도 했지만 예고도 없이 홀쩍 떠나버렸다. 누군가 자기를 그리워할 수도 있다는 생각을 한번도 해본 적이 없는 것처럼. 그녀는 그린 아일 협동조합을 떠난 후로 휴이 마이너나 에이브러브에 대해 거의 생각하지 않았다. 그 모든 것이 너무도 까마득한 옛날 일 같았다. 그리고 페넬로피 하그스트룀도 지금쯤은 그녀를 잊었을 터였다. 어쨌거나 그것이 매리앤이 바라는 바였다.

사실 매리앤은 가끔 죄책감에 시달렸다. 그런 식으로 미스 하그스트룀에게서 도망친 것에 대해. 아무런 설명도 없이 그저 떠난다는 쪽지 한 장만 달랑 남겨놓고. 매리앤은 더플백에 소지품을 챙기고 겁에 질린 불쌍한 머핀을 마분지 상자에 넣어 그곳을 떠났다. 한 해가 그다음 해에 녹아들고 그해가 또 그다음 해에 녹아들면서 그녀는 그 낡은 집의 벽이 자신을 포위해오는 기분이 들었다. 매리앤 멀베이니가 그집에서 너무 중요한 존재가 되어가고 있는 것이 문제였다.

그녀는 그곳을 떠나는 것이 슬펐다. 나무 그늘이 드리워진 주택가에 위치한 덧창 달린 높은 석회암 주택. 얼핏 보면 위압적이고 심지어 흉한 느낌마저 들지만 그 집은 엄격한 아름다움을 지니고 있었다. 페넬로피 하그스트룀 자신처럼. 머핀도 창문 밖 화초 상자나 아무도 손대지 않는 거실의 스타인웨이 그랜드피아노 밑 같은 제가 좋아하는 자리에서 기분 좋게 졸며 만족스러운 나날을 보냈다. 제일 좋아한 곳은 집 뒤의 담장이 둘러진 정원이었는데, 포근한 날이면 머핀은 깜짝 놀랄 정도로 길고 여윈 몸을 쭉 뻗고 누워 가까이에서 날아다니는 나비들을, 그리고 그의 시야 안을 겁도 없이 실주하는 생쥐들까지도 눈을 깜빡이며 인자하게 바라보았다. 그곳은 (적어도 외적인 면에서는) 비슷한 날들이 되풀이되는 미스 하그스트룀의 고양이 천국이었다.

그리고 페넬로피 하그스트룀도 주목할 만한 비범한 인물이었다. 진정으로 시를 사랑하는 시인인 그녀는 키츠, 셸리, 디킨슨, 예이츠, 프루스트의 시들을 멋지게 낭송하여 매리앤을 전율케 했다(매리앤은 그 외로운 여인의 식탁에 자주 초대되었고 페넬로피 하그스트룀은 그 자리에서 '영혼을 밝게 비춰주는' 그 시들을 낭송해주었다). 예순 초반의 미스 하그스트룀은 오랜 세월 휠체어 신세를 졌지만 다발성경화증은 이제 진정된 상태인 듯했다. 그녀는 많이 상하긴 했지만 매를 연상시키는 귀족적인 얼굴을 갖고 있었고, 백발이되어가는 머리칼은 가운데 가르마를 타고 단정히 쪽을 지어 묶었다. "나 같은 못생긴 여자들은 이런 에밀리 디킨슨 스타

일이 최고지." 그녀의 하체는 슬프리만큼 가냘팠지만 상체는 풍만한 가슴이며 어깨며 팔뚝이 놀라울 정도로 건장했다. 그녀의 목소리는 아름다운 선율 같았다가 날카로워지기도 하고 상냥하고 논리적이었다가 포악하게 변하기도 했다. 매리앤에 앞서 다른 여러 '여자 비서들'이 그녀를 거쳐갔고 앞으로도 그러할 터였다. 미스 하그스트룀은 매리앤을 좋아하는 눈치였고 몇차례 집안 환경에 대해 캐묻기도 했지만("하지만 너도 어딘가에서 온 누군가일 것 아니니. 우리 모두가 그렇고!") 매리앤은 정중히 대답을 회피했다. 미스 하그스트룀은 계속해서 매리앤을 '승진'시키며 얼마 안되는 월급을 몇달러씩 올려주고 스파턴버그에서 '네 또래 친구들'을 사귀라고 격려하면서도 매리앤이 집에만 있는 걸 좋아하는 듯했다. 반면 그녀는 요구가 지나치고 독재적인 인물이기도 해서 그녀가 '이 빌어먹을 의자'라고 부르는 휠체어를 타고 내리는 걸 돕는 등의 사소한 심부름뿐 아니라 서재를 정리하는 어려운 일도 시켰다. 서재 정리에는 1940년대 중반까지 거슬러올라가는 방대한 양의 서신과 수백, 수천 편의 시 원고를 정리하는 작업도 포함되었다(매리앤은 처음 미스 하그스트룀의 서재를 보고는 어찌나 뒤죽박죽인지 폭풍이 휩쓸고 지나간 자리 같다고 생각했다). 미스 하그스트룀은 늘 매리앤에게 목소리가 작다며 "말 좀 크게 해! 내가 귀머거리라도 된 것 같잖아"라고 혼냈고 심지어 불쌍한 머핀에게도 "고양이처럼 신경질적"이라며 잔소리를 했다(사실 머핀은 그녀 앞에서는 그런 모습을 보였다). 하지만 그녀는 동물애호가임을 자처하며 동물보호협회에 거금을 쾌척하기도 했다. 또 그녀는 스스로를 '조직화된 종교의 반대자'라 부르며 교회와 관련된 자선활동에는 결단코 참여하지 않았다. "그들의 전지전능한 하느님께 도와달라고 기도하라지. 하느님과 그토록 특별한 관계라면 말이야." 그녀는 사전에 약속하지 않고 찾아오는 손님을 절대 만나지 않으면서도 스파턴버그에서 '시인이라는 이유로 배척당하며' 외롭게 살아가고 있는 자신의 처지를 한탄했다. 그녀는 아침 9시부터 정오까지 오전 시간을 시 쓰는 작업에 매달리는 자신만의 시간으로 정해놓고 누가 방해를 하면 화를 냈지만, 매리앤이 가져온 우편물 중에 취재나 방문 요청 같은 흥미로운 것들이 없으면 (어차피 거부할 거면서도) 어린애처럼 실망했다. 종종 그렇듯이 종일 전화 한 통 걸려오지 않아서 매리앤이 죄스러워하며 "한 통도 없었습니다, 미스 하그스트룀. 한 통도요"라고 보고할 때도 마찬가지였다.

"흐으으음! 매리앤, redundant(대답이 길고 장황하다는 뜻—옮긴이)하구나." 그런 때면 미스 하그스트룀이 날카롭게 하는 말이었다.

매리앤은 'redundant'가 '과다한, 필요 이상의'란 뜻을 가진 단어임을 모르진 않았지만 그래도 사전을 찾아보았다. 영국식 용법으로는 '실직중인, 일시 해고된'이란 뜻도 있었다. 매리앤은 자신에게 딱 맞는 단어라고 생각했다. 머핀에게도.

그렇지만 사실 매리앤은 휠체어에 매여 사는 주인의 시

중을 드느라 늘 바빴다. 낡고 웅장한 집의 일층에만 갇혀 사는 미스 하그스트룀은 '위층에서 내려다보이는' 전망을 훨씬 더 좋아했기에 집에 리프트를 달 것인지 아니면 엘리베이터를 설치할 것인지를 두고 고민했다. 몇주 동안 업자들의 전화와 방문이 이어지고 공사 견적과 조건을 두고 실랑이가 오가는 가운데 매리앤이 중간에서 일일이 내용을 점검해야 했지만 결국 페넬로피 하그스트룀은 갑작스럽게 리프트도 엘리베이터도 설치하지 않겠다는 결정을 내렸다. 또 1983년 늦겨울, 당밀처럼 걸쭉한 우울 속에서 하루하루가 이어지던 시기에("영혼의 어두운 밤이 저기 있노라") 미스 하그스트룀은 갑자기 2주간 이딸리아 여행을 가겠노라며 준비를 지시했다. 여행 준비가 원래 간단한 일은 아니지만 예상보다 훨씬 복잡해서 매리앤은 여러 도시의 여행사들에 무수히 전화를 걸어야만 했다. 매리앤은 미스 하그스트룀을 위한 통화를, 즉 다른 사람을 대신해서 제삼자와 대화하는 일을 좋아했지만 "'장애인'을 위한 특별한 준비"가 요구되고 결국 헛수고로 끝날 공산이 큰 그 일에 점점 지쳐갔다. 예술 단체의 초대로 시를 낭송하거나 자신을 위한 행사에 참석하기 위해 리무진을 타고 160킬로미터 거리도 안되는 피츠버그에 다녀오는 것도 불안해하는 페넬로피 하그스트룀이었기에 로마, 피렌쩨, 베네찌아, 빨레르모까지 여행을 다닐 수 있을 성싶지가 않았던 것이다. 아니나 다를까, 어느날 아침 미스 하그스트룀이 짤막하게 통보했다. "가지 않기로 결정했어. 지금까지 세운 계획을 다 취소해." 매리앤이 그 말에 안도의 미소라도 지었는지 미스 하그스트룀은 눈을 교활하게 찡긋하며 덧붙였다. "흐으음! 실망시켜서 미안하군."

매리앤은 웃었다. 당신은 나를 실망시킬 수 없어요! 난 당신을 사랑하지 않으니까.

매리앤은 자신이 미스 하그스트룀에게 고용된 건 이 노처녀 시인의 '미스트랄 같은 기분'(사전에서 mistral이란 단어를 찾아보니 강하고 차고 건조한 북풍이란 뜻이었다)을 맞춰주기 위한 목적도 있음을 서서히 깨달아갔다. 스파턴버그에 남아 있는 몇 안되는 하그스트룀의 피붙이 중에는 그녀의 기분을 맞춰줄 인내심을 가진 이가 없었던 것이다. 그녀의 가족 중에는 오래전에 세상을 떠난 어머니 외엔 '책을 읽는' 사람이 없었고, 그것도 시와는 거리가 멀었다. 페넬로피 하그스트룀은 가족들 사이에서나 동네에서나 유명하고 인기 많은 시인이 아니라 젊은 나이에 몹쓸 병(다들 쉬쉬하며 정식 명칭 대신 MS라는 약자로 부르는)에 걸리고 명문가 출신의 미남 약혼자까지 잃은, 예쁘진 않지만 '흥미로운' 얼굴을 한 불운한 여자로 인식되고 있었다. 약혼자를 '잃은' 것이나 몹쓸 병에 걸린 것에 대해 대놓고 페넬로피 탓을 하는 사람은 없었지만 하그스트룀 가 사람들과 주로 전화로 대화를 나누는 매리앤은 그들이 페넬로피를 걱정하는 척하면서도 은근히 비난하고 있음을 간파하고 분노를 느꼈다.

하그스트룀 가 사람들은 페넬로피의 시집이 출간되거나 그녀의 작품에 대한 평론이 나오거나 심지어 그녀가 미국 시인협회에서 상을 받아도 별 관심이 없는 듯했다. 탄광으로 번 돈을 주로 부동산에 투자하는 현실적인 그들의 세계에는 시가 비집고 들어갈 틈이 없었다.

페넬로피 하그스트룀은 매리앤에게 점점 더 많은 것을 기대하게 되었다. 그녀는 매리앤이 방대한 양의 편지와 원고를 깔끔하게 정리해놓은 걸 보고 "매리앤, 네가 이걸 다 한 거야?"라며 놀라워했고, 자신이 '질색하는' 전화라는 도구를 능란하게 다루는 것에 감동했다. 그녀는 매리앤이 자신의 삶과 작품에 보다 질적인 참여를 할 수 있도록 오전중에 매리앤을 불러 새로 쓴 시의 초고를 읽어주었다. "매리앤, 네 생각을 말해봐. 대충 얼버무리지 말고. 내 눈을 똑바로 보면서." 그녀의 눈은 반짝거렸고 가끔 약간의 광기가 감돌기도 했다. 오전의 선명한 빛 속에서 그녀의 피부는 기묘하게도 층이 져 있는 듯 보였고 눈 밑의 부드러운 살에는 깊은 주름이 패어 있었다. 그녀의 미소는 빠르고 냉엄했으며 어떤 때는 전혀 미소가 아니었다. 그녀는 매리앤에게 시를 읽어줄 때면 목소리가 굵어지면서 극적인 테너 음이 되었고 매리앤은 그게 불편했다. 시는 왜 항상 그렇게 강렬해야만 할까? 왜 모든 걸 과장하고 중요해 보이게 만드는 걸까? 시 한 줄, 단어 하나, 심지어 구두점까지도…… 왜 그냥, 그냥 평범한 삶일 수가 없을까? 매리앤은 깍지 낀 손을 무릎에 올리고 앉아 불안감에 어쩔 줄 모르고 있었다. '엉터리'를 절대 못 참는 날카로운 눈의 미스 하그스트룀이 자신의 무가치한 생각을 꿰뚫어볼까봐 두려웠다.

"미스 하그스트룀, 제가 어떻게 당신의 시를 '비평'할 수 있겠어요. 전 고등학교 졸업장밖에 없어요. 대학에서도 낙제하고……"

페넬로피 하그스트룀은 위엄있게 휠체어에 앉아 매 같은 얼굴을 치켜들고 말했다. "물론 할 수 있어, 매리앤. 넌 지적인 여성이니까. 너 자신이 생각하는 것보다 훨씬 지적이지. 난 그걸 알게 됐어. 내가 누구에게 시를 쓰고 있다고 생각해? '매리앤 멀베이니'가 아니면? 저세상으로 떠난 소중한 시인들에게 쓰고 있는 게 아냐. 내 '기록을 보관할 사람'에게 쓰고 있는 것도 아니고."

그래서 매리앤은 마지못해 자기 의견을 말했다. 그 시가 무척 좋지만 솔직히 말하면 완전히 이해하지는 못했다고. 혹은 그 시를 완전히 이해하진 못했지만 정말로 좋긴 하다고. 그러자 미스 하그스트룀이 의심스러운 듯 따져물었다. "매리앤, 네가 진짜로 생각하고 있는 건 뭐지? 네가 날카롭고 영리한 생각을 품고 있는 게 느껴져."

매리앤은 미스 하그스트룀의 서재에서 몸을 꼬고 있는 반쯤 잠든 머핀을 무릎에 안고 앉아서 약하게 저항했다. "하지만 미스 하그스트룀, 왜 꼭 어떤 의견을 가져야 하는 거죠? 시는 그냥 그 자체일 수 없나요?"

페넬로피 하그스트룀이 냉정하게 말했다. "그냥 그 자체로 존재할 순 없어. 우리의 의견에 의해 만들어질 뿐이지." 그녀는 원고를 가지런히 모아 무릎 위의 서류철에 넣었다. 그건 시 비평 시간이 끝났다는 뜻이었다.

안도한 매리앤은 잠에 취한 머핀을 안고 도망치듯 나왔

다. 그녀의 뺨은 타오르듯 뜨거웠고 심장도 빠르게 뛰고 있었다. 아냐! 절대 믿을 수 없어.

그녀는 생각했다. 이제 스파턴버그를 떠나야만 해. 때가 왔어.

매리앤은 페넬로피 하그스트룀이란 비범한 여인을 존경했다. 그리고 거의 사랑까지 느끼게 되었다. 하지만 그녀는 매리앤을 지나치게 과대평가하고 있었다.

그리고 겨우 십이일 만에 갑작스럽게 이별이 찾아왔다. 미스 하그스트룀이 매리앤에게 전혀 예기치 못했던 놀라운 '승진' 제안을 해온 것이었다. 그녀는 매리앤을 하그스트룀 재단의 부대표로 임명하면서 자신의 개인 비서 임무도 겸해 줄 것을 부탁했다. 봉급도 현재 수준보다 꽤 높아질 것이라고 했다. "중역 월급이지." (페넬로피가 1967년에 작고한 어머니의 이름으로 세운 리디어 찰스 하그스트룀 추모 예술재단은 25,000달러의 보조금을 주로 피츠버그 지역의 예술단체와 문예지, 비영리 극장 등에 기부하고 있었다. 재단 대표는 피츠버그의 변호사로 매리앤은 그와 직접 만난 적은 없었지만 가끔 통화는 하고 있었다.) 그 제안은 너무도 놀랍고 충격적이어서 매리앤은 기절할 것만 같았다. 귓전에서 억눌린 웃음소리 같은 소음이 울렸다. 그녀는 즉시 고개를 저었다. "미스 하그스트룀, 정말 감사합니다만 전⋯⋯"

"매리앤, 나가서 잘 생각해봐. 지금 이 자리에서 결정하지 말고. 머핀과 의논해도 좋고. 머핀도 내 편을 들걸!"

"하지만 미스 하그스트룀, 전 그런, 그런 자리를 맡을 순 없어요. 전 그런 일을 해본 경험이 없어요. 전 겨우⋯⋯"

미스 하그스트룀이 활기차게 말했다. "알아, 고등학교 졸업장밖에 없지. 그 얘긴 이미 끝난 것 같은데. 매리앤, 그런 어울리지도 않는 여고생 같은 태도는 그만 버려줄 수 없겠어? 그건 매리앤의 참모습이 아니니까. 난 그게 매리앤의 참모습이 아니란 걸 알게 됐어."

매리앤은 미스 하그스트룀을, 휠체어가 왕좌라도 되는 양 당당히 앉아서 망가진 잘생긴 얼굴을 들어 반짝이는 눈으로 자신을 보고 있는 그녀를 응시했다.

"그럼 그건 누군데요? 전 이해를 못하겠어요."

"나도 이해를 못하겠어. 하지만 지금 우리의 주제는 재단이야. 알다시피 우린 매년 보조금 신청을 받고 있고 신청자들을 신중히 평가해야 해. 매리앤이 할 일은 서류 정리와─ 그건 아주 잘하잖아─선별작업을 돕는 거지. 가끔 피츠버그로 가서 신청자들을 면담하거나 우리가 후원하는 연극, 전시회, 어린이 인형극장 공연도 관람하게 될 거야. 물론 대부분의 일처리는 이 집의 네 사무실에서 하게 될 거고. 아니라는 말은 듣지 않겠어! 널 잃고 싶지 않으니까. 그럼 네가 몹시 그리워질 테니까."

"알겠어요. 죄송해요." 매리앤이 어찌할 바를 모르며 대답했다.

"어리석게 굴지 마! 나가서 잘 생각해보고 내일 아침에 '좋다'고 대답해줘."

매리앤은 방에서 나갔다. 하지만 그후로 다시는 페넬로피 하그스트룀을 만나러 오지 않았다.

그녀는 이튿날 아침 일찍 몰래 일어나 황급히 더플백에 자신의 물건들을 최대한 많이 챙겨담고 못미더워하는 머핀을 달래 공기구멍을 잔뜩 뚫어놓은 마분지 상자에 넣었다. 그리고 페넬로피 하그스트룀에게 쪽지를 써서 식탁에 놓았다. 함께 사는 가정부가 발견할 터였다. 미스 하그스트룀, 죄송하지만 전 지금 즉시 떠날 수밖에 없어요. 마지막 달 월급은 신경쓰지 마세요. 그동안 저와 머핀에게 베풀어주신 친절에 감사드립니다. 매리앤은 나중에야 깜빡 잊고 서명을 하지 않았음을 깨달았다.

어쨌든 끝난 일이었다.

매리앤은 덧창 달린 높은 석회암 주택에서 몰래 빠져나와 스파턴버그 시내로 2킬로미터 정도 걸어들어갔다. 더플백과 머핀이 야옹거리고 있는 마분지 상자를 들고 걸으며 트레일웨이스 버스터미널에서 표를 한 장(아니면 두 장?) 사야겠다고 생각했다. 그러자 애완동물은 버스에 못 타게 하면 어쩌나 걱정이 되기 시작했다. 그녀는 길모퉁이에 서 있었는데, 마침 그곳에서 신호가 바뀌기를 기다리고 있던 픽업트럭 운전석의 친절해 보이는 중년 농부가 타겠느냐고 소리쳐 물었다. 매리앤은 고마운 마음으로 그러겠다고 대답하고 트럭 앞자리에 탄 다음 더플백은 뒤로 던지고 마분지 상자는 무릎에 올려놓고 꼭 안았다. 트럭이 시골을 향해 달렸고, 농부가 자신은 싸이크스빌로 간다고 하자 매리앤은 좋다고 했다. 그녀는 너무 울어서 머리가 멍하고 꼴도 말이 아니었지만 잘한 결정이었다고 생각했다. 끔찍한 오해가 생기는 걸 사전에 방지했으니까. 그녀는 페넬로피 하그스트룀이 그리워질 터였다. 짐이 많아서 미스 하그스트룀이 준 증정본 시집들을 단 한 권도 챙겨오지 못한 것과 자신의 무례한 행동이 당혹스럽긴 했지만 한편으론 새로움에 대한 흥분이 일었다. 온화하고 화창한 4월이었고, 그녀는 싸이크스빌이란 이름은 들어본 적도 없었다.

"아가씨, 거기 든 게 고양이요?" 농부가 물었다.

"이름이 머핀이에요." 매리앤이 대답했다. 그녀가 상자 공기구멍으로 손가락을 들이밀자 머핀이 깔깔한 혀로 핥았다. 간지럽고 시원한 느낌이었다.

스파턴버그의 절반 크기밖에 안되는 싸이크스빌에 발을 들인 매리앤은 부엌이 딸리고 주 단위로 세를 내게 되어 있는 웨이싸이드 모텔의 흰색 오두막에 세를 들었다. 일자리도 집에서 2킬로미터 거리도 안되는 농산물 가게에서 바로 구할 수 있었다. 그녀는 적어도 한동안은 싸이크스빌에 정착해 새로운 사람들을 만나고 새 교회에도 나가며 만족스러운 삶을 살 수 있을 터였다. 새로 사귄 친구 중 하나인 제니라는 멋진 여인은 그녀보다 나이가 아주 많지도 않은데 벌써 아이가 몇 있고 남편과 함께 농산물 가게를 운영하고 있었다. 아이들이 어찌나 예쁜지! 매리앤에게 '관심'을 가진 청년도 있었지만(사실 두셋은 되었다) 매리앤은 낮시간 외에는 여간해서 외출하지 않았고 거의 매일 가게에 나가서 일했다. 그런데 한여름이 되어 머핀이 이상한 행동을 보이기 시작하면서 그녀도 점점 불안해졌다.

저녁 일찍 퇴근해서 돌아오면 반갑게 달려나와 맞아주던 머핀의 모습이 어느날부터 보이지 않았다. 매리앤이 애타게 부르면 어떤 때는 나타나고 어떤 때는 나타나지 않았다. 하루는 모텔 여주인이 매리앤에게 머핀이 오두막 뒤의 산언덕에서 내려오는 걸 봤다고 했다. 울퉁불퉁하고 돌투성이에 녹슨 깡통과 쓰레기가 나뒹구는 그곳에서 매리앤은 돌에 발부리가 걸려 비틀거리면서도 두려움이나 그보다 더 나쁜 것에 굴복하지 않으려 애쓰며 "머핀? 머핀?" 하고 소리쳤다. 그녀는 마침내 잡목이 무성한 숲에서 머핀을 발견했는데, 5미터쯤 떨어진 어스름 속에서 흰빛으로 희미하게 빛나는 그 몸은 이상할 정도로 움직임이 없어서 휴지조각만큼이나 실체감이 없어 보였다. 내가 애타게 부르는 소리를 듣고도 왜 오지 않았을까? 지금은 왜 나를 알아보지 못하는 걸까? 왜 차분한 황갈색 눈으로 바라보고만 있는 걸까? "여기서 뭐 하는 거야, 머핀?" 매리앤은 풀 위에서 마치 스핑크스처럼 가지런히 모은 앞발에 가슴을 얹고 가냘픈 엉덩이 주위로 꼬리를 둥글게 늘어뜨린 채 앉아 있는(혹은 누워 있는) 머핀을 바라보며 손을 저어 모기 떼를 쫓았다. 그녀는 가만히 머핀을 안아 들었다. 어쩌나 야위었는지! 하지만 털은 너무도 곱고 부드러웠다. 머핀은 저항하진 않았지만 평소처럼 앞발로 그녀의 품으로 파고들지도, 곧장 가르랑거리는 소리를 내지도 않았다.

오두막으로 돌아온 매리앤은 떨리는 손으로 머핀이 좋아

하는 참치 통조림을 땄지만 머핀은 처량하게 통조림 깡통과 물그릇의 냄새만 맡고는 무척 지친 듯이 바닥에 누워버렸다. "하지만, 머핀, 억지로라도 먹어야지, 안 그러면……" 매리앤의 눈에 눈물이 고였다.

코린이 뭐라고 했었지? 넌 현실적이 되어야 해.

이튿날 매리앤은 출근을 해서도 마음이 뒤숭숭하고 초조해서 일이 손에 잡히지 않았다. 퇴근해서 오두막에 돌아와보니 걱정했던 대로 머핀이 또 보이지 않았다. 불러도 나타날 기미가 없었다. 이번에도 잡목이 우거진 숲에서 머핀을 발견했는데 오늘은 숲 안쪽으로 더 깊이 들어가 있었다. "머핀, 도대체 무슨 일이니?" 매리앤은 눈물이 날 것 같았다. 그녀는 머핀을 다정히 안아올려 가슴에 품었다. 너무 말랐어! 뼈와 가죽밖에 안 남았어. 머핀은 전날보다 더 시간이 걸려서야 가르랑거리기 시작했고, 매리앤은 머핀이 주인을 기쁘게 해주기 위해, 아무 탈이 없다고 믿게 해주기 위해 억지로 애쓰고 있음을 느꼈다.

오두막에 돌아온 머핀은 여전히 먹기를 거부했다. 음식이 무엇인지 잊어버리기라도 한 것처럼 킁킁 냄새만 맡고 말았다. 그러더니 황갈색 눈동자가 풀리며 바닥에 누웠다.

다음날 매리앤은 일터에서 안절부절못했고, 그 모습을 본 제니가 도대체 무슨 일이냐고 물어도 가볍게 웃으며 "그냥 인생 문제예요"라고 대답했다. 매리앤에게 너무 꼬치꼬치 캐물으면 안된다는 걸 알고 있는 제니는 더이상 묻지 않았다.

그날도 매리앤은 퇴근해서 머핀을 찾으러 숲으로 가야

했고 더 깊숙한 곳에서 머핀을 발견했다. 이번에도 머핀은 음식을 경멸하듯 고개를 돌리고 먹기를 거부했다. 매리앤은 늘 아름답기만 했던 머핀의 눈이 생기를 잃고 흐릿해진 것을 깨달았다.

"머핀, 노력해볼 수 없겠니? 제발……"

물론 매리앤은 얼마 전부터 머핀이 (코린이 아픈 사람이나 동물에게 쓰던 표현을 빌리자면) '온전하지 않음'을 알고는 있었지만 그 사실을 받아들이고 싶지 않았다. 그녀는 머핀이 나이 들고 있음을, 사실 늙었음을 알았다. 이제 열다섯 살인가? 열여섯인가? 그녀는 정신이 흐려졌다. 그녀는 머핀을 무릎에 올려놓고 쓰다듬으며 정신이 안개의 벽에 갇힌 듯 흐린 가운데서도 앞으로 어떻게 될지 걱정에 잠겼다. 그녀는 아직 젖도 못 뗀 새끼고양이 머핀과 빅 탐이 처음 집에 왔을 때 걸신들린 듯 먹어대서 식구들이 모두 놀랐던 기억을 떠올리며 미소지었다. 녀석들은 플라스틱 밥그릇에 먹이를 담아주고 돌아서기가 무섭게 밥그릇을 깨끗이 비우고는 그래도 아직 배가 고픈 듯 기대에 찬 눈길로 바라보곤 했다. 마이클은 새끼고양이들이 자기보다 더 많이 먹는다며 놀라워했다. 패트릭은 새끼고양이들이 날마다, 아니 시간마다 자라는 게 분명하다고 했다. 코린이 길에 버려진 걸 처음 집에 데려왔을 때는 그녀의 손바닥에 들어갈 정도로 작았던 녀석들은 털에 광택이 흐르는 한창 나이가 되자 몸무게가 9킬로그램까지 나갔다.

하지만 이제 머핀은 3킬로그램도 되지 않았다.

매리앤, 현실적이어야 해.

그녀도 알고 있었다. 하지만 꼭 지금이 아니어도 달리 방법이 없게 되면 어차피 현실적이 되지 않을까?

그래서 매리앤은 싸이크스빌에 온 후로 좋은 소문을 많이 들어 알고 있던 스텀프 크리크 힐 동물보호소에 머핀을 데려가보기로 했다. 집에서 몇 킬로미터 안되는 거리였기에 이튿날 아침 일찍 용케 어떤 농부의 차를 얻어타고 머핀을 상자에 담지 않고 품에 안아 그곳으로 향했다. 농부는 스텀프 크리크 힐 동물보호소라는 표지판이 있는 모래 깔린 진입로 끝에 매리앤을 내려놓고 그냥 가버리기가 마음이 놓이지 않는지 이따가 데리러 오겠다고 했지만 매리앤은 아니라고, 고맙지만 괜찮다고 사양했다. 그녀는 머핀을 품에 안고 머핀과 함께 눈을 깜짝이면서 주위를 둘러보며 400미터쯤 되는 진입로를 걸어올라갔다. 이상한 곳이었다. 낡은 저택을 동물보호소로 쓰고 있는 듯했는데, 넓은 석조건물과 마차차고는 오래된 표석처럼 세월의 풍상에 시달린 흔적이 역력했지만 창호는 밝은 노란색이었다. 앞마당은 참나리, 미역취, 야생당근 같은 잡초가 우거져 마치 정글 같았다. 부속건물과 헛간이 여러 채 있고 자갈 깔린 주차장에는 차가 대여섯 대 주차되어 있었다. 뒤쪽으로 노란 말뚝울타리와 입구와 출구라고 표시된 쌍둥이 문이 있었고, 그 문을 지나자 야외 동물원 같은 곳이 나왔다. 동물들의 냄새를 맡은 머핀이 엷은 색 코를 씰룩이기 시작했다. 멀리서 날카롭게 우는 소리와 깩깩거리는 소리, 낮게 짖는 소리가 들려왔다. 매리앤은 거대한 새가(무지갯빛이 도는 암청색 새였는데 떨리는 왕관 같은 머리 깃털과 땅에 끌리는 긴 꼬리가 무척 아름답고 인상적이었다. 공작새인가?) 주차장을 가로질러 느릿느릿 걸어가고 그보다 작은 순백의 새가(암공작인가?) 그 뒤를 따라가는 모습을 보았다. 저 멀리 사슴도 몇마리 있었는데 자세히 보니 적어도 두 마리는 다리가 세 개뿐인 어린 수사슴이었다.

매리앤은 **동물병원 입구**라고 표시된 본채로 들어갔다. 대기실 바닥에는 초라한 리놀륨이, 카운터에는 방수포가 깔려 있었다. 때가 약간 끼고 유리문이 달린 우리 몇개에 고아들이에요. 입양해주세요!라는 글이 붙어 있고 작은 새끼고양이들이 그 안에서 잠을 자거나 서로 어울려 놀거나 유리문을 통해 밖을 내다보고 있었다. "어머! 저기 봐, 머핀! 정말 귀엽지 않아?" 매리앤이 속삭였다. 하지만 머핀은 거의 눈길도 주지 않았고 매리앤 자신도 새끼고양이들과 눈을 마주치기가 두려웠다. 명찰에 **로다**라는 이름이 적힌 접수직원이 매리앤의 이름을 적고 머핀을 보며 무슨 문제로 왔는지 물었다. 매리앤은 자기 딴에는 최대한 밝은 목소리로 설명했지만 가늘고 힘없는 머리칼의 아가씨는 마음이 아픈 듯 "저런" 하고 웅얼거렸다. 매리앤보다 먼저 온 사람은 없었지만 로다는 계속 걸려오는 전화를 받느라 정신이 없었다. 매리앤은 몇분 동안 초조하게 애완동물이 광견병에 걸리지 않도록 조심합시다라고 씌어진 빛바랜 포스터를 들여다보고 있다가 자신의 이름이 불리자 얼른 로다를 따라 안쪽으로 들어갔다. 퀴퀴한 냄새가 코를 찌르고 방들이 다닥다닥 붙어 있는 긴 복도 끄트머리에 있는 방의 문이 열리자 요란스레 짖는 소리와 낑낑대는 소리가 터져나왔고, 문이 닫히자 다시 잠잠해졌다. 매리앤은 머핀이 겁먹을까봐 꼭 껴안았지만 머핀은 아무 움직임이 없었다.

진료실에서 만난 수의사 닥터 웨스트는 중키에 약간 어깨가 굽은 조급한 인상의 남자로, 더러워진 흰 재킷과 카키색 바지를 입고 있었다. 그는 매리앤에게 눈길도 제대로 주지 않고 매리앤의 이름도 듣는 둥 마는 둥하고는 숙련된 눈으로 피골이 상접한 불쌍한 머핀을 자세히 살폈다. "고양이가 상태가 심각한 것 같군요. 나이가 몇살쯤 됐지요?"

"나이요? 자, 잘 모르겠어요." 매리앤이 우물거렸다.

수의사는 회의적인 말을 웅얼거렸다. 그는 매리앤의 품에서 머핀을 떼어 진찰대에 눕히고 불이 들어오는 작은 진찰도구로 머핀의 귀와 눈, 입 안을 들여다봤다. 이빨도 검사하고 배도 한참이나 만져보았다. 그는 진찰하는 동안 머핀에게 계속 뭐라고 웅얼거렸는데, 말이 아니라 흐으음? 흐으음? 흐으음? 하는 소리였다. 매리앤은 머핀이 점점 식욕을 잃어가면서 몸무게도 줄었고 최근에는 숲에 들어가는 이상한 행동을 보이기 시작했다고 말했다. "전엔 그런 적이 없었어요. 머핀은 밖에서 키우는 고양이가 아니거든요." 닥터 웨스트는 이미 다 들은 얘기라는 듯, 아니면 전혀 듣고 있지 않은 듯 별다른 반응이 없었다. 매리앤은 그가 다른 수의사들처럼 고무장갑을 끼지 않은 게 마땅치 않았다. 그의 손에는 긁히고 파인 상처가 수두룩하고 빨간 소독약이 묻어 있었으며, 넙적하고 뭉툭한 손톱에는 때가 끼어 있었다. 정수리 부분이 휑한 머리칼은 사슴의 겨울털을 닮은 칙칙한 암갈색이었는데 두껍고 기름져 보였다. 매리앤은 도움이 되고 싶어서 말했다. "나이가 열두살쯤 됐을 거예요. 털이 너무 깨끗하고 건강하죠, 그렇죠? 너무 부드럽고." 거의 애원조였지만 닥터 웨스트는 대꾸하지 않았다. "아프다는 걸 믿을 수가 없어요. 몸무게가 줄긴 했지만 눈이 맑고 가르랑거리는 소리도 내고." "눈 색깔이 노랗게 변해가고 있는 것 같군요. 황달이에요." 수의사가 툭 던지듯 말했다. "아녜요, 머핀의 눈은 원래 황갈색인걸요. 어렸을 때부터요." 닥터 웨스트는 회의적인 말을 중얼거렸지만 무슨 소린지 알아들을 수가 없었다. 매리앤의 귀에는 현실적, 현실적이 되란 말이야!라고 들리는 듯했다.

매리앤은 눈물로 시야가 흐릿했지만 진찰이 끝났음을 알수 있었다. 수의사는 진찰이 끝난 후에도 숙련된 손으로 머핀을 계속 쓰다듬었고, 온순하고 수줍은 성격이지만 다른 수의사들의 손길에는 가끔 겁을 먹곤 했던 머핀은 얇은 종이를 깐 진찰대 위에 다리를 벌리고 누워 꼼짝도 하지 않았다. 매리앤도 손을 뻗어 뼈만 남은 머리를 덮은 머핀의 부드러운 털을 만졌다. 그녀는 머핀이 주인의 손길을 느끼고 올려다보거나 주인을 알아보는 표시라도 해주길 바랐지만 머핀은 미동도 없었다. 아니, 머핀은 처음 만난 휘트 웨스트 편이 된 듯했다! 그녀를 거부하는 수고양이의 괴곽하고 고집스러운 남성성 같은 것이 느껴졌다. 머핀에게 무슨 문제가 있는 건지 매리앤이 묻자 닥터 웨스트는 어깨를 으쓱하며 대답했다. "늙어서 그래요. 우리 모두가 겪는 일이지요." 매리앤이 어린애처럼 끈질기게 물었다. "하지만 정확히 뭐죠? 무슨 병명이 있을 거 아녜요!" 닥터 웨스트가 말했다. "혈액 검사와 소변 검사를 해봐야겠지만 신장 기능 이상이 거의 확실해요. 혈류 속에 독소가 서서히 쌓여가고 있는 거지요. 이미 수개월째 진행중이에요." 매리앤이 물었다. "그럼 어떻게 방법이 없는 건가요?" 닥터 웨스트가 말했다. "여기 스텀프 크리크 힐에서는 방법이 없어요." 매리앤이 재빨리 물었다. "그럼 다른 데서는요? 다른 데서는 방법이 있나요?" 닥터 웨스트는 처음으로 매리앤에게 눈길을 주었다. 매리앤은 그의 솔직하고 날카로운 눈길을 마주할 수가 없었다. 그녀는 금방이라도 울음이 터질 것만 같아서 눈을 깜짝거려 눈물을 털어냈다. 머핀의 목숨을 구해달라고 애걸하는 자신의 모습이 너무도 부끄러웠다(자신의 목숨이라면 이렇게까지 애걸하지 않았을 것이었다). 코린이 알았다면 손을 쥐어짜며 꾸짖었을 터였다. 현실적이 돼야지, 매리앤. 내가 몇번이나 말했니! 휘트 웨스트가 머핀의 아주 오랜 친구인 양 너무도 친숙하게 귀와 턱 밑을 어루만져주며 말했다. "동물들은 때가 왔다는 걸 알지요. 그래서 이 녀석이 — 이름이 머핀이라고 했나요? — 몰래 숲으로 들어갔던 거예요. 조용하고 어둡고 눈에 띄지 않는 곳에서 죽고 싶어서. 당신이라면 안 그렇겠어요? 난 그래요. 물론 머핀은 당신을 사랑하지만, 당신에 대한 사랑이, 심지어 당신에 대한 기억마저 희미해져가고 있어요. 고양이의 본능이 되살아나고요. 머핀이 본능을 따르도록 내버려두는 게 좋지 않을까요? 어차피 당신은 머핀과 영원히 함께 살 순 없어요. 안 그래요?" 매리앤은 자신의 필사적인 태도가 부끄러워 우물거리면서도 고집을 꺾지 않았다. "영원은 너무도 긴 시간이에요. 그래도 지금 당장 머핀을 도울 수 있는 방법이 없을까요?" 닥터 웨스트가 마지못해 대답했다. "그래봐야 6개월 이상 더 살기는 힘들어요. 비용도 많이 들고." "전 저축해놓은 돈이 있어요." 매리앤이 간절하게 말했다. 그녀는 가게에서 일할 때 입는 구겨진 티셔츠와 데님 반바지와 쌘들 차림의 자신이 부자로 보이지 않는다는 것을 알고 있었지만 지폐가 두둑한 지갑을 갖고 왔기에 떨리는 손으로 지갑을 꺼냈다. "선생님, 선불로 드릴 수도 있어요. 제발 죽지 않게 해주세요!" 그러자 닥터 웨스트가 말했다. "여기선 처치가 불가능해요. 장비가 없거든요. 하지만 피츠버그의 병원에서는 투석 비슷한 걸 할 수 있을 거예요. 피를 깨끗하게 해주는." 매리앤이 희망으로 눈을 빛내며 물었다. "얼마나 빨리 할 수 있을까요, 닥터 웨스트? 오늘?"

잠시 침묵이 흘렀다. 매리앤은 수의사가 이를 가는 소리를 분명히 들었다.

이윽고 그가 한숨을 쉬며 퉁명스럽게 말했다. "아가씨는 운이 좋네요. 마침 오늘 오전중에 아픈 동물들을 싣고 피츠버그 병원에 갈 참이었는데, 머핀도 데려가지요. 처치는 사십팔 시간 이상 걸릴 거고, 효과는 보장할 수 없어요. 알겠어요? 고양이를 영영 다시 못 만날 각오를 해야 해요."

매리앤은 불확실하고 흔들리는 미소를 억지로 지었다. "네, 각오하고 있어요." 그녀가 밝게 말했다.

절망의 벼랑 끝에서 보이는 그 거짓된 밝음. 어쩌면 그리도 코린 멀베이니와 똑같은지!

매리앤은 거의 반응이 없는 머핀에게 작별인사를 하고 서둘러 밖으로 나갔다. 그제야 계약금을 두고 나올 걸 그랬다는 생각이 들었다. 닥터 웨스트가 뭘 믿고 비싼 처치를 맡겨주겠는가?

멍하니 모호한 미소를 머금고 걷던 매리앤은 주차장에 이르자 공작과 그 암컷, 그리고 사슴들을 다시 볼 수 있을지도 모른다는 기대감이 들었다. 시끄러운 암컷 뿔닭들과 발을 높이 들며 걷는 밴텀 수탉 한 마리가 멋대로 쏘다니고 고물 체비 픽업트럭의 보닛 위에서 말라빠진 검은 수고양이가 햇볕을 쬐고 있었다. 매리앤은 고양이를 쓰다듬었다. 낯선 고양이에게 함부로 다가가는 건 위험할 수도 있었지만 그 고양이는 나른하고 만족스러운 모습으로 눈을 깜짝이며 그녀를 쳐다보기만 했다. 습하고 선선하기까지 한 아침이었지만 8월이라 한낮이 되면 타는 듯 더워질 터였다. 행복하고 희망에 찬 날이었다. 동물원 입구에는 매표원은 없고 스텀프 크리크 힐의 동물들에게는 여러분의 도움이 필요합니다!라고 적힌 오렌지색 플라스틱 통만 보였다. 매리앤은 지갑에서 5달러짜리 지폐를 꺼내 길쭉한 구멍에 밀어넣었다(페넬로피 하그스트룀의 비서로 일하며 모아놓은 돈이 많았다). 코를 찌르는 동물 냄새가 그녀를 끌어당겼다. 거름 냄새와 건초 냄새, 약간 고약하지만 그래도 기분 좋은 냄새. 그리고 더 날카로운 냄새도 있었다. 무슨 냄새지? 농장에서 소가 새끼를 낳았을 때 뿌리는 소독약 냄새? 하지만 그것보다는 좋은 냄새였다. 그리고 누가 무성한 풀을 베고 있었는지 알싸한 젖은 풀 냄새도 났다.

스텀프 크리크 힐은 매리앤의 예상보다 훨씬 커서 면적이 몇 에이커는 되는 듯했다. 찾아오는 손님들은 어린아이들을 데려온 엄마들이나 은퇴한 노부부들이었다. 하지만 대단히 부유한 동물원은 아니어서 초라하고 조금 엉성한 데가 있었다. 모래를 깐 길에는 잡초가 고개를 내밀고 있고 키 큰 떡갈나무들은 통 다듬지 않은 모양새였다. 풀어놓은 사슴들이 싼 똥이 발에 밟히고 파리 떼가 윙윙거렸다. 매리앤은 빛바랜 포스터를 읽었다. 스텀프 크리크 힐은 병들거나 다치거나 버려지거나 늙은 야생동물과 가축을 위한 동물원으로 미국에서 유일하게 연방정부와 주정부의 인가를 받은 곳이며 1974년에 휘트 웨스트에 의해 설립되었습니다. 여러분의 기부를 감사히 받겠습니다. 매리앤은 그곳에 매혹되어 동물 우리들을 하나하나 돌아보았다. 그녀는 그런 동물원은 처음 보았고 그런 곳이 있다는 소문을 들은 적도 없었다. 부모님을 따라 포트 오리스케니와 로체스터의 동물원에 가본 적은 있지만 그런 동물원은 너무 슬퍼서 어서 나가고 싶은 생각이 들었다. 하지만 스텀프 크리크 힐 동물원은 집 같았다.

이곳의 동물들은 각자 이름뿐 아니라 사연까지 지니고 있었다. 졸린 눈과 커다란 코와 엉클어진 갈기를 지닌 모래 빛깔의 퓨마인 '시바 왕'은 어렸을 때 플로리다의 싸파리 동물원에서 혹사당하고 지금은 스텀프 크리크 힐에서 '은퇴' 생활을 하고 있었다. '마샤' '이리나' '올가'는 노스캐럴라이나의 '도로변에 버려진' 꼬리감기원숭이로 철망 울타리에 붙어 매리앤이 아는 사람이라도 되는 것처럼 빤히 쳐다보았다. '히커리'는 뉴저지에서 온 눈먼 조랑말이고, '빅 벤'은 뉴멕시코의 순회 써커스단에서 '구해낸' 인도호랑이였으며, '로키'는 메인에서 '사냥꾼의 덫에 걸리는 불운'으로 다리 하나를 잃은 은색 여우였다. '레나'는 양쪽 눈에 백내장이 생기자 써커스 단장이 '기증'한 라마로, 수줍음이 많고 잘생기고 크기는 어른 사슴만했으며 얼굴에 흰 얼룩무늬가 있고 닳아빠진 곰인형처럼 보풀이 많은 털이 무성했다. 붉은털원숭이 '조커'는 뉴멕시코에 있는 폐쇄된 연구소의 '유일한 생존자'였다. 거구의 잿빛 생물체 '빅 걸'은 베트남 출신의 배불뚝이 돼지로 '주인의 사랑을 받기엔 너무 자라서' 동물원에 기증되었으며 주름이 겹겹이 늘어져 눈을 찾아볼 수 없는 몸으로 그늘에서 팔자 좋게 누워 있었다. 재규어 '프린쎄스'는 검은 얼룩무늬를 가진 아름다운 동물로 미네소타의 도로변에 '버려진 채 굶어죽어가는' 상태로 발견되었다고 했다. 그밖에도 다리 하나를 잃은 애디론댁 살쾡이 '스위트하트', 역시 동물원에서 혹사당한 하이에나 '히키', 쌔러토

거 스프링스 출신의 서러브레드 종 경주마 '신데렐라'와 '스벤갈리'가 있었다. 그리고 당나귀, 양, 염소 등이 우리에 있었고 닭, 오리, 거위 등 온갖 가금류가 자유롭게 돌아다니고 있었다. 수줍음을 타는 길들여진 사슴들도 마음대로 돌아다녔다. 큰 고양잇과 동물들과 시끄럽고 장난스러운 원숭이들 외에 이 동물원에서 인기를 끄는 동물로 아프리카 코끼리 '샘슨'과 '딜라일라'가 있었는데 오리건 동물원에서 즉시 옮길 곳을 찾지 못하면 '죽임'을 당할 처지였다고 했다. "보기 드문 잉꼬부부입니다. 저 발 크기를 보세요!" 매리앤은 그 글을 보고 웃으며 휘트 웨스트가 쓴 건가 생각했다. 동물원 자체도 그의 아이디어였을까?

그 타는 듯 뜨겁고 건조한 8월에 매리앤은 종일 동물원 안을 돌아다녔다. 그녀는 직원들이 가금류에게 모이를 주는 것도 돕고 명찰에 트루디라고 적힌 몹시 지쳐 보이는 젊은 여직원이 코끼리와 돼지에게 호스로 물을 뿌려주는 것도 거들었다. 깜빡 잊고 아침을 먹지 않아서 여기서 사면 동물들을 먹여살릴 수 있어요!라는 글귀가 적힌 자판기에서 짭짤하고 맛있는 땅콩과 팝콘을 사서 식사를 하고 미지근한 탄산음료를 마셨다. 손님들이 더 왔다. 동물원이 제법 인기가 있는 모양이었다. 매리앤은 커다란 떡갈나무 그늘 밑의 흔들거리는 벤치에 앉아 사육사들이 흑곰 '에즈라' '스모크' '차차' '플러'에게 먹이를 주는 모습을 지켜보다가 웃통을 벗은 십대 사육사들의 모습에서 오래전 오빠들의 모습이 강하게 연상되자 눈을 감아버렸다. 그녀는 다른 흔들거리는 벤치로 옮겨앉아 우리 속의 바바리양 '보' '피프' '루이' '랄라'를 바라보다가 꼬박꼬박 졸았다. 한낮이 지나 늦은 오후가 되더니 어느덧 햇빛이 약하게 어른거리는 어스름이 찾아왔다. 매리앤은 갈 곳이 없었다. 그녀는 이곳까지 오게 되었고 이제 갈 곳이 없었다. 웨이싸이드 모텔의 흰 오두막이 어디 있는지 잊어버린 것이었다. 거기가 어디였더라? 스파턴버그는 아니었다. 스파턴버그는 몇주 전에 떠났으니까. 그곳의 이름은 금방 생각나겠지만 그곳으로 돌아가기 위해 이름을 꼭 알 필요는 없었다. 어차피 곧 다시 떠날 테니 지금 있는 곳이 정확히 어디인지는 중요하지 않았다. 머핀이 돌아오면 앞으로의 계획을 더 분명하게 알 수 있을 터였다.

매리앤은 동물들의 안식처인 이 기묘한 동물원에 대해 생각했다. 버려지거나 학대당한, 병들거나 다친 '생존자'들의 보금자리. 패트릭은 어떻게 생각할까? 그는 동물들에 대해 감상적인 건 우스꽝스러운 일이라고 했었다. 개체는 존재하지 않아. 종만이 존재할 뿐이지. 그리고 종도 영원히 존재할 수는 없어. 날마다, 매시간마다 멸종되고 있으니까. 멸종되는 많은 동물, 새, 파충류, 양서류가 호모싸피엔스에겐 아예 알려지지지도 않은 것들이지.

패트릭은 종교 역시 마음의 위안을 위한 환상에 지나지 않는다고 했다. 특히 기독교가 그렇지. 사람들은 듣고 싶지 않은 이야기를 피하기 위해 스스로에게 다른 이야기를 들려주는 거야.

매리앤은 누가 팔꿈치를 찌르는 걸 느꼈다. "어머, 넌 누구니? 배고파?" 사슴 한 마리가 다가온 것이었다. 아이들이 타는 조랑말만한 어린 사슴으로 뿔이 벨벳 같은 털로 덮여 있었다. 다리를 잃지도 않고 눈이 먼 것 같지도 않았다. 매리앤은 기쁘게 웃으며 사슴에게 남은 팝콘을 주었고 사슴은 그녀의 손바닥 위의 팝콘을 금방 먹어치웠다. 그 축축하고 간지러운 느낌이 너무도 친숙했다.

늙은 고양이의 목숨을 살려달라고 애원하는 그녀에게 짜증스러운 태도를 보이던 닥터 웨스트는 내일 아침에 전화하면 어떻게 되었는지 알려주겠다고 했다. 원래 매리앤은 자신의 쓸쓸한 오두막으로 돌아갔다가 아침에 전화를 걸 작정이었는데 어쩌다 보니 아직까지도 동물원에서 얼쩡거리며 벨벳 같은 털에 덮인 뿔을 가진 사슴뿐 아니라 대여섯 마리의 다른 사슴들에게까지 팝콘을 먹이고 있었다. 그러고는 동물원 한쪽 귀퉁이에서 목이 긴 흰 거위 떼에게 먹이를 주고 있었는데 폐장시간이 오분 남았다는 요란한 스피커 소리가 들려왔다. 그다음엔 여자 화장실에 있었는데, 숨으려던 건 아니었지만 눈에 띄지 않은 것도 사실이었다. 그녀는 해질 무렵에야 말할 수 없이 평온한 기분을 느끼며 화장실에서 나왔다. 이곳에 호모싸피엔스는 자신뿐이었다! 그녀는 자판기에서 땅콩과 팝콘과 탄산음료를 사서 저녁을 때우고 벤치에서 떡갈나무 가지 위로, 신데렐라와 스벤갈리의 우리 뒤에 있는 축사 지붕으로 장소를 옮겨가며 잤다. 이튿날 이른 아침에 정신없이 자다가 깬 그녀는 깜짝 놀라 자신을 쳐다보고 있는 휘트 웨스트를 보았다. "멀베이니 양, 도대체 여기서 뭐 하는 겁니까?"

매리앤은 뻔한 진실임에도 더듬더듬 대답했다. "전 그냥…… 그게 낫겠다고 생각했어요, 멀리 가지 않는 게."

머핀은 정맥주사 바늘을 꽂느라 왼쪽 앞다리 털을 민 채로 피츠버그에서 돌아왔다. 처치를 받은 덕에 식욕을 되찾아 몸무게도 조금 늘고 13개월을 더 살았다. 결국 머핀이 세상을 떠났을 때 매리앤은 스텀프 크리크 힐의 정식 직원이 되어 벌써 수개월째 그곳에서 살고 있었다. 그녀는 평생 이토록 멋진 직업을 가져본 적이 없었기에 날마다 경이롭고 즐거웠다. 그녀는 전화도 받고 사무도 보고 육체노동도 하고 기금 마련을 위한 광고지 제작도 도왔다(광고 제목을 '스텀프 크리크 힐을 도와야 하는 열두 가지 이유'로 정하고 가장 매력적이고 사진을 잘 받는 동물 열두 마리의 사진을 넣었다). 임시로 맡겨졌거나 입양을 기다리는 개나 고양이가 사는 애완동물 사육장 일도 거들었다. 동물원 구내 관리도 도왔는데 그녀는 그 일이 제일 좋았다. 그녀가 휘트 웨스트에게 자기도 대학에서 수의학을 공부했으면 좋았을 걸 그랬다고 말하자 휘트는 늘 그렇듯 심술궂게 대꾸했다. "왜 과거형으로 말하지? 지금 당장 가도 되는데." 매리앤은 당황해서 얼굴을 붉히며 뒤로 물러섰다. 그녀는 결코 그런 뜻으로 한 말이 아니었던 것이다.

로다가 그녀를 위로했다. "휘트의 말에 상처받지 마. 나쁜 뜻이 있는 게 아니라 말투가 원래 그러니까."

휘트는 자신이 상속받은 유산과 여러 사람들이 낸 기부금으로 스텀프 크리크 힐 동물보호소를 세웠다. 15에이커에 이르는 부지와 한때는 우아한 영국식 장원저택이었던 본채는 한 늙은 미망인이 세상을 떠나면서 휘트에게 남긴 것이었다. 그녀의 샴 고양이 열한 마리를 휘트가 수년간 잘 치료해준 인연 덕이었다. (미망인의 유서에는 그 열한 마리 샴 고양이들이 장원저택에서 기존의 생활방식 그대로 살아야 한다는 조항이 있었지만 휘트는 그 조항을 지키는 데 아무 문제가 없었다.) 그러나 미망인의 친척들이 들고일어나 유언 집행에 반대하는 바람에 긴 법정 싸움이 벌어졌고, 그 사건은 서부 펜실베이니아 지역에 널리 알려졌다. 그 일을 두고 휘트는 이렇게 불평했다. "일부 지역에서 난 지골로가 됐고 다른 지역에서는 아씨지의 성 프란체스꼬가 됐지." 결국 구십 퍼센트의 승리로 스텀프 크리크 힐이 탄생했다. 금빛 천장을 인 연회실은 애완동물 사육장이 되었고 유리 천장 온실은 다치거나 요양중이거나 '은퇴한' 새들의 보금자리가 되었다(매리앤이 처음 보는 놀랍고 지적인 아프리카 회색앵무와 흰 관앵무새도 있었다). 플러시 천을 씌운 낡은 의자와 쏘파가 멋지게 찢긴 응접실은 쉰 마리나 되는 고양이들의 안식처인 '고양이 도시'가 되어 자신의 고양이를 집에 데려갈 수 없거나 데려가고 싶지 않은 마음씨 착한 주인들의 후원을 받고 있었다. 저택의 수많은 나머지 방들은 거의 비어 있어서 직원 몇명이 저택에서 숙식을 해결하고 나머지는 가까운 집에서 출퇴근하고 있었다. 매리앤을 직원으로 채용한 날 휘트는 그녀를 데리고 이층으로 올라가 자신도 오랫동안 들여다보지 않은 듯한 방들의 문을 열어젖히며 말했다. "살 만한 방이 있으면 아무 방이나 골라 써요. 가구도 마찬가지 고. 상상력을 이용해봐요." 그 자신은 동물병원에 접한 마차 차고에서 살고 있었다. 그는 자신이 스텀프 크리크 힐에 지 나치게 집착하고 있다고, 조금 미친 것 같다고 시인했다. "며칠 휴가 갈 생각만 해도 패닉 상태에 빠지니까 말이야."

매리앤이 대꾸했다. "그래요, 누가 이곳을 떠나 있고 싶겠 어요?"

그녀는 그런 일은 상상도 할 수 없었다. 1984년 8월 처음 이곳에 와서 1988년 10월 코린의 갑작스러운 전화를 받고 로체스터로 달려갈 때까지 몇해 동안 매리앤은 스텀프 크리 크 힐을 하루 이상 비운 적이 없었다.

그리하여 매리앤은 동물원의 키 큰 떡갈나무들과 돌투성 이인 코끼리 우리가 내려다보이는 이층 방을 자신의 보금자 리로 꾸몄다. 그녀는 주부가 된 기분으로 저택 안 여기저기 에 흩어져 있는 낡았지만 멋지고 우아한 가구들로 방을 꾸 미며 말할 수 없는 기쁨과 행복을 느꼈다. 엄마가 이 광경을 볼 수만 있다면 얼마나 좋을까! 하지만 매리앤은 코린에게 전화하는 걸 몇개월이나 망설였다. 그리고 전화를 걸어서도 코린에게 모두 이야기하기를 꺼렸다. 가끔씩 머핀과 함께 꿈을 꾸고 있는 듯한 기분이 들 정도로 자신에게는 너무도 소중한 삶이 코린에겐 그리 소중하게 보이지 않을 수도 있 어서였다. "누더기 퀼트 인생!" 코린은 수화기에 대고 무거운 한숨을 토해낼지도 모른다. 그녀 자신의 인생은 너무도 확고하고 안정되고 **분명함**을 암시하면서.

'피를 깨끗하게 해주는' 처치는 머핀에게 마법과도 같은 효과가 있었다. 휘트 웨스트도 놀라워했다. 머핀은 매리앤에게 돌아와 새집에 적응하면서 금세 건강을 되찾기 시작해 며칠 만에 거의 정상적인 상태가 된 듯했다. 다만 털을 민 앞다리 때문에 윤기 흐르는 흰 털과 어지럽고 우스꽝스러운 얼룩무늬로도 상쇄할 수 없는 어두운 느낌을 풍겼다. 휘트가 경고했다. "매리앤, 이건 일시적인 유예라는 걸 알고 있겠지요?" 매리앤은 그렇다고 웅얼거렸다. 그녀는 언제가 될지는 모르지만 어김없이 찾아올 머핀의 두번째 죽음을 받아들일 준비가 되어 있었다. 나도 영원히 사는 건 아니니까. 난 더이상은 기대하지 않아.

스텀프 크리크 힐에서는 격렬한 활동 속에서 세월이 정신없이 흘러가는 가운데 상대적인 고요라는 오아시스가 때때로 구두점을 찍었다. 휘트는 그 고요의 오아시스를 '치유력을 지닌 권태'라고 불렀다. 권태라니! 직원들은 아무도 그 의견에 동조하지 않았고 고요가 찾아올 때마다 고마워했다. 하지만 늙고 허약한 동물들을 보살피는 곳인데다 절망적인 상태의(이를테면 고속도로에서 차에 치인) 동물들에게 응급치료까지 해주었기에 고요가 비집고 들어올 틈은 거의 없었다. 애완동물 사육장인 연회실은 마치 지옥의 대기실처럼 구슬프게 울고 깽깽거리고 신음하는 동물들로 가득했다. 게다가 휘트 웨스트가 열심히 홍보한 덕에 스텀프 크리크 힐이 수백 킬로미터 밖에까지 알려지고 동물보호연합회를 통해 미대륙 전역에서 연락이 오면서 전화벨 소리가 끊이지 않았고, 다치거나 길을 잃은 동물, 입양을 보내려는 새끼 강아지나 고양이, 새끼 때 애완용으로 키웠지만 너무 커버린 병아리나 부활절 토끼 등을 데리고 모래 깔린 진입로를 올라오는 차량의 행렬이 줄을 이었다(베트남 배불뚝이 돼지 '빅 걸'도 지금은 무게가 120킬로그램이 넘지만 새끼 때 어떤 아이가 애완용으로 키우던 것이었다). 다친 동물 중에는 개에게 심하게 물린 개나 고양이, 발정기 때 경쟁자와 싸우다가 끔직한 상처를 입은 수사슴처럼 동물들에게 피해를 당한 경우도 있었지만 대부분은 인간에게 피해를 입은 경우였다. 굶고, 혹사당하고, 고문까지 당했다(휘트의 복서견 루터의 경우는 강아지 때 소년들이 장난으로 석유를 뿌리고 불을 붙였다고 했다). 매리앤은 스텀프 크리크 힐에서 며칠을 보내고 나서는 그런 사정을 꼬치꼬치 캐물어선 안된다는 걸 깨달았다. 그녀가 질문을 했을 때 상대가 "이봐요, 차라리 모르는 게 나아요"라고 대답하면 그대로 물러섰다.

매리앤은 전화 받는 일을 시작하고 얼마 되지 않았을 무렵 죽음을 앞두고 실의에 빠진 한 여인과 통화한 일이 있었다. 그 여인은 수술과 방사선치료, 화학치료를 모두 동원해봤지만 가망이 없다며 자신이 기르는 고양이 두 마리가 가장 걱정된다고 했다. "미미와 피피에겐 나밖에 없어요. 나이도 많이 먹었고요. 이제 미미와 피피는 어떻게 되는 거죠? 내가 가버리면…… 어떻게 되는 거죠?" 그녀는 흐느끼기 시작했고 매리앤이 할 수 있는 일은 울음을 참는 것뿐이었다. 매리앤은 자신이 몸소 그 고양이들을 보살펴주겠다고 약속했다. 그녀는 휘트에게 말도 하지 않고 고양이들을 데리러 체비 픽업트럭을 몰고 16킬로미터를 달려갔다. 두 고양이는 매끄러운 검은 털에 흰 얼룩무늬가 있고 원숭이처럼 휘감기는 꼬리를 갖고 있었다. 뼈와 가죽만 남은 주인은 고양이들을 매리앤과 함께 떠나보내며 슬피 울었는데 마흔살도 안되어 보였다. 그녀의 실룩거리는 눈꺼풀과 파들거리는 손, 그리고 강철 같은 결의가 코린을 연상시켰다. "미미와 피피가 잘 살 수만 있다면 안심하고 눈을 감을 수 있을 거예요." 그녀는 걱정스러운 목소리로 말하며 매리앤의 손을 꼭 잡았다. "약속해주실 거죠? 그렇죠?" "그럼요. 약속할게요." 매리앤은 눈을 깜짝여 눈물을 털어내며 대답했다. 그녀는 철망 우리 속에서 구슬피 우는 미미와 피피를 뒷좌석에 싣고 스텀프 크리크 힐로 돌아왔다. 하느님 이 고통의 세계에서 저희를 구해주소서.

그날 오후에 사무실에 들른 휘트는 매리앤이 사색이 된 채 사무실 뒷방 바닥에 무릎을 꿇고 앉아 사료 상자들 뒤에 숨은 미미와 피피를 나오게 하려고 애쓰고 있는 광경을 목격했다. 매리앤은 울고 있었던 듯했고 그녀의 모습이 너무도 쓸쓸해 보여서 휘트는 냉소적인 말이 튀어나오려는 걸 억눌렀다. 그가 도대체 무슨 일이냐고 묻자 매리앤은 불치병에 걸린 여인과 그녀의 고양이들에 대해 이야기했다. 그리고 휘트가 미국 동물보호협회와 말 보호협회에 제출한 보고서들을 읽었다고, 도살자에게 넘겨진 말이 끔찍한 가혹행위를 당하고 있음을 처음 알게 되었다고, 자신에게도 사랑하는 말이 있었지만 결국 팔 수밖에 없었다고, 자신이 이 모든 일을 감당할 수 있을 만큼 강하고 용기 있는 사람인지 확신이 없다고 호소했다. 그러자 휘트가 그녀의 말허리를 잘랐다. "매리앤, 우린 이 동물들에게 봉사하기 위해 여기 있는 거요. 우리 자신을 위해서가 아니라. 우리는 그들이 얼마 남지 않은 여생을 그런대로 행복하게 보낼 수 있도록 최선을 다하고 있고, 비록 우리가 그들에게 줄 수 있는 도움은 작지만 그 작은 도움이 그들에겐 큰 가치가 돼요. 맞지요?" 매리앤은 확신이 없어서 고개만 저었다. 그녀는 마지막 남은 휴지까지 다 썼고 콧물이 줄줄 흘러내렸다. 휘트가 쾌활하게 말했다. "너무 서두르지 마요! 언젠간 알게 될 테니."

마침 그때 상자 뒤에서 나온 미미와 피피는 매리앤의 방으로 옮겨져 머핀과 그럭저럭 사이좋게 살았고, 매리앤은 그들의 모습을 보며 휘트의 철학에 공감했다. 적어도 그의 말에 일리가 있음을 알았다. 그것은 휘트가 거느린 모든 직원의 철학이며 마음가짐이기도 했다(못 견디고 바로 그만둔 사람들은 빼고). 그들은 하나같이 닥터 휘트 웨스트에게 탄복하고 경외감을 느꼈다. 닥터 웨스트는 비상사태와 긴장에서, 그의 표현을 빌리자면 '도전'에서 삶의 보람을 얻는 사람이었다. 그는 자주 필라델피아와 워싱턴을 찾아 '인간의 손에서 고통받는 동물들을 줄이기 위한' 입법을 주장했다. 길고 가는 다리로 빠르게 돌진하는 그의 모습은 성미 급하고 볼품없는 새(타조나 황새)를 연상시켰다. 눈썹은 아무렇게나 무성하게 나 있고 귀와 콧구멍 속에도 털이 자라 있었다. 그의 얼굴은 운동성이 강해서 매력적인지 못생겼는지 알 수 없었으며, 태도가 너무 직선적이고 시선이 너무 강렬해서 그를 '보는' 것조차 힘들었다. 얼굴과 팔에는 동물들 때문에 생긴 흉터가 많았는데 그중 가장 눈에 띄는 건 왼쪽 눈 위의 5센티미터쯤 되는 초승달 모양의 흉터로 흥분한 살쾡이의 작품이었다. 매리앤은 그와 대화할 때조차 그를 아예 쳐다보지 않을 때가 많았다. 페넬로피 하그스트룀처럼 휘트 웨스트도 너무 존재감이 강했다. 그런 사람들과 어울릴 때의 문제는 단지 그들의 주목의 대상이 되는 것만으로도 강한 존재감을 갖게 된다는 점이었다.

휘트 웨스트는 필라델피아의 부유한 사업가의 아들이었다. 그의 부친은 서러브레드 종 경주마들을 소유하고 있었는데 1950년대에 성적이 기대에 못 미치는 경주마들을 죽이고 보험금을 타기 위해 방화범을 사서 고의로 마구간에 불을 낸 사건에 연루된 적이 있었다. 휘트 자신은 오래전에 커다란 마음의 상처를 안고 이혼한 경력이 있었다. 역시 필라델피아의 부유한 가문 출신이었던 그의 전처는 정신적 학대를 이유로 이혼 소송을 내고 법정에서 남편이 '배우자에 대한 사랑'보다 '동물들에 대한 사랑'을 우선시했다고 주장했다. 그들의 이혼은 지역 언론의 주목을 받았고 휘트는 그로 인해 곤욕을 치러야 했다. 꽤 오래전 일이라 현재 스텀프 크리크 힐에서 일하는 직원 중에서는 쉰살이 넘은 어마만이 휘트의 전처를 기억하고 있었다. 어마는 웨스트 부인이 화려하고 몹시 신경질적이고 옷을 잘 입는 젊은 여자였으며 남편의 일을 좋아하지 않았고 남편이 일에 헌신하는 건 더 못마땅하게 여겼다고 회고했다. 당시에 휘트는 스텀프 크리크 힐이 아닌 진짜 집에서 부인과 함께 살았다. 웨스트 부인은 스텀프 크리크 힐에 거의 발걸음을 하지 않았으나 어쩌다 한번씩 찾아오면 꼭 직원들에게 트집을 잡거나 우스꽝스러운 사고를 당했다. 하루는 갑자기 하이힐을 신고 비틀거리며 사무실로 뛰어들어와서는 '거대한' 공작새가 비명을 지르며 자신의 머리를 향해 날아왔다고 주장해 어마를 놀라게 했다. 그 여자는 얼굴이 하얗게 실려 금방이라도 까무러칠 기세로 사무실 뒤쪽에 있던 휘트를 급히 찾았는데, 앵무새의 부리에 쪼여 뺨에서 피가 흐르는 채로 불려나온 남편의 모습을 본 웨스트 부인은 억눌린 비명을 지르며 쿵 하고 쓰러졌다.

웃기는 일이었다. 결국 화가 돌아가는 건 휘트이기에 슬프긴 했지만 웃기는 건 사실이었다. 어마의 주장에 따르면, 웨스트 부인이 멋진 흰색 피아트 쿠페를 몰고 나타나기만 하면 공작들이 고막을 찢을 듯이 요란하게 울어댔으며, 야생 수고양이가 느닷없이 뛰어나와 반짝이는 흰 테를 두른 바퀴에, 또 어떤 때는 웨스트 부인의 가느다란 발목에 오줌을 쌌다. 웨스트 부인이 동물원에 나타나면 원숭이들도 뻔뻔스럽게 날뛰며 작은 주둥이를 쑥 내밀어 그녀에게 물을 뿜었다. 스텀프 크리크 힐의 동물들은 대부분 짝짓기를 할 나이가 지났거나 병약해서 성욕을 느끼지 못하는 상태인데도 웨스트 부인 앞에서는 젊은 편에 속하는 암수가 적나라하게 짝짓기를 했다. 그중에서도 물영양들이 최악이었다! 동물들끼리 싸움도 많이 했는데, 젊은 염소와 수탉은 늘 서로를 놀리고 공격하는 듯했다. 웨스트 부인이 등장할 때면 스텀프 크리크 힐은 바람이 너무 세거나 돌풍과 함께 비가 쏟아졌고, 아니면 너무 덥고 모래파리나 말파리, 또는 근처 스텀프 크리크 하천 주위의 습지에 사는 모기들이 달려들었다. 갑자기 벼룩이 급증하는 때가 되면 마치 괴상한 마침표처럼 생긴 벼룩들이 땅에서 사람들의 다리로 뛰어오르곤 했는데, 가련한 웨스트 부인은 꼭 그런 때마다 스텀프 크리크 힐을 방문했다. 그녀는 젊은 여직원들에게 냉소적인 태도를 보이며 그들이 남편에게 '흑심'을 품고 있으리라 의심했지만 휘트가 여직원에게 반할 수 있다는 생각은 절대 하지 않았다. 스텀프 크리크 힐의 여직원들은 하나같이 꾀죄죄하고 추레하고 가난뱅이처럼 생겼으니까! 매리앤은 호기심을 감추기 위해 조심스럽게 물었다. "웨스트 부인은 어떻게 생겼는데요?" 그러자 어마가 열을 내며 말했다. "꼭 치어리더처럼 생겼지. 금발에 자신감이 넘치는. 대단한 인격자처럼 굴었지만 일이 자기 뜻대로 되지 않을 때는 금방 본색이 드러났지. 휘트는 사랑 때문에 그 여자와 결혼했던 게 분명해. 둘이 공통점이 전혀 없으니까."

매리앤은 반질반질한 물건에 비친 자신의 모습을 보았다. 젊은 여자라기보다는 소년에 더 가까운 햇볕에 탄 얼굴.

용기를 내어 자세히 들여다보면 다듬을 필요를 느낄 눈썹. 어깨까지 길러 말총 모양으로 대충 묶은 머리. 손과 팔뚝도 동물들에게 긁히거나 파인 흉터 천지였고, 이름 모를 곤충에 물린 자국이 점점이 나 있었다. 그녀는 입술을 깨물며 웃었다. 그녀에게 '꼭 치어리더처럼 생겼다'고 말할 사람은 아무도 없을 터였다.

매리앤은 나는 휘트 웨스트를 사랑한다고 말할 순 없지만 내가 만약에 누군가를 사랑한다면 그건 휘트 웨스트일 거라고 생각했다.

휘트도 그걸 느꼈을까? 눈치를 챘을까? 매리앤은 휘트가 워싱턴이나 뉴욕에 갈 때 동행할 의사가 있냐고 짓궂게 물으면 당황해서 얼굴이 새빨개지곤 했다. 휘트는 국회의원을 만나러 워싱턴에 갈 때는 "국회의원이 당신 얘기는 끝까지 들어줄 거요"라고 했고, 주말을 이용해 뉴욕에 기금 마련을 하러 갈 때는 "월도프 호텔 스위트룸을 따로 잡지" 하고 너스레를 떨었다(스위트룸! 월도프 호텔! 그건 어디까지나 농담이고 휘트는 어딜 가든 싼 모텔에서만 묵었다). 그런 때면 매리앤은 그의 눈길을 피해 초조하게 웃으며 대답했다. "글쎄요, 지금은 안돼요." 그러면 휘트가 따졌다. "왜 안되지? 서류 작업은 당신이 다 했는데." 매리앤은 뒷걸음질치며 말했다. "그건 좋은 생각이 아닌 것 같아요." 그러면 휘트는 웃음으로 농담임을 알리며 말했다. "그야 물론이지. 그런데…… 왜지?" 하지만 매리앤은 전화를 받거나 위기에 처한 애완동물을 안고 달려온 방문객을 맞으러 황급히 뛰쳐나갔다. 휘트는 매리앤에게 그런 농담 이상의 접근은 하지 않았고 사실 스텀프 크리크 힐에서 농담은 흔한 일이었다. 그의 말투는 늘 가볍고 장난스럽고 선의에 차 있었다. 그는 영리한 사람이었기에 매리앤이 뒷걸음질칠 때 그녀의 얼굴에 어리는 희미한 공포와 당혹감의 그림자를 놓치지 않았다. 그는 어렸을 때 말을 탔었기에 겁먹은 말을 알아보는 눈이 있었으며, 그런 동물은 너무 급히 접근하면 놀라서 도망쳐버린다는 것도 알았다.

한편 매리앤도 늘 휘트를 지켜보고 있었다. 그녀는 휘트가 스텀프 크리크 힐을 비운 동안에만 정말로 긴장을 풀 수 있었다(다른 직원들이 눈치챘을까? 그렇지 않기를 바랄 뿐이었다). 그가 쿵쾅거리며 들어와 "좋아! 휴식시간 끝났어요! 일들 시작해요!"라고(마치 그가 없는 동안 모두들 게으름을 피우고 있었던 것처럼) 외칠 가능성이 없는 동안에만. 너무 소란스러워서 누가 뒤에 바짝 쫓아와서 이름을 불러도 알아듣지 못하는 애완동물 사육장에서 그와 마주칠 위험이 없는 동안에만. 그리고 식사시간에는 휘트가 저택에 사는 대여섯명의 직원과 함께 식사할 때가 많았다. 식사는 장원 저택 전성기의 고상한 유물 중 하나인 다리에 소용돌이 장식이 있는 근사한 마호가니 식탁에서 피크닉같이 간단하게 이루어졌는데, 휘트는 수염은 이틀이나 깎지 않고 손톱에는 때가 끼고 재킷엔 피가 튄 채로 자신의 특별요리인 검정콩, 표고버섯, 고추를 넣은 파이를 접시에 떠주며 사실 매번 '구정물처럼 질퍽하게' 되는데도 이번이 처음이고 몹시도 놀랍고 수치스러운 일이라는 듯 투덜거렸다. 그들의 식사 자리는 너무도 화기애애해서 휘트를 피하려고만 드는 매리앤도 그에게 눈길을 주지 않기가 어려웠다. 휘트는 기분이 나쁠 때와 마찬가지로 좋을 때도 극적이고 얼마간은 강압적이었으며 어린애처럼 창피한 줄도 모르고 어릿광대짓을 했던 것이다.

매리앤은 자신을 충동적으로 고용한(닥터 웨스트는 스텀프 크리크 힐에서는 충동적으로 고용과 해고가 이루어진다고 큰소리쳤지만 어마는 아무리 무능한 직원이라고 해도 이곳에서 해고당한 경우가 없었다고 증언했다) 닥터 휘트 웨스드의 위험한 질주를 가능한한 피하기 위해 그를 경계하는 법을 빠르게 익혔다. 함께 근무하는 로다, 트루디, 어마, 거스, 스티브, 위글스는 늘 매리앤에게 휘트는 말투가 원래 저렇고 그의 본심은 그렇지 않다며 닥터 웨스트를 두둔했다. 매리앤도 그걸 알고는 있었지만 그의 말 속에 그의 본심이 마치 왕겨에 섞인 밀알처럼 교묘히 숨어 있을 수도 있었기에 불안감을 떨칠 수가 없었다. 매리앤이 있는 자리에서 그는 에로틱하고 성적인 허세를 부렸다. 아니면 그녀의 착각일까? 매리앤은 먼 거리에서 눈치채지 못하게 그를 바라볼 때가 훨씬 더 즐거웠다. 그의 걸음걸이, 약간 구부정한 어깨와 목, 스텀프 크리크 힐을 도웁시다!라고 적힌 더러워진 모자를 비뚜름하게 쓴 모습, 경련이라도 일으키는 듯한 손과 팔과 다리의 갑작스러운 움직임. 뒤통수. 매리앤은 그의 그림자에까지 감탄했다. 그러면서도 그와 대화할 때 그를 똑바로 쳐다보는 건 싫었다. 페넬로피 하그스트룀이 그랬던 것처럼 그가 뻔뻔스럽게 자신의 영혼까지 들여다보고 (그것이 무엇이든) 자신의 정체를 간파해낼까봐 두려웠던 것이다. 페넬로피 하그스트룀처럼 휘트도 시인이었다. 언어가 아닌 몸짓의 시인. 겁에 질려 진동하는 모터처럼 떠는 동물들을 마디 굵은 거친 손으로 꽉 잡고 달래주는 모습도, 동물들을 어르면서 사람을 대하듯 농담까지 하는 모습도 한편의 시였다. 예방주사를 놓거나 피를 뽑을 때 주삿바늘을 다루는 섬세하고 확고한 동작도. 아무리 겁 많고 잘 놀라는 동물도 어려움없이 약을 삼킬 수 있도록 왼손으로 아래턱을 꽉 잡고 혀에 약 캡슐을 올려놓는 노련한 동작도 마찬가지였다. 이윽고 머핀이 다시 건강이 나빠지기 시작했을 때 휘트는 머핀의 면역력이 떨어져서 며칠 간격으로 항생제를 먹여야 한다며 매리앤에게 약 먹이는 기술을 가르쳐주겠다고 했다. 처음엔 매리앤의 시도가 어설프고 자신감이 없어서 머핀이 겁을 집어먹고 그녀에게서 도망치려고 했다. "머핀을 아프게 할까봐 무서워요." 매리앤이 변명했다. "바보같이 굴지 마요. 그깟 것 정도로는 절대 안 아프니까." 휘트가 말했다. 그는 머핀을 힘차게 쓰다듬어 진정시킨 후 노련하게 아래턱을 잡고 입을 벌렸다. "봤지요? 매리앤, 당신 차례요." 그래서 매리앤은 떨리는 손으로 다시 시도하고 또 시도했고 마침내 머핀에게 약을 먹이는 데 성공했다. 휘트가 흐뭇해하며 말했다. "동물들은 근본적으로 야생성을 갖고 있어요. 집에서 키우는 고양이나 개도 사실 겉으로 보이는 십 퍼센트만 길들여진 거고 나머지는 야생 그대로지요. 그렇지, 머핀?" 그가 머핀의 귀를 문질러주자 머핀은 그를 바라보며 눈을 깜짝거렸다.

매리앤은 생각했다. 저 둘은 서로를 이해하고 있어. 그런데 저들이 이해하는 게 뭘까?

그리고 몇개월 후, 머핀은 몹시 야위고 눈동자는 황달로 노랗게 변한 모습으로 매리앤의 품에서 숨을 거뒀다. 휘트가 심장을 즉시 멈추게 하는 약물을 주사해주었다. 마지막 며칠 사이에 상태가 급격히 악화되자 머핀은 먹기를 중단했다. 매리앤이 걱정했던 것처럼 숲에서 죽으려고 몰래 빠져나가진 않았는데, 이곳으로 이사오고부터는 바깥에 사는 수많은 야생고양이들과 마주치기 싫어서 거의 밖에 나가지 않았던 것이다. 머핀은 낮에는 매리앤의 침대에 깔린 낡은 퀼트 이불 위에서 졸면서 시간을 보냈고 밤이면 매리앤의 다리에 붙어서 얕은 숨을 쉬며 잤다. 머핀이 자다가 심하게 경련을 일으키면 매리앤은 혹시 이 밤을 넘기지 못하는 건 아닌가 싶어서 뜬눈으로 밤을 지새웠다. 때가 되자 매리앤이 휘트에게 말했다. "우린 준비가 됐어요. 그걸…… 맞이할 준비가 됐어요." 휘트가 부드럽게 말했다. "머핀은 준비가 됐소, 매리앤. 당신도 그래요?" 매리앤은 대답하지 않았다. 하지만 휘트가 머핀의 야윈 어깨에 가느다란 바늘을 찔러넣어 머핀이 움찔하면서 빳빳이 굳어졌다가 이내 헝겊인형처럼 축 늘어졌을 때 매리앤은 허물어지지 않고 머핀을 꼭 안고 있었다. 세상에, 이럴 수 있을까? 이런 일이 진짜 일어날 수 있을까? 매리앤은 촛점없는 눈을 뜬 채로 죽어 있는 고양이 머핀을 놀란 눈으로 바라보았다. 하지만 그녀는 허물어지진 않았다. 적어도 이번만은.

휘트는 매리앤의 황동 침대 가장자리에 앉아 너무도 곱고 부드러운 머핀의 털을 쓰다듬고 있었다. 매리앤은 차마 그를 똑바로 볼 수 없었지만 그의 뺨이 물기로 반짝이는 것이 보였다. 휘트가 말했다. "매리앤, 머핀만이 당신의 친구는 아니오." 매리앤이 차분히 대답했다. "그건, 알고 있어요." 휘트가 말했다. "매리앤, 머핀만이 당신을 사랑하는 것도 아니오." 매리앤은 이번엔 낭떠러지 끝에 선 듯 잠시 망설였지만 이내 차분히 대답했다. "그것도 알고 있어요."

중환자실

저게 저드인가? 저기서 이쪽을 빤히 쳐다보고 있는 키 크고 마른 청년이? 그가 병원 복도에서 기다리고 있다가 매리앤을 맞아 포옹한 뒤 중환자실로 이끌었다. 저건 코린인가? 머리엔 백발이 성성하고 야윈 뺨엔 홍조를 띤 여인. 그녀가 달려와 어찌나 세게 껴안는지 매리앤은 숨이 막히는 듯했다. "매리앤! 우리 딸, 와줬구나! 아버지가 방금 깨어나셨어." 공기가 냉장고 안처럼 차가웠다. 그리고 사방에서 윙윙거리는 소리가 들렸다. 매리앤은 계속 떨고 있었다. 그녀와 어머니는 놀라움에 커진 눈으로 서로를 바라보았다. 코린이 속삭였다. "매리앤, 놀라지 마. 아버지가 폐암 수술을 받으셨어. 어제부터 정신이 오락가락해. 네가 기억하는 모습과는 많이 다를 거야." 매리앤은 너무 지쳐서 정신이 멍했다. 그녀는 스텀프 크리크 힐에서 로체스터 대학 메디컬 쎈터까지 덜컹거리는 체비 픽업트럭을 몰고 좁은 시골 고속도로가 주를 이루는 험한 길을 480킬로미터나 거의 쉼 없이 여섯 시간 이상 달려왔던 것이다. 로체스터에 도착해서도 메디컬센터의 위치를 몰라 몇차례나 멈춰 길을 물어야만 했다. 차들은 왜 그리 많던지! 그녀는 처음 운전해서 와본 대도시의 어마어마한 크기와 혼잡함에, 미로처럼 얽힌 고가 고속도로와 입출구 램프, 일방통행로에 압도된 채 어린애처럼 겁먹은 목소리로 기도했다. "하느님, 예수님, 제 아버지가 돌아가시지 않게 해주세요." 그리고 이제 다른 사람들까지 들어와 자리잡은 꿈속에서처럼 그녀는 어머니에게 이끌려 걸어가고 있었다. 그녀가 그토록 사랑하는 엄마! 그토록 그리워하던 엄마! 코린은 매리앤의 두 손을 꼭 잡고 있었다. 불안에 떠는 엄마의 차가운 손! 매리앤은 칸막이가 쳐진 작은 공간에 서서 반짝거리고 삑삑거리는 장치들에 둘러싸여 누워 있는 환자를 바라보았다. 아, 비스듬히 세워진 침대에 누운 환자는 매리앤이 모르는 이였다. 잿빛 피부에 눈과 뺨이 푹 꺼져 나이를 알아볼 수 없는 남자. 양철 색깔의 가느다란 머리칼이 혈관이 불거진 밀랍 같은 반구형 두피를 덮고 있었고, 뺨에는 짐승이 할퀸 듯한 주름이 패어 있었으며, 쑥 들어간 검푸른 눈구멍 속에서 눈이 격렬하게 바깥을 응시하고 있었다. 투명한 튜브 하나가 왼쪽 콧구멍에 꽂혀 있었고 말라비틀어진 팔에 붙은 튜브들은 납작하지만 아직은 부피감이 있는 몸뚱이를 덮은 이불 속으로 들어가 있었다. 매리앤은 도저히 믿지 못하겠다는 듯 그를 바라보았다. 코린이 열띤 음성으로 속삭였다. "마이클? 여보? 누가 왔는지 봐요! 아주 멀리서 왔어요! 매리앤이에요." 마이클 멀베이니 씨니어이며 아버지인, 하지만 너무도 많이 변해버린 침대 위의 남자는 눈이 부신 듯 눈을 가늘게 뜨고 매리앤을 쳐다보았다. 그는 베개 위에 놓인 머리를 움직이려고 했지만 콧구멍 속의 튜브가 그를 고정하고 있는 듯했다. 오른쪽 눈은 심하게 핏발이 서 있었고 촛점이 없었다. 추위 때문에, 환기장치와 기계들 때문에 공기가 미세하게 떨렸고, 컴퓨터 스크린에 푸른 선들이 지그재그로 팔딱거렸다. 썩은 오렌지 냄새 같은 미묘한 악취가 풍겼는데 매리앤이 스텀프 크리크 힐 사무실에서 맡은 적이 있는, 정체를 알고 싶지 않은 냄새였다.

코린이 매리앤을 침대 가까이로 밀었다. 매리앤은 용기를 내어 침대 난간을 더듬고 있는 아버지의 손을 잡았다. 너무도 가늘고 차가운, 뼛속까지 비어 있는 듯한 손. 하지만 그 손이 예상 밖의 힘과 절박함으로 그녀의 손을 마주잡아왔다. 마이클은 말을 하려고 무진 애를 썼지만 익사하는 소리 같은 끔찍한 소리만이 새어나왔다. 매리앤은 걱정스럽게, 하지만 미소를 지으며 아버지에게 몸을 기울였다. "아빠? 저예요." 마이클은 젖 먹던 힘까지 끌어모아 자신을 속박하고 있는 장치들을 떨치고 일어나려는 듯이 그녀의 손을 잡아당겼다. 마침내 그가 가까스로 알아들을 수 있게 말했다. "어디……? 그게 아니었는데…… 너무 지쳐서…… 난…… 제발…… 어디지? 너무 지쳤어, 지쳤어……" 그러다 갑자기 힘이 빠져 축 늘어지며 눈을 감았고 호흡이 거칠어졌다. 매리앤의 손을 잡은 손의 힘도 풀렸다. 매리앤은 아버지의 손을 꼭 잡은 채 울지 않으리라 다짐하며 말했다. "아빠? 오, 아빠, 정말 죄송해요." 세 사람은 마이클이 다시 눈을 뜨기를 기다렸지만 그는 도로 잠 속으로 빠져들었고, 편안히 잠을 이룰 수 없는지 입이 움직이고 닫힌 눈꺼풀 속에서 눈동자가 경련을 일으켰다. 그는 누구와 싸우기라도 하는 듯 얼굴을 씰룩거리고 신음했다. 그는 수면 아래로 가라앉은 사람처럼 의식의 표면 아래에서 다시 표면 위로 떠오르려고 안간힘을 쓰고 있었다. 표면이 바로 코앞인데도 그 막이 너무도 튼튼해서 도저히 뚫고 올라갈 수가 없었다! 간호사가 들어와서 가족들은 나가달라고 했고 그들은 시키는 대로 했다. 코린이 다시금 매리앤의 손을 잡고는 거의 탐욕스러울 정도로 바라보았다. 매리앤은 그제야 어머니가 너무도 지쳐 있음을 깨달았다. 그럼에도 코린은 이상할 정도로 들뜬 목소리로 떠들어대고 있었다. "매리앤, 세상에, 너 참 많이 컸구나! 안 그러니, 저드? 그리고 머리는, 세상에 머리가 그게…… 하지만 정말 예쁘구나, 매리앤…… 녹초가 됐을 거야…… 얼마나 놀랐을지 알아…… 매리앤, 아직 결혼은 안 했지, 그렇지? 결혼했니? 아냐? 난 그냥, 난…… 너무 정신이 없어서…… 더 좋은 엄마가 돼주지 못해서 미안하구나…… 하지만 나도 뭐가 어떻게 된 건지 잘 모르겠어…… 그냥 그렇게 된 거야. 그렇지? 누가 결정한 게 아니고…… 내가 결정한 게 아니고…… 얘야, 사랑한다. 와줘서 고마워…… 아버지가 너를 만나고 싶어하셨어. 우리한테 그랬어…… 안 그러니, 저드? 아, 우리에겐 너무도 슬프고 끔찍한 시기야……
기도는 할 수 있지. 우리가 할 수 있는 건 그것뿐이지. 하지
만 너무 슬퍼. 간호사들이 마음의 준비를 해두래. 간호사들
이 정말 친절하고 이해심이 깊어. 안 그러니, 저드?" 이상할
정도로 속눈썹이 없어서 천장의 환한 형광등 불빛에 그대로
드러난 그녀의 눈동자는 피로로 그 창백한 푸른빛을 잃었
고, 저드가 웅얼웅얼 대답하는 동안에도 그녀는 계속해서
쾌활하게 횡설수설 떠들어댔다. "아버지는 수술을 받은 뒤
로 의식이 오락가락해. 폐를 떼낸 거 알아? 암에 걸린 폐를
떼냈어. 그게 구일 전이니 어떻겠어! 그래도 저드와 나를 거
의 항상 알아봐. 우린 아버지가 하는 말을 못 알아듣지만 아
버지는 우리가 하는 말을 알아들어. 맞지 저드? 하지만 아버
지는 화가 나 있어. 자신이 왜 여기 있는지 모르지…… 그리
고 누가 자기 방에 있던 돈과 사진을 훔쳐갔다고 화를 내고
있어. 오, 그 끔찍한 방! 아버지는 시내에 있는 그 끔찍하고
더러운 여관방에서 살다가 길에서 쓰러져서 여기 실려왔고,
일주일이 넘어서야 이곳 사람들이 아버지의 소지품을 뒤져
서 내게 연락을 했어. 아내에게! 제일 가까운 가족에게! 말이
돼?" 그러면서 저드에게 고개를 돌렸고 저드는 당황스러운
듯 어깨를 으쓱해 보이며 설명했다. "아버진 '빈민'이야. 알
코올중독자에 구호대상자고. 솔직히 난 이 정도의 의료 혜
택을 받는 것도 다행이라고 생각해." 그러자 코린이 재빨리
나섰다. "그래, 다행이지. 네 말이 맞아. 물론 저드 말이 맞
아. 그들이 아버지 소지품을 그냥 길에 버려두지 않은 게 천

만다행이지. 그럼 내 주소와 이름을 찾을 수 없었을 테니까. 병원에서 연락을 해준 건 고마운 일이지. 아버지에게 수술을 해준 의사들도 고맙고. 의사들은 통 만날 수가 없는 게 좀 그렇긴 하지만. 하지만 간호사들은 착해. 이해심도 많고 친절하고. 그리고 아버진 보험이 없어. 난 지역의료보험에 가입돼 있지만 아버진 아니지. 오 매리앤, 아버진 폐를 떼냈어. 그런데도 너무 늦었대. 암이 뇌까지 퍼졌대. 신장까지 '전의'됐대." 저드가 부드럽게 말했다. "'전이'요." "그래 '전이'." 코린은 조용히 울기 시작했다. 매리앤이 실로 오랜만에 보는 울음이었다. 남에게 폐가 되지 않기 위해 소리없이 몰래 우는 어머니의 울음. 보통 사람들은 남들이 듣도록 소리내어 울지만 어머니는 그 반대로 남들이 듣지 못하도록 조용히 울었다. 하지만 코린은 성인이 된 자식들에게 울음을 숨길 수가 없었다. 저드가 매리앤에게 담담하게 진실을 말해주었다(휫트 역시 진실을 있는 그대로 인정하는 것이 낫다는 태도를 보일 때가 많았다). "아버진 더이상 버틸 수 없는 상태야. 그동안 술을 너무 많이 마셔서 간이고 심장이고 엉망이 됐어. 암은 담배 때문에 생겼지만…… 아버진 몇 년 동안 스스로를 죽여온 게 분명해. 불쌍한 아버지!" 코린이 매리앤의 팔을 잡아당기며 열을 내어 말했다. "아버진 좋은 사람이었고 널 사랑했어. 너희 모두를. 길을 잘못 들었던 것뿐이야. 아버진 예순한살밖에 안됐어. 매리앤, 생각해봐! 그건 늙은 나이도 아냐."

매리앤은 자신이 무슨 말을 하고 있는지도 모르는 채 중얼거렸다. "그럼요, 엄마. 늙은 나이가 아니죠."

그날 그들은 다시 분주한 중환자실 안의 춥고 윙윙거리는 칸막이 안에 누운 마이클 멀베이니 곁으로 갈 수 있었다. 마이클은 이번에도 의식의 표면을 뚫고 나오려고 안간힘을 다하면서 성한 한쪽 눈을 매리앤에게 맞추고 무어라 말을 하려 애썼다. 매리앤이 말했다. "아빠? 사랑해요. 아빠, 너무 애쓰지 말고 편히 계세요. 아빠, 정말 죄송해요." 하지만 마이클은 그녀의 손을 꼭 잡고 절박하게 말을 하려고 애썼고, 무슨 소린지 모를 소음 속에서 말들이 거세게 흐르는 시냇물 속의 자갈들처럼 나타났다. 매리앤은 자신의 이름 '매리앤'을 들었다고 생각했다. '메어리언'이라고 한 것 같긴 했지만 자신의 이름과 흡사했고 아버지의 눈은 계속 그녀를 응시하고 있었다. 아빠는 나를, 매리앤을 알아보신 거야.

마지막으로 약하게 발작 같은 힘이 솟으면서 마이클은 딸의 손을 꽉 쥐었다. 그러곤 다시 의식의 끈을 놓고 베개 위로 늘어졌다.

시간의 주름 같은 기다림이 조각조각 이어졌다. 코린이 마이클 곁을 지키고 있는 동안 허기에 쓰러지기 직전인 매리앤과 저드는 병원 구내식당에 내려가 간단히 끼니를 때웠다. 그리고 서로를 얼마나 좋아했는지 잊고 지낸 옛 친구처럼 함께 있음을 고맙게 여기며 밖으로 나가 화창하고 바람 센 가을 공기 속에서 삼십분 정도 산책을 했다. 세상은 기이하리만큼 생생하고 드넓었다. 머리 위로 하늘이 가파르게 펼쳐져 있었다. 형광등을 밝힌 춥고 윙윙거리는 실내에서는 세상이, 하늘이 존재함을 쉽게 잊을 수 있었다. 매리앤이 놀라워하며 말했다. "아빠가 날 알아본 것 같아. 그렇지, 저드, 안 그래? 내가 착각한 거 아니지?" 저드가 대답했다. "그럼, 물론 알아봤지." 매리앤은 엄지손톱을 물어뜯으며 당혹스럽게 웃었다. "그런데 나를 '메어리언'이라고 부른 것 같아. 너도 들었어?" 저드는 얼굴을 찌푸리며 대답했다. "'매리앤'이라고 불렀어. 난 그렇게 들었어." 매리앤이 말했다. "아빠가 날 용서하신 것 같지? 그러니까…… 나를 다시 사랑하고, 부끄럽게 여기지 않고." 저드가 말했다. "아버진 늘 누나를 사랑했어. 그리고 누나를 부끄럽게 여긴 게 아니라 그건…… 엄마가 말했듯이 그냥 그렇게 된 거야." 매리앤이 천천히 되풀이했다. "그냥 그렇게……." 저드가 말했다. "가족은 그렇게 될 수가 있어. 뭔가 잘못됐는데 아무도 그걸 바로잡는 법을 몰라서 세월만 흘려보내는 거지. 아무도 바로잡는 법을 몰라서." 전투적인 느낌이 들 정도로 빠른 말투였다. 매리앤이 말했다. "아빠는 날 보셨어. 그건 확실해." 저드가 말했다. "누나, 아버지는 누나 이름을 말한 거라니까. 엄마도 들었고 나도 들었어." 매리앤이 아무 대꾸 없이 고개를 숙이고 대충 묶어 바람에 날리는 긴 머리칼을 잡아당기며 빠르게 걷자 저드는 남동생다운 제멋대로에 짜증스러운 태도로 마치 이미 오래전에 마무리지어져야 했을 해묵은 가족 문제가 다시 부상했다는 듯이 덧붙였다. "아버지가 계속 누나를 찾았어. 그래서 엄마가 누나한테 연락한 거야. 아버지가 '매리앤'을 찾는 소리를 난 똑똑히 들었어. 맹세할 수 있어. 아버지 진 아들들은 이름을 부르면서 찾진 않았어. 엄마와 난 아버지가 무슨 말을 하려는 건지 열심히 들었는데, 아버진 물론 마이크 형과 패트릭 형도 보고 싶어했지만 형들의 이름은 정확하게 기억하지 못했어. 아니면 발음을 못했거나. 하지만 누나 이름 매리앤은 알고 있었어. 내 말 못 믿어?"

그래서 매리앤은 동생의 말을 믿기로 했다.

떠나다

　내 몸을 화장해서 재를 뿌려주오. 그것이 당신이 내게 베풀 수 있는 가장 큰 친절이오. 아멘.

　돌풍이 몰아치는 10월의 아침. 옅은 자갈 무늬가 깔린 하늘에 페인트 붓으로 쓱쓱 칠해놓은 듯한 선명한 푸른색 띠들.

　바람, 바람. 날카로운 통곡소리를 내며 우리가 탄 차를 흔들어대는 바람. 마이크 형의 차 뒷좌석에 앉은 매리앤 누나와 나 사이에 마이클 멀베이니 씨니어의 유골 상자가 놓여 있었다. 크기와 모양이 꼭 모자 상자 같았다.

　나는 꼭 알아야 했기에 상자 안을 들여다보았다. 고운 '재' 말고도 자갈 조각처럼 꽤 크고 거친 뼛조각들도 있었다.

　로체스터에서 장례식을 치른 다음날이었다. 우리는 조용한 유족이었다.

　할 말도 거의 없었다.

나는 이 말조차 하지 않았다. 도대체 패트릭 형은 어디 있는 거야! 난 그 개자식을 혐오해.

우리는 하이포인트 농장을 지나쳤지만 나는 단호하게 그쪽을 외면했다. 아니면 눈을 꽉 감고 있었는지도 모른다.

갑자기 하이포인트 로드가 좁아지면서 차가 더 덜컹거렸다. 겨울에는 제설차들도 여기까지 오려 들지 않았다.

차 뒤꽁무니에서 흙먼지가 거센 소용돌이를 이루며 피어올랐다.

마이크 형은 본능적으로 우리를 완벽한 장소로 데려갔다. 나는 그가 어디에 차를 세울지 정확히 알고 있었다. 사방에 인가도 없고 차도 다니지 않는 곳. 멀베이니네 아냐? 돌아왔나? 도대체 여기서 뭘 하고 있지? 하며 호기심에 차서 멍청하게 구경할 인간들이 없는 곳.

깎아지른 듯 가파른 경사를 이룬 수백 미터 높이의 바람센 산등성이 위. 저 아래로 빙하의 찰흔이 남은 바위들과 선명한 주홍색 옻나무 숲이 내려다보였다. 가을, 차가움이 느껴지는 가을이었고 나뭇잎들은 순식간에 밝고 찬란한 오렌지색과 노란색, 적갈색으로 변해 나무와 작별할 터였다.

아버지의 놀리는 듯한 목소리가 귓전에 울렸다. 바람을 등지고 있어야지! 기회는 두 번 찾아오지 않으니까 결정적인 순간에 실수하면 안돼.

그렇게 마이클 존 멀베이니 씨니어의 유해가 바람에 뿌려졌다. 그리고 걸신들린 듯 무서운 기세로 달려드는 바람. 골짜기에서 하이에나의 울부짖음을 토해내며 달려오는 바람.

어머니가 갑자기 말했다. "아버지 웃음소리가 들리는구나, 안 그래? 왠지 우스워. 아버지도 그렇게 생각할 거야."

마이크 형과 나는 유골 상자를 들어 마지막 남은 뼛조각과 재를 털어냈다. 바람이 난폭하게 달려들어 그것들을 채 갔다.

그렇게 그는 떠났다.

가족 상봉: 1993년 7월 4일

전화벨이 울렸다. 받아보니 어머니였다. 소녀처럼 희망에 부푼 숨가쁜 목소리. "저드, 독립기념일 파티에 와! 멀베이니 가족 상봉이 있을 거야! 쎄이블과 내 '올더 골동품점'과 독립기념일 축하 파티를 도와주렴!"

독립기념일이 되려면 아직 몇주나 남은 6월 중순이었다. 꼭 촉박해서야 오라고 연락하는 어머니였기에 의외였다. 나는 물론 가겠다고, 멋진 생각이라고 대답한 뒤 그런데 멀베이니 가족 상봉은 무슨 얘기냐고 물었다. 어머니는 가족 상봉이 맞다고 우겼다. "너희 모두가 오니까. 패트릭까지."

나는 그 말을 침묵으로 넘기고 파티에 뭘 준비해가면 되는지 물었다. 어머니가 대답했다. "몸만 오면 돼, 저드! 그리고 혹시 데려올…… 저기……"

"여자요? 없어요."

"그래, 아는구나."

"혹시 그때까지 생길 수도 있겠죠. 그건 어때요?" 내가
놀렸다.

"누구든 데려오고 싶으면 데려와. 우리 멀베이니 가족이
매년 모이는 첫해가 될 테니까."

나는 분명 한숨을 쉬었을 것이다. 패트릭 형이 진짜 나타
나리라곤 단 한순간도 믿지 않았으니까. 벌써 십사년이 흘
렀지 않은가!

매리앤 누나와 휘트는 분명 올 거고 마이크 형과 비키도
올 가능성이 컸지만 패트릭 형은? 그럴 리 없었다.

그런 내 생각을 읽기라도 한 듯 어머니가 나무라는 투로
말했다. "저드, 이번엔 패트릭이 약속했어. 지금 막 통화했
다니까."

어머니와 패트릭 형은 드문드문 연락이 닿았다. 내가 마
지막으로 직접 들은 패트릭 형의 소식은 캘리포니아 버클리
에서 무슨 치료사 공부를 하고 있다는 것이었다. 아니, 치료
사가 될 사람들을 가르치는 일이라고 했나? 내가 아는 한 그
는 코넬에서 학위를 마치지 못했다. 아버지가 돌아가셨을
때는 연락이 닿지 않아 장례식에 참석하지 못했고 우리와
함께 아버지의 재를 뿌리지도 못했다. 어차피 연락이 됐어
도 안 왔을 수도 있지만. 그 오랜 세월 동안 그는 우리를 만
나러 오지 않았고 어머니가 찾아가겠다고 하면 증발해버렸
다. 나는 인간의 형상이 완전히 분해되어 형체를 알아볼 수
없이 소용돌이치는 분자들로만 보이는 모습을 머릿속에 그

리고 있었다.

  그런데도 어머니는 패트릭 형이 7월 4일 독립기념일 가
족 상봉에 나타날 거라고 믿고 있었다. 패트릭 형이 분명히
약속했다고, 친구까지 데려온다고 했다고. 어머니는 여자친
구일 거라고 짐작은 하면서도 장담은 하지 못했는데 패트릭
형이 일부러 애매하게 얼버무렸을 것임이 분명했다. 그는
그 먼 길을 오토바이를 타고 온다고 했다. "저드, 상상이 되
니? P. J.가 오토바이를 타다니!" 어머니는 의심스러워하면
서도 소녀처럼 희망에 부풀어서 말했다.

  "솔직히 상상이 안되네요." 내가 대답했다.

  나는 『셔토쿼 폴즈 저널』의 편집자 일을 하며 살고 있는
셔토쿼 폴즈에서 7월 4일 아침에 농산물 가판대에 들러 옥
수수 1부셸(약 27킬로그램─옮긴이)을 하나하나 꼼꼼히 골라
서 샀다. 그리고 맥주와 포도주를 파는 가게에서 여섯 개들
이 맥주와 에일 맥주, 탄산음료를 샀다. 그다음엔 식료품점
에 가서 의기양양하고 활수하고 들뜨고 불안한 기분으로 감
자칩과 프레첼 비스킷 대형포장과 작은 용기에 든 비싼 쏘
스('멕시칸 피에스따 핫쏘스'와 '스파이씨 인디언 커리 쏘
스')를 카트에 담았다. 안면이 있는 계산대 여직원이 웃으며
말했다. "독립기념일 파티에 가시나봐요." 나는 자랑스럽게
대답했다. "그렇다고 할 수 있죠. 가족 모임이기도 하고."

  이상하게 손이 무뎌서 깡통 하나가 미끄러져 바닥으로
굴러떨어졌다.

올더 골동품
특별한 가격·특별한 제품!

어머니가 쎄이블 밀즈와 함께 사는 새 보금자리는 마운트 이프리엄에서 남쪽으로 10킬로미터, 하이포인트 농장에서 남서쪽으로 30킬로미터 떨어진 뉴 케이넌 로드 산중턱에 위치해 있었다. 셔토쿼 폴즈에서 70킬로미터밖에 떨어져 있지 않아서 여러 번 가본 적이 있고 사실 어머니가 그곳으로 이사하는 것도 돕고 그곳을 개조하는 것도 도왔다. 개조업체도 추천해드렸지만 어머니와 쎄이블은 내 말에 별로 귀를 기울이지 않았다(만일 그들이 처음부터 내게 조언을 구했더라면 아예 그곳을 사지 말라고 충고했을 것이다. 나는 아버지를 닮았는지 그 쓰러져가는 '고풍스러운' 농장을 어머니의 농장 소녀다운 낭만적인 눈이 아닌 비감상적인 남성의 눈으로 보았다). 그럼에도 그곳이 매력적이라는 사실은 인정하지 않을 수 없었다. 좁은 시골 도로에서 보이는 집과 부속건물들과 목초지. 눈길을 끄는 감청색으로 새로 칠하고 올더 골동품이란 간판을 크게 건 멋지고 작은 헛간.

"내 꿈이지. 내 마음이 갈망하는 것. 파산만 하지 않는다면 말이야!" 그렇게 말할 때 어머니는 목소리를 살짝 꼬아서 스스로를 웃음거리로 만들면서도 지독하리만큼 진지했다.

올더 크리크, 폭이 좁고 위험할 정도로 물살이 빠른 그 아름다운 하천이 집에서 2킬로미터 거리도 안되는 거리에서 뉴 케이넌 로드를 가로질러 흐르고 있었지만 어머니는 그건 우연의 일치일 뿐이라고 우겼다. 우리의 옛 하이포인트 농장 북쪽을 흐르던 그 올더 크리크.

내 소년시절의 올더 크리크. 바위 너머로 들리는 물소리, 멀리서 웅얼거리며 무언가를 묻는 듯한 물소리.

하지만 어머니는 그저 우연의 일치일 뿐이라고 우겼다. "쎄이블과 난 그 농장을 보고 사랑에 빠졌어. 사지 않을 수가 없었지." 어머니가 그렇게 말하면 쎄이블이 옆에서 단호히 덧붙였다. "첫눈에 반한 사랑이지!"

사실 그 집은 아버지가 보았다면 눈알을 굴리며 새로 지붕을 얹기도 아깝다고 했을 수수한 농장주택이었다. 그런데도 어머니와 쎄이블은 은행 융자까지 얻어 집을 사고 많은 돈을 들여 살 만하게 수리한 뒤 '부엌을 사이에 두고 반으로 똑같이' 나눴다. 그리고 개 한 마리와 수많은 고양이들, 카나리아 한 쌍을 키우며 겨울을 한 해가 아닌 두 해나 났다. 이층짜리 주택은 외벽 물막이 판자는 썩어가고 돌 굴뚝은 기울어지고 앞뒤 현관 포치도 심하게 처져 있었으며 춥고 눅눅한 지하실은 흙바닥이었다. 헛간은 그나마 상태가 양호해서 골동품점으로 개조할 수 있었는데, 뉴 케이넌 로드에서 그렇게 눈길을 끄는 파랑으로 칠한 헛간은 그곳뿐이었다. 지붕 위에는 걸상과 붙어 있어서 눈썰매처럼 보이는 구식 학교 책상들이 한 줄로 얹혀 있었다. 어머니가 내게 설명했다. "랜썸빌에 있는 교실이 하나밖에 없는 폐교가 철거됐거든. 내가 팔년을 다닌 곳이지. 생각해봐! 그래서 쎄이블하고 같이 경매 현장에 가서 멋진 물건을 잔뜩 샀지. 이삿짐 트럭을 빌려서 실어왔다니까." 그들은 거의 색깔이 없을 정도로 빛이 바랜 성조기와 단 하나뿐인 교실을 따뜻하게 해주던 배불뚝이 난로, 오래전에 잊힌 애국 작가들의 너덜너덜한 작품집 들을 사왔다. "한 가지 단점이 있다면, 일단 옛 물건들을 사랑하게 되면 그것들과 작별하는 걸 견딜 수가 없다는 거지."

날씨가 좋은 때는 골동품점 정문 옆에 모래시계 모양의 의상실용 마네킹을 내놨는데, 그 마네킹은 묽은 차 색깔로 변한 쌔틴과 레이스로 된 1910년경의 우아한 웨딩드레스를 입고 있었다. 땅에 끌리는 드레스 자락이 족히 1.5미터는 되었다. 쎄이블 밀즈는 그 마네킹을 보면서 냉담하게 말했다. "신부가 되려면 저렇게 머리와 사타구니가 없는 게 낫지."

그 말을 들은 어머니가 얼굴을 붉히며 말했다. "어머, 정말 그래, 쎄이블."

올더 골동품점에서 코린 멀베이니가 전문으로 하는 일은 가구 표면을 손질하고 쿠션 커버를 다시 만들어 씌우는 것이었고, 쎄이블은 등나무나 고리버들 가구의 수리를 담당했다. 코린은 가사에 관계된 일을, 쎄이블은 회계와 사업 관련일을 좋아했다. 코린은 전화를 받을 때 숨소리가 섞인 상냥한 목소리를 냈고 쎄이블은 기관총을 쏘듯 스타카토로 말하며 자신의 과단성에 전율을 느꼈다. 쎄이블은 키는 작지만 균형 잡힌 몸매를 지닌 잘생긴 여자로 머리는 놋쇠 빛깔로 염색하고 멋진 귀고리와 진홍색 립스틱, 화려하고 요란한 옷, 비싼 하이힐 부츠 차림으로 다녔다. 그녀는 이십년 동안 '골동품' 가구와 옷을 파는 일을 드문드문 한 경력이 있었다. 그녀 역시 자식들을 키웠고 손자도 몇명 있으며 지금은 독신 상태였다. 그녀는 전남편들이(하나가 아니라 셋이었다) 죽었는지 살았는지도 모르고 알고 싶은 마음도 없다는 말로 어머니를 불편하게 만들곤 했다. "난 일단 끝나면 그걸로 끝이거든요. 상대가 어떻게 나오든." 쎄이블은 검지로 목을 긋는 시늉을 하며 큰소리쳤다.

어머니는 전전긍긍하며 나를 홀낏 보았다. 우리는 둘 다 아버지를 생각하고 있었다.

나는 어머니가 쎄이블 밀즈에게 아버지에 대해 어떻게 말했는지 알지 못한다. 우리 가족에 대해서도. 다만 아주 조금밖에 말하지 않았으리라 믿고 싶었다. 그 어떤 말로 한 생애를, 그토록 강하고 느린 고통으로 인해 종결된 파란만장하고 혼란스러운 행복을 요약할 수 있겠는가?

그의 뼛조각과 재를 무한으로 가지고 간 하이포인트 로드의 바람이 눈에 선했다.

어머니와 쎄이블 밀즈는 의기투합하여 1991년 여름에 농장주택과 헛간, 그리고 쓰러져가는 부속건물 몇채가 딸린 3에이커 크기의 땅을 구입해 올더 골동품점을 열었다. 그들은 쎄이블이 저축한 돈에 은행 융자까지 끌어다썼는데 그들의 말을 곧이곧대로 믿어야 할지는 모르겠지만 1993년 7월 4일까지는 융자금을 다 갚을 수 있다고 했다. "독립의 날이지! 그러니 와서 기념 파티를 도와주렴."

나는 어머니가 자랑스러웠고 어머니에게 희망을 품고 있었다. 아버지가 돌아가신 후 어머니는 힘든 시기를 보냈다. 내놓고 불행해하거나 불평을 하거나 우울증에 빠진 건 아니었지만 오랜 기간 본연의 모습을 잃고 지냈다.

어머니의 머리가 백운모처럼 반짝이는 백발이 되고 곱슬거림까지 사라진 것도 바로 이 시기였다. 어머니는 백발이 된 머리를 한 가닥으로 두툼하게 땋아내리고 다녔으며 눈길을 끄는 여인이 되어 길에서 사람들이 저게 누구지? 하는 감탄의 눈길로 흘깃거렸다. 나는 어머니의 변화를 너무도 점차적으로 보았기에 미처 깨닫지 못했으며 그건 나 자신의 변화를 인식하지 못하는 것과 마찬가지였다(나도 7월 11일이면 서른살이 되기에 더이상 소년의 얼굴이 아니었다).

매리앤 누나와 나는 전화로 어머니에 대해 이야기했다. 나는 당근색 머리칼의 호리호리한 휘슬이 부엌에서 소동을 피우던 때가 까마득한 옛날처럼 느껴진다고 말했다. "엄마가 우리한테 아침 먹으러 내려오라고 소리치던 거 생각나? '얘들아, 기상! 어서 일어나!'"

하지만 매리앤 누나는 통화중에도 윌리에게 젖을 먹이며 부드럽게 말했다. "저드, 어쩌면 엄마는 이제 '엄마'이고 싶지 않은지도 몰라. 어쩌면 엄마 노릇에서 벗어나 휴식을 취하고 있는 건지도 몰라."

그리고 쎄이블 밀즈가 어머니의 인생에 허리케인처럼 들이닥쳤다. 뒤도 돌아보지 않고.

아버지가 떠나고 마씨너의 집을 비워야 하자 어머니는

자신을 알고 좋아해주는 사람들이 있는 마운트 이프리엄으로 돌아가 그곳에서 느리고 따분하고 안전한 일들에 종사했다. 처음엔 마운트 이프리엄 공공도서관, 그다음엔 탁아소, 그다음엔 셔토쿼 카운티 기록보관소에서 일했으며 기록보관소에서는 소장 자리까지 올랐다. 어머니는 시내의 아파트에서 살았는데 물론 그곳에서의 삶은 불행했다. 코린 멀베이니가 잔디밭조차 없는 좁은 아파트에서 살다니! 동물들도 없이! 그녀에겐 많은 친구들이, 그리고 물론 교회가 있었다(그녀는 일요일이면 마써너까지 차를 몰고 가서 힘겨운 시기에 따뜻한 손길을 내밀어주었던 플러켓 목사 부부의 치유자 그리스도 교회에서 예배를 보았다). 가끔은 자신이 잃은 것들을 생각하며 외로움에 빠지기도 했지만, 그녀는 기독교인이며 어른이고 낙관주의자이며 농부의 딸의 실용주의를 지니고 있었기에 자신의 힘으로 바꿀 수 없는 것에 연연해서는 안된다는 걸 알았다.

그리고 그녀에겐 '골동품 애호 정신'이 있었다.

그녀는 늘 친구들과 함께, 아니면 혼자서 셔토쿼 밸리의 경매장과 뜰이 판매장, 벼룩시장을 찾아다녔다. 한번은 왕복 130킬로미터나 되는 셔토쿼 폴즈까지 와서 자신이 감당할 수 있는 가격 범위를 넘어서는 물건들이 대부분인 저택 경매에 참석하기도 했다. 내가 그곳에서 어머니를 만나 저녁을 사드렸을 때 어머니는 변명 같으면서도 도전적인 어조로 말했다. "저드, 네가 못마땅하게 생각한다는 거 알아. 넌 어리석은 시간 낭비로 여기겠지. 하지만 난 그냥 보러 온 거야. 보러 다니는 걸 그만둘 수 없을 거야."

아들의 당황스러운 질문이 혀끝을 맴돌았다. 엄마, 도대체 그 연세에 뭘 찾으시려고요?

그녀는 돈을 아껴가면서 골동품을 샀고, 아파트가 좁아 들여놓을 공간이 없었기에 늘 작은 물건들만 골랐다. 하지만 마음속으론 항상 다시 가게를 열 궁리를 하고 있었다. 그녀는 경매장에서 밝은 색깔의 종 모양 모자와 몸에 꼭 맞는 승마바지, 도마뱀 가죽 부츠를 좋아하는 마흔다섯살에서 쉰다섯살 사이의 놋쇠 빛깔 머리 여자를 알게 되었다. 쎄이블 밀즈는 코린 멀베이니와 경합이 붙으면 늘 승리를 거머쥐었고 코린은 그녀가 차지한 물건을 갈망의 눈길로 바라보곤 했다. 코린과 쎄이블은 비참하게 버림받은 물건들에 더 끌리는 듯했다. 이를테면 나비 모양의 너덜너덜한 비단 부채, 표면에 누가(아이들이?) 짓궂게 이니셜을 새겨넣은 묵직한 도자기 찻주전자, 1차대전에 참전한 병사가 싸만다라는 여자에게 보낸 연애편지 다발, 코끼리 머리 모양에 긴 엄니까지 달린 꾀죄죄한 레이스 자수 베개 등이었다. 이따금 쎄이블은 코린을 배려해 일부러 경매에서 져주고는 심술궂은 미소를 지으며 혼잣말처럼 말했다. "휴, 다행이네! 정신이 똑바로 박힌 사람이면 누가 저런 고물을 가지고 싶겠어!" 다른 사람들은 경악했지만 코린은 그저 웃고 말았다. 그녀는 놀림과 조롱을 받는 게 좋았다. 이제 아무도 그녀에게 그런 태도를 보이지 않기 때문이었다. 남편이 떠난 후 그녀는, 특히 자식들에게, 금방이라도 깨질 듯한 오래된 물건 취급을 받았다.

그렇게 코린 멀베이니와 쎄이블 밀즈는 친구가 되어 흥분과 피로와 좌절을 안겨주는 경매가 끝난 뒤 커피나 술, 식사를 함께하며 몇시간씩 이야기를 나눴다. "세상에, 우린 공통점이 정말 많아!" 코린이 경탄했다. 그녀와 쎄이블은 랜썸빌에서 자랐으며(쎄이블은 시내, 코린은 시골이었지만) 둘다 일찍 결혼해서 일찍 엄마가 되었고 현재는 혼자 살고 있었다. 자식들은 '장성해서 뿔뿔이 흩어졌고' 눈에 넣어도 안 아프지만 자주 볼 수 없는 손자들도 있었다(이 시기에 마이크와 비키에겐 아이가 둘이었고 매리앤과 휘트도 이미 첫아이를 낳은 뒤였다). 코린은 두 사람의 인생이 자신들도 모르는 사이에 교차된 것을 가장 신기하게 여겼다. 처음 만났을 때 쎄이블은 마흔아홉, 코린은 쉰아홉이었는데, 둘 다 랜썸빌 고등학교 출신이라 코린을 가르쳤던 선생님 중에 쎄이블의 선생님이었던 분들이 있었고 둘 다 토요일에 여학생들에게 '강압적인' 여자 코치가 있는 YMCA에서 수영을 했으며 미스 그림슬리가 사서로 있는 공공도서관에 다녔다(그 여자의 이름은 정말로 그림슬리였고 코린과 쎄이블은 그녀가 이름처럼 무척이나 grim(엄격)했음을 기억하고 있었다). 그밖에도 버스 운전사, 상점 주인 등 두 사람의 인생에서 지엽적인 역할을 했기에 이제껏 잊고 지냈지만 다시 돌이켜보니 너무도 생생히 기억나는 인물들이 있었다. 그리고 너무도 많은 장소들! 쎄이블은 계속은 아니지만 오랫동안 마운트 이프리엄에서 살았기에 그녀의 표현을 빌리자면 마운트 이프리엄을 손바닥 보듯 훤히 알았다.

나는 그런 '우연의 일치들'이 어머니와 활기 넘치는 새 친구 쎄이블에게 왜 그렇게 중요한 의미를 지니는지 이해할 수 없었다. 하지만 나는 기자로서 중립적인 위치를 지키고 의심이 있어도 그것을 표현하지 않는 법을 알고 있었다. 어머니는 쎄이블과 함께 오래도록 베일에 싸여 있던 자연의 신비를 밝혀내기라도 한 것처럼 잔뜩 흥분해서 설명했다. "쎄이블과 난 마치 다른 시대를 산 동일인물처럼 동일한 기억을 갖고 있지! 그런데 이상한 점은 우리 인생에서 중심이 되는 중요한 인물들은 서로 알지 못하고 영화 속처럼 배경인물들만 안다는 거야. 안 그래, 쎄이블? 쎄이블은 '멀베이니'란 이름은 여러 번 들었지만······"

쎄이블이 말허리를 잘랐다. "오, '멀베이니'가 이 지역에서 얼마나 유명한 이름이었는데요. 그 이름을 모른다면 장님에 귀머거리에 벙어리죠."

코린은 하려던 말을 마저 했다. "그런데도 쎄이블은 우리를 한번도 본 적은 없대. 그 오랜 세월 동안."

"당신을 만날 때까지." 쎄이블이 눈을 찡긋하며 말했다.

그녀는 코린의 퍼덕거리는 손을 두드렸고, 두 여인은 웃고 또 웃었다.

❧

나는 오후 3시도 안되어 올더 크리크에 도착했지만 이미 자동차와 픽업트럭, 심지어 자전거까지 진입로와 잔디밭 여기저기에 세워져 있었다. 너무도 많았다! 어머니는 무슨 생각으로 이걸 가족 상봉이라 부른 것일까? 어머니와 쎄이블의 익살스러운 비글견 스크램이 흥분해서 마구 짖고 쿵쿵거리고 꼬리를 치며 달려왔다. 처음 마주친 사람들은 거대한 수박덩어리를 여러 개 들고 진입로를 올라가는 플러켓 가족이었다. 지미 레이와 낸씨, 그리고 너무 닮아서 볼 때마다 헷갈리는 주근깨투성이 십대 아들 셋. 하지만 밝고 착한 플러켓 가족은 내가 자신들의 이름을 기억해주기를 기대하지 않고 웃음 가득한 얼굴로 먼저 인사했다. "저드, 안녕! 독립기념일 축하해!" 다음에 만난 사람들은 형수 비키, 즉 마이크 멀베이니 주니어 부인과 딸 크리씨였는데 캐러멜색 머리의 미인인 비키는 또 임신을 해서 배가 무척 불렀다. 나는 내 첫 조카 크리씨만 보면 심장이 울렁거렸다. 비키는 "저드, 아주 멋져 보여요!" 하고 외치며 발뒤꿈치를 들고 내 뺨에 가볍게 입을 맞췄다. 그녀의 농구공 같은 배가 내 배를 찔렀다. 나는 부러 꿍 소리를 내며 조카 크리씨를 안아올렸다. 벌써 네 살이 된 크리씨, 일년 만에 만나는 저드 삼촌을 못 알아보면 어쩌지? 하지만 크리씨는 삼촌을 잊지 않고 있었다. 그럼 마이크 형은 어디 있을까? 비키가 마이크 형은 목초지에서 쏘프트볼을 하고 있다고 말해주었다. 마이크 형과 비키의 둘째 아기인 두살 된 데이비의 축축한 키스 세례가 이어졌고, 이어 노란색 스텀프 크리크 힐 티셔츠와 반바지 차림의 누나 매리앤이 달려왔다. 아기 몰리 엘런을 품에 안고 있었고 세살 된 윌리는 뒤에서 아장아장 따라왔다. 매리앤 누나와 나는 늘 그랬듯 서로 부둥켜안고 키스했다. 마치 서로 떨어져 있을 때 끔찍한 일을 상상했던 것처럼. 그 상상을 열심히 웃어넘기려는 듯, 대낮의 악몽처럼 떨쳐내려는 듯이. 그런 다음 우리는 간단히 소식을 주고받았다. 매리앤 누나는 이제 젊은 여성다운 느낌이 물씬 풍겼다. 혈색도 돌아오고 얼굴에 살도 올랐으며 스트레스 주름도 희미해지고 눈동자에서 일렁이던 갈망도 수그러들어 있었다. 이제 서른네살이 된 그녀는 아내이자 엄마였고 스텀프 크리크 힐 동물보호소의 헌신적인 일꾼이었으며 본인이 원하면 멀베이니 가족과 아무 상관 없이 살 수도 있었다. 그리고 그녀의 멋진 남편! 나는 퉁명스럽고 자기 의견이 강한 휘트 웨스트와 항상 사이가 좋은 건 아니었지만 매형을 무척이나 존경했다. 내가 물었다. "휘트는 어디 있어? 목소리가 안 들리는데." 매리앤 누나는 웃으며 나무라듯 내 가슴을 툭 쳤다. "전화하고 있어. 여기 도착한 지 한 시간도 안됐는데—그렇지 윌리?—벌써부터 확인 전화 하느라 바빠. 스모크가—기억나? 우리 검은 곰—맹장이 터져서 응급수술 하느라 밤늦게까지 못 잤는데 말이야. 참, 그런데 저드." 매리앤 누나는 방금 생각난 듯 말했다. "그가 왔어. 정말로. 여자까지 데리고." 그러면서 떠들썩하게 쏘프트볼 경기가 벌어지고 있는 목초지를 가리켰다.

나는 그가 누군지 물을 필요가 없었다.

내가 말했다. "그럼 엄마 말이 맞았네."

매리앤 누나가 말했다. "엄마 말은 항상 맞지 않아? 농담할 때 빼고."

나는 흥분으로 몸을 떨며 옥수수와 과자가 든 바구니를 가까운 피크닉 테이블에 올려놓은 다음 얼음을 채운 통에서 맥주 한 병을 꺼내들고 감청색의 올더 골동품점 건물 뒤 목초지를 향해 부지런히 걸어갔다. 목초지의 그늘진 한쪽 구석에서 검고 거친 털의 염소 에피와 에디가 경기를 구경하고 있었다. 나는 울타리에 기어올라 그 옆에 자리를 잡았다. 어른들과 십대 아이들로 이루어진 열다섯이나 열여섯명쯤 되는 선수들은 처음엔 아는 사람이 하나도 없는 듯했다. 나는 어린애 같은 실망감에 가슴이 아팠다. 어머니는 왜 저렇게 낯선 사람들을 많이 초대해놓고 멀베이니 가족 상봉을 약속한 걸까? 나는 저들이 아무도 나를 알아보고 경기에 초대하지 않기를 바랐다.

투수는 낯선 이였다. 쎄이블 밀즈의 젊은 친척 중 하나일까? 검은 썬글라스를 꼈고 근육질의 마른 몸이었으며 나이는 내 또래로 보였지만 단단한 팔뚝이며 어깨, 구릿빛으로 빛나는 다리가 나보다 훨씬 튼튼해 보였다. 햇볕에 탈색된 덥수룩한 머리는 어깨까지 내려왔고…… 아, 혹시 패트릭? 내형? 문득 그런 생각이 뇌리를 스쳤지만 그 생각은 그 순간의 흥분 속에서 계속 머물러 있지는 않았다. 선수들은 농담과 웃음, 익살이 난무하는 속에서도 의식에 임하는 듯한 진지한 눈으로 투수를 주목했고, 이윽고 투수가 눈부시게 흰 공을 타석을 향해 언더핸드로 던졌다. 타석에 웅크리고 선 인물은 다름아닌 쎄이블 밀즈였는데, 대단히 정력적이고 혈기 왕성했지만 운동신경은 뛰어나지 못했다. 놋쇠 빛깔 머리를 바싹 깎고 한쪽 귀에 사악한 느낌의 은귀고리를 한 쎄이블은 검은색 민소매 스웨터와 왁스를 녹여 부은 듯 몸에 착 달라붙는 승마바지를 입고 있었다. 공은 정중하게, 그리고 공기보다 밀도가 높은 물체 위를 떠가듯 비정상적으로 천천히 날아오다가 타자석에 가까워지자 교묘하게 뚝 떨어졌고, 쎄이블은 끙 하고 방망이를 휘둘렀지만 헛스윙을 하고 말았다. 두번째 공도 헛스윙이었다. "투 스트라이크!" 심판은 이웃에 사는 농부였는데 시간의 신 같은 긴 수염과 괴상한 권위를 지닌 노인이었다. 3구째가 되자 쎄이블 쪽에선지 아니면 투수 쪽에선지 서로에게 적응이 되어 쎄이블은 공을 칠 수 있었다. 공은 날카로운 각도로 3루를 향해 날아갔고, 3루수를 보는 호리호리한 십대 소년이(랜썸빌에서 온 하우스먼가의 내 육촌이었다) 쉽게 맨손으로 공을 잡아 1루로 던졌다. 하지만 마운트 이프리엄에서 골동품점을 하는 흰 콧수염의 땅딸보 1루수가 운동신경이 부족한 나머지 다른 선수들의 신음과 환성 속에서 공을 잡았다가 그만 놓쳐버리고 말았다. 그사이에 쎄이블은 요란한 비명과 박수, 환호 속에서 1루에 무사히 도착해 헐떡거리며 의기양양하게 서 있었다. 나는 어머니가 쎈터필드에 서서 박수를 치며 소리치는 걸 보았다. 반짝이는 백발로 보아 어머니가 분명했고 해바라기무늬 치마바지에 샌들을 신고 있었다. "만세, 쎄이블! 아이들한테 실력을 보여줘!" 코린 멀베이니는 나이에 비해 운동신경이 뛰어나고 유연하고 영리해서 힘을 아끼는 법을 알았다. 2루수가 내 시선을 끌었다. 머리칼이 검은 작은 여자였는데 분명 한번도 본 적이 없는 얼굴이었다. 셔토쿼 밸리에서 본 그 누구와도 닮지 않은 그녀는 옅은 올리브색 피부와 완벽한 이목구비를 지녔고 납작한 선원모자를 비스듬히 멋지게 쓰고 있었으며, 십대처럼 티셔츠와 진바지를 입고 맨발에 운동화를 신고 있었다. 다음 타자는 열두살쯤 된 소년으로 말처럼 긴 하우스먼 가의 얼굴을 가진 먼 친척이었다. 소년은 수줍은 듯했고 투수는 놀리는 듯한 느린 공 몇개로 소년을 쉽게 요리하다가 세번째 스트라이크가 될 공을 던졌다. 소년은 용케 받아쳤지만 공이 높이 뜨는 바람에 투수가 직접 쉽게 잡아냈다. 나는 이때쯤엔 경기 분위기에 완전히 휩쓸려 편에 관계없이 멋진 플레이가 나올 때마다 환호성을 올리며 박수를 치고 있었다. (나는 구경꾼 중에서 낯익은 얼굴을 발견했다. 에설 하우스먼 '이모'? 이제 그녀도 백발이 되었고 순무 같은 모양의 몸을 헐렁한 셔츠와 바지로 감싸고 있었지만 즐거운 시간을 보내겠노라고 결심이라도 한 듯 화기애애한 분위기에 젖어 있었다.) 큰형 마이크가 타석에 나오자 흥분과 기대에 찬 웅성거림이 일었다. 마이크 형은 구경꾼에게 맥주 캔을 넘긴 뒤 방망이를 잡아 한 번 휘두르고는 손에 똑바로 감아쥐었다. 박수갈채를 즐기고 있는 '뮬' 멀베이니. 그는 이곳에서 유일한 진짜 운동선수라고 할 수 있었기에 좌타석에 들어서는 신사다운 관용을 발휘했다. 호리호리한 투수는 검은 썬글라스를 콧등에 대고 밀었다. 햇볕에 탄 마른 얼굴. 패트릭 형? 그게 가능할까? 모든 팀

스포츠를 경멸하던 형이? 투수는 타석의 무시무시한 강적을 침착하게 살폈다. 사람들이 그 장면을 구경하기 위해 집에서 줄지어 나왔다. 매리앤 누나와 그 아이들, 형수 비키와 그 아이들. 크리씨가 달려오며 외쳤다. "아빠아! 아빠아!" 그동안 아무런 동요 없이 풀을 뜯고 있던 에피와 에디도 동작을 멈추고 쳐다보았다.

투수가 탄력적인 매듭처럼 와인드업을 했다가 몸을 펴며 첫번째 공을 던졌다. 역시 언더핸드였지만 공은 다른 타자들이 나왔을 때보다 눈에 띄게 빠른 속도로 홈 플레이트를 통과했고, 마이크 형은 힘껏 방망이를 휘둘렀지만 공을 맞히지 못했다. 그는 얼굴을 붉히며 사람 좋은 웃음을 짓고는 거친 사나이 흉내를 내며 상체를 숙이고 운동장에 침을 탁 뱉은 다음 결연한 표정으로 다시 방망이를 어깨에 댔다. 하지만 빠르게 날아오던 공이 홈 플레이트를 지나며 갑자기 뚝 떨어지는 바람에 이번에도 헛스윙을 하고 말았다. '뮬' 멀베이니가 이제 마흔이 된다니, 그럴 수가 있을까? 그는 몇 해 전에 하사관 계급으로 제대해서 델라웨어 주에서 토목기사로 일하고 있었다. 윌밍턴에서 가족과 함께 살고 있는 그는 어엿한 남편이자 아빠이고 훌륭한 미국인이었다. 나는 중산층 동네에 있는 그의 집에도 몇번 가보았고 어머니와 함께 적어도 일년에 한 번은 그를 만났지만 아직도 그가 낯설게만 느껴졌다. 마이크 형은 턱에 살이 붙고 엷어져가는 갈색 머리칼도 앞이마 쪽 숱이 심각하게 줄고 있었지만 여전히 미남이었다(여자들이 흔히 말하는 킹카였다). 그는 뚱뚱하진 않았지만 운동선수 출신이 중년이 되면 흔히 그렇듯 상체와 복부에 두둑한 근육이 붙어 있었다. 그는 다정하게 웃고 있었지만 얼굴이 햇볕에 익은 듯 시뻘겠다. 다시 투수가 호리호리한 몸을 접으며 와인드업을 했고 공이 날아왔다. "바깥으로 빠졌어! 원 볼!" 심판이 외쳤다. 그다음 공도 볼이었다. 그다음 공은 피크닉용 종이접시로 만든 플레이트를 향해 정확하게 날아왔고, 마이크 형은 맹목적이고 충동적인 믿음으로 방망이를 휘둘렀다. 딱! 소리와 함께 방망이와 공이 만났고 한순간 공이 허공에서 정지해 있는 듯하더니 하늘 위로 높이높이 날아가—마이크 형은 뛰기 시작했고—목초지 저편 나무숲에 떨어졌다. 아이들이 꺄악 비명을 지르며 공을 주우러 달려갔다. 열광적인 환호성과 박수갈채가 터졌고, 마이크 형은 모두에게 손 키스를 날리며 왕족처럼 당당히 베이스를 돌다가 외야에서 멈추어 어머니의 손에 키스한 다음 내처 3루를 지나 홈으로 들어왔다. 그 모습이 아버지를 너무도 닮았다는 생각에 나는 그만 눈시울이 뜨거워졌다. 마치 마흔살 때의 마이클 멀베이니 씨니어가 우리 앞에 나타난 듯했다. 비록 그것이 강한 햇빛 속에서 승리의 미소를 짓고 있는 마이크 주니어의 얼굴에서 뿜어져나오는 아우라에 희미하게 어른거리는 환영에 불과할지라도. 마이크 형이 3루에서 크리씨를 안고 홈으로 빠르게 걸어오는 동안 나는 다른 구경꾼들과 함께 휘파람을 불고 박수를 쳤다. 어머니와 쎄이블의 목초지에서 그런 극적인 홈런은 특별한 일이기 때문이었다. 나는 손으로 햇빛을 가리고 투수를 관찰했다. 그는 살집 없는 엉덩이에 손을 대고 서서 홈으로 들어오는 마이크 형을 보면서 겸연쩍은 표정으로 웃고 있었다. 검은 썬글라스가 햇빛을 받아 반짝 빛났다. 그는 물론 패트릭 형이었다. 나의 잃어버린 형 패트릭이 아니면 누구겠는가? 때마침 나를 발견한 어머니가 외쳤다. "저드! 저기 저드가 있어!" 패트릭 형이 고개를 돌려 나를 보더니 즉시 달려와서 나를 힘껏 껴안았다. P. J.다운 태도가 아니었고 핀치다운 태도는 더더욱 아니었다. 그가 감격에 목이 멘 음성으로 말했다. "이야, 꼬맹이! 다 컸구나."

❧

소방울 울리는 소리! 뉴 케이넌 로드에 있는 농장주택 뒷베란다에 백운모처럼 반짝이는 백발을 한 가닥으로 굵게 땋아 늘어뜨린 예순두살의 코린 멀베이니가 서 있었다. 그녀는 손자들처럼 볼이 붉게 상기된 채 깔깔대고 웃으며 조롱박 모양의 골동품 소방울을 울려 우리를 불렀다. 식사시간이다!

저녁 6시 반이 다 되었지만 피크닉 테이블이 여럿 놓인 키 큰 밤나무 밑 그늘을 빼곤 한낮처럼 환했다. 테이블에는 성조기 모양의 길쭉한 종이 식탁보가 깔려 있었다. 독립기념일이었지만 폭죽은 없었다. '폭발물'은 절대 안된다고 어머니와 쎄이블이 주장했기 때문이었다. 그래서 빨간색, 흰색, 청색으로 된 냅킨과 장식 리본만 있었다. 그리고 베란다에서 초소형 성조기들이 펄럭이고 있었다. 너무도 많은 아이들의 애정 어린 관심에 기뻐서 광란 상태에 빠진 스크램은 목에 성조기 스카프를 두르고 있었다.

휘트와 매리앤 누나는 신혼부부처럼 서로 장난을 치면서 바비큐 화덕에서 햄버거, 핫도그, 매콤한 이딸리아 쏘시지를 굽고 있었고, 어머니와 쎄이블은 휴대용 그릴에서 쎄이블의 텍사스 핫쏘스를 바른 닭고기를 요리하고 있었다. 뷔페 테이블에는 커다란 쌜러드 그릇들과 어머니가 텃밭에서 키운 피망, 토마토, 얇게 썬 오이, 주키니 호박, 노란 호박 등의 생야채가 예술작품처럼 아름답게 쌓인 대형 접시가 놓여 있었다. 갓 구운 빵, 머핀, 비스킷이 담긴 접시들도 있었다. 에설 하우스먼의 파인애플 모양 버지니아 햄은 무게가 족히 9킬로그램은 나갈 듯했다. 몇몇이 모여 내가 사온 옥수수의 껍질을 벗겼고 활기 넘치는 형수 비키와 내가 큰 냄비들을 동원해 부엌의 구식 화덕에서 옥수수를 삶았다. 비키가 타이머를 맞추며 말했다. "정확히 오분! 너무 오래 삶으면 옥수수가 물러지거든요." 비키는 독단적이면서도 애교가 넘쳤다. 내가 만일 형수와 사랑에 빠지는 타입이었다면 홀딱 반했을 터였다. 타이머가 울리기를 기다리는 동안 비키가 비밀 이야기라도 하듯이 말했다. "저드, 패트릭에 대한 충격에서 벗어날 수가 없네요! 내가 기대했던 모습이 전혀 아니거든요." 나는 호기심이 일어서 패트릭 형에게 어떤 모습을 기대했는지, 마이크 형이 어떻게 말했는지 물었다. 그러자 비키가 대답했다. "글쎄요, 멀베이니답지 않은 모습을 기대했던 것 같아요." 내가 물었다. "멀베이니다운 게 뭔데요?" 정

말로 그 의미를 몰라서 물은 것이었다. 비키는 샛노란 임신
복 속의 불룩 튀어나온 배를 쓰다듬으며 내가 농담이라도
하고 있는 듯 쳐다보았다. "그야, 멀베이니의 모습이죠. 멀
베이니 가족 모두."

　어머니와 쎄이블의 집 뒤편의 키 큰 밤나무 그늘에 스물
일곱명의 어른과 아이가 모여앉았다. 아기들은 유아용 의자
나 무릎에 앉혔다. 머리 위의 하늘은 마치 구름 막 너머에서
불길이 넘실거리는 듯 암갈색으로 빛나고 있었다. 칼새들이
하늘로 솟구쳐오르더니 우리 머리 위로 빠르게 날아갔다.
어머니는 칼새 수십 마리가 농장 부속건물들 처마에 둥지를
틀고 산다며 그것들을 쫓아내고 싶은 생각은 없다고 했다.
　휘트 웨스트가 일어나 코린 멀베이니와 쎄이블 밀즈, 그
리고 멀베이니 가족(우리의 이름을 차례로 부르며 자리에서
일어서라고 해서 우리는 마지못해 얼굴을 붉히며 그렇게 했
다), 하우스먼 친척들(다섯, 아니 여섯명이었다. 어머니는
그런 비사교적인 사람들을 어떻게 구슬려서 이 자리에 참석
하게 한 것일까?), 쎄이블 밀즈의 가족(대여섯명쯤 되었다),
그리고 가장 먼 길을 온 사람들을 위해 건배를 청했다. 그런
데 가장 먼 길을 온 사람들이 누구지? 휘트 웨스트가 상냥하
면서도 약간 짓궂은 사회자 같은 태도로 우리를 둘러보자
패트릭 형이 웃으며 나섰다. "카탸와 나겠죠." 우리는 그들
에게 박수를 보냈다.
　그토록 와자지껄하고 법석거리는 날은 조금 취하지 않을

수 없었다. 나무에서 시끄럽게 울어대는 매미 소리가 이명처럼 들렸다.

어떻게 우리가 이런 행복을 누릴 자격을 갖게 되었을까? 어떻게 우리가?

10월 말이면 아버지가 돌아가신 지 오년이 되었다. 오년.

할아버지의 얼굴도 모르는 마이크 형과 매리앤 누나의 아이들에게 오년은 평생을 의미했다.

누가 어깨를 찔러서 돌아보니 어머니, 매리앤 누나, 비키, 쎄이블이 촛불 켜진 케이크들을 들고 서 있었고 모두들 요란하게 '생일 축하' 노래를 불렀다. 나는 한두 박자 늦게 그 의미를 깨달았다. 나는 내 생일은 11일이라고 약하게 항의했지만 아무도 듣지 않았다. 정말 멋진 케이크들이었다. 삼단 초콜릿 퍼지 케이크, 당근과 호박과 생강과 요구르트를 넣은 파운드케이크(휘트 웨스트의 특별요리였다), 달걀흰자 프로스팅을 입히고 조각 장식을 얹은 에인절케이크, 하트 모양 틀에 담긴 딸기 아이스크림 케이크. 케이크마다 불붙인 초가 꽂혀 있었는데, 삼십 개씩이었다. 다 더하면 백이십 개? "아니, 내가 이렇게 늙었다고?" 내가 신음소리를 냈다. 내 농담에 요란한 웃음이 터졌다. 나는 수줍음에 얼굴이 빨개져서는 아찔하고 혼란스러운 기분으로 비틀거리며 자리에서 일어섰다. 나는 다가오는 서른번째 생일에 대해 별 생각이 없었지만 일말의 두려움은 있었다. 미국에서는 서른살이 되면 더이상 어린애가 아니다. 더이상 핑계가 통하지 않는다! 내 얼굴을 향해 키스들이 날아왔다. 멀베이니 가족과 나머지 사람들, 특별한 포옹을 위해 위로 들어올려진 조카들의 키스 세례. "생일 축하해요 저드 삼촌,이라고 해봐!" "사랑해요 저드 삼촌,이라고 해봐!" 그리고 눈부신 폴라로이드 플래시. 카메라 주인 휘트가 말했다. "후세를 위해. 그리고 멀베이니 가족 모두가 같은 시간의 틀 속에 존재함을 증명하기 위해."

재치 넘치는 휘트 웨스트! 나의 매형은 우리를 어찌나 잘 알고 있는지.

나는 간신히 촛불 백이십 개를 모두 불어 껐다. 박수와 환호성. 나는 한마디 하지 않을 수 없어서 얼굴을 붉히며 서 있다가 이윽고 더듬거리며 말했다. "……고맙습니다! 영원히 못 잊을 거예요." 내가 멋진 연설이라도 한 듯 다시 박수갈채가 이어졌다. 머리가 호박벌의 벌통 속처럼 윙윙 울렸고 귓속의 요란한 이명은 행복의 소리였지만 도를 넘어 다른 것, 공포나 마비로 변하기 직전이었다. 어머니가 내 얼굴에서 감당하기 힘든 행복을 보았는지 내 옆에 서서 잔을 들어올리며 황홀한 목소리로 말했다. "난 너희 모두가 여기 있어서 너무나도, 너무나도 행복하단다! 너무도 놀랍고 신기한 일이라 마치 기적 같아. 하지만 이건 우리 모두에게 앞으로도 계속될 평범한 삶일 거야, 그렇지?" 어머니는 갑자기 말을 더듬으며 코를 훌쩍였고 모두들 웃으며 재빨리 박수를 보냈다. 쎄이블이 벌떡 일어나 잔을 들며 외쳤다. "코린, 당신이 대답해요! 대답을 아는 건 당신이니까."

비키의 말이 맞았다. 패트릭 형은 오랜 유배 생활 끝에 마침내 멀베이니가 되었다.

아니, 그를 느긋하고 가볍게 만든 건 캘리포니아였을까? 어깨까지 덥수룩하게 기른 머리를 햇빛에 탈색시킨 것도? 피부도 호두처럼 다갈색으로 그을었는데 그는 야외에서 많은 시간을 보내서 그렇다고, 배낭 하나만 둘러메고 북부 캘리포니아 산악지대와 몬테레이 해안을 여행했다고 했다. 패트릭 형과 카탸는 1988년식 혼다 오토바이를 몰고 장장 보름 동안 북 네바다와 유타, 남 와이오밍을 거쳐 동쪽으로 달려왔다고 했다. 패트릭 형은 버클리 아동발달협회에서 부소장으로 일하고 있으며 한 달 휴가를 냈다고 했다. 그는 자폐아를 치료하는 기술을 개발했다고 했는데 내 짐작으로는 정식 물리치료사 자격증도 갖고 있는 듯했다. "우리 일은 계속 진화하고 있고 실험적이라서 뭐라고 정의하는 것 자체가 무의미하지." 카탸는 UC 버클리에서 수학을 전공하는 대학원생으로 러시아 태생이지만 유대인인 부모님이 1960년대 중반에 미국으로 이민와서 미국인이 되었으며, 부모님은 캘리포니아 공대에서 과학자로 일하고 있다고 했다. 패트릭 형이 나를 소개하자 카탸는 커다랗고 납작한 선원모자 아래로 내게 수줍은 미소를 보냈다. 속눈썹이 짙은 검은 눈이 아름다웠다. "아, 저드! 패트릭한테서 얘기 많이 들었어요."

"그래요? 무슨 얘기요?" 내가 물었다.

카탸는 아랫입술을 깨물었다. 실수로 자신이 바라던 것

이상의 관심을 끌게 된 아이처럼.

패트릭 형이 껄껄 웃었다. "어서 말해, 카탸. 무슨 얘기?"

놀랍게도 패트릭 형의 미간에 있던 핀치 주름이 보이지 않았다. 아예 존재하지도 않았던 것처럼. 나의 형 패트릭은 서른다섯살의 나이에 열다섯살 때보다 더 소년처럼 보였다.

"그러니까……" 카탸는 내게 주저하는 미소를 보이며 얼굴을 찌푸리고 조그만 금귀고리가 반짝이는 가냘픈 귓불을 만졌다. "……뭐라고 했냐면, 좋은 동생이라고요. 동생을 많이 사랑한다고요."

나는 당황해서 웃음을 터뜨렸다. "이런."

패트릭 형, 사랑해라고 말하는 건 불가능하니까.

난 형한테 지독하게 화가 나 있어. 우리를 버린 걸 결코 용서하지 않을 거야. 하지만 이렇게 형이 돌아와서 형을 보고 만지니 아무래도 다시 형을 사랑하게 된 것 같아.

패트릭 형은 웃으며 내 어깨 위에 손을 얹었다. 형제답게, 다정하게. 마치 내 마음을 읽기라도 한 것처럼.

이제 그가 우리에게 돌아왔으니 옛날의 패트릭 형은, 그리고 묵은 슬픔들은 아예 존재하지도 않았던 것 같았다.

나는 형과 러시아 태생의 여인 사이가 얼마나 뜨겁고 열정적인지 알 수 있었다. 그들은 다른 사람과 이야기하는 중에도 눈길이 자꾸 서로를 향했다. 그들이 제일 좋아하는 자세는 나란히 서 있는 것이었는데 패트릭 형은 카탸의 가는 허리에 팔을 두르고 카탸는 패트릭 형의 카키색 반바지 허리띠에 친근하게 손가락을 끼우고 있었다. 내가 질투하는 걸까? 조금? 부러운 걸까? 저녁 식탁에서 카탸는 내 맞은편의 패트릭 형과 매리앤 누나 사이에 앉았는데, 시끌벅적한 자리에서 너무도 조용해서 자칫 간과될 수도 있는 그녀를 나는 계속해서 훔쳐보았다. 그녀와 패트릭 형은 무의식중에 팔꿈치로 서로를 슬쩍슬쩍 찔렀고 그럴 때마다 팔의 맨살이 닿았다. 모자를 벗은 카탸는 더 앳되어 보였다. 스물다섯이나 스물여섯 이상은 되지 않을 것 같았다. 검은 머리칼은 몇 가닥으로 가늘게 땋아 머리통에 붙여 묶었는데 볼록볼록 튀어나온 머리가 작은 물음표들 같았다. 그리고 목에는 가는 금목걸이를 여러 개 걸고 있었다. 나는 그녀와 형이 얼마나 오래 사귀있는지, 어떻게 만났는지 궁금했다. 나의 형 패트릭이 사랑에 빠지다니, 얼마나 기대 밖의 일인가!

카탸가 내 눈길을 의식하고 수줍게 미소지으며 말했다. "저드? 전에 살던 집 말예요, '하이포인트 농장'? 내일 가서 보고 싶어요. 패트릭이 꼭 가봐야 한대요."

"글쎄, 거긴 이제 달라졌어요. 예전의 모습이 아니에요."

"예전의 모습이 아니라고요?"

"집은 흰색으로 다시 칠했고 앞마당에 '조경'도 했지요. 큰 떡갈나무 고목 몇그루도 베어버렸고."

패트릭 형이 엿듣고 끼어들었다. "저드, 거기 갔었어?"

나는 당황해서 신랄하게 말했다. "그런 건 아니고, 몇번 길에 차를 세우고 봤지. 최근엔 아냐."

"어머니는?"

우리는 어머니가 졸음에 겨운 몰리 엘런을 안고 있는 테이블 상석 쪽을 보았다. 아기는 침으로 번들거리는 입가에 미소를 머금고 맨발을 개구리처럼 버둥거리고 있었다. 어머니의 얼굴엔 감동과 애정이 가득했다. 마르고 호리호리한 휘슬은 사라지고 대신 그 자리를 채운 건? 예순두살 먹은 백발의 여인, 목은 주름지고 늘어졌지만 외모에 신경쓰지 않고 야외에서 많은 시간을 보낸 사람치곤 얼굴이 놀랍도록 매끈한 여인이었다.

"아니."

"새 주인 가족과 친해지고 싶어하시지 않았어?"

"그보다 나은 일이 많았으니까."

패트릭 형은 조용히 생각에 잠겼다. 나는 그가 화제를 돌리고 싶어할지도 모른다고 생각했다. 마이크 형은 농장 얘기만 나오면 왜 묵은 상처를 건드리느냐며 질색을 했고 비키와 아이들을 데리고는 그 근방에도 간 적이 없었다. 그건 매리앤 누나도 마찬가지였다. 웨스트 가족은 늘 너무 바쁘니까! 휘트는 현재를 사는 정력가니까.

나는 화제를 바꿀 요량으로 카탸에게 형과 어떻게 만났는지 물었다. 카탸는 기분 좋게 얼굴을 붉혔는데 그건 좋은 기억이기 때문이었다. 그녀는 약간 외국인 억양이 섞인 영어로 '단식투쟁'에서 만났다고 했다. 나는 잘못 들은 것 같아서 손을 귀에 대고 물었다. "뭐라고요?" 카탸는 내 표정을 보고 웃으며 말했다. "네, 단식투쟁에서요. 오클랜드에서." 패트릭 형이 나섰다. "단식투쟁만이 아니라 적극적인 시위이기도 했지. 버클리 평화연맹이 소수민족들에 대한 오클랜드 경찰의 잔혹행위에 항의하는 시위를 벌였는데, 시위대 일부가 경찰본부 앞 거리를 봉쇄했다는 이유로 체포됐고 거기서 카탸를 만났지. 경찰 밴 뒷좌석에서." 형이 너무도 담담하게 설명해서 나도 그 괴상한 얘기를 아무렇지도 않게 받아들이는 것처럼 침착한 태도로 들었다. "그래서, 투쟁은 효과가 있었어?" 패트릭 형은 미소를 지어 보였다. 강해진 인내심을 보여주기 위해 윗입술을 살짝 비죽거리는 모습에서 옛 핀치의 오만함이 엿보였다. "바다뱀자리-켄타우루스자리 초은하단을 향해 초당 640킬로미터의 속도로 돌진하는 암흑물질들의 강인 우리 은하계에 미약한 인간의 행위가 미칠 수 있는 효과만큼."

카탸는 움찔하며 아랫입술을 깨물고는 그에게 그런 질문을 한 내가 당황스럽다는 듯 시선을 떨어뜨렸다.

"아! 아, 엄마!" 나의 귀여운 조카 윌리였다. 흥분을 잘하는 아이. 어머니와 쎄이블이 기르는 고양이 중 타이거라는 윤기 흐르는 모랫빛 털을 가진 수고양이가 뻔뻔스럽게 테이블로 올라와서는 윌리가 조금 먹다가 종이접시 위에 올려놓은 햄버거를 물고 누가 막을 사이도 없이 땅바닥으로 뛰어내린 것이었다. 아이들 중에서 동물들에게 가장 익숙할 법한 윌리였지만 엄마에게 매달려 "아, 엄마, 고양이 나빠!" 하고 외쳤다. 매리앤 누나는 웃으며 아들의 이마에 입맞추고 타일렀다. "우리 아들, 나쁜 고양이는 없다는 거 알면서 그래. 그리고 그 햄버거 어차피 안 먹을 거였잖니."

그 바람에 패트릭 형과 카탸, 저드 사이에서 이루어지던 사뭇 열띤 토론은 흐지부지 끝나고 말았다.

휘트가 이야기하고 있었다. "다윈은 너무도 많은 중대한 문제들을 미해결인 채로 남겼어요. 물론 그의 천재성을 존경하고 그의 학문적 기여가 얼마나 대단한지도 알고 있지만, 그의 이론은 아인슈타인의 이론처럼 실험을 통해 확증되거나 논파될 수 있는 간명하고 일관된 것이 못되지요. 그의 이론은 궁극적으로 순수 추상이에요." 그러자 패트릭 형이 회의적인 목소리로 말했다. "추상이라고요? 그의 이론은 정밀한 관찰에 토대를 두고 있어요!" 휘트가 검지를 흔들며 응수했다. "하지만 무수한 정밀한 관찰이 논증 가능한 단일한 공식을 이루는 데는 실패했지요." 인내심을 잃기 시작한 패트릭 형이 항변했다. "과학은 단일한 패러다임에 한정될 수 없어요. '과학'은 많은 관점들이 될 수 있다고요." 휘트도 더욱 열을 냈다. 이마의 달 모양 흉터가 세번째 눈처럼 가늘어졌다. "그건 안될 말이에요! 절대로!" 패트릭 형이 팔꿈치로 테이블을 짚으며 앞으로 몸을 기울였고, 그의 안경알이 촛불에 반짝였다. "다윈 이후에야 변화하고 '진화'하는 역사이론이 진지한 관심을 받게 됐지요. 다윈 이전에는 모든 역사가 고정되어 있었고 모든 종이 고정되어 있었어요. '정신이 존재에 선행한다'는 미신이, 신이 그의 창조물에 선행한다는 플라톤적 난센스가 수세기 동안 인류를 지배해왔지요." 그러자 휘트가 흥분해서 말했다. "그럼 우리 인류가 착각 속에서 살았던 것이겠군요! 거의 모든 걸 잘못 생각했던 것이겠어요! 시간은 우리가 측정할 수 있는 한 주기적이라는 생각도 잘못이겠네요! 자연의 형상들 이면에는 초자연적인 지성이 존재한다는 믿음도, 우리가 자연 속에서 발견하는 평범하지 않은 형상들에는 어떤 목적이 있다는 믿음도 다 틀린 거고." 패트릭 형도 흥분해서 말했다. "자연 속에는 무질서도 많아요." 휘트가 웃음을 터뜨리고는 흘낏흘낏 주위의 반응을 살피며 말했다. "누가 아니래요? 난 아픈 동물들에 둘러싸여 사는 불쌍한 인간 '닥터 웨스트'예요. 그런 사람이 그걸 모르겠어요?" 패트릭 형이 말했다. "설계가 있다면 목적이 있어야 하는데, 목적은 어떻게 생겨났지요? 우연에 의해, 수백만년에 걸친 수백만 가지의 유리한 선택들에 따른 우연에 의해 생겨난 거예요." 휘트가 말했다. "오, 젠장. 그게 다윈주의 경전의 가르침이란 건 알고 있어요. 하지만 난 프레드 호일의 믿음에 동조하는데 ― 호일이 누군지 알죠? 이단적인 영국 과학자 ― 그는 이렇게 주장했지요. '자연선택설이 자연의 단 한 종에 대해서라도 설명할 수 있다면 나는 747제트기가 폐품처리장에서 지나가는 토네이도에 의해 조립되었다는 말을 믿겠다.'" 격분한 패트릭 형은 바람에 날려 야성적으로 보이는 덥수룩한 머리를 매만지며 말했다. "휘트, 왜 이래요. 그건 그저 희망적인 생각일 뿐이에요." 휘트는 씩 웃으며 패트릭 형의 어깨에 팔을 두르고 그의 머리칼을 헝클어뜨렸는데, 마치 둘이 처남 매제 사이이자 오래된 친구로 수십년 동안 이런 한 치 양보도 없는 치열한 논쟁으로 가족들을 즐겁게 해준 듯했다. "패트릭, 생각중에서는 그게 최고지요. 희망적인 생각. 살다 보면 알게 될 거예요."

개똥벌레다! 아이들이 그 작은 곤충들을 손으로 잡으려고 달려갔다.

태양은 황혼빛에 물든 빽빽한 나무 꼭대기들 뒤로 떨어진 뒤였다. 공터 가장자리 키 큰 풀들이 우거진 곳에서 개똥벌레 수십 마리가 먼 은하계의 별들처럼 반짝이고 있었다.

그때 옆자리의 마이크 형이 나이에 어울리지 않는 짓궂은 목소리로 외쳤다. "어머니, 기억나세요? 개똥벌레." 어머니가 어리둥절한 얼굴로 돌아보며 미소지었다. "개똥벌레? 뭐가?" 패트릭 형도 사춘기 소년처럼 장난스럽게 말했다. "어머니, 개똥벌레요. 기억이 나실 텐데." 그러자 매리앤 누나가 조그맣게 소리를 지르고는 손으로 입을 막고 웃으며 거들었다. "엄마, 물론 기억하시겠죠." 나도 갑자기 생각이 나서 웃으며 나섰다. "개똥벌레요, 엄마…… 분명 기억하실 텐데." 어머니는 농담인 줄 알면서도 어리둥절해서 우리를 차례로 쳐다보았다. "아니 기억 안 나. 뭔데?" 우리 멀베이니 가 자녀들이 합창하듯 입을 모아 외쳤다. "랜섬빌! 눈보라! 외할머니! '하느님의 뜻'!" 마침내 어머니는 기억해냈고, 약한 촛불 속이라 우리 눈에 보이진 않았지만 분명 얼굴을 붉혔을 터였다. "오, 그래. 하지만 그건 겨울에 일어난 일이지. 지금처럼 여름이 아니라." 우리는 그렇게 우스운 말은 들어본 적이 없었기에 더 심하게 웃었고 어머니도 함께 웃기 시작했다. 어머니는 고통에 떨듯 웃음에 떨며 집으로 돌아가는 친척들을 배웅하러 간 쎄이블의 귀에 들리지 않게 소리를 낮춰 애원했다. "제발 쎄이블한텐 말하지 마라. 평생 무자비하게 놀려댈 테니! 제발."

나는 하도 웃어서 눈물이 찔끔거렸다. 오래돼서 깨지기 쉬운 도자기처럼 부서져버릴 듯한 위기감이 느껴졌다.

잠시 파티 자리에서 벗어나 혼자만의 시간을 가질 때가 된 것이었다. 술에 취하지도 않았는데 머리가 소방울처럼 울렸다.

나는 무턱내고 걸었다. 이곳은 분명 어머니의 새 보금자리였지만 마치 꿈속에서 익숙한 풍경이 약간, 그러나 돌이킬 수 없이 변했을 때처럼 어색한 느낌을 지울 수 없었다. 만약 시간이 달라진 거라면, 지금의 나는 누구지? 나는 지붕을 얹을 때 물이 새지 않도록 지붕널을 정확히 겹쳐서 쌓듯 차근차근 쌓아온 나의 인격에 자부심을 갖고 있었다. 물론 나는 어머니가 내 면전에서 어린 나이에 벌써 신문 편집자가 된 아들에 대해 자랑하는 걸 질색했고 나의 직업적인 성취에 큰 관심을 두지도 않았다. 하지만 그동안 굳건히 쌓아온 인격이 무너지는 것만큼은 절대 용납할 수 없었다.

축제 분위기를 내기 위해 불을 켜놓은 골동품점 위로 빛무리가 져 있었다. 동물들이 선 채로 졸고 있는 목초지 위에도. 올더 크리크로 흘러드는 공터 너머의 좁은 개울 위에도. 나는 잠시 멈춰서서 마음을 차분하게 해주는 심호흡으로 밤의 엄숙함을 폐에 가득 채웠다.

덤불 속에서 부스럭거리는 소리가 들렸다. 나는 6미터쯤 떨어진 개울에서 물을 마시고 있는 암사슴 한 마리와 새끼 사슴 두 마리를 보았다. 새끼사슴은 6월에 태어나니까 생후 한 달이 채 안된 새끼들이었고 다리가 가늘고 옆구리에 흰 점이 줄무늬처럼 박혀 있었다. 새끼사슴의 옆구리에 흰 점이 박혀 있는 건 어떤 목적 때문일까? 사슴이 도망갈 때 꼬리를 위로 들어올려 꼬리 안쪽의 흰색 털을 드러내는 건 어떤 목적 때문일까? 거기엔 어떤 지적 설계가 있을까? 그런데도 어떻게 그런 것이 단순히 우연일 수 있을까? 나는 숨도 제대로 쉬지 못하고 미동도 없이 서 있었지만 암사슴은 기민하게 나의 존재를 알아챘고(나를 본 건지 냄새를 맡은 건지 그냥 느낀 건지 몰라도), 내가 우정의 표시로 조용히 한 손을 들자 암사슴과 새끼들 모두 진지하게 나를 바라보다가 암사슴이 먼저, 그리고 새끼들이 바로 뒤를 이어 덤불 속으로 사라졌다.

뒤에서 다가오는 발소리와 목소리가 들렸다. "저드?"

패트릭 형이었다. 그가 나를 따라왔고 우리는 잠시 동안 함께 서서 침묵 속에서 개울을 내려다보았다. 나는 그가 카탸를 두고 온 것에 어린애 같은 만족감을 느꼈다.

이윽고 내가 이상할 정도로 약하고 애원하는 듯한 목소리로 말했다. "그냥, 더이상 적응이 안돼. 사람들이 너무 많은 게." 패트릭 형이 공감한다는 듯한 소리를 냈다. 내가 말을 이었다. "마치 행복은 풍선이고 또 그 풍선은 내 머리고 그

게 자꾸자꾸 크게, 더 크게 부풀다가는 결국 뻥 터져서 찢어
진 고무 쪼가리들만 남을 것 같아서, 그게 미칠 듯이 겁이 나."

패트릭 형이 생각에 잠긴 목소리로 말했다. "그래, 맞아.
나도 정확히 그런 느낌이야."

"화를 내고 분노하는 게…… 그게 더 쉬운 것 같아."

"어느정도는."

나는 패트릭 형이 꼭 해야만 하는 질문들을 할까봐 두려
웠다. 지금은 대답하기 싫으니까. 내일, 그다음 날, 앞으로
다가올 모든 날들에 대답할 거니까. 그를 다시는 못 가게 붙
들어놓고 마음속의 말들을 다 할 작정이니까. 매리앤 누나
는 그 일을 전혀 눈치도 못 채고 있다고. 그녀를 위해, 우리
가족을 위해 행해진 그 일을. 재커리 런트도 그때 변장한 패
트릭 형을 알아봤는지 못 알아봤는지는 모르겠지만 비밀을
지켰다고. 이제 어머니도 나도 런트 가족에 대해선 아무것
도 모른다고. 우린 그 모든 일을 과거 속에 묻었다고. 아버
지는 화장을 고집했다고. 그것이 아버지가 마지막으로 남긴
분명한 요구였다고. 어머니의 애원에도 아랑곳없이 쉰 목소
리로 남긴 단호한 유언. 내 몸을 화장해서 재를 뿌려주오. 그것
이 당신이 내게 베풀 수 있는 가장 큰 친절이오. 아멘. 마지막으
로 의식을 놓기 전에, 예전의 마이클 멀베이니 씨니어의 끈
질기고 완강한 태도로 확실하고 위엄있게 자신의 뜻을 관철
했다고. 그래서 무덤이 없는 거라고. 묘비도 기념물도 없는
거라고.

그 모든 걸 나는 형에게 말해줄 작정이었다. 조만간.

패트릭 형이 내 생각을 듣고 있기라도 했던 것처럼 말했다. "그날, 부활절 일요일, 기억나지? 그날 이후 그 모든 게 내게서 빠져나갔어. 피에서 독이 빠져나가듯. 사실은 내가 병에 걸려 아팠던 건데 독이 빠져나갈 때까지 몰랐던 것처럼. 하지만 난 그걸 후회하진 않아. 복수는 분명 좋은 거니까. 옛날 그리스인들은 그걸 알았지. 피가 피를 부른다는 걸. 내 생각에 '정의'에 대한 본능은 태어날 때부터 우리 유전자 속에 들어 있는 것 같아. 균형을 회복하려는 욕구. 난 그때 이빨로 그의 목을 물어뜯을 뻔했지. 하지만……" 그는 어깨를 으쓱했다. 그의 목소리가 잦아들었다. 나는 숲에서 뭔가 움직이는 걸 어렴풋이 보고 혹시 아까 그 암사슴이 돌아온 건가 생각했다. 하지만 우리뿐이었다.

패트릭 형이 웃었다. "넌 내가 이번 가족 모임에 못 올 줄 알았지, 그렇지?"

내가 항변했다. "아냐, 형…… 꼭 올 거라는 예감이 들었어."

돌아오는 길에 패트릭 형은 작은 숲에 있는 자신과 카탸의 텐트로 나를 데려갔다. 어머니와 쎄이블의 집에서 50미터쯤 떨어진, 뉴 케이넌 로드의 굽이 위에 있는 숲이었다. 패트릭 형의 오토바이는 숲 바로 아래 산비탈에 세워져 있었다. 그가 주머니에서 스위스제 군용 칼 같은 걸 꺼내더니 거기에 달린 연필 굵기의 플래시를 켜서 혼다 오토바이를 비췄다. 꽤 낡아 보이는 1988년식 이인승 오토바이였다. "이런 거 타봤어?" 그가 물었고 나는 타보지 않았다고 대답했다. 그러자 그가 말했다. "그럼 내일 타자. 오늘 자고 갈 거지,

그렇지?" 내가 확실치 않다고 하자 그가 말했다. "아, 이러지 마. 어머니가 자식들을 다 데리고 한지붕 아래 자는 걸 기대하고 계셔." 내가 형은 우리와 한지붕 아래 자는 게 아니라고 지적하자 그는 옛날 버릇대로 고집스럽게 말했다. "아침 먹을 때는 한지붕 아래 있을 거야. 맹세해."

패트릭 형은 적어도 그 순간만은 어른의 복잡한 감정을 털어버리고 형다운 열의에 차서 텐트의 모기장 문을 열고 나를 안으로 이끌었다. 텐트는 가장 높은 곳이 1.5미터를 넘지 않아 우리 둘 다 몸을 구부리고 들어가 웅크려 앉아야 했다. 형이 '통기성이 뛰어난' 나일론과 접을 수 있는 유리섬유 기둥으로 된 텐트에 대해 자랑스럽게 설명했다. 버클리에 있는 육해군 불하품 매장에서 '진짜 헐값'에 샀다고 했다. 축축한 풀 냄새에 은은하고 달콤한 향기가 섞여 있었는데, 나는 카탸의 향수나 샴푸 냄새라고 생각하고 싶었다. 카탸가 땋은 머리를 풀고 곱게 빗질하는 모습, 윤기 흐르는 머리가 그녀의 얼굴을 감싸고 있는 모습이 눈에 선했다. 그가 또 내 속마음을 읽기라도 한 것처럼 카탸를 만난 지 얼마 안돼서 그녀를 배낭여행과 캠핑의 세계로 인도했노라고 설명했다. 그는 카탸를 너무도 사랑한다고, 그녀는 자신이 사랑할 수 있었던 첫번째 여자라고, 자신에겐 영영 찾아오지 않을 것 같았던 사랑이 서른두살의 나이에 갑자기 찾아와 스스로도 무척이나 놀랐다고 고백했다.

잠시 침묵이 흘렀다. 하지만 나는 굳이 말을 하려고 애쓸 필요는 없음을 알고 있었다. 마치 잃어버린 지난 십사년 동안 이렇게 서로 편안한 사이로 살아왔던 것처럼.

　패트릭 형이 플래시를 비춰 재킷 주머니에 들어갈 수 있을 정도로 작은 구급상자를 보여주었다. 그리고 방수 랜턴과 초. 모든 것이 놀랍도록 작았다. 그와 카탸는 나일론 슬리핑백을 같이 썼는데 지퍼로 탈부착이 가능한 플란넬 안감은 여름이라 뗀 상태였다. 그가 기쁨 어린 목소리로 말했다. "이 초소형 일기예보 라디오 좀 봐. 기상청에서 하루 이십사 시간 분 단위로 날씨를 전해주지." 패트릭 형은 그러면서 직접 보여줄 필요가 있는 것처럼 라디오를 켰고, 그러자 즉시 남자 목소리가 맥박이 뛰는 듯한 잡음을 뚫고 날씨를 전했다. "……캐나다 쌔스캐처원으로부터 탁월풍인 북북동풍이 시속 30킬로미터에서 40킬로미터의 속도로 불겠으며 몬태나 빌링스의 비행장은 기온은 18도, 기압은……" 패트릭 형은 자신의 나일론 텐트에 쪼그려앉아 동생에게 기술의 기적이라고 할 수 있는 초소형 일기예보 라디오를 들려주며 행복한 미소를 짓고 있었다. 일년 삼백육십오일 이십사 시간 자세한 일기예보를 들을 수 있다는 건 얼마나 다행스러운 일인가! 작은 버튼만 누르면 인간의 모든 주관과 의지, 갈망을 넘어서는 단순하면서도 확고한 사실들을 마치 주문을 외듯 엄숙하게 전하는 목소리를 들을 수 있으니까. 나는 패트릭 형의 팔을 툭 치며 웃었다. 우리가 어린 소년이었을 때, 우리가 멀베이니 가족으로 함께 살았을 때 그가 짓곤 했던 표정을 그의 얼굴에서 다시 보며 나는 웃지 않을 수 없었다.

　미국 토크쇼의 여왕 오프라 윈프리는 1996년 자신이 진행하는 「오프라 윈프리 쇼」에 '오프라 북 클럽'이라는 책소개 코너를 만든다. 가난한 흑인 미혼모에게서 태어나 아홉 살이라는 어린 나이에 성폭행을 당하고 열네살에 미혼모가 되었으며 고통을 견디지 못해 마약중독에까지 빠졌던 그녀가 절망을 딛고 일어나 미국 최고의 방송인으로 우뚝 설 수 있었던 건 바로 독서의 힘이었기에, 사랑하는 팬들에게 그 힘을 선사하고자 하는 취지에서였다. 오프라는 매달 북 클럽을 통해 자신이 감명깊게 읽은 훌륭한 작품들을 소개했는데, 그 책들이 모두 베스트셀러에 올라 '오프라 효과'라는 신조어까지 생겨났다. TV의 어마어마한 전파력과 오프라 윈프리 쇼의 인기, 보석 같은 책들을 골라내는 오프라의 탁월한 능력이 미국 독서계에 작은 기적을 낳은 것이다. 2001년 오프라는 북 클럽에서 조이스 캐럴 오츠의 『멀베이니 가족』을 소개하며 "일년 전에 읽은 책인데도 이 가족이 아직도 내 머리에서 떠나지 않는다"는 한마디로 자신이 받은 강렬한 감동을 전했다.

『멀베이니 가족』은 오프라 북 클럽 선정도서가 되면서 하루아침에 화려한 스포트라이트를 받았지만 그렇다고 이 작품의 저자까지 오프라의 요술지팡이가 만든 신데렐라는 아니었다. 조이스 캐럴 오츠는 이미 『그들』(them)이란 작품으로 1970년 내셔널 북 어워드를 수상했으며 거의 해마다 미국 최고 권위를 자랑하는 내셔널 북 어워드, 퓰리처 상, 펜 포크너 상 후보에 오르는, 미국 문학계를 대표하는 작가이기 때문이다(그리고 여러 해 전부터 매번 노벨문학상 후보에 오르고 있기도 하다). 오츠는 26세 때인 1964년에 첫 소설 『떨리는 가을에』(With Shuddering Fall)를 발표한 후로 오십여 권의 소설을 썼을 뿐만 아니라 시, 비평, 희곡까지 총 백여 권이 넘는 저작을 펴냈다. 또한 대학에서 문학을 가르치는 한편 평론가, 편집자로도 왕성하게 활동하고 있으니 미국 최고의 작가 중 하나라 할 만하다. 뉴욕 주 록포트에서 태어나 농장에서 자란 오츠를 작가로 만든 운명적인 작품은 루이스 캐럴의 『이상한 나라의 앨리스』였다고 한다. 오츠는 자신의 저서 『작가의 신념』(The Faith of a Writer)에서 여덟 살 때 선물받은 그 책의 의미에 대해 이렇게 말한다. "『이상한 나라의 앨리스』는 내 어린시절의 소중한 보물이었으며 내 인생에서 가장 심오한 문학적 영향을 미쳤다. 그건 첫눈에 반한 사랑이었다!" 책읽기를 즐기다 자연스럽게 글을 쓰고 문학을 공부하고 연구하고 가르치는 일에 평생을 바치게 된 오츠는 장르와 사조를 넘나드는 다양한 시도를 통해 현대인의 삶을 조명해왔으며, 열정과 눈부신 상상력, 예술가의 직관, 장인다운 유려한 글솜씨로 현대문학의 거장 자리를 굳건히 지키고 있다.

오츠의 대표작 『멀베이니 가족』은 1970년대 중반 미국 뉴욕 주의 시골 농장을 배경으로 너무도 아름답고 이상적인 한 가족의 이야기를 그리고 있다. 동화 속 그림처럼 아름다운 집에 사랑이 넘치는 아름답고 행복한 가족이 살고 있다. 맨손으로 지붕회사를 세워 비록 소도시에서일망정 컨트리클럽 회원의 명예를 얻은 성공적인 아버지 마이클, 소박한 아름다움과 굳은 신앙심과 정의감을 지닌 가족의 구심점 어머니 코린, 고교 스타 풋볼 선수 출신의 잘생긴 장남 마이크 주니어, 과학자를 꿈꾸는 천재 둘째아들 패트릭, 인간이라기보단 천사에 더 가까운 눈부시게 예쁘고 착한 딸 매리앤, 그리고 귀여운 막내아들 저드. 이 가족의 삶은 화려하진 않지만 사랑과 기쁨, 행복, 감사, 자부심으로 충만해 있으며 주위 사람들의 부러움과 동경을 한몸에 받고 있다. 그런데 이 완벽한 가족에게 느닷없이 비극이 닥친다. 아버지 마이클과 어머니 코린이 특별히 더 사랑할 수밖에 없었던 너무도 특별한 딸, '운 좋은 부모만, 그것도 단 하나만 얻을 수 있는 기적의 아기' 매리앤이 강간을 당한 것이다. 이 어이없는 시련에 아버지는 분노와 좌절감을 견디지 못해 무너지기 시작하고, 어머니는 남편을 절망의 늪에서 끌어내기 위해 딸을 유형 보낸다. 하지만 파멸의 전주곡은 이미 시작되었고 가족은 저마다 가슴에 깊은 상처를 안고 뿔뿔이 흩어진다. 그렇게 시작된 기나긴 형벌의 시간, 멀베이니 가족은 각자의 방식으로 고통을 견디며 외롭게 살아간다. 어느덧 십이년의 세월이 흐르고 마침내 아버지의 부름을 받고 달려가는 매리앤. 하지만 술에 빠져 밑바닥 인생을 살다 폐암에 걸린 아버지는 사경을 헤매며 딸의 이름조차 제대로 부르지 못한다. 그리고 죽음. 자신과 가족을 진정으로 사랑하는 법을 알지 못했던 아버지는 그렇게 허무하게 생을 마감하지만, 한때 이상적인 가정을 이루었던 나머지 가족은 그 저력으로 새로운 삶을 개척하고 행복하게 재회한다.

멀베이니 가족의 비극은 카타르시스적 감동을 준다. 이 책을 번역하기 전에 처음 원서를 읽으며 눈이 퉁퉁 붓도록 울었던 기억이 나는데, 원고를 넘기고 몇달이 지난 후 교정 원고를 보며 다시 울 수밖에 없었다. 가족은 곧 사랑이지만 우리가 완전하고 영원한 것으로 믿어 의심치 않는 그 사랑은 가혹한 운명 앞에 맥없이 무릎을 꿇기도 한다. 매리앤이 수치스러운 일을 당하자 분노와 죄의식에 사로잡혀 더이상 딸의 얼굴을 마주할 수 없게 된 아버지 마이클, 딸보다 남편을 택한 어머니 코린, 매리앤을 위해 통쾌한 복수를 해주지도 못하고 누이에게 따뜻한 위로의 말 한마디 건네지 못한 형제들. 이들은 결코 상종 못할 냉혈한이 아니라 바로 우리 자신의 모습이다. 불완전하고 나약하며 이기적이기까지 한 우리 평범한 인간들은 가족의 불행을 의연히 견디지 못한다. 가족의 불행은 곧 자신의 불행이기도 하기에 사랑은 원망과 증오로 변질된다. 그리하여 멀베이니 가족처럼 뿔뿔이 흩어지거나 한지붕 아래서 살지라도 서로에게 냉담해진다. 그것이 바로 가족의 비극이며, 아름다운 가족의 파멸은 거센 비바람에 처참히 떨어져 아스팔트 위를 뒹구는 가녀린 꽃잎들을 보는 듯한 슬픔을 느끼게 한다. 차가운 아스팔트 위에서 꽃잎들이 느낄 절망과 외로움, 그리고 서로에 대한 간절한 그리움. 오랜 세월이 흐른 뒤 죽음을 앞둔 아버지를 만나러 온 매리앤에게 이제 의젓한 청년이 된 막내 저드가 아버지를 용서하라며 이렇게 말한다. "가족은 그렇게 될 수가 있어. 뭔가 잘못됐는데 아무도 그걸 바로잡는 법을 몰라서 세월만 흘려보내는 거지." 너무도 가슴에 와닿는 구절이다. 슬프고 안타까운 일이지만 우리는 그렇듯 못난 사랑을 하며 고독과 회한 속에서 세월을 낭비한다. 우리와 가장 가깝고 우리를 가장 많이 닮은 사람들인 가족조차도 제대로 보듬어안지 못한다. 조이스 캐럴 오츠가 놀랍도록 예리한 감수성과 경지에 이른 글솜씨로 엮어낸 멀베이니 가족의 비극적인 이야기는 우리에게 뜨거운 눈물을 흘리게 한다. 그리고 그 눈물로 정화된 맑은 눈으로 우리 자신을, 우리의 가족을 돌아보게 한다. 나는 이 감동적인 작품의 번역자로서 많은 독자들이 멀베이니 가족을 만나고 그들을 통해 가족의 진정한 의미를 되새기기를 바라며, 이 자리를 빌려 내 소중

한 가족에게 오랫동안 마음에만 담아두었던 사랑의 고백을
하고 싶다.

2008년 12월

민승남

멀베이니 가족

초판 1쇄 발행/2008년 12월 26일
초판 3쇄 발행/2020년 10월 30일

지은이/조이스 캐럴 오츠
옮긴이/민승남
펴낸이/강일우
책임편집/이상술
펴낸곳/(주)창비
등록/1986년 8월 5일 제85호
주소/10881 경기도 파주시 회동길 184
전화/031-955-3333
팩시밀리/영업 031-955-3399 · 편집 031-955-3400
홈페이지/www.changbi.com
전자우편/lit@changbi.com

한국어판 ⓒ (주)창비 2008
ISBN 978-89-364-7158-3 03840

* 이 책 내용의 전부 또는 일부를 재사용하려면
  반드시 저작권자와 창비 양측의 동의를 받아야 합니다.
* 책값은 뒤표지에 표시되어 있습니다.